Über die Autorin:
Kimberley Wilkins hat erfolgreich sowohl Kinder- und Jugendbücher als auch Romane für Erwachsene publiziert. Ihre Werke wurden unter anderem mit dem »Romantic Book of the Year Award«, dem »Aurealis Award« und dem »Lynne Wilding Award« ausgezeichnet sowie für zahlreiche andere Preise nominiert. Kimberley Wilkins lebt mit ihrer Familie in Brisbane, sie ist Dozentin an der Universität von Queensland.

Kimberley Wilkins

Das Haus der geheimen Versprechen

Roman

Aus dem Englischen von Sabine Thiele

Die englische Originalausgabe erschien 2014 unter dem Titel
»Evergreen Falls« bei Hachette Australia, an imprint of
Hachette Australia Pty Limited, Sydney.

Besuchen Sie uns im Internet:
www.knaur.de

Wenn Ihnen dieser Roman gefallen hat und Sie auf der Suche sind
nach ähnlichen Büchern, schreiben Sie uns unter Angabe des Titels
»Das Haus der geheimen Versprechen« an: frauen@droemer-knaur.de

© 2014 by Kimberley Freeman
© 2015 der deutschsprachigen Ausgabe bei Knaur Verlag.
Ein Imprint der Verlagsgruppe Droemer Knaur
GmbH & Co. KG, München
Alle Rechte vorbehalten. Das Werk darf – auch teilweise –
nur mit Genehmigung des Verlags wiedergegeben werden.
Redaktion: Angelika Lieke
Covergestaltung: ZERO Werbeagentur, München
Coverabbildung: © H. Mark Weidman Photography/Alamy;
FinePic®, München
Satz: Wilhelm Vornehm, München
Druck und Bindung: CPI books GmbH, Leck
ISBN 978-3-426-65370-8

2 4 5 3 1

In Erinnerung an Stella Vera
Stern der Wahrheit

Prolog

1926

Ständig sagen sie »die Leiche«, und Flora hat das Gefühl, gleich schreien zu müssen und nie wieder aufhören zu können. Sie sprechen flüsternd miteinander, jedoch immer noch laut genug, wie Männer das so tun, und immer wieder sagen sie es. »Wir können die *Leiche* doch nicht einfach hier im Zimmer liegen lassen.« – »Wenn wir *die Leiche* ins Schwimmbecken legen, könnte es wie Ertrinken aussehen.« – »Aber bei der Untersuchung *der Leiche* wird man kein Wasser in den Lungen finden.« Und so weiter. Flora, eingesperrt im unerbittlichen Gefängnis ihres Geistes, ist unfähig, etwas zu verstehen, seit sie die bemitleidenswerten, bleichen Überreste entdeckt hat. Sie zittert in dem eisigen Sturm, der durch die offene Tür hereinweht und die hohen Eukalyptusbäume peitscht, die das dunkle Tal säumen.

»Wenn der Alte davon Wind bekommt«, sagt Tony und unterstreicht seine Bemerkung mit einem tiefen Zug an seiner Zigarette, »wird er den Geldhahn zudrehen, und Flora wird mit nichts dastehen.«

Sie will sagen, dass ihr das Geld egal ist, dass der Tod nie so gewaltig und gegenwärtig und endgültig war wie in diesem Moment, in dem sie bei den Überresten eines Menschen steht, der gestern noch geatmet und geweint hat. Ihre Lippen bewegen sich, doch kein Laut ist zu hören.

»Was willst du tun, Florrie?«, fragt Sweetie sie.

»Es bringt nichts, mit ihr zu sprechen«, sagt Tony und schüttelt den Kopf im dämmrigen Licht der Sturmlampe. »Sie braucht einen ordentlichen Schluck Whiskey, um wieder zu sich zu kommen. Eines ist auf jeden Fall sicher: Niemand darf erfahren, was wirklich passiert ist. Es muss wie ein Unfall aussehen. Ein Sturz auf einem der Wanderwege.«

»Im Schnee? Wer wird das denn glauben?«

»Du weißt doch, was dieser Mensch für einen Ruf hatte«, sagt er und – o Gott – stößt dabei die Spitze seines Budapesters leicht gegen den toten Körper auf dem Boden, so dass dieser ein kleines Stück hochgeschoben wird und dann wieder zurückrollt. »Nicht gerade ein ehrenwerter Bürger.« Tony wird sich plötzlich Floras Gegenwart wieder bewusst und reißt sich zusammen. »Tut mir leid, Florrie. Ich bin nur pragmatisch. Du musst uns vertrauen.«

Sie nickt unter Schock, kann die Situation noch immer nicht begreifen.

»Wie weit sollen wir die Leiche wegbringen?«, fragt Sweetie.

»So nahe wie möglich zu den Wasserfällen.«

Sweetie nickt und packt die schlaffen Beine mit seinen fleischigen Händen. Flora will ihm helfen, doch Tony schiebt sie zur Seite. Sanft, aber bestimmt.

»Du wartest hier. In deinem Zustand bist du uns nicht von Nutzen, und es ist klirrend kalt draußen. Ich will mich nicht um zwei Leichen kümmern müssen.« Er schnippt seinen Zigarettenstummel in hohem Bogen aus der offenen Tür, wo er im Schnee verglüht.

Flora sieht den Männern nach. Sie stapfen in die Dunkelheit und die Kälte, bis sie nur noch kleine Gestalten am Ende des Gartens sind und schließlich die Steintreppen hinunter verschwinden, die ins Tal führen. Es hat angefangen zu regnen, schwere Tropfen fallen aus dem aufgewühlten Nachthimmel leise in den Schnee. Flora steht an der Tür und wartet auf die Rückkehr der Männer. Ihre Finger werden taub in der frostigen Luft.

Der Regen wird die tiefen Fußstapfen im Schnee verwischen, zusammen mit den möglichen Spuren von schlaffen, toten Armen, die über den Boden schleifen. Doch er wird auch den Körper abwaschen, ein feuchtes Leichentuch, ein nasses Begräbnis. Flora legt den Kopf in die Hände und weint, vor Schock und Enttäuschung. Wegen ihres Verlusts und der Schrecken, die zweifellos noch folgen werden. *Arme Violet*, sagt sie immer wieder im Stillen. *Arme, arme Violet.*

Kapitel eins

2014

Wenn ich nur Erfahrung mit Männern hätte und keine fast einunddreißigjährige Jungfrau wäre, die gerade ihren ersten Job angetreten hat, hätte ich vielleicht gewusst, wie man mit Männern wie Tomas Lindegaard spricht, ohne dabei wie eine plappernde Idiotin zu klingen.

»Das Übliche?«, sagte ich, als er sich dem Tresen näherte. »Sie können sich auch gern hinsetzen und auf die Bedienung warten. Wenn Sie möchten. Oder auch nicht. Ich meine, ich will Ihnen nichts vorschreiben.«

Tomas lächelte, und in den Winkeln seiner leuchtend blauen Augen bildeten sich kleine Fältchen. »Vielleicht überrasche ich Sie heute ja und nehme etwas anderes«, antwortete er.

Ich lachte, dann merkte ich, dass ich zu laut lachte, und verstummte abrupt.

»Einen Espresso bitte.«

»Aber das bestellen Sie doch ... oh.«

Wieder lächelte er, und ich erwiderte das Lächeln, wie immer für einen Moment vollkommen verzaubert von ihm. Dann sah ich Mrs. Tait und beeilte mich, sie zu ihrem

Tisch zu begleiten. Sie gab sich gerne unabhängig, benötigte jedoch mit ihrem Gehstock und ihren steifen Gelenken Hilfe beim Hinsetzen.

»Danke, meine Liebe«, sagte sie, als sie schließlich bequem auf ihrem Stuhl saß. »Einen Double-Shot Latte und eine Zigarette bitte.«

Ihr üblicher Scherz. Mrs. Tait hatte das Rauchen vor dreißig Jahren aufgegeben, behauptete aber, sie vermisse es noch immer jeden Tag, vor allem beim Kaffeetrinken.

»Kommt sofort«, antwortete ich und ging zurück zum Tresen, wo Penny schon die Kaffeemaschine angeworfen hatte. Das Dröhnen verdrängte die Cafégeräusche und das dumpfe Pulsieren der Musik. Tomas saß an seinem Stammplatz genau in der Raummitte.

Penny warf mir einen Blick zu und nickte mit einem bedeutungsvollen Lächeln leicht in seine Richtung.

Ich zuckte mit den Schultern. Trotz unseres täglichen Kontakts hatte ich keine Ahnung, ob Tomas ebenso an mir interessiert war wie ich an ihm. Er gehörte zu einem Team von Architekten, die an der Modernisierung des historischen Evergreen Spa Hotel arbeiteten, und war extra aus Dänemark eingeflogen worden, um die Zimmer zu gestalten und mein Herz zu brechen. Penny war die Besitzerin des Cafés, eine glitzernde Glas-und-Chrom-Ecke am Ende des frisch renovierten Ostflügels des Evergreen Spa. Tomas war sicher mehr an ihr interessiert, mit ihrem durchtrainierten Körper und den spanischen Genen ihrer Mutter. Eine magere Blondine mit blassen Augenbrauen konnte da wohl nicht mithalten.

Penny schob mir zwei Gedecke zu, eines mit Mrs. Taits Latte, das andere mit Tomas' Espresso. »Bediene Mrs. Tait zuerst«, sagte sie leise, »und dann bleib bei ihm stehen. Das kannst du doch?«

Ich nickte, brachte Mrs. Tait ihre Bestellung und dann Tomas seinen Kaffee.

»Danke, Lauren«, sagte er und schüttelte zwei Päckchen Zucker zwischen Daumen und Zeigefinger, bevor er ihren Inhalt in die Kaffeetasse leerte. »Schön ruhig heute früh, oder?«

Das war meine Gelegenheit, noch ein wenig bei ihm stehen zu bleiben. »Ja, aber ich mag es irgendwie lieber, wenn viel los ist. Man kommt dann schneller in einen Rhythmus.«

Small Talk. Ich machte tatsächlich Small Talk. Und es war gar nicht so schwer, wie ich gedacht hatte.

»Möchten Sie sich einen Moment zu mir setzen?«, fragte Tomas mit einem hinreißenden Lächeln.

Voller Aufregung sah ich zurück zu Penny, die mir aufmunternd zunickte. In meiner Tasche unter dem Tresen begann mein Handy zu klingeln, doch ich ignorierte es. Wir unterhielten uns entspannt, über oberflächliche Themen, aber auch über persönliche – er war geschieden, keine Kinder –, wir lachten und sahen uns in die Augen. Flirteten. Wir flirteten. Der Gedanke erfüllte mich mit tiefer Wärme. Mein Telefon klingelte erneut.

Plötzlich stand Penny neben mir. »Tut mir leid, Lauren.« Sie hielt mir mein Handy hin, das schon wieder läutete. »Auf dem Display steht, dass es deine Mutter ist, und sie gibt nicht auf. Vielleicht ist es ein Notfall.«

»MUM« leuchtete es mir auf dem Bildschirm entgegen. »Tut mir leid«, sagte ich zu Tomas, »aber ich sollte wohl besser rangehen.«

»Natürlich«, antwortete er und trank seinen Kaffee aus. »Ich muss sowieso los.«

Ich nahm das Telefon von Penny entgegen und eilte in die Ecke hinter dem Zeitungsständer. »Mum?«

»Wo warst du? Ich habe drei Mal angerufen!«

»Im Café. Ich kann nicht einfach alles stehen- und liegenlassen ...« Dann ermahnte ich mich stumm, nicht so hart zu ihr zu sein. »Wenn ich in der Arbeit bin, kann ich einfach nicht immer sofort ans Telefon gehen. Ich habe gerade einen Kunden bedient.« Ich sah über die Schulter. Tomas war gegangen. Doch er hatte etwas auf dem Tisch zurückgelassen. Ich ging mit dem Handy durch den Raum.

»Ich habe mir Sorgen gemacht, als du nicht geantwortet hast. Warum bist du so früh in der Arbeit?«

»Ich habe Frühschicht. Für die Menschen, die auf dem Weg zur Arbeit noch einen Kaffee trinken wollen.« Ein Schlüssel lag auf der Tischplatte, mit einem Plastikanhänger, der auf der einen Seite mit *Tomas Lindegaard* beschriftet war, auf der anderen mit *Alter Westflügel*. Ich ging zur Tür und drückte sie auf. Die Straße war von den Lieferwagen der Handwerker und hohen Kiefern gesäumt. In der Ferne säuberte ein Mann auf einer kleinen Kehrmaschine den Fußweg. Noch schlichen keine Touristenautos auf der Suche nach Parkplätzen in der Nähe der Wasserfälle über die Straße. Tomas war nirgends zu sehen.

»Es tut mir leid. Du weißt ja, wie leicht ich mir Sorgen mache«, sagte Mum.

»Ja, das weiß ich.« Ich steckte den Schlüssel in meine kleine schwarze Schürze und schloss die Tür hinter mir. Penny räumte Mrs. Taits Tasse ab und unterhielt sich dabei mit ihr. Sonst war das Café leer. »Ist es dringend?«, fragte ich meine Mutter.

»Nein, eigentlich nicht. Nur ... Adams Bücher ...« Sie verstummte mit einem erstickten Laut.

»Ich nehme sie«, sagte ich entschlossen. »Schick sie mir hoch.«

»Du bleibst also?«

»Ja, natürlich.« Ich atmete tief ein und wappnete mich gegen das, was unweigerlich kommen würde.
»Es ist ganz schön weit weg von Zu Hause.«
»Das hier ist jetzt mein Zuhause.«
»Ich mache mir nur Sorgen …«
Natürlich.
»Es geht mir gut hier oben.« Mehr als gut. Besser als je zuvor. Ich war weit weg von meiner Heimatstadt an der Küste von Tasmanien und lebte allein in den Blue Mountains hinter Sydney. Ich lernte hier all die Dinge, mit denen viele andere bereits als Teenager konfrontiert werden: Miete zahlen, Wäsche waschen, Geld einteilen. So viel später, als ich es hätte lernen sollen.
»Es fühlt sich falsch an, dass du so weit weg bist. Das Haus ist so leer und … geht es dir wirklich gut? Ich will nicht, dass etwas … falsch läuft.«
Mum rief mich zwei- bis dreimal am Tag an, und zwei- bis dreimal am Tag äußerte sie ihre größte Befürchtung, es könnte etwas »falsch laufen«. Meine Kiefer schmerzten, weil ich die Zähne vor Frust fest aufeinanderbiss, doch mein Herz tat dabei auch weh. Wir waren keine normale Familie. Ich war keine normale Tochter. Nichts bei uns war normal.
»Ich verspreche dir«, sagte ich zum hundertsten Mal, »du musst dir keine Sorgen um mich machen.«
Sie seufzte. »Das kann niemand versprechen.«
»Ich verliere meinen Job, wenn ich noch länger telefoniere«, log ich. »Heute Morgen ist so viel los. Schick mir die Bücher, dann habe ich abends eine Beschäftigung.« Die Abende waren lang und einsam. Der Fernsehempfang war unzuverlässig, Penny war bis jetzt meine einzige Freundin, und ich konnte mich nicht darauf verlassen, dass sie mir jeden Abend die Zeit vertrieb. Ich hatte mir daher angewöhnt, früh mit einer Tasse Tee und einer Scheibe Früchte-

brot ins Bett zu gehen und alte Promimagazine zu lesen, die ich aus dem Café mitgenommen hatte.

»Gut, das mache ich, aber ...«

»Tschüs, Mum.«

Penny sah mir zu, als ich das Telefon in meine Tasche schob und wieder an die Arbeit ging.

»Alles in Ordnung?«, fragte sie.

»Das ist es immer«, antwortete ich.

Erst sehr viel später erinnerte ich mich an Tomas' Schlüssel. Daheim hatte ich die Schürze achtlos aufs Bett geworfen und war direkt ins Bad gegangen. Meine Einliegerwohnung in Evergreen Falls, hinter Mrs. Taits Haus und fünf Minuten zu Fuß vom Café entfernt, hatte ein Badezimmer, in dem ich gerade mal die Arme ausstrecken konnte, doch dafür eine tiefe Badewanne und ein Fenster, das auf den abgeschlossenen, privaten Garten hinausging. Als ich nach einem ausgiebigen Bad die Waschmaschine füllte, hörte ich etwas in der Trommel klirren. Ich befühlte die schmutzige Wäsche, und als ich schließlich den Schlüssel aus meiner fleckigen Schürze zog, fühlte ich mich irgendwie schuldig. Ich legte ihn auf den Küchentisch.

Während ich aß – ein weiteres tiefgefrorenes Mikrowellengericht für eine Person, dieses Mal Bœuf Stroganoff –, dachte ich über den Schlüssel vor mir nach. Tomas Lindegaard. Ein wunderschöner Name. Vor den Fenstern brach die Dämmerung herein. Die Baustelle war jetzt sicher verlassen, das Café geschlossen. Ich wusste, wo Tomas während dieses Projekts wohnte: Ich hatte seinen Mietwagen vor einem Cottage mit einer langen, von Eichen gesäumten Auffahrt vier Blocks weiter gesehen. Mein Herz schlug ein wenig schneller bei dem Gedanken, an seine Tür zu klopfen.

Ich tauschte den Bademantel gegen ein sauberes T-Shirt

und Jeans, zog Schuhe und eine leichte Jacke an und verließ die Wohnung.

Der Abend war warm und weich, die Luft mit dem Geruch nach Kiefern und Eukalyptus erfüllt. Ich war zu Beginn des Sommers hierhergezogen, und drei Monate später, im März, hatte ich noch keinen heißen Tag durchlitten. Ein leichter Wind wehte, und der Himmel war von einem blassen, von rosafarbenen Wolken durchzogenen Bernsteingelb. Ich ging den Hügel hinauf zur Hauptstraße, unter meinen Füßen knackten abgebrochene Zweige und Kiefernnadeln.

Kein Auto vor Tomas' Haus. Heftige Enttäuschung machte sich in mir breit. Worauf hatte ich denn gehofft? Nach all dem, was in der Vergangenheit passiert war, rechnete ich mir keine allzu große Chance aus, jemals eine normale Beziehung eingehen zu können. Auch wenn ich mich aus tiefstem Herzen danach sehnte.

Seufzend drehte ich um und ging zurück.

Doch ich wollte noch nicht wieder nach Hause. Vielleicht war Tomas ja immer noch auf der Baustelle. Ich spazierte Richtung Evergreen Spa Hotel.

Die Anlage war weitläufig und wunderschön, die Farben des Sonnenuntergangs streichelten die mit Flechten überwachsenen Steinwände. Das Anwesen hatte einen Durchmesser von einem guten Kilometer und kauerte am Rand eines Steilhangs mit Blick auf Täler und Hügel, so weit das Auge reichte. Zwei riesige, jahrhundertealte Kiefern flankierten den Haupteingang, jede umgeben von einem meterhohen Beet voller Gräser und gelber Blumen. Das Hotel wurde Ende der achtziger Jahre des 19. Jahrhunderts gebaut, hatte seine Hochzeit zu Beginn des 20. Jahrhunderts und verfiel nach dem Zweiten Weltkrieg, nachdem es als Nachrichtenzentrale vom Militär genutzt worden war. In einem halbherzigen Renovierungsversuch in den 1960ern wurde der Ostflügel ausreichend für Hochzeiten und Veranstaltungen restauriert. Später wurde auch dieser Teil verschlossen. Im letzten Jahr waren die Bauunternehmer eingezogen. Tomas war gekommen. Penny hatte das Café gemietet. Ich war vor meinen Eltern in Tasmanien geflohen und hatte Penny um einen Job angefleht. Jetzt bediente ich Einheimische und Touristen, hauptsächlich aber Bauarbeiter. Der Ostflügel des Evergreen Spa würde im Laufe des Jahres wiedereröffnet werden.

Doch der Westflügel, das originale zweistöckige Steinhaus mit seinen kunstvoll gebogenen Fenstern im italienischen Stil und reichverzierten Simsen war seit Jahrzehnten verlassen; kaum jemand hatte das Gebäude seither betreten.

Und ich hatte den Schlüssel.

Mein Leben war bis zu diesem Punkt davon bestimmt gewesen, die Nerven meiner Mutter zu schonen und möglichst nicht spontan zu sein. Ich war nie in Bäumen herumgeklettert, nie mit Jungs in ihren Autos durch die Gegend gefahren, nie mit Freunden heimlich zum Strand gegangen (wenn ich denn überhaupt mal Freunde hatte; ich war wirklich keine unterhaltsame Gesellschaft). Während meiner Jugend und danach hatte ich alles durch die Augen meiner Mutter gesehen. Sie hätte es gehasst, dass ich den Schlüssel ins Schloss stecke und ihn drehe. Sie hätte es gehasst, dass ich einen letzten Blick über das verlassene Anwesen schweifen lasse, dabei das leise Rauschen der Bäume und den entfernten Verkehr auf dem Highway wahrnehme. Sie hätte es gehasst, dass ich in das dunkle Gebäude eintrete und die Tür hinter mir schließe. Und genau deshalb tat ich es.

Die Fenster hatte man in grauer Vorzeit vernagelt, der Strom war schon lange abgeschaltet, weshalb ich mein Handy aus der hinteren Hosentasche zog und die Taschenlampenfunktion einschaltete. Sie produzierte nur einen schmalen, kurzen Lichtstreifen, doch ich sah genug, um nicht zu stolpern. Als ich meine Umgebung beleuchtete, erkannte ich, dass ich in einer Art Foyer stand, mit aufgeworfenem Parkett, hohen Decken und abblätternden Simsen, verschimmelten Tapeten, die sich traurig von den fleckigen Wänden rollten, und einem staubigen, zerbrochenen Kronleuchter, der das Licht meines Handys in tausend Kristallfunken an den Wänden brach. Ich holte tief Luft und atmete dabei so viel Staub ein, dass ich fast eine Minute lang ununterbrochen hustete.

Als meine Bronchien sich wieder beruhigt hatten, stand ich lange Zeit nur da und versuchte mir vorzustellen, wie das Foyer zu seinen Glanzzeiten ausgesehen haben mochte; wie es aussehen würde, wenn Tomas und sein Team es saniert hatten. Ich fühlte mich seltsam privilegiert, es so sehen zu dürfen. Ursprünglich, unberührt, die Vergangenheit so lebendig um mich herum.

Ich leuchtete weiter. Auf einer Seite zweigte vor mir ein Korridor ab, auf der anderen eine Treppe. Ich misstraute den Stufen und ging lieber den Flur entlang, an einigen leeren Zimmern vorbei, bis ich mich in einer großen Spülküche wiederfand. Der Boden war mit unebenen Fliesen bedeckt, und ein riesiger gusseiserner Ofen beherrschte eine Wand. Die großen, rechteckigen Spülbecken waren voller Schlamm. Ein Brett fehlte, so dass durch das schmutzige Fenster die Unterseite einer Außentreppe zu sehen war, an der ein Schild mit der Aufschrift »Gefahr. Kein Zutritt« hing. Die Schuldgefühle holten mich ein. Ich sollte gehen.

Ich spazierte zurück ins Foyer zur Eingangstür, die sich jedoch nicht mehr öffnen ließ. Auf der Innenseite gab es kein Schlüsselloch, der Türgriff fehlte bis auf einen hervorstehenden Metallstab. Ich nahm das Telefon zwischen die Zähne, so dass es meine schuldigen Füße beleuchtete, und versuchte den Stab mit beiden Händen zu drehen. Ohne Erfolg, meine Haut war danach rot und wund und roch nach altem Metall.

Mit klopfendem Herzen erkannte ich, dass ich eingesperrt war und niemand wusste, wo ich mich aufhielt. Ich könnte Penny oder Mrs. Tait anrufen. Oder meine Mutter – bei dieser Vorstellung lachte ich laut auf, was mein unbehagliches Gefühl vertrieb. Ich schaltete die Taschenlampenfunktion aus, um den Handyakku zu schonen, während ich angestrengt nachdachte.

Das Gebäude war so weitläufig, dass es andere Ausgänge geben musste. Ich ging zurück durch den Flur und überprüfte die leeren Zimmer auf Fluchtmöglichkeiten. Die Spülküchentür war zugenagelt. Am Ende des Flurs waren zwei Türen: eine offen zugänglich, die andere unter der langen Neigung einer Treppe verborgen. Bei der ersten ließ sich der Griff nicht bewegen. Als ich den Schlüssel ins Schlüsselloch schob, konnte ich ihn gerade mal einen Millimeter drehen. Daher versuchte ich mein Glück an der zweiten Tür, und das war mein großer Fehler.

Mit einem Knarren ließ sich der Schlüssel drehen, ich lehnte mich gegen die Tür, traf auf Widerstand und schob ein wenig stärker, bis ein lautes Poltern zu hören war.

Das Herz schlug mir bis zum Hals. Ein zweites Poltern erklang, dann ein drittes und noch viele mehr, als alles hinter der Tür auf den Boden fiel. Vorsichtig schaltete ich meine provisorische Taschenlampe ein und leuchtete in eine Art Lagerraum, dessen Decke kaum mehr als mannshoch war. Offensichtlich hatte ich mit der Tür unabsichtlich eine schwere Keramikurne gegen das Bein eines alten Tisches geschoben, das daraufhin eingeknickt war. Alles, was auf dem Tisch gestanden hatte – Koffer, Schachteln mit Krimskrams, Bücher, Lampen und viele nicht auf Anhieb identifizierbare Gegenstände –, war in einem großen Haufen zu Boden gerutscht. Die Urne hatte überlebt, ein Teeservice dagegen nicht.

Ich stand vor einer schweren Entscheidung: den Akku meines Handys endgültig aufbrauchen, um im Schein der Taschenlampe den Tatort ausreichend aufzuräumen und die Beweise zu verstecken, oder Penny anrufen, ihr erzählen, was passiert war, und die Blamage aushalten.

Ich entschied mich für eine dritte Möglichkeit: schnell aufräumen, dann Tomas finden, ihm alles gestehen und anbieten, für das Teeservice zu zahlen. Vielleicht auch den Tisch. Er würde mich für eine Idiotin halten, und der Fall wäre erledigt. In gewisser Weise war es eine Erleichterung: Kein Sehnen mehr nach etwas, was ich sowieso nicht haben konnte.

Ich stellte das Handy an die Wand auf den Boden, um genug Licht zu haben. Der Tisch war nicht mehr zu retten, das Bein war gebrochen. Ich sammelte die Überreste des Teeservices auf und legte sie vor die Zimmertür, rückte Kisten zurecht, stapelte Koffer aufeinander, hob Schuhspanner auf und sammelte alte Glühbirnenfassungen und Türknäufe ein, die ich so ordentlich wie möglich auf einen Haufen warf.

Dann hob ich eine umgestürzte Kiste auf, die sich als altes Grammophon entpuppte. Die verrosteten Schnallen auf drei Seiten und ein gebrochener Griff zeigten, dass es einmal tragbar gewesen war. Als ich es vorsichtig aufnahm, sah ich, dass eine Seite bei dem Sturz aufgeplatzt war. Ich setzte es auf dem Boden bei meinem Telefon ab, und in dem Licht wurde etwas Weißes in dem Riss sichtbar, das sich als Bündel Briefe herausstellte, das von einem verfärbten Samtband zusammengehalten wurde.

Ich löste das Band und blätterte durch die Briefe. Kein Umschlag war beschriftet, doch alle enthielten etwas. Ich hob die Lasche des ersten und holte knisternde, gelbliche Seiten heraus. Die Tinte war zu einem Sepiaton verblasst.

Meine Geliebte, welch Qual, dass ich heute Nacht nicht zu Dir kommen kann ...

Liebesbriefe. Alte Liebesbriefe. Meine Brust weitete sich. Ich hatte einen Schlüssel gestohlen, war in ein verlassenes Gebäude eingebrochen und hatte alte Liebesbriefe gefunden. Ich fühlte mich großartig, verwegen, lebendig. *Nimm das, Mum!* Genau diese Art Aufregung hatte ich bisher verpasst, weil ich immer zu vorsichtig gewesen war. *Nimm das, Dad!* Ich verknotete das Samtband wieder. *Nimm das, Adam!* Plötzliche Schuldgefühle kühlten meine Freude ab. Wie konnte ich das nur denken? Nichts war Adams Schuld. Er hatte nie einen solchen Schatten werfen wollen. Niemand hätte das gewollt.

Ich legte die Briefe zu meinem Telefon und räumte den Lagerraum so gut wie möglich weiter auf. Den Tisch stützte ich gegen die Wand. Dann steckte ich die Briefe in meine Jackentasche und schloss die Tür hinter mir. Mit Hilfe der Taschenlampe ging ich zurück zur Küche, zu dem unvernagelten Fenster. Ich lehnte mich gegen die Spüle und versuchte, es aufzuschieben. Ein wenig gab es nach. Ich kletterte auf die Bank und stellte mich in die Spüle, zentimetertief in den Schlamm, und schob mit aller Kraft. Mit einem Knirschen bewegte sich der Rahmen, das Fenster öffnete sich, und ich roch die frische Abendluft. Ich kletterte hinaus und schloss das Fenster hinter mir, dann ging ich um das Gebäude herum und über den Parkplatz zur Straße. Es war Nacht geworden, und als ich mir im Licht der Straßenlampen den Schlamm von den Schuhen streifte, sah ich, dass ich über und über mit Staub bedeckt war. Während ich damit beschäftigt war, ihn von meinen Kleidern zu klopfen, hupte hinter mir ein Auto und kam langsam auf mich zu. Ich trat von der Straße ins feuchte Gras, und das Auto hielt neben mir. Es war Tomas.

»Soll ich Sie mitnehmen?«, fragte er mit seinem charmanten Akzent.

Ich schämte mich so, dass ich kaum sprechen konnte. »Ich ... ich muss mit Ihnen über etwas reden.«

Mit einem leichten Lächeln hob er die Augenbrauen. »Dann rein mit Ihnen. Wir fahren zu mir, ich wohne in der Nähe.«

Zu ihm. Ich seufzte. »Okay.« Und schon saß ich in seinem Wagen, die Liebesbriefe in meiner Jacke. Während der kurzen Fahrt zu seinem Cottage schwiegen wir.

Ein Licht schaltete sich ein, als wir uns der Veranda näherten. Ich erwartete, dass er mich fragte, was ich beim Evergreen Spa gemacht hatte, doch stattdessen sagte er etwas über den wunderschönen Abend, wie sehr es ihm in den Blue Mountains gefiel, wie anders es im Vergleich zu seinem Leben in Kopenhagen war. Ich habe sicher etwas darauf geantwortet, doch meine Gedanken rasten, während ich verzweifelt darüber nachdachte, wie ich ihm alles gestehen sollte.

Er warf seine Schlüssel auf eine Anrichte und führte mich in die Küche. Ich zog rasch meine schlammigen Schuhe aus und versuchte, mir den restlichen Staub abzuklopfen.

»Kann ich Ihnen etwas anbieten? Tee? Kakao? Kaffee würde ich nicht wagen, den machen Sie ja gewöhnlich für mich.«

»Nein danke.«

»Ich werde Kakao kochen, so wie ihn meine Mutter immer macht. Er schmeckt himmlisch.«

Ich zwang mich zu einem Lächeln. »Nun gut, Sie haben mich überredet.«

»Setzen Sie sich und erzählen Sie mir, worüber Sie mit mir reden wollten.«

Ich setzte mich an den Küchentisch und sah ihm zu, während er nach einem gusseisernen Topf suchte und diesen auf den Herd stellte. Als er Milch aus dem Kühlschrank holte und ich sein Gesicht nicht sehen konnte, sagte ich: »Sie haben Ihren Schlüssel zum Westflügel heute im Café vergessen.«

»Ah, da war er. Ich habe schon mein ganzes Büro auf den Kopf gestellt.«

»Es tut mir wirklich leid. Ich habe ihn in meine Schürze gesteckt, und dann hat meine Mutter angerufen und ... sie ist ... sie braucht viel Zuwendung.«

»Kein Problem.«

»Gehen Sie ... oft in den Westflügel?«

Er goss die Milch in den Topf und setzte sich zu mir, während sie auf dem Herd warm wurde. »Nicht oft. Wir werden erst in sechs oder zwölf Monaten darin arbeiten.«

»Ich bin hineingegangen.« Mein Herzschlag dröhnte in meinen Ohren. Ich erinnerte mich, wie ich Adam einmal aus tiefem Schlaf geweckt und Mum mich deswegen angebrüllt hatte. Genauso fühlte ich mich jetzt. In ernsthaften Schwierigkeiten.

Er lächelte. »Böses Mädchen.«

»Es kommt noch schlimmer. Ich konnte nicht mehr hinaus. Ich öffnete eine Tür, die zu einem Lagerraum führte, und ich ... habe einige Sachen hinuntergeworfen.«

»Was für Sachen?«

»Viele. Ein altes Teeservice ist zerbrochen. Gott, ich hoffe, es war keine Antiquität.«

Er lächelte immer noch, was mir etwas Hoffnung gab.

»Es tut mir so leid. Normalerweise bin ich nicht so, wirklich nicht. Ich habe so ein braves Leben geführt. Sie können sich nicht vorstellen, wie brav ich gewesen bin. Ich weiß nicht, was da über mich gekommen ist.«

»Neugier vielleicht?«, schlug er vor, stand auf und ging zum Herd, um die Milch umzurühren. »Ist schon gut. Nichts ist passiert.«

»Aber ich habe etwas kaputt gemacht.«

»Der Westflügel wurde schon vor langer Zeit ausgeräumt. Wahrscheinlich ist es alter, wertloser Kleinkram. Sicher nichts Unersetzbares. Vergessen Sie es einfach.«

Erleichterung durchflutete mich. »Vielen Dank, Sie sind sehr freundlich.«

»Haben Sie geglaubt, ich würde mit Ihnen schimpfen?«

»Ich war mir nicht sicher.«

»Ich bin nur froh, dass Ihnen nichts passiert ist. Ich weiß nicht, ob unsere Versicherung das abgedeckt hätte.«

»Ich habe mich von den Treppen ferngehalten.«

Er füllte den Kakao zusammen mit dem Honig in zwei große Tassen. »Wie sind Sie herausgekommen?«

»Eines der Fenster in der Spülküche war nicht vernagelt.«

»Kluges Mädchen.« Er stellte die Tassen auf den Tisch und setzte sich wieder.

Ich nippte an meinem Kakao. Er war seidig und süß. »Oh«, sagte ich, »er schmeckt wunderbar.«

»Ich werde meiner Mutter sagen, dass Sie ihn mögen, wenn ich das nächste Mal mit ihr spreche.«

Ich lächelte, dann erinnerte ich mich an die Briefe. »Schauen Sie«, meinte ich, während ich sie aus meiner Jacke zog und über den Tisch schob. »Die habe ich in einem alten tragbaren Grammophon gefunden.«

»Was ist das denn?« Vorsichtig löste er das Samtband und öffnete einen der Briefe. Nachdem er einen Moment gelesen hatte, trafen sich unsere Blicke, und er lächelte. »Liebesbriefe?«

»Ich glaube schon. Ich habe mir nur einen angesehen.«

Er räusperte sich. »*Meine Geliebte. Heute lag ich im Sonnenschein hinter dem Tennisplatz, und in meinem Geist war ich wieder mit Dir zusammen wie letzte Nacht, und mein Mund war benetzt mit dem süßen Tau Deiner* ...« Tomas lachte. »Ich kann das nicht laut vorlesen. Es ist zu sexy.«

Ich errötete, während er den Brief wieder zusammenfaltete und mir den Stapel zurückgab. »Behalten Sie sie. Den Schlüssel sollte ich allerdings wieder an mich nehmen.«

»Sind Sie sicher, dass ich die Briefe behalten darf?«

»Ich bestehe darauf. Lesen Sie sie und geben Sie mir dann eine Zusammenfassung der besten Stellen. Vielleicht können Sie herausfinden, von wem sie geschrieben wurden und an wen. Wenn sie versteckt waren, dann war die Beziehung wahrscheinlich auch geheim. Sie sind da vielleicht auf ein Geheimnis gestoßen.«

Ich strahlte vor Aufregung bei dieser Vorstellung. Oder vielleicht rührte die Aufregung auch daher, dass ich mit Tomas an seinem Küchentisch saß und Kakao nach dem Rezept seiner Mutter trank. Pure Freude.

Wir unterhielten uns, wechselten wie von selbst dabei zum Du. Er erzählte mir von seiner Mutter, und ich erzählte ihm – ein wenig – von meiner. Ich war noch nicht bereit,

25

ihn in mein ganzes Leben einzuweihen. Nicht, weil es zu lange dauern würde – aufgeschrieben hätte es Platz auf einer Reißzwecke –, sondern weil ich wollte, dass er zuerst mein wahres Ich kennenlernte.

Was auch immer das war. Ich hatte es noch nicht herausgefunden.

Er bot mir noch einen heißen Kakao an. Ich wollte so gern bleiben, doch meine Mutter würde jeden Moment anrufen, und ich wollte in Tomas' Gegenwart nicht mit ihr reden oder den Anruf ignorieren und sie dadurch wieder in Panik versetzen.

»Ich gehe jetzt am besten«, sagte ich. »Aber vielen Dank.«

»Soll ich dich fahren?«

»Nein danke, ich wohne nicht weit weg, in einer Wohnung hinter Mrs. Taits Haus. Du weißt schon, die ältere Dame, die immer ins Café kommt.«

»Ja, ich kenne sie. Als ich in die Stadt zog, hat sie mich einmal zum Tee eingeladen.«

Wir standen auf der Veranda. Motten schwirrten um die Lampe.

»Nun, dann gute Nacht«, sagte ich.

»Freitag«, platzte er auf einmal heraus. »Darf ich dich zum Abendessen ausführen?«

Mein Gehirn musste mein Herz erst einholen, das bereits mit seiner schönsten Opernstimme »Ja« sang. »Freitagabend? Ja, ja, das wäre großartig.«

»Gut.« Er wirkte erleichtert und strahlte. Meinetwegen. Ich konnte es kaum glauben. »Ich hole dich dann um sechs ab?«

»Ja. Das wäre ... nun, wir sehen uns morgen früh im Café, oder?«

»Ich bin die nächsten Tage in Sydney. Also ...«

»Also …« Ich grinste dümmlich. »Dann sehen wir uns Freitagabend.«

Ich ging im Dunkeln nach Hause und vibrierte schier vor Aufregung. Als meine Mutter anrief, musste ich mir nicht einmal ein Stöhnen verkneifen.

Kapitel zwei

Der Stapel enthielt elf Liebesbriefe, die alle so voll brennender Leidenschaft waren, dass ich mir nach der Lektüre Luft zufächeln musste. Dunkle Wolken waren draußen aufgezogen, und das Trommeln des Regens auf dem Blechdach übertönte die Musik, die ich eingeschaltet hatte. Einen nach dem anderen las ich die Briefe, suchte nach Namen, Daten – irgendetwas, das mir bei der Lösung des Rätsels helfen könnte. Doch ich fand nur heraus, dass sie von einem Mann mit den Initialen SHB geschrieben worden waren; dass dieser Mann eine namentlich nicht genannte Schwester hatte; dass die Briefe im Jahr 1926 oder kurz danach verfasst wurden (was mir eine kurze Internetrecherche nach der in einem der Briefe erwähnten ersten »Miss Sydney« verriet, die offensichtlich zur selben Zeit im Hotel wohnte); dass ihre Liebe definitiv verboten war. Oh, und dass SHB geradezu besessen war von den »rosigen Nippeln« seiner Geliebten, die mindestens einmal pro Brief erwähnt wurden.

Ich schlang das Samtband wieder um die Umschläge und legte sie auf meinen Nachttisch, dann schaltete ich das Licht aus und kuschelte mich ins Bett. Das war meine liebste Beschäftigung an einem regnerischen Abend, was eine Menge darüber aussagte, wie wenig abwechslungsreich meine Freizeit gewesen war.

Lange lag ich wach und dachte an Tomas. Ich schloss die Augen und versuchte mir vorzustellen, wie er etwas von dem tat, was SHB mit seiner Liebsten getan hatte. Ich war nicht vollkommen ohne sexuelle Erfahrung: Ein paar linkische Beziehungen hatte ich gehabt, die nie über das zweite Date hinausgingen, und eine einmalige Begegnung mit einem viel älteren Mann, der meinem Körper Empfindungen entlockte, von denen ich nicht gewusst hatte, dass er dazu fähig war. Doch es gab keinen langjähriger Freund, kein Aufs-Ganze-Gehen, kein Von-den-Füßen-gerissen-Werden. Wie sollte es auch? Ich lebte bei meinen Eltern, und auch wenn diese Tatsache einige Männer nicht davon abhielt, mich nach einem Date zu fragen, so hinderte sie mich auf jeden Fall an einer Zustimmung. Jedes Mal, wenn eine Beziehung in Reichweite schien, sagte ich mir: *Nur noch ein Jahr warten; viel länger kann es nicht mehr dauern.* Ich hasste mich für diese Gedanken.

Als ich dann endlich in die Freiheit entlassen wurde, wusste ich kaum, was ich mit mir anfangen sollte, und Trauer und Schuldgefühle lasteten schwer auf mir.

Doch ich mochte Tomas. In seiner Gegenwart fühlte ich mich wunderbar, als ob etwas Helles mir von der nächsten Ecke zuwinkte. Mit ihm könnte Glück möglich sein.

Mit der Frage, ob SHB und seine Geliebte damals, im Jahr 1926, glücklich waren, schlief ich ein.

Als ich am nächsten Nachmittag von der Arbeit nach Hause kam, fand ich einen Zettel an meiner Haustür. *Man hat die Kisten für Sie zu mir gebracht. Holen Sie sie ab, wenn Sie Zeit haben.* LT.

Ich musste einen Moment überlegen. Das konnte nur

Mrs. Tait sein. Ihr Vorname begann also mit einem L. Ich hatte ihn noch nie gehört.

Ich tauschte meine Arbeitsuniform gegen etwas Bequemeres und ging am Haus entlang zu Mrs. Taits Eingangstür, wo ich klingelte.

»Oh, hallo, meine Liebe«, sagte sie und nestelte am Türgriff. »Kommen Sie rein. Sie haben Post.«

»Das müssten Bücher sein«, antwortete ich beim Anblick der Kartons, die ordentlich im Flur aufgestapelt waren. »Meine Mutter hat sie geschickt. Sie, äh, räumt gerade das Zimmer meines Bruders aus.« Ich stand in einem sonnendurchfluteten, makellos sauberen, renovierten Cottage aus den 1930ern, das hellblau und cremeweiß gestrichen war. »Ihr Haus ist wirklich wunderschön«, sagte ich bewundernd.

»Es ist eigentlich nicht meins. Ich habe es von meiner Mutter geerbt, habe es also durch pures Glück erhalten, nicht durch harte Arbeit. Möchten Sie Tee? Ich habe gerade Wasser aufgesetzt.«

»Danke, das wäre sehr freundlich.«

»Reicht ein Teebeutel? Ich habe es gern einfach.«

»Vollkommen in Ordnung. Kann ich bitte Milch und ein Stück Zucker haben?«

»Natürlich. Setzen Sie sich bitte, ich bin gleich zurück.«

Ich setzte mich in einen plüschigen Sessel, in dem ich tief versank.

Nach wenigen Minuten kam Mrs. Tait mit zwei Tassen zurück, stellte eine auf den Beistelltisch neben mir und ließ sich dann auf dem Sofa nieder. Ihr stahlgraues Haar war zu einem festen Knoten zurückgesteckt, und sie trug ein marineblaues Etuikleid, das ihre blasse Haut beinahe durchscheinend wirken ließ und ihre blauen Augen zum Leuchten brachte.

»Die Farbe steht Ihnen hervorragend«, sagte ich.

»Ich habe Marineblau immer geliebt«, antwortete sie.
»Nicht viele können es tragen.«
Ich lächelte. »An Ihnen sieht es toll aus.«
»Sie sollten etwas mit Ihren Augenbrauen machen.«
»Finden Sie?«
»Nur weil sie blass sind, müssen sie ja nicht wild wachsen. Gehen Sie zu Vana auf der Hauptstraße. Sie wird sie sichtbar machen.« Sie hob ihre eigenen Augenbrauen. Ich musste zugeben, dass sie wunderschön geformt waren.

»Meine Mutter hatte gar keine Augenbrauen«, fuhr sie fort und trank von ihrem Tee. »Sie hat sie 1928 komplett ausgezupft, um sie dann wieder aufzumalen. Damals trug man es so. Musste sie dann ihr ganzes restliches Leben nachzeichnen, und als ihre Hände immer zittriger wurden ...« Sie lachte. »Gott sei ihrer Seele gnädig.«

»Wann ist sie denn gestorben?«, fragte ich.

»Vor fünfzehn Jahren.«

»Sie hat hier gewohnt?«

»O nein. Sie hat nie hier gelebt. Es war eine ihrer Investitionen. Meine Mutter hatte ziemlich viel Geld, und sie hat hart dafür gearbeitet.« Mrs. Tait schüttelte den Kopf. »Ich war nie fleißig genug, um sie zufriedenzustellen. Ich glaube, ich habe sie enttäuscht.«

In diesem Moment wirkte sie nicht wie eine Frau in den Achtzigern, sondern wie ein trauriges Kind, und ich hatte Mitleid mit ihr. »So war es sicher nicht. Sie hat Sie bestimmt geliebt.«

»Oh, das hat sie. Aber ich glaube, sie wollte, dass ich Ärztin oder Anwältin werde oder irgendetwas Besonderes, aber ich war einfach nicht schlau genug dafür, verstehen Sie. Nun denn. Das ist lange her.« Sie lächelte strahlend.

»Sie sagten, diese Bücher gehörten Ihrem Bruder? Zieht er zu Ihnen?«

Ich zögerte. Warum hatte ich immer das Gefühl, es wäre ein Geheimnis, über das ich nicht sprechen durfte? Vielleicht lag es an der Art, mit der meine Mutter die Welt von uns ferngehalten hatte, dass unsere Leben irgendwie heimlich geworden waren. »Er ist tot«, sagte ich schließlich. »Er ist vor vier Monaten gestorben.«

»Das tut mir sehr leid. Wie alt war er denn?«

»Fünfunddreißig.«

Sie schnalzte mit der Zunge. »So jung, eine Schande. War es ein Unfall?«

»Nein, er war schon sehr lange krank. Es war ... nicht unerwartet.« Ich trank von meinem Tee und hoffte, das Thema wechseln zu können. »Erzählen Sie mir mehr von Ihrer Mutter«, sagte ich mit einem gezwungenen Lächeln. »Sie scheint eine beeindruckende Persönlichkeit gewesen zu sein.«

»Ja, das ist eine gute Beschreibung«, antwortete sie und sah über die Schulter zu einigen gerahmten Fotografien auf dem Sideboard, die lächelnde Menschen in altmodischer Kleidung zeigten. »Als ich auf die Welt kam, beschloss sie, dass ich ein besseres Leben als sie haben sollte. Dad war oft krank, weshalb er mit mir daheim blieb und Mum in einer Parfümerie in Sydney arbeitete. Sie machte dort Karriere, und als das Geschäft in Schwierigkeiten geriet, überzeugte sie die Bank, ihr genug zu leihen, damit sie es kaufen konnte. Ich habe sie kaum gesehen: Sie war von frühmorgens bis spätabends in der Arbeit. Sie war eine echte Karrierefrau zu einer Zeit, als Frauen noch keine Karriere hatten. Hat sich ihr Glück selbst erarbeitet.«

»Wow. Sie hatte sicher ein großartiges Leben.«

»Ja, das könnte man denken. Das ist die offizielle Version.« Sie klang schwermütig.

»Offizielle Version?«

»Sie hat mir so manches nicht erzählt. Vieles weiß ich immer noch nicht.«

»Zum Beispiel?«

Sie zuckte mit den Schultern und ignorierte meine Frage. »Dad hat mich aufgezogen, und wir standen uns sehr nahe. Sie war oft auf Reisen, und wir kamen ganz gut ohne sie zurecht. Ich werde immer wissen, wie sie roch, wenn sie nach Hause kam, als ob die ganzen Parfüms, mit denen sie arbeitete, sich in ihren Poren festgesetzt hatten. Sie beugte sich über mich und presste ihre kühlen Lippen auf meine schlafende Wange, und ich wachte gerade so weit auf, um sie riechen und sagen hören zu können, dass sie mich liebte ... Oh, Liebes, jetzt fange ich tatsächlich an zu weinen. Das passiert mir neuerdings öfter. Ich erinnere mich an so lange, so unglaublich lange zurückliegende Dinge.«

»Weinen Sie nur, Mrs. Tait.«

»So glückliche Erinnerungen, hell und scharf sind sie an den Rändern. Wenn ich sterbe, verschwinden sie allesamt.« Ihre Stimme wurde leiser. »Ich habe viel zu viel erzählt, Sie müssen sich langweilen.«

»Ich langweile mich überhaupt nicht. Sie sollten das alles vielleicht aufschreiben.«

»Und wer soll das lesen, meine Liebe?«

»Ihre Kinder?«, schlug ich vor und hoffte, dass sie tatsächlich Kinder hatte und nicht ganz allein auf der Welt war.

Sie schnaubte herablassend. »Es würde sie nicht interessieren. Sie leben ihr eigenes Leben. Eins in London, eins in New York, eins in Vancouver. Haben alle Karriere gemacht. Kein einziges Enkelkind für mich.« Sie runzelte die Stirn und blickte in ihre leere Tasse. »Eine reicht nie.«

»Sie brauchen eine Kanne und größere Tassen.«

»Ja, das stimmt wohl.«

Ich stand auf und machte mich daran, die Tassen wegzuräumen.

»Nein, nein«, sagte sie, »machen Sie sich keine Mühe. Dann habe ich wenigstens etwas zu tun. Brauchen Sie Hilfe mit den Paketen?«

»Ich komme zurecht.«

»Gut«, erwiderte sie. »Ich wollte nur höflich sein.« Dann lachte sie über meinen Gesichtsausdruck, und unzählige Falten durchzogen ihre Haut.

»Kommen Sie mal wieder vorbei«, sagte sie.

»Das werde ich ganz bestimmt, Mrs. Tait«, antwortete ich.

»Lizzie«, korrigierte sie mich mit funkelnden Augen.

»Das werde ich ganz bestimmt, Lizzie«, wiederholte ich und fühlte mich, als wäre mir eine besondere Ehre zuteilgeworden.

Ich war keine Frau, die sich sieben Mal vor einem Date umzog, denn ich hatte mich bereits entschieden – wahrscheinlich Sekunden nachdem Tomas mich gefragt hatte. Mein einziges schönes Kleid. Es war knielang, schwarz, ärmellos und in der Taille mit einem glitzernden Stern gerafft. Sonst trug ich nur Jeans und T-Shirt, dies war das einzige Kleidungsstück, in dem ich wie eine Frau aussehen würde und nicht wie ein asexueller Teenager. Ich hatte keine Ahnung, wie ich mich schminken sollte, doch Vana im Schönheitssalon hatte tatsächlich meine Augenbrauen »sichtbar gemacht« und auch gleich meine Wimpern gefärbt. Ich musterte mein Gesicht im Spiegel, während ich mir die Haare bürstete, und fand mich damit ab, dass ich nicht hübscher werden würde.

Ich war viel zu früh fertig und kauerte zwanzig lange Minuten auf der Couch. Meine Wohnung lag ein Stück von der Straße zurück, weshalb ich angestrengt auf sein Auto lauschte oder das Knirschen seiner Schritte auf dem Kiesweg neben dem Haus, leicht und elegant wie eine Katze. Nervös stellte ich mir verschiedene Szenarien vor, von denen jedes in einem Desaster und einer Demütigung endete. Schließlich ließ er mich per SMS wissen, dass er in der Nähe war. *Stehe vorne und rede mit Mrs. T.*

Ich packte meine Handtasche und strich das Kleid glatt, dann stürzte ich aus der Wohnung.

Mrs. Tait – Lizzie – goss ihren Vorgarten und war in ein Gespräch mit Tomas vertieft. Er trug ein dunkelgraues Sportsakko über einem blauen Hemd und Jeans. Er hatte diese wunderbaren skandinavischen Farben: goldenes Haar, gebräunte Haut, blaue Augen. Doch mich hatte etwas anderes als sein Aussehen angezogen. Er hatte eine Liebenswürdigkeit an sich, eine gewisse Weichheit um den Mund.

»Hallo!«, rief ich im Näherkommen.

Lizzie drehte sich um und lächelte breit. »Wie ich höre, führt Tomas Sie heute aus.«

Meine Wangen begannen zu glühen. »Ja, äh ...«

»Gut für euch beide. Was für wundervolle Kinder ihr haben werdet. Groß und blond und mit freundlichen Augen.« Dann lachte sie über unsere sichtliche Verlegenheit, und eine Welle der Zuneigung wegen ihres schelmischen Humors durchströmte mich.

»Wollen wir?«, fragte Tomas und deutete mit dem Kopf Richtung Auto.

»Auf Wiedersehen, Lizzie«, sagte ich und küsste ihre gepuderte Wange.

»Hinreißende Augenbrauen«, flüsterte sie, bevor sie mich gehen ließ.

Tomas und ich fuhren schweigend in die lange Sommerdämmerung, bis er schließlich sagte: »Wie kommt es, dass du sie ›Lizzie‹ nennst?«

»Ich war gestern bei ihr, und sie hat mir Geschichten von ihrer Mutter erzählt.«

»Sie muss dich mögen.«

»Ich hoffe es; ich mag sie zumindest sehr. Sie hat etwas ganz Besonderes an sich, nicht wahr?«

»Ja, auch wenn das Alter sie nicht milder gemacht hat.«

»Ich glaube, sie ist ziemlich einsam. Sie hat mir erzählt, dass ihre Kinder alle auf anderen Kontinenten leben. Sie ist stolz auf sie, vermisst sie aber auch.« Ich betrachtete die am Fenster vorbeiziehende Landschaft. »Ich glaube, ich sollte mehr Zeit mit ihr verbringen. Sonst habe ich ja nicht viel zu tun.«

Schweigen. Ich verlagerte mein Gewicht, musterte meine frisch manikürten Hände.

»Du siehst gut aus«, sagte er.

Ich warf ihm einen Blick zu. Seine Augen waren auf die Straße gerichtet, doch er lächelte.

»Danke«, antwortete ich. Dann: »Du auch.« Das Herz schlug mir bis zum Hals, und ich verfluchte meine Unerfahrenheit. »Wohin fahren wir?«

»Ich habe einen Tisch im L'Espalier reserviert.«

»Wow, das ist schick. Französisches Essen, nicht wahr?«

»Ja. Ich hoffe, das ist in Ordnung.«

»Natürlich.« Nein, war es nicht. Ich hatte einen empfindlichen Magen. Zu schweres Essen vertrug ich nicht. Meine Französischkenntnisse waren rudimentär, weshalb ich keine Ahnung haben würde, was ich bestellte. Meine Anspannung wuchs.

Ein paar Minuten später bogen wir auf einen Parkplatz ein und gingen den Weg hinauf zum Restaurant. Ich versuchte, auf meinen Keilabsätzen nicht allzu ungelenk zu laufen. *Konzentrier dich. Atme.* Die Hauptstraße von Evergreen Falls lag ruhig und dunkel da, bis auf gelegentliches Gelächter und Licht aus den Lokalen am Wegesrand. Sehnsüchtig blickte ich zum Vintage Star hinüber, einem einfachen Imbiss vor einem Antiquitätengeschäft, wo ich die Karte lesen könnte und ein gutes, simples Steak bekäme. Doch wir gingen daran vorbei und saßen schon bald an unserem Tisch im L'Espalier.

»Wein?«, fragte der Ober, als er die Serviette über meinem Schoß ausbreitete.

»Ich fahre, deshalb trinke ich nichts«, sagte Tomas.

»Ja«, antwortete ich fast schon verzweifelt. »Wein, bitte.«

Der Ober schlug die Weinkarte auf. Beim Überfliegen versuchte ich, meinen Schock über die Preise zu verbergen. Würde Tomas mich einladen?

»Ein Glas von diesem hier«, sagte ich und deutete auf den billigsten Weißwein.

»Den gibt es nur in der Flasche.«

»Dann nehmen wir die Flasche«, sagte Tomas ruhig. »Ein halbes Glas trinke ich vielleicht mit.« Er lächelte mir über den Tisch hinweg zu, seine Haut schimmerte weich im Kerzenlicht. Etwas gezwungen erwiderte ich das Lächeln. Ich hörte das Telefon in meiner Handtasche klingeln – es war Mum. Ich hatte vergessen, ihr zu erzählen, dass ich nicht daheim sein würde. Vielleicht weniger vergessen als vielmehr vermieden, denn dann hätte sie Fragen gestellt, und entweder hätte ich lügen müssen oder ihr gestehen, dass ich mit einem Mann ausging, was mir wieder einmal einen Vortrag darüber eingebracht hätte, wie gefährlich die Männer waren.

»Du bist ja ganz woanders«, sagte Tomas.

»Leider«, erwiderte ich. Das Telefon klingelte wieder.

»Musst du das annehmen?«

»Ich ... Es ist meine Mutter.«
»Du weißt das sicher?«
»Um diese Uhrzeit ruft sie mich immer an.«
»Jeden Freitag?«
Jeden Tag. Das würde ich ihm allerdings nicht erzählen, ebenso wenig, dass sie täglich mindestens zweimal zu verschiedenen Zeiten anrief.

»Vielleicht solltest du besser drangehen«, sagte er. »Es macht mir nichts aus.«

Ich öffnete meine Handtasche und schaltete das Telefon aus. Heute Abend würde ich eine Erwachsene sein. »Sie wird es überleben«, sagte ich lässiger, als ich mich fühlte.

Der Ober kam mit einem Brotkorb und dem Wein zurück, den ich ein wenig zu rasch hinunterstürzte. Tomas schien es nicht zu bemerken. Er fragte mich nach meiner Mutter und meinem Vater; ich antwortete ihm ehrlich, wenn auch nicht umfassend. Dad war ein Illustrator für naturwissenschaftliche Abhandlungen, der von zu Hause aus arbeitete, Mum eine ehemalige Sozialarbeiterin, die sich viele Jahre um meinen kranken Bruder gekümmert hatte, der kürzlich gestorben war.

»Das tut mir leid«, sagte er.

»Ja, es ist ...« Ich schenkte mir Wein nach. In meinem Kopf drehte es sich ein wenig, als ich versuchte, mich auf die Speisekarte zu konzentrieren. »Ich kann kein Französisch.«

»Darunter steht es auf Englisch, siehst du?«

Der Ober ließ sich Zeit. Das Restaurant war laut und voll besetzt, ein wenig zu warm. Wir knabberten an dem Brot, lächelten uns steif zu, bis der Ober endlich zu uns kam. Tomas bestellte in perfektem Französisch, wobei ich mich noch unzulänglicher fühlte.

»Wie viele Sprachen sprichst du?«, fragte ich.

»Nur Englisch und Französisch.«
»Und Dänisch.«
»Natürlich. Ich bin ja aus Dänemark.« Er zuckte mit den Schultern. »Erzähl mir mehr von deinem Bruder. Du vermisst ihn sicher.«

Noch ein Schluck Wein. »Ja, ich vermisse ihn, aber … weißt du …« Ich atmete tief ein. »Als ich dir gerade von meiner Familie erzählt habe … klang alles wahrscheinlich vollkommen normal, wenn auch ein wenig traurig. Aber wir sind nicht normal. Oder waren es zumindest nicht. Wegen Adam.«

Er lächelte freundlich. »Erklär es mir.«

Bestärkt vom Wein, versuchte ich die sechzehn Jahre andauernde Krankheit meines Bruders anschaulich zu schildern. Von den ersten Anzeichen mit neunzehn, einer Lungentransplantation mit einundzwanzig, den unzähligen panischen Fahrten in die Notaufnahme wegen Erkältungen, von denen normale Menschen innerhalb weniger Tage genesen würden, die für ihn aber das Todesurteil bedeuten konnten, bis zu all den unterschiedlichen Diagnosen. Ich erzählte von anderen Schrecken, die die Medikamente über seinen Körper brachten, samt der dazugehörigen Operationen, und von dem quälenden Warten auf den Moment, in dem das Lungentransplantat versagen würde. Man erklärte uns, manche Menschen bekämen gute zehn Jahre geschenkt. Adam hatte vierzehn. Die ganze Zeit warteten wir, zusammengehalten von seinem Todesurteil. Zu verängstigt, um in die Welt hinauszugehen, weil die Gefahr bestand, dass wir einen für ihn tödlichen Keim mitbrachten. Meine Mutter sah überall nur noch den sicheren Tod für ihre Kinder. Ihre Sorge galt nicht nur Adam; als das überlebende Kind war ich ihr einziger Trost, und sie ertrug den Gedanken nicht, mich auch noch zu verlieren. Sie behielt mich zu Hause. Sie bat mich, meinen Universitätsabschluss an einer Fernuni zu machen, doch irgendwann habe ich das Studium abgebrochen, weil ich mich von allem so abgeschnitten fühlte. Sie bat mich, nicht arbeiten zu gehen, stattdessen hat sie mich angestellt, um ihr mit Adam zu helfen, der viel Hilfe brauchte und einen Großteil unserer Zeit beanspruchte. Sie behielt mich ebenso dicht unter ihrem aufmerksamen Auge wie ihren sterbenskranken Sohn. Wir vier in diesem Haus, zusammengehalten von Krankheit, alle hörten wir sechzehn Jahre lang das betäubende Ticken der vergehenden Zeit.

Tomas war ein wunderbarer Zuhörer. Er wusste, wann er Fragen stellen, wann er sich zurücklehnen und mich schweigen lassen sollte. Seine aufmerksamen Augen suchten hin und wieder nach unserem Ober, ebenso wie sie bemerkten, wenn meine Hand wieder zur Weinflasche griff. Doch er hinderte mich nicht daran, und nachdem ich einmal angefangen hatte zu erzählen, brach alles aus mir heraus.

»Himmel, ich bin ganz schön betrunken«, sagte ich, nachdem ich mit meiner Geschichte fertig war und Tomas mich mitfühlend betrachtete. Und bereute es sofort. Ich war wirklich eine Idiotin. »Ich hätte dir das alles nicht erzählen sollen.«

»Ich bin froh, dass du es getan hast.«

»Wo ist der Ober? Ich bin wirklich hungrig, und mein Magen ...«

»Ich fürchte, sie haben uns vergessen.«

Ich ließ den Blick durchs Restaurant schweifen. Mir war etwas schwindelig.

»Du trinkst nicht oft Alkohol, nehme ich an?«, fragte er.

»So gut wie nie.«

Er stand auf und legte seine Serviette auf den Tisch.

»Komm. Wir fahren zu mir, und ich mache dir ein Sandwich. Du musst etwas essen, und schwere Kost dürfte jetzt nicht das Richtige sein.«

Der Ober eilte uns Entschuldigungen rufend hinterher, doch Tomas winkte nur ab und gab ihm einen Fünfzig-Dollar-Schein für den Wein.

Auf dem Weg hügelabwärts zurück zum Auto ließ mich mein Gleichgewichtssinn auf den Keilabsätzen endgültig im Stich. Tomas legte mir den Arm um die Taille und führte mich zum Wagen. Mir war vage bewusst, dass der Abend sehr schlecht verlief und ich nach vier Gläsern Wein in weniger als einer Stunde in keinem guten Zustand war. Doch seine einzige Sorge schien zu sein, mich ins Auto und zu ihm nach Hause zu schaffen.

»Es tut mir leid«, sagte ich.

»Was denn?«

»Dass ich dich blamiere.«

»Tust du nicht.«

»Dass ich mich blamiere.«

Er fuhr an den Straßenrand und drehte sich zu mir, legte mir eine warme Hand an die Wange. »Lauren, keinem von uns muss etwas leidtun. Ich fahre jetzt zu mir, in Ordnung? Damit du etwas zu essen bekommst. Sonst nichts.«

»Okay.« *Sonst nichts.* Was meinte er damit?

Er fuhr weiter. Der letzte Streifen Sonne war am Horizont zu sehen. Alles schien sich um mich herum zu drehen.

»Wir sind gleich da«, sagte er.

»Es tut mir leid.«

»Das will ich nicht mehr hören.«

Dann waren wir vor seinem Haus, und er half mir aus dem Wagen nach drinnen. Danach war alles etwas schwammig, aber ich trank offensichtlich heißen Tee und aß ein getoastetes Käsesandwich, und dann saß Tomas neben mir.

»Warum magst du mich?«, fragte ich. »Du bist so großartig, und ich bin so ... ich.«

»Trink deinen Tee«, sagte er freundlich.

»Aber ...«

»Ich mag dich, weil du etwas sehr Echtes an dir hast, Lauren. Dein Herz spiegelt sich in deinen Augen. Ich kann es nicht besser ausdrücken. Ich bin in so etwas nicht besonders gut.«

Ich trank meinen Tee und aß das Sandwich, während er mir zusah Er war einfach hinreißend. Ich beugte mich vor, um ihn zu küssen, doch er wich zurück und packte mich sanft an den Schultern. »Nein«, sagte er, »nicht so.«

Er ließ mich kurz allein, um Tasse und Teller abzuräumen, und ich horchte auf die Geräusche aus der Küche.

Als Nächstes wachte ich im körnigen Morgenlicht auf, immer noch in Kleid und Schuhen, unter einer dünnen Decke auf Tomas' Couch.

Die Scham. Die furchtbare, überwältigende Scham. Bilder von gestern Abend blitzten auf. Wie ich zu viel getrunken, zu viel geredet hatte, zu oft gestolpert war. Wie ich versuchte, Tomas zu küssen, und zurückgewiesen wurde. Ich sah auf die Uhr, es war kurz vor fünf. Wenn ich jetzt aus dem Haus schlich ...

Aber meine Blase war zu voll für eine rasche Flucht. Langsam stand ich mit hämmerndem Kopf auf und sah mich in dem Wohnzimmer um. Couch, Tisch, Fernseher. Kein Teppich, keine Bücherregale, keine Bilder. Tomas wohnte hier nur vorübergehend zur Miete, was vermutlich die Unpersönlichkeit der Einrichtung erklärte. Stille lag über dem Cottage. Von draußen hörte ich die Vögel zwitschern.

Auf der Suche nach einer Toilette ging ich leise einen Flur entlang, meine lächerlichen Schuhe in der Hand.

Kurz darauf hatte ich das Cottage schon fast verlassen und gratulierte mir, Tomas nicht geweckt zu haben, als ich seine Stimme hörte.

»Willst du dich etwa rausschleichen?«

Ich drehte mich um. Er stand in einem blauen Pyjama hinter der Couch und rieb sich den Schlaf aus den Augen.

»Es tut mir leid …«

»Du sollst das doch nicht mehr sagen, erinnerst du dich?«

Ich schüttelte den Kopf. »Ich erinnere mich an nicht gerade viel.«

»Bleib«, sagte er lächelnd. »Lass mich dir zumindest Kaffee und Toast machen.«

Bei dem Wort »Kaffee« horchte ich auf. »Du verachtest mich nicht?«

Lachend schüttelte er den Kopf. »Das ist das Letzte, was ich dir gegenüber empfinde.«

Ich schloss die Tür in der kühlen Dämmerungsluft. »Danke«, sagte ich. »Und danke für die Decke. Und weil du … du weißt schon … ein Gentleman warst.«

»Komm mit«, sagte er, und ich folgte ihm in die Küche, wo er das Licht einschaltete und mir bedeutete, mich an den Tisch zu setzen.

»Du hast also keine große Erfahrung mit Alkohol«, sagte er, als er die Kaffeemaschine einschaltete.

»Äh, nein. Mit Dates ist es dasselbe. Ich war sehr nervös.«

»Ich kann nicht glauben, dass ich jemanden nervös machen könnte.« Seine blauen Augen funkelten.

»Hast du eine Ahnung.«

»Du hast mir viel erzählt gestern Abend.«

»Ich habe dir nicht erzählt, dass ich noch nie einen Freund hatte.« Das Wort »Freund« fühlte sich falsch an, wie ein Wort, das ich vor fünfzehn Jahren hätte verwenden sollen, nicht jetzt.

»Nicht einen einzigen?«

Ich schüttelte den Kopf. Er widmete sich dem Kaffee, und ich saß peinlich berührt am Tisch, bis er eine Tasse vor mir abstellte und sich zu mir setzte.

»Wirklich?«, fragte er und nahm den Gesprächsfaden wieder auf. »Keine einzige Beziehung?«

»Ich konnte nicht. Wegen ... all dem, worüber ich gestern Abend gesprochen habe.«

»Aber wolltest du denn keine Beziehung? Wolltest du nicht ein eigenes Leben haben?«

»Natürlich wollte ich das. Ich habe mich danach gesehnt. Aber ... Adams Leben schien davon abzuhängen, dass ich eben nicht das tat, was ich wollte. Dann fühlte ich mich angesichts seines nahenden Todes egoistisch, überhaupt etwas zu wollen.«

»Hattest du Träume? Erwartungen?«

»Eigentlich nicht. Vielleicht eines Tages heiraten, Kinder bekommen. Als Adam starb und ich erkannte, dass ich frei war, wusste ich überhaupt nicht, was ich tun wollte.«

»Du bist also hier, um dich selbst zu finden?«

Traurig schüttelte ich den Kopf. »Ich kam hierher, weil Adam das immer tun wollte. Ich hatte keinen eigenen Traum, deshalb habe ich seinen verwirklicht.«

Tomas trank seinen Kaffee mit diesem aufmerksamen Gesichtsausdruck, der mich am Abend zuvor dazu verleitet hatte, so viel zu erzählen.

»Bevor er krank wurde, hat er eine Zeitlang hier gelebt. Er sprach viel davon, dass er irgendwann hierher zurückkehren wolle. Als er noch jünger war, hat es ihn sehr beschäftigt, nicht gesund genug zum Reisen zu sein. Später sprach er nicht mehr so viel darüber. Doch an seiner Wand

hing ein Foto, das er auf dem Wanderweg zu den Wasserfällen aufgenommen hatte, auf Posterformat vergrößert. Er hat es oft angeschaut, wenn er sonst nichts tun konnte.«
Verdammt, nein. Meine Stimme brach, und ich musste die Tränen wegblinzeln.

Tomas legte seine Hand auf meine. »Weine nur, wenn dir danach ist. Ist in Ordnung.«

»Frauen sollten vermutlich etwas geheimnisvoller sein als ich bei diesem Date«, sagte ich.

»Geheimnisvoll mag ich überhaupt nicht. Ich mag dich. Vielleicht hast du durch die ganzen Extrajahre mit deiner Familie einfach nicht gelernt, hart oder cool zu sein. Und vielleicht mag ich dich genau deswegen, Lauren.«

Seine Worte brachten mich nun wirklich zum Weinen, während er geduldig meine Hand mit seinem Daumen streichelte.

»Ich muss allerdings ehrlich zu dir sein«, sagte er schließlich, und ich hielt den Atem an. »Da ich jetzt von deiner ... Unerfahrenheit weiß, wie du es wahrscheinlich nennen würdest, solltest du wissen, dass ich im Juni nach Kopenhagen fliegen und nicht vor Januar nächsten Jahres wieder hier sein werde. Sechs Monate danach werde ich endgültig nach Hause zurückkehren.«

»Nach Hause? Nach Dänemark?«

»Ja. Deshalb kann ich nicht ... ich werde dir nichts bieten können ... du hast Heirat erwähnt, Kinder. Ich warne dich besser. Ich werde nicht ewig hier sein.«

»Das ist okay«, sagte ich, wahrscheinlich etwas zu rasch. »Das macht mir nichts aus. Ich möchte dich wirklich gern weiter treffen. Unser zweites Date wird sicher besser als das erste. Schlechter kann es nicht werden.«

Er tätschelte meine Hand. »Dann lass das hier unser zweites Date sein.«

»Frühstücksdate?«

»Wie wäre es mit einem schnellen Toast, und dann gehen wir zurück in den Westflügel und versuchen, mehr über unser geheimes Liebespaar herauszufinden.«

»Ich trage ein schickes Kleid und lächerliche Schuhe«, wandte ich ein.

»Wir fahren kurz bei dir vorbei, und du kannst dir etwas Bequemeres anziehen.«

Ich grinste. »Okay.«

Das schwache Morgenlicht fiel durch die Ritzen der vernagelten Fenster, doch Tomas hatte eine große Taschenlampe mit einem kräftigen Strahl mitgebracht, so dass ich einen sehr viel besseren Eindruck von der verblassten Pracht des Anwesens bekam.

»Wollt ihr das originale Aussehen bewahren?«, fragte ich, als er die kunstvolle Decke beleuchtete. »Die Muster aus gepresstem Metall sind überwältigend.« In Jeans und T-Shirt fühlte ich mich sehr viel wohler.

»Es wird anders aussehen, wenn ich es neu designed habe. Ich habe noch keine Pläne gezeichnet, aber ich muss einige Wände einreißen und neue errichten lassen. Die Bauunternehmer wollen den Platz maximieren. Keiner weiß, was die Inneneinrichter anschließend tun werden.« Er reichte mir die Taschenlampe. »Geh du vor.«

Ich führte ihn den Korridor entlang zu dem Lagerraum. Alte Holzbohlen knarzten unter unseren Füßen, und der Staub kitzelte in der Nase.

Tomas holte den Schlüssel heraus und öffnete die Tür, dann leuchtete er mit der Taschenlampe in den Raum. »Himmel, was für ein Chaos.«

»Wird das alles einfach weggeworfen?«

»Es überrascht mich, dass es noch nicht längst geschehen ist. Sie müssen diesen Raum übersehen haben.«

»Wirst du jemandem davon erzählen?«

Er schüttelte den Kopf. »Den Bauunternehmern ist es egal. Wir können uns alles anschauen, wenn du magst. Wenn du an unserem kleinen historischen Geheimnis interessiert bist.«

»Das wäre sicher spannend.«

Er drückte meine Hand, beugte sich vor und küsste mich leicht auf die Lippen. Mir wurde ein wenig schwindelig.

»Jetzt zu unserem dritten Date«, sagte er. »Kaffee in meinem Lieblingscafé.«

Ich lächelte und stellte mir die Überraschung auf Pennys Gesicht vor, wenn wir zusammen auftauchten. Doch dann fiel mir etwas ein. »Oh! Ich muss um halb sieben bei der Arbeit sein. Wie spät ist es jetzt?«

Er beleuchtete mit der Taschenlampe seine Uhr. »Viertel nach sechs. Gut, dass wir schon vor Ort sind.«

»Ich muss los. Drittes Date. Bald!«

»Heute Abend?«

»Einverstanden. Ich koche uns etwas bei mir. Sieben Uhr?«

Mutig küsste ich ihn auf den Mund, ließ ihn meine Lippen mit seiner Zunge öffnen, dann rannte ich den Korridor entlang, während er mir den Weg leuchtete, hinaus in das Licht des frühen Morgens. Lächelnd wie eine Idiotin.

Kapitel drei

Meine Schicht schien sich endlos hinzuziehen, doch um zwei Uhr hatte ich es endlich geschafft. Ich kaufte ein und ging dann nach Hause, um Steaks zu marinieren und einen Nudelauflauf mit Salat zuzubereiten. Danach nahm ich ein langes Bad und wusch mir endlich den Schmutz und den schalen Geruch nach Alkohol vom Leib. Ich hätte leicht im Wasser einschlafen können, doch ich musste vor Tomas' Ankunft unbedingt noch Adams Bücher auspacken. In meinem Wohnzimmer war kein Platz für unnötige Sachen.

In meinen Morgenmantel gehüllt, saß ich auf dem Boden und öffnete den ersten Karton.

Ich hoffe, Du hast Freude an diesen Büchern
und nimmst Dir die Zeit, Dich Deines Bruders –
meines geliebten Sohnes – zu erinnern, wenn
Du sie liest.

Mit einem schmerzhaften Stich fiel mir ein, dass ich gestern Abend im Restaurant das Handy ausgeschaltet hatte. Rasch holte ich es aus meiner Handtasche, schaltete es ein und hörte die sieben zunehmend panischen Nachrichten meiner Mutter auf der Mailbox ab, bevor ich ihre Nummer wählte. Mit dem Telefon zwischen Wange und Schulter begann ich die Bücher auszupacken.

»Hallo?«, antwortete sie atemlos.

»Ich bin's.«

»Wo warst du?«

»Nirgends. Ich habe nur vergessen, das Handy anzuschalten.«

»Lauren, du musst wirklich umsichtiger sein. Es ist nicht fair mir gegenüber, einfach so abzutauchen. Ich war fast verrückt vor Sorge. Ich habe die Polizei angerufen, aber sie wollten nichts unternehmen.«

Ich ertrug geduldig ihre Vorwürfe, während ich die Bücher aus den Kisten nahm und in die Regale stellte. Ich entschuldigte mich, fühlte mich wie ein Teenager, doch als ich endlich zu Wort kam, sagte ich: »Mum, ich bin eine erwachsene Frau. Du kannst nicht erwarten, dass du jede Sekunde des Tages weißt, wo ich mich aufhalte.«

Sie schwieg, und ich wusste, dass ich sie verletzt hatte. »Tut mir leid, Mum«, sagte ich. »Aber mach dir keine Sorgen um mich, ja? Mir passiert nichts.« Und weil ich mich schuldig fühlte, erzählte ich schließlich doch zu viel. »Ich habe einen Mann kennengelernt.«

»Einen Mann? Du meinst, einen Freund?«

»Ja. Er ist toll. Ein Architekt aus Dänemark.«

»Spricht er Englisch?«

»Ja, Mum.« Ich versuchte, nicht zu genervt zu klingen.

»Du musst vorsichtig sein, Lauren. Du hast kein Händchen für Männer.«

»Nun, das werde ich auch nicht haben, wenn ich nicht mehr Zeit mit ihnen verbringe«, sagte ich und versuchte, entspannt zu klingen. »Wir haben heute Abend unser drittes Date.« So hatte Tomas es genannt, und ich musste

lächeln. Ich hatte es noch nie bis zum dritten Date geschafft.
»Ich koche für ihn.«

»Das ist gut. Du bist eine gute Köchin. Es freut mich, dass ich mir die Zeit genommen habe, es dir beizubringen.«

Sie wollte noch mehr sagen, das spürte ich deutlich – düstere Warnungen, Beteuerungen, dass ich daheim immer willkommen wäre, falls etwas schiefginge, Bitten, ihr zu bestätigen, dass ich sicher war –, doch sie schwieg, und ich erkannte die Mühe an, die sie das kostete. »Ich sollte jetzt aufhören«, sagte ich, »ich muss noch aufräumen, bevor er kommt.«

»Du hast ihn zu dir nach Hause eingeladen? So früh schon in der Beziehung? Was, wenn er auf dumme Gedanken kommt?«

Dumme Gedanken. Oh, wie sehr ich bei Tomas darauf hoffte. Ich hatte sie jedenfalls schon.

»Mum. Hör auf, dir Sorgen zu machen.«

Sie murmelte noch etwas, verabschiedete sich aber schließlich mit dem Versprechen, am nächsten Morgen anzurufen, um zu hören, wie der Abend verlaufen war.

Ich legte das Telefon zur Seite und widmete mich wieder voll und ganz den Büchern. Manche waren staubig und vergilbt. Romane und Geschichtsbücher und Bildbände über den Weltraum und Autos. Ich blies den Staub ab und räumte sie eins nach dem anderen ein. Nach und nach leerte ich die Kartons. Die meisten dieser Bücher würde ich niemals lesen, aber es fühlte sich nicht richtig an, sie zu verschenken oder gar wegzuwerfen. Ein Buch über die Blue Mountains ließ mich innehalten, und als ich es aufschlug, um mir die Bilder anzusehen, fiel ein Foto heraus.

Es zeigte einen jungen Adam und einen Freund im ungefähr gleichen Alter. Freudig sah ich, dass es hier in Evergreen Falls aufgenommen worden war. Ich erkannte die Aussichtsplattform auf dem Bergrücken, an der sie mit nacktem Oberkörper lehnten, offensichtlich in ein Gespräch vertieft. Ihre Schulterblätter stachen wie die Ansätze von Engelsflügeln hervor. Adams helles Haar war lang. Ich kannte seinen Freund nicht, er war dunkelhaarig und hatte ein ansprechendes Profil. Auf der Rückseite des Fotos stand: *Adam und Frogsy. Hab euch lieb, Jungs. Drew xxxx.*

Ich drehte das Bild wieder um. Adam war achtzehn oder neunzehn, kurz vor seiner Erkrankung. Er ahnte nicht, was ihm bevorstand. Er sah glücklich und entspannt aus, wie er sich vor dem atemberaubenden Ausblick mit einem Freund unterhielt. Frogsy und Drew. Er hatte diese Namen nie erwähnt, und niemand aus seiner Zeit in den Blue Mountains hatte ihn in Tasmanien kontaktiert. Sorgfältig blätterte ich das Buch auf der Suche nach weiteren Fotos durch. Stattdessen fand ich eine Widmung in blauer Tinte: *Alles Gute zum 19. Geburtstag! Auf viele weitere glückliche Jahre! Alles Liebe von Frogsy.*

Adam hatte nicht so viele Jahre erlebt, wie Frogsy ihm gewünscht hatte, und glücklich waren auch nicht alle gewesen. Ich legte das Buch zur Seite und betrachtete lange das Foto. »Frogsy« war ein ungewöhnlicher Name, mit Sicherheit ein Spitzname. Vielleicht reimte er sich auf etwas, oder vielleicht sah er wie ein Frosch aus, oder er trug oft Grün. Ob er wohl immer noch hier lebte? Ich würde ihn wahrscheinlich nicht finden, außer vielleicht, wenn er den Spitznamen noch verwendete. Trotzdem würde ich Penny das Foto zeigen und sie fragen. Oder vielleicht auch Lizzie; sie lebte schließlich schon seit vielen Jahren hier.

Das waren meine Gedanken, als es plötzlich an der Tür klopfte.

»Tomas!«, rief ich, als ich öffnete, und zog meinen Morgenmantel enger um mich. Hatte ich die Zeit vergessen? »Ich war nicht ...«

»Es tut mir leid«, unterbrach er mich. »Ich muss leider absagen.«

»Absagen?« Kein drittes Date. Es gab nie ein drittes Date.

»Sabrina ... meine Ex-Frau ... sie hatte einen Autounfall. Meine Nummer war ihr Notfallkontakt. Ich muss ... ich fahre jetzt nach Sydney und fliege von da aus zurück nach Kopenhagen.«

Aber sie war doch schließlich seine Ex, warum also ...? Doch selbst in meiner Verwirrung erkannte ich, dass für diese Frage jetzt nicht der richtige Zeitpunkt war, weshalb ich stattdessen sagte: »Natürlich. Ist sie denn schwer verletzt?«

»Sehr, sehr schwer. Sie wird gerade notoperiert. Es ist möglich, dass sie nicht überlebt.« Er versuchte die Tränen zu unterdrücken und atmete tief ein. »Ich weiß, das klingt verrückt, Lauren, aber sie hat sonst niemanden. Ihre Eltern sind tot, sie hat keine Geschwister. Ich muss zurückfliegen und mich um alles kümmern. Ich bin ihr ältester Freund.«

»Es tut mir so leid. Wie furchtbar. Natürlich, flieg nach Kopenhagen, mach dir um mich keine Gedanken.«

Er brachte ein kleines Lächeln zustande. »Du bist etwas ganz Besonderes. Hier, ich habe etwas für dich.« Er legte einen Gegenstand in meine Handfläche und schloss meine Finger darüber. Dann zog er mich an sich und presste seinen Mund hart auf meine Lippen. »Ich weiß nicht, wie lange ich weg sein werde. Ich rufe dich an.«

Er wandte sich um und ging mit knirschenden Schritten über den Kiesweg neben dem Haus. Erst als ich sein Auto wegfahren hörte, öffnete ich meine Hand und sah, was er mir gegeben hatte.

Den Schlüssel zum Westflügel.

Natürlich machte ich mich wegen Sabrina verrückt, seiner Ex-Frau, seiner ältesten Freundin. Ich musste mir von Zeit zu Zeit in Erinnerung rufen, dass die arme Sabrina im Sterben lag und dass ich wegen meiner Lieblosigkeit bestimmt in die Hölle kommen würde, doch ich konnte einfach nichts dagegen tun. Ich malte mir aus, dass er in Dänemark blieb, um ihr während der Genesung beizustehen, und sie schließlich wieder heiratete. Warum auch nicht? Ich hatte schließlich kein Anrecht auf ihn. Zwei Dates, die eigentlich nur ein einziges, dafür aber sehr langes gewesen waren, bei dem ich mich auch noch furchtbar blamiert hatte. Mum hatte recht. Ich hatte einfach zu wenig Erfahrung mit Männern. Ich war zu verletzlich.

Doch Montagmorgen um drei piepste mein Handy. Ich tastete auf dem Nachttisch danach und hielt es mir vor die Augen. Eine SMS von Tomas. *Gut in Kopenhagen angekommen. Sabrinas Zustand ernst, aber stabil. Immer noch bewusstlos. Schick mir Deine E-Mail-Adresse.*

Ich tippte eine Antwort und wartete im Dunkeln, aufrecht im Bett sitzend. Das einzige Geräusch war das Hämmern meines Herzens.

Pieps. *Ich melde mich, wenn ich kann. Brauche Schlaf. Muss Sabs Cousin kontaktieren. Löse Du das Rätsel, während ich weg bin.*

Werde ich, tippte ich und drückte auf »Senden«. Dann war ich wieder allein in der stillen Nacht.

Ich versprach mir, den Lagerraum im Westflügel am Montag nach meiner Schicht auszuräumen, doch als ich das Café verließ und Richtung Ballsaal ging, sah ich eine Gruppe Männer beim Säulengang. Ich blieb hinter den wuchernden Hecken stehen und beobachtete sie. Ich war mir ziemlich sicher, dass Tomas nicht für mich beim Eigentümer um Erlaubnis gefragt hatte, mich in dem Gebäude umsehen zu dürfen, und ich wollte ihn nicht in Schwierigkeiten bringen. Die Männer waren angeregt ins Gespräch vertieft, und ich hätte an ihnen vorbeigehen müssen, um in das alte Hotel zu gelangen.

Stattdessen ging ich durch einen überdachten Durchgang und über den alten Tennisplatz an den Rand des Steilhangs. Eine lange, etwa hüfthohe Steinmauer verlief an den Grundstücksgrenzen des Evergreen Spa. Dessen dorische Säulen waren verwittert, mit Flechten überzogen und an einigen Stellen abgebröckelt. Eine Steintreppe führte ... irgendwohin. Man hatte einen Stacheldraht vor dem Zugang gespannt, an dem ein Warnschild hing. Ich hörte, wie sich Stimmen näherten, und zögerte. Das Verlangen, nicht in der Nähe des Westflügels entdeckt zu werden, konkurrierte mit meinem Wunsch, nicht auf einer baufälligen Treppe auszurutschen und zu Tode zu stürzen. Was würde Mum wohl sagen, wenn sie mich jetzt sähe?

Ich kletterte über den Zaun. Die Treppe schien einigermaßen stabil, doch schon bald mündete sie in einen überwucherten steinigen Pfad, der sich hinunter ins Tal schlängelte. Das Evergreen Spa war damals eine Kureinrichtung gewesen, und das hier war vielleicht ein alter Wanderpfad. Das weckte mein Interesse. Von der Stadt führten viele schöne Spazierwege zu den Wasserfällen, alle gepflegt, mit Geländern und Trittsteinen, aber meistens auch von Touristen bevölkert. Mir gefiel die Vorstellung, dass diesen Weg schon lange niemand mehr gegangen war. Die Sonne schien warm auf mein Gesicht, eine leichte Nachmittagsbrise wehte.

Der Weg führte in einer sanften Kurve hinunter ins Tal. Die Pflanzenwelt stand in scharfem Kontrast zu den eingeführten Eichen und Koniferen, die die Straßen der Stadt säumten. Ich ging an Eukalyptusbäumen und Kasuarinen vorbei, Flechten und Banksien. Hier und dort bedeckten abgebrochene Äste den Boden, und ich musste ein wenig herumklettern, um mir meinen Weg zu bahnen. Das Laub vieler Jahre, Rindenstücke, kratzende Farne und lose Steine erschwerten das Gehen. Ich lehnte mich immer wieder gegen die Steinwand, um das Gleichgewicht nicht zu verlieren. Das Blätterdach aus Coachwoodbäumen und hohen Myrtengewächsen wurde dichter.

Ich sah auf und erblickte den Rand des Steilhangs weit über mir. Später würde ich den ganzen Weg wieder hinaufgehen müssen, außerdem zogen Wolken auf. Ich zögerte, doch dann sah ich plötzlich etwas Seltsames etwa hundert Meter vor mir und setzte meinen Weg fort. Bald kam ich zu zwei etwa daumendicken Metallkabeln. Eines hing lose herunter und rollte sich am Ende ein, doch das andere führte weit hinab in Richtung Tal. Beide schienen von der Hinterseite des Hotels zu kommen.

Neugierig geworden, ging ich, begleitet vom intensiven Geruch des Waldes, weiter nach unten. Um mich herum erklang der helle Ruf von Glockenschwatzvögeln, die im Schatten liegenden Felsen waren grün vermodert. Bald hörte der Weg auf, und ich konnte nicht weitergehen.

Ich kniete mich hin und spähte über den Felsvorsprung; in der Tiefe sah ich, wo das Kabel endete: eine kleine Eisenkonstruktion lehnte an der Felswand. Es war nicht zu erkennen, was genau es war, doch es gehörte offensichtlich zum Hotel. Würde Tomas mehr wissen?

Schweiß lief mir über den Rücken, und ich ging in die Hocke und wünschte, ich müsste mich nicht den ganzen Weg zurück bergauf kämpfen. In der Ferne hörte ich Verkehrsgeräusche, und ich dachte, wenn ich bis ins Tal weiterginge, fände ich vielleicht eine Straße, eine Bushaltestelle, ein Taxi. Ich sah mich um. War das da vielleicht ein anderer Weg, der ins Tal führte? Oder nur eine weitere Sackgasse?

Ich folgte ihm. Ein großer umgestürzter Roter Eukalyptusbaum versperrte den Weg. Ich lehnte mich gegen den Stamm und spähte darüber hinweg. Definitiv ein Pfad. Ich kletterte über den Baum und ging zwischen Steinen und Grasbäumen weiter, duckte mich unter überhängenden Pflanzen hindurch. Man konnte bereits sehen, dass der Weg hinter der Kurve bis zu einer Felswand verlief und dann abbrach.

Doch dann entdeckte ich die Höhle.

Die Wolken hatten sich aufgelöst, ebenso wie meine romantischen Vorstellungen von Schutz im Fels bei einem Regenschauer. Ich akzeptierte, dass ich den Weg wieder würde zurückgehen müssen, doch zuerst wollte ich sehen, wie tief die Höhle war.

Die Öffnung war klein und von einer etwa brusthohen Granitplatte geschützt. Ich musste mich tief bücken, um hineinzugelangen, doch im Inneren konnte ich mich wieder aufrichten. Die Höhle war etwa so groß wie mein Badezimmer, auch wenn die Decke sehr viel niedriger war. Ein starker, unangenehmer Geruch nach Tier durchzog den dunklen und kalten Raum. Dann dachte ich an Spinnen und konnte gar nicht schnell genug zurück ins Freie kriechen.

Dabei fiel mir etwas auf, das in die Rückseite des Steins geritzt zu sein schien, der den Eingang halb verdeckte. Als ich es näher betrachtete, erkannte ich ein Herz. Der Granit war zu hart für das Einritzen von Rundungen gewesen, das Herz hatte scharfe Kanten, die Buchstaben darin waren wie Blitze geformt, doch klar erkennbar. SHB.

Ich riss die Augen auf. Mein Briefeschreiber, SHB, hatte

sich hier verewigt. Nein, falsch, SHBs geheime Geliebte hatte es getan. Wer war sie? Zögernd berührte ich das Herz, fühlte, wie Vergangenheit und Gegenwart aufeinandertrafen. Erst da merkte ich, dass sich noch etwas in der Felswand befand, doch ich konnte es im Dämmerlicht nicht genau erkennen.

Ich holte mein Telefon aus der Tasche und schaltete die Lampe ein. Die zweite Ritzung waren keine Buchstaben oder Herzen, sondern nur Gekritzel, nicht so tief wie die Buchstaben, jedoch mit Kraft in den Stein getrieben. Vielleicht sogar mit Wut. Meine Haut kribbelte.

Ich drehte das Telefon herum, schaltete den Blitz ein und machte ein Foto für Tomas. Mit der eingeschalteten Lampe durchsuchte ich die restliche Höhle, fand jedoch keine weiteren Einkerbungen. Lange stand ich so da und strich mit den Fingern sanft über das scharfkantige Herz. Es wurde immer mysteriöser.

Kapitel vier

1926

Violet hörte, wie irgendwo weit entfernt, hoch über ihr, jemand ihren Namen rief.

Sie riss die Augen auf. Sonnenstrahlen trafen auf das Wasser und brachen sich in schillerndem Grün und Blau. Sie schoss an die Oberfläche. Die Spätherbstsonne schien schräg durch die Weiden und Kasuarinen. Ada stand neben dem Teich und winkte hektisch.

»Bitte, Violet, wir kommen sonst zu spät.«

»Wir haben noch ewig Zeit.«

»Ich gehe ohne dich.«

»Mach doch.«

Ada marschierte durchs Gras, während Violet sich auf den Rücken drehte und treiben ließ. Ada war immer so eine Spielverderberin. Es war eine Sache, keinen Badeanzug zu besitzen, doch eine ganz andere, die Nase über Violets zu rümpfen, vor allem, weil sie so stolz darauf war: Er war schwarz mit einem grünen Gürtel und dazu passender grüner Badekappe.

»Sie hat recht, weißt du«, sagte Clive von seinem Platz auf dem flachen Stein, wo er mit geöffnetem Skizzenbuch saß. Violet fragte sich, ob er sie wohl zeichnete. »Du wirst zu spät kommen.«

Violet und Ada arbeiteten im Senator Hotel im Zentrum von Sydney. Violets Schicht würde in einer Stunde beginnen. Noch viel Zeit. »Ihr macht euch alle viel zu viele Gedanken.« Sie drehte sich herum und tauchte wieder unter, die Augen geschlossen, eine Locke, die sich aus der Badekappe befreit hatte, kitzelte an ihrer Wange. Dann tauchte sie wieder auf und schwamm, bis sie den steinigen Boden unter den Füßen spürte. Am Ufer warteten ihr Handtuch und trockene Kleidung. Die kalte Luft traf sie mit voller Wucht. Dies war wahrscheinlich ihr letzter Schwimmausflug bis Oktober. Violet liebte das Schwimmen, liebte es, im kristallklaren Wasser zu verschwinden. Es brauchte schon mehr als ein wenig Kälte, um sie davon abzuhalten.

»Da schau an«, sagte sie zu Clive, während sie ihm über die Schulter blickte. Sie war etwas enttäuscht, dass er eine Weide zeichnete. »Ein Mann der Muße.«

»Das ist nur vorübergehend. Meine neue Stelle trete ich in ein paar Tagen an.« Er drehte sich lächelnd zu ihr um. »Du wirst mich doch besuchen, nicht wahr, Violet?«

Violet wusste, dass Clive tiefere Gefühle für sie hegte. Sie hatten die letzten zwei Jahre zusammen im Hotel gearbeitet. »Vielleicht. Es ist eine fürchterlich lange Reise hoch in die Berge.« Sie nahm die Badekappe ab und rieb ihr Haar energisch mit dem Handtuch trocken.

»Aber das Hotel ist großartig. Du würdest es lieben. All die Damen in ihren edlen Gewändern.«

»Ich würde mich nur ärgern, dass ich nicht selbst ein solches Kleid tragen kann.« Violet hatte nicht die Absicht, Clive zu besuchen. Er war ihre Sommerromanze, und der Sommer war schon lange vorbei. Außerdem hatten sie nur ein paarmal miteinander getanzt und einen flüchtigen Kuss getauscht. »Du wirst auch ohne mich überleben«, sagte sie.

»Vielleicht, vielleicht auch nicht«, antwortete er leichthin. Alles, was er sagte und tat, war von einer gewissen Leichtigkeit. Selbst seine Haare und seine Augen waren hell und luftig, als ob sich die Sonne darin verfangen hätte.

Violet zog ihr Kleid über den nassen Badeanzug und steuerte auf den Weg zu, der zum Bahnhof führte. Schuhe und Strümpfe verstaute sie in ihrer Tasche.

»Ich fahre mit dem Zug um acht Uhr morgens von der Central Station«, rief er ihr hinterher. »Falls du mich verabschieden willst.«

»Ich habe Frühschicht«, rief sie zurück. Das stimmte nicht, war jedoch einfacher, als ihm zu sagen, dass sie eine Abschiedsszene unbedingt vermeiden wollte.

»Dann auf Wiedersehen«, antwortete Clive.

Sie winkte und beschleunigte ihre Schritte.

Letztendlich hatten beide recht, verflucht seien sie. Violet stürmte mit noch feuchten Locken aus dem Zimmer, das sie mit drei anderen Serviererinnen teilte, während sie hastig die Knöpfe ihrer Uniform schloss – genau zehn Minuten nach Beginn ihrer Schicht. Ada lächelte selbstzufrieden aus dem Speisezimmer, wo sie weiße Porzellanteller an einem Tisch mit Geschäftsmännern verteilte.

»Du bist zu spät«, sagte Mr. Palmer, ihr schmieriger junger Vorgesetzter.

»Ja, es ließ sich leider nicht verhindern. Ich arbeite die Zeit wieder rein.«

»Schwimmen. Es ließ sich nicht verhindern, dass du schwimmen warst.«

»Hat Ada Ihnen das erzählt?« Violet würde ihr für diesen Verrat eine verpassen.

»Nein. Dein nasses Haar hat dich verraten. Du siehst

blamabel aus, und ich werde dir sicher nicht erlauben, meine besten Kunden zu bedienen.« Er deutete auf ihre Bluse, die, wie sie jetzt bemerkte, falsch zugeknöpft war und durch die so entstandene Lücke den Blick auf ihr Unterhemd freigab. »Das war's, Violet. Du bist gefeuert.«

»Nein.« Sonne, Schwimmen, der Flirt mit Clive – all das verblasste, und zurück blieb nur das Bild ihrer armen Mutter, die mit ihren arthritischen Fingern nähte. »Bitte. Ich arbeite die Zeit wieder rein. Ich werde mir viel mehr Mühe geben.«

»Du hast bereits zwei Verwarnungen«, entgegnete Mr. Palmer, womit er die Wahrheit sagte, doch sie wollte sich nicht kampflos geschlagen geben.

»Sie können mich nicht feuern!«, rief sie, bis ihre Stimme so schrill war, dass selbst sie es nicht ertragen konnte. »Ich werde eine Beschwerde beim Hotelbesitzer einreichen.«

»Mach nur«, antwortete er leise und wandte sich ab. »Morgen um zehn Uhr bist du hier weg. Gib deine Uniform ab, wenn du gehst. Du hast sie ja sowieso schon halb ausgezogen.«

Violet umklammerte die Aufschläge ihrer Bluse und suchte verzweifelt nach einem Argument, das ihn seine Entscheidung noch einmal überdenken ließ. Mama wäre so enttäuscht von ihr. So furchtbar enttäuscht.

Violet konnte ihrer Mutter nicht ohne Arbeit gegenübertreten. Das war einfach undenkbar. Sie saß im hinteren Teil der Straßenbahn, im Dunkeln, wo die anderen Fahrgäste sie nicht sehen würden, und weinte. Ganz in ihr Elend versunken, hätte sie beinahe ihre Haltestelle verpasst, zog aber gerade noch rechtzeitig an der Glocke. Sie stieg in Roseville aus, zwei Straßen vom Arbeitsplatz ihrer Mutter entfernt, wo diese als Wäscherin und Näherin bei einer wohlhabenden Familie beschäftigt war, den Ramseys. Sie hatten vier laute Kinder und ein stilles, das während des Zahnens unter einem starken Hautausschlag litt und ständig weiße Handschuhe tragen musste, um sich nicht blutig zu kratzen. Mama bekam nur Kost und Logis und war auf das wenige Geld angewiesen, das Violet ihr geben konnte.

Violet blieb einige Häuser von ihrem Ziel entfernt stehen; ihr kleiner Koffer und das tragbare Grammophon schienen plötzlich Tonnen zu wiegen, und sie atmete tief ein. »Mama, ich habe meine Arbeit verloren«, sagte sie leise. Mama wäre traurig, würde vielleicht dieses missbilligende Geräusch machen, das typisch für sie war, und Violet die Schuld geben. Doch sie würde nicht sagen: *Ich habe mich auf dich verlassen, was soll ich nur ohne das Geld machen?* Dafür war sie viel zu stolz. Violet musste das Geld unter die Teedose legen, wenn ihre Mutter gerade nicht hinsah. Sie sprachen nie darüber. Im Gegenteil, ihre Mutter betonte oft, wie wichtig Unabhängigkeit war, seit Violets vierzehntem Lebensjahr, als sie die Tochter aus der Schule genommen und gezwungen hatte, eine Arbeit anzunehmen. Das war beinahe sechs Jahre her, und seither hatte Violet schon oft die Stelle gewechselt.

Violet sah auf. In Mamas Zimmer an der Seite des Hauses brannte Licht. »Mama, ich habe meine Arbeit verloren«, wiederholte sie und ging zielstrebig auf das Haus zu.

Sie klopfte nicht, um ihrer Mutter den Weg zur Tür zu ersparen. Mamas Knie wurden von Monat zu Monat schlimmer. Violet konnte sich nicht vorstellen, wie sie jeden Tag am Kupferkessel stehen und Bettlaken, Kissenbezüge und Handtücher einweichen konnte. Violets Mutter war nicht alt – erst vierundvierzig –, aber ihre eigene Mutter und ihre Großmutter waren beide früh der Arthritis erlegen. Violet fragte sich, ob auch ihr dieses Schicksal eines Tages blühen würde oder ob sie die Gelenke ihres Vaters geerbt hatte. Nicht dass sie gewusst hätte, wo sich ihr Vater aufhielt oder wer er überhaupt war.

Mama sah aus ihrem abgewetzten Sessel am Fenster auf, lächelte Violet verwirrt zu und sagte: »Ich habe dich auf der Straße gesehen. Warum hast du deinen Koffer dabei?«

»Mama, ich …«

Ihre Mutter sah sie erwartungsvoll an.

»Ich habe eine neue Stelle. Oben in den Bergen.«

»Wirklich?«

»Das Evergreen Spa Hotel. Viel schicker als das Senator.«

»Gutes Mädchen. Wann fängst du an?«

»Bald. Kann ich bis dahin bei dir bleiben? Ich musste bei der alten Stelle kündigen, was sie gar nicht gut aufgenommen und mich sofort rausgeworfen haben. Ich helfe dir mit der Wäsche, und ich habe ein bisschen Geld gespart und kann für mein Essen zahlen.« Violet schlug das Herz bis zum Hals. Eine Lüge, eine große, fette Lüge. Jetzt musste sie Clive überzeugen, dass er ihr Arbeit verschaffte, oder alles würde vor die Hunde gehen.

Violet traf zehn Minuten vor acht am Hauptbahnhof ein, sorgfältig gekleidet in ein graues Seidenkleid und schwarze Wollstrümpfe. Sie wollte ansprechend aussehen, jedoch gleichzeitig dezent erscheinen. Sie bahnte sich ihren Weg durch das Gedränge. Der Zug wartete an dem belebten Bahnsteig, und Violet fürchtete, dass Clive bereits eingestiegen war und sie ihn verpasst hatte. Würde sie ihm den ganzen Weg bis in die Blue Mountains nachfahren müssen? Sie drängte sich durch die Menge, hielt nach seinem hellen Haarschopf Ausschau, doch die Männer in ihren braunen und grauen Anzügen trugen alle braune und graue Hüte, weshalb sie schließlich nach ihm rief: »Clive! Clive!«

Ihr Herz machte einen kleinen Sprung, als er sie schließlich von hinten an der Schulter packte.

»Violet! Du bist gekommen!« Seine grauen Augen leuchteten, und sie brachte es kaum über sich, ihm die Wahrheit sagen zu müssen.

»Clive, ich stecke in schrecklichen Schwierigkeiten. Ich habe meine Stelle verloren, und ich frage mich ... könntest du vielleicht im Evergreen Spa nach einer Stelle für mich fragen?«

Das Leuchten in seinen Augen erlosch, und ein verärgerter Ausdruck zuckte über sein Gesicht. Doch dann lächelte er wieder. »Ich werde nicht nur fragen, sondern ihnen sagen, dass du die beste Servierkraft bist, mit der ich je gearbeitet habe.«

»Danke«, sagte sie und ließ den Atem, den sie unbewusst angehalten hatte, entweichen. »Ich bin dir so dankbar. Ich wäre mir auch nicht zu fein, als Zimmermädchen zu arbeiten. Ich ... ich kann einfach nur nicht zu lange ohne Stelle sein. Mamas Gelenken geht es gar nicht gut, und sie macht sich Sorgen, dass sie nicht mehr lange arbeiten können wird.«

»Du kannst dich auf mich verlassen«, sagte er. Dann zögerte er, wollte offensichtlich noch etwas hinzufügen.

»Was ist los?«, fragte sie.

»Kann ich mich auf dich verlassen?«

»Was meinst du damit?« Das Herz schlug ihr bis zum Hals. Wollte er eine Gefälligkeit von ihr, die sie nicht bereit war zu geben? So wirkte er eigentlich nicht, dennoch musste sie sich eingestehen, dass sie ihm große Hoffnungen gemacht hatte.

»Wenn ich denen sage, dass du die beste Bedienung bist, mit der ich je gearbeitet habe, wirst du mich nicht als Lügner dastehen lassen, nicht wahr? Du wirst nicht zu spät kommen oder unhöflich zum Oberkellner sein oder mit den Gästen flirten?«

Violet zuckte zusammen. Es war eine schmerzliche, aber wahre Beschreibung ihres bisherigen Verhaltens. »Clive, ich wäre so dankbar, dass ich mich zusammenreißen und erwachsen sein werde. Ich werde deinen guten Namen nicht in den Schmutz ziehen, Ehrenwort.«

»Gut.« Seine Augen waren freundlich. Er tippte mit seinem Daumen gegen ihr Kinn.

Violet wusste, dass er sie küssen wollte, doch sie ließ den Kopf sinken, um ihn nicht zu ermutigen.

»Nun, ich hoffe, wir sehen uns sehr bald.«

»Schick ein Telegramm an meine Mutter, wenn sie zustimmen. Ich schreibe dir ihre Adresse auf. Dann nehme ich den nächsten Zug.«

Er rückte seinen Hut gerade und ging zum nächsten Waggon. Violet tat das Richtige und blieb so lange stehen, bis der Zug anfuhr, winkte und warf Clive sogar einen Handkuss zu, auch wenn er sich in diesem Moment vom Fenster abwandte und es nicht sah. Vielleicht war es besser so.

Flora stand im Flur, das Gepäck auf dem dichten Teppichboden zu ihren Füßen, und wartete.

Tony klopfte ungeduldig mit dem Fuß. »Kommt er jetzt endlich?«

»Er hat es zumindest gesagt.«

Sie pochte wieder gegen die Tür. »Sam? Beeil dich. Wir verpassen sonst den Zug.«

»Ich hätte einen Wagen bestellen sollen, der uns abholt«, sagte Tony.

»Dann würde er den Wagen warten lassen. Beim Zug weiß er, dass der pünktlich abfährt, so dass er sich einfach beeilen muss.«

Sie wartete. Das Schweigen dehnte sich aus. Weiter unten auf dem Gang kam ein Zimmermädchen mit einem Bündel schmutziger Bettwäsche aus einem der anderen Hotelzimmer. Sie warf ihnen einen neugierigen Blick zu. Floras Hand zuckte zu ihrem blonden Haar, das zu einem aufwendigen Knoten am Hinterkopf geschlungen war, und bedeckte ihr Gesicht mit dem Unterarm. Wie sie es hasste, wenn die Menschen sie anstarrten.

»Sam?«, rief sie wieder.

»Lass mich in Ruhe.«

Tony verdrehte die Augen bei der gedämpften Antwort und warf die Arme in die Höhe, eine charakteristische Geste. »Ich gebe auf. Rede du mit ihm. Ich sage den anderen, dass wir vermutlich doch bleiben.«

Flora sah ihm hilflos nach. Wieder klopfte sie an die Tür, sagte leise: »Sam, lass mich rein. Tony ist weg.«

Sie hörte eine Bewegung, als er vom Bett aufstand. Dann öffnete sich die Tür, und Sam spähte auf den Gang hinaus.

»Ich habe dir doch gesagt, er ist weg.«

»Du hast mich schon öfter belogen, liebe Schwester.« Seine dunklen Augen waren glasig, und ein vertrauter süßlicher Pflanzengeruch hing in der Luft. Sirup und Geranien.

Flora stieß die Tür auf, Sam ließ sie eintreten und kehrte dann zum Bett und zu dem Tablett mit seinen Schätzen zurück. Eine Opiumlampe. Ahlen, Scheren und Pinzetten. Und natürlich die lange, reichverzierte Pfeife. Sie deutete vorwurfsvoll auf die Sachen. »Du hast es mir versprochen.«

»Das Versprechen war zu groß, um es halten zu können.«

»Dann müssen wir heimfahren, zurück auf die Farm, wo dir die Familie helfen kann.« Ihr Vater hatte sie ins Evergreen Spa Hotel geschickt in der Hoffnung, dass die frische Luft und das Heilwasser – importiert aus Deutschland – Sams Gesundheit zuträglich sein würden. Die fünf Jahre ältere Flora sollte dafür sorgen, dass es ihrem Bruder bald besserging. Doch bei dieser Aufgabe konnte sie nur versagen: Das Opium hatte ihn zu stark in seiner Gewalt, und sie war sich ziemlich sicher, dass er hier oben einen Händler gefunden hatte. Deshalb wollte er nicht abreisen.

Tonys Vater, ein guter Freund ihres Vaters, hatte vorgeschlagen, sein Sohn solle ihr während dieser Zeit Gesellschaft leisten. Sie waren seit sechs Monaten verlobt, und ein Termin für die Hochzeit war immer noch nicht festgesetzt. Die beiden Familien hofften, dass ein gemeinsamer ausgedehnter Urlaub das Feuer ein wenig schüren würde, das nicht wie erwartet sofort entflammt war.

»Ich finde, wir sollten noch ein wenig länger bleiben«, sagte Sam. »Ich habe ein Plakat gesehen. Hier wird Weihnachten im Juni gefeiert, weil es dann so schön winterlich ist. Lass uns bis dahin bleiben, es sind doch nur noch fünf Wochen.«

»Weitere fünf Wochen?«

»Komm schon, Schwesterchen« Er saß im Schneidersitz auf dem Bett und zündete seine Pfeife an. »Sei nicht so ein Spielverderber.«

Sie biss die Zähne hart aufeinander, um nicht zu schreien. »Ich soll auf dich aufpassen. Ich mache dir das Leben nicht schwer, weil mir das Spaß macht.«

»Der Itaker schon.«

»Nenn Tony nicht so. Außerdem ist er kein Italiener, sondern Amerikaner.«

»Italo-Amerikaner. Ölig wie …«

»Er ist mein Verlobter«, unterbrach sie ihn erregt. »Er wird bald dein Schwager sein.«

»Wo ist er jetzt? Geschäfte machen mit der Mafia?«

»Sam, hör auf.«

»Braune Augen und Kugeln. Das wirst du heiraten.«

»Unser Vater hat der Hochzeit zugestimmt. Deine Meinung über Tony ist dabei unwichtig.« Ihr Vater hatte der Hochzeit nicht nur zugestimmt, er hatte sie in die Wege geleitet. »Außerdem liebe ich Tony«, fügte sie hinzu, auch wenn sie erkannte, wie defensiv das klang. »Er war überaus geduldig mit dir.«

Sam glitt langsam in seine goldene Blase; seine Atmung verlangsamte sich, seine Augenlider sanken herab.

Tränen der Frustration stiegen Flora in die Augen, doch sie blinzelte sie zurück. »Sam, du musst damit aufhören. Bitte.«

»Ich kann nicht«, sagte er leise.

»Dann musst du einen Arzt aufsuchen.« Plötzlich erschien ihr das wie die beste Idee, die sie je gehabt hatte, und ihre Stimmung hellte sich auf. »Wirst du während unseres Aufenthalts hier einen Arzt konsultieren? Wenn du es mir versprichst, schreibe ich Vater, dass wir noch hierbleiben.«

Mit einer Handbewegung entließ er sie. »Ja, ja, wenn das nötig ist. Du kümmerst dich darum.«

Ein kleiner Hoffnungsschimmer erhellte ihr Herz. »Schon geschehen«, sagte sie und ließ ihn auf dem Bett zurück. Als sie die Tür hinter sich schloss, sah sie, dass das Zimmermädchen immer noch auf dem Flur beschäftigt war und sie wieder neugierig musterte. Wahrscheinlich fragte sie sich, was Flora auf dem Männerstockwerk verloren hatte. Flora hob das Kinn und ignorierte das Mädchen, als sie an ihm vorbeiging. Jetzt musste sie Tony die Neuigkeiten mitteilen, dass sie noch ein paar weitere Wochen hierbleiben würde. Es würde ihm gar nicht gefallen.

Flora fand Tony schließlich auf dem Tennisplatz, wo er ein müßiges Doppel mit Vincent, Harry und Sweetie (ein bulliger Schlägertyp, der so hieß, weil er alle Frauen »Sweetie« nannte) spielte. Sie sah den Männern einige Zeit zu, deren weiße Kleidung sich leuchtend von dem grünen Tennisrasen abhob. Sie lachten und scherzten miteinander. Tony und seine Freunde waren so anders als Sam. Sie waren Männer, die die Welt verstanden und sie mit lässigen, selbstsicheren Händen regierten. Sam dagegen war unscheinbar und blass, mit Haaren und Augen, die dunkler als Tonys waren. Er war schon immer seltsam gewesen: feenhaft und verträumt. Seit seiner Geburt hatte sich Flora für ihn verantwortlich gefühlt; zum einen, weil ihre Eltern wenig Zeit für Kinder hatten, zum anderen, weil sie ihn unermesslich und beinahe ehrfürchtig liebte.

Tony war das genaue Gegenteil ihres Bruders: so maskulin mit seiner glänzenden olivfarbenen Haut und den muskulösen Unterarmen und wie ihm das dunkle Haar in die Stirn fiel, wenn er den Ball schlug. Ihr Herz hatte einen Satz gemacht, als sie ihn zum ersten Mal sah. Gutaussehend und weltgewandt, Erbe des Reedereiunternehmens seines Großvaters. Tony war charmant und selbstsicher. Flora liebte ihn über alles. Nur für eine Ehe konnte sie sich nicht begeistern. Noch nicht.

Er hatte ihre Anwesenheit immer noch nicht zur Kenntnis genommen, weshalb sie ihm zuwinkte. Vincent, der gerade aufschlagen wollte, sagte schließlich: »Tony, du kannst sie nicht ewig ignorieren.«

Tat er das? Ignorierte er sie? Nun, das konnte sie aushalten. Verletzter Stolz war etwas für kleinliche Frauen.

Als er sich umdrehte, winkte sie wieder und rief: »Ich muss mit dir sprechen.«

»Nun geh schon«, sagte Vincent, der bei weitem der Netteste in Tonys Entourage war. »Wir sehen uns dann später im Caféhaus.«

Tony reichte Sweetie seinen Schläger und ging zu Flora. Er nahm sie am Arm und sagte: »Komm, Florrie, lass uns den Ausblick genießen.«

Der Tennisplatz lag am Rand eines Steilhangs, und sie gingen zu der glänzenden weißen Steinmauer, die das Hotelanwesen umschloss. Als Flora sicher war, außer Hörweite seiner Freunde zu sein, sagte sie: »Sam will nicht abreisen.«

»Dann lassen wir ihn hier.«

»Du weißt, dass wir das nicht können. Vater hat das sehr deutlich gemacht. Ich muss mich um ihn kümmern.«

»Um ihn kümmern? Unmöglich. Weiß dein Vater Bescheid?«

»Über das Opium? Ich … ich weiß es nicht. Vielleicht weiß er es, verheimlicht es aber. Aber wenn er es wüsste … es ist nur …« Ihr Blick schweifte ab.

Tony blieb stehen und drehte sie zu sich. »Was?«

»Ich kann ihn nicht verlassen.«

»Er ist beinahe zwanzig.«

»Nein, ich kann es wirklich nicht. Ich muss ihn davon abhalten, etwas Dummes zu tun, wenn ich … erben will.« Sie wusste, sie sollte nicht über Geld sprechen. Tony war vermögend, aber ihre Familie war reich. Sehr, sehr reich. Die Honeychurch-Blacks besaßen seit Jahrhunderten Titel und Ländereien auf der ganzen Welt.

»Ah, ich verstehe.« Er neigte den Kopf ein wenig zur Seite. »Das ist grausam.«

»Vater ist nicht grausam. Er ist vernünftig. Er will für Samuels Sicherheit sorgen.«

Tony nickte, dann zog er sie an sich und sagte dicht an ihrem Ohr: »Alles wird gut. Mach dir keine Sorgen.«

»Woher willst du das wissen? Du kannst dir nicht sicher sein.«

Er antwortete nicht. Stattdessen begann er leise zu summen. Sie liebte es, wenn er ihr etwas vorsang. Etwas aus »La Bohème« oder »Tosca« oder irgendein ein anderes Belcanto-Stück. Sie schloss die Augen und lehnte sich an ihn; seine Tenniskleidung duftete nach Zitronen und Sonnenschein.

»Glaubst du wirklich, dass alles in Ordnung kommen wird?«, fragte sie nach einer Weile, als ihr Herz nicht mehr so in ihrem Brustkorb eingeschlossen war.

»Das verspreche ich dir.« Dann schob er sie sanft von sich. »Aber ich kann nicht bleiben. Ich nehme den Nachmittagszug hinunter nach Sydney.«

»Aber du kommst zurück?«

»Sobald ich kann. In ein paar Tagen. Meine Geschäfte warten nicht so brav auf mich wie du.« Er streichelte ihre Wange mit seinem Handrücken. »Entzückendes Mädchen.«

Sie musste lächeln. »Sam hat gesagt, ich darf ihn mit zu einem Arzt nehmen. Das ist gut, nicht wahr?«

»Das ist es, Florrie. Gib die Hoffnung nicht auf.«

Hand in Hand gingen sie Richtung Teezimmer. *Gib die Hoffnung nicht auf.* Das würde sie nicht. Nicht, was Sam betraf. Niemals.

Kapitel fünf

Ein aufgewühlter grauer Himmel empfing Violet, als sie am Bahnhof Evergreen Falls aus dem Zug stieg. Sie schlug den Kragen ihres Wollmantels hoch und zog ihren rostfarbenen Seidenschal enger, den sie am Tag zuvor gekauft hatte und der einen herrlichen Kontrast zu ihrem weißen Kleid bildete. Schals und Hüte waren ihre Schwäche. Und Kleider. Und Schuhe. Sie musste unbedingt kürzertreten und ihr Geld sparen, vor allem, weil das Evergreen Spa ihr nur Arbeit für zwei Monate geben konnte. Über den Winter hatte das Hotel geschlossen, und sie würde nach Sydney zurückkehren müssen.

Dennoch. Sie hatte nach nur einer Woche Arbeitslosigkeit eine neue Stelle. Gesegnet sei Clive.

Wo er nur blieb?

Er hatte versprochen, sie abzuholen. Sie ließ den Blick über den Bahnsteig schweifen, konnte ihn jedoch nirgends entdecken. Sie setzte sich auf eine lackierte Bank und wartete. Menschen kamen, sammelten ihre Lieben ein, fuhren ab. Lärm und Bewegung. Autos und Pferdekutschen auf der Straße. Violet, ganz allein. Ein scharfer Wind trieb trockenes Laub über den Bahnsteig. Kalte, graue Wolken zogen auf, es begann zu regnen.

Natürlich hatte sie keinen Schirm. Planung war nicht gerade ihre Stärke.

Die Uhr an der Bahnhofswand verkündete, dass bereits vierzig Minuten vergangen waren. Sie konnte nicht ewig hier im Regen warten. Violet zog ihren Hut tiefer über die Ohren, nahm ihren Koffer in die eine, das Grammophon in die andere Hand und ging zum Gepäckträger, um sich nach dem Weg zum Hotel zu erkundigen.

Es regnete stark, als sie die halbe Meile zum Evergreen Spa hinter sich gebracht hatte, einem cremefarbenen Gebäude mit bogenförmigen Fenstern und Säulengängen, das von einer Kiefernreihe flankiert wurde. Ihre Kleider waren feucht, ihre Schuhe von all den tiefen Pfützen durchweicht. Ihr schwerer Koffer hatte eine tiefe, dunkelrote Kerbe in ihrer Handfläche hinterlassen. Doch schließlich öffnete der Empfangsportier ihr die große Eingangstür und führte sie hinein.

»Danke«, sagte sie, während ihr der Regen von der Nase tropfte. »Können Sie mir sagen, wo ich Clive Betts finde?«

Der Mann schüttelte den ergrauten Kopf. »Nein, Ma'am. Ich kenne den Namen nicht. Ist er ein Gast?«

»Nein, ein Zimmermann, ein Handwerker. Er hat erst kürzlich hier angefangen.«

»Es tut mir leid, Ma'am. Hier arbeiten sehr viele Menschen. Fast hundert. Wenn er neu ist, kenne ich ihn wahrscheinlich noch nicht.«

Die Türen schlossen sich hinter ihr, und sie stand in einem edlen Foyer auf einem glänzenden Parkettboden. Dunkelrote Tapeten, beflockt mit orientalischen Mustern, bedeckten die Wände bis zu der hohen Decke, die reich mit Stuck und Reliefs verziert war. Trotz des schlechten Wetters fingen die großen Fenster das Licht ein und reflektierten es, besonders der glitzernde Kronleuchter, der in der

Mitte des Foyers hing. Ein langer Teppich bedeckte den Boden von der Tür bis zu einem Eichentisch, an dem eine distinguiert wirkende Frau saß und in einem großen, ledergebundenen Buch las. Etwas sagte Violet, dass ihr diese Frau bestimmt weiterhelfen konnte.

»Guten Tag«, sagte sie, als sie sich ihr zögernd näherte.

Die Frau sah auf. Sie hatte etwas Aristokratisches an sich mit ihrer gebogenen Nase und dem weißen Haar, das straff auf ihrem Kopf zusammengefasst war. Sie trug ein elegantes blaues Kleid mit einer ebenso eleganten grauen Strickjacke darüber sowie Reihen von schimmernden Perlen. »Oh, Sie armes Ding. Sie sind ja vollkommen durchnässt.«

»Ich bin Violet Armstrong. Ich bin … neu.«

Die Frau stand strahlend auf und streckte die Hand aus. »Ich freue mich sehr, dass Sie hier sind, meine Liebe. Ich bin Miss Zander, die Direktorin.« »Direktorin« klang aus ihrem Mund wie ein exotischer, fremder Begriff. »Clive hat Sie in den höchsten Tönen gelobt.«

»Clive. Er sollte mich am Bahnhof abholen.«

»Morgen«, erwiderte Miss Zander etwas irritiert. »Wir haben Sie erst morgen erwartet.«

Violet verfluchte sich im Stillen. Hervorragender erster Eindruck: vollkommen durchnässt und dann noch am falschen Tag auftauchen.

»Das macht nichts«, fuhr Miss Zander fort. »Einen Moment, ich hole jemand für den Empfang und zeige Ihnen dann Ihr Zimmer.« Sie bedeutete einem Pagen, sich um Violets Gepäck zu kümmern, und raunte ihm eine Zimmernummer zu. Dann erschien ein hübsches, rothaariges Mädchen und besetzte den Empfang. Violet bewunderte ihre schicke blaue Uniform und das weiße Halstuch und fragte sich, ob sie wohl auch eines Tages hier arbeiten würde. Schon war ihr Kopf voller Träume. Die wohlhabenden Gäste in Empfang nehmen, für ihr edles Lächeln und die Haltung ihres hübschen Kinns bewundert werden …

»Kommen Sie, kommen Sie«, sagte Miss Zander vom anderen Ende der Halle. »Ich habe nicht den ganzen Tag Zeit, um Sie herumzuführen.«

Miss Zander ging energisch den Flur entlang und blieb vor einem Schrank mit einer roten Tür stehen. An ihrer Hüfte trug sie eine lange geflochtene Schnur mit einem Schlüsselbund. Sie musterte Violet von oben bis unten. »Hm. Sie sind etwas schlanker, als Clive Betts geschätzt hat. Dennoch …« Sie riss die Tür auf und zog drei Uniformen für Violet heraus. »Diese sollten passen.«

Violet nahm die neue Dienstkleidung entgegen: schwarze Kleider, die an der Vorderseite mit zwei Reihen weißer Knöpfe geschlossen wurden, dazu gestärkte weiße Häubchen.

Miss Zander verschloss den Schrank wieder und ging weiter. »Wir bieten Kost und Logis, Ihr Lohn wird dem des Senator entsprechen. Sagen Sie Alexandria, wie viel Sie dort verdient haben. Lügen hat keinen Zweck; sie wird sich per Telefon danach erkundigen.«

»Wer ist Alexandria?«

»Die Rothaarige am Empfang. Meine Vertretung.«

»Wie bekomme ich ihre Stelle?«

Miss Zander umrundete sie, musterte sie einen Moment und lachte dann laut auf. »Meine Liebe, wenn Sie als anderer Mensch in eine andere Familie geboren wären.«

Die Bemerkung schmerzte, doch Violet lächelte weiter.

»Nun, folgen Sie mir. In diesem Gang befinden sich Lager- und Arbeitsräume, Büros und natürlich die Küche. Oben halten sich die Gäste auf. Dorthin werden Sie nie gehen. Auf gar keinen Fall.« Sie legte eine dramatische Pause ein. »Unten befinden sich die Personalzimmer und der Speiseraum – der einzige Ort, an dem Sie je essen werden.«

»Wo essen die Gäste?«

»Der große Speisesaal und der Ballsaal sind ein Raum, dort werden Sie das Essen servieren. Sie dürfen auf gar keinen Fall Essen aus dem oberen Speisesaal mitnehmen. Außerdem ist das Rauchen verboten. Das Evergreen Spa ist absolut rauchfrei. Wir sind schließlich eine Kureinrichtung.«

»Ich rauche sowieso nicht.« Das entsprach allerdings nicht ganz der Wahrheit. Violet hatte immer eine glänzende Zigarettendose in ihrer Handtasche, für Tanzveranstaltungen und Partys oder nur, um zu flirten, auch wenn sie es nicht mochte, wie der Rauch in ihrer Kehle kratzte.

»Gut. Es ist eine schreckliche Angewohnheit. Myrtle, die sehr erfahren ist, soll Sie in die Arbeit einweisen. Nach unten.« Sie gingen eine Treppe hinunter. Kein Teppich oder Läufer, nur unlackiertes Holz. »Ihr Zimmer ist das dritte auf der rechten Seite. Sie teilen es sich mit Myrtle und Queenie. Nehmen Sie keinen Rat von Queenie an, sie ist ein wenig langsam.«

Miss Zander klopfte einmal kurz und öffnete die Tür dann mit einem Schlüssel. Drei Betten standen nebeneinander unter einem Fenster, das mit der Grasnarbe im Freien abschloss. Violets Koffer und das Grammophon lagen auf einem der Betten, zusammen mit einem Stapel Bettwäsche. Durch den dünnen weißen Vorhang sah sie ein Paar Männerschuhe. Sie trat zum Fenster und blickte nach oben. Es war Clive.

»Ah, da ist er ja«, sagte sie.

Miss Zander runzelte die Stirn. »Ich weiß, dass Sie und

Mr. Betts befreundet sind, doch ich verlasse mich darauf, dass Sie Ihre Arbeit erledigen und die Zeit nicht mit Schwatzen vertrödeln. Nachdem Sie erst morgen zum Abendessen eingeteilt sind, erwarte ich, dass Sie ihn in Ruhe unsere Küchenfensterläden reparieren lassen.«

»Selbstverständlich.«

Die ältere Frau streckte die Hand aus und wischte mit dem Daumen hart über Violets Lippen.

»Au«, sagte Violet und zog den Kopf zurück.

»Ich versichere mich nur, dass Sie keinen Lippenstift tragen. Ich dulde kein Make-up bei meinen Mädchen. Ihr seid keine Dirnen.«

»Verstanden, Ma'am.«

Miss Zander lächelte, und ihre Überheblichkeit verschwand. »Ich hoffe, es wird Ihnen hier gefallen, meine Liebe. Sie haben ein hübsches Gesicht.«

»Danke.« Violet errötete leicht und fragte sich, wie sie bereits nach so kurzer Zeit einen derart brennenden Wunsch verspüren konnte, von Miss Zander gemocht zu werden.

»Myrtle hat gerade Dienst. Ziehen Sie sich etwas Trockenes an. Waschküche und Badezimmer sind am Ende des Flurs. Hier ist Ihr Schlüssel. Wenn das Wetter besser wird, machen Sie einen Spaziergang. Frische Luft ist gut für die Konstitution.«

Sie nickte einmal knapp und eilte dann in eine Parfümwolke eingehüllt aus dem Raum.

Violet ging wieder zum Fenster. Das Zimmer war düster, nur wenig Licht fiel hinein, und draußen war der Himmel mit dunklen Wolken bedeckt. Doch wenn sie den Blick nach oben wandte, konnte sie Clive sehen, wie er im Regen arbeitete, die Ärmel bis zu den Ellbogen aufgekrempelt, sein Körper gebeugt und ganz auf seine Aufgabe konzentriert. Sie klopfte an die Scheibe, doch er hörte sie nicht, weshalb sie einfach seine Schuhe betrachtete, während das Wasser aus ihrer Kleidung auf den nackten Holzboden tropfte.

Myrtle war eigentlich zu jung, um als gütig bezeichnet zu werden, und doch war sie genau das, mit ihrem rundlichen Körper, den ausladenden Brüsten und den weichen weißen Händen. Am Nachmittag und Abend gab sie Violet eine rasche Einführung in das Evergreen Spa. Zum Glück hatte Violet schon lange genug in Hotels gearbeitet, um nicht von den verschiedenen Regeln und unzähligen Details, die es sich zu merken galt, eingeschüchtert zu sein. Sie bekam ihren Dienstplan für die folgenden fünf Tage mit zweigeteilten Schichten: von elf bis um drei und von fünf bis um neun.

Auch wenn sie nicht eingeteilt war, begleitete sie zur Einarbeitung Myrtle bei der früheren Schicht. Die Tische waren alle wunderhübsch für das Mittagessen gedeckt, mit glänzend poliertem Silberbesteck und einer großen Silberplatte mit Früchten in der Tischmitte. Violet nahm sich heimlich eine Orange und versteckte sie bis zum Schichtende im Bein ihrer weiten Unterhose.

Draußen schien die Sonne, der Himmel war blau und weiß. Ein Tag, den man im Freien verbringen sollte, am besten singend. Summend ging sie zur Rückseite des Hotels, wo sie die Orange aus ihrem Versteck befreite und zu schälen begann. Da erblickte sie Clive, der immer noch an den Küchenfensterläden arbeitete.

»Clive!«, rief sie erfreut und rannte zu ihm.

Verwundert sah er auf. »Sollte ich dich nicht in einer Stunde vom Bahnhof abholen?«

»Ich bin einen Tag früher gekommen, habe mich allein bis hierher durchgefragt. Schau, ich habe bereits meine Uniform.« Violet drehte sich stolz vor ihm.

»Du siehst großartig aus. Ich bin so froh, dass du hier bist.« Er strahlte, dann erinnerte sie sich an Miss Zanders Ermahnung und wie sie Clive versprochen hatte, ihm keine Schande zu machen.

»Ich störe dich besser nicht länger. Miss Zander hat gesagt, ich soll dich während der Arbeit in Ruhe lassen.« Sie steckte die geschälte Orange ein.

Clive widmete sich wieder dem Fensterladen, den er mit einem großen Schraubenzieher anbrachte. »Es geschehen noch Zeichen und Wunder. Violet tut alles, was man ihr sagt.«

Sie schwenkte ihre Orange. »Fast alles.«

Er lachte. »Sei vorsichtig.«

Sie schlenderte Richtung Steilhang, während sie in die saftige Frucht biss.

Unter einem sich sanft wiegenden Gummibaum blieb sie stehen und atmete tief durch. Der Blick, der sich vor ihr auftat, war atemberaubend. Das uralte Tal mit seinen grauen, roten und braunen Gesteinsablagerungen und der in allen Grünschattierungen leuchtenden Vegetation erstreckte sich meilenweit vor ihr. In der Ferne warfen Wolken dunkle Schatten, und sie konnte sehen, wie die Sonne in den berühmten Wasserfällen reflektierte. Zum Schwimmen war es viel zu kalt. Oder? Ihr blieben noch einige Stunden Zeit bis zu ihrer nächsten Schicht.

Ein sanfter Abhang führte hinunter ins Tal. Myrtle hatte ihr gesagt, sie käme auf jedem Weg irgendwann zu einem Wegweiser, der zu den Wasserfällen zeigte, zu den Farmen am Fuß des Berges, die ihre frischen Lebensmittel mit dem Fliegenden Fuchs – einer Metallkiste, die auf Seilen lief – nach oben schickten, oder zur nächsten Stadt entlang der Bergkette.

»Du darfst zu deiner ersten richtigen Schicht auf gar keinen Fall zu spät kommen«, ermahnte sie sich, als sie den Weg hinunterzugehen begann.

Da so viele Gäste wegen der gesundheitsfördernden Wirkung von Heilwasser, frischer Luft und körperlicher Bewegung ins Evergreen Spa kamen, hatte man einiges Geld darin investiert, die Wege sauber und gut begehbar zu machen. Violet ging weiter, bis sie zu dem Holzwegweiser kam, der ihr die verschiedenen Ziele anzeigte. Während sie die Orange verspeiste, betrachtete sie den Wegweiser. Dann wischte sie die klebrigen Finger am Gras ab und ging in Richtung der Wasserfälle weiter.

Der Weg lag zum großen Teil im Schatten, und sie wünschte, sie hätte eine Jacke mitgenommen. Unter den langen Ärmeln ihrer Uniform bekam sie eine Gänsehaut. Sie rieb sich die Oberarme und hoffte, dass sie bald wieder in die Sonne kommen würde.

Der Weg verlief in weiten Kurven, durch Eukalyptuspflanzen und Farne, und sie war froh um ihre Arbeitsschuhe mit den niedrigen Absätzen. Glockenschwatzvögel und Kookaburras riefen aus dem schattigen Gebüsch zu beiden Seiten des Weges. Bis auf diese Rufe und ihre eigenen Schritte war kaum ein Geräusch zu hören. Beim Gehen wurde ihr wärmer, und schließlich trat sie wieder in die Sonne und sah die glitzernden Wasserfälle in der Ferne.

Mit vor Staunen weit aufgerissenen Augen blieb sie stehen. Ein Mann stand bewegungslos in der Sonne auf einem großen flachen Felsen neben den Wasserfällen, und wenn sie sich nicht irrte, war er vollkommen nackt.

Violet zog sich mit klopfendem Herzen zwischen die Bäume zurück. War das ein Verrückter? War er gefährlich?

Sie wagte wieder einen Blick. Er war immer noch weit weg. Er sah jung aus, aber dennoch alt genug, um es besser wissen zu müssen, und ja, er war tatsächlich splitterfasernackt.

Verborgen zwischen den Bäumen wagte sie sich voran, bis sie an der nächsten Wegbiegung einen besseren Blick auf ihn hatte.

Da war er, etwa dreihundert Mater von ihr entfernt, die Arme über den Kopf erhoben. Er hatte sehr dunkles Haar, eine blasse Haut, einen wohlgeformten Körper und ein ansprechend symmetrisches Gesicht, auch wenn sie keine Details erkennen konnte. Sie stellte sich seine Augen als geschlossen vor und dass er das Gefühl der Sonne auf seiner nackten Haut genoss. Sie beneidete ihn um seine Freiheit, seine Sorglosigkeit.

Doch sie konnte auf keinen Fall zu den Wasserfällen gehen, während sich dort ein nackter Mann aufhielt, weshalb sie enttäuscht den Rückweg zum Hotel antrat.

Flora kleidete sich sorgfältig in ein cremefarbenes Wollkleid und eine Pelzstola. Sie wollte unbedingt, dass der Arzt einen guten Eindruck von ihr bekam. Die Scham, mit einem Opiumsüchtigen verwandt zu sein, lastete schwer auf ihr.

Vor dem Spiegel vollendete sie ihre Frisur. So viele Haarnadeln. Flora war die Einzige in ihrem Freundeskreis mit langen Haaren. Alle trugen mittlerweile einen gerade geschnittenen Bob oder kinnlange Wasserwellen.

Flora legte die Bürste beiseite und lehnte sich so nahe an den Spiegel, dass dieser von ihrem Atem beschlug. Hoffentlich ging heute alles gut. Sie hatte den Schweizer Karl, der hier im Evergreen Spa die Funktion eines medizinischen Beraters und Gesundheitsexperten innehatte, angesprochen und ihn höflich nach einem guten, diskreten Arzt in der Gegend gefragt. Er hatte ihr Dr. Dalloway empfohlen, auf der anderen Seite der Bahnlinie, fünf Minuten mit dem Auto entfernt, und einen Termin für sie für den heutigen Tag vereinbart.

Flora runzelte die Stirn und sah im Spiegel, wie sich eine Furche zwischen ihren Brauen bildete. Dann entspannte sie ihre Gesichtszüge, und ihre Stirn wurde wieder glatt und blass. Wie sehr sie ihrem Vater ähnelte mit ihrer geraden Nase und dem geraden Mund, als ob jemandem beim Zeichnen ihres Gesichts die Inspiration abhandengekommen wäre. Unscheinbar. Keine nette Umschreibung für Hässlichkeit, denn das war sie nicht. Sie war einfach ... unscheinbar. Sie hatte es immer als ungerecht empfunden, dass ihre äußere Erscheinung nichts von den Schätzen darunter verriet: ihrer Intelligenz, ihrer Güte, ihrem Pflichtbewusstsein.

Sie schnaubte und straffte die Schultern. Welche Rolle spielte das schon? Schönheit würde nicht mehr Glück bedeuten, als sie bereits hatte. Sie warf einen Blick auf den Reisewecker neben dem Bett. Fünf Minuten nach zwei. Sam verspätete sich. Hatte er etwa den Termin vergessen? Das Auto wartete sicher bereits.

Flora setzte einen Filzhut mit schmaler Krempe auf und nahm ihre Lederhandtasche. Sam wohnte ein Stockwerk unter ihr, wo die Männer untergebracht waren. Sie wollte sich nicht allzu oft dort aufhalten. Tonys unangenehmer Freund Sweetie war häufig dort, auch wenn Tony gerade in Sydney war, und er freute sich immer viel zu sehr, wenn er sie sah.

Sie ging die Treppen hinunter und den Flur entlang, dann klopfte sie leise an Sams Zimmertür.

Keine Antwort.

Lauter. Sie rief: »Samuel Honeychurch-Black. Du hast es mir versprochen. Du hast es mir *versprochen!*«

Immer noch keine Antwort.

Sie suchte in ihrer Tasche nach dem Ersatzschlüssel zu

seinem Zimmer, den Tony Miss Zander mit seinem Charme abgeluchst hatte. »Ich komme jetzt rein, Sam!«, rief sie und hoffte, ihn bekleidet vorzufinden. Schon mehr als einmal war er nur halb oder gar nicht angezogen gewesen. Es schien ihm nicht wichtig zu sein, wer ihn so sah.

Kein Sam.

Sein Verschwinden war ebenso vorhersehbar wie frustrierend. Sein Koffer stand offen auf der orientalischen Tagesdecke, Kleider waren über das Bett und den vergoldeten Stuhl verstreut, sein Tablett mit den Opiumutensilien lag auf dem geschnitzten Holztisch. Flora zögerte. Was, wenn sie einfach alles wegwarf? Was, wenn sie es einfach zum Steilhang brachte und ins Tal zwischen die Steine und Blätter schleuderte?

Ja, was, wenn sie genau das tat und der Entzug Sam so krank machte, dass er daran starb? Er hatte es schon mehrfach versucht, und das Fieber und der Schüttelfrost, die ihn dann quälten, waren so erschütternd gewesen, dass sie erleichtert gewesen war, als er wieder zur Opiumpfeife gegriffen hatte. Sie wusste zu wenig über die Droge, was sie mit ihm anstellte, ob er sterben könnte. Stattdessen lebte sie in ständiger Angst und Anspannung.

Flora beschloss, Dr. Dalloway auch allein aufzusuchen. Sie konnte ihm all die Fragen stellen, auf die sie Antworten benötigte, und dafür war es wahrscheinlich sowieso besser, wenn Sam nicht dabei war.

Sie schloss seine Zimmertür ab und ging nach unten, sah zur Sicherheit in der Bibliothek nach – Sam versteckte sich oft dort – und durchquerte dann das Foyer, bis sie in den winterlichen Sonnenschein trat. Der Himmel war wie mit Wasserfarben gemalt, die Sonne in weiter Ferne. Das Auto wartete schon, und sie reichte dem Fahrer die Karte mit Dr. Dalloways Adresse. Sie lehnte sich in den Ledersitz zurück und sah durch das Fenster in die vorbeiziehende Landschaft.

Schon nach wenigen Minuten hatten sie die Praxis des Arztes erreicht. Flora bat den Fahrer, auf sie zu warten, und atmete tief ein, bevor sie auf das Haus zusteuerte, ein hübsch gestrichenes Cottage, auf dessen Terrasse große Töpfe mit Rosen standen. Früher einmal hatte Flora Ärztin werden wollen. Ihr Vater wollte davon natürlich nichts hören, doch sie hatte dennoch bei Universitäten angefragt und sich der Fantasie hingegeben, ein Leben zu führen, in dem sie anderen Menschen half, die Geheimnisse von Krankheiten entschlüsselte und ihren Verstand benutzte. Doch sie war eine viel zu reiche und wohlerzogene Frau, um Medizin studieren zu dürfen.

Sie läutete und erwartete, dass ein Hausmädchen oder die Ehefrau die Tür öffnen würde. Stattdessen begrüßte sie ein junger Mann. Er war ein paar Zentimeter größer als sie und stämmig, mit lockigem kastanienbraunem Haar und sehr ansprechend in weiße Sergehosen und ein gestreiftes Seidenhemd gekleidet. Er trug eine Harold-Lloyd-Hornbrille, die nach dem berühmten Komiker benannt war.

»Ich habe einen Termin bei Dr. Dalloway«, sagte sie.

»Das bin ich«, antwortete er.

Sie konnte sich gerade noch zurückhalten, »Sie sind sehr jung« zu erwidern. Sie hatte aus irgendeinem Grund eine mürrische Vaterfigur erwartet und fragte sich, ob sie bei einem Mann ihres Alters genauso frei sprechen können würde. Besonders bei einem mit so einem warmen Lächeln.

»Sie müssen Miss Honeychurch-Black sein«, sagte er und streckte die Hand aus. »Und wo ist Mr. Honeychurch-Black?«

Sie schüttelte fest seine Hand. »Er ist ... äh ... darf ich eintreten?«

»Natürlich.«

Flora folgte ihm in die Diele. »Ich danke Ihnen, dass Sie sich Zeit für mich nehmen, Dr. Dalloway.«

»Bitte nennen Sie mich Will.«

Die geschlossene Tür zu ihrer Linken war mit »Privat« gekennzeichnet und führte wahrscheinlich zu seinen Wohnräumen. Zu ihrer Rechten befand sich ein kleines Wartezimmer, durch das er sie in einen Behandlungsraum führte, der nach Laugenseife und Teebaumöl roch. Schaubilder und anatomische Zeichnungen hingen an den Wänden. Erst als sie auf einem Besucherstuhl Platz genommen hatte und die Tür geschlossen war, begann sie zu erzählen.

»Mein Bruder ist verschwunden. O nein, das muss Sie nicht besorgen, das macht er oft. Er ist am meisten in Gefahr, wenn er sich in seinem Zimmer aufhält … glaube ich.«

Will legte den Kopf zur Seite. »Ich verstehe nicht.«

»Nein«, sagte sie. »Ich erkläre das auch nicht besonders gut, nicht wahr?«

Er lächelte. »Lassen Sie sich Zeit.«

Wieder war sie von der Wärme seines Lächelns überwältigt. Es reichte bis zu seinen Augen und erhellte sein ganzes Gesicht. Bei jedem Lächeln entspannte sie sich etwas mehr. »Nun gut«, fuhr sie fort. »Mein Bruder ist … er nimmt …« Ihr Mund war trocken. »Er raucht Opium.«

Will nahm einen Stift und begann zu schreiben. »Ich verstehe.«

»Karl, der Gesundheitsexperte im Evergreen Spa, hat mir versichert, Sie seien diskret.«

»Absolut, Miss Honeychurch-Black.«

»Flora.«

»Darf ich fragen, Flora, wie lange er schon Opium raucht?«

»Mindestens ein Jahr. Er ist für einige Monaten mit einem Freund nach China gereist und hat die Pfeife von dort mitgebracht.«

»Wie viel raucht er?«

»Am Tag? In der Woche?«

»Sagen wir, an einem Tag.«

»Nun, ich bin nicht die ganze Zeit bei ihm ... ich würde sagen, zwischen zehn und zwanzig Pfeifen.«

»Wann beginnt er damit?«

»Ich weiß es nicht sicher. Seine Stimmung ändert sich unter Tags. Manchmal ist er morgens manisch, manchmal melancholisch. Nachmittags ist er oft weit weg, beim Abendessen dann wütend. Ich glaube, er raucht sich in den Schlaf.« Ihre Stimme verklang zu einem Flüstern. Diese Schande. »Ich sollte hinzufügen, dass er schon immer launisch war. Exzentrisch. Selbst bevor ... Sie wissen schon.«

Will hatte aufgehört zu schreiben. »Hat er Ihres Wissens schon einmal versucht aufzuhören?«

»O ja, einige Male. Aber es ist schrecklich. Er bekommt hohes Fieber, seine Eingeweide verflüssigen sich, er stöhnt und zittert. Ich habe solche Angst, dass er stirbt.« Ihre Stimme war kaum mehr zu hören. »Wird er sterben, wenn er aufhört?«, fragte sie.

Will sah stirnrunzelnd auf. »Ein Drogenentzug ist schrecklich, das stimmt, aber er wird ihn nicht umbringen. Nein, eine weitaus größere Gefahr besteht, wenn er es weiter nimmt. Abgesehen von der Tatsache, dass ein Unfall sehr viel wahrscheinlicher ist, eine zu große Dosis, bei der es zum Atemstillstand kommt, zu einer Schädigung des Gehirns und der inneren Organe, wirkt sich die Sucht auf das Gemüt aus. Viele Opiumsüchtige werden so unglücklich, dass sie irgendwann Selbstmord begehen.«

Ein eiskalter Schauer überlief Flora von Kopf bis Fuß. Ihr Magen fühlte sich hohl an.

»Leider gibt es keine einfache Möglichkeit für ihn aufzuhören. Ich vermute, da er heute nicht hier ist, hat er keine Ambitionen, die Sucht hinter sich zu lassen.«

»Wie kann ich ihn dann zum Aufhören bringen?«

»Gar nicht.«

Seine Worte waren freundlich, doch sie spürte die kalte, grausame Wahrheit dahinter. Tränen brannten in ihren Augen, und sie ließ verlegen den Kopf sinken.

»Hier, bitte«, sagte er und reichte ihr ein Taschentuch.

»Danke«, brachte sie mühsam hervor, zerknüllte es in ihrer Hand und ließ die Tränen so leise wie möglich fallen. Eine Minute verging. Sie sammelte sich, tupfte sich die Augen ab und wollte ihm das Taschentuch zurückgeben.

»Behalten Sie es«, sagte er.

Sie faltete es und verstaute es in ihrer Handtasche.

»Flora«, sagte er, »das direkte Umfeld des Süchtigen trifft die Sucht besonders hart. Sie müssen gut auf sich achten.«

»Danke.« Sie stand auf, wollte nicht noch einmal seinem Blick begegnen, nicht noch einmal dieses warme Lächeln voller Mitgefühl sehen. »Wenn Sie mir die Rechnung ins Evergreen Spa schicken, werde ich Ihnen einen Scheck ausstellen.«

»Wenn ich Ihnen noch einmal behilflich sein kann ...«

»Danke«, sagte sie etwas nachdrücklicher und eilte rasch nach draußen.

Im Auto atmete sie zitternd ein und lehnte sich zurück. Was für ein Horror, jemanden so sehr zu lieben und dazu verurteilt zu sein, ihm bei seiner Selbstzerstörung zuzusehen. Und wie er damit auch ihre Chancen auf Glück zerstörte. Denn wenn sie ihn nicht von der Droge abbringen konnte, würde Vater ihnen beiden die finanzielle Unterstützung entziehen. Würde Tony sie ohne ihre mächtige Familie auch noch heiraten wollen? Sie hatte Augen im Kopf, und ihr war bewusst, dass er so gutaussehend war wie sie unscheinbar.

Sie öffnete ihre Tasche, holte Wills Taschentuch hervor und presste es gegen ihr erhitztes Gesicht. Das Auto fuhr holpernd über die Gleise. Sie konnte keinen klaren Gedanken fassen. *Gar nicht*, hatte er auf ihre Frage geantwortet, wie sie Sam dazu bringen konnte aufzuhören.

Nein, das würde sie nicht so hinnehmen. Er war immer noch ihr geliebter Sam, ihr kleiner Bruder. Sie würde zu seinem Herzen durchdringen und ihn dazu bringen zu erkennen, was er sich antat. Was er ihnen beiden antat.

Violet liebte es, wie der Speisesaal am Abend aussah. Die Kronleuchter, die den Tag über ruhig von der Decke hingen, leuchteten jetzt blendend hell. Jeder Tisch wurde von einem Kerzenrad erleuchtet, ein Orchester spielte leise Musik, während die Gäste in ihrer wundervollen Abendgarderobe eintrafen. Violet gab es nur ungern zu, doch von vielen Gästen war sie vollkommen überwältigt. Die erst kürzlich gekrönte Miss Sydney war hier, eine winzige flachbrüstige Schönheit mit einem herzerweichenden Lächeln und hellblonden Locken. Ihr Begleiter war ein Mann, den Violet für ihren Vater hielt, bis er in aller Öffentlichkeit Miss Sydneys Hintern drückte. Ebenfalls Gast im Hotel war die berühmte Opernsängerin Cordelia Wright, eine blinzelnde, maulwurfsartige Frau mit zu stark gepuderter Haut und einer scharfen Zunge. An einem anderen Tisch saßen der griesgrämige Dichter Sir Anthony Powell und seine Gattin, die Romanautorin Lady Powell, die dafür berühmt war, so anspruchsvolle Bücher zu schreiben, dass niemand sie verstand. Violet hatte einige von Sir Anthonys Gedichten in der Schule gelesen und sie etwas langweilig gefunden. Myrtle erzählte ihr, dass diese Stars aber gar nicht so aufsehenerregend waren wie einige der Gäste, die sie in den letzten Jahren bereits erlebt hatte, darunter amerikanische Filmschauspieler und englische Adelige.

Die Abendessenglocke ertönte, und Violet lief hektisch zwischen dem wunderschön beleuchteten Speisesaal und der lauten Küche hin und her. Hansel, der Küchenchef und Oberkellner, war ein schlechtgelaunter Deutscher, sein Vertreter ein ebenso griesgrämiger Österreicher. Sie regierten über das Servierpersonal mit eiserner Hand, brüllten und schepperten in der Küche, verhielten sich jedoch leise und unterwürfig im Speisesaal. Die zwei schienen sich zu hassen und stritten sich die meiste Zeit hitzig auf Deutsch. Zum Glück waren die Köche immer freundlich, vor allem der ältere Gentleman mit dem runden roten Gesicht, den jeder einfach nur »Koch« nannte. Im Speisesaal schnappte Violet Teile der Gespräche unter den Gästen auf.

»Es wird wirklich Zeit, dass ich nach New York zurückkehre.«

»Ich habe also gesagt, *ich werde keinen Penny weniger als zehntausend* dafür nehmen.«

»Nein, es ist ein großer Studebaker. Ich bin schließlich kein Bauer.«

Die Stimmen und Satzfetzen umschwirrten sie, und ihr war der Unterschied zwischen den Reichen und ihr selbst deutlicher denn je bewusst. Diese Menschen ließen selbst die Gäste im Senator bescheiden aussehen. Ihr Leben konnte sie sich selbst in ihren kühnsten Träumen nicht vorstellen.

Nach dem Hauptgang kehrte ein wenig Ruhe ein. Die Gäste gingen auf die Tanzfläche, und das Orchester spielte einen lebhaften Walzer. Violet sehnte sich danach zu tanzen, musste sich jedoch damit begnügen, mit dem Fuß auf den Boden zu klopfen, während sie die Teller abräumte. Viele Gäste verzichteten auf das Dessert, weshalb sie mit einem Tablett voller Obstsalatschalen in die Küche zurückkehrte, die im Futtereimer der Schweine landen würden. Leider war es kaum möglich, Obstsalat in ihrer Unterwäsche zu verstecken.

Myrtle stand an einem der großen steinernen Spülbecken und hielt ihre Hand unter das laufende Wasser.

Violet stellte sich neben sie. »Was ist denn passiert?«, fragte sie.

Myrtle wandte ihr das runde, gerötete Gesicht zu. »Ich habe mir die Finger an der Kaffeekanne verbrannt«, erklärte sie.

»Lass mal sehen.« Violet drehte Myrtles Hand um. Ihre Finger waren leuchtend rot. »Du musst damit zu Karl gehen und dir eine Salbe holen.«

»Tisch acht hat kein Dessert!«, brüllte Hansel mit seinem schweren Akzent.

»Das ist mein Tisch«, sagte Myrtle.

»Sie hat sich die Hand verbrannt«, rief Violet ihm zu. »Einen Moment.« Sie wandte sich an Myrtle. »Los, geh zu Karl. Ich übernehme für dich.«

»Du bist ein Schatz.«

Violet packte ihr Tablett mit den Dessertschalen und eilte zu Tisch acht. Sie verteilte den Obstsalat und musterte dabei neugierig einen jungen, dunkelhaarigen Mann, der den Blick verträumt zur Decke gerichtet hatte. War er es? Er sah dem Mann, den sie wenige Tage zuvor nackt bei den Wasserfällen gesehen hatte, ein wenig ähnlich. Die blonde Frau neben ihm war in ein Gespräch mit einem anderen Mann vertieft, einem gutaussehenden Südländer, wahrscheinlich Italiener, vielleicht ein Filmschauspieler. Die blonde Frau trug eine lange Perlenkette um den Hals, die sie angespannt zwischen den Fingern drehte. Violet stellte gerade ihr Tablett ab, als die Frau laut rief: »O nein!«

Violet blickte auf. Die Kette war gerissen, und die Perlen rollten in alle Richtungen davon.

Rasch ging Violet in die Knie und begann, die Perlen einzusammeln. Dabei wurde ihr bewusst, dass sich noch jemand auf dem Boden befand. Als sie nach einer Perle griff, die unter einen Stuhl gerollt war, berührte sie seine Hand.

»Bitte verzeihen Sie«, sagte sie, als sie erkannte, dass es sich um den jungen Mann von den Wasserfällen handelte. Wie war in so einem Fall die Etikette? Sollte sie erwähnen, dass sie ihn nackt gesehen hatte? Bei diesem Gedanken musste sie insgeheim lachen und bemühte sich, ihre Erheiterung nicht nach außen dringen zu lassen.

Doch der junge Mann sah sie nur an – sein Blick brannte sich in ihre Augen und noch viel tiefer –, und Violet fühlte sich gefangen, ihr Herz schlug unruhig. Die Musik rückte in weite Ferne, die Perlen waren vergessen, Violet sah nur noch ihn. Eine träge Hitze breitete sich in ihren Beinen aus, wanderte nach oben, verbrannte ihre Rippen.

»Haben Sie alle gefunden?« Der Italiener, auch wenn er mit amerikanischem Akzent sprach.

Violet kehrte in die Realität zurück. »Ich ... ich habe die hier gefunden«, sagte sie, setzte sich auf und reichte dem Mann ihre Handvoll Perlen.

»Braves Mädchen«, antwortete er mit einem charmanten Lächeln. Doch auch wenn er gutaussehend und freundlich war, war das Gefühl bei seinem Anblick nicht annähernd mit der vorangegangenen Begegnung vergleichbar.

Doch der andere Mann saß wieder am Tisch und zählte Perlen in die Hand der blonden Frau. Nachdem die Katastrophe abgewendet war, verteilte Violet die Dessertschüsseln und ging in die Küche zurück.

Wer war er?

Während ihrer restlichen Schicht dachte sie darüber nach und versuchte, sich in der Nähe ihres Tisches aufzuhalten, um etwas von ihrem Gespräch zu hören oder seinen Blick aufzufangen, doch der Mann blickte unverwandt zur Decke. Einer nach dem anderen verließen die Gäste Tisch acht, um zu tanzen, und Violet sah, dass die blonde Frau und der Italiener ein Paar waren. Schließlich saß nur noch der dunkelhaarige Mann am Tisch.

Violet räumte die Teller am Nachbartisch ab. Als sie damit fertig war und sich umdrehte, stand der Mann direkt vor ihr.

»Hallo«, sagte er, ohne zu lächeln.

»Guten Abend«, erwiderte sie zögernd.

»Danke, dass Sie meiner Schwester geholfen haben. Das war sehr freundlich.«

Was für ein seltsamer Mensch er doch war. Sie lächelte. »Das war doch selbstverständlich.« Dann, auch wenn sie es nicht tun sollte, streckte sie ihre freie Hand aus und sagte: »Ich heiße Violet.«

Einen Moment betrachtete er prüfend ihre Hand, dann nahm er sie und drückte sie gegen seine Lippen. Weich und sanft zuerst, dann leidenschaftlich und heiß. Violet sah sich ängstlich um, ob Hansel sie wohl sähe und gleich entlassen würde. Der Mann spürte offensichtlich, wie sie sich zurückzog, und gab sie frei. Die Hände schlaff an den Seiten, musterte er sie unverwandt.

»Ich sollte besser zurück an die Arbeit«, sagte sie, als das schwindelnde Verlangen nachließ.

»Es war vorherbestimmt, dass die Kette reißt«, erklärte er, »damit wir uns begegnen.«

Violet wusste nicht, was sie darauf erwidern sollte. Sie standen in aufgeladenem Schweigen da, bis er plötzlich sagte: »Samuel Honeychurch-Black, aber Sie können mich Sam nennen.«

»Es tut mir leid, Mr. Honeychurch-Black, doch ich darf die Gäste nicht beim Vornamen nennen.«

»Und machen Sie immer alles, was man Ihnen sagt?« War das eine Herausforderung? Kein Lächeln stand auf seinem Gesicht, kein Funkeln in seinen Augen.

Sie zögerte, dann antwortete sie kühn: »Nein, Sam, das tue ich nicht.«

Er lächelte, und es war, als erwache ein Stern zum Leben. Violet empfand es wie einen Schlag. Vielleicht hatte sie sogar nach Luft geschnappt.

»Ich hoffe, wir sehen uns bald wieder«, sagte er mit leicht geneigtem Kopf.

Aus dem Augenwinkel sah Violet, wie Hansel den Speisesaal betrat. Sie senkte den Blick und räumte weiter den Tisch ab. Als sie wieder aufsah, war Sam verschwunden.

Während Tony sie herumwirbelte, beobachtete Flora, wie Sam mit der Servierin sprach.

»Das ist nicht gut«, sagte sie.

»Was?«, fragte Tony und folgte ihrem Blick. »Oh, lass ihn doch flirten.«

»Er flirtet nicht. Er verliebt sich.«

»Dann lass ihn sich doch verlieben. Sie ist nur eine Bedienung. Da wird nichts passieren.«

Doch Tony hatte es noch nicht miterlebt. In ihrer Heimatstadt hatte Sam sich dreimal in eine Frau verliebt, die unerreichbar war: einmal eine viel ältere Frau, ein anderes Mal eine Novizin, die die örtliche Kirche besuchte, und schließlich die junge Ehefrau des Lebensmittelhändlers. Alles Katastrophen, denn er liebte sie, wie ein Kind ein Entenjunges liebt. Fasziniert, eifrig, aber verhängnisvoll ungeschickt. Gebrochene Herzen, zerstörte Familien und Träume. Denn keine konnte ihm in diesen kurzen, hellen Monaten widerstehen, in denen er davon überzeugt war, seine Liebe würde ewig währen.

»Soll ich mit ihm sprechen? Von Mann zu Mann?«, fragte Tony.

»Er würde nicht auf dich hören.«

»Da hast du wohl recht.«

Die Musik spielte weiter, und Flora versuchte, den Tanz zu genießen. Sie beobachtete die hübsche, dunkelhaarige Serviererin aus der Ferne, und auch wenn sie sie nicht kannte, machte sie sich dennoch Sorgen um ihr Wohlergehen.

Kapitel sechs

Violet hielt am nächsten Morgen unermüdlich beim Frühstück Ausschau nach Sam. Jedes Mal, wenn die großen Doppeltüren aufschwangen, erwartete sie, seinen dunklen Haarschopf auftauchen zu sehen, und jedes Mal, wenn sie ohne seinen Anblick wieder zuschwangen, musste sie die Enttäuschung zurückdrängen. Viele Gäste frühstückten nicht im Speisesaal, sondern ließen sich etwas aufs Zimmer bringen oder aßen im Caféhaus.

Sie verfluchte sich für ihre Dummheit. Hatte sie wirklich geglaubt, sein Interesse hätte etwas zu bedeuten?

Mit einer Mischung aus Enttäuschung und Verlegenheit ging sie nach unten zu ihrem Zimmer. Die Tür stand offen, und Miss Zander stand im Raum.

»Oh, Violet, da sind Sie ja.«

»Ich hatte Dienst.« Violet sah, dass Miss Zander ihre Matratze zurückgeschlagen hatte und die Fläche darunter absuchte. Sie fragte steif: »Gibt es ein Problem?«

»Das sage ich Ihnen gleich.«

Violets Blick zuckte zu ihrer Handtasche, die an der Rückseite der Tür hing, als sie sich an das Zigarettenetui darin erinnerte. »Suchen Sie etwas Bestimmtes?«

Miss Zander richtete sich auf und strich ihr Haar glatt. »Perlen.«

Violet gefror das Blut in den Adern. »Perlen? Wer hat mich beschuldigt ...«

»Niemand«, unterbrach Miss Zander rasch und streng. »Hier, ich überprüfe nur noch kurz Ihre Taschen.«

Violet hob die Arme, und Miss Zander tastete ihre Uniform ab.

»Meine Tasche hängt hinter der Tür«, sagte Violet und beschloss, gleich die Wahrheit zu sagen. »Darin befinden sich Zigaretten, aber sie gehören nicht mir.«

Miss Zander hob die Augenbrauen. »Ach ja, nicht Ihre? Zum Glück habe ich sie bereits gefunden und entsorgt, auch wenn ich das Etui in Ihrer Tasche gelassen habe. Was die Perlen angeht ... ich habe das ganze Zimmer durchsucht, und Sie sind entlastet.«

»Warum suchen Sie danach?«

Miss Zanders Mund verhärtete sich. »Sie wollen immer alles ganz genau wissen, oder?«

»Ich bin keine Diebin.«

»Oh, ich verstehe. Ihr Stolz hat gelitten. Machen Sie sich keine Sorgen, meine Liebe. Das war nur eine Vorsichtsmaßnahme. Nein, ein Mr. Honeychurch-Black, einer unserer Gäste, hat mich heute Morgen aufgesucht.«

Violet versuchte, ihre Neugier zu verbergen. »Oh?«

»Er wollte Sie loben, weil Sie gestern Abend so rasch Miss Honeychurch-Black und ihm zu Hilfe gekommen sind, als die Perlenkette riss. Ich habe nur überprüft, ob Sie nicht eine oder zwei behalten haben, denn das wäre furchtbar peinlich. Nachdem ich Sie noch nicht gut kenne, dachte ich, der Weg des geringsten Widerstandes wäre, Ihr Zimmer zu durchsuchen. Hier, das ist für Sie.« Sie zog einen kleinen, gefalteten Umschlag aus ihrem Blusenärmel. »Mr. Honeychurch-Black bestand auf einer Dankesnachricht. Ich habe ihm gesagt, das sei nicht nötig, aber ...« Sie zuckte mit den Schultern.

Violet nahm den Umschlag und steckte ihn in ihre Uniformtasche.

Miss Zander verengte die Augen. »Wollen Sie ihn nicht öffnen?«

»Später«, erwiderte Violet und täuschte Gleichgültigkeit vor.

»Hm.« Miss Zander schürzte die Lippen und musterte Violet, bevor sie sagte: »Kommen Sie seinetwegen nur nicht auf dumme Gedanken.«

»Ich kenne meinen Platz«, antwortete Violet. Sie wollte endlich allein sein, um den Brief lesen zu können.

»Gutes Mädchen. Ich mag Sie, Violet. Sagen Sie es ihr nicht, aber ich werde Queenie zum Ende der Woche kündigen, wenn Sie bleiben wollen.«

»Ja!«, rief Violet, etwas zu rasch. Dann fiel ihr die arme, langsame, knochige Queenie ein, und sie fügte schuldbewusst hinzu: »Ich brauche das Geld für meine Mutter. Sie hat schwere Arthritis.«

»Sie hinterlassen einen guten Eindruck bei den Gästen, Miss Armstrong. Weiter so.«

Violet fühlte den warmen Schein von Miss Zanders wiederhergestellter Anerkennung.

Leise schloss sie die Tür hinter der Direktorin, dann setzte sie sich in dem schwachen Licht, das durch das hohe Fenster fiel, im Schneidersitz aufs Bett. Voller Ungeduld riss sie den Umschlag auf und schüttelte ein gefaltetes Blatt des hoteleigenen Briefpapiers heraus sowie etwas, das ein Knopf zu sein schien.

Sie nahm es auf. Tatsächlich, ein Knopf, etwa zweieinhalb Zentimeter im Durchmesser. Doch darauf war eine getrocknete Blume geklebt, auf der Rückseite war eine Nadel befestigt. Das Arrangement war mit Lack überzogen, so dass es als Brosche getragen werden konnte. Hatte er es für sie angefertigt? Die Vorstellung ließ ihre Wangen freudig erglühen. Sie entfaltete das Blatt Papier.

Eine hübsche Kostbarkeit für eine andere hübsche Kostbarkeit. Voll Dank, Ihr SHB.

»Ihr Samuel Honeychurch-Black«, sagte sie laut und ließ sich auf das Kissen sinken. Nicht *Herzlich*, SHB. Nicht formell. Sondern: *Ihr* SHB. Als ob er zu ihr gehörte. Warum sollte er das schreiben? Fand er sie wirklich hübsch? Und kostbar? Sie schloss die Augen und hielt das Blatt Papier an ihre Nase, atmete tief ein. Es roch nach etwas Süßem, Wildem.

Dann setzte sie sich auf. Wenn Miss Zander zu jeder Zeit in dieses Zimmer kommen konnte, musste Violet den Brief gut verstecken.

Sie musterte ihre Umgebung. Handtasche, Koffer, Matratze ... alles war auf den Kopf gestellt und durchsucht worden. Dann blieb ihr Blick an dem tragbaren Grammophon hängen. Sie hatte es in einem Gebrauchtwarenladen in Sydney gekauft, und schon da war die Abdeckung an der Rückseite lose gewesen. Violet stand auf und klappte den Grammophondeckel nach hinten. Sie legte die drei Schallplatten, die sie darin aufbewahrte, zur Seite und stemmte vorsichtig die Ecke mit einem Fingernagel auf, dann schob sie den Brief in den entstandenen Spalt. Der Gedanke, dass er seinen süßen Geruch in dem Versteck verlieren könnte, machte sie traurig, doch sie wollte nicht riskieren, dass Miss Zander ihn fand und sich fragte, ob etwas zwischen ihr und Sam vor sich ging.

Ging da etwas vor sich zwischen ihr und Sam?

Violet verschloss das Grammophon wieder und legte sich zurück aufs Bett, um sich Tagträumen über Sam hinzugeben. Verwirrt, doch mit einem breiten Lächeln auf dem Gesicht.

Weder sah sie Sam an diesem Abend noch am nächsten. Jetzt war Donnerstag, ihr freier Tag, und sie zwang sich zum Aufstehen. Queenie brauchte ewig im Badezimmer, und bis Violet angezogen und im Keller im Speiseraum der Angestellten war, war der Rest der Belegschaft entweder schon bei der Arbeit oder anderweitig unterwegs.

Das Frühstück für die Angestellten war üppig. Jeden Morgen standen auf einem langen Tisch Platten mit Koteletts, Würstchen, Speck und Eiern. Die Männer saßen auf der einen Seite des Speiseraums, die Frauen auf der anderen, doch jedes Paar, das sich unterhalten wollte, setzte sich einfach in die Raummitte und drehte sich einander zu. Violet sah Clive auf der Männerseite und nahm ihren Teller mit Speck und Eiern zu einem Tisch, wo sie miteinander reden konnten.

»Ah, hier ist ja unsere reizende Violet«, sagte er, und Wärme stand in seinen hellgrauen Augen.

»Frühstückst du auch spät?«

Er deutete auf den leeren Teller, den er zur Seite geschoben hatte. »Nein, ich zeichne.«

Er hielt sein Skizzenbuch hoch, um ihr eine Abbildung der Hotelvorderseite zu zeigen.

»Das ist sehr gut, Clive«, erwiderte sie und setzte sich auf die lange Holzbank. »Warum zeichnest du nie Menschen?«

»Das mache ich schon«, erwiderte er, den Kopf über das Buch gebeugt.

Obwohl sie sich bemühte, ihre Eitelkeit zu bezähmen, konnte sie sich die Frage nicht verkneifen: »Warum zeichnest du mich eigentlich nie?«

Clive legte den Bleistift auf die Tischplatte und sah sie mit einem eigenartigen Ausdruck an. »Weil ...« Er verstummte.

»Weil?«

»Weil ein Blatt Papier zu flach ist und zu klein, um dich einzufangen.«

Sie senkte den Blick und gestattete sich ein Lächeln, auch wenn sie es nicht tun sollte.

»Hör mal, Violet, hast du immer noch dein Grammophon?«

»Ja, ich habe es mitgebracht.«

»Einige der Jungs und Mädchen treffen sich in einem alten leerstehenden Haus auf der anderen Seite der Gleise, heute Nachmittag um drei. Die Böden dort eignen sich gut zum Tanzen.«

Dieses Mal versuchte sie ihr Lächeln nicht zu verbergen. Es schien Ewigkeiten her zu sein, seit Violet zuletzt getanzt hatte. In Sydney war sie jeden Samstag zum Tanztee am Martin Place gegangen. Für wenig Geld bekam sie so viel Tee und Scones, wie sie haben wollte, plus ein Orchester, das jedes Lied auf Zuruf spielen konnte. »Soll ich mein Grammophon mitbringen?«

»Ja, und deine Schallplatten. Sag Queenie noch Bescheid und wer sonst noch diesen Nachmittag freihat. Myrtle weiß, wo das Haus ist.«

»Das klingt nach Spaß«, erwiderte sie strahlend.

»Warum treffen wir uns nicht um halb drei vor dem Hotel? Dann können wir gemeinsam gehen.«

Sie zögerte. Wollte er als Paar mit ihr dort auftauchen? Jetzt wurde es kompliziert. Hatte er ihre Fragen nach seinen Zeichnungen als Flirt aufgefasst? Der Himmel wusste, warum Männer sie in dieser Hinsicht immer falsch verstanden.

»Nur um gemeinsam zu gehen«, fügte er rasch hinzu. »Ich kann das Grammophon für dich tragen.«

»Ja, warum nicht«, antwortete sie erleichtert. »Großartig.«

Nach dem Frühstück machte sie einen Spaziergang über das Anwesen, wobei sie so tat, als würde sie nicht zu den Fenstern hinaufsehen und versuchen zu erraten, welches Zimmer Sam bewohnte. Sie wusste, dass die Männer alle im zweiten Stock untergebracht waren, doch natürlich sah sie ihn nicht. Sie fragte sich, wie schwierig es wohl wäre, seine Zimmernummer herauszufinden. Dann schalt sie sich innerlich. Was spielte es schon für eine Rolle, wenn sie es wüsste? Sie konnte ihn ja wohl kaum besuchen.

Nein. Sie musste unbedingt aufhören, an diesen Mann zu denken.

Violet kehrte in ihr Zimmer zurück und unterhielt sich eine Weile mit Myrtle und Queenie, während sie ihr Kleid zurechtlegte, das sie am Nachmittag zum Tanzen tragen wollte. Es war mehr als ein Jahr alt, doch sie hatte den stolzen Preis von neun Schilling dafür bezahlt und würde es tragen, bis es ihr vom Leib fiel. Es war aus muschelrosa Georgette – was zwei Unterröcke erforderte – mit fließenden Seitenteilen und cremefarbener Spitze an den Säumen, die nie ordentlich angebracht worden war und sich deshalb an den Kanten einrollte. Während Violet sie erneut annähte, holte Myrtle ein Paar rosafarbener Satinschuhe mit glitzernden Spangen hervor als Ergänzung zu dem Kleid. Violet war erfreut, als sie perfekt passten, auch wenn sie an den Absätzen einige Flecken hatten. Sie band einen mit Perlen besetzten cremeweißen Schal um ihr Haar und befestigte Sams Brosche an dem Kleid. Dann half sie Queenie und Myrtle beim Anziehen und Frisieren. Violet hatte ein Händchen für Haare. Vor ein paar Monaten erst hatte sie ihres bis knapp unter die Ohrläppchen abgeschnitten.

Um halb drei erklärte Myrtle, es sei Zeit aufzubrechen. »Wollen wir alle gemeinsam gehen?«, fragte sie, während sie ihren Mantel anzog.

Violet zögerte. »Ich werde mit Clive gehen«, sagte sie.

Queenie musterte sie neidisch. »Clive Betts? Ist er dein Freund?«

»Nein. Er hat nur angeboten, mein Grammophon zu tragen.«

»Aber er mag dich«, meinte Myrtle, während sie mit der Schnalle an ihrem Schuh kämpfte.

»Wirklich?«, fragte Queenie weinerlich. »Ach nein! Ich mag ihn doch!«

»Du kannst ihn gern haben«, erwiderte Violet rasch, dann fügte sie schuldbewusst hinzu: »Ich meine, er ist hinreißend, aber er ist …« Nicht Sam. Definitiv nicht Sam. »Er ist nicht mein Typ.«

»Aber meiner«, sagte Queenie traurig.

Myrtle durchbrach das unbehagliche Schweigen. »Nun, dann komm besser nicht zu spät, wenn er schon so nett ist, dein Grammophon zu tragen. Wir sehen uns dann dort.«

Clive wartete zwischen den beiden Kiefern, die den Eingang einrahmten, makellos in ein Anzugjackett und Hosen mit Aufschlag gekleidet. Auf dem Kopf trug er eine Kreissäge aus Stroh. Er nahm Violets Grammophon am Griff und bot ihr den Arm an.

Lächelnd hakte sie sich ein. Er erwiderte das Lächeln, sagte jedoch nur: »Na, dann mal los.« Dafür war sie dankbar.

Es war eigentlich zu kühl für das leichte Georgettekleid, doch die Mühe wert, als Violet die bewundernden Blicke der Männer sah, als sie in dem leerstehenden Haus eintrafen und sie ihren Mantel ablegte. Etwa vierzig Menschen hatten sich versammelt: Tischpersonal, Zimmermädchen und Pagen sowie einige Fremde. Man hatte einen Tisch aufgestellt, auf dem Becher und eine Schale mit Bowle standen, und einige Frauen hatten Kekse und Kuchen gebacken, die sie den Anwesenden jetzt anboten. Ein rotgesichtiger junger Mann mit lauter Stimme sah Clive mit Violets Grammophon und rief: »Die Musik ist da!«

Aus allen Ecken war Jubel zu hören, und eine Tanzfläche wurde freigeräumt. Violet zog das Grammophon auf und legte ihre Lieblingstanzschallplatte auf – The Original Memphis Five –, und schon bald wirbelten alle herum. Myrtle hatte einige Äpfel aus der Küche geschmuggelt, die als Preise für einen Tanzwettbewerb verwendet wurden. Violet genoss die Bewegungen ihrer Gliedmaßen und Füße, das Klopfen ihres Herzens beim Tanzen.

Später lehnte sie erschöpft an einer Wand und aß einen knackigen Apfel, als eine Aufnahme von Marion Harris' »Somebody Loves Me« aufgelegt wurde. Paare begannen sich zu bilden, die übrigen gingen zur Seite. Die Dämmerung zog herauf, es gab keine funktionierenden Lichter im Haus. Mittlerweile hatten sie Violets Schallplatten zweimal gehört. Sie nippte an einem Becher mit Bowle und gab sich Fantasien über Sam hin, während sie seine Brosche befühlte. Die Worte klangen immer noch in ihrem Körper nach.

Somebody loves me, I wonder who, I wonder who he can be ...

»Violet?«

Sie sah auf und blickte in Clives lächelndes Gesicht.

»Hast du Spaß?«

»Ja, ich habe schon ewig nicht mehr getanzt. Es ist großartig.«

»Du siehst ein wenig melancholisch aus.«

»Nein, mir geht es gut. Etwas Heimweh vielleicht.« Sie konnte ihm – oder irgendwem anders – niemals die Wahrheit sagen. *Ich kann nicht aufhören, an einen sehr reichen Gast des Hotels zu denken, der mir dieses Geschenk gegeben hat und sich selbst als der Meine bezeichnet.* Clive würde ihre träumerische Stimmung verderben, würde ihr vorwerfen, verrückt zu sein oder sich alles einzubilden oder Gefahr zu laufen, ihre Stelle zu verlieren.

»Vermisst du deine Mutter?«

»Ja, definitiv. Ich sollte ihr schreiben.« Violet wurde bewusst, dass sie die Wahrheit sagte. Sie war viel zu überwältigt und beschäftigt gewesen, um Mama zu schreiben und ihr mitzuteilen, dass sie gut angekommen war. Was würde ihre Mutter sagen, wenn sie von den Gefühlen wüsste, die Violet jemandem gegenüber hegte, der für sie tabu war? Plötzlich wurde Violet wütend; alle um sie herum waren so schrecklich brav und gehorsam.

Und tun Sie immer das, was man Ihnen sagt?

Sie lächelte, als sie an Sams Worte dachte.

»Da ist ja das berühmte Lächeln. Schon viel besser«, sagte Clive.

»Clive«, erwiderte Violet, »wusstest du, dass Queenie fürchterlich in dich verschossen ist?«

Ein Mundwinkel zuckte amüsiert. »Queenie?«

»Sie ist verrückt nach dir. Du solltest sie unbedingt zum Tanzen auffordern.«

Clive zuckte mit den Schultern, fühlte sich offensichtlich unwohl. Er sah sich nach Queenie um. »Sie ist nicht die Richtige.« Dann blickte er zurück zu Violet, und er runzelte die Stirn, als dächte er an etwas wenig Erfreuliches. »Es tut mir leid«, sagte er mit traurigen Augen. »Ich werde nicht ... wir sind immer noch Freunde, oder, Violet?«

»Nicht mehr, nicht weniger«, antwortete sie leichthin.

Er nickte, dann ging er zu dem Tisch mit den Getränken. Violet hatte Mitleid mit ihm, war jedoch gleichzeitig erleichtert, dass er anscheinend endlich eingesehen hatte, dass ihre Romanze – so kurz und zart sie auch gewesen sein mochte – vorbei war. Sie beobachtete die Menschen in dem Raum. Lachen und tanzende Füße. Sie wollte nicht mehr tanzen, wollte aber auch nicht die Party vorzeitig beenden, indem sie ihr Grammophon mitnahm. Auf keinen Fall würde sie es zurücklassen, damit Clive es später mitbrachte – nicht mit der kostbaren Nachricht von Sam darin. Stattdessen zog sie ihren Mantel an und ging nach draußen in die kühle Spätnachmittagsluft, wo sie sich auf die Stufen setzte, auf denen bereits zwei ihr unbekannte junge Frauen saßen und rauchten.

»Zigarette?«, fragte eine von ihnen und hielt Violet ein filigranes Etui hin.

»Danke«, erwiderte diese.

Das andere Mädchen, das zu viel Lippenstift trug, gab ihr Feuer. Violet zog an der Zigarette und blies den Rauch dann langsam aus.

»Diese Brosche ist hinreißend«, sagte das erste Mädchen.

»Danke. Jemand Besonderes hat sie für mich gemacht.«

»Gemacht?« Das Mädchen mit dem Lippenstift schnaubte verächtlich. »Wohl kaum. Die werden auf der Hauptstraße für neun Pence das Stück verkauft. Eine alte Frau, die in Leura wohnt, bastelt sie für die Touristen. Die Blume ist von hier. Eine Lilienart.«

Violets Gesicht brannte vor Demütigung. »Habe ich ›gemacht‹ gesagt? Ich meinte ›geschenkt‹.« Natürlich merkten die Mädchen, dass sie log, doch sie waren so höflich, nicht darauf einzugehen. Sam hatte also nicht Stunden damit verbracht, die Brosche zusammenzukleben und zu lackieren. Er hatte genau neun Pence für sie ausgegeben.

Sie rauchte und wartete, dass die Party bei Sonnenuntergang ihr Ende fand. Dann packte sie ihr Grammophon zusammen und bemerkte, dass Clive bereits gegangen war. Zusammen mit Myrtle und Queenie spazierte sie zurück zum Evergreen Spa. Queenie war in Tränen aufgelöst, weil Clive sie zurückgewiesen hatte, und als Myrtle sie freundlich mit den Worten trösten wollte, Clive sei ein Schuft und die Trauer nicht wert, wurde Violet ärgerlich.

»Clive Betts ist *kein* Schuft«, erklärte sie nachdrücklich. »Nur weil er nicht an ihr interessiert ist, heißt das doch nicht, dass er ein schlechter Kerl ist. Er ist einer der freundlichsten Männer, die ich kenne.«

Myrtle war befremdet von der Leidenschaft in Violets Stimme. »Ja, aber er hat die arme Queenie zurückgewiesen und ...«

»So ist das Leben«, sagte Violet. »Passiert. Jedem von uns.« Dann beschleunigte sie ihren Schritt, auch wenn Myrtles Schuhe an den Zehen drückten. Sie bereute schon, so harsch zu Queenie gewesen zu sein, doch seit sie Sam kennengelernt hatte, schwankten ihre Stimmungen so stark, dass sie sie kaum noch im Griff hatte.

Das Evergreen Spa tauchte als eine große Silhouette vor ihr auf. Sie wusste, sie würde Queenie und Myrtle in ihrem gemeinsamen Zimmer wiedersehen, doch sie hoffte, sich bis dahin bei einem langen Bad beruhigt zu haben. Ein Fenster nach dem anderen im Hotel leuchtete hell auf, und als sie wieder zum zweiten Stock emporblickte, musterte sie die Fassade, nur für den Fall ...

Da war er. Er saß am Fenster und sah mit einem Ausdruck träumerischer Melancholie nach unten.

Sie hoffte, dass er sie sehen würde, überlegte schon, ob

sie einen Kiesel an seine Scheibe werfen sollte, um damit seine Aufmerksamkeit zu erregen.

Sie hätte sich keine Gedanken machen müssen. Ihr helles Kleid musste ihm in der Dämmerung aufgefallen sein. Sein Gesicht wandte sich in ihre Richtung. Sie lächelte zu ihm auf.

Er hob die Hand und winkte kurz. Sie winkte zurück, dann starrte sie zu ihm hinauf, wie er zu ihr hinabblickte, bis sie fürchtete, Myrtle und Queenie könnten sie einholen, und sie zögernd ins Haus ging.

Ihr Herz sang wieder vor Freude. *Somebody loves me.*

Die Tür zum Caféhaus schwang nach innen auf, und Tony ließ Flora den Vortritt.

»Ladys first«, sagte er mit diesem Funkeln in seinen Augen, das sie so gut kannte.

Lächelnd ging sie hinein, und die Tür sperrte den winterlichen Wind hinter ihnen aus. Das Caféhaus befand sich hinter dem Ballsaal im Freien und wurde von einem türkischen Ehepaar und seinen fünf Söhnen betrieben. Eingerichtet war es mit gewebten Teppichen und vergoldeten Wandbehängen und Bronzeornamenten. Nur wenige Frauen hielten sich hier auf; es war zu einem Rückzugsort für die Männer im Evergreen Spa geworden. Flora ließ den Blick rasch durch den Raum schweifen und bemerkte erleichtert, dass sie nicht die einzige anwesende Frau war.

Tonys Freunde saßen an einem Tisch unter dem hinteren Fenster, das mit Wein überwachsen war. Die Männer begrüßten einander ausgelassen, sie etwas höflicher und setzten sich wieder. Die Kellner kamen, um ihre Bestellung aufzunehmen, und Flora erschauderte bei den dummen Scherzen der Männer, vor allem Tony und Sweetie, die sich über Kopfbedeckungen und Hautfarbe der Türken ausließen. Die Kellner ertrugen die Hänseleien gutmütig, doch Flora wusste, dass sie sie als Beleidigung empfanden.

»Ihr solltet das wirklich nicht tun«, sagte sie zu Tony, als die Kellner sich wieder zurückgezogen hatten.

»Sie lieben es«, erwiderte Sweetie und zuckte mit seinen breiten Schultern. »Sie denken dann, dass wir alle hier Freunde sind.«

»Ich finde es grausam«, murmelte Flora.

»Vorsicht, du heiratest einen Drachen«, zog ihn Harry auf. »Sie wird dir sagen, was du zu tun hast.«

Tony küsste sie auf die Wange. »Mach dir darüber keine Gedanken, Florrie. Sweetie hat recht; sie würden sich Sorgen machen, wenn wir jetzt damit aufhörten. Nicht jeder ist so eine zarte Seele, die keinen Spaß verträgt, wie dein Bruder.«

Alle lachten. Flora schwieg; sie war daran gewöhnt, dass die anderen sich über Sams Andersartigkeit lustig machten. Er war wahrscheinlich recht exzentrisch, doch es ermüdete sie, ständig zwischen Tonys und Sams Streitereien zu geraten. Sie versuchte allerdings, das Gespräch an sich vorbeiziehen zu lassen, während ihr bestellter Kaffee gebracht wurde – Flora nahm einen Schluck und wusste, sie würde nie wieder Kaffee trinken – und der Geräuschpegel im Raum anstieg.

Nach einigen Minuten sagte Tony leise zu Flora: »Es macht dir doch nichts aus, dass ich Sam ein wenig aufziehe?«

»Doch, das tut es. Aber ich bin daran gewöhnt.« Sie lächelte schwach. »Ich weiß, dass ihr beide nicht miteinander auskommt.«

»Ich dachte, ich hätte deine Gefühle verletzt. Du bist sehr still.«

»Ich mache mir nur Sorgen um ihn.«

»Er ist ein Mann, kein kleiner Junge.«

»Doch, er ist immer noch ein kleiner Junge. Sein Geist, sein Herz und seine Seele haben noch nicht zu seinem Körper aufgeholt.« Sie breitete in einer hilflosen Geste die Arme aus. »Er glaubt, er ist verliebt.«

»In wen denn?«

»Eine Serviererin namens Violet.«

»Das Mädchen, das deine Perlen aufgesammelt hat?«

»Genau. Ich habe ihn einige Tage vom Speisesaal ferngehalten, aber das schaffe ich nicht länger. Er spricht ständig von ihr. Fragt sich laut, woher sie stammt, wie sie wohl sein mag.«

»Soll ich veranlassen, dass sie entlassen wird?«

Flora schauderte. »O nein. Das arme Ding. Es ist ja nicht ihre Schuld. Ich versuche ihm ständig klarzumachen, dass das keine echte Liebe ist, dass er sie kaum kennt, dass er nur von ihrem Äußeren besessen ist und es keine Zukunft für ihn mit ihr gibt. Im Moment reißt er sich zusammen, aber ich weiß, dass er meine Worte nicht ernst nimmt.«

Tony runzelte nachdenklich die Stirn. »Vielleicht gehst du das ganz falsch an. Lass ihn verliebt sein, aber überzeuge ihn, dass es für sie sehr schlecht wäre, wenn sie eine Beziehung eingingen. Sie würde sicher ihre Stelle verlieren.«

Flora dachte über seinen Vorschlag an. »Du hast recht. Das könnte funktionieren.«

Tony zwinkerte. »Sag nicht, dass ich nie etwas für dich tue.«

»Das würde ich niemals behaupten.«

Flora entschuldigte sich kurz darauf, um nach oben zu gehen und mit Sam zu reden. Die Nachmittage wurden kürzer, das Sonnenlicht sanfter, beleuchtete das Tal und brach sich in den Fensterscheiben des Treppenhauses. Flora ging mit gesenktem Kopf zu Sams Zimmer, wie immer darauf bedacht, Augenkontakt mit den anderen männlichen Gästen auf dem Stockwerk zu vermeiden. Sie klopfte, wartete einen Moment und griff dann nach dem Ersatzschlüssel.

Doch in diesem Moment kam Sam, nur mit einem Handtuch bekleidet, aus dem Badezimmer am Ende des Korridors, das nasse Haar stand in alle Richtungen ab.

»Schwesterchen!«, rief er fröhlich.

Sie trat zurück, damit er die Tür aufsperren konnte. »Du solltest dir etwas anziehen, wenn du hier herumläufst«, sagte sie tadelnd.

»Niemand ist hier, der sich daran stören könnte.«

»Was, wenn eine junge Frau hier wäre? Wie ich?«

»Dann würde sie nur sehen, was Gott in seiner unendlichen Güte erschaffen hat«, erwiderte er und breitete die Arme aus, um dann aber doch schnell nach dem sich lösenden Handtuch zu greifen. »Komm rein und setz dich ans Fenster, während ich mich ankleide.«

Flora folgte ihm in sein Zimmer und sah sich kurz um. Die Opiumpfeife und die Lampe waren nirgends zu sehen. Sie blieb dennoch wachsam. Wenn er wirklich in den Fängen des Entzugs wäre, wäre er nicht so gelöst und gesprächig. Sam ließ das Handtuch fallen, und sie blickte rasch zum Fenster hinaus. »Sam, also bitte. Ein wenig Schicklichkeit.«

»Du hast mich früher gebadet«, sagte er. Flora hörte, wie er den Schrank öffnete und wieder schloss. »Nichts, was du nicht schon gesehen hättest. Da, jetzt bin ich präsentabel.«

Sie drehte sich um. Er trug einen dunkelroten, mit Drachenfiguren bestickten Morgenmantel aus Seide, den er zusammen mit seiner Opiumsucht aus China mitgebracht hatte. Er kauerte sich auf den Boden und zog das Silbertablett unter dem Bett hervor.

Flora sprang auf und legte eine Hand auf seine. »Warte«,

sagte sie. »Warte, bis ich gesagt habe, was ich dir mitteilen muss. Solange du noch klar denken kannst.«

»Ich denke immer klar, meine liebe Schwester«, entgegnete er, ließ das Tablett dennoch auf dem Boden stehen und straffte die Schultern, um ihr in die Augen sehen zu können. »Ich höre.«

»Ich habe über Violet nachgedacht.«

Er lächelte, und die Wärme, die dabei in seine Augen trat, war ihr schmerzlich vertraut; sie hatte sie bei ihm gesehen, seit er ein kleiner Junge war. Dies war sein Gesichtsausdruck, wenn er leidenschaftlich an etwas interessiert war. »Violet«, sagte er, »ich habe auch an sie gedacht.«

»Ich weiß, das ist offensichtlich. Ich wollte sagen … verletze sie bitte nicht.«

»Das würde mir nicht mal im Traum einfallen.«

»Wenn sie dir wirklich wichtig ist, dann denk an ihre Stellung. Denk daran, dass, wenn sie deine Zuneigung erwidert, sie vielleicht ihre Arbeit verlieren könnte.«

»Dann würde ich mich um sie kümmern. Ich habe viel Geld.«

»Sam, nein …«

»Wenn du gekommen bist, um mir vorzuschreiben, wen ich lieben darf, dann hast du deine Zeit verschwendet.« Er nahm das Tablett und setzte sich damit aufs Bett, zündete ein Streichholz an und hielt es an den Docht der Lampe.

»Bitte sei vernünftig«, sagte sie und schluckte Frust und Angst hinunter.

»Warum?« Er schüttelte das Streichholz aus und griff nach der Flasche mit dem Opium.

»Damit du nicht die verletzt, die du liebst und die dich lieben.«

»Sie sind Narren, wenn sie mich lieben«, antwortete er.

»Wirst du sie in Ruhe lassen?«

Er atmete energisch aus. »Ich habe sie doch bisher in Ruhe gelassen, nicht wahr? Weil du es mir gesagt hast.«

Sie musste zugeben, dass er recht hatte. Sie nickte.

»Dann lass es gut sein. Vielleicht solltest du mal an meiner Pfeife ziehen, Schwesterchen?«

»Nein!«, rief sie empört. »Niemals.«

Er lachte, nahm einen weiteren Zug. »Du tust immer das Richtige.«

Flora war sich nicht sicher, ob diese letzte Bemerkung eine Beleidigung oder ein Kompliment war, doch sie wollte das Gespräch beenden. Sie ertrug ihn nicht in seinem Rausch. »Wenn ich dir wirklich vertrauen kann, dann sehen wir uns heute Abend zum Essen im Speisesaal. Wir müssen nicht länger in unseren Zimmern essen.«

Er entließ sie mit einem eleganten Winken. »Hör auf, dir Sorgen zu machen.«

Leichter für ihn gesagt, als für sie getan.

Flora kehrte in ihr Zimmer zurück und atmete den Duft frischer Rosen ein, die Miss Zander ihr jeden Mittwoch brachte. Sie wollte gerade das Licht einschalten, als sie mit dem Fuß gegen etwas auf dem Boden stieß. Ein Bündel Briefe. Die Post dieser Woche.

Flora setzte sich an den kleinen Sekretär neben dem Bett und klappte die Schreibfläche herunter. Sie löste das Band um die Briefe und blätterte sie durch. Zwei von ihrem Vater. Einer von ihrer Freundin Liberty, die in Amerika herumreiste, und einer von ihrer alten Schuldirektorin, die ihr lange, weitschweifige Briefe über uninteressante Dinge schrieb. Und schließlich die Rechnung von Dr. Dalloway. Will.

Sie schlitzte diesen Umschlag zuerst auf, doch er enthielt keine Rechnung. Nur einen handgeschriebenen Brief.

*Liebe Flora,
ich möchte Ihnen meine Zeit nicht berechnen, da Sie so wenig davon in Anspruch genommen haben. Stattdessen möchte ich Sie bitten, mich jederzeit zu konsultieren, sollten Sie Bestärkung oder Unterstützung bei Ihrer schweren Bürde benötigen. Ich werde Ihnen gerne auf jede mir mögliche Weise helfen.
Hochachtungsvoll,
Will*

Flora faltete den Papierbogen sorgfältig zusammen und schob ihn zurück in den Umschlag. Sie schwankte zwischen Ärger über seine Anmaßung und Rührung über sein Angebot. Weder Sam noch Tony, noch ihr Vater schienen sich besonders darum zu kümmern, wie es ihr mit dieser enormen Verantwortung auf den Schultern erging. Dass ein Fremder ihr in ihrer Not Hilfe anbot, machte ihr deutlich, wie wenig Unterstützung sie in ihrem Umfeld erhielt. Seine Wärme machte sie verlegen.

Flora legte den Brief in eines der Fächer des Sekretärs und versuchte, nicht mehr daran zu denken.

Kapitel sieben

Violets Gedanken kehrten immer wieder zu Sam zurück. In vernünftigen Momenten sagte sie sich, dass sie nur wenige Worte mit ihm gewechselt hatte und sie einen klaren Kopf bewahren müsse. Doch diese Momente wurden immer seltener, je mehr Tage verstrichen. Sie hatte Sam nicht im Speisesaal gesehen. Seine Schwester und ihr Begleiter waren oft dort, Sam jedoch nicht. Einmal sah sie ihn mit abwesendem Gesichtsausdruck durch das Foyer nach draußen gehen, doch unter Miss Zanders wachsamen Augen konnte sie ihm nicht folgen.

Sie verbrachte ihre Pause mittlerweile jeden Tag auf dem Wanderweg. Einmal hatte sie ihn schon bei den Wasserfällen gesehen, und sie hoffte, dass er wieder dorthin gehen würde. Sie sah viele andere Gäste, von denen die meisten im Vorbeigehen einen neugierigen Blick auf ihre Uniform warfen, doch Sam war nie dabei.

Zwei Wochen als Angestellte im Evergreen Spa waren vergangen. Sie hielt ihr Versprechen Clive gegenüber und arbeitete hart. Miss Zander nickte ihr oft anerkennend zu, wenn sie sich in den Fluren begegneten. Violet schickte ihrer Mutter Geld und nahm an Queenies Abschiedsparty im Personalspeiseraum teil, mit Schuldgefühlen, aber auch zufrieden, selbst noch eine Stelle zu haben. Die Winterpause war immer noch ein Problem, doch sie war noch einige Wochen entfernt, und Violet hoffte, anschließend hier oben eine Stelle in einem Laden oder einem Restaurant zu finden, damit sie nicht mit leeren Händen zu ihrer Mutter zurückkehren musste.

Als sie einmal bei der Küchentür nach der Mittagsschicht mit Myrtle plauderte, meinte sie, Sam zu sehen. Er ging über die Tennisplätze und die Steinstufen hinunter in Richtung des Wanderweges.

»Ich habe also beschlossen, es noch einmal zu säumen«, sagte Myrtle, »weil es einfach zu kurz war. Du hältst mich wahrscheinlich für eine furchtbare Puritanerin.«

»Hm? Oh. Aber nein, Myrtle, gar nicht.«

»Ich habe einfach nicht die Beine dafür. Diese Narbe am Knie, von meinem Sturz letztes Jahr ...«

»Deine Beine sind vollkommen in Ordnung. Aber ... es tut mir leid, ich glaube ...« Violet deutete auf ihre Stirn. »Kopfschmerzen. Ich sollte ein wenig frische Luft schnappen.«

»Eine hervorragende Idee. Ich begleite dich.«

»Ich ... nein, vielleicht ...«

Myrtle runzelte die Stirn. »Nun, du musst nur sagen, wenn ich dich langweile.«

Violet packte Myrtles Hand, drückte sie und sagte: »Es tut mir leid, es hat nichts mit dir zu tun«, und begann zu laufen.

Alle Abzweigungen des Wanderweges führten zu dem Wegweiser, wo Violet ihn schließlich einholte. Zum Glück waren sie allein auf dem Pfad.

»Sam!«, rief sie.

Er drehte sich um, sah sie und blieb stehen. Er wirkte nicht überrascht, sondern eher, als habe er sie erwartet.

Sie eilte zu ihm, auf sein strahlendes Lächeln zu. »Da bist du ja.«

»Ja«, sagte sie. »Hier bin ich.«

»Ich gehe zu den Wasserfällen. Hast du sie schon gesehen?«

Sie schüttelte den Kopf. »Nicht von nahem.«

Er nahm ihre Hand und zog sie mit sich. »Dann lass uns gehen.«

Er ging so schnell, dass sie beinahe rennen musste, um mit ihm mitzuhalten, und schließlich verfiel auch er in Laufschritt. Sie hoffte, auf dem steinigen Weg in ihren Arbeitsschuhen nicht zu stolpern. Er lachte, die Sonne tanzte in seinen Haaren, und sie war fast zu verwirrt über sein seltsames Verhalten, um das Gefühl seiner Hand über ihren Fingern genießen zu können. Doch dann lachte sie auch, lachte darüber, wie verrückt es war, einen Wanderweg in ihrer Servieruniform hinunterzurennen, Hand in Hand mit einem Mann, der ihr Herz mit seinen ach so dunklen Augen berührt hatte.

Den Weg hinunter und die kurvigen Abzweigungen hinauf liefen sie, das Rauschen der Wasserfälle wurde lauter und lauter. Sie hatten keine Zeit und keinen Atem für ein Gespräch, auch wenn er gelegentlich ausrief: »Wie wunderschön!« Violet wusste nie, welches Detail ihrer Umgebung ihn gerade zu diesen Ausbrüchen verleitete – Vögel oder Blumen oder Gerüche oder Geräusche –, doch sie liebte ihn dafür. Leidenschaft und Feuer. Er war perfekt.

Schließlich kamen sie auf den flachen Felsen am Kopf der Wasserfälle zum Stehen. Kleine Kaskaden fielen in ein dunkles Auge aus kaltem Wasser, das sich über die Kante des Felsvorsprungs mehr als hundert Meter hinunter ins Tal ergoss.

»Schwimmst du gerne, Violet?«, fragte er.

»Ja. Sehr gerne.«

»Na dann, spring rein«, sagte er und deutete auf das Wasserbecken.

»Es wird eiskalt sein.«

»Hast du etwa Angst?«, neckte er sie.

Sie hob das Kinn und strahlte ihn an. »Geh du rein. Oder hast du etwa Angst?«

Er grinste und begann, sein Hemd aufzuknöpfen. Sie erinnerte sich daran, wie sie ihn hier nackt gesehen hatte, und ein Hitzestrahl schoss durch ihren Körper. Während er seine Kleidung ablegte, ging er zu dem sandigen Rand des Wasserbeckens. Im Gehen knöpfte sie ihre Uniform auf; sie fühlte sich lebendig, voller Angst und Verlangen.

Er zog sich bis auf seine langen Unterhosen aus. Sein Körper war geschmeidig und blass, von nahem betrachtet dünner als erwartet. Violet streifte ihre Schuhe und ihr Kleid ab, rollte die Strümpfe nach unten und schlüpfte aus ihrem Unterrock. Dann legte sie alles auf die Felsen. Sie trug nur noch ihr Unterhemd und die weiten Unterhosen, die mit rosafarbenen Bändern über ihren Knien zusammengehalten wurden. Eine plötzliche Welle von Scham überschwemmte sie, und sie verschränkte die Arme vor der Brust.

Sam kam zu ihr, nahm ihre Hände und breitete ihre Arme aus. Ihre kleinen Brüste, über denen die Kleider an ihr perfekt saßen, schienen plötzlich ein fürchterlicher Mangel zu sein. Ihr Unterhemd schien an zwei Nägeln zu hängen.

»Schau nur, wie schön du bist«, sagte er und ließ ihre Hände fallen.

Violet holte tief Luft. Mit klopfendem Herzen drehte sie sich um und ging langsam ins Wasser. Es war tatsächlich eiskalt, und sie wappnete sich, ging weiter und ließ sich an der tiefsten Stelle hineinfallen. Hinunter in die dunklen, eisigen Tiefen. Die Kälte raubte ihr den Atem. Sie schwamm rasch zurück an die Oberfläche und winkte ihm zu. »Siehst du? Ich habe keine Angst.«

»Ist es kalt?«, fragte er.

»Kein bisschen. Aber du kannst doch schwimmen, nicht wahr?«

»Natürlich.« Eine Sekunde später tauchte er neben ihr unter. Er schwamm an die Oberfläche, das Wasser rann ihm in Strömen aus den Haaren, und er rief: »Lügnerin!«

Violet schwamm an den flachen Rand des Beckens, wo er sie einholte und an sich drückte. Sie legte ihre Hände auf seine Schultern, wo sie seine Gänsehaut spürte. Seine Lippen waren nur Zentimeter von ihren entfernt.

»Darf ich dich küssen?«, fragte er.

Sie nickte stumm, und seine Lippen pressten sich mit aller Leidenschaft und Kraft der Wasserfälle auf ihren Mund. Seine Hitze versengte sie und ließ sie das kalte Wasser vergessen. Er schob seine Zunge in ihren Mund – noch kein Mann hatte das zuvor bei einem Kuss getan –, und sie drängte sich mit Brüsten und Hüften gegen ihn.

»Ich wusste, dass du süß schmecken würdest«, murmelte er in ihren Mund, dann küsste er sie noch drängender. Seine Hände umfassten ihre Pobacken und kneteten sie kräftig.

Plötzlich gab er sie frei. »Violet, es ist zu kalt.«

Ja, das war es. Sie nickte, und gemeinsam stiegen sie aus dem Wasserbecken. Sie drehte ihm den Rücken zu und zog ihr nasses Unterhemd aus, um ihren Unterrock überzustreifen. Dann wand sie sich aus ihrer Unterhose und warf sie auf die Felsen, gleichzeitig verlegen und erregt. Das Wasser verdampfte bereits auf ihrem Körper, der von Gänsehaut überzogen war. Als sie sich wieder umdrehte, war

Sam bereits vollständig bekleidet, seine langen Unterhosen ein nasser Haufen auf dem Boden neben ihrer durchweichten Unterhose.

Etwas an seinem Anblick brachte sie zum Lachen, und er packte sie an der Taille und drückte sie an sich, bis sie keine Luft mehr bekam. »Du bist so wunderschön«, sagte er.

»Lassen wir die Kleider hier, damit die Spaziergänger etwas zum Wundern haben«, erwiderte sie.

»Ich weiß einen Ort, an den wir gehen können«, sagte er und gab sie frei. »Komm mit mir.«

Er packte wieder ihre Hand, wie schon zuvor, und zog sie hinter sich her, den Wanderweg hinauf. Ihre Beine schmerzten von dem Aufstieg. Doch dann bog er ab, über Steine und Farne, und kurz darauf standen sie vor dem Eingang zu einer Höhle.

Violet wurde misstrauisch. »Ganz schön dunkel.«

»Ja. Keiner wird uns hier sehen. Ich komme oft hierher.«

Sie ließ sich von ihm in die Höhle führen.

»Ich möchte dir etwas zeigen«, sagte er. »Schau.«

Neben dem Eingang war ein großer Felsen mit glatter Rückseite. Violet kniff die Augen in dem Dämmerlicht zusammen und erkannte, dass er ihr eine Ritzung auf der Oberfläche zeigte. Ein Herz mit scharfen Kanten, wo eigentlich weiche Rundungen sein sollten.

»Hast du das eingeritzt?«

Er schüttelte den Kopf. »Nein, ich habe es gefunden. Das hier ist Granit. Stell dir vor, jemand musste es mit Hammer und Meißel eingravieren, um seine Liebe zu dieser Frau unter Beweis zu stellen. Seit ich es fand, heißt diese Höhle bei mir ›die Höhle der Liebenden‹. Findest du das nicht wundervoll? Diese Leidenschaft?«

Violet strich mit den Fingern über die eingemeißelten

Linien und verschwieg ihm, dass sie das Herz eigentlich ziemlich hässlich fand. Als sie sich umdrehte, knöpfte Sam wieder sein Hemd auf. Verlangen durchfuhr sie, aber auch ein Gefühl von Vorsicht.

»Sam? Warum ziehst du dein Hemd aus?«

»Wir werden uns lieben«, sagte er.

Ihr war schwindelig vor Begehren, doch der Höhlenboden war kalt und sie sich sicher, dass es hier Ameisen und Spinnen gab.

»Nein«, erwiderte sie leise, aber bestimmt.

Er hielt inne und runzelte die Stirn. War er verärgert? Schon bereute sie ihre Worte. Sie würde ihn verlieren.

»Es tut mir leid«, erklärte sie. »Nicht hier, nicht jetzt.«

»Nun, bisher hat mich noch keine Frau abgewiesen«, erwiderte er und ließ die Hände sinken, das Hemd halb aufgeknöpft.

»Sam, ich habe noch nie zuvor zugestimmt«, sagte sie langsam, damit er sie verstand.

»Tatsächlich? Bewahrst du dich für die Ehe auf?«

»Für die Liebe.«

»Tatsächlich?«, wiederholte er.

»Ich weiß so gut wie nichts über dich«, sagte sie.

»Das werden wir gleich ändern. Komm, setz dich zu mir. Keine Angst, der Boden ist recht weich. Du kannst deinen Kopf in meinen Schoß legen. So.«

Violet entspannte sich in seinem Schoß, und er legte seinen Mantel über sie und begann, sanft ihr Haar zu streicheln.

»Was möchtest du wissen?«, fragte er.

»Wie alt bist du?«

»Fast zwanzig.«

»Ich auch«, antwortete sie.

»Weiter. Mehr Fragen.«

»Woher kommst du? Erzähl mir von deiner Familie.«

»Ich lebe mit meiner Familie auf einer vierzigtausend Hektar großen Farm in New South Wales. Wir sind sehr reich und auch bekannt. Ich habe mehr Geld, als du zählen könntest.« Er lachte bei dieser Bemerkung, auch wenn Violet nicht wusste, warum. »Mein Vater ist ein böser alter Intrigant, und meine Mutter ist ein hübscher Fußabstreifer. Meine arme Schwester, die du schon kennengelernt hast, ist viel zu nett, wenn man ihre Herkunft bedenkt. Mein Vater hat eine Ehe für sie mit dem schmierigen Sohn einer seiner Geschäftspartner arrangiert, einem Mann, der ihr weder an Verstand noch freundlichem Wesen das Wasser reichen kann und der ihren Bauch zweifellos mit einem Dutzend katholischer Babys füllen wird, bis sie nur noch ein Schatten ihrer selbst ist. Was ist mir dir?«

Violet war schmerzlich der Unterschied zwischen ihnen beiden bewusst, in ihrer Herkunft und ihrer Zukunft. »Meine Mutter hat Arthritis und arbeitet als Wäscherin und Näherin. Sie kann an einem Tag ein Kleid nähen, was von der Familie, für die sie arbeitet, auch oft verlangt wird. Doch sie zahlen ihr sehr wenig, und ihre Hände wollen nicht mehr so wie früher. Ich schicke ihr Geld, aber irgendwann werde ich komplett für uns beide arbeiten müssen ...« Violet verstummte. Die furchtbare Wahrheit auszusprechen machte sie traurig und einsam.

Sam schwieg. Sie drehte den Kopf, um zu ihm aufzublicken. Er wirkte nachdenklich.

»Liebst du deine Mutter?«, fragte er.

»Natürlich liebe ich sie.«

»Dann mach dir keine Sorgen. Denn alle, die du liebst, liebe ich auch, und ich habe genug Geld, um alles in Ordnung zu bringen. Also, mach dir nie wieder darüber Sorgen, denn ich ertrage es nicht zu sehen, wie du dich quälst.

Ich werde mit meinem Geld alles in Ordnung bringen. Für mich ist es einfach, und ich liebe dich.«

Violet registrierte die Liebeserklärung am Ende seines verwirrenden Wortschwalls kaum. Er liebte sie? Hatte er das tatsächlich gesagt? Ihr Herzschlag beschleunigte sich. Er liebte sie.

»Mehr Fragen«, sagte er.

Sie brauchte einen Moment, um sich zu sammeln. »Äh ... was machst du im Evergreen Spa?«

»Ich habe einige gesundheitliche Probleme, die mich nicht belasten, jedoch alle anderen in meinem Umfeld. Ich bin hier, um sie zu lösen. Wir sind seit zwei Monaten hier. Es ist Floras und Tonys erster gemeinsamer Urlaub, doch er fährt immer wieder nach Sydney, um dort zu Prostituierten zu gehen, auch wenn er ihr sagt, es handele sich um geschäftliche Angelegenheiten.«

»Das ist schrecklich.«

»*Er* ist schrecklich.«

»Hast du es ihr erzählt?«

»Es würde sie zu sehr verletzen. Und sie würde mir auch gar nicht glauben. Aber ich habe gehört, wie er vor seinen gemeinen Freunden damit angibt. Na los, mehr Fragen. Über mich. Nicht über sie.«

»Glaubst du an Gott?«

Er warf die Hände in die Luft, die bisher unentwegt ihr Haar gestreichelt hatten. »Ja! Ich verehre den Mohngott.«

»Ich habe noch nie von ihm gehört.«

»Vielleicht ist der Mohngott ja eine Frau«, sagte er. »Sie hat so etwas an sich. Nächste Frage.«

»Liebst du mich wirklich?«

»O ja. Vom ersten Moment an, in dem ich dich sah. Von diesem Moment an.«

Er schloss verzückt die Augen, und Violet durchzuckte

wilde Freude und Verlangen. Sie liebte ihn auch. So verrückt es auch war, sie liebte ihn ebenfalls seit dem Moment, in dem sich ihre Augen an dem betreffenden Abend im Speisesaal getroffen hatten. Andere würden sie töricht nennen: Myrtle oder Clive oder ihre Mutter. Doch *sie* waren die Narren. Was für eine Ignoranz zu denken, dass Liebe etwas Nüchternes und Geordnetes sein musste, das sich langsam aufbaute, so dass niemand zu sehr davon mitgerissen wurde. Liebe war ein Blitz, der mit seiner genialen, brutalen Kraft auf sie herniederfuhr. Sie war uralt und ewig und durchdrang die profane Oberfläche der Welt und zeigte ihr das nasse, schlagende Herz der Realität darunter.

»Ich liebe dich auch«, sagte sie.

»Natürlich tust du das«, antwortete er. »Du verstehst mich.«

Sie berührte ihn sanft mit der Hand am Kinn, schwindelig vor Freude. »Ich werde meine Stelle verlieren, wenn wir entdeckt werden.«

»Das ist mir egal. Ich habe genug Geld für uns beide.«

»Mir ist es nicht egal«, sagte sie. »Ich brauche diese Arbeit. Jetzt noch. Nur bis alles etwas … sicherer ist.«

»Dann werde ich sehr vorsichtig sein.« Er öffnete die Augen und lächelte zu ihr hinab. »Meine Schwester beobachtet mich. Sie würde unsere Beziehung ganz sicher nicht gutheißen. Meine Eltern auch nicht. Es ist köstlich, nicht wahr? Eine verbotene Liebe schmeckt süßer und schärfer.«

»Vielleicht hast du recht. Aber, Sam«, sagte sie sanft, »ich muss jetzt gehen und mich für die Arbeit fertig machen.«

»Gut, dann gehen wir zurück zum Hotel, aber nicht zusammen«, antwortete er. »Du gehst hundert Meter vor mir, als ob wir einfach zur selben Zeit einen Spaziergang unternähmen und uns nicht kennten. So kann ich auf dem ganzen Weg den süßen Schwung deiner Hüften genießen.«

»Einverstanden«, sagte sie und stand auf. »Ich gehe zuerst.«

Beim Abendessen spielten sie und Sam stillschweigend ein Spiel. Sie tauschte die Tische mit Myrtle, die immer noch verletzt war, nachdem Violet sie einige Stunden zuvor stehen gelassen hatte. Violet bediente an seinem Tisch, als sei nie etwas zwischen ihnen passiert. Er saß neben seiner Schwester – die Violet wie ein Habicht beobachtete –, zusammen mit dem Italiener und dessen Entourage, der Opernsängerin, der Schönheitskönigin und den Schriftstellern. Flora kleidete sich sehr schlicht, in einen langen grauen Rock mit hochgeknöpfter Bluse, das lange Haar zu einem strengen Knoten zurückgebunden. Sie und Sam waren kaum als Geschwister zu erkennen. Alle lachten und unterhielten sich fröhlich, Sam eingeschlossen, der ihren Blick konsequent mied.

Und doch ... als sie an ihm vorbeiging, streifte er wie zufällig ihre Hüfte mit seinem Unterarm; als sie sich über den Tisch beugte und die Teller abräumte, drückte er seinen Schenkel gegen ihren. Jede Berührung war heiß und elektrifizierend. Überdeutlich sah sie das Bild vor sich, wie sie nackt vor ihm stand, ihn küsste, sein offenes Verlangen, mit ihr zu schlafen, spürte. Sie erzitterte bei dem Gedanken. In all ihren beinahe zwanzig Jahren hatte sie nie an Sex gedacht. Mama hätte ihr eingebleut, dass »in Schwierigkeiten geraten« nur zu Elend führte: wofür sie der lebende Beweis war. Violet hatte viele Freunde gehabt. Manche waren frech geworden, und sie hatte ihnen einen Klaps auf die Hand oder manchmal auch ins Gesicht verpasst. Doch Sam erweckte einen Hunger in ihr, den zu erleben sie sich nie hätte vorstellen können. Wie sehr sie wieder seine nackte Haut spüren, ihren weichen gegen seinen heißen, harten Körper pressen wollte. Konsequenzen gab es in ihrer Vorstellung nicht, nur flüssiges, brennendes Verlangen.

Nach ihrer Schicht lag sie lange wach, während die Leidenschaft durch ihren Körper wirbelte und sie am Einschlafen hinderte. Sie fragte sich, ob sie je wieder ruhig schlafen würde.

Der Speiseraum der Bediensteten roch immer ganz besonders zur Frühstückszeit. Nach Speck und Toast natürlich, aber auch muffig und feucht nach einer Nacht, in der sich niemand darin aufgehalten hatte. Trotz der Kälte öffnete Violet das Fenster einen Spalt. Die Fenster befanden sich fast auf Bodenniveau, dennoch strömte ein süßer Hauch frischer Luft herein. Violet lehnte sich einen Moment gegen das Fenster und ließ die kalte Luft ihre müden Augen erfrischen nach einer Nacht, in der sie sich nur im Bett herumgewälzt hatte. Andere Angestellte gingen zum Büfett und zu den Tischen, lachten und unterhielten sich, Geschirr und Besteck klirrte. Doch plötzlich herrschte Stille.

Violet drehte sich um. Miss Zander stand in der Tür und wirkte mit ihrer perfekten Frisur und den eleganten Perlen fehl am Platz. Sie ließ den Blick durch den Raum schweifen, und jeder Angestellte hielt den Atem an und fragte sich, ob sie wohl nach ihm oder ihr Ausschau hielt.

»Ah, Violet«, sagte sie, als sie sie am Fenster erspähte. »Haben Sie schon etwas gegessen?«

»Nein«, erwiderte diese. Das Herz schlug ihr bis zum Hals.

»Dann essen Sie etwas und kommen danach sofort in

mein Büro.« Mit diesen Worten drehte sie sich um und ging ohne einen Gruß davon.

Die anderen musterten Violet mitleidig. Clive stand einen Moment später neben ihr. »Was ist los?«, fragte er.

»Ich weiß es nicht.« Sie dachte an das Spiel mit Sam am gestrigen Abend. Hatte Hansel vielleicht bemerkt, wie sie mit einem Gast flirtete? Hatte Myrtle irgendwelche Geschichten erzählt? Oder war es noch schlimmer? Hatte jemand gesehen, wie sie sich küssten oder fast nackt bei den Wasserfällen standen?

»Dann iss besser etwas«, sagte Clive. »Setz dich, ich hole dir einen Teller.«

Aber wie sollte sie jetzt Nahrung zu sich nehmen können? Sie wollte einfach nur zurück ins Bett und schlafen, bis alles vorbei war.

»Na los, setz dich«, sagte Clive wieder und schob sie sanft zur Frauenseite.

Violet gehorchte, und Myrtle gesellte sich zu ihr. Gesegnet sei Myrtle, die nah bei Violet saß und sie in den Arm nahm. »Ich bin mir sicher, es ist gar nichts«, sagte sie. »Miss Zander jagt uns immer eine Heidenangst wegen nichts ein.«

Clive kehrte mit einem Teller voller Speck und Steak zurück. Violet stocherte nur darin herum, dann schob sie den Teller zur Seite und rutschte von der Bank. »Ich muss das hinter mich bringen«, sagte sie.

»Viel Glück«, antwortete Myrtle leise.

Violet ging nach oben und durch das Foyer zu der hellblauen Tür von Miss Zanders Büro. Sie klopfte und wartete, bis die Direktorin schließlich öffnete.

»Ah, gut. Kommen Sie herein, Violet.«

Violet gehorchte. Miss Zander setzte sich an ihren Platz hinter dem polierten Tisch, auf dem Unterlagen, Bücher,

Tinte und Stifte exakt ausgerichtet waren. Sie bot Violet keinen Stuhl an, weshalb diese mit verschränkten, feuchten Händen stehen blieb.

»Gibt es ein Problem?«, fragte Violet. Gleich würde sie beschuldigt werden, zu engen Kontakt mit einem Gast zu pflegen. Wenn sie ihre Stelle verlor ... würde Sam sie wirklich unterstützen?

»Ich habe mit einigen Gästen gesprochen«, sagte Miss Zander und blickte auf ihre Unterlagen.

Das Dröhnen des Blutes in ihren Ohren machte Violet beinahe taub. Sie wagte nicht, etwas darauf zu erwidern.

»Es sind genug, die keine festen Pläne haben, über den Winter abzureisen, weshalb ich beschlossen habe, das Hotel mit einem Grundstock an Bediensteten geöffnet zu halten. Normalerweise würden wir nach den Feierlichkeiten zu Weihnachten im Juni schließen und am ersten Frühlingstag wiedereröffnen.«

Da Violet nicht die erwartete Anschuldigung eines Fehlverhaltens zu hören bekam, schwieg sie weiterhin unsicher.

»Ich bin sehr zufrieden mit Ihnen, und ich lade Sie ein, über den Winter weiter hier zu arbeiten.«

Die Erleichterung überschwemmte sie wie warmes Wasser. »Oh, ja!«, rief sie. »Ja, bitte. Das sind wundervolle Neuigkeiten.«

»Gutes Mädchen. Behalten Sie es aber bitte für sich, denn viele arbeiten länger hier als Sie und werden nicht über den Winter beschäftigt werden. Myrtle zum Beispiel. Soweit ich es beurteilen kann, werden wir weniger als zwölf Gäste haben. Sie werden vielleicht noch andere Aufgaben übernehmen müssen. Ich hoffe, Sie sind sich nicht zu fein, um auch als Zimmermädchen zu arbeiten.«

»Nein, überhaupt nicht. Ich bin überaus dankbar für diese Gelegenheit und werde Sie nicht enttäuschen.«

»Ich weiß, dass Sie das nicht werden«, erwiderte Miss Zander lächelnd, und Violets Herz wurde leichter.

Laut und schrillend erwachte das Telefon aus Holz und Messing auf Miss Zanders Schreibtisch zum Leben. Mit der einen Hand griff die Direktorin danach, mit der anderen winkte sie Violet aus dem Büro.

»Danke, danke!«, sagte Violet stumm und ging rückwärts aus dem Zimmer.

Sie schloss die Tür hinter sich und lehnte sich einen Moment mit geschlossenen Augen dagegen. Jetzt konnte sie Mama schreiben und ihr Geld über den Winter versprechen. Mamas Arthritis war in den kalten Monaten immer am schlimmsten, und jedes Jahr fürchtete sie, dass ihre Arbeitgeber ihr kündigen würden. Violet öffnete die Augen und eilte an die Arbeit, während ihre Gedanken zu anderen Dingen schweiften. Würde Sam über den Winter bleiben? Sie hielt die Unsicherheit kaum aus.

Ein scharfes Klopfen an der Tür riss Flora aus ihren Gedanken. Sie hatte an ihrem Tisch gesessen, einen angefangenen Brief an ihren Vater vor sich. Wie sollte sie ihm die Neuigkeiten überbringen, dass bei Sam keine Veränderung eingetreten war? Sollte sie gestehen, dass sie ihn nicht vom Opiumkonsum abhalten konnte? Sollte sie Dr. Dalloways Aussage beifügen? Oder war Vater immer noch nicht bewusst, dass Sams Leid zum Großteil selbstverschuldet war? Wenn ja, dann würde es ihn so sehr erschüttern, dass er vielleicht etwas Unverzeihliches tat, wie etwa, Sam zu enterben. Was sollte dann aus ihrem jüngeren Bruder werden? Würde er auf der Straße leben müssen, wie die schmutzigen Bettler, die sie in Sydney gesehen hatte?

Das Klopfen war eine willkommene Ablenkung. Flora

stand auf und öffnete die Tür, vor der Miss Zander stand, die elegante Direktorin.

»Guten Morgen, Miss Honeychurch-Black«, sagte sie energisch. »Bitte vergeben Sie mir die Störung, doch in meinem Büro wartet ein Anruf auf Sie.«

»Ein Anruf?«

»Mr. Honeychurch-Black. Ihr Vater.«

Flora wurde bleich. »Mein Vater«, flüsterte sie.

»Ist alles in Ordnung?«

»Ja, ja. Ich war gerade dabei, ihm zu schreiben, als Sie klopften. Es ist nur der Schock. Als ob ich ihn zum Leben erweckt hätte.« Sie lachte nervös und erkannte, wie albern sie klang.

Sie folgte Miss Zander nach unten und durch das Foyer zu ihrem Büro, wo die Direktorin auf das Telefon deutete, dann höflich das Zimmer verließ und die Tür hinter sich schloss.

Flora nahm den Hörer in die eine, die Sprechmuschel in die andere Hand und lehnte sich an die Tischkante. »Hallo, Vater?«

»Florrie, meine Liebe. Wie schön, deine Stimme zu hören.«

»Ich war gerade dabei, dir zu schreiben. Was für ein Zufall.«

»Du bist ein gutes Mädchen. Briefe brauchen zu lang, und ich muss mit dir über zwei dringende Angelegenheiten sprechen.«

Flora schluckte angestrengt. »Ja?«

»Ich habe zwei Briefe bekommen, die mich etwas verwirren. Einen von deinem Bruder und einen von deinem Verlobten.«

»Tony hat dir geschrieben?«

»Lass uns später darüber reden. Samuel berichtet, ihr bleibt noch ein wenig länger in den Bergen.«

»Das stimmt«, bestätigte Flora; eine Ader pochte schuldbewusst an ihrem Hals. »Ich wollte es dir selbst mitteilen. Ich wusste nicht, dass Sam dir bereits geschrieben hat.«

»Manchmal tut er das. Lange, weit ausholende Briefe, die nicht viel Sinn ergeben, aber er hatte ja schon immer eine seltsame Fantasie. Kann ich davon ausgehen, dass sich sein Zustand gebessert hat, wenn ihr noch bleibt?«

Flora wollte ihm am liebsten erklären, dass ihr Bruder opiumsüchtig war und dass sie nicht in der Lage war, ihn allein durch Bergluft gesund zu machen, doch Angst lähmte ihre Zunge. Sie musste Sam beschützen. »Ein wenig. Ein klein bisschen.«

»Das ist genug.« Er klang so erleichtert, dass Flora zum Weinen zumute war.

»Vater, sein Zustand ist ... ich habe mit einem Arzt gesprochen, der mich unterstützen möchte.«

»Sehr gut. Damit und mit frischer Luft und Heilwasser wird er im Handumdrehen wieder er selbst sein. Ich glaube fest, dass du dieses Problem lösen kannst.«

Flora wollte das Thema wechseln, blieb aber wachsam. »Was ist mit Tonys Brief?«

Die Stimme ihres Vaters wurde streng. »Ich glaube, du warst nicht ganz ehrlich mit mir, Florrie.«

»Was meinst du damit?« Sie sah durch das Fenster, ins weiße Wintersonnenlicht auf den Bäumen. Es schien kalt zu sein, bitterkalt, auch wenn es im Büro warm war.

»Tony hat darum gebeten, die Hochzeit voranzutreiben.«

»Oh.«

»Du hast mir doch gesagt, dass er die Hochzeit um sechs Monate verschieben will. Ich habe gerade einen Brief an ihn abgeschickt, in dem ich ihn um eine Erklärung bitte, doch dann dachte ich, es sei schneller und effizienter, wenn ich mit dir spreche.«

Vater hatte an Tony geschrieben? Eine Katastrophe. Tony würde nun bald wissen, dass sie selbst die Hochzeit verschoben hatte. »Ich sagte, wir wollten sie ein wenig nach hinten verlegen«, erklärte sie lahm.

»Mit ›wir‹ hast du ›Flora‹ gemeint, nicht wahr?«

»Ja«, antwortete sie leise. »Ich habe nicht mit Tony darüber gesprochen. Mir war nicht klar, dass es ihm wichtig ist. Er dachte, es sei deine Entscheidung.«

Ihr Vater gab ein verärgertes Geräusch von sich. »Was im Himmel erhoffst du dir von einer Verschiebung der Hochzeit, Florrie?«

»Ich weiß es nicht«, erwiderte sie, und das war die Wahrheit. Es würde geschehen, ob sie es wollte oder nicht. Sie würde eine Ehefrau sein und dann eine Mutter, sie würde einen Haushalt führen und Wohltätigkeitsbälle besuchen und an Tonys Seite alt werden, während sie gewissenhaft ihre Pflicht als Mitglied der Familie Honeychurch-Black erfüllte, selbst mit ihrem neuen, exotischeren Nachnamen.

Die Stimme ihres Vaters wurde sanft. »Sprich bitte mit Tony, ja? Setzt ein Datum fest. Irgendwann in diesem Jahr.«

Das verschlug ihr den Atem. Das Jahr war bereits zur Hälfte verstrichen.

»Florrie?«

»Er ist für ein paar Tage in Sydney, aber ich werde sicher mit ihm sprechen. Schick ihm nicht diesen Brief. Er wird mich für eine Lügnerin halten oder denken, dass ich ihn nicht liebe. Doch ich liebe ihn.«

»Ich fürchte, dafür ist es zu spät, er ist heute Morgen in die Post gegangen. Aber vielleicht ist das auch ein Segen und am besten, wenn alles offen besprochen wird. Geheimnisse sind nicht gut für eine Ehe. Sprich mit ihm. Schreib mir das Datum. Ich erwarte bis zum Ende der Woche einen Brief. Versprichst du mir das?«

»Ja, ja«, sagte sie und fürchtete sich jetzt schon vor Tonys Rückkehr. »Ich verspreche es.«

Nach der Frühstücksschicht kehrte Violet in ihr Zimmer zurück, wo sie bemerkte, dass das Kissen aufrecht an der Wand lehnte. Neugierig nahm sie es auf und fand darunter ein kleines weißes Leinensäckchen mit einem roten Zugband.

Sie löste das Band. In dem Säckchen befanden sich Süßigkeiten. Sprechende Bonbons. In Sydney hatten sie und ihre Freundinnen diese Bonbons immer bei Tanzveranstaltungen oder im Kino getauscht. Violet ließ sie aufs Bett fallen und sortierte sie. Rosafarbene, weiße, gelbe. In jedes war »Ich liebe dich« eingestanzt.

Ein Lächeln breitete sich auf ihrem Gesicht aus.

Die frühen Abende waren die schlimmsten. Flora wusste nie, in welcher Stimmung sie Sam vorfinden würde, wenn sie ihn zum Abendessen abholte – lächelnd und fügsam, irrational und wütend oder ganz in seiner goldenen Blase, mit halb geschlossenen Augen und verloren für die Welt. Flora saß bewegungslos in ihrem Zimmer und wollte den Aufruhr in ihrem Bauch dazu zwingen, sich endlich zu beruhigen. Schließlich stand sie auf und ging zu ihm.

Als sie geklopft hatte, öffnete er beinahe sofort die Tür, mit weit aufgerissenen Augen und gerötetem Gesicht. Er trug ein halb zugeknöpftes Hemd und verknitterte Hosen, die er wahrscheinlich auf dem Boden oder unter dem Bett gefunden hatte.

»Schwesterchen?«, fragte er verwirrt.

»Warum bist du noch nicht fürs Abendessen angezogen?«

»Ich komme nicht, muss einen Freund besuchen. Er war verreist, und ... ich muss ihn wirklich sehen.«

»Einen Freund? Wen?« Sam hatte keine Freunde, noch nie gehabt.

»Jemand, den ich aus dem Dorf kenne. Ich bin um sechs mit ihm verabredet. Ist es schon sechs?« Er holte seine Taschenuhr hervor. »Zwanzig Minuten. Zwanzig Minuten, dann bin ich weg.«

Flora wurde misstrauisch. »Wie heißt dieser Freund?«

»Das spielt keine Rolle. Manchmal bist du fürchterlich neugierig. Geh runter zum Essen. Ich habe Tony und seine Freunde vor wenigen Minuten vorbeigehen gehört. Wir sehen uns dann morgen früh beim Frühstück.« Er wollte ihr die Tür vor der Nase zuschlagen, doch sie hielt ihn mit dem Unterarm davon ab.

»Sam, ich habe heute mit Vater telefoniert. Du musst wirklich aufhören, ihm seltsame Briefe zu schicken.«

»Habe ich ihm einen seltsamen Brief geschickt?«

»Laut seiner Aussage ja.«

»Ich habe geträumt, dass ich ihm einen Brief geschrieben habe. Oder vielleicht war das auch real.« Er runzelte die Stirn.

Flora sagte leise: »Merkst du, was das Opium mit dir anstellt? Du kennst nicht mehr den Unterschied zwischen Träumen und Wachen.«

Mit einem harten Gesichtsausdruck schob er ihren Arm zur Seite und schlug die Tür zu. Flora stand einen Moment regungslos da und überlegte, ob sie in den Speisesaal gehen und Tonys Freunden sagen solle, sie würde nicht am Abendessen teilnehmen, doch die würden ihre Abwesenheit wahrscheinlich nicht einmal bemerken. Oder sie würden Fragen stellen und über Sam spotten. Also holte sie ihren Mantel aus ihrem Zimmer und ging, ohne jemanden zu informieren, nach draußen, um dort auf Sam zu warten.

Die kalte Luft traf sie unvermittelt, als die schweren Doppeltüren hinter ihr ins Schloss fielen. Der letzte Streifen Sonnenlicht war beinahe hinter dem Tal verschwunden, und die Sterne wurden bereits am östlichen Horizont sichtbar.

Sie stellte sich zwischen die beiden Kiefern am Vorderzaun – beide waren über zweieinhalb Meter hoch – und beobachtete aus den Schatten heraus die Eingangstür.

Ein eisiger Wind wehte, und sie vergrub die Hände in den Manteltaschen, wünschte, sie hätte ihre Handschuhe mitgenommen oder warme Stiefel angezogen. Einige Minuten später öffnete sich die Tür, und Sam tauchte in einem Streifen Licht auf, tief in seinen Mantel gehüllt. Sie beobachtete, wie er rasch die Straße entlangging, und folgte ihm im Abstand von dreißig Metern.

Es war lange her, seit sie das letzte Mal so schnelle Bewegungen bei ihm gesehen hatte. Im letzten Jahr war er träge und faul geworden. Er hielt den Kopf gesenkt, und falls er die Schritte hinter sich hörte, ließ er es sich nicht anmerken.

Sie gingen den Hügel hinauf und überquerten dann die Gleise. Der Bahnhof lag einsam und verlassen, das Schild mit der Aufschrift »Evergreen Falls« klapperte im Wind. Das Gras stand hier hoch und war feucht vom Tau. Die Dämmerung war der Nacht gewichen, und Flora musste abwechselnd Sam und ihre Füße im Auge behalten, um nicht auszurutschen.

Schließlich wurde er langsamer, sah zu den Häusern auf der linken Seite, als sei er nicht sicher, welches sein Ziel sei. Irgendwann blieb er stehen. Flora näherte sich ihm so weit, wie sie es wagte, dann versteckte sie sich hinter einer Eiche. Ein Windstoß ließ gelbes und braunes Laub auf sie herabregnen. Sam ging die fünf Stufen der Vordertreppe hinauf auf die niedrige Veranda eines baufälligen Hauses. Lampen brannten zu beiden Seiten der Treppe, eine weitere stand auf dem Boden neben einem langen Sofa, auf dem ein Asiate ausgestreckt war und eine flauschige rote Katze streichelte.

»Malley«, begrüßte ihn Sam. »Du bist zurück.«

»Zurück mit allem, was du brauchst.«

Wie sie es vermutet hatte: Dieser Mann – Malley – versorgte Sam mit Opium. Oh, wie gern sie auf diese Veranda gerannt wäre und die Männer von ihrem Tun abgehalten hätte, doch sie konnte nur zusehen. Sam setzte sich neben Malley. Das Lampenlicht beschien das Gesicht des Mannes, und Flora sah, dass er so hellhäutig war wie sie. Er trug jedoch locker sitzende schwarze Hosen und eine bestickte Manchu-Jacke. Sein langes schwarzes Haar war zu einem festen Pferdeschwanz gebunden, langes und feines Barthaar spross auf Oberlippe und Kinn. Der Balken des Verandageländers verbarg ihr Tun, doch Flora vermutete, dass sie Geld und Waren austauschten.

Sie ließ sich gegen den Baum sinken, Wut und Schmerz brodelten in ihr. Wie konnte es dieser schreckliche Malley wagen, ihrem Bruder Drogen zu verkaufen, und dann auch noch mit diesem entspannten Lächeln auf dem Gesicht? Sie atmete tief durch, wartete, bis Sam sein Geschäft abgeschlossen hatte und wieder zurück zum Hotel ging. Eigentlich hatte sie ihm in einigem Abstand folgen wollen, doch dann stürmte sie stattdessen aus den Schatten und die Treppen zu Malleys Veranda hinauf.

Er blickte mit trüben Augen zu ihr auf. »Wer sind Sie?«

»Ich bin Samuels Schwester, und ich verlange mit größtem Nachdruck, dass Sie ihm kein Opium mehr verkaufen.«

Er lächelte verschlagen, und ihre Wut kühlte so weit ab, um zu bedenken, dass sie diesen Mann nicht kannte, dass es Nacht war und sie allein hier draußen und niemand wusste, wo sie sich befand.

»Warum glauben Sie, dass ich ihm ausgerechnet das verkauft habe?«, fragte Malley.

»Weil ...«, stotterte sie. Sie hatte keinen Beweis. »Ich weiß, dass Sie es getan haben. Versuchen Sie nicht, sich herauszureden.«

Er stand auf, und sie wich mit klopfendem Herzen zwei Schritte zurück.

Doch er öffnete nur die Tür und verschwand im Hausinneren.

»Ich werde Ihnen die Polizei auf den Hals hetzen!«, rief sie.

»Dann werde ich denen von Ihrem Bruder erzählen«, erklärte Malley und breitete die Arme in einer Geste des Bedauerns aus. »Im Gefängnis wäre er gut aufgehoben, nicht wahr?«

Mit einem leisen Klicken schloss er die Tür und ließ Flora zitternd vor Kälte, Angst und Wut draußen stehen.

Sie drehte sich um und blickte in den Sternenhimmel; die Bäume bewegten sich ärgerlich im Wind. Ein schrecklicher Schrei schien in ihrer Kehle festzusitzen, den sie niemals würde freigeben können. Die Umgebung verschwamm vor ihren Augen, und sie fürchtete, ohnmächtig zu werden. Sie erkannte, dass sie sich nur einen oder zwei Blocks von Will Dalloways Haus befand. Hatte er nicht gesagt, sie könne ihn jederzeit aufsuchen?

Sie begann zu laufen.

Wenige Minuten später hämmerte sie an seine Tür. »Will! Will! Bitte lassen Sie mich rein!«

Die Tür öffnete sich, Licht und Wärme und der Duft

nach wohlschmeckendem Essen strömten ins Freie. Will sah sie besorgt an, legte den Arm um ihre Schultern und schob sie sanft in den Flur, während er die Tür schloss.

»Was ist passiert? Sind Sie verletzt?«

»Nein, das bin ich nicht. Ich bin ...« Sie merkte, dass sie schluchzte, ihr Gesicht war feucht und heiß. »Ich weiß nicht genau, was los ist. Ich habe das Gefühl auseinanderzubrechen. Ich bin ...«

Er stützte sie, führte sie durch die mit »Privat« beschriftete Tür und setzte sie in einen Ohrensessel. »Bleiben Sie sitzen«, sagte er, während er zu einem Tablett mit Alkoholflaschen auf der Anrichte ging. »Sie zerbrechen nicht, aber Sie sind hysterisch. Hier.« Er brachte ihr ein Glas Whiskey, den sie gehorsam trank.

»Also, was ist passiert?«

Sie reichte ihm das leere Whiskeyglas und erzählte ihm alles, offenbarte ihm ihr ganzes Dilemma. Sam war süchtig, sie musste ihm helfen, um die Gunst ihres Vaters zu behalten, doch sie konnte ihm nicht helfen, ohne ihn der Polizei auszuliefern, oder er würde von seiner Familie verstoßen, oder irgendeine andere Katastrophe würde sich ereignen, die sie sich noch nicht auszumalen gewagt hatte. Was auch immer sie tat, es war das Falsche. Sie weinte ungehemmt, während sie erzählte, als habe sie ihren Anstand unwiederbringlich auf Malleys Veranda zurückgelassen. Doch es tat so gut, endlich einmal alles auszusprechen und sich richtig auszuweinen.

Will saß die ganze Zeit vor ihr auf einer bestickten Ottomane, das Licht der Lampe spiegelte sich in seinen Brillengläsern. Als sie geendet hatte, spürte sie die Demütigung.

»Es tut mir so leid«, sagte sie. »Ich hätte wirklich nicht ...«

»Meine Mutter hat getrunken«, unterbrach er sie rasch. »Exzessiv. Wenn ich aus der Schule kam, wusste ich nie, ob sie nüchtern und schuldbewusst oder betrunken und wütend war. Ich habe alles versucht, ihr zu helfen. Ich habe versucht, brav zu sein. Ich war gut in der Schule. Ich habe ihr Geschichten geschrieben. Ich habe sie angefleht aufzuhören. Ich dachte, wenn ich nur die eine Sache herausfände, die sie zur Vernunft brächte, dann könnte ich ihr helfen. Natürlich konnte ich gar nichts tun. Mein Vater verließ meine Mutter, als ich vierzehn war, und nahm meine Schwester und mich mit. Meine Mutter hat danach ein paarmal versucht, Kontakt zu mir aufzunehmen, doch dann hörte ich nie wieder etwas von ihr, bis ich letzte Weihnachten die Nachricht von ihrem Tod erhielt.«

Flora sah ihn angestrengt blinzelnd an. Er hatte seine Geschichte mit fester Stimme erzählt, die die dahinter lauernden Emotionen zurückhielt.

Er holte tief Luft, und seine Stimme wurde wieder sanfter. »Sie sehen also, Flora, ich weiß genau, wie Sie sich fühlen. Sie müssen sich deshalb niemals entschuldigen.«

Sie nickte nur schweigend, aus Angst, wieder in Tränen auszubrechen.

»Noch ein Whiskey?«

»Nein, ich … ich sollte zurück ins Hotel gehen. Niemand weiß, wo ich bin.«

»Ich fahre Sie. Sie sollten sich draußen nicht allein in der Dunkelheit aufhalten.«

»Nein, nein, es ist ja nicht weit.«

»Ich bestehe darauf. Bitte, Flora, lassen Sie mich Ihnen helfen.«

Sie legte die Finger an die Stirn, unfähig, einen klaren Gedanken zu fassen. »Nun gut. Einverstanden.«

Nur zehn Minuten später stand sie wieder vor der Eingangstür zum Hotel und blickte Wills Auto nach, wie es den Hügel hinauffuhr. Er hatte sie in warmem, angenehmem Schweigen gefahren, so dass ihr selbst der kalte, ölige Geruch des Autos nicht störend erschienen war. Etwas hatte sich in ihr verändert, und sie verfolgte mit überraschendem Bedauern, wie die Scheinwerfer seines Nashs um die Ecke bogen und schließlich verschwanden. Was für ein anderes Leben sie doch haben könnte. Einfacher. Besser. Doch Tony würde morgen zurück sein, und dann mussten sie ein Hochzeitsdatum festsetzen.

Der Rest ihres Lebens würde dann auf sie zustürzen, ihr die Füße wie eine übermächtige Welle unter dem Leib wegziehen.

Kapitel acht

Tony kehrte an einem Samstagnachmittag zurück. Während des Abendessens wirkte er entspannt und fröhlich, küsste Flora warm auf die Wange, bevor er zu Bett ging, und sagte ihr, wie sehr er sie liebe. Sie zählte die Tage und war sich sicher, dass es ihrem Vater gelungen war, den Brief irgendwie noch aus der Post zu holen, um sie vor der Peinlichkeit zu bewahren. Erleichtert seufzte sie auf.

Am Sonntag lud Karl sie alle zum Forellenangeln in den kalten Flüssen und Wasserbecken fünfzehn Kilometer nördlich der Evergreen Falls ein. Da es zu schwierig war, in den vorhandenen Autos und Kutschen genug Platz für alle Teilnehmer und das Gepäck zu schaffen, beschloss man, mit den ganzen Angeln, Eimern und Taschen den Zug zu nehmen. Sam weigerte sich natürlich und ließ Flora somit allein mit Tony, Sweetie, Harry, Vincent und dessen Freundin Eliza, die übers Wochenende aus Sydney gekommen war. Eliza und Flora saßen nebeneinander auf der langen Sitzbank, sehr damenhaft in ihren knielangen Kellerfaltenröcken, mit Picknickkörben auf dem Schoß. Die Männer mit ihren Strohkreissägen streckten übermütig Köpfe und Arme aus den Fenstern und prahlten mit der Größe und Anzahl der Fische, die sie fangen würden. Vincent zwinkerte Eliza gelegentlich freundlich zu, doch Tony schien

Floras Anwesenheit vollkommen vergessen zu haben. Es spielte keine Rolle; sie sah ihn gern fröhlich.

Sie stiegen zwei Haltestellen weiter aus und machten sich auf den langen Marsch hinunter zum Fluss. Der Tag war kühl und klar. Als der Ruf eines Kookaburras erklang, ahmten die Männer ihn natürlich sofort nach, wobei sie sich vor Lachen krümmten. Schließlich kam die Gruppe zu einer großen Wasserstelle. Die Männer streiften die Schuhe ab und rollten die Hosenbeine hoch, um hineinzuwaten, während Flora und Eliza nach einem geeigneten Platz für das Picknick Ausschau hielten und sich letztendlich für einen großen flachen Felsen entschieden, auf dem sie das Tischtuch ausbreiteten und Besteck und Teller verteilten. Das Essen blieb noch eingepackt.

»Sie werden bei der Kälte nicht lange im Wasser stehen können«, bemerkte Eliza.

»Ich bin mir nicht sicher, ob das Ziel wirklich ist, Fische zu fangen«, erwiderte Flora. »Ich glaube, sie hatten schon ihren Spaß.«

»Sie sind definitiv guter Laune.«

Flora drehte sich zu Tony, der mit dem Rücken zu ihr stand. Die Sonne brachte sein dunkles Haar zum Leuchten. Sein breiter Rücken war angespannt, seine Hüften standen im rechten Winkel dazu, als er die Angelschnur in das kalte Wasser auswarf. Sein Rücken. Wenn sie verheiratet waren, konnte sie ihn berühren. Nicht nur durch das Hemd, wie sie es kühn ein- oder zweimal getan hatte, als er sie küsste. Ein seltsamer Schauer der Erregung durchzuckte sie.

»Wann werdet ihr zwei denn heiraten?«, fragte Eliza, die mit verschränkten Fußknöcheln am Rand des Felsens saß.

»Ich soll so bald wie möglich einen Termin festsetzen«, erwiderte Flora und drehte sich zurück zum Picknick. »Ich muss mit Tony darüber sprechen. Er war geschäftlich in Sydney.«

Eliza nickte, auch wenn sie eigentlich etwas sagen zu wollen schien. Stattdessen lächelte sie. »Du liebst ihn?«

»Ja, natürlich. Was ist mit dir und Vincent?«

»Ich hoffe die ganze Zeit, dass er um meine Hand anhält, aber bisher vergeblich. Wir sind schon so lange zusammen. Sechs Monate. Es ist auch nicht hilfreich, dass er so viel Zeit hier oben verbringt.«

»Das könnte meine Schuld sein. Oder vielleicht die meines Bruders. Sam will nicht abreisen, weshalb ich bleiben muss, weshalb Tony auch bleibt und seine Freunde natürlich auch. Aber mach dir keine Sorgen, nach Weihnachten im Juni kommen wir alle zurück. Nur noch zwei Wochen. Vielleicht wird Vincent dann das Richtige tun.«

Eliza zuckte mit den Schultern. »Ich weiß es nicht. Wissen Männer überhaupt je, was *das Richtige* ist?«

»Ich hoffe es.«

Eliza senkte die Stimme. »Flora, wenn du wüsstest, dass Vincent ... das *Falsche* täte ... würdest du es mir sagen?«

Flora war erstaunt über diese Frage. »Vincent ist ein herzensguter Mann, Eliza. Du musst dir keine Sorgen machen.«

»Aber würdest du?«

»Würdest du wollen, dass ich es dir erzähle?«

Eliza nickte nachdrücklich. »Ich würde wissen wollen, wenn er etwas tut, was er nicht tun sollte.«

»Dann, ja, dann würde ich es erzählen.«

Eliza blickte an Flora vorbei, die sich umdrehte und sah, dass Tony sich näherte.

Flora strahlte zu ihm auf. »Gibst du schon auf?«

»Ein paar haben angebissen.« Er nickte Eliza zu. »Macht es dir etwas aus, wenn ich Flora für ein paar Minuten entführe? Ich muss mit ihr sprechen.«

Eliza sagte: »Natürlich nicht«, doch Flora hatte das deutliche Gefühl, dass eine gewisse Feindseligkeit zwischen den beiden in der Luft lag.

Tony nahm ihren Arm und führte sie Richtung Wald. Sobald sie außer Hörweite waren, fragte Flora: »Kommt ihr nicht gut miteinander aus, du und Eliza?«

»Eliza? Dummes Ding. Vincent könnte etwas viel Besseres haben. Ich mag nicht, wenn sie so herumtratscht.«

»Du hast sie gehört?«

»Ihre schrille Stimme trägt weit. Ich habe ihr Flüstern gehört, auch wenn ich die Worte nicht verstanden habe. Es ist mir auch egal, Flora. Nimm dich nur vor ihr in Acht.« Er blieb stehen und drehte sie zu sich. »Aber ich wollte nicht mit dir über Eliza reden.«

Ein kühler Unterton lag in seiner Stimme, und Floras Magen verkrampfte sich. »Nein?« Ein Windstoß fuhr durch die Zweige über ihnen, und ein intensiver Geruch nach Eukalyptus und feuchter Erde machte sich breit.

»Als ich gestern zurückkam, habe ich einen Brief von deinem Vater vorgefunden.«

Der Brief, der verfluchte Brief. Flora wand sich. »Warum hast du ihn nicht gestern schon erwähnt?«

»Ich habe gewartet, ob *du* ihn vielleicht ansprichst.«

Flora schüttelte den Kopf. »Sei nicht böse. Ich weiß, ich habe mich dumm verhalten.«

»Lass mich das klarstellen. Du hast deinem Vater gesagt, dass *ich* die Hochzeit verschieben möchte?«

»Ja.«

»Und mir hast du gesagt, dass *er* sie verschieben wollte?«

»Ja.«

»Doch die ganze Zeit warst du die Einzige, die die Hochzeit nach hinten verlegen wollte?«

Sie nickte schweigend mit vor Scham brennenden Wangen trotz der kalten Luft.

Tony wandte sich von ihr ab, die Lippen zu einer schmalen Linie zusammengepresst, und schüttelte verärgert den Kopf.

»Es tut mir leid, Tony«, sagte sie und wollte seine Schulter berühren.

Er schüttelte sie ab. »Kannst du mir den Grund dafür sagen?«

»Alles schien so schnell zu gehen.«

»Willst du mich nicht heiraten?«

»Natürlich will ich dich heiraten. Ich liebe dich.«

»Dann verstehe ich das alles nicht.«

Sie atmete tief ein. Vielleicht würde Tony es verstehen, wenn sie es ihm erklärte. Schließlich würden sie heiraten. Partner fürs Leben, Vertraute. »Hast du je das Gefühl, dass dir dein Leben gar nicht gehört? Dass du hilflos auf einem Kurs segelst, der schon für dich gesetzt ist?«

»Was soll der Unsinn, Florrie?«, erwiderte Tony verbittert. »All diese verträumten Vorstellungen – sie sind der Grund, dass dein Bruder so ein Wrack ist. Ich erwarte von dir, die Dinge pragmatischer anzugehen. Gerade das liebe ich doch so an dir.«

»Du hast es nie so empfunden? Du hattest nie das Gefühl, dass man dich unfairerweise zwingt, im Familienunternehmen zu arbeiten, anstatt eine größere Leidenschaft zu verfolgen? Dass man dich zwingt, mich zu heiraten, anstatt dass du die Gelegenheit hättest, die Frau deiner Träume kennenzulernen?«

»Ich glaube nicht an die Frauen in Träumen. Sie kommen nur, wenn ich schlafe«, antwortete er schroff. »Geht es darum? Wartest du auf einen Traummann?«

»Nein, das habe ich überhaupt nicht gemeint.«

»Flora, unsere Väter sind sehr gute Freunde, das stimmt. Sie haben uns einander vorgestellt, weil wir zueinander passen, nicht weil das hier ein Roman aus dem neunzehnten Jahrhundert ist und wir gegen unseren Willen heiraten müssen. Wir verstehen uns doch gut, nicht wahr? Wir sind gern in der Gesellschaft des anderen?«

Langsam erkannte Flora, dass sie Tony mit ihren Zweifeln verletzt hatte.

»Verstehst du es nicht?«, fragte er. »Andere Probleme verschwinden, wenn wir heiraten – meine und deine. Mit mir als deinem Ehemann kann dich dein Vater später enterben, und es spielt keine Rolle. Uns wird es immer noch gutgehen. Er hat versprochen, uns ein Haus zu kaufen, Himmel noch mal. Mit dir als meiner Frau werde ich viel bereitwilliger in die Gesellschaft aufgenommen. Ich bin dann kein ›Neureicher‹ mehr; ich bin ein ehrenwerter Honeychurch-Black. Flora«, fuhr er fort, berührte sie an der Schulter, ließ seine Hand leicht zu ihrer Brust wandern. »Außerdem gibt es noch andere Dinge, auf die ich wirklich nicht länger warten möchte.« Dann zog er, ganz Gentleman, seine Hand zurück.

Blut hämmerte in ihrem Kopf.

»Was würdest du tun, Flora«, drängte Tony, »wenn du mich nicht heiraten würdest, wenn du nicht das Leben lebtest, das deine Familie für dich vorgesehen hat? Was würdest du tun? Du wärst doch ein Fisch ohne Wasser.«

»Ich wäre Ärztin«, platzte sie heraus.

Er lachte. »Du? Eine *Ärztin?*«

Ihr Gesicht brannte vor Empörung. »Ich bin sehr klug, und ich helfe gern Menschen.«

Er schüttelte den Kopf, das Lachen erstarb auf seinen Lippen. »Flora, ich liebe dich. Aber das ist wirklich lächerlich.«

Lautes Jubeln in der Ferne sagte ihnen, dass jemand einen Fisch gefangen hatte.

»Ich bin nicht lächerlich«, erklärte sie leise, doch er schien sie nicht zu hören.

»Lass uns zurückgehen«, sagte er schließlich. »Ich vergebe dir, dass du die Wahrheit verbogen hast. Vergiss es.«

»September«, sagte sie mit plötzlichem Mut. »Wir werden im Frühjahr heiraten.«

»Perfekt. Bestimme einen Sonntag in der Mitte und gib deinem Vater Bescheid.« Er legte ihr den Arm um die Taille und führte sie aus dem Wald. »Bist du nicht froh, dass wir darüber gesprochen haben?«

Sie nickte stumm. Sie konnte nichts Negatives an seinen Argumenten finden, weshalb sie den kleinen Funken des Protests in ihr nicht nährte, der sagte: *Aber was ist mit meinen Träumen?* Tony hatte recht. Träume hatte man nur im Schlaf. Er hatte sie aufgeweckt, und es war an der Zeit, ihr Leben in die Hand zu nehmen.

Flora besuchte Sam am Nachmittag in seinem Zimmer, um ihm das Hochzeitsdatum mitzuteilen.

»Ich würde ja gerne sagen, dass ich mich für dich freue, Schwesterchen«, sagte er, »aber mir geht es zu schlecht bei der Vorstellung, dass Tony DeLizio bis an mein Lebensende mein Schwager sein wird.«

»Sei doch nicht so, Sam«, schalt ihn Flora, die neben ihm auf dem Bett saß. Erfreut bemerkte sie ein aufgeschlagenes Buch auf dem Nachttisch. Er las also, und sie roch kein Opium. »Ich muss irgendwann erwachsen werden.«

»Eine Frühlingsbraut also?« Er schnippte mit den Fingern. »Du solltest hier oben heiraten! Das Hotel ist groß und schick genug für eine Hochzeit der feinen Gesellschaft.«

Flora runzelte die Stirn. »Bis September sind wir doch

schon längst abgereist«, entgegnete sie. »Wir fahren gleich nach dem Weihnachtsfest im Juni.«

»Wirklich?«

»Du hast es mir versprochen. Außerdem schließt das Hotel.«

Er breitete eifrig die Arme aus. »Nein, es bleibt geöffnet, zumindest zum Teil. Ich habe heute früh mit Lord und Lady Powell gesprochen. Sie bleiben, Lady Powell will ihr Buch fertigstellen. Und natürlich ist sie eng mit Mrs. Wright befreundet, der Opernsängerin, weshalb diese auch bleiben wird. Und Miss Sydney hat Mrs. Wright als Mutterfigur adoptiert, weshalb sie und ihr widerlicher Verlobter uns auch erhalten bleiben werden. Stell dir mal vor, wie wir dann das Hotel für uns haben.«

Flora schüttelte während seiner Worte den Kopf. »Nein, nein, tausendmal nein, Sam. Die Weihnachtsfeier ist am fünfundzwanzigsten Juni, und wir werden am Tag danach abreisen.«

»Ihr könnt ohne mich fahren«, sagte er verschnupft.

»Das kann ich nicht. Vater wird nicht erlauben, dass ich dich hierlasse, und ich ...«

»Aber, Flora«, unterbrach er sie und legte ihr den Zeigefinger auf die Lippen. »Es geht mir so viel besser. Ich rauche weniger. Das verdanke ich ganz sicher der Bergluft.«

Sie blickte ihn streng an.

»Ich weiß, ich sollte ganz aufhören, doch das ist so schwer. Stattdessen reduziere ich langsam die Pfeifen pro Tag. Schau mich an.« Er stellte sich vor sie hin, und sie musste zugeben, dass er gesund aussah.

»Wirklich?«

»Violet ist der Grund«, erklärte er. »Ihretwegen will ich ein guter Mensch sein.«

»Violet? Die Serviererin?«

Wieder legte er den Finger auf ihre Lippen. »Sag nichts Schlechtes über sie. Nur ihretwegen bin ich jetzt so. Sie hat geschafft, was dir nie gelungen ist.«

Wie seine Worte schmerzten, sich tief in ihren Körper eingruben. Doch wenn es stimmte und seine Liebe zu der Bedienung ihn dazu brachte, weniger zu rauchen, dann musste sie das akzeptieren. »Bitte sei vorsichtig mit ihr«, sagte sie.

»Ich würde nichts tun, was nicht gut und richtig ist«, erwiderte er. Dann lächelte er spitzbübisch. »Nun? Können wir bleiben?«

»Ich werde nicht hier oben heiraten.«

»Wir bleiben über den Winter?«

Tony würde es nicht gefallen, aber das war nicht so wichtig. Sams Gesundheit hatte oberste Priorität. »Solange du weiterhin weniger rauchst.«

Leidenschaftlich drückte er die Hand aufs Herz. »Ich gebe dir mein Wort.«

»Dann bleiben wir«, sagte sie und bereute es im selben Moment.

Die Tanzpartys in dem verlassenen Haus fanden regelmäßig am Samstagnachmittag statt, und man erwartete von Violet als Besitzerin des Grammophons, dass sie daran teilnahm. Das war ihr recht, schließlich liebte sie es zu tanzen, und die ganze Woche in einer schwarz-weißen Uniform zu verbringen war fürchterlich langweilig. Es war schön, etwas Farbiges anzuziehen und sich eine hübsche Frisur zu machen.

Heute vibrierte der Raum vor Aufregung wegen der anstehenden Weihnachten-im-Juni-Feierlichkeiten. Die Angestellten erwogen eine eigene Feier vor der Winterpause, und es ging das Gerücht, dass Miss Zander die

Erlaubnis erteilt hatte, dass sich das Personal bei der nachmittäglichen Weihnachtsfeier unter die Gäste mischen durfte. Jemand hatte neue Schallplatten mitgebracht – alle waren Violets drei Platten inzwischen überdrüssig geworden –, und die Musik war schnell und fröhlich. Violet tanzte den Black Bottom, den Saint Louis Hop und den Charleston. Die Dämmerung zog herauf. Eines der Zimmermädchen hatte eine Tasche voller zersprungener Gläser aus dem Hotel mitgebracht, die weggeworfen werden sollten, und sie verteilte sie mit Kerzen darin im ganzen Raum. Der flackernde Kerzenschein schaffte eine behagliche Atmosphäre. Ein Foxtrott folgte als Nächstes, und Clive näherte sich ihr hoffnungsvoll. Sie gestattete ihm, die Arme um sie zu legen, wahrte jedoch einen gewissen Abstand. Ihre Schritte wirkten dadurch ein wenig ungelenk, doch er schien es nicht zu bemerken.

»Ich soll eigentlich nichts sagen«, gestand Clive, »aber ich muss einfach wissen, ob Miss Zander dich gefragt hat, ob du über den Winter bleiben wirst.«

Violet sah sich um. Niemand hörte ihnen zu. Die Musik und die Gespräche übertönten außerdem alles andere. »Ja, ich bleibe. Ich soll es allerdings niemandem erzählen.«

Clive grinste. »Ich auch«, sagte er. »Wir werden also beide hier sein.«

»Ich freue mich, einen Freund hier zu haben«, antwortete sie vorsichtig, da sie wusste, dass er immer noch mehr wollte. Clive war ein guter, ein freundlicher Mann. Doch jetzt kannte sie ganz andere Gefühle; Clive wäre nie genug. »Ich weiß nicht, ob Myrtle bleibt. Ich wage es nicht, sie zu fragen.«

»Wo ist Myrtle denn?«

»Im Hotel mit einem verstauchten Knöchel. Sie ist heute

Morgen in der Küche ausgerutscht. Sie zieht das Unglück wirklich an.«

»Das kannst du laut sagen. Letzte Woche hat sie ... Wer ist das?«

Violet drehte sich um, folgte seinem Blick. Ihr Herz schlug schneller. Sam stand im Hauseingang und blickte sich im Raum um.

»Ist das nicht ein Hotelgast?«, fragte Clive.

Sam sah sie und schritt rasch über die Tanzfläche. Die tanzende Menge teilte sich, beäugte ihn aber neugierig und flüsterte miteinander. Sam hielt Violet die Hand hin, wobei er Clive vollkommen ignorierte. »Wirst du mit mir tanzen?«

»Ich ...«

Clive verstärkte einen Moment seinen Griff, dann sah er den Ausdruck auf Violets Gesicht und erkannte seine Niederlage. Er gab sie frei. »Wenn du tanzen möchtest, Violet, lass dich von mir nicht daran hindern.«

Violet glitt in Sams Arme, doch der Foxtrott endete bereits wenige Sekunden später. Sie standen da, hielten sich in den Armen, sahen sich in die Augen, warteten auf das nächste Stück.

Es war ein langsamer Walzer: »It's Time To Say Goodnight« von Henry Hall. Sams warme Hand lag auf ihrem Rücken, drückte sie an sich, und sie begannen zu tanzen. Die Party, die anderen Gäste rückten in weite Ferne. Es gab nur noch ihrer beider Körper, die sich in perfektem Einklang mit der Musik bewegten. Dank seiner guten Herkunft tanzte er wie ein Traum, wirbelte sie herum, fing sie wieder auf, zog sie an sich. Sie schwebte wie auf Wolken, erfüllt von Leichtigkeit und Freude. Schließlich erklangen die letzten Noten des Stücks, und Stille breitete sich aus. Doch sie tanzten weiter, der Walzerrhythmus immer noch in ihren Herzen und Körpern, während sie sich von einem Ende des Raums zum anderen bewegten und wieder zurück. Die anderen Tanzenden waren zur Seite gewichen und sahen ihnen zu.

Plötzlich blinzelte Sam hektisch, als ob er aus tiefem Schlaf erwachte, als er das Fehlen der Musik bemerkte. Er ließ Violet los, nahm ihre Hand und küsste sie. Er beugte sich nah zu ihr, flüsterte drei Wörter, drehte sich um und ging durch die Eingangstür nach draußen. Eine weitere Schallplatte wurde aufgelegt, und langsam kehrten die anderen zurück auf die Tanzfläche. Violet stand immer noch an dem Platz, an dem Sam sie zurückgelassen hatte, und einige andere Mädchen musterten sie neugierig und neidisch. Verurteilten sie mit ihren Blicken.

Clive trat zu ihr. »Das war Samuel Honeychurch-Black, nicht wahr? Du kennst ihn?«

»Nur vom Servieren des Abendessens«, log sie.

Clive sah zur Tür, dann zurück zu Violet. »Überaus seltsam, dass er hier einfach so auftaucht.«

Violet räusperte sich und tat so, als hätte sie der Tanz mit Sam nicht im Geringsten berührt. »Ja. Er wirkt ein wenig seltsam. Aber er ist ein sehr guter Tänzer.«

»Sei vorsichtig, dass Miss Zander nichts davon erfährt. Sich mit den Gästen einlassen ist …«

»Streng verboten. Ja, ich weiß. Aber alle haben gesehen, dass er zu mir gekommen ist. Ihn zurückzuweisen wäre unhöflich gewesen, er ist schließlich ein wichtiger Gast.«

»Ich nehme es an.« Clive lächelte. »Noch ein Tanz?«

»Ich bin ziemlich erschöpft«, erwiderte sie. Was stimmte, doch Violet wusste auch, dass ihr ab jetzt jeder Tanz mit jemand anderem als Sam bleiern und schwerfällig erscheinen würde. »Ich setze ein paar Runden aus.«

Sie zog sich auf die Hintertreppe zurück und rauchte

eine Zigarette. Die Mädchen im Freien hatten Sam nicht gesehen, weshalb Violet auch nicht mit Fragen bestürmt wurde. Wenn irgendeine von ihnen gewusst hätte, was sie plante, hätte man sie für wahnsinnig erklärt.

Es war spätnachts, Myrtle schnarchte leise im Schlaf. Violet wollte sie auf keinen Fall wecken, denn ihre Zimmergenossin hegte bereits einen Verdacht. Als Violet von dem Tanznachmittag zurückgekehrt war, hatte Myrtle ihr ungläubig erzählt, dass einer der Gäste, Mr. Honeychurch-Black, nach ihr gesucht hatte. Myrtle hatte ihn zu der Party geschickt.

»Was wollte er?«, hatte sie gefragt, und Violets oberflächliche Ausreden hatten Myrtles Neugierde nur noch bestärkt.

Violet stand leise auf und zog sich rasch an. Keine Zeit für Unterhemd und lange Unterhose – ihre Haut prickelte bei der Vorstellung. Nur ein kleines Höschen, ein Kleid und ihre nackten Füße auf dem kalten Boden. Durch den Vorhangspalt sah sie nach draußen. Mondlicht und schwankende Schatten im Wind. Violet holte tief Luft und ging leise aus dem Zimmer.

Auf Zehenspitzen schlich sie über den Flur. Es war fast ein Uhr morgens, alle schliefen. Doch er würde auf sie warten.

Komm heute Nacht. Das hatte er zu ihr gesagt, bevor er die Tanzparty verlassen hatte. Keine Kraft der Welt hätte sie davon abhalten können, dieser Aufforderung Folge zu leisten. Im hintersten Winkel ihres Verstandes meldeten sich Bedenken – wegen ihrer Seele, ihres Körpers, ihrer Zukunft –, doch die Sehnsucht ertränkte sie alle in einem Fluss aus geschmolzenem Gold. *Komm heute Nacht.*

Die zweite Treppe knarzte. Violet blieb stehen, wartete,

ob sich eine Tür öffnete, jemand Fragen stellte. Doch nichts geschah, und sie ging noch vorsichtiger weiter.

Sie schlich durch den dunklen Flur, zählte die Türen, bis sie erkannte, dass nur unter einer ein schmaler gelber Lichtstreifen zu sehen war.

Dort blieb sie stehen, überlegte, dass sie mit einem Klopfen Aufmerksamkeit erregen würde, und drehte vorsichtig den Türgriff. Sam hatte nicht abgeschlossen.

Der Anblick, der sich ihr in seinem Zimmer bot, war vollkommen unerwartet. Sam lag vollständig bekleidet auf dem Bettüberwurf und schlief. Seine Hände waren über einer merkwürdig geformten silbernen Pfeife gefaltet. Auf einem Tablett neben dem Bett lagen diverse ihr unbekannte Metallgegenstände.

Bevor sie alles näher in Augenschein nehmen konnte, wachte er auf und lächelte, als er sie erblickte. »Du bist gekommen.«

»Ja.«

Er legte die Pfeife auf das Tablett. »Ich bin während des Wartens eingeschlafen. Ich habe mir gesagt, wenn ich am Morgen aufwache und das Licht noch brennt, dann liebst du mich nicht. Komm her.« Er breitete die Arme aus.

Sie eilte zu ihm, legte sich neben ihn, suchte hungrig seine Lippen mit ihrem Mund. Seine Hände packten hart ihre Oberarme und zogen sie an seinen Körper. Sein Haar roch nach Sirup und Pflanzen, ein berauschender, exotischer Geruch, den sie nicht einordnen konnte. Er küsste sie, als wolle er immer tiefer in ihren Mund eindringen und sich dort auflösen, dann rollte er sie auf den Rücken und setzte sich auf, die Knie an den Seiten ihrer Hüften.

»Zieh dein Kleid aus«, sagte er.

Sie kämpfte sich in eine halb sitzende Position und zog ihr Kleid am Saum über den Kopf.

»Zieh dein Höschen aus«, befahl er als Nächstes.

Ihr Körper zitterte vor Wonne. Ohne ihr Höschen war sie nackt.

»Leg dich zurück.«

Wieder tat sie wie geheißen, verschränkte die Arme hinter dem Kopf, fühlte sich offen und entblößt. »Ich habe es noch nie getan«, sagte sie.

»Umso besser.« Sam beugte sich über sie, sein Mund näherte sich ihrer linken Brust, bis seine Lippen ihre Brustwarze umschlossen. Dann bewegte er sich auf die andere Seite und saugte so kraftvoll an ihr, dass sie nach Atem rang und sich unter ihm wand.

Er küsste ihre Rippen und ihren Bauch, dann schob er ihre Schenkel auseinander und vergrub seinen Mund in der süßen, heißen Spalte zwischen ihren Beinen. Violet hatte noch nie so etwas empfunden. Sie hob ihre Hüften und stöhnte, ihre Lider schlossen sich flatternd. Das Vergnügen war so intensiv und brennend, dass sie zu vergehen glaubte.

Nach einer Weile setzte er sich auf, und Violet seufzte, als die Gefühle langsam abebbten. Sie öffnete die Augen und sah, wie er sich seiner Kleider entledigte, aufstand und aus seinen Hosen trat. »Ich muss dich haben«, sagte er und streichelte seine Erektion. »Dreh dich um.«

Sie gehorchte, und er kniete sich hinter sie, hob ihre Hüften, so dass ihr Hintern in die Luft ragte. Wieder genoss sie das herrliche Gefühl, völlig entblößt vor ihm zu sein, dann drang er in sie ein, und sie schrie vor Schmerz auf.

»Es wird gleich nicht mehr weh tun«, sagte er, als er sich in ihr zu bewegen begann, und er hatte recht. Seine Hände lagen auf ihren Pobacken, und Verlangen und Lust wogten durch ihren Körper. Als seine Bewegungen schneller wurden, legte er eine Hand zwischen ihre Beine, auf einen

Punkt, der so empfindsam zu sein schien, dass sie sich fragte, warum sie ihn noch nicht selbst gefunden hatte. Nach einer Minute geschickten Reibens explodierte sie in einer Wonne, bei der sie unter ihm zusammengebrochen wäre, wenn er ihre Hüften nicht weiterhin in die Höhe gehalten hätte. Sie schrie auf, er folgte ihr nur Sekunden später.

Sanft legte er sie aufs Bett, drehte sie um, so dass er ihr ins Gesicht sehen konnte.

»Das war unglaublich«, sagte sie nach Atem ringend.

»Du bist so wunderschön«, antwortete er. »Deine Lust zu sehen und zu hören ist das Schönste auf der ganzen Welt.«

Sie ließ den Kopf zurückfallen und begann zu lachen. »Ich hätte nie gedacht ...«

Er strich ihr das Haar aus dem Gesicht. »Verlass mich niemals.«

»Das werde ich nicht«, erwiderte sie.

»Ich werde einen Weg finden, bei dir zu sein.«

»Ich vertraue dir.«

Sie schliefen bei brennender Lampe auf dem Bettüberwurf ein, eng ineinander verschlungen.

Kapitel neun

2014

Nach acht aufeinanderfolgenden Tagen Frühschicht freute ich mich darauf, endlich einmal auszuschlafen. Die Morgen wurden kühler und dunkler, und ich hatte mich tief unter die Decken gekuschelt und schlief fest, als das Telefon klingelte. Mit einem Ruck wachte ich auf und sah auf die Uhr. 4:57. War es Tomas? Nein, meine Mutter.
»Mum?«, krächzte ich ins Telefon. »Ist alles in Ordnung?«
»Ja, ich dachte nur, ich erwische dich noch, bevor du in die Arbeit gehst.«
»Heute habe ich frei«, sagte ich und versuchte, nicht allzu verärgert zu klingen. »Heute einmal ausschlafen, dann die ganze Woche über die Mittagsschicht.«
»Oh, Liebes, das tut mir leid. Aber du kannst ja gleich weiterschlafen, nicht wahr? Ich habe mir gerade eine Tasse Kaffee gemacht und dachte, jetzt setze ich mich gemütlich hin und rufe Lauren an. Es ist so schön, wenigstens deine Stimme zu hören, seit du nicht mehr hier bist. Morgens ist es immer ein wenig einsam.«
Ich setzte mich auf, rieb mir den Schlaf aus den Augen und gähnte. »Wo ist Dad?«

»Auf dem Weg nach Sydney zu einer Konferenz. Er kommt dich im Laufe der Woche besuchen.«

»Sag ihm, er soll zuerst anrufen. Falls ich arbeite.«

»Das mache ich. Ich hoffe, er wird dann deinen Freund treffen.«

Nun wurde es schwierig. Ich antwortete nur vage: »Hm«, während mein schläfriges Gehirn nach einem Themenwechsel suchte.

»Lauren? Wäre das in Ordnung? Du hattest noch nie einen Freund, und wir wollen sichergehen, dass ...«

»Tomas ist in Dänemark.«

»Ist er nach Hause zurückgekehrt?«

»Vorübergehend.«

»Warum?«

Lüg einfach. Lüg sie einfach an. »Eine alte Freundin von ihm hatte einen Autounfall, sie ist schwer verletzt. Er kümmert sich um sie.«

»Oh. Eine Freundin? Sie müssen sich sehr nahestehen.«

»Er ruft mich jeden Tag an.«

»Dennoch ...« Sie ließ das Wort für sich stehen, und es verfehlte seine Wirkung nicht. *Dennoch.*

Er war nicht hier; er war dort drüben, bei seiner Ex-Frau. Sabrina hatte die Operation überlebt, war stabil, befand sich jedoch noch im künstlichen Koma. Tomas hatte eine ihrer Cousinen kontaktieren können, die von Amerika nach Dänemark fliegen würde. Außerdem war Sabrinas beste Freundin aus der Highschool aufgetaucht, und einige Kollegen besuchten sie regelmäßig. Tomas und Sabrina befanden sich also nicht allein in einem Krankenzimmer. Doch er sprach immer noch nicht davon zurückzukommen.

»Es waren doch nur ein paar Dates, Mum«, sagte ich. »Vielleicht wird auch gar nichts daraus.«

»Es klingt, als würde er dir etwas vormachen.«

»Das glaube ich nicht.«

»Ah, man kann keinem von ihnen trauen. Sie brechen einem das Herz. Du bist ohne sie besser dran.«

»Du hast Dad geheiratet.«

»Er ist ein seltenes Exemplar. Ich hatte Glück.«

Ich schwieg. Es hatte wenig Sinn, mit ihr über das Thema zu diskutieren. Mum konnte nur eine Welt wahrnehmen, in der Unglück auf ihre Kinder wartete. Ich legte mich zurück aufs Kissen und drehte mich auf die Seite. Da sah ich das Bild von Adam und Frogsy, das ich neben meinen Wecker gelehnt hatte. Hier war der ersehnte Themenwechsel. »Hey, Mum«, sagte ich. »Hat Adam je einen Freund namens Frogsy erwähnt? Oder einen Freund namens Drew?«

»Mir sagen beide Namen nichts«, antwortete sie.

»Von früher. Als er hier oben in den Bergen lebte.«

Kurzes Schweigen. Dann: »Er hatte damals viele seltsame Freunde, Lauren. Ich kann mich nicht an ihre Namen erinnern.«

»Wieso seltsam?«

»Einfach ... komisch. Menschen, die ihn vom rechten Weg abbringen wollten. Kein Einziger hat ihn besucht, als er krank war.«

Ich wies sie nicht darauf hin, dass sie es anderen während Adams Krankheit nahezu unmöglich gemacht hatte, ihn zu besuchen, und dass es eine lange Reise von den Blue Mountains nach Tasmanien war. Ich nahm das Foto und betrachtete es. Dieser Tag, mit seinem Sonnenschein und Wind, war vergangen. Die dunkle Zukunft war gekommen. Jeder Moment war wie dieser: angehaltener Atem vor allem, was da komme, gut oder schlecht und vollkommen unvorhersehbar. Ich dachte an Tomas' Ex-Frau und ihren Autounfall, wie sie am Morgen das Haus verlassen und geglaubt hatte, gesund zurückzukehren. Ich schloss die Augen. Kein Wunder, dass Mum sich Sorgen machte: In jedem Moment konnte alles Mögliche passieren. Heute, allein daheim, musste sie außer sich sein vor nicht greifbarer Angst. »Du musst einsam sein ohne Dad«, sagte ich. »Ich mache mir einen Tee, und dann unterhalten wir uns. Fast, als wären wir zusammen.«

Ich konnte das Lächeln in ihrer Stimme hören. »Was für eine wunderbare Idee.«

Ich musste Frogsy und Drew finden. Ich musste diese »seltsamen« Menschen kennenlernen, die vor seiner Krankheit Adams Freunde gewesen waren. Ich vermutete, dass Frogsy vielleicht ein vom Familiennamen abgeleiteter Spitzname war, und durchsuchte das örtliche Telefonbuch nach Namen, die mit Fro begannen. Frockley und Frohloff und Fromberg. Ich rief ein paar davon an und erklärte, wonach ich suchte. Ich bekam viele Absagen, manche neugierig, manche freundlich, einige verwirrt und verärgert auf einmal. Ich versuchte sich reimende Nachnamen: Oggs und Toggs und Vogs. Loggins und Coggings. Ohne Erfolg, und ich hatte einen halben Tag damit verbracht, mich immer aufdringlicher und verlegener zu fühlen. Ich blätterte Adams Bücher eins nach dem anderen durch auf der Suche nach mehr Widmungen und Fotos, fand jedoch nichts. Ich befestigte das Foto mit einem Magneten am Kühlschrank, damit ich es am nächsten Morgen mit in die Arbeit nehmen und Penny zeigen konnte.

Den Rest des Tages widmete ich mich der Wäsche und dem Abwasch. Ich trug den Wertstoffmüll nach draußen, wo ich sah, wie Lizzie mit ihrem Holzstapel kämpfte, der sich auf demselben Kiesweg befand wie die Mülltonnen.

»Warten Sie!«, rief ich und lief zu ihr.

»Danke, meine Liebe. Der Lieferant kam heute und hat das Holz zu hoch gestapelt.«

Holzscheite rollten immer wieder auf den Boden. Ich stellte die dickeren Scheite aufrecht hin und verstaute die anderen hinter dem Maschendrahtzaun. »Fertig«, sagte ich einige Minuten später und wischte mir die Hände an den Jeans ab.

»Ich glaube, er wollte mir einen Gefallen tun mit dem Extraholz. Wir alten Schachteln frieren schnell im Herbst. Heute nicht bei der Arbeit?«

»Freier Tag. Möchten Sie auf eine Tasse Tee zu mir kommen?«

»Es wäre ganz schön grausam von mir, wenn Sie mir an Ihrem freien Tag Tee machen müssen.«

»Ach was. Ich würde mich sehr freuen.«

»Nun, dann sehr gern.«

Sie folgte mir in meine Wohnung und sah sich um, während ich eine Kanne Tee kochte. »Sie haben sich schön eingerichtet«, sagte sie.

»Ich habe eigentlich gar nichts gemacht«, erwiderte ich.

»Licht und Luft und Bücher. Mehr braucht man nicht. Vorher wirkte es recht unpersönlich. Ich hatte die Wohnung über ein Jahr nicht vermietet, nach dem letzten Gesindel.«

»Warum, was ist passiert?«

»Ich glaube, das waren Drogendealer. Tag und Nacht fuhren Autos vor. Es ist wirklich schön, jemand Soliden hier zu haben.«

»Nun, Sie hätten kaum jemand Solideren als mich finden können. Setzen Sie sich doch bitte.«

Sie blieb stehen. »Was für eine seltsame Büchersammlung. Sind das die Bücher Ihres Bruders?«

»Ja. Er hatte einen breitgefächerten Geschmack, als er

krank war.« Ich verfolgte, wie sie einzelne Bücher aus dem Regal zog und wieder hineinstellte, dann gesellte sie sich in der kleinen Küche zu mir, während ich den Tee einschenkte.

»Wer sind denn diese hübschen Jungs?«, fragte sie und deutete auf das Foto am Kühlschrank.

»Das auf der linken Seite ist Adam, zusammen mit einem unbekannten Freund. Sie kennen ihn nicht zufällig? Das Bild wurde vor etwa fünfzehn Jahren aufgenommen. Haben Sie da schon hier gelebt?«

»Ja, ich bin direkt nach dem Tod meiner Mutter hierhergezogen. Aber ich erkenne den Freund nicht. Adam hat ein hübsches Gesicht.«

»Ich möchte etwas über seine Freunde erfahren. Dieser hier heißt Frogsy, wahrscheinlich ein Spitzname. Ein anderer Freund heißt Drew; über den weiß ich noch weniger.«

»Wenn sie immer noch in Evergreen Falls sind, wird irgendwer sie kennen«, sagte Lizzie. »Die Stadt ist nicht groß.«

»Wahrscheinlich. Auch wenn fünfzehn Jahre eine lange Zeit sind.«

»Aber nein, gar nicht. Sie vergehen im Handumdrehen.«

Ich teilte ihre Meinung nicht. Meine letzten fünfzehn Jahre waren nicht im Handumdrehen vergangen, sondern hatten sich quälend lange hingezogen.

»Warum wollen Sie sie finden?«, frage Lizzie.

»Einfach um zu sehen, ob sie interessante Erinnerungen an Adam haben. Ich war erst fünfzehn, als er krank wurde, weshalb ich nur ein eingeschränktes Bild von ihm habe. Mum hat gesagt, er hätte ›seltsame‹ Freunde hier oben gehabt, und dem will ich nachgehen. Allerdings findet Mum sehr vieles ›seltsam‹.«

Ich stellte die Teekanne und die Tassen auf ein Tablett und bat Lizzie ins Wohnzimmer. Wir setzten uns, tranken

Tee und plauderten über das Wetter, doch dann fragte sie plötzlich: »Was ist eigentlich mit Tomas? Ich habe ihn schon eine Weile nicht mehr gesehen.«

Ich erzählte ihr die ganze Geschichte, inklusive, wie mir mein erstes drittes Date durch die Lappen gegangen war. Sie hörte zu und nickte, ihre blauen Augen waren hell und scharf. Ich unterschlug den Schlüssel zum Westflügel und das Zimmer mit den Liebesbriefen, weil ich Tomas nicht in Schwierigkeiten bei den Bauherren bringen wollte. Er hatte mich gebeten, diskret bezüglich meiner Nachforschungen zu sein. In der letzten Woche waren die Gärtner auf dem Anwesen beschäftigt gewesen, weshalb ich mich nicht hatte ins Hotel schleichen können.

»Also«, beendete ich meine Erzählung, »ich weiß nicht, wann er zurückkommt oder ob er mich dann überhaupt wiedersehen will.«

»Warum denken Sie das?«, fragte Lizzie und schenkte sich eine zweite Tasse Tee ein.

»Nun, er ist schließlich bei seiner Ex-Frau. Meine Mum sagt, man kann ihm nicht vertrauen.«

Lizzie runzelte die Stirn. »Liebes, er ist doch nicht zurückgeflogen, um mit ihr wieder etwas anzufangen. Sie ist schwer verletzt. Er ist ein derart großherziger Mann, dass er alle Unstimmigkeiten zwischen ihnen verdrängt, alle Bedenken, wie seine Rückkehr von Kleingeistern aufgefasst würde, und einfach das Richtige tut. Lauren, diesem Mann kann man sein Leben anvertrauen.«

Ihre Sicht der Dinge, so konträr zu der meiner Mutter, erhellte den Raum. Sie hatte recht, und Mum hatte unrecht, denn Mum konnte alles nur durch ihre Sorgenbrille sehen.

»Ich würde Ihnen gerne von meinem Vater erzählen«, sagte Lizzie. »Er war der bodenständigste, loyalste und beste Mann, den man sich vorstellen kann.« Sie kämpfte mit den Tränen. »Aber ...« Sie verstummte, wedelte mit der Hand. »Jede Familie hat ihre Geheimnisse, schätze ich. Es hat wohl keinen Sinn, sie ans Tageslicht zu zerren. Ich würde Sie doch nur langweilen.«

Im Gegenteil, mich interessierte ihre Geschichte brennend. Doch ich war neugierig auf die pikanten Details, und es war nicht fair Lizzie gegenüber, sie ihr zu entlocken, wenn sie nicht darüber sprechen wollte.

»Aber ich habe meinen Daddy vergöttert«, fuhr sie fort. »Er hat mich nie im Stich gelassen. Nicht einmal bis zu seinem Todestag. Da sollte er mich am Bahnhof abholen und erschien nicht. Ich war mit einer Freundin verreist gewesen, und ihre Familie holte sie ab und bot mir an, mich mitzunehmen, doch ich lehnte ab. Dad würde ja bald kommen ...«

Wieder die Tränen. »Du meine Güte, Sie müssen mich ja für eine sentimentale alte Schachtel halten, die Ihnen hier etwas vorheult.«

»Überhaupt nicht. Ich hole Ihnen ein Taschentuch.«

»Nein danke, ich habe immer eins dabei«, sagte sie und griff in ihren Ärmel. Ich hatte mich schon über die kleine Ausbuchtung darin gewundert.

Sie lächelte und schien sich etwas beruhigt zu haben, weshalb ich eine Frage riskierte: »Wie alt waren Sie, als er starb?«

»Fünfundzwanzig. Mum hat ihn mehr als vierzig Jahre überlebt, hat jedoch nie wieder geheiratet. Fand keinen Mann, der so gut war wie er. Kurz darauf habe ich meinen Ehemann kennengelernt, der immer darum kämpfen musste, mit meinem Vater mithalten zu können. Es war ziemlich katastrophal. Wir haben uns endlich scheiden lassen, als die Kinder aus dem Haus waren. Noch etwas, was Mum bei mir missbilligte. Die Schande.«

»Dafür muss man sich wirklich nicht schämen.«
Sie lächelte. »Sie sind ein liebes Mädchen. Doch jetzt muss ich weitermachen und Sie auch.«
Nachdem ich sie zur Tür gebracht hatte, stand ich noch lange in der Küche und starrte auf das Foto. Fünfzehn Jahre, mit einem Wimpernschlag vorbei. Wo waren Frogsy und Drew jetzt?

Am nächsten Tag arbeitete ich die Mittagsschicht, und als ich die Tische abräumte, bemerkte ich, dass der große Abfallcontainer vor dem Westflügel verschwunden war. »Sind die Gärtner fertig?«, fragte ich Penny.
Sie sah aus dem Fenster. »Scheint so. Es kam mir auch so ruhig vor.«
In der Pause ging ich den Westflügel entlang durch den frisch gesäuberten Garten. Man hatte Äste von den Kiefern abgesägt und jahrzehntealte Nadeln und Blätter entsorgt. Die Beete waren gejätet, die Gehwegplatten abgespritzt. Auf dem Streifen an der Straße hatte man neuen Rasen ausgelegt, der von einem gelb-schwarzen Absperrband vor den Fußgängern geschützt wurde.
Ich ging denselben Weg zurück und warf einen Blick auf die Tür zum Westflügel. Man hatte auch das Absperrband vor dem Eingang erneuert. Die Platten zwischen den beiden Kiefern waren bis zum darunterliegenden Lehm aufgegraben, vermutlich um an die Baumwurzeln heranzukommen.
Doch die Gärtner waren weg, was bedeutete, dass ich am Abend nach der Schicht wieder hineingehen konnte.
Für einen Dienstagnachmittag herrschte reger Betrieb im Café. Schulkinder mit ihren Müttern, die die Tische zusammenschoben und unmöglich zu merkende Bestellungen aufgaben: Double-Shot Latte mit Soja, Erdbeer-

milchshake in zwei Plastikbechern mit Strohhalmen, heiße Schokolade, die aber nicht heiß sein durfte. Ich stand keine Sekunde still, und doch hörte ich es.

Als ich an einer jungen Frau vorbeilief – zu stark gebleichtes Haar, Nasenring, hübsches Gesicht hinter dem ganzen Eyeliner –, schnappte ich einen Bruchteil ihres Telefonats auf. »Ja, klar. Ist Tante Drew bis dahin wieder zurück?«

Tante Drew. Meine Füße setzten sich automatisch in Bewegung, während meine Gedanken rasten. Ich hatte die ganze Zeit angenommen, dass Adams Freund Drew ein Mann sei. Doch natürlich war Drew auch ein Frauenname. Ich versuchte, mehr von dem Gespräch mitzuhören, doch genau in diesem Moment verschüttete ein kleiner Junge seinen Milchshake über seine Schuluniform, und ich musste die Bescherung schnell aufwischen.

Als ich den Mopp beiseitestellte, sah ich, wie die junge Frau aufstand und auf die Tür zusteuerte. Bevor ich wusste, was ich da tat, eilte ich hinter ihr her und holte sie ein, als sie gerade auf die Straße trat.

»Bitte entschuldige«, sagte ich.

Sie drehte sich um und legte den Kopf neugierig zur Seite.

»Es tut mir leid, wenn das etwas ... komisch klingt. Doch ich habe zufällig gehört, dass du über jemanden namens Drew gesprochen hast.«

Sie verengte die Augen. Ja, ich klang wie eine Verrückte. Die ganzen Anrufe bei Frombergs und Boggses waren dafür verantwortlich.

»Belauschst du öfter die *privaten* Gespräche der Gäste?«, fragte sie.

Ich hob die Hände. »Ich weiß, wie das klingt, aber mein Bruder kannte vor fünfzehn Jahren hier oben in den Ber-

165

gen jemanden namens Drew. Ich versuche, mehr über seine Zeit hier herauszufinden. Könntest du sie vielleicht für mich fragen? Ob sie Adam Beck kannte? Und wenn sie ihn kannte und in der Stadt ist ...«

»Sie wohnt in London«, unterbrach mich die junge Frau. »Kommt erst Ende des Jahres zurück. Aber ja, sie hat hier vor fünfzehn Jahren gelebt«, fügte sie hinzu.

»Könntest du sie bitte fragen? Wenn sie ihn kannte, könntest du mir eine Nummer geben, unter der ich sie anrufen kann?«

»Adam Brett«, sagte sie.

»Nein, Beck. Adam Beck. Hier ...« Ich holte den Bestellblock aus meiner Schürze und schrieb den Namen auf, dann gab ich ihr den Zettel.

»Okay, danke.«

Ich sah ihr nach, als sie die Straße entlangging, und fragte mich, ob ich sie je wiedersehen würde.

Ich blieb an diesem Nachmittag lange im Café und half Penny, die Vorräte für den nächsten Tag aufzufüllen. Sie hatte es eilig, zu einem Date mit einem neuen Mann zu gehen, und ich bot ihr an, die Becherspender und die Behälter für die Plastiklöffel aufzufüllen und die Spülmaschine auszuräumen, so dass alles fürs Frühstück bereit war.

Kurz vor sieben Uhr abends schloss ich ab, während ich an einem Stück Bananenbrot kaute, das ich zu einem nahrhaften Abendessen erklärt hatte. Meine Beine waren schwer nach der langen, harten Schicht, doch es war ein befriedigender Schmerz, der mir sagte, dass ich nützlich und produktiv gewesen war. Es regnete leicht, die Tropfen wie Silber und Gold im Licht der Sicherheitslampe über der Cafétür. Ich hielt den Kopf gesenkt und ging direkt zum Eingang im Westflügel, wo ich mich unter dem

Absperrband hindurchduckte. Die nackte Erde des Gehwegs hatte sich in Schlamm verwandelt. Ich holte die Taschenlampe aus meiner Handtasche und beleuchtete den Weg, um nicht zu stolpern.

Als ich die Tür hinter mir schloss, verstärkte sich der Regen, trommelte gegen die Fenster und aufs Dach. Im Licht der Taschenlampe ging ich rasch zu dem Lagerraum, den ich mit Tomas' Einwilligung noch genauer untersuchen durfte. Es roch moderig und feucht, und ich meinte, ein tropfendes Geräusch oben auf den Treppen zu hören.

Vom Türrahmen aus beleuchtete ich den Raum langsam von links nach rechts und fragte mich, wo ich am sinnvollsten anfangen sollte. Ob ich überhaupt anfangen sollte.

Als Erstes räumte ich alles vom Tisch und legte die Sachen ordentlich in den Gang. Dann öffnete ich die Schachteln und Kisten, während meine Nase von dem ganzen Staub höllisch juckte. Alte Teekannen und Pfannen und rostige Küchenutensilien und zerbrochene Kerzenhalter. Keine Briefe. Nachdem ich am Boden einer Schachtel angekommen war, packte ich sorgfältig alles wieder ein, dann stapelte ich sie an der Wand, um Platz für die nächste zu haben.

Als alles durchsucht war, was sich auf dem Tisch befunden hatte, sah ich mich darunter um. Bei dem Versuch, eine alte Singer-Nähmaschine in einem Holzkoffer hervorzuziehen, kugelte ich mir beinahe die Schulter aus. Mehr Schachteln und Kisten. Diesmal fand ich einen Stapel Postkarten – Schwarz-Weiß-Bilder vom Hotel und von den Gartenanlagen –, und mein Herz machte einen Sprung. Doch keine war beschriftet. Ich suchte weiter, allerdings ohne Erfolg.

Der Regen hämmerte weiter gegen die Fenster, als ich langsam müde wurde vom Sichten der Schachteln in dem engen Flur. Als ich aufstand und meinen schmerzenden Rücken streckte, wurde das Tropfen lauter. Mit der Taschenlampe in der Hand bewegte ich mich zum Fuß der Treppe und leuchtete nach oben. Nichts.

Ich prüfte die erste Stufe mit meinem Gewicht, dann schalt ich mich: Das Gebäude stand seit über hundert Jahren hier, die Bausubstanz war gesund. Dennoch hielt ich mich eng an dem angelaufenen Messinggeländer, als ich nach oben in den ersten Stock ging.

Vor mir erstreckte sich ein langer Korridor. Nackte Holzdielen, Türen zu beiden Seiten. Das musste früher ein Gästeflügel gewesen sein. Ich leuchtete über die Decke, konnte jedoch kein Leck entdecken. Ich schloss die Augen und horchte. Das Tropfen schien aus dem nächsten Raum zu meiner Linken zu kommen.

Die Tür ließ sich problemlos öffnen, und ich stand in einem verschimmelten Badezimmer. Der Regen drang in einer Ecke ein, lief über die Decke und tropfte auf die Kacheln. Eine große Pfütze hatte sich gebildet. Ich machte mit dem Handy ein Foto für Tomas, dann sah ich mich in dem Badezimmer um. Es war beeindruckend groß, drei Stufen führten auf eine Plattform, wo früher einmal eine Badewanne gestanden haben musste. Man hatte die Anschlüsse entfernt, doch anhand der Löcher in der Wand versuchte ich mir vorzustellen, wo sich der Waschtisch, die Regale und die Spiegel befunden haben mochten.

Ich ging zurück in den Flur, neugierig, ob die anderen Zimmer ebenfalls unverschlossen waren. Hier hatte ich jedoch kein Glück. Ich versuchte es mit meinem Schlüssel, doch auch er funktionierte nicht. Es wäre leicht gewesen, eine Tür aufzubrechen, aber das wollte ich nicht. Tomas hatte gesagt, dass die Räume sowieso ausgeräumt worden waren.

Doch mittlerweile befand ich mich am anderen Ende des Flurs vor einem Zimmer mit französischen Türen, von denen die Farbe abblätterte. Ich leuchtete mit der Taschenlampe hindurch und blickte auf wohlgefüllte Bücherregale. Die Tür war verschlossen, doch als ich ein wenig daran rüttelte, gab sie etwas nach. Ich sah, dass die Angeln auf einer Seite komplett vom Türrahmen abgelöst waren und nur das Schloss diesen Flügel aufrecht hielt. Vorsichtig zog ich ihn aus dem Türrahmen, schlüpfte durch die Öffnung und schob alles wieder an seinen Platz.

Ich stand in einer Bibliothek, deren vernagelte Fenster über zwei Wände verliefen, und ich stellte mir vor, wie überwältigend der Raum gewesen sein musste, lichtdurchflutet und mit dem Ausblick auf Bäume und Gärten. Was für ein herrlicher Ort, um zu lesen.

In den Regalen steckte hier und da ein Plastikschild zwischen den Büchern. Auf einem der drei Tische – wahrscheinlich Eiche, mit grünen Ledereinlassungen – lag ein dicker, modern aussehender Ordner. Eine Visitenkarte mit der Aufschrift *Gerald Makepeace, Buchhistoriker. Bewertungen von Bibliotheken, Sammlungen und Dokumenten* steckte daran.

Ich schlug den Ordner auf. In Großbuchstaben stand auf der ersten Seite: *Bibliotheksbericht und Bewertung, Evergreen Spa Hotel*. Der Bericht war vier Monate alt. Beim Durchblättern bekam ich den Eindruck, dass die Bauherren nicht wussten, was sie mit der umfassenden Bibliothek anfangen sollten, als sie das Hotel kauften. Weder der Verkauf noch die Entsorgung der Bücher schien eine Option gewesen zu sein, weshalb man den Buchhistoriker hinzugezogen hatte. Der Bericht empfahl den Bauherren, die Bücher als bedeutende Sammlung zu behalten, da sie schwer zu verkaufen waren, aber überaus wertvoll in ihrer

Funktion als ein »charakteristischer und integraler Bestandteil dieses historischen Gebäudes«. Es folgten seitenweise Auflistungen der Buchtitel samt ergänzender Bemerkungen. Die Plastikschilder schienen dazu zu dienen, bestimmte Bücher wiederzufinden, nachdem der Historiker alles sortiert hatte.

Ich blätterte weiter, bis eine Zwischenüberschrift meine Aufmerksamkeit erregte.

Gästeverzeichnisse.

Mit schneller schlagendem Herzen fuhr ich mit dem Finger die Reihen entlang. Nur 1912 und 1924 fehlten. 1926 musste demnach hier sein, in *5A untere Schublade.* Ich leuchtete mit der Taschenlampe über die Regale, die am Boden tiefe Schubladen hatten. Die Plastikschilder führten mich zu *5A untere Schublade.* Ich öffnete sie und überlegte eine Sekunde.

Auf den Fersen hockend schlug ich das Verzeichnis auf. Die Namen der Gäste waren mit der Hand geschrieben, die Tinte verblasst, die Handschrift eng und klein. Meine Augen würden bald aufgeben, wenn ich versuchte, beim Licht der Taschenlampe weiterzulesen, weshalb ich etwas tat, was Tomas sicher nicht gefallen hätte: Ich nahm das Verzeichnis aus dem Jahr 1926 und den Ordner mit nach Hause.

Gott segne elektrisches Licht. Ich saß auf der Couch, während die Wolkendecke draußen langsam aufriss, und las die langen Reihen von Namen und Daten. Angesichts der kaum zu entziffernden Handschrift brummte mir bald der Kopf, und alles verschwamm vor meinen Augen. Ich schloss sie und legte den Kopf zurück, nur einen Moment.

Als ich aufwachte, hatte es wieder zu regnen begonnen. Das Licht im Wohnzimmer brannte noch, und mein Nacken schmerzte. Das Gästeverzeichnis war von meinen Knien gerutscht und lag geschlossen auf dem Boden. Ich hatte kein Lesezeichen eingelegt und verfluchte mich jetzt dafür.

Ich hob es auf und öffnete es in der Mitte, überflog die Namen, ob mir irgendeiner bekannt vorkam, damit ich nicht alles noch einmal lesen musste.

Am Kopf der Seite sah ich es.

Mr. *Samuel Honeychurch-Black.*

SHB. Das musste er sein. Wie zur Bestätigung stand direkt darunter *Miss Flora Honeychurch-Black*. Seine Schwester, die er in den Briefen erwähnt hatte. Ich musste lächeln – nicht nur hatte ich ihn gefunden, ich wusste jetzt sogar, in welchem Zimmer er gewohnt hatte.

Doch es war spät und viel zu nass, um noch einmal ins Hotel zu gehen. Ich markierte die Seite mit einem Post-it und legte mich ins Bett. Bevor ich das Licht ausschaltete, schickte ich noch eine SMS an Tomas, der eine Minute später antwortete.

Super! Jetzt müssen wir nur noch sie finden.

Sie. Samuel Honeychurch-Blacks Geliebte. War sie ebenfalls ein Gast des Hotels gewesen? Ich hatte keine Initialen, nach denen ich suchen konnte, aber ich konnte eine Liste mit den Frauen anfertigen, die sich gleichzeitig mit ihm im Hotel aufgehalten hatten. Den Kopf voller abenteuerlicher Gedanken schlief ich erst kurz vor der Morgendämmerung ein.

Kapitel zehn

Da ich noch nie zuvor gearbeitet hatte, hatte ich mich auch noch nie krankgemeldet, und ich war nicht auf die damit verbundenen Schuldgefühle vorbereitet, auch wenn ich wirklich krank war. Aufgrund des Schlafmangels hatte ich hämmernde Kopfschmerzen, und ich sah mich nicht imstande, noch so eine Nachmittagsschicht wie die gestrige zu überstehen.

Penny war unglaublich freundlich und besorgt und bot mir an, mir am Abend auf dem Nachhauseweg etwas zu essen vorbeizubringen, doch ich sagte, sie solle sich keine Mühe machen – ich fürchtete, nicht krank genug auszusehen.

Nach dem Anruf schlief ich noch ein paar Stunden. Als ich mir schließlich gegen zehn Uhr gerade eine Schüssel Müsli machen wollte, um sie gemütlich im Pyjama auf der Couch zu essen, klopfte es an der Tür.

Ich stellte die Milchpackung ab und ging zum Eingang, wobei ich so schwach und bleich wie möglich auszusehen versuchte, falls es Penny war.

»Dad!«

»Hallo, Liebes«, sagte er und umarmte mich. Dad war schlank und schmalschultrig, mit vollem grauem Haar und einem grauen Bart, der mit den Jahren immer dünner wurde. Er trug sein vertrautes braunes Cordjackett und locker sitzende Hosen.

Ich ließ ihn eintreten. »Mum sollte dir doch ausrichten, dass du vorher anrufst. Hätte doch sein können, dass ich nicht daheim bin.«

»Sie hat mir gesagt, sie würde dich anrufen. Schau mal auf dein Handy. Vielleicht hat sie eine Nachricht hinterlassen.«

Dad hatte eine notorische Abneigung gegen Telefone, und ich wusste, was passiert war. Mum hatte *gewollt*, dass er mich überrascht. Das war ihre Art, mich zu kontrollieren, sicherzugehen, dass ich nichts Verbotenes tat. Sie wusste, dass ich diese Woche morgens nicht arbeitete, weshalb sie ihm gesagt hatte, er solle vor elf bei mir auftauchen. Doch nichts davon hätte sie bewusst getan. Sie hatte einfach kein Gefühl für Privatsphäre, vor allem, was mich betraf. Sie hatte nur das Urbedürfnis, für meine Sicherheit zu sorgen, und wenn sie es arrangieren konnte, dass mein Vater unangekündigt hier auftauchte, um zu überprüfen, dass ich nicht Hasch rauchend und mit Messern jonglierend auf eine Leiter kletterte, dann würde sie das tun.

»Komm rein und setz dich. Soll ich dir einen Tee oder einen Kaffee machen?«

»Nein danke, deine Gesellschaft reicht mir, Liebes. Mach dir keine Mühe. Setz dich zu mir. Ich muss dir ein paar Sachen sagen.«

Ich setzte mich auf die Couchlehne und stützte die Füße auf dem Sitz ab. »Das klingt nicht gut.«

Als er lächelte, durchzogen tiefe Linien sein Gesicht. Ich liebte es, wenn Dad lächelte, vor allem weil er es während der schrecklichen Jahre von Adams Krankheit so selten getan hatte. Ich hatte ihn allerdings auch nie weinen sehen.

Nur einmal bei der Beerdigung, als ob die ganzen Jahre der Trauer sich endlich Bahn brechen durften. Gerührt von dieser plötzlichen Erinnerung, ließ ich mich neben ihn sinken, um ihn noch einmal zu umarmen.

»Du siehst gut aus«, sagte er. »Das Leben hier oben tut dir gut, nehme ich an.«

»Ich habe einen Job«, erwiderte ich. »Das ist etwas Neues.«

Er tätschelte mein Knie. »Gut für dich.«

»Auch wenn ich mich heute krankgemeldet habe. Ich habe schrecklich geschlafen und bin mit furchtbaren Kopfschmerzen aufgewacht.«

»Ich habe immer Aspirin dabei, wenn du eine möchtest«, bot er mir an.

Ich winkte ab. »Ich habe schon etwas genommen. Du wolltest mir etwas sagen. Also los, raus damit.«

»Ah, keine Angst, jetzt ist nämlich alles gut.«

Ich runzelte die Stirn. »Okay.«

»Doch ich musste mir ein wenig Sorgen machen. Wegen ...« Er räusperte sich. »Krebs.«

»Oh, Dad!«

Er hob die Hände. »Keine Angst, keine Angst. Die Biopsie ist negativ, und ... es ist ein wenig peinlich. Du verstehst, im Blasenbereich.«

»Ich frage nicht weiter«, antwortete ich. »Außer – bist du wirklich gesund?«

»Definitiv.«

»Mum ist sicher verrückt geworden. Merkwürdig, dass sie gar nichts am Telefon gesagt hat.«

»Sie weiß es nicht.«

»Das ist nicht dein Ernst.«

»Wie hätte ich es ihr denn sagen können, Lauren? Sie wäre vor Angst gestorben. Du weißt doch, wie sie ist.«

»Es ist nicht ihre Schuld. Sie ist durch Adams Krankheit so geworden.«

Er verzog die Lippen zu einem kläglichen Lächeln. »Sie war auch früher schon so, auch wenn du dich wahrscheinlich nicht daran erinnerst. Sie und Adam haben sich immer gestritten. Sie fand, er solle sein Leben auf eine bestimmte Weise leben, was nicht immer seinen Vorstellungen entsprach.«

»Ich kann nicht glauben, dass du das vor ihr verheimlichen konntest. Das muss einige Planung erfordert haben.«

»Ja, ich habe alles ohne ihr Wissen erledigt. Spezialisten, Untersuchungen, alles unter dem Deckmantel der Arbeit, Konferenzen und so weiter. Ich hätte eine Affäre haben können ohne ihr Wissen.« Er lachte über seinen eigenen Scherz, doch er klang ein wenig bitter.

Ich berührte seinen Arm. »Es tut mir leid, dass du das allein durchmachen musstest. Du hättest es mir sagen sollen.«

»Gerade dir wollte ich es am wenigsten erzählen, Liebes. Du musst dein Leben leben. Es ist mir schmerzlich bewusst, dass du sehr lange auf deine Freiheit gewartet hast. Du weißt, dass ich nicht gern telefoniere. Ich mag das Schweigen nicht. Deine Mutter hört immer mit. Ich wollte allein mit dir sprechen. Wann waren wir schon einmal allein?«

Ich zuckte mit den Schultern. »So gut wie nie.« Als Adam krank wurde, war Dad immer eher Mums Anhängsel gewesen und irgendwie kein eigenständiger Mensch. Nach meinem fünfzehnten Lebensjahr hatte ich keine normalen Erinnerungen mehr an meinen Vater, nur aus den Jahren davor, als ich mit ihm zum Einkaufen ging oder er meine Zeit stoppte, wenn ich den Hügel neben dem Haus hinaufrannte. Oder er zeigte mir, wie man Teig für Corn Fritters machte, in den er immer Bier hineinschmuggelte und mich hoch und heilig versprechen ließ, Mum nichts davon zu sagen.

»Genau. Lauren, während dieser Krise, als ich das Schlimmste fürchtete, ist mir etwas klargeworden. Sollte ich tatsächlich krank sein und schließlich sterben, würde deine Mutter dich dazu bewegen, zu ihr zurückzukommen. Sie würde keine Ruhe geben, bis du wieder daheim wärst, und dann würdest du nie wieder gehen können. Das hat mich furchtbar gequält, fast noch mehr als die Angst vor meinem eigenen frühen Tod. Meine Lauren, die erst so spät erblüht. Sie würde dir alles wegnehmen, und sie würde nie erkennen, dass sie damit einen Fehler begeht. Und du würdest es für sie tun, weil du ein gutes Mädchen bist. So ein gutes Mädchen.« Er senkte den Blick und massierte seinen Nasenrücken mit den Fingern, eine sehr vertraute Geste. Dann atmete er tief ein, hob den Kopf und fuhr fort. »Versprich mir, dass, was auch immer passiert, du niemals wieder nach Hause zurückkehrst.«

»Aber, Dad ...«

»Du darfst uns natürlich besuchen kommen. Du bist immer willkommen, aber dann übernachte in einem Hotel. Zieh nicht wieder zurück nach Tasmanien, und lebe nie wieder mit deiner Mutter in diesem Haus. Egal, was passiert.«

Was für ein seltsames Gefühl das war: Man gab mir meine Freiheit. Mein Umzug in die Blue Mountains war immer irgendwie etwas Verbotenes gewesen, etwas, das ich überwinden musste, damit ich wieder zu Mum zurückkehren konnte. Doch jetzt, mit Dads Segen, erschien mir die Welt auf einmal viel leichter und größer.

»Danke, Dad«, sagte ich und küsste ihn auf die Wange. »Ich verspreche es.«

»Gut. Nun, ich muss am späten Nachmittag meinen Flug nach Hause erwischen, aber ich dachte, wir könnten uns bis dahin ein wenig die Gegend anschauen. Du kannst mir Evergreen Falls zeigen.«

»Äh … das ist etwas schwierig. Ich bin doch eigentlich krank. Was, wenn mich Penny sieht …«

»Wie wäre es, wenn ich dich in meinen Mietwagen schmuggele und wir runter nach Leura fahren?«

»Gute Idee«, sagte ich. »Ich ziehe mich nur schnell an.«

Dad setzte mich gegen vier Uhr nachmittags daheim ab und fuhr weiter nach Sydney. Meinem Kopf ging es besser, so dass ich mich wieder dem alten Gästeverzeichnis widmen konnte und dem Aufenthalt der Honeychurch-Blacks im Evergreen Spa im Jahr 1926. Zu meiner Überraschung hatten sie monatelang im Hotel gewohnt. Auf vielen aufeinanderfolgenden Seiten tauchten ihre Namen auf, zusammen mit denselben Zimmernummern. Alles in derselben dünnen, scharfen Handschrift geschrieben. Samuel und Flora. Mehr Informationen lieferte das Verzeichnis nicht, weshalb ich zum Telefon griff.

Google zeigte keine Treffer für Samuel und Flora, doch ich fand die Familie Honeychurch-Black. Altes, sehr altes Geld. Irgendwann einmal besaßen sie so viel Land in New South Wales, dass sie es auch hätten regieren können. Es gab immer noch Honeychurch-Blacks in Australien, die immer noch sehr reich waren. Gerade als ich einige Namen notierte, kam eine SMS von Penny.

Komme mit Resten vorbei. Keine Widerrede.

Ich lächelte. Mein Magen knurrte hungrig. Ich hoffte, sie würde Bananenbrot mitbringen.

»Na, du Arme«, sagte Penny, als ich ihr zehn Minuten später die Tür öffnete. »Ich habe Taboulé, ein Truthahn-Cranberry-Sandwich und Bananenbrot.«

Ich nahm ihr die Plastiktüte ab. »Vielen, vielen Dank. Möchtest du reinkommen?«

»Nein, ich bin auf dem Weg zum Sport. Aber ...« Sie holte einen Zettel aus ihrer Tasche, ein Blatt von einem Bestellblock. »Ein Mädchen kam heute vorbei und hat nach dir gefragt. Die, der du kürzlich nachgelaufen bist. Sie hat mir das hier für dich gegeben.«

Ich faltete den Zettel auseinander. Es war das Blatt, auf das ich Adams Namen geschrieben hatte. Darunter stand: *Drew Amherst* sowie eine Telefonnummer in England. »Oh, fantastisch. Danke!« Das war sie. Die Drew, die Adam das Foto gegeben hatte.

»Geht es dir besser?«

»Ja, die Kopfschmerzen sind weg. Tut mir leid, dass ich dich im Stich gelassen habe.«

»Kein Problem, Susie hat deine Schicht übernommen. Es war sowieso recht ruhig.« Penny küsste mich rasch auf die Wange. »Dann sehen wir uns morgen?«

»Definitiv.«

Ich schloss die Tür und brachte das Essen in die Küche. Salat und Sandwich stellte ich für später in den Kühlschrank und knabberte an dem Bananenbrot, während ich mir eine Tasse Tee kochte. Ein Blick auf die Uhr sagte mir, dass ich guten Gewissens in London anrufen konnte. Ich wählte Drew Amhersts Nummer und wartete, wobei ich gleichzeitig ein nervöses Zucken in meinem Bein zu unterdrücken versuchte.

»Hallo?« Sie hatte eine leise, freundliche Stimme.

»Hallo, könnte ich bitte mit Drew sprechen?«

»Das bin ich.«

»Drew, mein Name ist Lauren Beck, ich rufe aus Australien an. Ich glaube, Ihre Nichte hat Ihnen von mir erzählt.«

»Ah, ja. Sie sagte, Sie seien Adams Schwester, stimmt das? Ich habe Adam seit Ewigkeiten nicht gesehen. Wie geht es ihm?«

»Er ... äh ... ist letztes Jahr gestorben.«

Schockiertes Schweigen. Dann sagte sie: »Das tut mir wirklich leid. Hatte er einen Unfall?«

»Nein, er war sehr lange krank. Jetzt habe ich seine Bücher geerbt, und in einem habe ich ein Bild von ihm gefunden, aus den Blue Mountains. Sie haben etwas auf die Rückseite geschrieben. Ich weiß nichts über seine Zeit hier oben und habe mich gefragt, ob Sie mir vielleicht mehr erzählen können.«

»Es tut mir wirklich leid. Ich kannte Adam nicht so gut. Wir verbrachten einen verrückten Sommer miteinander, wir waren zu siebt und wohnten alle im Haus meines Großvaters, der zu der Zeit in Perth war. Alle kamen einfach vorbei und schliefen auf dem Boden. Wir waren vollkommen verwildert, aßen nur Käsesandwiches, schwammen jeden Nachmittag stundenlang an den Wasserfällen. Es war eine verrückte Zeit, doch dann kehrte mein Großvater zurück, ich bekam einen Job in Sydney und sah die anderen danach kaum noch.«

Ich blieb vor dem Kühlschrank stehen. Vielleicht hatte meine Mutter das mit »seltsame Menschen« gemeint. »Auf dem Foto ist noch ein anderer Junge zu sehen. Auf der Rückseite steht, er heißt Frogsy.«

»Ja, ich erinnere mich an ihn. Das war nicht sein richtiger Name. Wie hieß er nur? Entschuldigung, mein Gedächtnis ist nicht besonders gut. Irgendetwas Französisches, deshalb haben wir ihn Frogsy genannt. Er und Ihr Bruder waren unzertrennlich. Er kann Ihnen wahrscheinlich sehr viel mehr über ihn erzählen.«

Französisch. Würde ich das Telefonbuch nach allen französischen Namen durchsuchen müssen?

»Anton!«, sagte sie plötzlich. »Anton irgendwas, das mit F beginnt. Fourtier vielleicht? Wenn Sie mir Ihre Telefonnummer geben, dann denke ich noch mal in Ruhe darüber nach, vielleicht fällt es mir ja wieder ein.«

Ich hatte das Telefonbuch bereits bei F geöffnet und überflog die Einträge. »Fournier?«, fragte ich. AG *Fournier, 78 Fallview Road.*

»Ja, das ist er«, antwortete sie. »Gute Arbeit. Anton Fournier. Frogsy. Er und Adam haben alles gemeinsam unternommen.«

»Ich habe das Telefonbuch vor mir liegen. Er lebt immer noch in Evergreen Falls.«

»Rufen Sie von dort an?«

»Ja. Ich kam hierher, weil ... es der letzte Ort ist, an dem Adam glücklich war, bevor er krank wurde.«

Ihre Stimme war mitfühlend. »Nun, ich bin mir sicher, wenn Sie Frogsy finden, kann er Ihnen erzählen, was Ihren Bruder so glücklich gemacht hat.«

Ich dankte ihr und legte auf, dann rief ich sofort Anton Fournier an. Es läutete endlos, kein Anrufbeantworter schaltete sich ein. Schließlich gab ich auf und nahm mir fest vor, es am nächsten Tag erneut zu versuchen.

Am nächsten Nachmittag schlich ich mich nach der Arbeit wieder in den Westflügel, meine schmutzige Schürze in meine Tasche gestopft, und ging tapfer in den zweiten Stock hinauf zu Samuel Honeychurch-Blacks altem Zimmer. Die Tür war verschlossen. Ich rüttelte daran, doch obwohl sie alt war und schon halb aus den Angeln hing, hatte ich nicht genug Kraft, sie aufzubrechen. Genau deshalb hatte ich einen Schraubenzieher mitgebracht.

Ich hielt die Taschenlampe zwischen den Zähnen und fühlte mich ein wenig wie ein Spion, als ich mich hinkauerte, um mit dem Schraubenzieher im Schlüsselloch herumzustochern. Ich wusste nicht genau, was ich als Nächstes tun sollte, doch ich bewegte ihn mit aller Kraft, bis zu meinem Entsetzen der Türgriff mit einem dumpfen Schlag auf den Holzboden fiel und davonrollte.

Jetzt musste ich den Schraubenzieher nur noch dort ansetzen, wo sich der Türgriff befunden hatte, ein wenig stochern und drehen und ... *Klick*. Die Tür war offen. Mir war bewusst, dass ich mich an verbotenen Orten aufhielt, dass ich stahl und Sachen zerbrach, und ich war überrascht, wie wenig Schuldgefühle ich dabei empfand. Als ich mich aufrichtete und über die Türschwelle schritt, kam mir der Gedanke, dass es gut war, dass Tomas sich in Dänemark befand. So war er nicht betroffen, wenn man mich erwischte.

Natürlich erkannte ich in dem Moment, in dem ich im Zimmer stand, wie sinnlos der Einbruch war. Viele Jahrzehnte waren vergangen; ein weiterer leerer Raum unter vielen anderen leeren Räumen. Ich ging vorsichtig über die Holzdielen und tastete mit der Spitze meiner Sneakers nach losen Brettern, unter denen vielleicht Liebesbriefe versteckt sein könnten. Im Licht der Taschenlampe strich ich mit den Fingerspitzen über die Fensterbänke, auf der Suche nach eingeritzten Initialen und Herzen. Ich sah ein herunterhängendes Stück Tapete und zog es weiter ab, um herauszufinden, ob darunter womöglich Liebeserklärungen an die Wand gekritzelt waren. Ich stellte mich sogar mit geschlossenen Augen in die Zimmermitte und versuchte, mit purer Willenskraft den Wänden ihre Geheimnisse zu entlocken. Sehr erfolgreich, natürlich.

Ich fühlte mich ernüchtert und ein wenig albern, außerdem schuldig, weil ich das Schloss ohne guten Grund geknackt hatte. Ich schloss die Tür hinter mir und ging aus dem Hotel in den milden Abend. Wind rauschte durch die Kiefern. Es roch nach Regen, die Luft war kühl. Ich schob die Hände in die Taschen und eilte nach Hause, um das Gästeverzeichnis noch einmal durchzusehen. Ich versuchte nicht zu viel darüber nachzudenken, weshalb ich so unbedingt die Identität von Samuel Honeychurch-Blacks Geliebter klären wollte. Weil sie etwas gehabt hatten, das mir unbekannt war? Niemand hatte bisher für mich eine derart wahnsinnige Leidenschaft empfunden, wie sie aus den Briefen sprach, und ich wollte einfach wissen, welche Art Frau solche Gefühle hervorrief. Würde Tomas je so für mich empfinden? Ich konnte es mir nicht vorstellen. Er hatte keine Liebesbriefe geschickt, auch wenn wir uns länger per SMS ausgetauscht hatten. Er rief kaum an, und ich fragte mich, ob er vielleicht kein Interesse daran hatte, mit mir zu sprechen. Doch er verbrachte einen Großteil seiner Zeit am Krankenbett seiner Ex-Frau und wollte vermutlich nicht, dass seine Gespräche mitgehört wurden.

Wie um meine Gedanken Lügen zu strafen, rief Tomas in dem Moment an, als ich ins Bett gehen wollte, und ich erzählte ihm – ohne das aufgebrochene Schloss zu erwähnen – von meinem vergeblichen Ausflug in Samuels Zimmer.

»Hast du etwas Neues herausgefunden, wer die Geliebte sein könnte?«, fragte er.

Ich griff nach meinem Notizbuch und schlug es auf, damit ich meine Mitschriften lesen konnte. »Es wohnten viele andere Gäste zur selben Zeit im Hotel, doch nur eine Handvoll Frauen blieb gleichzeitig mit ihm über den ganzen Winter. Lady Powell war mit ihrem Ehemann hier. Sie war eine ziemlich bekannte Schriftstellerin und damals etwa Mitte sechzig, weshalb ich mir irgendwie keine heiße Affäre zwischen ihr und Samuel Honeychurch-Black vorstellen kann.«

»Man weiß nie. Gerade die älteren Damen haben es oft faustdick hinter den Ohren, unterschätz das nicht.«

»Das tue ich auch nicht. In einem der Briefe schreibt Samuel nur, seine Schwester halte ihn für ›viel zu jung‹, um zu wissen, was Liebe sei. Daher denke ich, dass er entweder noch ein Teenager war oder Anfang zwanzig, also wirklich kaum kompatibel. Dasselbe gilt für die Opernsängerin Cordelia Wright, die laut Wikipedia 1868 geboren wurde. Dann war da noch Miss Sydney, doch er spricht in den Briefen von ihr in der dritten Person, weshalb sie nicht die Adressatin gewesen sein kann. Dann ist da seine Schwester – sie scheidet offensichtlich aus. Die anderen Gäste, die den ganzen Winter über blieben, waren alles Männer, und … nun, du hast ja einige der anatomisch detaillierten Beschreibungen gelesen. Seine Geliebte war definitiv kein Mann.«

»Nicht einmal ein Mann mit rosigen Brustwarzen«, scherzte Tomas.

»Vielleicht war es jemand, der nicht über den Winter blieb, aber das erscheint mir unwahrscheinlich. Sie brauchten Zeit, um sich ineinander zu verlieben. Meinem Eindruck nach gingen die Menschen in den Zwanzigern nicht so einfach miteinander ins Bett wie …« Ich verstummte verlegen.

Tomas schien es nicht zu bemerken. »Vielleicht war es gar kein Gast und die Beziehung deshalb verboten. Vielleicht hat er sich in eine Angestellte verliebt. Gibt es auch Personalverzeichnisse in der Bibliothek?«

Ich musterte den Ordner auf dem Küchentisch. »Möglicherweise. Ich müsste den Bibliotheksbericht dahin gehend noch mal durchsehen.« Ich gähnte. »Ich erinnere mich an die Tage, als ich mich beschwerte, am Abend nicht genug zu tun zu haben.«

»Dann lasse ich dich mal ins Bett gehen.«

»Warte, wie geht es Sabrina?«

»Keine Veränderung.«

Ich wusste nicht, was ich sagen sollte außer: »Das tut mir wirklich leid.« Dann erinnerte ich mich an Lizzies Worte und fügte hinzu: »Du bist ein guter Mann. Nicht jeder würde das tun.«

»Das ist sehr großzügig von dir, Lauren. Ich habe meine Gründe, hier zu sein, und kann mich im Moment einfach nicht damit auseinandersetzen, was andere vielleicht darüber denken.«

Seine Gründe interessierten mich natürlich, aber ich wollte nicht eifersüchtig oder aufdringlich klingen. Stattdessen wünschten wir uns gute Nacht, und ich nahm den Bibliotheksbericht mit ins Bett.

Nach vielen Seiten hatte ich immer noch kein Personalverzeichnis gefunden und wurde immer frustrierter, als mir eine fettgedruckte Überschrift ins Auge fiel: *Honeychurch-Black Kartensammlung.*

Ich folgte den Zeilen mit dem Finger. Offensichtlich hatte Flora 1926 der Bibliothek des Evergreen Spa eine Sammlung von zwanzig Folianten mit Landkarten zukommen lassen. Landkarten?

Ich konnte es kaum erwarten, zurück in die Bibliothek zu gehen und sie mir anzusehen.

Ich wählte Anton Fourniers Nummer so oft, dass ich sie bald auswendig konnte. Nie hob jemand ab, und ich fragte mich, ob er vielleicht verreist war. Die Fallview Road war nur zwei Blocks entfernt von mir, weshalb ich am nächsten Nachmittag vor meiner Abendschicht dort vorbeiging.

Sein Haus lag weit von der Straße zurückgesetzt, ein beeindruckendes Bauwerk aus Glas und Holz. Anton Fournier würde einen unverstellten Blick auf die Wasserfälle, die Felshänge und die Täler haben. Arm war er sicher auch nicht.

Ich weiß nicht, warum ich beschloss, an die Tür zu klopfen. Wahrscheinlich, weil zwei gepunktete Whippets auf der Seite des Hauses erschienen und lebhaft im Vorgarten herumsprangen. Jemand musste also zu Hause sein.

Die Hunde kamen fröhlich bellend auf mich zugelaufen, und ein Mann öffnete die Tür, bevor ich klingeln konnte.

»Kann ich Ihnen helfen?«, fragte er. Ich erkannte ihn von dem Foto, seine gut geschnittene Nase. Das dunkle Haar hatte einige graue Strähnen, und er wischte sich die Hände an einem Küchenhandtuch ab. Die Hunde bellten so laut, dass sie meinen ersten Versuch, etwas zu sagen, übertönten, und er befahl: »Romeo, Julia, Platz.«

»Es tut mir leid, dass ich so ohne Vorankündigung hier auftauche«, sagte ich und stieg die drei Stufen zur Veranda hinauf. »Ich habe versucht, Sie telefonisch zu erreichen, aber ...«

»Das Festnetztelefon? Das habe ich schon seit Ewigkeiten nicht mehr verwendet. Entschuldigen Sie, wer sind Sie eigentlich?«

»Ich heiße Lauren. Drew Amherst hat mir Ihren Namen gegeben. Sie kannten Adam. Adam Beck.«

Sein Gesicht wurde weicher, seine Augenbrauen zuckten kaum wahrnehmbar. »Adam? Diesen Namen habe ich schon sehr lange nicht mehr gehört ... Er ist gestorben, nicht wahr?«

»Ja, letztes Jahr.«

Er atmete leise aus.

»Ich bin Adams Schwester, und ich ...«

»Sie sind seine Schwester?«

»Ja, und ...«

Plötzlich wurden seine haselnussbraunen Augen eiskalt, sein Körper versteifte sich. »Ich habe weder Ihnen noch irgendjemand anderem aus Ihrer Familie irgendetwas zu sagen.«

»Wie bitte?«

»Gehen Sie, verschwinden Sie von meinem Grundstück.« Er ging ins Haus. »Gehen Sie, na los!« Dann schlug er die Tür hinter sich zu und ließ mich völlig ratlos auf der Veranda zurück.

Kapitel elf

1926

Silbriger Frost hatte sich über Nacht auf das Laub gelegt und ließ das Gras glitzern. Violet ging mit vorsichtigen Schritten zum Postamt, ihr Atem eine weiße Wolke im kalten Morgen, und versuchte, sich von Sonnenfleck zu Sonnenfleck zu bewegen. Ihre Augen brannten vom Schlafmangel. Sam hatte sie um vier Uhr morgens geweckt und in ihr Zimmer zurückgeschickt, doch sie war viel zu aufgewühlt gewesen, um noch einmal einschlafen zu können. Immer wieder hatte sie die Nacht in Gedanken durchgespielt. Wie sehr sie sich nach einer Wiederholung sehnte. Die Zeit, bis sie ihn vielleicht wiedersah, ihn wieder halten konnte, schien sich ins Unendliche auszudehnen.

Das Postamt war ein kleines Steingebäude auf der Hauptstraße. Violet stellte sich in die Schlange, um ihrer Mutter pflichtbewusst einen kurzen Brief und etwas Geld zu schicken. Sie wunderte sich, dass sie bisher noch nichts von Mama gehört hatte, und hoffte, dass ihre eigenen Briefe angekommen waren. Sie hoffte auch, dass Mama nicht erwartete, dass sie den Winter bei ihr verbrachte.

»Kalt heute, nicht wahr?«, sagte die grauhaarige Frau hinter dem Tresen und musterte Violets Tuch. »Sie werden bald etwas Wärmeres brauchen als das. Ihr erster Winter hier oben?«

»Ja. Das ist das dickste Tuch, das ich besitze.«

»Sie sollten sich etwas stricken, Teuerste. Man sagt, es soll einer der kältesten Winter seit Beginn der Aufzeichnungen werden.«

Violet fragte aufgeregt: »Wird es schneien?«

»Ziemlich sicher. Letztes Jahr hatten wir nur Graupel. Es ist Zeit für Schnee.« Violet verstaute das Wechselgeld für die Briefmarke, das die Frau ihr gegeben hatte, in ihrer Handtasche und ging nach draußen auf die Straße.

Sie brauchte einen neuen Mantel. Einen neuen Schal. Handschuhe. Einen Hut. Sie überprüfte kurz ihre Ersparnisse und berichtigte ihre Wunschliste. Ihr alter Mantel war nicht schön, aber er würde ausreichen; und nichts war wärmer als ihr mit Fell gefütterter Topfhut. Doch Schal und Handschuhe waren dringend nötig. Vielleicht sogar Stiefel. Sie ging die Hauptstraße entlang und stöberte in den Läden, hing Tagträumen nach und gab ein wenig Geld aus. Überall sprachen die Menschen über den Frost, die plötzliche Kälte nach einem ungewöhnlich warmen Winteranfang. Sie erinnerten sich, dass es früher, wenn das Wetter genauso gewesen war, oft den ganzen Juli hindurch dicke Flocken geschneit hatte. Violet hatte noch nie Schnee gesehen, und ihr Herz glühte bei der Vorstellung, eine gute Arbeitsstelle im Winter an einem schneereichen Ort zu haben und von Sam gewärmt zu werden. Sie konnte sich nicht erinnern, je so glücklich gewesen zu sein. Sie kaufte Stiefel, auch wenn sie sich diese kaum leisten konnte. Vielleicht waren sie und Sam im nächsten Winter schon verheiratet. Dann könnte sie sich neue Stiefel kaufen, wann immer sie wollte. Schuldbewusst verdrängte sie diesen Gedanken.

Bei der Rückkehr in ihr Zimmer fand sie einen Brief von

Sam unter ihrem Kissen. Sie entfaltete ihn ungeduldig und las ihn mit glühenden Wangen. Er berichtete detailliert alles, was sie in der letzten Nacht getan hatten, sowie alles, was er heute Nacht mit ihr tun würde, wenn sie zu ihm kam – wieder um ein Uhr –, und erklärte ihr eine Liebe, die schwerer wog als der Mond. Violet steckte den Brief sorgfältig in den Umschlag und versteckte ihn im Grammophon. Sie konnte sich den Skandal vorstellen, wenn Myrtle ihn zufällig lesen sollte.

Irgendwie schaffte sie es trotz ihrer Müdigkeit durch ihre Schicht. Sams Schwester war beim Abendessen, er selbst tauchte jedoch nicht auf. Violet war das egal. Bald würde sie ihn ganz für sich haben. Sie fiel um zehn Uhr ins Bett und versprach sich, um eins wieder aufzustehen.

Um zwei wachte sie auf, zog sich in stiller Panik an und eilte nach oben zu ihm.

Er saß auf dem Bett, als sie die Tür öffnete. Der süßliche Geruch, den sie mittlerweile untrennbar mit ihm verband, erfüllte den Raum. Er zog an seiner langen, silbernen Pfeife.

Violet schloss leise die Tür hinter sich.

Sam atmete langsam aus, die Augen halb geschlossen. »Ich habe gewartet«, sagte er mit belegter Stimme. »So lange ich konnte.«

»Es tut mir so leid«, antwortete sie. »Ich war müde von gestern Nacht und der heutigen Arbeit. Ich habe zu lang geschlafen.« Sie setzte sich neben ihn. Mit seiner freien Hand begann er, ihr Kleid zu öffnen.

»Ist der Geruch Tabak?«, fragte sie.

»Zieh alles aus bis auf die weiten Unterhosen«, sagte er.

»Dieser Tabak riecht sehr süß.« Sie zog sich das Kleid über den Kopf, zusammen mit dem Unterhemd.

»Leg dich hin«, befahl er, zog ein letztes Mal an der Pfeife und legte sie dann zur Seite.

189

Sie schauderte. Er blieb vollkommen bekleidet, sein Blick verträumt und weit entfernt. Er nahm ihre Handgelenke und legte ihre Arme über den Kopf aufs Kissen. Dann schmiegte er sich in ihre Achselhöhle, das Gesicht an ihre linke Brust gedrückt. Sein warmer Atem auf ihrer nackten Haut war berauschend. Träge strich er mit den Fingern über ihre Brustwarzen, ganz in seinen eigenen Rhythmus versunken. Er küsste ihre Brust, und sein Atem verlangsamte sich so stark, dass sie geglaubt hätte, er schliefe, wenn er sich nicht weiter intensiv ihren Brüsten gewidmet hätte. Sie versuchte, sich auf die Seite zu drehen und ihn in eine Umarmung zu ziehen, doch er schob sie zurück, hielt ihre Arme über dem Kopf fest und bewegte seinen Mund über ihre Brüste. Sie glaubte, vor Lust sterben zu müssen.

»Zieh dich aus«, sagte sie atemlos.

»Ich bin zu müde dafür«, erwiderte er, während seine Hand zum Rand ihrer Unterhose wanderte. »Müde von der Jagd auf den Drachen.« Er schob seine Finger unter den Stoff, und sie schloss die Augen, als er sie berührte und bis zum Höhepunkt massierte, bei dem er ihren Mund mit seinem verschloss, um ihre Lustschreie zu dämpfen.

Danach lag sie still da, beobachtete ihn durch halb geschlossene Lider, als er eine weitere Pfeife vorbereitete. Beim Rauchen versank er immer tiefer in benebelte Apathie. Violet wusste, dass es kein Tabak war, und sie wusste jetzt auch, was er mit der Jagd auf den Drachen gemeint hatte und mit dem Mohngott. Aber wie sollte sie sich verhalten? Sollte sie um etwas davon bitten? Sie wollte nicht, dass er sie für einen Feigling hielt.

»Kann ich es versuchen?«, fragte sie zögernd, doch er schüttelte schon den Kopf, noch bevor sie den Satz zu Ende gesprochen hatte.

»Nein, niemals.«

»Warum nicht?«

Er rollte sich auf die Seite, um sie mit glasigen Augen anzusehen, und sagte kaum hörbar: »Es zerstört mich.«

»Warum rauchst du es dann?«

»Weil ich es liebe. Ich gebe nie das auf, was ich liebe.«

Stirn an Stirn, Knie an Knie lagen sie lange da. Sie hatte immer gedacht, Opiumsüchtige wären schmutzig oder Mitglieder von Banden, keine Engel mit glühenden Augen wie Sam. Leichte Unruhe machte sich in ihrem Bauch bemerkbar, doch sie ignorierte das Gefühl, um diesen perfekten Moment nicht zu ruinieren. Der süßliche Geruch und Sams regelmäßiger Atem machten sie müde, doch als sie schon beinahe eingeschlafen war, sagte er: »Du darfst hier nicht schlafen, Violet.«

Sie setzte sich auf. »Warum?«

»Weil wir irgendwann vergessen werden aufzuwachen, und dann wird man uns entdecken. Meine Schwester ... sie würde unser Glück zerstören.«

»Das würde sie?« Flora Honeychurch-Black hatte auf Violet immer wie eine sehr nette Frau gewirkt.

»Sie wird meinem Vater Lügen über dich erzählen. Alles, um unsere Beziehung zu verhindern. Ich bin ein erwachsener Mann und kann entscheiden, mit wem ich zusammen sein will, doch sie erträgt die Vorstellung nicht, dass ich glücklich sein werde.« Seine Brauen zogen sich zusammen, und er fügte leidenschaftlich hinzu: »Sie wird mir diese Freude nehmen. Sie wird behaupten, dass du eine Diebin bist oder eine Prostituierte, und Vater wird nicht erlauben, dass wir zusammen sind.«

Violet empörte sich innerlich bei der Vorstellung, jemals so bezeichnet zu werden.

»Deshalb müssen wir unsere Liebe vor ihr geheim halten, verstehst du? Nur bis ich Vater davon überzeugen

kann, dass du und ich füreinander bestimmt sind. Dann ...«
Seine Stirn glättete sich, der träumerische Ausdruck kehrte in seine Augen zurück. »Dann werden wir jeden Tag bis um drei Uhr nachmittags im Bett liegen, und Dienstboten werden uns Früchtekörbe bringen, aus denen wir uns gegenseitig füttern, und die ganze Zeit wird irgendwo ein Orchester spielen.« Er bewegte seine Finger wie auf einem Klavier. »Aber bis dahin muss ich so tun, als würde ich mich anständig benehmen.«
Violet küsste ihn. »Ich liebe dich.«
»Und ich liebe dich. Nur das zählt.«

Nachdem sie Sam vier Nächte hintereinander besucht hatte, war Violet müder, als sie es sich je hätte vorstellen können. Der Schlafmangel forderte seinen Tribut: Sie wurde ungeschickt und gereizt, vergesslich und langsam. Hansel schrie sie zweimal am Mittwochabend an, und als sie eine weitere Bestellung verwechselte, ließ er sie zur Strafe das Geschirr abspülen.

Lange nachdem das andere Servierpersonal sich schon zurückgezogen hatte, wusch und stapelte sie immer noch Geschirr in der widerhallenden Küche, während der Spüljunge auf den Stufen hinter ihr saß, einen Apfel aß und sie beobachtete. Endlich kam Hansel und sagte ihr, sie könne ins Bett gehen. Sie wischte sich die rauhen Hände an ihrer Schürze ab und wollte gerade die Küche verlassen, als Miss Zander sich ihr in den Weg stellte.

»Oh«, sagte Violet.

»Hansel hat mir erzählt, dass er Probleme mit Ihnen hat.« Sie nahm Violets Kinn in ihre weiche, elegante Hand und drehte es hin und her. »Sie sehen blass und müde aus. Sind Sie krank?«

»Ich ... äh ... fühle mich nicht besonders.« Bis auf die

Stunden zwischen ein und drei Uhr morgens, wenn die Welt schlief und sie und Sam sich mit feurigem Verlangen liebten.

Miss Zander zog ihre Hand zurück und nahm Violet am Ellbogen. »Hansel!«, rief sie, während sie Violet eng an sich drückte. »Das ist nicht akzeptabel. Das Mädchen ist nicht faul, sondern krank. Sie wird den Rest der Woche freinehmen.«

Hansel brummte etwas auf Deutsch, bei dem Miss Zander nur abwinkte. »Ich will wieder etwas Farbe in Ihren Wangen sehen«, sagte sie zu Violet. »Gehen Sie ins Bett und bleiben Sie dort. Verstanden?«

Bleiben Sie dort. Aber Sam erwartete sie um eins.

Sam, der den ganzen Tag schlafen konnte, wenn er wollte. Sie war einfach zu erschöpft. Wenn sie nicht kam, würde er seine Pfeife rauchen und in seine geliebte Traumwelt abgleiten. »Ja, Miss Zander«, erwiderte sie. »Das werde ich.«

In der Nacht erwachte Violet bei tiefster Dunkelheit von einem warmen Atem auf ihrem Gesicht. Sams Hand legte sich blitzschnell auf ihren Mund, damit sie Myrtle mit ihrem Schrei nicht aufweckte, die in dem Bett auf der anderen Seite des Zimmers schlief.

Er flüsterte an ihr Ohr: »Du bist nicht gekommen.«

»Ich bin einfach zu erschöpft«, antwortete sie leise durch seine Finger.

Er schlüpfte unter ihre Decke und zog ihr Nachthemd nach oben, dann drehte er sie auf die Seite. Ohne Vorbereitung oder Warnung befreite er sich aus seiner Hose und drang in sie ein. Seine Hand lag immer noch über ihrem Mund. Ihr Herz raste. Es war zugleich aufregend und schrecklich peinlich. Wenn Myrtle aufwachte, würde Violet vor Scham im Boden versinken. Sam war allerdings bald fertig, küsste sie ohne ein Wort auf die Wange und verschwand lautlos. Violet starrte lange an die dunkle Zimmerdecke, bevor sie endlich wieder einschlief.

Am nächsten Morgen brachte Myrtle Violet einen Brief ans Bett, zusammen mit einer Tasse Tee und einer Handvoll Erdbeeren.
»Post für dich«, sagte sie mit einem freundlichen Lächeln. Sie wirkte nicht, als hätte sie Sam in den frühen Morgenstunden gehört, doch Violet mied ihren Blick. Sie konzentrierte sich stattdessen auf den Brief. Die Schrift auf dem Umschlag erkannte sie sofort als die ihrer Mutter.
»Hör mal«, sagte Myrtle, als sie sich auf den Bettrand setzte. »Ich muss dich etwas fragen, und ich möchte, dass du mir ehrlich antwortest. Ich verspreche dir auch, es niemandem zu erzählen.«
Violet hielt den Atem an.
»Hat Miss Zander dich gefragt, ob du den Winter über weiterarbeiten willst?«
Violet nickte erleichtert und atmete langsam aus.
Myrtle presste die Lippen aufeinander. »Ich weiß, dass es nicht deine Schuld ist, Violet, aber das ist wirklich ungerecht. Sie hat weder mich noch viele andere gefragt, die schon seit Jahren hier arbeiten. Sie bevorzugt dich einfach.«
»Tut sie das?« Violet biss in die erste Erdbeere, die süß und saftig war.
»Sie ist schrecklich schwer zufriedenzustellen, macht vielen anderen das Leben zur Hölle. Aber ...« Myrtle deutete mit der Hand auf Violet und das Bett und die Tatsache, dass sie nicht zur Frühstücksschicht erscheinen musste, »dir hat sie die halbe Woche freigegeben.«
»Ich bin krank.« Die Schuldgefühle waren überwälti-

gend, doch es stimmte schließlich, dass sie dringend Ruhe brauchte.

Myrtle schnaubte. »Wohl kaum, ich habe dich nicht einmal niesen hören, geschweige denn, dass du dich ordentlich übergeben hättest.«

»Ich weiß nicht, warum sie mich mag.«

»Weil du hübsch bist. Miss Zander hat schon immer die hübschen Mädchen gemocht.« Myrtle warf den Kopf zurück. »Nun, ich kann nicht viel daran ändern, wie Gott mich geschaffen hat. Aber ich arbeite hart und hätte das Geld über den Winter gebrauchen können.«

»Es tut mir leid«, erklärte Violet. Es tat ihr wirklich schrecklich leid, Myrtle war eine gute Freundin.

Myrtle tätschelte ihr durch die Decke das Knie. »Wie gesagt, nicht deine Schuld. Genieß die Erdbeeren. Sie kamen heute Morgen mit dem Fliegenden Fuchs. Ich habe sie abgezweigt, bevor der Österreicher sie in Scheiben geschnitten und gezuckert hat. Ich mochte sie schon immer viel lieber natürlich.«

Nachdem Myrtle die Zimmertür leise hinter sich geschlossen hatte, widmete sich Violet dem Brief.

Liebe Violet,
Du musst nach Hause kommen. Meine Finger sind zu langsam geworden, wie ich es befürchtet hatte, und die Ramseys sagen, es gebe keine Arbeit mehr für mich bei ihnen. Ich habe ihnen erklärt, dass man Dir gerade eine gutbezahlte Stelle über den Winter in den Bergen angeboten hat, weshalb sie mich bis Ende August behalten werden, doch dann, Liebes, musst Du nach Sydney zurückkommen. Das Leben ist sehr ungerecht, ich weiß, aber ich muss so offen schreiben. Es ist an der Zeit, dass Du mir zurückgibst, was ich Dir in den ersten

vierzehn Jahren Deines Lebens ermöglicht habe – ganz allein ohne die Unterstützung eines Ehemanns: einen Platz zum Wohnen und Essen auf dem Teller.
Liebes, wenn ich könnte, würde ich arbeiten, aber meine Hände sind zu unversöhnlichen Knoten geworden. Dieselben Hände, die Dich als Kind in der Nacht in den Schlaf gestreichelt haben. Ich weiß, dass Dich das nicht ungerührt lassen wird, denn Du hast ein gutes Herz.
In Liebe,
Deine Mutter

Mit zitternden Händen legte Violet den Brief zur Seite. Sie wollte nicht nach Sydney zurückkehren und eine schäbige Wohnung mit ihrer Mutter teilen. Sie wollte ihre Stelle hier oben in den Bergen nicht aufgeben, in einem angesehenen Hotel mit noch angeseheneren Gästen. Sie wollte Sam nicht verlassen.

Sie atmete tief durch und drängte die Tränen zurück. Sam würde sie retten. Sie rief sich den Traum in Erinnerung, den Sam heraufbeschworen hatte – Dienstboten mit Obstkörben und ein Orchester –, und versuchte sich ihre Mutter darin vorzustellen. Sie musste Sam ganz offen nach seinen Absichten fragen. Wenn er sie wirklich liebte, wenn er seinem Vater erzählen würde, er habe sie gewählt, wenn er sie heiraten würde, dann wäre alles gut. Doch das musste bis Ende August geschehen, und sie fragte sich, wie schwer sein Vater zu überzeugen sein würde.

Floras Zimmerfenster – an dem sie einen Großteil des Tages in ihrem Sessel verbrachte, ein geöffnetes Buch ungelesen im Schoß – bot einen herrlichen Ausblick auf die blauen Nebel und wandernden Schatten über den grünen Tälern und rauhen Felsen. Aus dem Seitenfenster konnte sie auf den Tennisplatz sehen, und an diesem Morgen beobachtete sie Tony, Karl, Sweetie und Vincent bei einem Doppel. Harry war für die Woche nach Sydney zurückgekehrt, und Karl, der Schweizer Gesundheitsexperte des Hotels, hatte nur zu gern seinen Platz in Tonys Entourage übernommen. Tony hatte diese gewisse Macht über andere Männer, eine Macht, die Flora nie richtig verstanden hatte, die man aber wohl schätzen sollte. Ein Anführer. Ein Mann, den man bewundern musste.

Sie wechselte zwischen dem Ausblick und dem Tennisspiel hin und her, als sie sah, wie einer der Pagen über den Tennisplatz rannte und das Spiel störte. Tony beschimpfte ihn – sie konnte ihn nicht verstehen, seine Handbewegungen waren aber eindeutig –, doch der Junge ignorierte ihn und packte stattdessen hastig Karl am Arm. Dieser war sofort ebenfalls in Alarmbereitschaft, dann eilten beide davon. Flora runzelte die Stirn, und Angst stieg in ihr auf. Sam?

Sie rannte zur Tür und riss sie auf, gerade rechtzeitig, um die hastigen Schritte auf der Treppe zum Männerstockwerk zu hören. Sie eilte ihnen nach, dann blieb sie am Ende des Korridors stehen. Türen öffneten sich zur Rechten und zur Linken, als Männer aus ihren Zimmern traten, um nach der Ursache der Aufregung zu forschen, und da war Sam, gesund und am Leben. Er stand mit dem Rücken zu ihr in seiner Tür und sah in Richtung des Badezimmers am Ende des Flurs, in dem Karl verschwunden war. Flora rief nicht nach ihm, wollte unter so vielen Männern, von denen einige nur Unterwäsche trugen, keine Aufmerksamkeit auf sich ziehen. Sie zog sich langsam auf die Treppe zurück, während ihr Herzschlag sich wieder beruhigte. Ihr Gesicht war erhitzt, weswegen sie nicht in ihr Zimmer zurückkehrte, sondern nach unten und durch das Foyer ins Freie ging. In der kühlen Luft spazierte sie zwischen den Kiefern auf und ab und beruhigte sich langsam.

Denn eines Tages wäre es Sam, nicht wahr?

Nein, das musste nicht zwangsläufig so sein. Er rauchte zwar immer noch Opium, aber nicht mehr so viel, dessen war sie sich ziemlich sicher. Sie überquerte den Rasen und setzte sich auf eine Steinbank zwischen Rosenbeeten. Weiches Nachmittagslicht fiel durch das leere Eichengeäst. Es war kalt, zu kalt, um sich im Freien aufzuhalten. Doch sie blieb noch eine Weile sitzen, wollte nicht zurück in das Hotel gehen, wo sich offensichtlich gerade irgendeine Tragödie ereignete. Sie atmete ruhig, während die Minuten vergingen.

Plötzlich nahm sie das Geräusch eines herannahenden Autos wahr, und sie sah, wie Will Dalloways Wagen über die halbkreisförmige Einfahrt holperte und neben dem Eingang anhielt. Er nahm eine schwarze Tasche vom Beifahrersitz, drückte sich seinen Hut auf das rotbraune Haar und rannte zum Hotel.

Flora erhob sich und folgte ihm ins Gebäude, doch er war schon die Treppen hinaufgeeilt. Unsicher blieb sie in der Mitte des Foyers stehen.

Miss Zander kam mit glänzender Perlenkette, in Lavendelduft gehüllt, auf sie zu. »Miss Honeychurch-Black? Kann ich Ihnen helfen?«

»Was ist denn hier los?« Flora bemerkte, dass sich die anderen Gäste am Fuß der Treppe versammelt hatten und sich flüsternd austauschten.

»Einer unserer Gäste ist erkrankt.«

»Hat sich in der Badewanne ertränkt, wie ich gehört habe«, sagte ein Mann aus der Gruppe ironisch. »Wenn das bei Ihnen ›erkrankt‹ bedeutet.«

Miss Zander verzog keine Miene. »Ich respektiere immer

die Privatsphäre unserer Gäste, vollkommen unabhängig von den Umständen. Nichtsdestoweniger, Miss Honeychurch-Black, es ist nichts, worüber Sie sich – oder irgendjemand anders«, sie ließ ihren Blick über die versammelten Gäste schweifen, »Gedanken machen müssten. Bitte kommen Sie mit in den Speisesaal, wo das Hotel Ihnen kostenlos Tee servieren wird.«

Flora ließ sich vom Strom der anderen Gäste – etwa einem Dutzend – mit in den Speisesaal tragen. Miss Zander hatte wie aus dem Nichts heraus Gurkensandwiches und Tee organisiert sowie Servierpersonal, das alles mit aufgesetztem Lächeln herumreichte. Flora vermutete, dass in der Küche große Hektik herrschte, doch hier im Speisesaal war es beinahe angenehm, wären da nicht die Spekulationen an den Tischen über den ertrunkenen Gast.

»Er hat sich verliebt, aber sie hat ihm die kalte Schulter gezeigt.«

»Seine Frau war eine Nervensäge, und er hat es getan, um ihr eins auszuwischen.«

»Ich habe gehört, dass er sein ganzes Geld bei einem Geschäft verloren hat.«

»Er war schon immer ein jämmerlicher Mistkerl.«

Flora versuchte, nicht zuzuhören. Sie trank ihren Tee und beobachtete das Personal. Violet, Sams neuestes Objekt der Verzückung, war nicht hier. Flora hatte sie schon seit einigen Tagen nicht mehr gesehen und hegte die vorsichtige Hoffnung, sie habe gekündigt, womit die drohende Katastrophe abgewehrt wäre.

Cordelia Wright, die Opernsängerin, gesellte sich zu ihr. »Entsetzliche Geschichte. Alle zerreißen sich wie Schulkinder das Maul. Schön, Sie zu sehen, Miss Honeychurch-Black.«

Flora lächelte, sie mochte Cordelia. »Ja, es ist entsetzlich. Der arme Mann.«

»Nicht wahr. Niemand bringt sich einfach so um, außer man ist extrem unglücklich, und das ist die wahre Tragödie. So unglücklich zu sein und niemanden zum Reden zu haben.«

Flora lächelte weiter, während sie an Wills Worte über Opiumsüchtige und Selbstmord dachte, doch bevor sie sich zu sehr sorgen konnte, überschüttete Cordelia sie mit Fragen zu Wetter und Kleidung und Floras Plänen für den Winter, und sie war dankbar für die Ablenkung.

Nach etwa einer halben Stunde kam Will in den Speisesaal und blickte sich suchend um, bis er Miss Zander gefunden hatte.

Als diese mit ihm aus dem Raum eilte, erfasste Flora plötzlich ein starkes Verlangen nach Wills Nähe, nach einem Gespräch mit ihm. Sie entschuldigte sich und ging über den Flur und durch das Foyer, doch Will und Miss Zander waren nirgends zu sehen. Ohne nachzudenken, eilte sie wieder nach draußen in den kalten Winternachmittag zu Wills Auto, wo sie sich auf das Trittbrett an der Fahrerseite kauerte, um auf ihn zu warten.

Die Zeit verging langsam in der Kälte, und die Schatten um sie herum wurden länger. Und doch wartete sie, kümmerte sich nicht darum, ob Sam nach ihr suchte oder Tony, und ignorierte auch, dass ihre Fingerspitzen immer kälter wurden. Sie wollte Will sehen, und auch wenn sie nicht wusste, warum das gerade jetzt so wichtig für sie war, änderte sie ihren Beschluss nicht. Das wäre auch gar nicht ihre Art.

Schließlich kam er aus dem Hotel. Er entdeckte sie in dem Moment, in dem sich die Eingangstüren hinter ihm schlossen, und winkte ihr halb lächelnd kurz zu. Sie stand auf und strich ihren Rock glatt, während er auf sie zuging.

Er blieb vor ihr stehen, ein wenig näher, als es bei einander letztendlich doch völlig Unbekannten üblich gewesen wäre. Sie war sich der Nähe seines Körpers nur allzu bewusst.

»Stimmt es? Hat er sich ertränkt?«

»Es scheint so.«

»Ist das nicht fürchterlich traurig?«

Will öffnete die Autotür und schob seine Tasche auf den Vordersitz. Er nahm seine Brille ab und legte sie zusammengefaltet auf das Armaturenbrett. »Ja, es ist traurig.«

»War er jung?«

»Nein, ein Mann in den Vierzigern.«

»Wissen Sie, warum er es getan hat?«

»Es gab keinen Abschiedsbrief, keine Erklärung. Ich denke, seine Angehörigen, wenn wir sie denn finden, werden den Grund wissen.«

»Was passiert jetzt?«

»Wir haben ihn zurück in sein Zimmer gebracht, der Bestatter ist auf dem Weg. Miss Zander geht wirklich hervorragend mit der Situation um. Sie hat gesagt, dies sei der erste Todesfall im Hotel, doch sie hat die Nerven bewahrt.«

Flora sah zu dem Gebäude, dann zurück zu Will. Ein orangefarbener Sonnenstrahl fiel durch die Bäume und blendete ihn, weshalb er die Augen mit der Hand abschirmte. Im Sonnenlicht wirkten sie tiefgrün. Dann fuhr der Wind durch die Blätter, und das Licht war verschwunden. Doch das Bild hatte sich ihr eingeprägt, der bernsteinfarbene Schimmer auf seinem Gesicht, seine leuchtenden Augen.

»Es tut mir leid, dass Sie sich um so etwas Schreckliches kümmern müssen«, sagte sie.

Er lächelte, dieses warme Lächeln, das sich durch ihre

Verteidigungslinien schlich. »Sie sind zu freundlich, Flora. Wie geht es Ihrem Bruder?«

»Ein bisschen besser, glaube ich.«

»Das sind gute Neuigkeiten.«

Schweigen breitete sich aus. »Nun«, sagte er, »ich muss aufbrechen.«

Flora trat zur Seite, als er den Wagen mit der Kurbel startete und schließlich mit einem kurzen Nicken in ihre Richtung davonfuhr. Erst dann drehte sie sich um und ging zurück ins Warme.

Beim Abendessen hatte sich die Tragödie bereits unter den Gästen herumgesprochen. Doch statt einer nüchternen und nachdenklichen Atmosphäre herrschte Feierstimmung. Alle aßen und tranken und tanzten, als ob sie ihre eigene Sterblichkeit auf Abstand halten wollten. Selbst das Orchester spielte mit ungewohntem Schwung.

Flora saß neben Tony, der sich jedoch den Großteil des Abends anderweitig unterhielt und ihr nur wenig Trost bot. Sam dagegen war ganz auf sie fokussiert und konnte sich gar nicht beruhigen.

»Stell dir vor, Schwesterchen, in diesem Badezimmer bade ich auch gelegentlich.«

»Nicht, Sam, ich bekomme Gänsehaut.«

»Er ist hineingegangen, hat die Wanne gefüllt, genau wie ich ... aber dann ...«

»Bitte hör auf. Er muss so unglücklich gewesen sein.«

»Ich habe ihn gesehen, als sie ihn herausgetragen haben, wie eine ägyptische Mumie in Handtücher eingewickelt. Seine rechte Hand schleifte jedoch auf dem Boden. Sie war blau und runzelig.«

Flora versetzte ihm einen kräftigen Stoß an die Schulter. »Ich habe gesagt, *hör auf.*«

»He, du musst nicht gleich gewalttätig werden.« Dann wanderte sein Blick durch den Raum, und Flora bemerkte innerlich seufzend, dass die hübsche Bedienung zurück war.

»Sie ist nichts für dich, Samuel«, sagte sie leise.

Sam drehte sich breit lächelnd zu ihr um. »Weißt du, ich glaube, du hast recht.«

Violet bediente die Gäste am Nebentisch und sah nicht einmal in Sams Richtung. Flora beobachtete sie diskret. Hatten sie sich gestritten? Vielleicht war auch nie etwas zwischen ihnen geschehen. Vielleicht hatte Sam sich wenigstens ein einziges Mal im Griff.

Im Verlauf des Abends wandte Tony sich ihr etwas häufiger zu. Vincent sehnte sich lautstark nach Eliza und reichte ein Foto von ihr im Badeanzug herum, das nur sehr wenig der Vorstellungskraft überließ. Sweetie machte wie üblich anzügliche Witze. Cordelia Wright und Lady Powell steckten auf der anderen Tischseite die Köpfe zusammen und nahmen nichts von ihrer Umwelt wahr. Flora vermisste ihre enge Freundin Liberty schmerzlich, die so weit weg war.

Ein Stoß gegen ihren Stuhl schreckte sie auf, und als sie sich umdrehte, sah sie, dass Violet sich ungelenk über den Nachbartisch beugte und – Sam mit der Rückseite seines Ellbogens über ihre Pobacken rieb. Wut stieg in ihr auf, und sie versetzte Sams Schulter erneut einen Klaps.

»Au, was ist denn heute mit dir los, Schwesterchen?«

»Ich habe gesehen, was du gerade getan hast«, zischte sie ihm ins Ohr.

»Ich habe gar nichts getan!«, protestierte er.

»Du hast dich an dem Hinterteil dieses Mädchens gerieben.«

»Unsinn. Ich kann auch nichts dafür, wenn die junge Frau etwas ungeschickt ist.«

»Du machst das mit Absicht. Ihr beide. Am liebsten würde ich es Miss Zander melden.«

»Warum solltest du? Wegen einer eingebildeten Zärtlichkeit? Hast du so wenig Vertrauen zu mir, Flora?«

Tatsächlich vertraute sie ihm überhaupt nicht. Doch er beteuerte weiter seine Unschuld, mit weit aufgerissenen Augen und ausgebreiteten Armen, bis Flora klein beigeben musste. Sie entschuldigte sich kurz, um den Waschraum aufzusuchen.

Beim Rückweg stieß sie beinahe mit Violet zusammen, die einen Stapel Geschirr in die Küche trug.

»Oh, bitte entschuldigen Sie, Ma'am«, sagte Violet mit einem respektvollen Nicken und wandte sich ab.

»Warten Sie«, sagte Flora und griff nach ihrem Arm, um sie am Weitergehen zu hindern. »Sie heißen Violet, nicht wahr?«

»Ja.« Die Augen unter den schwarzen Wimpern waren von außergewöhnlicher Farbe; irgendetwas zwischen Blau und Violett, und Flora fragte sich plötzlich, ob das Mädchen wohl danach benannt war.

»Ich bin Flora, Sams Schwester. Sie kennen Sam, nicht wahr?«

Violet nickte. »Ich kenne Sie beide. Seit ich hier arbeite, wohnen Sie hier. Ich kenne viele der Gäste.«

»Ich weiß, was Sie tun.«

Violet sah auf Floras Hand hinab, die fest auf ihrem Oberarm lag. »Was ich tue?«

Flora ließ die Hand sinken. »Sie flirten mit ihm.«

»Ich versichere Ihnen, Ma'am, ich ...«

»Ihr beide haltet mich für eine Idiotin. Aber ich kann mit eigenen Augen sehen, dass etwas zwischen euch vorgeht. Irgendein Liebesunsinn.«

Violet trat einen Schritt zurück und straffte die Schul-

tern. »Mit allem Respekt, Ma'am, aber Sie wissen nichts über mich, und Sie sollten nicht über mich urteilen.«
»Ich urteile nicht über Sie, ich versuche nur, Sie zu warnen.«
Violet drehte sich um und ging zurück in die Küche, ließ Flora zwischen den Tischen und den Waschräumen stehen. Dann tauchte Tony plötzlich neben ihr auf. »Nun, das lief ja hervorragend«, sagte er.
»Hast du etwa zugehört?«
»Nein, aber ich habe zugesehen. Lass die beiden doch in Ruhe, Florrie, das ist es nicht wert.«
Sie lehnte ihren Kopf an seine Schulter. »Was für ein seltsamer Tag das gewesen ist.«
»Komm und tanz mit mir, Liebes. Das wird dich ablenken.«

In dieser Nacht saß Violet nackt in Sams Zimmer auf seinem Bett und lachte über Flora.
»Und dann hat sie sich aufgeplustert und gesagt, *Ich weiß, was Sie tun …*«
»Ich habe es dir doch gesagt. Ich habe dir gesagt, dass sie versuchen wird, unser Glück zu zerstören.«
»*Ich versuche nur, Sie zu warnen*, hat sie gesagt. Mich warnen! Also bitte. Alles nur wegen dir, du schrecklicher Junge, weil du deine Hände nicht von meinem Hintern lassen konntest.«
»Es ist ein entzückender Hintern, Violet. So blass und rund. Ich will ihn überall küssen.«
Sie beugte sich über ihn, schmiegte sich an seine Brust. »Mich warnen«, wiederholte sie. »Wovor, frage ich mich? Du bist doch nicht gefährlich, oder, mein Liebster?«
»Kein bisschen.«
»Dann wird alles gut werden.«

»Ja«, sagte er, »du wirst schon sehen.«

Sie zögerte, dann sagte sie: »Sam, werden wir wirklich zusammen sein?«

»Ich weiß es. Es steht in unseren Sternen geschrieben.«

»Nein, keine Sterne. Keine Träume. Das echte Leben. Wirst du bei mir bleiben? Werden wir uns ein gemeinsames Leben aufbauen? Wirst du dich um mich kümmern, wenn ich alt bin?«

»Natürlich«, sagte er. »Dir wird es an nichts fehlen.«

Sie lächelte, zögerte jedoch, bevor sie weitersprach. »Meine Mutter kann nicht mehr arbeiten.«

»Das wird sie auch nicht müssen. Ich kaufe ihr ein Haus neben unserem.« Er küsste ihr Schlüsselbein und weckte damit erneut ihr Begehren. »Ich werde dir alles geben, was du dir wünschst, weil du mich so glücklich machst.«

»Versprichst du mir das?«

»Ich schwöre es«, sagte er an ihren Lippen. »Jetzt küss mich, sonst muss ich glauben, du liebst mich nicht.«

Sie bot ihm ihren Mund, mit all der Leidenschaft ihres Herzens.

Kapitel zwölf

Sam kam gerade zum Frühstück in den Speisesaal, als Violet das letzte Geschirr von den Tischen abräumte. Da Hansel in der Nähe war, zwang sie sich zu einem höflichen Lächeln und sagte: »Es tut mir leid, Mr. Honeychurch-Black, doch das Frühstück ist schon beendet. Darf ich Ihnen etwas auf Ihr Zimmer bringen lassen?«

Sam sah sich um, dann beugte er sich zu ihr und sagte: »Komm in die Höhle der Liebenden, sobald du freihast.« Er straffte die Schultern, nickte Hansel knapp zu und verließ den Speisesaal, wobei er die Türen hinter sich schloss.

»Was hat er zu dir gesagt?«, verlangte Hansel mit seinem harten deutschen Akzent zu wissen. »Möchte er etwas auf sein Zimmer haben?«

»Nein. Nein, er hat gesagt ... er sei nicht hungrig.«

Hansel wirkte verwirrt, doch Violet ignorierte ihn und brachte die letzten Teller in die Küche. Der Fliegende Fuchs war gerade eingetroffen, und die Hintertür stand offen, so dass der Koch und die Küchenhilfen die Kisten hereintragen konnten. So etwas hatte Violet noch nie in einer Hotelküche gesehen. Natürlich, Aufzüge, die groß genug waren für ein oder zwei Tabletts mit Essen, die zwischen den Stockwerken hin und her fuhren. Doch das hier war etwas ganz anderes. Die Kabel waren an bestimmten Punkten befestigt und führten bis hinunter ins Tal zu den Farmen. Jeden Morgen füllte einer der Bauern diverse Kisten mit frischer Ware: Fleisch, frisch gepflücktes Obst, Milchflaschen und Säcke mit Gemüse. Dann wurden die Kisten in eine Metallkabine gestapelt, die über ein System aus Flaschenzügen zum Hotel hinaufgezogen wurde. Für Miss Zander war es beinahe so, als lebte man direkt neben den Bauernhöfen. So ersparte man sich stundenlange umständliche Fahrten mit dem Auto oder der Kutsche. Violet wartete, während die Kisten geöffnet wurden, und zweigte dann zwei Äpfel ab, die sie in ihrer Unterwäsche versteckte, bevor sie nach ihrem Mantel griff und aus dem Hotel auf den Wanderweg ging.

Es war ein heller, klarer Morgen, warm in der Sonne, jedoch kalt im Schatten unter den Felsüberhängen und Farnen. Vögel und Eidechsen raschelten im trockenen Laub, Insekten surrten. Schließlich fand sie den Weg durch die Lücke zur Höhle der Liebenden, in der Sam auf sie wartete. Er hatte eine Decke mitgebracht – den Bettüberwurf aus dem Hotel –, und neben ihm stand das Tablett mit seinen Opiumutensilien. Doch er rauchte nicht und war auch nicht berauscht. Er saß nachdenklich mit angezogenen Knien auf dem Boden, die Arme um die Beine geschlungen.

»Hallo«, sagte sie.

Er richtete sich auf. »Setz dich. Gefällt es dir?«

»Es ist sehr hübsch«, sagte sie. »Vielleicht ein wenig kalt. Wie hast du den Bettüberwurf mitnehmen können, ohne dass dich jemand aufgehalten hat?«

Er zuckte mit den Schultern. »Man lässt mir normalerweise meinen Willen.«

Sie zog die Äpfel hervor und gab ihm einen, in den er hungrig biss. Dann setzte sie sich auf den Bettüberwurf und lehnte sich an ihn.

»Ich habe dich vermisst«, sagte er.

»Es waren doch nur ein paar Stunden.«

»Ich vermisse dich in jedem Moment, den ich nicht bei dir bin. Als ob meine Haut sich nach deiner verzehrt.« Er streichelte ihren Arm, doch die Berührung wurde durch ihren schweren Mantel gedämpft. Schweigend saßen sie nebeneinander und aßen ihre Äpfel. Dann ging er zum Höhleneingang und warf das Gehäuse so weit er konnte. In hohem Bogen flog es über den Felsvorsprung und rollte dann außer Sicht. Violet tat es ihm nach, doch sie war nicht so stark wie er, weshalb ihr Apfelgehäuse nicht ins Tal hundert Meter unter ihnen fiel, sondern auf dem Weg vor ihnen landete. Sie kicherte. Sam umfasste ihre Taille und zog sie an seine Brust, sein heißer Atem an ihrem Ohr.

»Komm und leg dich hin«, sagte er.

Sie hoffte, dass er nicht mit ihr schlafen wollte; eine kalte Höhle am helllichten Tag war nicht gerade nach ihrem Geschmack. Doch er schien sie wirklich nur ganz nah bei sich haben zu wollen, und so lagen sie mit verschlungenen Gliedmaßen auf der Decke und horchten auf den ruhigen Wald und den leisen Wind.

»Ich komme oft hierher«, sagte er plötzlich. »Ich habe Angst, in mein Zimmer zurückzugehen.«

»Was meinst du damit?«

»Seit dieser Mann da oben gestorben ist …«

»Bist du abergläubisch?«

»Überhaupt nicht. Es ist nur … da oben herrscht jetzt eine merkwürdige Atmosphäre.«

»Inwiefern?« Sie strich ihm sanft mit den Fingern über die Wange.

Er schloss die Augen, antwortete jedoch nicht.

»Das wird vorbeigehen, Liebster«, sagte sie.

»Hast du schon einmal eine Leiche gesehen?«, fragte er.

»Nein.«

Er öffnete die Augen, und seine Worte klangen drängend. »Ich habe die Hand des Toten gesehen. Sie schien so unwirklich. Wie die einer Marionette, bei der niemand an den Fäden zog.« Er tippte sich an die Schläfe. »Ich will das Badezimmer, in dem er gestorben ist, nicht mehr betreten. Seither benutze ich das am anderen Ende des Flurs.«

»Du könntest Miss Zander bitten, dir ein anderes Zimmer zu geben.«

»Ja, aber ... ich will auch nicht weggehen. Es ist, als ob ... wenn ich dem Bösen den Rücken kehre, wird etwas Schlimmes geschehen.«

Violet versuchte, seine Worte zu verstehen, die für sie wenig Sinn ergaben. Vielleicht lag es an dem Opium, deshalb widersprach sie ihm nicht. »Du musst vor nichts Angst haben, Sam.«

Er schloss wieder die Augen und kuschelte sich an ihre Brust. »Wenn ich einfach nur hier liegen könnte, mit deinen Händen in meinem Haar ... ah, so verschwinden die schlechten Gefühle.« Er verstummte, sein Atem wurde gleichmäßig. Trotz der Kälte und des unebenen Bodens wurde auch Violet schläfrig. Die vielen Nächte mit zu wenig Schlaf forderten ihren Tribut. An manchen Tagen, wenn sie gerade mit einer alltäglichen Sache beschäftigt war, kam ihr plötzlich etwas in den Sinn, von dem sie aber nicht sagen konnte, ob es sich um eine tatsächliche Erinnerung oder ein Stück aus einem Traum gehandelt hatte. Sam füllte ihren gesamten Geist, mit seinen Augen, seinem Mund und seinen blassen Armen.

Kurz darauf erwachte sie mit einem Ruck. Sam lag auf der Seite, rauchte seine Pfeife und beobachtete sie. Die Höhle roch nach dem süßlichen Rauch.

»Du hast so friedlich ausgesehen«, sagte er.

»Ich bin die ganze Zeit müde, Sam.«

Er runzelte die Stirn. »Wovon?«

Sie seufzte. Es war wohl zu viel erwartet, dass er wusste, wie sich ein Tag voller körperlicher Arbeit anfühlte, geschweige denn fünf oder sechs Tage die Woche. »Weil ich jede Nacht nur wenig schlafe. Ich komme um eins zu dir, dann gehe ich vor der Morgendämmerung zurück in mein Zimmer und versuche, vor der Arbeit noch ein paar Stunden zu schlafen.«

»Heißt das, du willst in der Nacht nicht mehr zu mir kommen?« Sein Gesicht verhärtete sich, ein Ausdruck, den sie noch nie zuvor gesehen hatte.

»Natürlich will ich zu dir kommen. Dafür lebe ich. Aber vielleicht nicht jede, sondern nur jede zweite Nacht.«

»Mein Zauber verfliegt also bereits?«

»Nein, Sam. Bitte sei nicht böse. Ich arbeite. Ich arbeite hart, den ganzen Tag. Ich kann nicht wie du schlafen, wenn ich müde bin.«

Er zog an seiner Pfeife, seine Lider schlossen sich flatternd. »Ich wusste, dass es nichts von Dauer sein konnte«, sagte er. »Das ist es nie.«

Violets Herz verkrampfte sich. »Sag das nicht! Ich liebe dich genauso sehr wie bisher. Vergiss, was ich gesagt habe. Ich komme heute Nacht zu dir.«

»Ohne Zweifel zögernd.«

»Nein. Begierig. Dich wollend. Wie immer.«

Er winkte ab. »Mach dir keine Mühe.«

Violet suchte verzweifelt nach einer Antwort, die ihn wieder versöhnen würde, doch er glitt immer weiter ins Vergessen ab. Sie legte seinen Kopf in ihren Schoß und strich ihm übers Haar, während er auf dem Fluss der Glückseligkeit dahintrieb.

211

Violet versuchte verzweifelt, Sam zu beweisen, dass sie ihn liebte. Sie wollte ihm einen Brief schreiben, doch sie konnte mit Worten nicht so gewandt umgehen wie er, und außerdem konnte sie nicht einfach in sein Zimmer gehen und einen Umschlag unter seinem Kissen deponieren.

Nein, sie musste einen anderen Weg finden, etwas tun, das ihre ewige und leidenschaftliche Liebe bewies. Plötzlich wusste sie es: das eingeritzte Herz in der Höhle der Liebenden. Jemand hatte extra mit Hammer und Meißel seine Liebe zu einer Frau dort verewigt. Nun, das konnte sie auch, auf diese Art ihre Liebe zu einem Mann beweisen.

Violet hatte Clive in letzter Zeit nicht oft gesehen. Es war zu kalt geworden für die Tanznachmittage in dem zugigen, unbeheizten Haus; außerdem hatte er die Fenster fertigrepariert und war die meiste Zeit in seiner Werkstatt. Sie hatte ihn ein- oder zweimal im Speiseraum der Angestellten gesehen, doch ihre erzwungene Bettruhe und anschließend einige Tage Frühstücksschicht hatten weitere Zusammentreffen verhindert. Sie nahm an, dass er sich dennoch freuen würde, sie zu sehen. Vielleicht sogar so sehr, dass er ihr für ein paar Stunden Hammer und Meißel leihen würde.

Am nächsten Tag ging sie zwischen zwei Schichten durch die hintere Küchentür hinaus und den Weg entlang neben den niedrigen Steinmauern, die den Steilhang begrenzten. Auf dem Tennisplatz spielten zwei Männer und zwei Frauen lachend und einander neckend ein Doppel, während Wind und Sonne ihre Stimmen davontrugen. Es waren nur noch zehn Tage bis zum Weihnachtsfest, danach würden die meisten Gäste ins Tal zurückfahren. Man würde das Tennisnetz abmontieren und de[n] Platz schließen, die verbleibenden Gäste würden in de[r] Westflügel umziehen – Sams Flügel –, das Orchester würde nach Hause geschickt. Die Trennwände im Speisesaal würden aufgestellt werden, die Angestellten ihre Koffer packen. Violet wusste dies von mitgehörten Gesprächen im Personalspeiseraum oder aus Anweisungen von Miss Zander. Zusammen mit Myrtle würde ein Großteil des Personals gehen. Nur Hansel und Violet blieben. Alexandria, Miss Zanders elegante Vertretung, reiste über die Feiertage nach Hause. Wer vom Personal blieb, war meistens männlich und bewohnte das Erdgeschoss des Ostflügels. Es würde ruhig werden. Sie würde hart arbeiten müssen, aber durch die Ruhe hätte sie eine gewisse Freiheit: Sie würde nicht am Badezimmer anstehen müssen, sie hätte das Zimmer für sich, und sie würde sich leichter zu Sam schleichen können.

Die Tür der Werkstatt stand offen, doch Violet klopfte trotzdem. Clive stand mit dem Rücken zu ihr über seine Werkbank gebeugt. Als er sich zu ihr umdrehte, lächelte er.

»Violet! Was für eine schöne Überraschung.«

»Ich habe dich in letzter Zeit kaum zu Gesicht bekommen, weil ich Frühstücksschicht hatte.« Sie sah sich in der dämmrigen Werkstatt um: An einer Wand hingen Werkzeuge, an einer anderen war ein Regal angebracht, auf dem Overalls, wasserfeste Kleidung, Angelgerätschaften, Eimer, Mopps und Besen lagen; außerdem gab es noch Regale voller Metall- und Holzstücke.

Er verzog das Gesicht. »Ich war die ganze Zeit mit dem Fliegenden Fuchs beschäftigt und habe die Verankerungen auf der ganzen Strecke erneuert. Gut, dass ich keine Höhenangst habe, nicht wahr?«

Sie stellte sich neben ihn und sah ihm über die Schulter. Vor ihm lagen diverse Klammern und Schrauben. »Was ist das?«

»Klammern für Gardinenstangen, die frisch angestrichen werden müssen. Ich hätte das eigentlich bis Ende Mai erledigen sollen, ich bin ein wenig im Verzug.«

»Miss Zander lässt dich zu hart arbeiten.«

»Ich bin froh, einen Job an einem schönen Ort zu haben. Und sie ist sehr nett zu mir. Über den Winter kann ich alles aufholen, wenn weniger Gäste etwas zerbrechen.« Er lächelte.

»Kann ich einen Hammer und einen Meißel ausleihen?«

Sein Lächeln verblasste, er blinzelte irritiert. »Ah ... warum?«

»Das kann ich dir nicht sagen.«

»Du bist sehr geheimnisvoll.«

»Nicht absichtlich.«

Er legte seine Werkzeuge ab und drehte sich zu ihr um. »Wenn ich dir Hammer und Meißel leihe – versprichst du mir, nichts kaputt zu machen, das ich dann später reparieren muss?«

»Oh, das verspreche ich. Ich bringe die Sachen morgen zur selben Zeit zurück. Wenn ich kann, auch schon früher.«

»Du wirst mir nicht sagen, wofür du sie brauchst?«

»Es tut mir leid, das kann ich nicht. Aber es ist nichts Verbotenes. Vertrau mir.«

Er seufzte. »Ich vertraue dir, Violet.«

»Du bist ein guter Freund.«

»Ja, das bin ich wohl. Hier.« Er ging zum Werkzeugregal, holte Hammer und Meißel und reichte ihr beides. »Lass dir Zeit, ich habe noch welche.«

Sie strahlte und wollte ihn auf die Wange küssen, überlegte es sich dann jedoch anders. Er würde einen falschen Eindruck bekommen, und außerdem war sie sich ziemlich sicher, dass es Sam nicht gefallen würde.

Im Morgengrauen, als Sam sich von ihrer Leidenschaft erholte, ging sie den Wanderweg entlang, Hals und Ohren tief in ihrem Schal vergraben, den Hut nach unten gezogen, mit kalten Fingern in den neuen Lederhandschuhen.

Violet war nicht darauf vorbereitet, wie anstrengend es sein würde, etwas in den Felsen einzuritzen. Sie wollte die Buchstaben so tief einhämmern wie das Herz, in das sie sie schrieb. Die erste Kerbe dauerte lange, der Anfang eines S. Der Rest, ein Blitz, war etwas leichter, nachdem sie den besten Winkel für den Meißel gefunden hatte. Dann betrachtete sie ihr Werk. Sie hatte eigentlich SAM schreiben wollen, doch dann erinnerte sie sich, dass er seine Briefe immer mit SHB unterschrieb. Das H war leicht, doch das B ähnelte eher einer gezackten Rune. Dennoch – eine Stunde später war es vollbracht, und sie rieb ihre schmerzenden Handgelenke.

Violet trat einen Schritt zurück und bewunderte ihr Werk. Ja. Sie hatte ihre Liebe zu ihm in Stein gemeißelt. Er würde verstehen, wie viel es bedeutete, und er würde nie wieder an ihrer Liebe zweifeln.

Sie streckte ihre verspannten Arme, als sie Clive im Eingang der Höhle stehen sah.

»Oh!«, rief sie erschrocken und legte die Hand an die Brust. »Wie lange stehst du schon da?«

Er neigte den Kopf leicht zur Seite. »Ich bin dir gefolgt. Aber ich bin erst näher gekommen, als ich gehört habe, dass du zu meißeln aufgehört hast. Es tut mir leid, aber ich habe mir Sorgen um dich gemacht.«

»Sorgen?«

»Es war eine seltsame Bitte, Violet. Ich wusste nicht, was du vorhattest, in was für Schwierigkeiten du dich vielleicht bringen würdest. Bitte verzeih mir.«

Er trat in die Höhle, und Violet schob sich rasch vor den Felsen. »Hier ist dein Werkzeug«, sagte sie und reichte ihm die Gerätschaften.

»Du kannst dich genauso gut bewegen. Ich komme sonst einfach später zurück.«

Violet trat zur Seite. »Ich habe nur die Buchstaben eingeritzt.«

Clive musterte lange schweigend ihr Werk.

»Bitte erzähl es niemandem«, sagte sie.

»Ich habe nichts zu erzählen«, antwortete er mit einem gezwungenen Lächeln. »Ganz offensichtlich ist es in einer Sprache, die ich nicht verstehe.«

Violet war dankbar für sein vorgetäuschtes Unwissen und dass er seine Meinung über ihr Verhalten für sich behielt.

»Ich sollte besser zurück in die Werkstatt gehen«, sagte er schließlich und wandte sich ab.

»Wir sind doch immer noch Freunde, oder, Clive?«, rief sie ihm nach.

»Ich weiß es nicht«, antwortete er über die Schulter. »Vielleicht ist das nicht gerade das Beste für uns.«

Sie eilte ihm nach, entschied sich dann jedoch anders und verlangsamte ihre Schritte. Ja, vielleicht war es nicht das Beste für sie beide. Er mochte sie immer noch, natürlich. Das wusste sie. Sie hatte diese Tatsache ausgenutzt, als sie sich die Werkzeuge von ihm geliehen hatte. Früher einmal hatte sie ihn auch sehr gemocht, doch die Erinnerung an ihren einen keuschen Kuss war beinahe zum Lachen, verglichen mit den leidenschaftlichen Küssen zwischen ihr und Sam.

Es war an der Zeit, Clive gehen zu lassen.

»Flora!«

Flora, die in einem Sonnenfleck in der Nähe des Brunnens im Garten saß, drehte sich um und sah Tony, der ihr zuwinkte. Neben ihm stand Eliza, Vincents Freundin, die

Tony widerwillig aus Sydney mitgenommen hatte. Die guten Neuigkeiten, dass Tony bis nach der Hochzeit keine geschäftlichen Besprechungen mehr haben und mehr Zeit mit Flora verbringen würde, wurden von den schlechten Nachrichten überlagert, dass Eliza Vincent diesmal endgültig mit zurücknehmen würde. Er hatte endlich um ihre Hand angehalten.

Flora stand auf und ging auf die beiden zu, bewunderte Tonys gutsitzenden Anzug und den schneidigen Hut. Sie hoffte, er hatte ihre Bitte erfüllt und ein spezielles Weihnachten-im-Juni-Geschenk für sie gekauft, das sie Sam überreichen wollte. »Hast du es mitgebracht?«, fragte sie.

»Ich habe mehr Sachen dabei, als du dir vorstellen kannst«, antwortete er lächelnd. »Ich habe sie schon in dein Zimmer bringen lassen.«

»Liebe Flora«, sagte Eliza und küsste die Luft neben Floras Wange. »Schön, dich zu sehen.«

»Gleichfalls. Und ich freue mich zu hören, dass du den Berg bald verlässt, um zu heiraten.«

»Ihr zwei seid uns aber doch dicht auf den Fersen, nicht wahr?«, sagte Eliza und warf Tony einen Blick zu.

Dieser grinste. »Vater Callahan hat ja gesagt. Der achtzehnte September ist der große Tag. Schreib deinem Vater das Datum. Wir nehmen das Wentworth für den Empfang. Mein Assistent organisiert alles.« Er strich mit dem Daumen leicht über Floras Kinn. »Du musst nur noch ein Brautkleid kaufen.«

Floras Körper pulsierte. Vor Aufregung oder Furcht? Die Gefühle ähnelten sich stark. Es musste die Aufregung sein.

»Geht nur, ihr zwei«, sagte Tony. »Widmet euch euren Frauenangelegenheiten. Aber, Flora, wirf bitte einen Blick auf das Weihnachtsgeschenk für deinen Bruder. Ich treffe Karl zum Kaffee um drei.«

217

Eliza hakte sich bei Flora ein. »Komm, gehen wir in dein Zimmer«, sagte sie. »Ich sterbe vor Neugier, was in dem Koffer auf dem Rücksitz war. Tony, der alte Geheimniskrämer, wollte mir nichts verraten.«

»Ein Koffer? Meine Güte, ich habe ihn nur gebeten, einen schönen Atlas für Sam zu kaufen.«

Sie gingen nach oben, und tatsächlich, in der Mitte von Floras Zimmer stand ein Koffer. Sie öffnete die Schnalle. Im Inneren befanden sich zwei Dutzend goldgeprägte, ledergebundene Bücher. Sie zog das erste heraus – es war riesig – und schlug es auf. Karten. Das Buch war voller Landkarten. Sie und Eliza blätterten durch die detailreichen, wunderschön illustrierten Karten von Kontinenten und Ländern, einzelnen Inseln und Inselgruppen.

»Oh, Sam wird es lieben!«, rief Flora, als sie die Bände auf dem Boden neben sich stapelte. »Auch wenn ich sie nicht einpacken können werde.« Sie sah zu Eliza. »Ich kann mir nicht vorstellen, was in Tony gefahren ist, so ein teures Geschenk zu kaufen. Er und Sam kommen nicht gut miteinander aus.«

»Das erklärt alles«, antwortete Eliza. »Als ich ihn gefragt habe, was in dem Koffer ist, hat er es ein Friedensangebot genannt.«

»Er will Frieden mit Sam schließen?«

»Ich nehme es an, jetzt, da die Hochzeit nicht mehr weit entfernt ist. Sie werden Schwäger sein.«

»Sie haben so wenig gemeinsam. Als ob sie zwei verschiedenen Spezies angehörten.«

»Männer sind Männer«, sagte Eliza und mied Floras Blick. »Lass uns nach unten ins Kartenzimmer gehen und ein paar Partien Gin Rummy spielen.«

»Ich spiele nicht so gern Karten«, erklärte Flora und schichtete die Bücher sorgfältig zurück in den Koffer.

»Dann ins Teezimmer? Ich sehne mich nach einer Tasse Tee.«

Das Teezimmer war nur am Wochenende geöffnet und der bevorzugte Aufenthaltsort der älteren Damen, darunter Cordelia und Lady Powell. »Natürlich, wenn du das gern möchtest.«

Flora verschloss den Koffer und überprüfte rasch ihre Frisur, dann gingen Eliza und sie die Treppen nach unten bis zum Ende des Ostflügels. Die dicken roten Vorhänge waren mit goldenen Kordeln zurückgebunden und ließen das Licht durch die hohen Fenster hinein, die einen Ausblick auf die Felshänge boten. Der Raum roch nach Zimt und Butter und war bevölkert von gutgekleideten Damen in Seide und mit Perlen, die sich Leckereien auf ihre Teller luden. Flora fühlte sich recht unscheinbar in ihrem cremefarbenen Strickpullover und dem schlichten Rock. Auf langen Tischen standen Platten mit Sandwiches und Scones und frischem Obst. Ein Kellner führte sie zu einem freien Tisch und servierte ihnen eine Kanne Tee. Nichts an Elizas Verhalten deutete auf das Furchtbare hin, das sie Violet gleich anvertrauen sollte.

Als sie endlich allein waren, sagte die junge Frau: »Ich habe dich hierhergebracht, damit ich dir sagen kann, was ich dir sagen muss, ohne dass du den Kopf verlierst und eine Szene machst.«

»Was meinst du damit?« Floras Blut gefror zu Eis. Eliza war plötzlich so ernst. »Was ist passiert?«

»Ich weiß das schon seit einiger Zeit, doch erst jetzt, da Vincent aus Tonys ›Bewundererriege‹ ausscheidet« – sie sprach das Wort mit kaum verhohlenem Abscheu aus –, »kann ich es dir erzählen.«

»Bitte«, sagte Flora, weil sie nicht wusste, was sie sonst erwidern sollte, »hab Erbarmen mit meinem Herzen.« Sie griff nach Elizas Hand. »Bitte.«

»Dein Verlobter ist dir nicht treu.«

Flora versuchte, Elizas Worte zu begreifen. Es schmerzte nicht sofort, nicht wie etwa die Nachricht vom Tod ihrer Mutter schmerzen würde oder dass man Sam der Polizei übergeben habe. Sie nickte. »Er hat eine Geliebte?«

»Wäre es nur eine, meine Liebe. Er besucht regelmäßig Dirnen, wenn er sich in Sydney aufhält.«

Flora schauderte.

»Eine gute Freundin von mir ist die Frau seines Assistenten, der Mann, der die Damen beschaffen und bezahlen muss. Laut seiner Aussage geht Tony in Sydney weniger seinen Geschäften nach als seinem Vergnügen. Sein Vater ist genauso. Ein Mann, der von den Gewinnen seines Unternehmens lebt, bezahlt klügere Männer dafür, die harte Arbeit zu erledigen, und verbringt viel Zeit in den Bordellen.« Eliza stieß hörbar die Luft aus. »Da, jetzt habe ich es gesagt. Das wollte ich schon sehr lange tun.«

Flora erinnerte sich an ihr Gespräch im Wald bei dem Forellenteich. Elizas Zweifel an der Fähigkeit der Männer, »das Richtige« zu tun. Ihre Wangen röteten sich vor Verlegenheit. »Weiß Vincent es?«, fragte sie.

»Alle wissen es«, erwiderte Eliza.

»Warum haben sie ihn dann nicht davon abgehalten?«

»Weil sie ihn nicht verurteilen. Ihrer Meinung nach ist es völlig natürlich für einen Mann wie Tony, sich zu holen, was er will. Ich habe Vincent sehr deutlich gesagt, dass es *nicht* natürlich ist für ihn, so etwas zu wollen, und dass ich ihm den Hals umdrehe, wenn er sich einer anderen Frau nähert. *Jeder* anderen Frau.«

Floras Wangen brannten. Eliza hatte allerdings recht gehabt: Sich an einem öffentlichen Ort aufzuhalten verhinderte, dass sie ihrem Verlangen nach Tränen und Wutausbrüchen nachgab. Sie faltete die Hände vor sich auf dem Tisch.

»Tee, Liebes?«, fragte Eliza.
»Danke.«
»Es tut mir leid, dir diese schlechten Nachrichten überbringen zu müssen.«
»Es ist besser, dass ich es weiß.«
»Wirst du ihn immer noch heiraten?«
Die Frage überraschte Flora. Es war ihr nie in den Sinn gekommen, Tony nicht zu heiraten. Ihr Vater wollte es. Tonys Vater wollte es, sie liebten einander, das Datum war festgelegt und die Kirche bestellt. »Das werde ich wohl«, antwortete sie. »Viele Männer ... tun es. Selbst nach der Hochzeit.«
»Sorg dafür, dass er vor der Hochzeit aufhört«, warnte Eliza sie. »Sonst bringt er den Tripper mit nach Hause und steckt dich an.«
Flora fühlte sich abgestoßen. Die Vorstellung, mit Tony intim zu werden, war bisher nur eine vage, träumerische Fantasie am Rand ihres Geistes gewesen war, erschien ihr jetzt jedoch plötzlich hässlich und abstoßend und viel zu real.
Eliza schenkte ihr Tee ein. »Wir bleiben am besten hier sitzen, bis ich sicher bin, dass du die Fassung bewahren kannst.«
»Ich bin gefasst.«
»Bist du wütend?«
»Ich werde nicht wütend. Es ist unpraktisch.«
»Bist du verletzt?«
Flora überdachte ihre Gefühle mit etwas Abstand. »Ich bin ... traurig. Glaube ich. Und verlegen.«
»Er sollte derjenige sein, der verlegen ist.« Eliza beugte sich vor und nahm Floras Hände. »Wirst du mit ihm darüber reden?«
»Ich weiß es nicht. Vielleicht spielt es gar keine Rolle.

221

Vielleicht spielen meine Gefühle keine Rolle.« Sie fragte sich, ob Tony seinen Gespielinnen wohl auch Opern vorsang.

Eliza setzte sich zurück. »*Du* bist wichtig, Flora. Wenn du willst, dass er aufhören soll, dann musst du es ihm sagen.«

Stumm und innerlich leer saß Flora da. Plötzlich wünschte sie, Eliza hätte es ihr nie erzählt. Sie wünschte, sie hätte sich um ihre eigenen Angelegenheiten gekümmert.

»Wirst du es ihm sagen?«

»Ich weiß es nicht«, erwiderte Flora angespannt.

Eliza hob eine perfekt nachgezogene Braue. »Trink deinen Tee wie eine Lady. Was auch immer du tust, warte, bis Vincent und ich abgereist sind. Wer weiß, was Tony mit seinem Temperament anrichten wird.«

Flora trank ihren Tee. Er schmeckte bitter.

Kapitel dreizehn

Flora ging aufgebracht in ihrem Zimmer auf und ab. Der Koffer mit den Büchern stand auf dem Boden. Wie konnte er nur? *Wie konnte er nur?* Auf und ab. Wie sehr sie den Koffer voller Bücher hasste, wie sie die Vorstellung verabscheute, dass er sie aus einem Schuldgefühl heraus gekauft hatte und nicht aufgrund des Verlangens, das Verhältnis zu ihrem Bruder zu verbessern.

Es klopfte an der Tür. Sicher war es Tony. Wie konnte sie ihm nur in die Augen sehen? Mit gesenktem Kopf öffnete sie die Tür.

»Miss Honeychurch-Black?«

»Oh, Miss Zander, ist alles in Ordnung?«

»Nun, leider nicht. Darf ich hereinkommen? Oder wenn es Ihnen lieber ist, könnten wir in mein Büro gehen.«

»Nein, nein, kommen Sie rein. Ich bin nicht … beschäftigt.«

Miss Zander schloss die Tür hinter sich. »Es geht um Ihren Bruder.«

Flora wappnete sich gegen weitere schlechte Nachrichten.

»Einige der Damen auf diesem Stockwerk haben sich beschwert, dass er ihr Badezimmer benutzt.«

Flora war verwirrt. »Das Damenbadezimmer?«

»Ja.«

»Auf diesem Stockwerk?«

»Ja, das behaupten sie.«

Hatte Sam so viel Opium geraucht, dass er sich nicht mehr zurechtfand?

»Ich würde ihn ja selbst darauf ansprechen, aber ...« Miss Zander verstummte. »Ich bin mir nicht sicher, wie ich das Thema diskret angehen soll, und ich weiß, dass Sie ihm gegenüber sehr beschützend sind. Er ist um einiges jünger als Sie, nicht wahr?«

»Fünf Jahre«, murmelte Flora. »Aber ja, es fehlt ihm noch an Reife. Ich werde auf jeden Fall mit ihm sprechen. Wahrscheinlich ist es nur ein Missverständnis. Die Sünden meines Bruders fußen oft auf Vergesslichkeit und nicht auf Absicht, Miss Zander. Denken Sie bitte nicht zu schlecht von ihm.«

»Ich denke nur Gutes über Ihre Familie, Miss Honeychurch-Black«, erwiderte die Direktorin. »Guten Tag.«

Flora versuchte, ihre Gedanken zu sammeln. Tony. Sam. Beide bereiteten ihr nur Sorgen; warum liebte sie sie dann?

Sie ging ein Stockwerk tiefer zu Sams Zimmer. Er war nicht da. Sie bekam ihn kaum mehr zu Gesicht, und sie fand es merkwürdig, dass er genau zu dem Zeitpunkt die Freuden der Natur und der frischen Luft entdeckt hatte, an dem das Wetter eigentlich viel zu schlecht geworden war, um das Hotel zu verlassen.

Sie ging zurück in ihr Zimmer, um Hut, Mantel und Handschuhe zu holen, und nach einem einstündigen Spaziergang über die Anlage und flachere Bergwege, bei dem sie versucht hatte, ihre Gedanken zu ordnen, machte sie sich auf den Rückweg. Dabei kam sie am Caféhaus vorbei. Als sie einen Blick durch das Fenster warf, sah sie überrascht Sam allein an einem Tisch sitzen und nach draußen blicken. Genau durch sie hindurch. Sie winkte und erregte dadurch seine Aufmerksamkeit. Er lächelte schief, doch sie erkannte, dass er geraucht hatte. Sein Geist war weit weg.

Sie betrat das Caféhaus, in dem es sehr warm war. Ihre Haut juckte unter der warmen Bluse. Sie hängte ihren Mantel auf und sah sich besorgt nach Tonys Freunden um, die zum Glück nicht hier waren. Dann setzte sie sich Sam gegenüber und fragte sich, wie er ohne ihre Hilfe hierhergefunden hatte.

»Sam, geht es dir gut?«

»Ja.«

»Du hast geraucht.«

»Vor einer Stunde. Komme gerade wieder runter.«

»Warum bist du nicht in deinem Zimmer? Es sieht dir nicht ähnlich, in diesem ... Zustand rauszugehen.«

Er zuckte mit den Schultern.

»Sam, Miss Zander hat mich aufgesucht. Sie sagte, es habe Beschwerden gegeben, dass du das Bad auf dem Frauenstockwerk benutzt.«

Er riss den Kopf nach oben. »Das war nur einmal!«

»Warum um Himmels willen warst du überhaupt da oben?«

»Ich will das Bad bei meinem Zimmer nicht benutzen. Die anderen Toiletten auf dem Männerstockwerk waren besetzt. Deshalb bin ich nach oben gegangen.« Er senkte die Stimme. »Ich musste wirklich dringend, Schwesterchen.«

»Warum willst du nicht deins benutzen?«

»Weil darin dieser Mann gestorben ist, und jetzt spukt es dort.« Er sagte es ganz sachlich, als ob er den Raum als schmutzig oder zu klein beschriebe.

»Es spukt?«

Er nickte.

»Aber du glaubst nicht an Geister, Sam. Warum denkst du, dass es dort spukt?«

»Weil er dort drin gestorben ist.«

»Urgroßvater starb auf dem Sofa in unserem Wohnzimmer, und du hast dich dort immer gern aufgehalten. Und auf dem Sofa gesessen. Ich erinnere mich, wie ich dich dort in inniger Umarmung mit Mrs. Hanover vorfand.«

»Urgroßvater hat dort nicht gespukt, Flora. Das ist etwas vollkommen anderes.«

Flora spreizte die Hände auf dem Tisch. Der Lärm der sich unterhaltenden Männer und der Geruch des Kaffees umgaben sie in dem überheizten Raum. »Das musst du erklären. Was hast du gesehen oder gehört?«

»Nichts. Ich habe nichts gesehen oder gehört. Aber ich kann es *fühlen*. Meine Haut kribbelt. Es ist kalt in dem Raum. Irgendwas ist noch dort.«

Auch wenn es irrational war, bekam Flora eine Gänsehaut. Zu welch düsteren Einbildungen er fähig war. »Es ist ein Badezimmer mit einer Toilette«, sagte sie fest, sowohl um sich als auch um ihn zu beruhigen. »Darin ist es immer kalt.«

»Ich werde es nicht mehr betreten.«

»Versprich mir einfach nur, dass du nicht mehr ins Frauenbadezimmer gehst.«

Er zuckte mit den Schultern.

»Miss Zander kann zu dem Schluss kommen, dass wir eine zu große Belastung darstellen, und uns nach Hause schicken.«

»Das würde sie nicht tun.«

»Was, wenn doch?«

»Schon gut, schon gut. Ich halte mich vom Frauenstockwerk fern.« Er fuhr sich mit den Fingern durchs Haar. »Ich schlafe schlecht, ich träume viel. Seit er gestorben ist.«

»Das ist der Schock. Wir waren alle erschüttert. Du warst schon immer sehr sensibel.«
»Ja, ja, aber das ist es nicht. Trotzdem danke, Schwesterchen.« Er bedeckte ihre Hand mit seiner. »Und wie geht es *dir*?«

Sollte sie es ihm sagen? Nein, er hasste Tony ja jetzt schon. Sie zwang sich zu einem Lächeln. »Ich habe dein Weihnachtsgeschenk in meinem Zimmer.«

»Es dauert doch noch ewig bis Weihnachten.«

»Weihnachten im Juni, hast du das vergessen?«

»Oh. Dann sollte ich besser auch etwas für dich besorgen.« So war es schon immer mit Sam gewesen. Sie verwöhnte ihn mit Geschenken, und er gab ihr ein altes Buch, das er unter dem Bett gefunden hatte, oder kaufte das erste scheußliche Ding, über das er stolperte.

»Mach dir darüber keine Gedanken, Sam. Das beste Geschenk ist, wenn du weniger rauchst und dich von dem Mädchen fernhältst.«

»Du kannst auf mich zählen«, antwortete er wenig überzeugend. Heute waren jedoch zu viele andere Sorgen in ihrem Kopf, und sie brachte es nicht über sich, ihn noch genauer zu befragen.

Flora war sich nicht ganz sicher, was sie vor Will Dalloways Haus tat, doch da sie nun schon einmal hier war, konnte sie auch hineingehen. Es war eiskalt im Freien, und sie wusste, dass er sie nicht abweisen würde.

In der Praxis warteten drei Patienten auf der langen Holzbank. Einer davon hustete stark, als Flora sich in einigem Abstand setzte und versuchte, ihr Zurückweichen zu verbergen. Sie behielt Hut und Handschuhe an, falls sie sich anders entschied und eilig aufbrechen wollte.

Will erschien nach wenigen Minuten mit einer älteren

Frau, die ihm übermäßig dankte. Er strahlte, als er Flora sah. »Miss Honeychurch-Black«, sagte er und sprach sie damit formell vor den anderen Patienten an. »Was für eine Freude, Sie zu sehen. Ich kann Sie sofort drannehmen, wenn es nötig sein sollte.«

Flora sah zu den geplagten Patienten vor ihr und schüttelte den Kopf. »Ich warte, bis ich an der Reihe bin, Dr. Dalloway. Es ist nicht dringend.«

Er lächelte, und sie sah seine Freude darüber, dass sie sich nicht vorgedrängt hatte. Sie spürte diese gewisse Wärme, die sich ausbreitet, wenn man von jemand Wichtigem gelobt wird. Geduldig wartete sie, bis er Zeit für sie hatte.

Eine Uhr tickte laut, und sie wünschte, sie hätte ein Buch mitgenommen. Einer nach dem anderen wurden die Patienten aufgerufen, andere trafen ein, und Flora rutschte bis vor die Tür zum Behandlungsraum, um ihren Platz bei den Wartenden deutlich zu machen. Schließlich rief Will sie auf.

Sie setzte sich auf den Stuhl vor seinem Schreibtisch, während er sich in seinem Sessel niederließ und seinen Notizblock aufschlug.

»Wie kann ich Ihnen heute behilflich sein?«

Flora nestelte an der Perlenkette um ihren Hals, befühlte sie zwischen ihren Fingern. »Es geht um Sam.«

»Erzählen Sie.«

»Er sieht auf einmal Dinge. Nein, genauer gesagt, er behauptet, Dinge zu spüren. Er spricht von einem Geist in dem Badezimmer, in dem der Mann gestorben ist, von schrecklichen Träumen. Er scheint Angst zu haben, sich in seinem Zimmer aufzuhalten, und wenn er dort ist, ist es fast unmöglich, ihn nach draußen zu bringen, ohne dass er zittert und bleich wird.«

Will legte den Stift ab und stützte die Stirn auf seine gefalteten Hände.

»Ist das das Opium?«, fragte sie.

Er sah auf. »Schwer zu sagen. Die Droge hat unterschiedliche Auswirkungen auf die Menschen. Man sagt, dass es unter ihrem Einfluss möglich ist, seltsame Dinge zu empfinden, doch normalerweise sind das positive Gefühle. Opium ruft Euphorie hervor.«

»Er sagt, er raucht weniger.«

»Das könnte mit ein Grund sein. Schwer zu sagen. Wir haben nicht annähernd genügend Studien über Opium. Wir wissen nur, dass es hochgradig suchterzeugend ist und normale Menschen in verzweifelte Wracks verwandelt.« Er merkte, was er gerade gesagt hatte. »Es tut mir Leid.«

»Könnte es ihn verrückt machen?«

Dieses Mal wählte er seine Worte sorgfältig, setzte einige Male an, bevor er ihr endgültig antwortete. »Er könnte bereits auf dem Weg dorthin gewesen sein, wenn Sie verstehen, was ich meine.«

»Nein, ich verstehe nicht.«

»Das, was ihn zum Opium gebracht hat – zu dieser Euphorie, der Flucht vor allem –, könnte ein verborgener Mangel an geistiger Stabilität gewesen sein.«

»Wollen Sie damit sagen ...« Das schreckliche Gewicht ihrer Befürchtungen drohte zu sie zerdrücken.

»Er hätte vielleicht sowieso angefangen, von Geistern zu sprechen. Doch ja, das Opium lässt ihm so etwas überdeutlich erscheinen. Jede normal erscheinende Furcht kann so verstärkt werden.«

Flora dachte an ihr Leben mit Sam zurück. Er war immer schon anders gewesen, hatte weit weg von allem in seinem Traumland gelebt. »Können wir etwas dagegen tun? Gibt es eine Medizin, die ihm helfen könnte?«

»Es gibt Spezialisten, die Geisteskrankheiten behandeln, aber nicht hier oben in den Bergen. Ich kann Ihnen Namen in Sydney nennen, aber Ihr größtes Problem wird dann wohl sein, Sam dazu zu bewegen, die Termine auch wahrzunehmen.«

Flora ließ die Stirn auf Wills Tisch sinken.

»Flora?«

»Ich fühle mich völlig überfordert von der ganzen Situation, Will.«

»Geben Sie nicht auf, Ihr Bruder ist noch so jung. Er erholt sich vielleicht wieder.«

»Es ist nicht nur das.« *Erzähl es ihm nicht. Erzähl es ihm nicht, nur weil er so warme Augen hat.*

»Was gibt es noch für ein Problem?«

Sie richtete sich wieder auf. Die Sonne schien durch die Blätter vor dem hohen Fenster auf seine Schulter. Durch das Glas konnte sie Vogelzwitschern hören, und der Wunsch, ein Vogel zu sein, wurde beinahe übermächtig. Sorgenfrei hoch über den Häusern und Straßen fliegen können, über all den Menschen mit ihrer endlosen Bedürftigkeit.

Er senkte die Stimme, sprach nicht mehr wie ein Arzt; es war die Stimme eines Vertrauten, dennoch erschien es Flora wie ein Moment möglicher Gefahr. Ein Schiff in unbekannten Gewässern. »Sie können mir alles sagen.«

»Aber ich sollte es nicht.«

»Aber Sie können es.«

»Es geht um Tony, meinen Verlobten.«

Er nickte.

»Er war bei ... Prostituierten.« Allein die Worte auszusprechen verursachte ihr Übelkeit.

Will blinzelte und suchte offenbar nach den richtigen Worten. »Das macht Sie traurig.«

»Sehr, sehr traurig.« Sie wandte den Blick ab, wollte

nicht das Mitleid in seinen Augen sehen. »Ist das normal? Machen die meisten Männer ...?«

»*Ich* ganz bestimmt nicht«, sagte er aufgebracht. »Wenn ich mit einer warmherzigen, intelligenten Frau wie Ihnen verlobt wäre, würde ich mich glücklich schätzen und sie wie eine Königin behandeln und sie nicht dem Risiko gewisser Krankheiten aussetzen, die ...« Dann senkte er den Blick. »Entschuldigen Sie bitte, ich habe zu viel gesagt«, fuhr er fort und richtete die Papiere auf seinem Schreibtisch. Eine Ader pulsierte an seinem Hals.

»Nein, Sie haben genau das Richtige gesagt«, erwiderte sie leise. »Danke.«

Sie erhob sich. Er stand rasch auf und platzte heraus: »Werden Sie ihn immer noch heiraten?«

»Ich denke, das muss ich wohl«, antwortete sie. »Aber ich werde meine Bedingungen sehr deutlich machen.«

»Gut«, sagte er.

»Ich habe Sie lang genug aufgehalten.«

»Sie sind immer willkommen. Jederzeit.«

Ihre Augen trafen sich, tauschten wortlose Wärme aus.

»Ich weiß«, sagte sie.

Miss Zander hatte für Freitagnachmittag um drei Uhr eine Personalversammlung angekündigt, und Violet reihte sich pflichtbewusst mit ihren Kollegen in die Schlange zum Gästespeisesaal ein, wo sie sich an den glänzenden Tischen unter den Kronleuchtern niederließen.

Als alle saßen, klatschte Miss Zander einige Male scharf in die Hände und wartete, bis vollkommene Stille eingekehrt war. Violet warf einen Blick zu Clive, der jedoch in eine andere Richtung sah. Myrtle saß neben ihr und lächelte ihr breit zu, alle Unstimmigkeiten wegen Violets Anstellung über den Winter waren vergeben.

231

»Also«, begann Miss Zander, »ich habe dieses Personaltreffen einberufen, um über die Feierlichkeiten zu Weihnachten zu sprechen, die in fünf Tagen stattfinden.« Sie hielt mit einer theatralischen Geste fünf Finger in die Höhe. »Die meisten Vorbereitungen haben bereits begonnen, doch ich brauche zwei männliche Freiwillige, die zusammen mit Mr. Betts den Baum aufstellen, und sechs weibliche Freiwillige, die mit mir zusammen den langen Raum dekorieren.«

Überall um sie herum schossen Hände in die Höhe. Violet fragte sich, ob sie sich auch melden sollte, doch alles war schnell vorbei. Miss Zander notierte die Namen auf ihrem Klemmbrett und bat noch einmal um Ruhe. »Als Nächstes brauche ich Vorschläge für Aktivitäten während des Tages. Ich habe bereits einen vollen Zeitplan mit Spielen und dergleichen, aber vielleicht kann jemand von euch die Zukunft lesen oder Porträts zeichnen oder irgendetwas anderes Lustiges, dem sich die Gäste gern widmen würden.«

Leises Murmeln erfüllte den Raum, hier und da kratzte sich jemand nachdenklich den Kopf.

»Es gibt auch einen Weihnachten-im-Juni-Bonus«, fügte Miss Zander hinzu.

Violet hob die Hand. »Clive Betts kann Porträts zeichnen.«

»Danke, Violet. Clive, das wollten Sie mir nicht sagen?«

»Sie sind nicht besonders gut, Ma'am.« Er mied Violets Blick.

»Das müssen sie auch nicht sein, aber bitte beleidigen Sie die Gäste nicht, indem Sie sie zu sehr deformieren.«

Thora erklärte sich bereit, Tarotkarten zu legen, und Miss Zander bot ihr sogar ein echtes Zigeunerkostüm mit Schleifen und Glöckchen an. Andere ließen sich anstecken und boten alles von Glückskeksen bis zu französischen Zöpfen an, und Miss Zander notierte glücklich alle Vorschläge und versprach, auf sie zuzukommen, falls es noch Gesprächsbedarf gab.

»Außerdem«, sagte sie in die Aufregung hinein, die sich nur schwer beruhigen ließ, »seid ihr alle zu den Feierlichkeiten eingeladen. Der Dienstplan wird morgen aushängen; ihr werdet kurze Schichten arbeiten, damit jeder von euch wenigstens eine Stunde an der Feier teilnehmen kann. Natürlich wird das Weihnachtsessen am Nachmittag nur für die Gäste sein, aber der Rest steht euch allen offen. Das ist mein Dank an euch vor der Winterpause.«

Jubel und Beifall brandete auf.

»Schh, schh«, sagte Miss Zander mit erhobenen Händen. »Mit dieser Einladung ist auch große Verantwortung verbunden. Ihr seid alle Botschafter des Hotels. Ihr werdet Uniform tragen und keinen Tropfen Alkohol trinken. Ihr werdet höflich sein und euch unter die Gäste mischen, aber ihr werdet nicht mit ihnen flirten, sie auf keinen Fall um Geld bitten und ihnen auch keinerlei Vertraulichkeiten anbieten. Benehmt euch zu jedem Zeitpunkt, als stünde ich mit diesem Gesichtsausdruck hinter euch.« Sie zog die Brauen tief nach unten und starrte so böse in die Menge, dass alle brüllend auflachten, Miss Zander eingeschlossen.

»Noch Fragen?«

Zufriedenes Schweigen.

»Sehr gut. Ich freue mich darauf, den Feiertag mit euch zu begehen.«

Myrtle drückte Violets Hand. »Oh, das wird ein Spaß!«

Violet überdachte Miss Zanders Warnung. Unter die Gäste mischen, aber nicht flirten. Wie sie sich danach sehnte, ihre Beziehung zu Sam offiziell zu machen, sie nicht voller Schuldgefühl verstecken zu müssen. Sie würde liebend gern ein schönes Kleid tragen und mit ihm zusammen an dem Weihnachtsdinner teilnehmen. Doch in den letzten zwei Nächten war seine Tür versperrt geblieben. Hatte er ihre Felsritzung nicht gesehen? Oder war sie ihm gleichgültig? Immer wieder las sie seine Liebesbriefe, suchte nach Antworten auf Fragen, die sie nicht in Worte fassen konnte. Die Briefe waren voller Versprechen, doch langsam bekam sie Zweifel, ob er überhaupt fähig war, sie zu halten; so bereitwillig von ihm gegeben und so verzweifelt von ihr angenommen.

An diesem Abend, als Violet in ihrem Bett lag und sich allein ihrem Elend hingab, während Myrtle noch arbeitete, hörte sie ein leises Klopfen an der Tür. Als sie öffnete, schloss Sam sie in die Arme.

»Ich habe es gefunden«, sagte er. »Ich habe dein wundervolles Geschenk gefunden. Du wundervolles, wundervolles Mädchen. Ich habe um ein Zeichen gefleht. Ich habe gesagt, *Gott, wenn sie mich immer noch liebt, gib mir ein Zeichen*, und da war es, in Stein gehauen.«

Ihr Ohr lag fest an seine Brust gedrückt, und sie konnte seinen Herzschlag hören. »Ich habe nie aufgehört, dich zu lieben.« Sie befreite sich aus seiner Umarmung und sah nervös den Gang auf und ab. Myrtle käme erst in einigen Stunden zurück, doch die Zimmermädchen waren noch unterwegs. »Was machst du hier unten?«, fragte sie.

»Du hast nicht beim Abendessen bedient, weshalb ich dachte, dass du hier sein könntest. Ich habe mich vom Tisch entschuldigt und … oh, Violet, Violet.« Er nahm ihre Hände, und sie bemerkte, dass seine Finger feucht und kalt waren. »Ich habe ein furchtbares Problem.« Sein Mund und sein Unterkiefer begannen zu zittern, die Veränderung in seinem Verhalten war plötzlich so stark, dass es ihr Angst einjagte. »Willst du hereinkommen?«

»Nein, ich möchte, dass du mit mir nach draußen kommst. Zu einem langen nächtlichen Spaziergang.«

»Den Felshang hinunter? Ich glaube nicht, dass das sicher ist.«

»Nein, ins Dorf. Ich erkläre dir alles unterwegs.«

Als sie zögerte, drückte er ihre Hand fester. »Zweifle nicht an mir, Geliebte, zweifle nicht an mir. Ich könnte es nicht ertragen, wenn du auch wie alle anderen wärst.« Er war bleich und zitterte.

»Du siehst nicht gut aus, vielleicht solltest du doch einen Moment hereinkommen und dich hinsetzen.«

»Ich fühle mich auch nicht gut, Violet, gar nicht gut. Ich muss einen Freund besuchen, und du musst mich begleiten. Ich habe es versucht, so sehr. Aber dann erschien der Geist, und ich zerbreche. Hilf mir. Wirst du mir helfen?«

Violets Brust verengte sich. »Aber natürlich. Was muss ich tun?«

»Zieh deinen Mantel an und komm mit mir.«

Violet holte Mantel und Schal hinter der Tür hervor sowie Hut und Handschuhe. »Wird es nicht sehr kalt sein?«, fragte sie.

»Ich spüre nur das Verlangen, nicht die Kälte.«

»Wir müssen sowieso getrennt losgehen«, sagte sie. »Warum holst du nicht deinen Mantel, und wir treffen uns vor dem Hotel?«

»Ja, ja. Gute Violet, du verstehst alles. Du weißt, was zu tun ist. Ich wusste, ich kann zu dir kommen. Wir treffen uns draußen. Ich hole meinen … nein, ich kann nicht, ich habe Angst, nach oben zu gehen.«

Violet sah sich in ihrem Zimmer um, packte dann ihren Bettüberwurf und legte ihn Sam um die Schultern. »Geh. Wir treffen uns in zwei Minuten an der Ecke. Verzweifle nicht, Sam. Was auch immer das Problem ist, ich werde dir helfen. Ich liebe dich.«

»Ich liebe dich auch.«

Sie sah ihm nach, wie er den Korridor entlang Richtung Treppe ging, die Decke fest um die Schultern geschlungen. Ihr Herz hämmerte. Was fehlte ihm nur? Was meinte er mit Geistern und dass er zerbrach? Die Sekunden vergingen quälend langsam, dann eilte sie nach oben, rief Alexandria zu, dass sie noch einen Abendspaziergang machen wolle, und stürzte hinaus in die Kälte.

Er sprang hinter einer der Kiefern hervor, und sie fasste sich vor Schreck an die Brust.

»Du hast mich erschreckt.«

»Wir gehen zu einem Freund«, erwiderte er nur. »Er heißt Malley.« Er lief rasch los, doch die Decke rutschte immer wieder von seinen Schultern, so dass er anhalten und sie zurechtrücken musste.

»Wo wohnt er?«

»Auf der anderen Seite der Bahngleise, ein oder zwei Blocks von dem Haus entfernt, wo ihr euch zum Tanzen trefft. Violet, er verkauft mir mein Opium. Es macht dir doch nichts aus, oder?«

»Es macht mir etwas aus, dass du so erregt bist. Warum sprichst du davon zu zerbrechen?«

»Ich habe es versucht ... so sehr versucht, dir zuliebe. Flora zuliebe. Arme Flora.«

»Was versucht?«

»Die Pfeife aufzugeben. Ich habe nur noch zehn anstatt zwanzig Pfeifen am Tag geraucht, schließlich sogar nur noch acht. Violet, noch nie hat mich jemand dazu gebracht, nur acht am Tag zu rauchen! Du bist ein Engel, eine Göttin!«

Sie konnte sich nicht über sein Kompliment freuen. Ihr war kalt, sie hatte Angst.

»Aber es reicht nicht. Mein Bauch schmerzt, mein ganzer Körper juckt, jedoch nicht die Haut, sondern darunter, in meinem Fleisch. Ich ... fühle auf einmal Sachen, die mir nicht gefallen. Ich höre Schritte und stelle mir vor, es sei er, wie er den Flur entlanggeht, aufgeweicht und blau angelaufen.«

»Was für eine grässliche Geschichte! Von wem sprichst du?«

»Der Selbstmord. Selbstmörder ruhen nicht in ihren Gräbern, weißt du. Es ist noch nicht lange her, dass man sie in ihren Särgen festband, damit sie nicht von den Toten auferstehen konnten.«

Auch wenn sie nichts davon glaubte, überlief Violet bei seinen Worten dennoch ein Schaudern. Sie zwang sich, rational und ruhig zu antworten. »Sam, nichts davon ist real. Sei bitte vernünftig.«

»Ich träume die ganze Zeit davon. Ich träume von der Badewanne, von ihm, wie er mit geschlossenen Augen im Wasser liegt und sein Haar um seinen Kopf treibt. Die Träume wollen einfach nicht verschwinden, und ich glaube, sie kommen, weil ich versuche, mit dem Opium aufzuhören. Ich hatte noch einen kleinen Vorrat, hatte gehofft, danach würde ich nichts mehr rauchen, aber ich kann nicht aufhören. Violet, Geliebte, siehst du es? Ich kann nicht aufhören.« Er legte seine Finger wie eine Klammer um seinen Kopf. »Ohne das Opium ist die Welt ein Alptraum. Alles hat scharfe Kanten. Alles Gute in dieser Welt scheint unendlich weit weg und verboten. Die Geister kommen, die Träume. Oh, oh, Violet, bitte verlang nicht von mir, es aufzugeben.«

Sie zupfte die Decke um seine Schultern zurecht. »Ich habe dich nie darum gebeten, Sam.«

Nach einigen Schritten sagte er schließlich: »Das stimmt, das hast du nicht.«

»Ich mag es nicht, dein Elend mit ansehen zu müssen.

Gehen wir zu deinem Freund und schauen, was er zu sagen hat. Ist er ein Arzt?«

»Nein, er ist ein Krimineller. Du weißt, dass Opium illegal ist, oder? Oder weißt du nicht einmal das von der Welt?«

Seine beiläufige Zurechtweisung schmerzte. »Ich weiß leider kaum etwas. Ist es sehr gefährlich?«

»Die Antwort siehst du gerade vor dir«, antwortete er. »Aber nur, wenn ich aufhöre.«

Violet wusste nicht, was sie denken oder sagen sollte, doch ihr instinktives Bedürfnis, Sam von seinen Qualen zu erlösen, überwog alles andere. Sie eilten durch die Dunkelheit, während der kalte Wind die letzten Blätter von den Eichen am Wegesrand peitschte und durch die Kiefern fauchte. Bald kamen sie zu einem Haus mit einer langen Polsterbank auf der Veranda, die von hohen chinesischen Lampen eingerahmt war.

»Das ist Malleys Haus«, sagte er und wurde sofort spürbar ruhiger. »Malley wird die Geister vertreiben.«

Sie erklommen die Stufen der Veranda und klopften. Während sie in der kalten Dunkelheit warteten, fürchtete Violet, Malley sei nicht zu Hause, doch dann öffnete sich die Tür und gab den Blick frei auf einen lächelnden Mann.

»Samuel«, sagte er. »Und wer ist deine hübsche Freundin?«

»Das ist meine Violet. Sie ist das pure Glück, aber du wirst ihr nichts von deinen Gemischen geben, verstanden! Sie ist rein – und wird es auch bleiben.«

»Würde mir nicht im Traum einfallen. Kommt rein.«

Malley war groß und dünn, mit einem langen Pferdeschwanz und ebensolchem Bart. Er trug eine Art roten Seidenpyjama. Violet wusste gar nicht, wo sie als Erstes hinsehen sollte. Sein Haus war vollgestopft mit den verschiedensten exotischen Dingen und roch seltsam – ein süßlicher Geruch nach Alter und Verwesung. Überall waren Gegenstände aus Asien verteilt: Holzschnitte, Töpfe, Gläser und Seidenbehänge, Opiumpfeifen, Lampen, Ahlen und Scheren, die sie aus Sams Zimmer erkannte. Malley bedeutete ihnen, auf dem dicken Teppichboden Platz zu nehmen, auf dem große weiche Kissen verstreut lagen.

»Es geht mir nicht gut«, sagte Sam. »Ich habe versucht, es zu reduzieren ...«

»Aber der Drache brüllt. Ich weiß, man sieht es dir an.«

»Kann ich hier eine Pfeife rauchen? Ich brauche ... Vergessen.«

»Vergessen? Dann habe ich etwas für dich. Etwas, das du lieben wirst.«

Malley verschwand lange im Nachbarzimmer, während Sam zitternd und fröstelnd neben Violet saß. Dann kam der große Mann mit einem grünen Ledermäppchen zurück, das er auffaltete und damit medizinisch aussehende Gerätschaften enthüllte.

»Was ist das?«, fragte Violet misstrauisch.

»Das ist der direkte Weg in den Himmel«, antwortete Malley. »Heroin. Ähnlich dem Opium, das du rauchst, aber man ... spritzt es sich direkt ins Blut.«

Das klang gefährlich, und Violet wollte schon eine Warnung aussprechen, doch Sam fragte sofort begierig:

»Wird es die Geister verjagen?«

Malley lächelte und entblößte dabei zwei mit Gold überkronte Zähne. »Es wird sie mit solcher Kraft verscheuchen, dass sie viel zu viel Angst haben werden zurückzukommen.«

Violet beobachtete, wie Malley die Flüssigkeit und die Spritze vorbereitete, und sie hielt Sam, als der andere Mann ihm das Heroin in den Arm injizierte. Sam lehnte sich schwer gegen sie, und sie spürte, wie die Anspannung aus seinem Körper wich.

»Geht es dir gut?«, flüsterte sie ihm ins Ohr.

»Leg dich hin«, sagte er, und sie gehorchte. Er streichelte ihr Gesicht. »Wunderschöne Violet.«

»Du wirkst so friedlich«, sagte sie.

»Können wir hier ein wenig schlafen?« Er wurde bereits schläfrig, und sie sah, wie er aus dieser Welt davonflog, all die Ängste und bösen Geister hinter sich ließ. Nichts erinnerte mehr an den Mann, der noch vor einer halben Stunde zitternd in ihrer Tür gestanden hatte. Sie versuchte, Trost in seinem Frieden zu finden, auch wenn viele Ängste ihr Herz beschwerten.

Kapitel vierzehn

Violet nahm ihre nächtlichen Besuche bei Sam wieder auf, jedoch nur noch jede zweite Nacht. »Das ist der Preis, den wir für unsere verbotene Liebe zahlen«, sagte er, als er endlich ihr Bedürfnis nach mehr Schlaf respektierte. »Gestohlene Augenblicke.«

In den Nächten, die sie in ihrem Zimmer verbrachte, schrieb er ihr vor Leidenschaft glühende Liebesbriefe und versteckte sie zusammen mit zwischen Seidenpapier gepressten Blumen unter ihrem Kissen. Manchmal legte er Süßigkeiten oder hübsche Steine dazu.

Sam rauchte wieder so viel wie eh und je und wirkte ausgeglichen. Sie fragte ihn, ob er sich von Malley eine weitere Injektion holen würde, und war erleichtert, als er erklärte, ihm sei die Pfeife lieber als eine Spritze. Außerdem habe er jetzt genug Opium, um eine Weile zurechtzukommen. Seine Angst vor dem Geist des Selbstmörders war angeblich auch verschwunden, doch er erwähnte das so betont beiläufig, dass sie ihm nicht glaubte. Außerdem weigerte er sich immer noch, das betreffende Badezimmer zu benutzen. Das Unwohlsein und der Juckreiz plagten ihn ebenfalls nicht mehr, und er wirkte vollkommen ruhig. Doch noch etwas verflüchtigte sich: Wenn er berauscht war, schien er sich kaum für etwas zu interessieren. Ihr

Verlangen nach ihm war ungebrochen, doch manchmal musste sie ihn beinahe überreden, sie zu berühren. Violet wurden ihre Treffen immer peinlicher, bei denen sie sich selbst auszog und so lange an seiner Kleidung zupfte, bis er ein wenig aus seiner Lethargie zu erwachen schien und merkte, wie sehr sie seine Liebkosungen brauchte.

Am Tag vor den Weihnachtsfeierlichkeiten kam sie um ein Uhr morgens zu ihm und fand ihn auf dem Boden sitzend vor, umgeben von aufgeschlagenen Büchern.

»Schau dir das an, Violet«, sagte er. »Das hat mir meine Schwester zu Weihnachten geschenkt. Ist das nicht großartig? Komm und setz dich zu mir.«

Sie gehorchte und hörte ihm zu, während er auf die Orte in China deutete, die er besucht hatte, die Orte in Afrika, von denen er träumte, und all die Ländereien, die seine Familie in England und Wales besaß.

»Gibt es einen Ort, den du unbedingt sehen willst?«, fragte er.

»Ich glaube, ich würde gerne einmal nach Paris fahren.«

Er nahm den Band mit Karten von Frankreich zur Hand und zeigte ihr auf dem Plan von Paris die Stelle, an der der Eiffelturm errichtet worden war, und beschrieb ihr die verschiedenen Arrondissements. »Eines Tages fahre ich mit dir dorthin«, versprach er. »Du wirst es mit deinen eigenen Augen sehen.«

Sie küsste ihn, und er drückte sie nach hinten auf den aufgeschlagenen Atlas und liebte sie mitten in Paris. Sie schloss die Augen und stellte sich vor, sie wären wirklich dort, beschwor den Geruch der Seine herauf und das Geräusch der Akkordeons aus Sams Beschreibungen. Danach betrachteten sie weitere Karten, fuhren mit den Fingern Träumen nach, die sie sich eines Tages zusammen erfüllen wollten. Er war begeistert von seinem Geschenk, wie ein kleines Kind, das sich über ein geliebtes Spielzeug am Weihnachtsmorgen freute.

Um vier Uhr morgens kehrte sie erschöpft in ihr Zimmer zurück. Sie zog ihr Nachthemd an und legte sich ins Bett. Plötzlich ertönte Myrtles Stimme im Dunkeln. »Wo warst du?«

Violet war zu müde, um sich eine gute Entschuldigung auszudenken. »Nirgends«, sagte sie nur.

»Warst du da auch vor zwei Nächten? Und zwei Nächte davor?«

»Nirgendwo Interessantes. Ich schlafe zur Zeit nicht gut. Dann stehe ich auf und laufe herum.«

»Du riechst nach Opium, wenn du zurückkommst. Rauchst du es etwa?«

»Natürlich nicht! Woher weißt du überhaupt, wie Opium riecht?«

»Weil wir es alle an Mr. Honeychurch-Black gerochen haben.«

Violet antwortete nicht. Ihr Puls dröhnte in dem stillen Zimmer in ihren Ohren.

»Ich will nicht, dass du in Schwierigkeiten gerätst«, sagte Myrtle.

»Das werde ich auch nicht. Solange du es niemandem erzählst.«

»Nicht diese Schwierigkeiten«, erwiderte Myrtle. »Eine andere Art. Diejenigen, in die eine Frau gerät, wenn sie bei Männern nicht vorsichtig genug ist.«

»Wie kannst du es wagen?«, entgegnete Violet aufgebracht. »Was denkst du von mir?« Sie war peinlich berührt und fühlte sich ein wenig albern.

»Ich will dich nicht beleidigen, nur warnen. Ich bin deine Freundin, Violet. Nächste Woche werde ich schon nicht mehr hier sein, weshalb … weshalb ich dir jetzt etwas sagen muss. Ich weiß, dass ihr euch trefft. Ich weiß, dass er dir Nachrichten hinterlässt. Ich habe einmal gesehen, wie er sie unter deinem Kissen versteckt hat. Er ist schnell davongegangen, aber ich bin kein Idiot. Sagt er, er liebt dich?«

Violet schwieg, gefangen in dem heißen Moment der Entblößung, gleichzeitig verärgert und voller Angst.

Myrtle fuhr dennoch fort: »Er mag dich ja lieben, aber er darf es nicht. Einem Mann wie ihm ist es nicht erlaubt, ein Mädchen wie dich zu lieben. Du bist niemand. Männer wie Samuel Honeychurch-Black heiraten edle Damen, deren Väter Barone sind, Frauen, die Mädcheninternate besucht haben und weltgewandt sind. Sie heiraten nicht so jemanden wie dich und mich, Violet. So ist das Leben.«

»Du weißt nichts über ihn. Oder mich. Oder uns«, explodierte Violet.

»Du kannst so wütend sein, wie du magst«, antwortete Myrtle, »es ist mir egal. Ich sage das nicht, um mich über dich zu erheben. Ich sage es, weil du es aus irgendwelchen törichten Gründen für dich selbst noch nicht durchdacht hast.«

Violet drehte sich auf die Seite und zog sich mit einer heftigen Bewegung die Bettdecke über die Schultern. »Ich werde dir nicht weiter zuhören«, erwiderte sie.

»Egal. Ich bin losgeworden, was ich sagen wollte.« Myrtle verstummte und fiel schon bald in den Schlaf der Gerechten.

Violet dagegen jagte dem Schlaf erfolglos bis zur Morgendämmerung hinterher. Nicht, weil sie wütend auf Myrtle war, sondern, weil sie fürchtete, dass jedes Wort ihrer Freundin der Wahrheit entsprach.

Violet hatte ihr ganzes Leben in und um Sydney herum verbracht, wo Weihnachten heiß und hell war. Natürlich war ihr ein kaltes Weihnachten bekannt, da alle Karten und aller Schmuck Weihnachten in einer winterlichen Umgebung darstellten, aber bis jetzt konnte sie sich das Ganze einfach nicht vorstellen. Doch als sie den Saal betrat, in dem die Feierlichkeiten zu Weihnachten im Juni stattfinden sollten, war sie verzaubert von der Atmosphäre. Der lange Raum wurde für gelegentliche Kunstausstellungen und Gemeindefeiern genutzt und war eigentlich ein Wintergarten, der auf der Talseite des Ostflügels verlief. Die Fenster hatten einen Großteil der Morgensonne gespeichert, doch man hatte noch Feuer in zwei Kaminen entzündet, die jetzt fröhlich knisternd brannten. An den Kaminsimsen hingen Stechpalmen- und Efeukränze, und die Zimmerdecke war mit hübschen rot-grünen Papierketten dekoriert. Ein großer Weihnachtsbaum – einer der Sandkieferschösslinge aus der Gärtnerei – stand zwischen den Kaminen und war mit Glas- und Glitzerkugeln und handgefertigten Engeln geschmückt. Vor den Fenstern erstreckte sich ein kalter Tag. Rauhreif überzog die Hecken im Schatten, und der Wind peitschte die nackten Zweige des Kreppmyrtenbaums im Garten. Drei Männer läuteten Glöckchen und sangen Weihnachtslieder, und auch wenn sie wusste, dass hier nicht das echte Weihnachten gefeiert wurde, ließ Violet sich mitreißen.

Sie war für die erste Schicht eingeteilt, weshalb ihre Arbeit damit begann, große Silberplatten voller sternförmiger Plätzchen und dick mit Marzipan überzogenen Scheiben Früchtebrot herumzutragen. Die Gäste sammelten sich um den Kamin und den Teetisch und tauschten mit von der Kälte und dem Feuer rosigen Wangen lachend kleine Geschenke aus. Oder sie widmeten sich einer der Aktivitäten, die in verschiedenen Ecken des Raums stattfanden. Am anderen Ende saß Clive unter den sich weit verzweigenden Ästen eines Baumes, der unbarmherzig Blätter auf das Glas fallen ließ, die Staffelei vor sich, und zeichnete Porträts. In einer anderen Ecke, nahe am Kamin, las Thora in ihrem Zigeunerkostüm in den Karten. Bei den Bücherregalen schnitzte einer der Pagen kleine hölzerne Koboldfiguren. Violet konzentrierte sich mit aller Kraft auf ihre Arbeit, wartete jedoch ungeduldig auf Sams Ankunft. Er hatte ihr fest versprochen zu kommen, wo war er also nur? Seine Schwester stand mit ihrem Verlobten und dessen Freunden bei dem Baum. Flora trug ein wundervolles Kleid aus Seide und mit Perlen verziertem Netzgewebe. Sie wirkte unglücklich, weshalb Violet plötzlich fürchtete, Sam könnte krank oder in Schwierigkeiten sein.

Dann öffnete sich schwungvoll die Tür, und da war er, etwas zerzaust, aber wach, was ein gutes Zeichen war: Vielleicht hatte er nichts geraucht. Violet hielt den Kopf gesenkt. Innerhalb weniger Augenblicke stand er schon bei ihr, um sich etwas Früchtebrot zu nehmen und sie liebevoll anzulächeln.

»Hast du das gemacht?«, fragte er.

»Nein, ich bin keine große Köchin«, antwortete sie.

»Wir werden Bedienstete haben.«

Sie errötete glücklich, erinnerte sich dann jedoch an ihren Platz; noch war *sie* die Angestellte. Doch er war schon davongegangen, um keine Aufmerksamkeit zu erregen, und Violet fuhr mit ihrer Arbeit fort, Süßigkeiten zu verteilen und dann über den langen Außengang Weihnachtsessen hin und her zu tragen. Hinein in die Hitze und wieder hinaus, bis ihr armer Körper nicht mehr wusste, ob er frösteln oder schwitzen sollte. Doch nach dem Hauptgang, bestehend aus Roastbeef, Yorkshire Pudding, Kartoffeln und Blumenkohl, endete ihre Schicht, und sie konnte sich hinsetzen, etwas essen und die Weihnachtslieder genießen.

Die Feier dauerte über das Essen hinaus an. Auch wenn

Miss Zander ihnen erlaubt hatte, sich unter die Gäste zu mischen, waren diese nicht besonders an den Angestellten interessiert. Violet sah, wie Myrtle mit Miss Sydney sprach und Alexandria in ein angeregtes Gespräch mit der Opernsängerin Cordelia Wright vertieft war, doch das restliche Personal blieb unter sich und unterhielt sich lachend und scherzend. Violet wollte nicht von ihnen aufgehalten werden, sondern sich jederzeit hinausschleichen können, falls Sam sie brauchte, weshalb sie durch den Raum schlenderte, gelegentlich ins Feuer schaute oder den geschmückten Baum bewunderte.

Dann sah sie, wie Sam und Flora Clive beim Anfertigen eines seiner Porträts beobachteten. Sie hätte sich so gern zu ihnen gesellt, war jedoch viel zu schüchtern dafür. Normalerweise waren sie und Sam allein, zu ungewöhnlichen Zeiten oder an seltsamen Orten.

Doch war Clive nicht ein alter Freund, mit dem sie reden und dem sie zuschauen konnte? Er hatte zwar gesagt, sie seien keine Freunde mehr, aber darüber war er doch sicher mittlerweile hinweg. Sie wusste, dass sie sich etwas einredete, doch es war ihr egal. Sie atmete tief durch und steuerte auf die Ecke des Wintergartens zu.

Das Licht ließ Clives helle Haare glänzen. Er konzentrierte sich auf seine Staffelei. Vor ihm, mit dem Rücken zu Violet, saß Lady Powell auf einem bestickten Stuhl. Violet stellte sich in höflicher Distanz zu Sam und Flora hinter Clive, während sie verfolgten, wie die Zeichnung auf dem Papier Gestalt annahm.

Wie gut er war! Das war Violet vorher gar nicht bewusst gewesen. Sie hatte ihn immer nur Bäume oder Gebäude oder Schalen mit Obst zeichnen sehen. Doch dieses Porträt von Lady Powell fing ihre arrogante Haltung ebenso ein wie die scharfe Intelligenz in ihren Augen. Sie schnappte hörbar nach Luft und machte damit Sam und Flora auf sich aufmerksam.

Sam sah lächelnd auf. Flora senkte den Blick mit gerunzelter Stirn.

»Er ist sehr gut, nicht wahr?«, sagte Sam.

Clive blickte auf, sah Violet und wandte sich rasch wieder seiner Arbeit zu.

»O ja«, antwortete Violet. »Ich bin sehr beeindruckt.«

Clive ignorierte ihr Kompliment, fügte stattdessen seiner Zeichnung einige abschließende Schattierungen hinzu und nahm dann das Papier von der Staffelei. »Bitte sehr, Lady Powell«, sagte er ehrerbietig.

Diese nahm die Zeichnung entgegen und begutachtete sie mit geblähten Nasenflügeln. Dann hoben sich ihre Mundwinkel zu einem Lächeln. »Gut gemacht, Mr. Betts«, lobte sie.

Er nickte, und sie rief Lord Powell zu sich, der Clive trotz seiner Proteste eine Handvoll Schillinge in die Hand drückte. Flora war weitergegangen, doch Sam stand immer noch neben Violet. Trotz des Abstands von einigen Zentimetern zwischen ihnen meinte sie, die magnetische Hitze seines Körpers zu spüren.

Clive setzte sich wieder und sah zu Sam auf. »Mr. Honeychurch-Black? Möchten Sie auch ein Porträt?«

»Sehr gern, Mr. Betts«, erwiderte Sam, »aber nicht von mir. Sondern von Violet.«

»Oh, bitte nicht«, sagte diese und sah sich nervös um.

»Ich soll nur die Gäste zeichnen«, erklärte Clive.

»Sie zeichnen für mich. Ich werde das Porträt behalten, wenn es fertig ist, als Erinnerung an meine Lieblingsbedienung.«

»Nein, Mr. Honeychurch-Black, ich bestehe wirklich...«, begann Violet.

»Nein, *ich* bestehe darauf«, entgegnete er mit leicht erhobener Stimme. Plötzlich stand Miss Zander neben ihnen, und Violet war sich sicher, dass sie ihre Arbeit verlieren würde.

»Was ist das Problem?«, fragte Miss Zander.

»Ich möchte, dass Ihr Künstler Violet zeichnet«, erklärte Sam. »Ich möchte zusehen, wie er arbeitet.«

»Dann könnten wir ihn doch vielleicht Ihre Schwester porträtieren lassen?«, schlug Miss Zander leichthin vor.

»Aber ich möchte zusehen, wie er *sie* zeichnet. Ich habe gesehen, wie er die Damen der Gesellschaft abbildet, und jetzt möchte ich sehen, wie er eine Bedienung zeichnet. Ich möchte sehen, ob er Würde und Haltung bei jemandem aus seiner Schicht darstellen kann.«

Violet war getroffen. Keine Dame der Gesellschaft. Eine Bedienung. *Seine eigene Schicht.* Sie wusste, dass Sam diese Dinge vermutlich sagte, um nicht Miss Zanders Misstrauen zu erregen, aber sie entsprachen der Wahrheit, und sie beide wussten es.

»Wie Sie wünschen, Mr. Honeychurch-Black«, lenkte Miss Zander ein, die sich der Aufmerksamkeit bewusst war, die ihr Gespräch zu erregen schien. »Violet, setzen Sie sich. Clive, geben Sie bitte Ihr Bestes.«

Violet setzte sich zögernd auf den bestickten Stuhl. Ihr Gesicht war gerötet, sie war verlegen vor den Gästen, die gekommen waren, um ihr und Clive zuzusehen, aber auch ein wenig stolz, dass sie aus der Gruppe des restlichen Personals herausstach. Sie hielt die Augen gesenkt, bis Clive sagte: »Violet, du musst mich ansehen.«

Sie hob den Blick. In seinen Augen stand solche Traurigkeit, dass sich ihr Herz verkrampfte. Sie erinnerte sich an seine Begründung, warum er sie bisher nie gezeichnet hatte. *Weil ein Blatt Papier zu flach ist und zu klein, um dich einzufangen.* Dachte er ebenso wie sie an diesen Satz, während seine Augen ihr Gesicht musterten?

»Den Kopf bitte nicht senken«, sagte er, als er mit seiner Arbeit begann. Violet sah an ihm vorbei zu Sam, der mit dem Rücken ans Fenster gelehnt dastand und ihr wissend zulächelte. Sie erwiderte das Lächeln. Jetzt musste doch jeder wissen, der sie so sah, dass sie einander liebten. War es vielleicht schon ein offenes Geheimnis? Sie entspannte Brust und Schultern, und das Blut floss leichter durch ihren Körper. Verliebt zu sein und zurückgeliebt zu werden, war die pure Glückseligkeit.

Eine kleine Menge hatte sich um sie geschart, hauptsächlich Gäste. Doch Belle, das Zimmermädchen, schob sich neben Sam, lächelte ihm zu und sagte etwas – Violet nahm an, es wäre ein simples »Frohe Weihnachten im Juni, Mr. Honeychurch-Black« gewesen –, doch er antwortete nicht. Er benahm sich, als hätte er sie nicht gehört, doch dann berührte Belle seinen Arm, um ihn auf sich aufmerksam zu machen, und er zuckte mit einem so verächtlichen Blick vor ihr zurück, dass Violet es nicht für möglich gehalten hätte, hätte sie es nicht mit eigenen Augen gesehen. Belle senkte den Kopf und eilte davon, dann atmete Sam tief durch und sagte zu den versammelten Gästen: »Lassen wir Mr. Betts in Ruhe seine Arbeit verrichten«, und ging davon. Violet war ernüchtert. Die Menge zerstreute sich und ließ sie und Clive allein in der Ecke des Wintergartens zurück.

»Augen zu mir, Violet«, sagte Clive.

Sie gehorchte, während ihr das Herz bis zum Hals schlug. Worte, die nicht ausgesprochen werden konnten, beschwerten das Schweigen.

Schließlich ergriff Clive das Wort. »Mr. Honeychurch-Black scheint sehr von dir angetan zu sein.«

Violet wusste keine Antwort. Sie warf einen Blick in den Raum, konnte Sam jedoch nirgendwo entdecken.

»Das Porträt wird ihm sicher gefallen«, fuhr Clive fort. »Ich denke, ich habe eine gewisse Würde eingefangen, trotz deines niedrigen Standes.« Er sagte dies ohne den Hauch eines Lächelns. Es war eine Warnung. Oder sollte sie verletzen.

»Augen zu mir«, flüsterte er erneut.
»Sam ist ein reizender Mann«, sagte sie abwehrend.
»Du weißt das sicher, oder?«
»Ja.«
»Dann werde ich mich nicht einmischen.«
Die Minuten verstrichen langsam. Wieder ertönten Weihnachtslieder, und die Musik erleichterte die lange, drückende Stille zwischen ihnen. Violet wollte sich so gern umsehen – ob Sam zurück war, was sich im Raum tat –, doch Clive verbot ihr, sich zu bewegen. Sie fragte sich, ob er sich absichtlich so viel Zeit ließ, dann erinnerte sie sich, dass jedes Porträt etwa eine halbe Stunde gedauert hatte und bisher wahrscheinlich erst die Hälfte dieser Zeit vergangen war. Es war viel zu warm im Wintergarten.

Schließlich lehnte Clive sich zurück. »Fertig«, sagte er.
Sie lächelte strahlend. »Kann ich es sehen?«
»Ja, aber ich kann dir die Zeichnung nicht geben. Sie ist für Mr. Honeychurch-Black.«

»Natürlich.« Sie stand auf und stellte sich hinter Clive, sah über seine Schulter auf das Porträt. Sie hatte schon Fotografien von sich gesehen und war immer überrascht gewesen – sie schienen nie genau wiederzugeben, wie sie selbst sich sah –, doch dieses Bild ... es war seltsam. Die Weichheit ihrer Wangen, ihr direkter Blick – alles war so, wie sie es von ihrem Spiegelbild kannte.

»Das ist sehr gut, Clive«, sagte sie. »Danke.«

»Danke nicht mir, sondern deinem Gönner. Ah, hier kommt er ja.« Clive stand auf und nahm das Blatt Papier von der Staffelei, woraufhin Violet sich umdrehte und Sam sah. Als er an ihr vorbeiging, nahm sie deutlich den Geruch nach Opium wahr. Das hatte er also getrieben.

»Ah, wundervoll. Wundervoll«, murmelte er bewundernd, dann rollte er die Zeichnung zusammen und steckte sie sich unter den Arm. »Gut gemacht, Mr. Betts. Ich habe kein Geld bei mir, um Ihnen etwas zu geben ...«

»Ich brauche kein Trinkgeld, Sir. Ich werde gut für meine Arbeit bezahlt.« Sam bemerkte den Unterton verletzten Stolzes in Clives Stimme nicht.

»Gut, gut.« Er wandte sich mit einem knappen Nicken an Violet. »Danke, Miss Armstrong. Ich werde ... äh ... wir sehen uns.« Dann eilte er aus dem Wintergarten.

»Er schien es eilig zu haben«, sagte Clive mit gesenktem Kopf, während er die Papierbögen auf der Staffelei zurechtrückte.

Violet verengte die Augen, wollte schon antworten, entschied sich dann jedoch dagegen. Clive war nur eifersüchtig. Stattdessen ging sie zurück zum Kamin und gesellte sich zu Thora in ihrem albernen Zigeunerkostüm und Myrtle, die an einem Plätzchen in Form eines Weihnachtsbaums knabberte. Sie verschonten Violet mit der Frage, warum sie für ein Porträt für Sam Modell gesessen hatte, und sie war froh, keine weiteren Erklärungen erfinden zu müssen.

Flora beobachtete, wie Sam mit der Papierrolle unter dem Arm den Raum verließ, und wünschte, sie könnte die Veranstaltung ebenfalls verlassen. Sie stand allein in der hinteren Ecke des Wintergartens, gegenüber dem Handwerker mit dem freundlichen Gesicht, der die Porträts zeichnete. Was für eine Tortur der heutige Tag geworden war. Gefangen bei Tony und seinen Freunden, zu denen sich ein eifriger Karl nach dem Essen gesellte. Die gemeinsame Feier mit dem Personal hatte ihre selbstgefälligsten und gemeinsten Scherze provoziert, und sie stachelten sich gegenseitig zu immer herablassenderen Kommentaren an. Wenn ein Angestellter ein Gespräch mit ihnen anfangen wollte, lächelten sie höflich und benahmen sich, als wären sie die angenehmsten Zeitgenossen der Welt. Doch kaum entfernte sich die Person, kicherten und klatschten sie auf die widerwärtigste Weise. Flora war dessen so überdrüssig. Auch Sam hatte ihr nur für kurze Zeit Gesellschaft geleistet, bis er Violet gesehen hatte. Dann war er aggressiv und verdrießlich geworden. Sie saß die meiste Zeit allein herum und versuchte zu wirken, als genieße sie die Weihnachtslieder. Gelegentlich bemühte sie sich, sich auf ein Gespräch mit Cordelia Wright einzulassen.

»Ist es nicht furchtbar kalt heute?«, fragte Cordelia, während sie eine Kirsche von einem Plätzchen nahm und sich in den Mund steckte. »Man sagt, es könnte schneien. Ich liebe Schnee.«

Schnee? Dann würde sie Sam niemals hier wegbringen. Weihnachten in der Kälte behagte Flora gar nicht. Weihnachten bedeutete warmen Sonnenschein und strahlend blauen Himmel und wogendes Gras und das heisere Brummen der Zikaden, Besuche von Verwandten, Lammbraten und Buschbrot auf der langen hinteren Veranda des ausgedehnten Anwesens ihrer Eltern auf dem Land, und zum Nachtisch gab es Brandy Pudding. Wie würde sich Weihnachten – das echte – wohl in diesem Jahr gestalten? Sie wäre mit Tony verheiratet, würde in der Stadt leben, umgeben von seinen furchtbaren Freunden.

Würde er von den anderen Frauen ablassen? (Sie konnte das Wort »Prostituierte« nicht einmal *denken*.)

Als sie es schließlich nicht mehr aushielt, schützte Flora Kopfschmerzen vor.

»Es tut mir leid, Miss Wright«, sagte sie, »aber mir ist wohl dieser Weihnachtsbrandy zu Kopf gestiegen ...« Sie stieß sich vom Fenster ab.

»Oh, Sie Arme. Sie brauchen einfach mehr Übung.« Cordelia zwinkerte ihr kurz zu und ging dann davon. Flora wollte gerade aus dem Raum flüchten, als Tony sich mit seinen Freunden näherte.

»Du willst doch nicht schon gehen?«, fragte er mit diesem unwiderstehlichen Lächeln, die Arme lässig ausgebreitet.

»Ich fühle mich nicht gut.«

»Wir haben heute kaum zwei Worte miteinander gesprochen. Ich habe ein kleines Weihnachtsgeschenk für dich.«

Sie erlaubte sich ein Lächeln und sah dann betont zu Sweetie und Karl. Tony bedeutete den beiden zu verschwinden und wandte sich dann wieder ihr zu. Die Nachmittagsschatten wurden immer länger, der Wind frischte auf und ließ die großen Fensterscheiben klappern. Als Miss Zander die Lampen einschaltete, konnte Flora das Gefühl nicht abschütteln, dass die aufziehende Dunkelheit an diesem Tag irgendwie von Bedeutung für sie war. Vielleicht, weil sie plötzlich allein mit Tony war. Sie konnte in seiner Gegenwart nicht mehr sie selbst sein. Sie stellte ihn sich immer mit anderen Frauen vor: Frauen mit harten Gesichtern und ohne Anstand. Mochte er das? Waren ihre Würde, ihr Anstand, ihre Schicklichkeit für ihn eher Belastungen?

Er küsste sie auf die Wange. Dabei bemerkte sie, dass er nach Alkohol stank. »Bist du mir heute aus dem Weg gegangen?«

»Deine Freunde sind Idioten.«

»Sie haben doch nur ein bisschen Spaß gemacht.«

»Du weißt, dass ich grausame Scherze nicht mag.«

Er lächelte und holte etwas aus seiner Jacketttasche. »Vielleicht heitert dich das ja etwas auf.«

Flora löste die Schleife um die kleine Schachtel, die er ihr reichte. Sie wusste, sie sollte sich freuen, doch stattdessen war sie besorgt. Was für eine Art Verpflichtung würde dieses teure Geschenk mit sich bringen?

In der Schachtel befand sich eine goldene Kette mit einem großen, rechteckigen Smaragd in der Mitte. »Sie ist wunderschön«, sagte Flora und versuchte, enthusiastisch zu klingen.

»Soll ich sie dir umlegen?«

»Vielleicht später. Ich will keine Aufmerksamkeit auf uns lenken.«

Ein verärgerter Ausdruck huschte über sein Gesicht, doch er drängte sie nicht. Sie klappte die Schachtel zu und lächelte zu Tony auf. »Vielen Dank, mein Lieber.«

Er senkte die Stimme. »Was ist los?«

»Nichts.«

»Die ganze Woche über war irgendetwas schon nicht in Ordnung. Du lächelst mich nicht mehr mit den Augen an. Also, was ist los?«

Die Worte wollten aus ihrer Kehle ausbrechen. Doch dann dachte sie plötzlich: Was, wenn Eliza unrecht hatte? Oder was, wenn sie alles nur erfunden hatte, um Flora zu ärgern? Flora kannte das Mädchen nicht besonders gut, und Menschen taten oft seltsame Dinge aus seltsamen Gründen. Was, wenn sie ihn fragte und er ihr versicherte, dass die Anschuldigungen nicht der Wahrheit entsprachen?

Flora wurde plötzlich bewusst, dass sie schon lange geschwiegen hatte. Sie holte tief Luft. »Eliza Fielding hat mir gesagt, dass du ... in Sydney ... Dirnen aufsuchst.«

Tony blinzelte. Sie warf einen liebevollen, prüfenden Blick auf sein hübsches Gesicht, versuchte sich seine Züge einzuprägen, falls sich im nächsten Moment alles ändern sollte.

»Männer tun das«, sagte er schlicht.

Alle Luft wich aus ihren Lungen. »Es stimmt also?«

»Ich bin ein ganz normaler Mann. Du hast die Hochzeit so lange aufgeschoben. Ich kann nicht ewig darauf warten, dass meine Bedürfnisse befriedigt werden. Es ist vollkommen natürlich.«

Schluchzer drängten sich in Floras Brust, doch sie würde nicht weinen. Nicht hier in der Öffentlichkeit. Sie versuchte, sich an ihm vorbeizudrängen, doch er hielt sie zurück.

»Du wirst mich dafür nicht verurteilen, Flora. Ich hätte es abstreiten können, aber ich habe dir die Wahrheit gesagt. Die anderen Männer tun es auch. Sweetie ebenso.«

Flora dachte an Will Dalloways Worte: *Ich ganz bestimmt nicht.*

»Lass mich los«, sagte sie.

»Werde jetzt nur nicht hysterisch. Frauen und Männer sind eben verschieden.«

Sie entzog sich seinem Griff, blieb jedoch mit gestrafften Schultern vor ihm stehen. »Wirst du damit aufhören?«

»Wann?«

»Sofort. Wirst du sofort damit aufhören? Die Hochzeit ist in wenigen Monaten, und ich … ich werde es nicht tolerieren, Tony. Entweder du hörst damit auf, oder die Hochzeit ist abgesagt.«

Seine Augen zuckten unruhig. »Na gut, ich werde es nicht mehr tun.«

Ein Sieg. Warum aber fühlte es sich nicht danach an?

»Außerdem musst du dich testen und gegen jegliche …

Krankheit, die du vielleicht mit dir herumträgst, behandeln lassen.«

»Ich habe keine solchen Krankheiten«, protestierte er, doch sie zuckte nur mit den Schultern und starrte ihn eisig an.

Er seufzte ergeben. »Ja, ja, schon gut. Ich muss sagen, ich hätte nicht gedacht, dass du so viel Feuer in dir hast.«

Ihr Mundwinkel zuckte.

Er spürte, wie sie weicher wurde. »Ich bin froh, dich zu heiraten«, sagte er.

»Wir werden ein gutes Leben miteinander haben, Tony. Aber ich erwarte ein tadelloses Verhalten.«

»Das wirst du auch bekommen. Ich verspreche es dir.«

»Danke für die Kette. Wirklich, vielen Dank. Sie ist wunderschön.«

Er legte ihr wieder den Arm um die Taille, sanft und liebevoll dieses Mal, und zog sie eng an sich, strich ihr übers Haar. »Es tut mir leid, meine Liebste. Ich wollte dich nicht verletzen.«

Schuldgefühle plagten Flora, weil sie Will von ihren Problemen erzählt hatte. Es gehörte sich nicht, dass er so viel über ihr Privatleben und ihre Gefühle wusste. In Zukunft musste sie sich von dem Arzt fernhalten.

»Frohe Weihnachten«, murmelte sie an seiner Schulter.

»Frohe Weihnachten, Flora.«

Kapitel fünfzehn

Das Evergreen Spa würde am ersten Juli schließen, und in den Angestelltenzimmern herrschte rege Geschäftigkeit, als die meisten Bewohner ihre Sachen packten und auszogen. Die Stimmung war manchmal heiter, manchmal niedergeschlagen, abhängig davon, ob der Betreffende Arbeit über den Winter bis zur Rückkehr ins Hotel im Frühjahr hatte.

Myrtle war strahlender Laune, als sie ihre Sachen packte. Sie erzählte Violet, dass sie ihre Schwester im Norden von Queensland besuchen wolle, wo es warm und mild war und der Strand nur zehn Gehminuten entfernt.

»Stell dir vor, du wirst hier oben eingeschneit sein, während ich im Meer schwimme«, freute sich Myrtle, und Violet musste zugeben, dass ein Bad im warmen Meer durchaus verlockend klang.

»Vielleicht schneit es ja gar nicht.«

»Nun, um ehrlich zu sein, habe ich den Schnee hier noch nie gesehen«, sagte Myrtle und klemmte sich einen Finger ein, als sie ihren Koffer zuschnappen ließ. »Autsch.«

»Du bist wirklich ungeschickt, Myrtle.«

Sie saugte an ihrem Finger. »Ich wollte gerade sagen«, fuhr sie fort, »dass alle über den Schnee reden und dass es viel davon geben wird. Es soll einer der kältesten

Winter überhaupt werden. Ich bin froh, dass ich hier wegkomme.«

Violet schloss den Koffer für sie. »So. Wann fährt dein Zug?«

»In einer Stunde. Ich muss noch die Schubladen und die Kommode auswischen, Miss Zander besteht darauf. Man darf nichts zurücklassen, nicht einmal ein Haar.«

Violet half ihrer Freundin, und zusammen säuberten sie die Schubladen, die Myrtle das vergangene Jahr über benutzt hatte. »Ich freue mich darauf, zu der reduzierten Besetzung zu gehören«, sagte Violet, »auch wenn ich dann jeden Tag die Betten auf dem Frauenstockwerk machen muss.«

»Nur eine Handvoll«, erwiderte Myrtle. »Es bleiben ja nicht viele.«

»Das vermute ich auch.«

Myrtle wrang ihr Wischtuch erneut über dem Eimer aus und arbeitete weiter. »Die Honeychurch-Blacks bleiben, nicht wahr?«, fragte sie allzu beiläufig.

»Soweit ich weiß«, antwortete Violet genauso leichthin, als ob sie und Sam nicht leidenschaftlich die Tatsache gefeiert hätten, dass sie noch zwei weitere Monate gemeinsam in einem fast leeren Hotel verbringen würden.

»Sie ist nett, nicht wahr? Miss Honeychurch-Black? Sie ist wirklich reizend und ein wenig ... königlich.«

»Ich weiß es nicht.« Violet hielt beim Abstauben inne und zog die Brauen zusammen, dachte an Sams Warnungen, dass Flora versuchen würde, ihre Beziehung zu verhindern. »Ich glaube, sie ist ganz schön bestimmend.«

Myrtle drehte sich um. »Das ist sie nicht. Ich habe ihr an den meisten Abenden der Woche das Essen serviert, und ich habe noch nie einen weniger heiklen, freundlicheren Gast kennengelernt.« Sie legte das Wischtuch ab und sah

Violet fest an. Diese ahnte, dass sie gleich Warnungen und Verurteilungen zu hören bekommen würde.

Sie seufzte. »Na los, nun sag schon, was du zu sagen hast.«

»Miss Zander hat mich direkt nach Weihnachten im Juni zu sich gerufen. Sie hat mich gefragt, ob ich vielleicht doch über den Winter bleiben könnte.«

»Und?«

»Ich habe abgelehnt und sie nach dem Grund für ihre Bitte gefragt. Erwartete sie weitere Gäste? Doch sie hat nur den Kopf geschüttelt und gesagt, es handele sich um eine ›vorübergehende Sorge‹.«

»Was meint sie damit?«

»Verstehst du nicht, Violet? Ich bin eine Bedienung, du bist eine Bedienung. Sie hat überlegt, dich durch mich zu ersetzen. Ich weiß nicht, ob sie ihre Absicht geändert hat, als ich abgelehnt habe, oder ob sie noch andere gefragt hat, die ihre Pläne auch nicht ändern konnten … aber unsere Miss Zander ist nicht dumm. Als Mr. Honeychurch-Black das Porträt von dir haben wollte … sie ist nicht dumm.«

Violet wurde heiß vor Entsetzen. »Glaubst du, sie vermutet etwas?«

»Definitiv.«

»Werde ich meine Stelle verlieren?«

»Nicht jetzt. Versetz dich mal in Miss Zanders Position: Sie will ihre stinkreichen Gäste bei Laune halten, und sie weiß, dass Mr. Honeychurch-Black dich mag. Wenn sie dir kündigt, während er noch hier wohnt, wird er ganz und gar nicht glücklich darüber sein. Doch nach seiner Abreise kann dich nichts mehr schützen.«

Violet straffte die Schultern. »*Sam* wird mich beschützen.«

Myrtle legte den Kopf zur Seite. »Bist du dir da sicher?«

Violet nickte, und Myrtle wandte sich wieder ihren Schubladen zu. »Dann musst du dir ja auch keine Sorgen machen, nicht wahr?«

Violet legte sich auf ihr Bett. Nein, sie musste sich keine Sorgen machen. Die Stelle im Evergreen Spa konnte sowieso nicht für immer sein. Ende des Winters, wenn Sam alles mit seiner Familie geklärt hatte, wären sie verlobt. Falls nicht, würde sie zurück nach Sydney gehen und sich um ihre Mutter kümmern. Sie wünschte, sie könnte sich der ersten Möglichkeit sicher sein, denn die zweite war eine wahre Horrorvorstellung.

Sie rief sich Sams Worte in Erinnerung: *Zweifle nicht an mir, Geliebte, zweifle nicht an mir. Ich könnte es nicht ertragen, wenn du auch wie alle anderen wärst.* Nein, sie würde nicht an ihm zweifeln. Vorausgesetzt, sie waren noch eine Weile vorsichtig, hatte Violet nichts von Miss Zander zu befürchten.

»So«, sagte Myrtle, »fertig. Ich leere noch den Eimer, und dann ... begleitest du mich zum Bahnhof?«

»Sehr gern.«

Die Luft war kalt und frisch im Freien und brannte auf Violets Wangen. Andere Hotelangestellte standen auf dem Bahnsteig und unterhielten sich lachend, doch Violet bemerkte, dass viele sie misstrauisch beäugten. Vielleicht war sie Gegenstand des jüngsten Klatsches gewesen. Sie hielt den Kopf hoch erhoben und ließ sich nichts anmerken; tatsächlich war sie sogar ein wenig stolz.

Schließlich war der Zug abfahrtbereit, und Myrtle schloss Violet in eine weiche, nach Rosen duftende Umarmung. »Auf Wiedersehen, Violet, ich werde dir schreiben.«

»Geh für mich schwimmen«, sagte Violet in Myrtles Haar. »Ich würde so gern schwimmen gehen.«

Myrtle sagte leise in Violets Ohr: »Pass auf dich auf, Liebes. Du bist wertvoll. Pass auf dich auf. Ich will nicht, dass dir etwas Schlechtes zustößt.«

Violet drängte den plötzlich aufflammenden Ärger zurück. »Das wird es nicht«, erwiderte sie. »Los, ab mit dir. Genieß deinen warmen Winter.«

Sie blieb auf dem Bahnsteig stehen, bis der Zug abgefahren war. Das Verlangen, mit Myrtle in einem Abteil zu sitzen und in den Norden von Queensland zu fahren, wo die Sonne warm aufs Meer schien und sie alle Unsicherheit hinter sich lassen konnte, war für einen kurzen Moment beinahe überwältigend. Doch dann dachte sie an Sam, und ihr Geist und ihre Sinne waren erfüllt von den Erinnerungen an ihre nächtlichen Begegnungen, und die Sehnsucht, mit ihm zusammen zu sein, brannte wie Feuer in ihr.

Schritte, die unermüdlich die Gänge auf und ab gingen, über die Treppen eilten, Stimmen, die sich voneinander verabschiedeten, sich schließende Autotüren und startende Motoren. Die letzten Tage waren hektisch, und jeder verfügbare Mitarbeiter wurde eingeteilt. Violet trug sogar wie ein niederer Page Koffer für die Gäste. Ein großer, fleischiger Mann mit arrogant verzogenem Mund hatte nur wortlos zugesehen, als sie versuchte, seine zwei Koffer in sein Auto zu bugsieren. Sie waren tonnenschwer, doch er bedankte sich mit keinem Wort. Clive, der am allgemeinen Abreisetag ebenfalls aushalf, sah sie in letzter Minute und eilte ihr zu Hilfe.

»Danke«, flüsterte sie, »ich hatte schon Angst, einen fallen zu lassen.«

»Halt dich an die weiblichen Gäste«, erwiderte er. »Seide wiegt nicht so viel.« Er zwinkerte ihr zu und kehrte zu seinen Aufgaben zurück.

Sie war schon erschöpft, als Miss Zander sie holte, um mit ihr die leeren Zimmer zu säubern.

»Es ist Agnes' letzter Tag«, sagte sie und zog grob an einem Laken, während Violet ein Kissen von seinem Bezug befreite. »Sie wird heute alles waschen und aufhängen. Wenn Sie ihr die ganze Wäsche gebracht haben, wechseln Sie die Bettbezüge der verbleibenden Gäste.«

»Natürlich. Wie viele sind noch da?«

»Nur drei auf dem Frauenstockwerk und fünf bei den Männern. Lord und Lady Powell bewohnen die Regencysuite im obersten Stockwerk. Ich weiß, Sie halten es für unter Ihrer Würde, aber ich erwarte von Ihnen, Ihr Bestes zu geben. Laken, Böden, Teppiche, Abstauben und so weiter. Mr. Betts wird sich um die Badezimmer kümmern. Die Arbeit sollte nicht allzu lang dauern, und natürlich wird das Bedienen bei Tisch leichter mit so wenigen Gästen. Verlangen Sie also nicht mehr Geld.«

»Das würde mir nicht im Traum einfallen.« Violet verbarg ihre Enttäuschung. Ja, es waren weniger Gäste, aber auch weniger Angestellte. Sie würde morgens, mittags und abends bedienen müssen, zusätzlich noch die Zimmer in Ordnung halten und Bettwäsche für sechs Zimmer kochen müssen. Doch letztendlich war es besser als gar keine Arbeit, und sie wäre immer noch in Sams Nähe.

Sie hätte sogar Zugang zu seinem Zimmer. Dieser elektrisierende Gedanke verlor allerdings sofort seinen Reiz, als sie daran dachte, dass sie seine Bettwäsche wechseln und ihm hinterherräumen müsste, weshalb sie sich rasch vorstellte, sie wären verheiratet, und sie würde sich wie eine gute Ehefrau um ihn kümmern.

»Gut, nehmen Sie die hier«, sagte Miss Zander und schob ihr einen unordentlichen Stoffhaufen in die Arme. »Werfen Sie sie in den Karren auf dem Gang.«

Violet tat wie befohlen und trat in dem Moment auf den Flur, in dem Flora aus ihrem Zimmer kam, gekleidet in einen luxuriösen Mantel und Wollhut. Sie starrte Violet mit blassen, erschrockenen Augen an.

»Guten Morgen«, murmelte diese.

Miss Zander stand direkt hinter ihr. »Jetzt bringen wir das hier nach unten ...« Sie unterbrach sich, und ihr Ton änderte sich sofort. »Oh, guten Morgen, Miss Honeychurch-Black. Wollen Sie in die Stadt?«

»Ja, ich ...« Flora berührte nervös ihren Hut, senkte den Kopf und eilte davon, ohne den Satz zu beenden.

»Eine reizende Frau«, sagte Miss Zander. »So wohlerzogen, so vollkommen.«

Violet stopfte wortlos die Bettlaken in den Sack auf dem Karren und fühlte sich minderwertig.

Um Mitternacht schleppte sie sich erschöpft die Treppen hinauf zu Sams Zimmer. Sie hatte sich fest vorgenommen, ihm irgendeine Art Zusicherung zu entlocken, wann er seinen Vater um die Zustimmung zu ihrer Hochzeit bitten würde. Die Unsicherheit belastete sie. Sie öffnete seine Tür. Er lag seitlich auf dem Bett und rauchte seine Pfeife. Unter der Lampe lag das Porträt, das Clive von ihr angefertigt hatte.

Sie war enttäuscht. Wenn er rauchte, verschwand er in seiner eigenen Welt, und man konnte nicht mehr sinnvoll mit ihm reden. »Hallo«, sagte sie leise und schloss die Tür hinter sich.

Sam fixierte sie mit verengten Augen und atmete langsam aus. Der warme, organische Geruch des Opiumrauchs füllte den Raum. »Er liebt dich, nicht wahr?«

Violet war bestürzt. »Wer?«

Sam tippte mit den Fingerknöcheln auf die Zeichnung. »Clyde.«

»Du meinst Clive?«

Plötzlich hob er die Stimme, ohrenbetäubend in der Stille. »Verbessere mich nicht! Es ist mir egal, wie er heißt, und das sollte es dir auch sein.«

Violet war erschrocken. »O Sam, wenn das jemand gehört hat«, flüsterte sie.

»Auch das ist mir egal.«

»Warum bist du so wütend auf mich? Ich verstehe es nicht.«

»Sieh es dir an. Sieh es dir ganz genau an!« Er riss das Blatt Papier unter der Lampe hervor, warf beinahe seine Pfeife um und schleuderte es ihr vor die Füße.

Violet nahm es auf und betrachtete es aufmerksam. Sie wusste nicht, wonach sie suchte, doch ihr Herz schlug nervös, und sie heftete die Augen auf die Zeichnung in der Hoffnung, er würde sich beruhigen, bevor er die anderen Männer auf dem Stockwerk weckte.

»Nun?«, sagte er.

»Es tut mir leid, mein Liebling, aber ich verstehe dich immer noch nicht«, sagte sie so sanft wie möglich.

»Er liebt dich. Kannst du das nicht sehen? In jeder Linie, in jedem Strich steht es geschrieben. Diese Sorgfalt, dieser Detailreichtum.«

Violet wählte ihre Worte vorsichtig. Natürlich war Clive in sie verliebt, aber sie hätte nie gedacht, dass es zu so einem gefährlichen Problem werden könnte. »Aber die Zeichnung von Lady Powell hat er genauso sorgfältig angefertigt. Das hast du doch gesehen.«

»Das hier ist etwas anderes. Schau, er hatte sogar die Frechheit, den unteren Rand zu signieren.«

Violet blickte an die betreffende Stelle, wo Clives Name ausgestrichen war.

»Er hat ihn ausgestrichen.«

»Nein, das war ich.«

»Nun«, erwiderte sie, »der Name ist ausgelöscht. Außerdem, was würde es bedeuten, wenn er mich liebt?«, fuhr sie mutig fort. »Denn ich liebe ihn nicht. Ich liebe *dich*, und mein Herz ist beständig.«

Sam legte seine Pfeife aufs Bett und stand auf, wobei er das Tablett mit den Scheren klirrend zu Boden warf. Sein Gesicht war verzweifelt, der Ausdruck eines unsicheren Jungen. »Versprichst du es, Violet? Denn mein Herz kann den Gedanken nicht ertragen, dich zu verlieren.«

Sie reichte ihm die Zeichnung. »Ich verspreche es. Natürlich verspreche ich es.«

Er strahlte und nahm das Blatt Papier mit zu seinem Schreibtisch. »Gut.« Er suchte nach Füller und Tinte und schrieb etwas an den oberen Rand der Zeichnung: »Meine Violet. Nicht seine.«

»Du darfst nie an mir zweifeln, Sam. Ich …«

Ein leises Klopfen an der Tür unterbrach sie.

Sams Augen weiteten sich, und Violet durchfuhr panische Hitze. Sam ließ den Füller fallen, packte sie wortlos an den Schultern und schob sie auf den Kleiderschrank zu. Sie öffnete die Tür und kauerte sich zwischen Anzugjacketts und auf Kleiderbügeln gefalteten Hosen auf den Boden. Sam schloss die Tür, und sie umschlang im Dunkeln fest ihre Knie und versuchte, keinen Laut von sich zu geben.

Die Zimmertür wurde geöffnet. »Was ist denn los?«, fragte Sam.

»Alles in Ordnung hier?«, erkundigte sich ein Mann, dessen Stimme Violet nicht erkannte.

»Ja, warum?«

»Ich habe laute Rufe gehört und bin davon aufgewacht.«

»Du musst geträumt haben«, erwiderte Sam, und zum ersten Mal hörte Violet etwas wie Furcht in seiner Stimme.

»Hast du eine Frau auf dem Zimmer?«
»Wie du siehst, habe ich das nicht.«
»Bist du sicher? Wir könnten sie uns ja teilen.« Dann ein Geräusch, das Violet nicht einordnen konnte. Als ob jemand seine Hose abklopfte.
»Hör auf damit«, sagte Sam.
»Sonst was?«, sprach der Mann weiter.
»Lass mich in Ruhe.«
Das unmissverständliche Geräusch eines Schlags. »Du bist doch wahnsinnig«, meinte der Unbekannte.
»Lass mich in Ruhe.«
Violets Herz hämmerte gegen ihren Brustkorb. Was machte der Mann mit Sam? Sollte sie aus dem Schrank springen und Hilfe holen?
»Beim nächsten Mal komme ich rein«, sagte der Unbekannte. »Ich hole mir meinen Anteil von allem, was auch immer du unerlaubterweise hier drinnen machst.«
Sam gab keine Antwort. Die Tür wurde geschlossen, und als Violet nichts mehr hörte, stieg sie aus dem Schrank.
»Wer war das?«
»Einer der Schläger meines zukünftigen Schwagers«, antwortete Sam, während er sich das Haar glatt strich und zurück aufs Bett kletterte. »Der Sweetie genannt wird.«
»Was hat er mit dir gemacht?«
»Er schlägt mich. Auf die Schultern, den Kopf. Es war nicht das erste und wird auch nicht das letzte Mal sein.«
»Dann solltest du ihn bei der Polizei anzeigen!«
»Sie würden mir nie glauben. Flora hat mir auch nicht geglaubt. Tony hat ihn beschützt. Er will einfach nur seinen Spaß mit mir haben, dann hat er bald genug. Ich würde nie zulassen, dass er Hand an dich legt, mach dir darüber also keine Gedanken.«
Violet erinnerte sich, dass Sweetie viel größer und brei-

ter war als Sam, und sie bezweifelte, dass ihr Geliebter den anderen aufhalten könnte, wenn dieser unbedingt sein Zimmer nach ihr durchsuchen wollte. Sam zündete wieder die Lampe an und bereitete mit zitternden Händen seine Opiumpfeife vor.

Sie legte sich neben ihn. »Sam, in ein oder zwei Tagen werde ich die einzige Frau auf dem Angestelltenflur sein. Warum kommst du dann nicht zu mir? Du kannst die ganze Nacht bleiben. Wir müssen uns keine Gedanken um Sweetie oder irgendjemand anderen machen.«

Er schien zu zweifeln, weshalb sie rasch fortfuhr: »Du wärst weit weg von dem Badezimmer, in dem der Mann gestorben ist.«

»Das stimmt«, sagte er und sog den süßen Opiumrauch ein. »Ich will einfach, dass wir zusammen sind, Violet.«

»Das will ich doch auch, Geliebter. Ich will nur bei dir sein.« Sie dachte an die anderen Dinge, die sie ansprechen wollte: dass sie unsicher war, dass Flora sie sicher nie als Schwägerin akzeptieren würde, dass er klar und deutlich sagen müsse, wie sie ihre unterschiedliche Herkunft und Erziehung überwinden sollten, dass sie die Bestätigung brauchte, dass sie ihm auch in Zukunft genügen würde. Doch nichts davon wurde ausgesprochen, während er sich ins Vergessen rauchte.

»Zusammen zu sein. Ein einfacher Wunsch, nicht wahr?«, sagte er mit flackernden Augen.

»So einfach«, bestätigte sie. Warum erschien es dann so unmöglich?

Dass Sam zu ihr kommen konnte, veränderte alles. Violet lief nicht länger Gefahr, entdeckt zu werden. Außer ihr wohnte niemand mehr auf dem Flur, und Miss Zander ging nachts nie zu den Angestelltenzimmern. Sie waren immer noch vorsichtig, aber sehr viel entspannter. Viel wichtiger war zudem, dass Sam die ganze Nacht bleiben konnte. Sie musste nicht um drei Uhr morgens zurück in ihr Zimmer stolpern. Den Rücken an seine Brust gedrückt, schlief sie glücklich. Sein Atem strich über ihren Nacken, seine Hände liebkosten ihre Brüste und ihren Bauch.

Außerdem kam er ohne Opiumpfeife zu ihr. Manchmal hatte er vorher etwas geraucht, doch das war ihr gar nicht so unrecht. Normalerweise wollte er dann einfach nur schlafen, und Violet brauchte ihren Schlaf. Sie war von sieben Uhr morgens bis sieben Uhr abends auf den Beinen, doch in diesen ersten ein, zwei Winterwochen fühlte sie sich langsam wieder ausgeruhter.

Ihr Verhältnis war so friedlich und geborgen, dass sie dieses Glück nicht mit direkten Fragen zu ihrer Zukunft gefährden wollte, auch wenn es manchmal schwierig war. Sie sprachen über oberflächliche Dinge, liebten sich, schliefen im Arm des anderen ein und waren für kurze Zeit einfach nur glücklich. Violet versuchte, sich nicht allzu verzweifelt daran zu klammern.

Stille legte sich über das Evergreen Spa Hotel. Flora hatte nichts dagegen; sie war auf dem Land aufgewachsen und daran gewöhnt, nur wenige Menschen um sich herum zu haben. Tony hingegen fühlte sich unruhig, als ob man ihn zurückgelassen habe, von der Welt abgeschnitten. Die Mahlzeiten waren jetzt eine intime Angelegenheit. Man hatte den Speisesaal mit orientalisch angehauchten seidenen Raumteilern verkleinert, und nur ein großer Tisch wurde für alle gedeckt. Nicht jeder nahm an den Mahlzeiten teil, doch beim Frühstück am fünften Tag waren sie alle versammelt: Flora und Tony, dessen Entourage sich nach Vincents Abreise nur noch auf Sweetie und Harry beschränkte (Karl durfte als Angestellter des Hauses immer noch nicht mit im Speisesaal sitzen), Lord Powell, der beständig von Lady Powell ignoriert wurde, die in ein angeregtes Gespräch mit Cordelia Wright und der jungen, großäugigen Miss Sydney verwickelt war. Außerdem Miss Sydneys Galan, ein schwitzender Geschäftsmann, dessen Namen Flora immer noch nicht richtig verstanden hatte – Mr. Duke? Oder Mr. Earl? –, der von den älteren Damen immer wieder übertönt wurde. Und dann war da noch Sam, der liebe Sam mit seinem unordentlichen Haar und dem leicht verwirrten Gesichtsausdruck, der zwar am Tisch saß, mit seinen Gedanken aber weit weg war. Ihr Herz verkrampfte sich. Wie sehr sie ihn liebte, wie sehr sie sich um ihn sorgte. Das Feuer loderte im Kamin, und die Welt vor den Fenstern wirkte grau und flach.

Lord Powell, der es offensichtlich aufgab, die Aufmerksamkeit seiner Frau gewinnen zu wollen, beugte sich über den Speck auf seinem Teller und sagte zu Tony und seinen Freunden: »Man sagt den kältesten Winter seit Menschengedenken voraus.«

Tony erschauderte. »Hier oben?«

»Ja. Wird sicher nicht angenehm. Ich vertraue darauf, dass unsere Miss Zander uns warm zu halten weiß. Diese Frau ist ein Wunder.«

»Ich wette, unsere Miss Zander weiß viele Dinge, die wir uns nicht einmal vorstellen können«, sagte Sweetie, woraufhin Harry und er anzüglich kicherten.

Flora war verwirrt. Sie spielten offensichtlich auf irgendeinen rüpelhaften Unsinn an, doch sie konnte es sich nicht erklären und wollte auch nicht danach fragen.

Lord Powell fuhr ungerührt mit seiner Lobeshymne auf Miss Zander fort. »Ja, das stimmt. Sie weiß wirklich, wie sie ihre Gäste zufriedenstellen kann.«

»Vor allem die Damen«, meinte Harry lachend.

»Auch wenn ich ihr nur zu gern das eine oder andere über die Herren beibringen würde«, antwortete Sweetie, und die beiden brachen in schallendes Gelächter aus.

Lord Powell schnaubte indigniert und wurde von seiner Frau gerettet, die ihm eine Frage stellte.

Flora war somit allein mit den ungehobelten Scherzen der Männer.

»Ah, aber sie hat kein Interesse an den Herren«, sagte Harry.

Tony lachte. »Tatsächlich?«

»Was meinen sie damit?«, fragte Flora und beugte sich zu Tony, doch die Frage wurde trotz ihrer gesenkten Stimme gehört.

»Er meint, liebe Flora, dass Miss Zander nicht unverheiratet ist, weil sie keinen Mann finden konnte, sondern weil sie keinen wollte«, sagte Sweetie mit einem anzüglichen Zwinkern.

»Deshalb muss man doch nicht gleich unhöflich werden«, erklärte Flora verärgert. »Eine Frau kann schließlich wählen …«

»Flora«, unterbrach Tony sie und legte ihr seine Hand aufs Handgelenk. »Sie meinen damit, dass sie homosexuell ist.«

Flora hatte das Wort noch nie zuvor laut ausgesprochen gehört und war schockiert. »Wirklich?«

»Natürlich ist sie das«, sagte Sweetie, der ihren Schock auf grausame Weise zu genießen schien. »Hast du nicht gesehen, wie sie mit den Augen den ganzen jungen Damen folgt? Miss Sydney? Selbst dir manchmal?«

Flora dachte darüber nach und kam zu dem Schluss, dass sie nichts Schlechtes daran finden konnte, wenn die Frau die Liebe bei ihresgleichen suchte. Das Privatleben der Menschen war deren Sache, und Miss Zander war eine gute Frau, die es verdiente, glücklich zu sein. Warum musste Sweetie so ein lüsternes Gesicht aufsetzen und mit den dazugehörigen Gesten alles so schmutzig erscheinen lassen? Warum musste Tony ihn auch noch lachend anstacheln?

»Ach, lasst sie doch in Ruhe«, schaltete sich Sam abrupt ein. Flora hatte nicht gemerkt, dass er zuhörte. »Ihr wisst nichts sicher, und wenn es wahr ist, dann ist das ein steiniger Weg für sie. Liebe ist Liebe, egal, wo man sie findet, und niemand sollte dafür getadelt werden.«

Bei dieser leidenschaftlichen Erklärung brach Sweetie in haltloses Lachen aus, gefolgt von Harry. Tony, der sich bewusst war, dass er den Bruder seiner Verlobten verteidigen musste, sagte leise, aber entschieden: »Es reicht. Wir sind nicht in einer Bar. Es sind Damen anwesend.«

»Zum Glück für Miss Zander«, prustete Sweetie, worauf Harry wieder lachen musste. Tony stimmte ein.

Flora musterte die Männer, als wären sie Fremde. Betrachtete Tony und sah eine unangenehme Seite an ihm, die sie oft lieber ignorierte. Auch wenn sie wusste, dass Tony der perfekte Gentleman sein und sein Verhalten kontrollieren konnte, wäre er immer von Idioten wie Sweetie umgeben. Den Rest ihres Lebens würde sie Sweetie oder andere Männer seines Kalibers ertragen müssen. Der Gedanke ließ ihr das Herz schwer werden.

Sam musterte Sweetie mit unverhohlenem Hass, und Flora war auf einmal stolz auf ihn, dass er Miss Zander verteidigte, gleichzeitig jedoch auch traurig, dass seine Erklärung – dass niemand für die Liebe getadelt werden sollte – nicht für ihn galt. Er würde irgendwann heiraten müssen, sehr wahrscheinlich jemanden, den ihr Vater ausgesucht hatte. Denn Sam war ganz bestimmt nicht fähig, selbst die geeignete Frau zu finden.

Plötzlich lehnte sich Miss Sydneys Galan über den Tisch und mischte sich in das Gespräch ein. »Bleiben Sie alle über den Winter?«

»Wie Sie sehen – ja«, antwortete Tony.

»Selbst nach den Neuigkeiten?«

»Den Neuigkeiten über die Kälte? Mit ein bisschen frostigen Temperaturen kommen wir schon zurecht«, sagte Harry großspurig. Er war unübersehbar angetan von Miss Sydney und verärgert, dass sie sich mit einem beleibten Mann eingelassen hatte, der doppelt so alt war wie sie.

»Schnee. Es wird schneien, sehr viel sogar. Ich fahre heute zurück nach Sydney. Kann es mir nicht leisten, hier festzusitzen. Ich habe ein Geschäft zu leiten.«

Miss Sydney verzog schmollend den Mund. »Ich will aber jetzt noch nicht heimfahren.«

Cordelia Wright legte den Arm um ihre Schultern. »Bleiben Sie bei mir, Liebes. Wir können den Quilt fertignähen, an dem wir arbeiten. Es wird sehr gemütlich werden.«

»Es macht dir doch nichts aus, wenn ich bleibe?«, fragte sie ihren Verlobten, der den Kopf schüttelte.

»Wer bleibt denn noch?«, fragte Harry.

Flora drehte sich zu Sam. Sie wusste, was er sagen würde. Solange Violet hier war, würde sie ihn niemals loseisen können.

»Ich bleibe«, sagte er auch ganz richtig.

Tony verdrehte die Augen, was Flora zur Weißglut brachte, doch sie ließ es unkommentiert. »Ich bleibe mit Sam«, sagte sie.

»Dann bleibe ich mit Flora«, meinte Tony.

Sweetie und Harry reagierten unwillig, sprachen davon, hier oben eingeschneit zu werden, von Geschäften in Sydney, bis Tony schließlich sagte: »Es ist mir egal, was ihr macht. Bleibt, reist ab. Es kümmert mich nicht. Seid Männer. Entscheidet euch für etwas.«

»Ich reise ab«, sagte Harry rasch.

»Ich bleibe noch«, erklärte Sweetie.

Flora seufzte innerlich vor Erleichterung. Wenigstens einer dieser furchtbaren Kerle wäre bald weg. Vielleicht konnte sie Sweetie ermutigen, den Großteil seiner Zeit mit Karl zu verbringen, dann bekam sie vielleicht mehr von dem echten Tony zu sehen.

»Sie können mit mir im Studebaker mitfahren«, bot Miss Sydneys Verlobter Harry an. »Noch jemand?«

Lord Powell warf Lady Powell einen bedeutsamen Blick zu. »Es gibt nur eine Straße den Berg hinunter«, sagte er.

»Und den Zug. Es wird schon nichts passieren.«

Lord Powell wandte sich zurück zu den anderen. »Wir bleiben dann also auch.«

Sie wären demnach zu acht. An diesem Nachmittag packten die zwei Männer das Auto und ließen eine seltsame, kalte Stille über dem Hotel zurück, als ob es unter dem düsteren Himmel am Rand des Berges schauderte. Flora wünschte, der Winter wäre schon vorüber.

Kapitel sechzehn

2014

Zum ersten Mal, seit ich mich erinnern konnte, rief ich meine Mutter von mir aus an.

Immer noch aufgewühlt von Anton Fourniers Rauswurf, wählte ich ihre Nummer, während ich nach Hause ging.

»Hallo?«

»Mum? Ich bin's.«

Leichte Panik schlich sich in ihre Stimme. »Ist alles in Ordnung?«

»Ja, ja«, erwiderte ich und versuchte, meinen Ärger zu unterdrücken. »Es geht mir gut.«

»Normalerweise rufst du nie von dir aus an, deswegen frage ich.«

Weil du mir auch keine Chance dazu gibst. »Mum, ich werde dir jetzt einen Namen nennen, und ich will, dass du mir sagst, was du über ihn weißt. Okay?«

»Was? Warum?«

»Mach einfach, was ich sage, bitte.«

»Du benimmst dich sehr seltsam.«

»Anton Fournier. Mum, wer ist Anton Fournier?«

Nach einer halben Sekunde antwortete sie: ›Ich habe den Namen noch nie gehört.‹ Ich wusste, dass sie log. Ich hatte die Angst und die Anspannung in dieser kurzen Pause gehört. Klar und deutlich hatten sie durch die Leitung geklungen, denn meine Mutter war eine Meisterin darin, mir ihre Angst zu übermitteln.

»Komm schon, Mum, wer ist er? Warum hasst er uns?«

»Uns hassen? Wovon sprichst du? Ich habe dir doch gesagt, ich weiß nicht, wer er ist. Hat er Kontakt zu dir aufgenommen? Du solltest die Polizei informieren, wenn er dich bedroht hat.«

Ich blieb stehen, drehte mich im Kreis, sah meinen langen Schatten zu meinen Füßen. Die Bäume im Wind. Mum würde es mir nie, niemals erzählen, vor allem nicht, wenn ich sie bedrängte. Und wenn sie mit Dad sprach, bevor ich die Gelegenheit dazu hatte, würde er mir auch nichts erzählen: Er war ebenso ein Diener ihrer Angst wie ich. Doch ich war mir sicher, dass sie wusste, wer Anton war. Ich würde meinen gesamten Besitz (der zugegebenermaßen sehr übersichtlich war) darauf verwetten, dass sie der Grund für Antons deutliche Abneigung mir gegenüber war.

»Lauren?«

»Vergiss es, Mum«, sagte ich.

»Aber ist er ...«

»Ich sagte, vergiss es. Sag Dad, dass ich ihn liebe. Bis bald.« Ich legte auf und schob das Handy zurück in meine Hosentasche. Am liebsten wäre ich zurück zu Antons Haus gegangen, hätte ihn beruhigt und dazu gebracht, mit mir zu reden. Was um alles in der Welt hatte meine Mutter ihm nur getan?

Doch ich konnte nicht zurückgehen, ich konnte ihn nicht anrufen. Meine einzige Option war ein Brief. Ich eilte nach Hause.

Lieber Anton,
ich weiß, dass dieser Brief unwillkommen ist, aber bitte lies ihn trotzdem. Ich weiß nicht, warum Du wütend auf meine Familie bist, aber ich weiß, dass meine Mutter überbehütend und übergriffig sein kann, weshalb wahrscheinlich sie Dich so aufgebracht hat. Ich bin vier Jahre jünger als Adam und war fast noch ein Kind zu der Zeit, als Du und Adam befreundet wart. Ich habe nichts getan, um Dich oder Adam zu verletzen. Er war mein Bruder, und ich habe ihn wirklich geliebt.

Ich legte den Stift auf den Küchentisch. *Ich habe ihn wirklich geliebt.* Das war zu ungenau. Jeder konnte sagen, dass er jemanden »wirklich geliebt« hatte. Es sagte gar nichts aus: wie die Liebe für meinen Bruder in jeder meiner Poren saß, jedem Strang meiner DNS. Ich nahm den Stift wieder auf, strich die letzte Zeile aus und begann einen neuen Absatz.

Schon als ich geboren wurde, liebte ich Adam. Er war vor mir da, wie meine Eltern. Doch im Gegensatz zu ihnen befahl er mir nicht dauernd, die Zähne zu putzen, oder tadelte mich, dass ich zu wild war oder dass ich still sitzen sollte, weil ich meiner Mutter Kopfschmerzen bereitete. Auch wenn er ein Junge und einige Jahre älter war, hat er mich nie weggeschickt oder mich dumme kleine Göre genannt. Okay, er hat auch nie jemanden in der Schule verprügelt, der mich schikaniert hat. Du weißt, wie dünn er war – wahrscheinlich brauchte er eher jemanden, der ihn vor Schikanen schützte. Doch er hat mich auf andere Weise beschützt. Mein Herz, mein Ego. Er war unerschütterlich lieb zu mir, als wir Kinder waren, und unterschied

sich damit immens von anderen Jungen, wie ich heute weiß.
All diese Erinnerungen drängen an die Oberfläche, wenn ich an Adam denke. Wir sind auf einem großen, weitläufigen Anwesen zwanzig Kilometer vor Hobart aufgewachsen, und einen Großteil unserer Freizeit haben wir uns vorgestellt, wir wären andere Menschen. In einem Sommer waren wir besessen von einem Spiel, das wir in einem strengen Jungeninternat ansiedelten: St Smithereens Boys School. Er war der schlaue ältere Schüler, der den armseligen Lehrern immer eins auswischte; ich war der großäugige Frischling, der Komplize seiner brillanten Pläne, der die meiste Zeit nur gesagt hat: »Du bist der klügste Junge, den ich kenne.« Ich verehrte ihn, im Spiel und auch im wirklichen Leben.

Wieder legte ich den Stift ab, beugte mich über die Tischplatte und brach in Tränen aus. Ich würde den Brief später weiterschreiben, wenn ich nicht mehr ganz so aufgewühlt war. In der Zwischenzeit würde ich Nachforschungen zu Anton Fournier anstellen. Es war eine kleine Stadt: Irgendjemand musste etwas über ihn wissen.

Am nächsten Morgen, es war mein freier Tag, klopfte ich um zehn Uhr an Mrs. Taits Tür. Sie öffnete lächelnd: »Hallo, meine Liebe.«

»Möchten Sie auf eine Tasse Tee rüberkommen?«, fragte ich.

»Warum kommen Sie nicht rein? Ich habe eine reizende neue Teekanne.«

»Das wäre sehr nett.« Insgeheim war ich erleichtert. Es war eng bei mir, und ein köstlicher Duft drang aus Lizzies Küche.

»Dann kommen Sie. Ich habe gerade ein Blech Scones für das Fundraisingkomitee der Bibliothek gebacken. Wir können uns ein paar nehmen.«

In Lizzies sonniger Küche zu sitzen, heißen Tee zu trinken und frische Scones mit Marmelade und Butter zu essen, war eine herrliche Art, einen freien Morgen zu verbringen. Ich hatte noch einiges zu erledigen – einkaufen, Badezimmer putzen –, aber das konnte warten. Wir unterhielten uns lange über Familie, Leben, Arbeit, Kino (Lizzie war eine Expertin für Thriller), und schließlich fragte ich, was mir schon die ganze Zeit auf der Seele gebrannt hatte.

»Lizzie, kennen Sie jemanden namens Anton Fournier, der in der Fallview Road wohnt?«

»Der gutaussehende Mann, der eine Plattenfirma betreibt?«

»Er sieht gut aus, ja, aber ich weiß nicht, was er arbeitet.«

»Das große Haus aus Holz und Glas.«

»Genau.«

»Ich fürchte, ich weiß nicht viel über ihn. Nur, dass er geschäftlich viel reist, nach Übersee und so. Er lebt sehr zurückgezogen.«

»Er ist der Mann auf dem Foto. Mit Adam. Das ich Ihnen gezeigt habe.«

»Das ist er? Tatsächlich? Ja, jetzt wo Sie es sagen ... das könnte er tatsächlich sein. Ich habe ihn auf dem Bild mit den langen Haaren nicht erkannt. Er hat ein wenig zugenommen.«

»Ich schätze, er war damals noch ein Teenager.«

»Und er kannte Ihren Bruder?«

»Etwas Seltsames ist passiert: Ich bin zu ihm gegangen, wollte ihn fragen, was für Erinnerungen er an Adam hat. Er wurde sehr wütend auf mich und sagte, er wolle nichts mit mir oder meiner Familie zu tun haben.«

Lizzie wollte sich Tee nachschenken, doch es waren nur noch wenige Tropfen in der Kanne. »Tatsächlich? Ich wittere ein Geheimnis.«

»Irgendetwas ist damals passiert, ich weiß nur nicht, was. Kennen Sie jemanden in der Stadt, der vielleicht mehr über ihn wissen könnte?«

»Ich glaube, ein junger Mann wohnt bei ihm, zeitweise oder sogar dauerhaft, das weiß ich nicht genau. Er kümmert sich um das Haus und die Hunde, wenn Anton verreist ist. Ich kann mich nicht an seinen Namen erinnern, aber Penny könnte ihn wissen. Abgesehen davon kann ich Ihnen leider nicht helfen.«

»Keine Frau, mit der ich sprechen könnte? Kinder in der Schule?«

»Nicht dass ich wüsste, Liebes. Es tut mir leid, dass ich so nutzlos bin.«

Ich strahlte. »Sie sind nicht nutzlos, im Gegenteil, Sie sind wunderbar. Soll ich frischen Tee kochen?«

»Das wäre ganz reizend.«

Penny konnte mir auch nicht weiterhelfen.

»Ich habe den Mann gesehen, den Mrs. Tait erwähnt hat«, sagte sie, nachdem ich ihr die ganze Geschichte erzählt hatte. »Ich erinnere mich, einmal mit ihm vor der Bäckerei gesprochen zu haben, als er die Hunde ausgeführt hat. Zwei Whippets, nicht wahr? Er hat gesagt, Anton sei in Hongkong. Ich glaube, er hat sich als Peter vorgestellt oder vielleicht auch Patrick. Irgendetwas mit P. Anton war ein- oder zweimal hier, doch ich habe den Eindruck, dass er kein Kaffeetrinker ist. Er wollte veganes Essen und Kräutertee.«

»Aber er ist ein Schallplattenproduzent oder so etwas?«

»Keine Ahnung. Er ist viel auf Reisen, nicht oft in der

Stadt und sehr auf seine Privatsphäre bedacht. Du könntest es bei Amelia im Naturkostladen versuchen, dort ist er wahrscheinlich öfter.«

»Danke, vielen Dank. Das werde ich versuchen.« Ich band mir meine Schürze um und machte mich an die Arbeit. Langsam erkannte ich, dass mich Fragen zu Anton Fournier nicht weiterbringen würden. Ob er jetzt ein Schallplattenproduzent war, der im Naturkostladen einkaufte oder nicht, ob er Whippets hatte oder nicht oder einen Hundesitter namens Peter oder Patrick – nichts davon erklärte seine ungehaltene Reaktion auf meinen Besuch. Ich konnte nur den Brief weiterschreiben und sonst so wenig wie möglich an die Sache denken.

»Hey, ich fahre am Montagmorgen nach Sydney runter«, sagte Penny.

»Soll ich deine Schicht übernehmen?«

»Nein, Eleanor vertritt mich. Ich wollte wissen, ob du mitfahren magst. Ich habe einen Termin mit einem Anwalt in der Stadt. Du könntest einkaufen gehen. Allein ist die Strecke lang, ich würde mich über Gesellschaft freuen.«

Mir kam eine Idee, die die Gedanken an Anton Fournier kurzzeitig verdrängte. »Sind wir in der Nähe einer Bibliothek?«

»Eine Bibliothek? Evergreen Falls hat auch eine.«

»Ich brauche eine große.«

»Es gibt die Universitätsbibliotheken.«

»Dann komme ich auf jeden Fall mit.«

Als Adam den Job in den Blue Mountains annahm – wo er Dich wahrscheinlich kennengelernt hat –, war ich am Boden zerstört. Ich war ein pickeliger Teenager, total ungelenk und unsicher, und er war immer so entspannt und selbstbewusst. Er war so wunderschön,

nicht wahr? Auf den alten Fotos umgab ihn immer ein Glanz, sein Gesicht war so weich. Ich habe ein Bild von euch beiden – mit langen Haaren und entrückten Blicken, wie ihr auf der Aussichtsplattform über den Wasserfällen steht. Er sieht glücklich und zufrieden aus. Deshalb wollte ich mit Dir sprechen. Ich wollte wissen, wie sein Leben damals war, als er so weit weg von uns wohnte. Er hat nie den Traum aufgegeben, irgendwann wieder dorthin zurückzukehren, auch wenn das unmöglich war.
Ich wünschte, ich könnte sagen, dass Adam immer freundlich, geduldig und großzügig war, so wie als Junge und junger Erwachsener, als Du ihn kanntest. Doch leider stimmt das nicht. Die Krankheit hat ihm unvorstellbar viel abverlangt. Manchmal war er aufgedunsen und rot im Gesicht, manchmal knochig und blass. Um seinen zweiundzwanzigsten Geburtstag herum ist der Glanz in seinen Augen verloschen, nach dem ersten Kampf gegen den Krebs, der von den Medikamenten verursacht wurde, die eine Organabstoßung verhindern sollten. Bis zu diesem Punkt hoffte er vielleicht noch, irgendwann wieder gesund zu werden, doch danach wurde er immer verbitterter und …

Ich hielt inne. Ich wusste, was ich schreiben musste. Verängstigt. Er war verängstigt. Ich tippte mit dem Stift auf den Tisch und beschloss, dass nur schonungslose Ehrlichkeit Anton Fournier überzeugen würde.

… verängstigt. Die Angst war eine der schlimmsten Seiten seiner Krankheit. Wir hatten alle Angst, natürlich. Wir hatten Angst um unsere Herzen, Angst vor der leeren Zukunft ohne ihn, Angst davor, wie sehr sein

Tod schmerzen würde. Doch seine Angst war konkreter. Er sah dem Tod jeden Tag ins Auge. Jeden einzelnen Tag. Wir anderen denken ab und zu an den Tod und schaudern einen Moment, und dann leben wir unser Leben weiter, beschäftigen uns mit anderen Dingen. Doch Adam lag jeden Tag da und tat jeden Atemzug in diesem Schatten, und ich müsste lügen, wenn ich sagte, dass er sich irgendwann daran gewöhnte oder seinen Frieden fand. Das tat er nicht. Es gab keinen Frieden. Er wurde dadurch ein wenig grausam und sehr fordernd. Seine Mundwinkel zogen sich dauerhaft nach unten, sein schönes Gesicht war ständig zerfurcht – dieses Gesicht, das nie auch nur der winzigste Pickel verunziert hatte –, und er sagte oder tat manchmal verletzende Dinge.

Ich atmete tief durch und massierte meinen Nasenrücken, als einige Erinnerungen zurückkehrten. Adams Stimme, schrill vor Schmerz, die Mum beschuldigte, sein Leben ruiniert zu haben, die Dad beschimpfte, er sei ein unfähiger Trottel, und ich sei ein dummes kleines Mädchen, das nichts von der Welt wusste. Die letzte Anschuldigung stimmte wahrscheinlich. Doch ich schrieb nichts davon nieder. Es war zu privat.

Dennoch habe ich ihn immer geliebt. Ich habe gehofft und mir gewünscht, dass sich sein Zustand verbessern würde. Heilung stand außer Frage. Doch ich wünschte mir Freude für ihn, und es gab auch diese Momente, in denen er froh sein konnte. Manchmal, wenn er sanfter Stimmung war, lachten wir und unterhielten uns wie damals als Kinder. Wir erinnerten uns an St Smithereens oder an Fernsehsendungen, die wir gemeinsam

angesehen hatten, wie Monkey *oder* Dr. Who. *Er war immer noch da, mein wunderbarer Bruder. Wenn ich die Chance bekam, diese Seite von ihm zu sehen und Zeit mit ihm zu verbringen, war ich das glücklichste Mädchen auf der Welt.*
Anton, ich weiß eine Sache mit Bestimmtheit über Adam: dass Evergreen Falls der letzte Ort war, an dem er glücklich war. Wenn ich ihn nach dem Grund fragte, antwortete er immer nur, dass es wunderschön war und er dort gute Freunde hatte. Stimmt das? Oder war da mehr? Drew hat mir von eurem verrückten Sommer erzählt. Ich würde so gern mehr wissen. Ich würde gern alles erfahren, was Du noch von Adam weißt, denn seit er tot ist, habe ich nur noch Erinnerungen. Ich füge meine Adresse und Telefonnummer an, falls Du Deine Meinung ändern solltest.

Mit freundlichen Grüßen,
Lauren Beck

Ich schrieb außerdem noch die Adresse des Cafés dazu, dann faltete ich den Brief, erbat mir von Lizzie einen Umschlag und Briefmarken und warf ihn in den Briefkasten an der Ecke ein. Danach konnte ich nichts mehr tun, weshalb ich mir vornahm, mein eigenes Familiengeheimnis zu verdrängen.

Schließlich hatte ich noch ein Geheimnis aus den zwanziger Jahren zu lösen.

Die gewaltige Universitätsbibliothek, die ich am Montagmorgen staunend betrat, hatte nicht die geringste Ähnlichkeit mit der kleinen Gemeindebibliothek, aus der ich für Adam früher Bücher ausgeliehen hatte. Ich würde daheim auch nicht meine Hände und die Bücher desinfizieren müssen, was Adam immer mit einer Grimasse kommentierte. »Hast du die aus der Bibliothek oder aus dem Krankenhaus?«, fragte er dann. Und ich antwortete immer: »Bitte sehr, keine Ursache.« Dann lächelte er und begann zu lesen.

Ich ließ die Erinnerungen durch mich hindurchfließen und widmete mich wieder der vor mir liegenden Aufgabe, die hochmoderne Software zu verstehen, mit der ich Bücher suchen konnte. Schlagwortsuche? Das könnte es sein.

Ich tippte »Honeychurch-Black« ein.

Die Suche ergab Hunderte Treffer, und mein Herz machte einen Sprung. War tatsächlich so viel über die Familie geschrieben worden? Aber nein, es gab ein Honeychurch-Black Agricultural Institute, das hauptsächlich wissenschaftliche Abhandlungen veröffentlichte, von denen jede einzelne in meiner Trefferliste aufgeführt war.

Ich versuchte, diese auszuschließen, und hatte danach genau null Treffer, weshalb ich es mit neuen Suchwörtern versuchte. »Familie«, »Geschichte«, »Australien«, »1920er Jahre«. Schließlich fand ich mit ein wenig Einfallsreichtum und viel Glück ein Buch namens *Great Farming Families of Australian History*, veröffentlicht im Honeychurch-Black Agricultural Institute.

Die Klimaanlage in der Bibliothek war so hoch eingestellt, dass meine Finger eiskalt wurden. Ich knöpfte meine Strickjacke zu, während ich mir auf den Treppen durch Studentengruppen hindurch den Weg nach oben zu den Bücherregalen bahnte. Die jungen Frauen hatten alle sehr viel weniger an als ich. Entwickelte ich mich langsam zu einer alten Schachtel? Und spürte ich da nicht so etwas wie Neid, weil abgeschnittene Hotpants-Jeans an mir überhaupt nicht gut aussehen würden? Ihre Stimmen hallten im Treppenhaus wider, doch oben bei den Regalen war es sehr ruhig, der Teppich dämpfte die Geräusche. Ich strich mit den Fingern über die Buchrücken, bis ich das gesuchte Buch schließlich fand.

Hastig blätterte ich durch die Seiten. Geburten, Tode, Eheschließungen ... ich arbeitete mich vom 19. Jahrhundert bis in die zwanziger Jahre des 20. Jahrhunderts vor. Da waren sie. Mit Fotos. Mein Herz schlug schneller, als ich ihn endlich sah. Samuel Honeychurch-Black. Die Tiefe in seinem Blick, das schwarze Haar, das ihm in die Stirn fiel. Geboren 1906 auf Curlew Station außerhalb von Goulburn im ländlichen New South Wales. Gestorben 1927 zu Hause an Lungenentzündung. Sein Vater war zur gleichen Zeit ebenfalls an Lungenentzündung gestorben. Dass Sam nur einundzwanzig Jahre alt geworden war, machte mich traurig – doch zumindest durfte er diese leidenschaftliche Affäre im Hotel erleben. Flora Honeychurch-Black wurde 1901 auf Curlew Station geboren, heiratete 1927 und hatte vier Kinder. Sie starb 1989. Ich betrachtete ihr Bild. Sie war blass, wie ich. Nicht besonders hübsch. Wie ich. Doch ihr Gesicht strahlte Ruhe und Güte aus, und ein winziges Lächeln war in den Mundwinkeln erkennbar. Ihre Augen waren klar und intelligent. Ich verglich sie mit ihrem Bruder, der düster und traurig wirkte.

Aber vielleicht interpretierte ich das auch alles in das Bild hinein. Er starb jung; sie nicht. Aus seinen Briefen wurde deutlich, dass seine Schwester einen ausgeprägten Sinn für Pflichtgefühl und Anstand hatte.

Ich hielt das Buch an die Brust gedrückt, als ich in der Schlange am Kopierer anstand und aus dem kleinen Fenster auf die umhereilenden Studenten hinabblickte. Zu gern hätte ich mein Studium abgeschlossen. Ich hatte Wirtschaftskommunikation studiert und mir früher immer vorgestellt, einmal irgendwo in einer großen Firma zu arbeiten, Dokumente zu erstellen und die Grammatik meiner Kollegen zu verbessern. Dieser Gedanke erschien mir jetzt allerdings einfach lächerlich. Ich in einer großen Firma? In eleganten Hosenanzügen, wie ich Leistungskennzahlen ermittelte? Das lag weit hinter mir. Adams Krankheit hatte nicht nur ihn seiner Jugend beraubt, sondern auch mich der meinen. Die ganze Zeit hatte ich mir eingeredet, dass es nicht zu spät war, um zurück an die Universität zu gehen, dass ich eines Tages wieder die Zeit dafür hätte, doch als ich hier inmitten der ganzen Studenten und Bücher und all dem gesammelten Wissen stand, beschleunigte sich mein Herzschlag ein wenig. Ich war für alles beinahe zu spät dran. Für ein Studium, für einen Mann, für Kinder, für Rucksackreisen an exotische Orte. Ich würde sehr wahrscheinlich irgendwann allein sterben.

Ich zwang mich zur Ruhe und schalt mich eine Idiotin. Was Adam dafür gegeben hätte, einfach nur noch am Leben zu sein. Vor dem Fenster neigten sich die Ulmen im Wind, ihre Blätter von der Sonne beschienen. Ich war wie Flora, die überlebende Schwester. Ich sollte demütiger sein und mein Leben in Dankbarkeit führen.

Da kam mir plötzlich ein Gedanke: Floras Kinder könnten noch am Leben sein. Und wenn nicht sie, dann die Enkelkinder. Sie würden Sams Briefe vielleicht gern sehen. Eine Generation oder zwei lagen dazwischen. Sicherlich wäre niemand mehr schockiert. Außerdem wüssten sie vielleicht, wer Sams Geliebte war. Dann könnte ich das Rätsel endlich lösen und es Tomas erzählen.

Ich blätterte ans Buchende auf der Suche nach weiteren Namen. Ein gewisser Graeme Dewhurst hatte das Buch geschrieben, Ehemann einer von Floras Enkelinnen. Er nannte sie in seiner Danksagung: Terri-Anne Dewhurst.

Nachdem ich die betreffenden Seiten kopiert hatte, wusste ich, wie ich weiter vorzugehen hatte.

Ich setzte mich an einen der Computer und suchte nach der Webseite des Honeychurch-Black Agricultural Institute. Dann schrieb ich über das Kontaktformular eine Nachricht mit der Bitte um Weiterleitung an Terri-Anne, in der ich ihr von den Briefen berichtete und ihr anbot, sie ihr zu schicken. Ich hoffte, dass ich mit ihr telefonieren und mehr über ihre Familie erfahren könnte.

Vielleicht würde ich aber genauso zurückgewiesen werden wie von Anton Fournier.

Egal. Ich klickte auf »Senden«. Die Briefe stammten von ihrem Großonkel. Sie gehörten zu seiner Familie.

Der Wind frischte auf in der Nacht, wehte kalt und trocken aus dem Süden. Ich hatte das Fenster offen gelassen, als ich ins Bett ging, und wachte schließlich auf, als der Wind die Vorhänge peitschte. Ein Blick auf das Handy sagte mir, dass es drei Uhr morgens war. Ich schloss das Fenster, kuschelte mich wieder ins Bett, konnte aber nicht mehr einschlafen. Mein Gehirn hielt es für den perfekten Zeitpunkt, um ausgiebig über all meine Probleme nachzugrübeln. Mum. Dad. Tomas. Meine Zukunft. Anton Fournier. Eine Stunde verging.

Schließlich setzte ich mich auf und griff nach dem Handy. In Dänemark war es wahrscheinlich mitten am Tag. Ich wartete immer, dass Tomas sich meldete; ich hatte noch nicht den Mut aufgebracht, ihn von mir aus zu kontaktieren. Doch bevor ich noch weiter darüber nachdenken konnte, schrieb ich ihm eine SMS:

Kann nicht schlafen. Denke an Dich.

Ich wartete, doch es kam keine Antwort. Nachdem ich noch eine Weile gegrübelt hatte, stand ich auf und zog mich an. Eine ganze Sammlung von Landkarten wartete im Westflügel des Evergreen Spa auf mich.

Ich war nicht auf die Kälte vorbereitet – diese spezielle Kälte in den Stunden vor der Dämmerung, wenn die Welt vollkommen leer zu sein scheint. Der Wind heulte durch die Kiefern und schlug mir die Haare ins Gesicht. Das Straßenlicht, das durch die Zweige der Eichen auf die Hauptstraße schien, formte ständig neue Schatten. Vereinzelte Blätter trieben über den Asphalt. Meine Finger waren taub. Ich ging rasch zum Hotel, den Kopf gesenkt, und wünschte, ich wäre im Bett geblieben.

In der Eingangshalle angekommen, schloss ich die Tür hinter mir und holte dankbar tief Luft, dann schaltete ich die Taschenlampe ein und ging hinauf in die Bibliothek.

Der Bibliotheksbericht verzeichnete den Standort der Atlanten, weshalb ich sorgfältig mit der Taschenlampe die Schilder hinter den Glastüren der Bücherregale beleuchtete, bis ich sie gefunden hatte. Drei Regalreihen voller in rotes Leder gebundener Folianten. Ich öffnete die Tür, holte vorsichtig den ersten Band heraus und nahm ihn mit zu einem der großen Eichentische.

Als ich die schweren Seiten umblätterte, tobte draußen der Sturm und brachte die Fenster auf der anderen Seite der Tische zum Erzittern. Wenn es nicht so viele Atlanten gewesen wären, hätte ich sie mit nach Hause genommen und gemütlich im Warmen bei elektrischem Licht und heißem Tee darin gelesen. Buch für Buch, Seite für knisternde Seite detaillierter Karten, doch keine Notizen am Rand, keine Liebesbriefe zwischen den Seiten. Nur eine Sammlung von Büchern.

Als die Morgendämmerung heraufzog, fühlte ich mich

immer niedergeschlagener. Ich ging zu den großen Schubladen am unteren Ende der Regale. Hier verwahrte der Bibliothekar alte Unterlagen, und nach kurzer Zeit hatte ich einige abgegriffene Personalverzeichnisse gefunden, die bis zur Eröffnung des Hotels im Jahr 1888 zurückreichten. Ich suchte nach dem Band, der Samuels Aufenthalt abdeckte. Die Bindung war zerfallen, die Blätter hingen lose zwischen den Buchdeckeln und fielen heraus, als ich das Buch öffnete. Ich sammelte sie zusammen und leuchtete sorgfältig über einige Seiten. Namen, Daten, Aufgaben, Löhne. Ich legte den Band zur Seite, um ihn später mit nach Hause zu nehmen, und ging weiter die Schubladen durch. Bald schon fand ich ein ledergebundenes Korrespondenzbuch, dick mit maschinegeschriebenen Briefen gefüllt und von Feuchtigkeit aufgequollen. Alle Briefe waren mit Nadeln darin befestigt, die mittlerweile rostig waren. Jede Korrespondenz war unterzeichnet mit *Hochachtungsvoll, Miss Eugenia Zander, Direktorin*. Bei näherer Betrachtung erkannte ich, dass es sich um Durchschläge handelte. Miss Eugenia Zander hatte von all ihren Briefen Kopien behalten.

Das Buch endete im Jahr 1925. Das nächste in der Schublade begann 1927. Das einzige, das mich interessierte – das aus dem Jahr 1926 –, fehlte.

Ich hatte zwei Möglichkeiten: alle Schubladen zu durchsuchen oder nach Hause zu gehen und im Bibliotheksbericht nachzuschauen, ob der Briefverkehr von 1926 katalogisiert worden war.

Ich entschied mich für Letzteres, da ich fürchtete, alles nur durcheinanderzubringen, wenn ich jetzt eine großangelegte Suche startete. Außerdem knurrte mein Magen, und ich sehnte mich nach Tee und Toast.

Als ich ein letztes Mal mit der Taschenlampe durch den

Raum leuchtete, sah ich den Atlas, den ich auf dem Tisch liegen gelassen hatte. Ich nahm ihn auf, um ihn zurück an seinen Platz zu räumen, doch er rutschte aus meinen müden, ungeschickten Fingern und landete mit einem Knall aufgeschlagen auf dem Fußboden.

»O nein«, seufzte ich in der Dunkelheit. Ich wusste, dass ich dabei Seiten geknickt hatte. Hoffentlich hatte der Buchrücken keinen Schaden genommen. Ich kauerte mich hin und hob den Band vorsichtig auf. Da glitt etwas heraus.

Ich nahm es in die Hand und betrachtete es. Das Porträt einer Frau. An der Oberkante stand in verblichener Tinte, in einer Handschrift, die ich von den Briefen wiedererkannte: *Meine Violet.*

Samuels Geliebte hatte einen Namen.

Kapitel siebzehn

Ich weiß, ich hätte es nicht tun sollen, aber ich nahm das Bild, geschützt im Personalverzeichnis, mit nach Hause. Meine Sammlung aus dem Evergreen Spa gestohlener Dinge wurde immer umfangreicher. Aber natürlich würde ich alles irgendwann zurückbringen.

Während die Morgendämmerung heraufzog, machte ich mir Frühstück. Es war ein grauer Tag. Im Licht der Deckenlampe betrachtete ich Violets Porträt.

Violet.

Ich wusste jetzt sicher, dass sie eine Angestellte gewesen war, da sie auf dem Bild eine Dienstmädchenuniform trug. Sie war wunderschön. Ein süßes, rundliches Gesicht mit einem leicht spitzen Kinn, welligem dunklem Haar, das auf Kinnlänge geschnitten war, und großen Augen mit langen, geschwungenen Wimpern. Sie hatte etwas Vertrautes an sich; vielleicht erinnerte sie mich an einen Filmstar aus der Zeit, die sich alle irgendwie vom Typ her geähnelt hatten. Der Künstler hatte das Licht in ihren Augen hervorragend einfangen und noch etwas anderes – Unsicherheit? Ich fragte mich, ob Samuel der Zeichner war, doch dann konnte ich eine andere Signatur am unteren Rand erkennen, die mit zwei dicken Linien ausgestrichen worden war. Die erste Initiale war ein C oder ein E, der Familienname Betts. Warum war sie durchgestrichen?

Ich wandte mich dem Personalverzeichnis zu, sorgfältig darauf bedacht, es nicht mit Erdnussbutter von meinem Toast zu beschmieren. Erfreut fand ich heraus, dass eine Armstrong, V. im Herbst 1926 als Bedienung im Hotel angefangen hatte. Noch erfreuter war ich, als ich niemanden sonst mit dem Anfangsbuchstaben V fand – sie musste es also sein. Allerdings war etwas Ungewöhnliches an ihren Einträgen: Im Juli desselben Jahren verschwand sie ohne Erklärung aus dem Verzeichnis. Bei anderen Angestellten mit Zeitvertrag war immer ein Datum und ein Grund für das Ausscheiden aus dem Arbeitsverhältnis notiert (einige der Gründe waren verblüffend: »zum fünften Mal beim Rauchen erwischt«, »zu begriffsstutzig«, »ist dem Mann nachgelaufen, der sie in Schwierigkeiten gebracht hat«). Doch in Violet Armstrongs Fall erschien ihr Name einfach nicht mehr. Ende Juli hatte man ihr den vereinbarten Lohn ausgezahlt, und danach ... löste sie sich einfach in Luft auf.

Ich frühstückte fertig und schlug das Bibliotheksverzeichnis auf, um zu sehen, ob die Briefe von 1926 katalogisiert worden waren. Merkwürdigerweise waren sie nicht aufgeführt.

Ich befestigte Violets Bild mit Magneten am Kühlschrank, neben dem Foto von Adam und Anton. All meine Geheimnisse waren damit an einem Ort versammelt. Da klingelte mein Handy. Tomas.

»Hallo?«

»Danke für die Nachricht, ich habe mich sehr darüber gefreut. Warum kannst du nicht schlafen?«

»Jetzt bin ich zu aufgeregt. Stell dir vor, was ich gefunden habe!« Ich erzählte ihm mit wachsendem Stolz, dass ich das Rätsel – na ja, zumindest einen Großteil – während seiner Abwesenheit gelöst hatte.

»Sie hatten also eine kurze Affäre, haben aber nie geheiratet? Kein Happy End?«, fragte Tomas.

»Nicht laut dem Buch, das ich gestern in der Bibliothek gelesen habe. Er starb im darauffolgenden Jahr, und sie ... ich weiß es nicht. Es gibt keine Hinweise darauf, was mit ihr geschehen ist, aber sie hat im Winter aufgehört, im Evergreen Spa zu arbeiten. Oh, und Tomas, sie war so hübsch. Ich mache ein Foto und schicke es dir. Ich habe auch eines von Samuel und Flora.«

»Du hast wirklich Großartiges vollbracht. Toll!«

»Einige Teile des Rätsels sind noch ungelöst.« Ich erzählte ihm von der fehlenden Korrespondenz aus dem betreffenden Jahr. »Wahrscheinlich brauche ich sie auch nicht, um Violet zu identifizieren, aber es wäre trotzdem interessant, sie zu lesen.«

»Ich meine, mich von meinem ersten Besuch im Westflügel her zu erinnern, dass in einem Büro, das an das Foyer angrenzte, einige Bücher und Unterlagen waren, die der Bibliothekar übersehen hatte. Du kannst dort ja mal nachschauen.«

»Gute Idee. Das werde ich.«

»Wenn du magst, kannst du auf mich warten, und wir gehen zusammen.«

Mein Herz machte einen Satz. »Wirklich? Du kommst zurück?«

»Sabrinas Cousine ist mittlerweile eingetroffen, außerdem einige befreundete Kollegen. Es geht ihr von Tag zu Tag ein wenig besser. Ich muss nicht mehr länger hierbleiben.«

»Willst du nicht dort sein, wenn sie aufwacht?«

»Natürlich wäre das schön. Aber mein Arbeitgeber erwartet mich so bald wie möglich zurück. Verzögerungen kosten viel Geld.«

Insgeheim war ich dankbar, dass solche praktischen Erwägungen ihn schon bald zu mir zurückbringen würden.

»Also, wann ...«

»Ich komme nächste Woche zurück.«

Nächste Woche. Es war schon Dienstag. Fast Mittwoch.

»Ich freue mich sehr darauf, dich wiederzusehen«, sagte ich mutig.

»Wirklich?«

»Ja.«

»Du rufst mich nie an oder schreibst mir. Ich dachte schon, du hättest mich vergessen.«

Trotz der vielen tausend Kilometer Entfernung zwischen uns errötete ich. »Mir war nicht klar, dass ich es kann«, sagte ich ehrlich. »Ich bin wirklich nicht gut in diesen Dingen.«

»Drittes Date«, sagte er. »Nächste Woche.«

»Ich kann es kaum erwarten«, antwortete ich.

Auf dem Weg zur Arbeit schaute ich bei Lizzie vorbei, um ihr zu erzählen, dass Tomas bald zurückkomme. Doch sie kam nicht zur Tür, und erst, als ich eine halbe Stunde später in der Arbeit eintraf, erfuhr ich den Grund.

»Hey«, sagte Penny, »wie geht es ihr?«

»Wem?«

»Mrs. Tait«, antwortete sie, ebenso verwirrt wie ich.

»Was meinst du damit?«

»Sie ist im Krankenhaus. Ich dachte, du wüsstest Bescheid. Seit dem Wochenende.«

Mir wurde eiskalt. Menschen im Krankenhaus waren eine furchtbare Vorstellung für mich. »Wie bitte? Geht es ihr gut? Nein, natürlich nicht, sonst wäre sie nicht im Krankenhaus, aber ...«

»Ich weiß es nicht genau, deshalb frage ich dich. Sie ist wohl in der Privatklinik am Fuß der Arthur Street. Eine der Krankenschwestern hat es erwähnt.«

Nervös sah ich zur Uhr. Ich war den ganzen Tag eingeteilt.

»Geh nur, wenn du willst, ich komme zurecht. Eleanor ist auch bald da.«

»Macht es dir wirklich nichts aus?«, fragte ich, während ich schon meine Schürze löste. »Ob sie wohl einsam ist und Angst hat?«

»Nun geh schon«, erwiderte Penny. »Wir sehen uns morgen. Hoffentlich mit guten Neuigkeiten.«

Ich erwischte gerade noch den Bus, der die Hauptstraße entlangholperte und mich beim Anzac Park absetzte. Ich durchquerte ihn bis zur Rückseite der Privatklinik. Die grauen Wolken hingen tief, doch noch regnete es nicht.

Nachdem ich mich bei der Rezeption angemeldet hatte, ging ich einen Flur entlang, der hellrosa und grün gestrichen war. Meine Angst legte sich ein wenig. Die Klinik wirkte sehr freundlich und roch nach Rosen anstatt nach Desinfektionsmittel. Adam war nie in einem Krankenhaus gewesen, das nach Rosen duftete.

Lizzie lag auf der Seite im Bett, das Gesicht dem Fenster zugewandt. Der Fernseher lief ohne Ton. Ich dachte zuerst, sie schlafe, weshalb ich im Türrahmen stehen blieb, doch dann bewegte sie sich, und ich hörte, wie sie leise vor sich hin summte. In ihrer Hand steckte eine Infusionsnadel, eine große Beule auf ihrer krepppartigen Haut.

»Lizzie?«

Sie drehte sich um, und als sie mich erkannte, hoben sich ihre Mundwinkel leicht. »Hallo, Liebes. Wie nett von Ihnen, mich zu besuchen.«

Ich setzte mich auf den gepolsterten Stuhl neben ihrem Bett. »Warum haben Sie mich nicht angerufen?«

»Ach, es ist nichts weiter. Außerdem habe ich Ihre Nummer gar nicht.«

Ich war mir sicher, dass sie log. Als meine Vermieterin hatte sie natürlich meine Kontaktdaten. »Haben Sie jemand anders angerufen? Ihre Kinder?«

Sie schüttelte den Kopf. »Es ist wirklich nichts. Nur eine kleine Operation, und dann ist alles wieder in Ordnung, sagen sie.«

»Operation?« Sorge verdrängte die beruhigende Wirkung der Rosen. »Was ist los?«

»Ein Problem im Darm, das hatte ich früher schon einmal. Ich wusste immer, dass ich eines Tages hier landen und aufgeschnitten werden würde. Aber reden wir nicht über meine Innereien. Das gehört sich nicht, nicht wahr?«

»Man hat Sie also ins Krankenhaus gebracht, und Sie haben es mir nicht gesagt? Ich hätte im Krankenwagen mit Ihnen fahren können.«

»Ich habe ein Taxi genommen, Liebes. Ich war nicht beunruhigt. Das sollten Sie auch nicht sein, und ganz bestimmt nicht meine Kinder.«

»So schnell werden Sie mich nicht los«, sagte ich. »Ich werde Ihre Kinder auf jeden Fall anrufen, weshalb Sie mir genauso gut einfach sagen können, wo ich ihre Nummern finde.«

Sie seufzte. »Mein Hausschlüssel ist in der Tasche in der Schublade dort drüben. Wenn Sie die Pflanzen auch noch gießen könnten, wäre das sehr freundlich. Die Nummern stehen an der Wand neben dem Telefon. Für den ... Notfall. Rufen Sie Robbie an – er ist der Älteste und Rechthaberischste. Er kann dann die anderen informieren.«

Ich griff nach ihrer Hand, die kalt war, die Fingerspitzen ganz weich.

»Himmel, wie ich das hasse«, sagte sie. »Was für einen

Sinn hat es, so alt zu werden wie ich? Wozu bin ich noch nutze? Ich bringe aller Leben durcheinander und habe noch nicht einmal einen guten Grund dafür. Entweder werde ich gesund oder eben nicht. Das Leben geht weiter.«

»Wann werden Sie operiert?«

»Da weiß ich auch nicht mehr als Sie. Man entscheidet sich hier ständig um. Zuerst dachte ich, morgen, aber jetzt heißt es Freitag. Mein Zustand muss sich erst stabilisieren. Vielleicht also auch erst nächste Woche.«

Nächste Woche. »Da kommt Tomas zurück«, sagte ich.

Sie lächelte das erste echte Lächeln, das ich heute an ihr gesehen hatte. »Wunderbar. Kümmern Sie sich noch einmal um Ihre Augenbrauen, sie werden schon wieder blass.«

Ich lachte. »Früher oder später wird er meine wahre Augenbrauenfarbe herausfinden.«

»Zögern Sie es so lange wie möglich hinaus.«

Ich weiß nicht, wie ich mir Lizzies Sohn vorgestellt hatte. So wie sie von ihren Kindern gesprochen hatte, dachte ich, sie wären vielleicht uninteressiert oder sogar abweisend. Doch Robbie war ein Mann mit leiser, freundlicher Stimme, der mir zutiefst dankbar war. Zwei Stunden nach meinem Anruf rief er zurück und sagte, alle machten sich von ihren über die ganze Welt verstreuten Wohnorten auf den Weg, und bat mich, Lizzie so viel Gesellschaft zu leisten wie möglich, bis sie eingetroffen waren, was ich natürlich versprach.

Vier Tage lang arbeitete ich die Mittagschicht und blieb danach lange bei Lizzie im Krankenhaus, die gelassen blieb, auch wenn sie gelegentlich damit haderte, was für Umstände sie allen bereite und dass die Ärzte die Operation noch einmal verschoben hätten. Doch ich merkte, wie dankbar sie für die Gesellschaft war und für die Aussicht, dass ihre Kinder bald kamen.

Am fünften Tag trafen ihre Töchter Christie und Genevieve aus New York und Vancouver ein. Ich blamierte mich, als ich fragte, ob sie mit demselben Flugzeug gekommen seien, worauf sie verwirrt lächelten und mir die eine von ihnen (Christie, glaube ich) erklärte, dass Vancouver auf der New York entgegengesetzten Seite des Kontinents lag und außerdem in einem anderen Land.

Wie schon gesagt, mein Wissen von der Welt da draußen war sehr gering.

Tomas würde erst am nächsten Tag kommen, und ich hatte frei, weshalb ich mich mutig am helllichten Tag in den Westflügel schlich.

Ich versicherte mich mehrmals, dass ich nicht beobachtet wurde, als ich die Eingangstür aufsperrte und sie mit einem Ziegelstein offen hielt. Licht schien durch die Ritzen zwischen den Brettern an den Fenstern und beleuchtete eine glänzende Bodendiele hier, ein staubiges Fensterbrett dort. Mittlerweile mochte ich den staubigen Geruch, den ich mit meinen aufregenden Entdeckungen verband. Drei Türen gingen nebeneinander vom Foyer ab, und ich nahm an, dass es sich dabei um die von Tomas erwähnten Büros handelte.

Die ersten zwei Räume waren klein und leer, doch der dritte war geräumig, mit einem alten, wunderschön geschnitzten Tisch, der unter das vernagelte Fenster geschoben worden war. Dem Eingang gegenüber befand sich eine weitere Tür, die zu einem Schrank mit sechs Regalfächern führte. Tomas hatte recht: Hier lagen noch Bücher und Papiere.

Ich legte die Taschenlampe auf den Tisch, um mir zu leuchten, doch dann wurde ich kühn. Das Brett am unteren

Fensterende war in der oberen Ecke lose, so dass ich es mit etwas Mühe herausziehen konnte. Licht strömte ins Zimmer. Durch die schmutzige Scheibe konnte ich die Kiefern sehen und die bedrohlichen grauen Wolken am Himmel. Der Tisch war mit einer dicken Staubschicht bedeckt. Ich zeichnete mit dem Zeigefinger ein Spiralmuster hinein und bereute es sofort, als ich kräftig niesen musste.

Zurück zu dem Schrank. Die schiere Menge an aufbewahrten Unterlagen schüchterte mich ein. Oben in der Bibliothek war es so viel einfacher, weil alles ordentlich katalogisiert war. Ich verwarf sofort den Gedanken, alle Kisten und Stapel zu durchsuchen. Im Moment suchte ich nur nach einem ledergebundenen Korrespondenzbuch. Im düsteren Licht der Regenwolken arbeitete ich mich durch den Schrankinhalt, stapelte die Papiere sorgfältig um mich herum auf und versuchte, nicht in Hektik zu verfallen. Auf manche warf ich einen kurzen Blick; es waren hauptsächlich Lieferantenverzeichnisse mit Listen von Nahrungsmitteln, Bettwäsche, Waschpulver und vielem anderen mehr, das in großen Mengen eingekauft worden war. Ich fand Eugenia Zanders Adressbuch, das ich natürlich nach Einträgen zu Honeychurch-Black durchsuchte, jedoch vergeblich.

Vielleicht war es Schicksal oder auch nur Zufall, doch das Korrespondenzbuch fand ich als Letztes. Es lag in einer Schachtel zwischen Rechnungsbüchern unter allen anderen Unterlagen. Der rationale Teil von mir sagte, dass es da wahrscheinlich lange nach Eugenia Zanders Zeit im Hotel gelandet war, durch jemanden, der nicht wusste, worum es sich handelte, oder dem es gleichgültig war. Der leicht zu erregende Teil von mir behauptete hingegen, dass man es gut versteckt hatte – nun, halb versteckt. Dass Eugenia Zander es bewusst zur Seite gelegt hatte, auch wenn ihr

Pflichtgefühl es ihr verbot, das Buch zu entsorgen. In meiner lebhaften Vorstellung der Ereignisse im Jahr 1926 verschwand Violet Armstrong spurlos, und Samuel Honeychurch-Black starb an einem gebrochenen Herzen.

Natürlich wusste ich, dass mich die Enttäuschung irgendwann einholen würde. Das wahre Leben war sehr viel weniger aufregend.

In dem Moment, in dem ich das Korrespondenzbuch aus der Schachtel nahm, hörte ich, wie die Eingangstür zum Westflügel geöffnet wurde.

Ich wünschte, ich könnte die Reaktion meines Körpers bei diesem Geräusch exakt beschreiben. Zuerst hegte ich die schwache Hoffnung, es könne sich um Tomas handeln. Dann erinnerte ich mich, dass ich ja seinen Schlüssel hatte, und erkannte plötzlich, dass jemand Fremdes ins Hotel gekommen sein musste. Dann betrachtete ich mit Schrecken die Unordnung, die ich angerichtet hatte, in einem Raum, zu dem ich keinen Zutritt hatte, in einem Hotel, in dem ich nicht sein durfte. Überall lagen Papier- und Bücherstapel, ein Brett war vom Fenster abgerissen, und in meiner Hand hielt ich ein altes ledergebundenes Buch, das in eine Bibliothek gehörte. Hastig stopfte ich den Band in meine Schultertasche und versteckte es unter meinem Ersatzschal. Mein Herz schlug nur noch schuldbewusster, als ich über eine angemessene Haltung für meine unausweichliche Entdeckung nachdachte. Ich beschloss, es zumindest so aussehen zu lassen, als würde ich gerade alles zurückräumen. Ich stand also mit dem Rücken zur Tür, als eine Stimme ertönte: »Was machen Sie hier?«

Ich drehte mich um und – weil ich es in Polizeiserien mehrfach so gesehen hatte – hob die Hände.

Der Sicherheitsmann, ein unglaublich muskulöser Kerl in den Fünfzigern mit einem dichten Schnauzbart, brach in Gelächter aus. Er bedeutete mir, die Hände herunterzunehmen.

»Wie heißen Sie?«, fragte er.

»Lauren Beck.« Ich holte Tomas' Schlüssel aus meiner Tasche. »Ich habe einen Schlüssel.«

Er schaltete seine Taschenlampe aus und musterte die Unterlagen und Schachteln. »Arbeiten Sie mit dem Bibliothekar zusammen?«

Beinahe hätte ich genickt. Vielleicht hätte ich es tun sollen. Aber ich vertraute meiner Fähigkeit zu lügen nicht genug. »Nein. Tomas Lindegaard gab mir diesen Schlüssel zur Aufbewahrung während seiner Abwesenheit. Ich habe einige alte Unterlagen durchgesehen und stelle gleich alles wieder zurück.«

Stirnrunzelnd hielt er mir die Hand entgegen. »Sie geben mir den Schlüssel mal besser. Nicht dass ich Ihnen nicht trauen würde, Miss Beck, aber ... nein, ich vertraue Ihnen nicht. Ich weiß nicht, wer Sie sind, und Tomas Lindegaard ist in Dänemark ...«

»Tomas kommt morgen zurück«, sagte ich, während ich den Schlüssel in seine Handfläche legte. »Sie können ihn dann selbst fragen.«

»Gut, dann werde ich das tun. Bis dahin notiere ich mir Ihren Namen, Adresse und Telefonnummer und bringe Sie nach draußen.«

Oh, diese Schmach. Zum Glück war wenigstens der Regen schwächer geworden. Ein älteres Paar mit einem Malteserhund beäugte uns neugierig, als wir aus dem Gebäude traten. Ich versuchte mir einzureden, dass mir keiner ansah, dass ich des Geländes verwiesen wurde – schließlich trug ich keine Handschellen, und niemand hielt mir eine Pistole in den Rücken –, aber Schuldgefühle und Scham mussten mich wie ein Leuchtfeuer umgeben haben. Der Sicherheitsmann geleitete mich zu seinem Auto, wo er sich meine Kontaktdaten notierte und meine Identität anhand meines Führerscheins überprüfte – eine ziemlich heikle Angelegenheit, da dieser in meiner Handtasche unter einem gestohlenen Buch lag. Natürlich stand auf dem Führerschein noch meine alte Adresse in Tasmanien, und Lizzie war am geeignetsten, meinen derzeitigen Wohnort zu bezeugen, doch die lag ja im Krankenhaus. Ich wollte gerade Penny im Café erwähnen, als der Wachmann mein Telefon sehen wollte.

Ich reichte es ihm, er tippte auf ein paar Felder, fand irgendwie meine Telefonnummer und notierte sie.

»Gut, ich habe alles, was ich brauche. Ich werde mit Mr. Lindegaard sprechen. Tut mir leid, wenn ich Ihnen Unannehmlichkeiten bereitet habe, Miss Beck, aber ich mache nur meine Arbeit. Die Versicherung würde nicht abdecken, wenn Ihnen da drinnen etwas zustieße, verstehen Sie.«

»Natürlich.«

»Kann ich Sie nach Hause fahren?«

Ich schüttelte den Kopf. »Es tut mir wirklich leid.«

Er zuckte mit den Schultern, verabschiedete sich und stieg ins Auto. Ich blieb vor dem Hotel zurück – das für mich ab jetzt verschlossen war – und fragte mich, ob Tomas zufrieden oder verärgert sein würde. Wie aufs Stichwort begann es erneut zu regnen. Ich ging nach Hause.

Ich schäme mich so sehr, dass ich das Korrespondenzbuch nicht gleich aus meiner Handtasche nehmen konnte, sondern mich erst einmal lange in die Badewanne legte. Danach überprüfte ich mein Handy und sah, dass eine Nachricht von einer mir unbekannten Nummer auf meiner Mailbox hinterlassen worden war. Sofort dachte ich an Anton Fournier und hörte sie ab.

303

»Hallo, Lauren. Hier spricht Terri-Anne Dewhurst. Ich melde mich auf Ihre E-Mail hin. Könnten Sie mich so schnell wie möglich zurückrufen? Ich würde sehr gern mit Ihnen reden.« Ihre Stimme war ruhig und klang beinahe mädchenhaft.

Rasch trocknete ich mich ab und schlüpfte in meinen Pyjama, auch wenn es erst vier Uhr nachmittags war, nahm Samuels Briefe an Violet zur Hand und rief Terri-Anne zurück.

Sie meldete sich nach dem ersten Klingeln.

»Danke, dass Sie so rasch zurückrufen«, sagte sie. »Man hat mir gerade Ihre Nachricht weitergeleitet, und ich muss sagen, ich bin sehr aufgeregt.«

»Ich habe die Briefe hier neben mir«, antwortete ich. »Ich sollte Sie allerdings warnen, sie sind sehr ... äh ... intim.«

»Wirklich? Wunderbar! Ich wäre Ihnen überaus dankbar, wenn Sie sie mir schicken könnten. Ich kann es nicht glauben, dass Sie sie gefunden haben. Sind Sie sicher, dass Sam der Verfasser ist?«

»Sam? Hat man ihn so genannt? Nicht Samuel?«

Sie lachte leise. »Sie wissen sicher, dass es in jeder Familie einen Hobbygenealogen gibt? Das bin ich. Und ja, Großonkel Sam fasziniert mich seit Jahren. Ich habe ihn immer so genannt, weil meine Großmutter, seine Schwester, nie Samuel gesagt hat.«

»Nun, ich bin mir sicher, dass es sich um ihn handelt. Ich habe alte Gästeverzeichnisse überprüft, und die Fakten passen zusammen.« Ich dachte kurz daran, wie man mich heute erwischt hatte, und schauderte wieder vor Scham, doch dann erzählte ich ihr alles, was ich wusste. Von Violet, dem Porträt, alles. »Das Geheimnis hat mich nicht mehr losgelassen, muss ich gestehen«, sagte ich. »Ich habe gehofft, Sie könnten mehr wissen. Was geschah mit Violet? Ich weiß, dass Sam im darauffolgenden Jahr an Lungenentzündung gestorben ist, aber ...«

»Nein, das ist er nicht«, unterbrach mich Terri-Anne, und vielleicht bildete ich es mir nur ein, aber sie senkte verschwörerisch die Stimme. »Das ist ein bequemer Familienmythos, den meine Urgroßmutter, Sams Mutter, verbreitet hat. Ich habe die Lüge beim Stöbern in alten Familienpapieren aufgedeckt, als ich noch ziemlich jung war.«

»Aber warum? Warum sollte man ...?« Dann verstand ich. »Er ist verschwunden, nicht wahr?«

»Ja, 1926. Kam nie aus dem Evergreen Spa zurück. Verstehen Sie – wenn diese Briefe beweisen, dass er verliebt war, dann finden wir vielleicht endlich den Grund für sein Verschwinden.«

»Auch Violet erscheint nicht mehr in den Verzeichnissen«, sagte ich. »Kein Eintrag, dass sie gekündigt hat oder gefeuert wurde. Auf der einen Seite steht noch ihr Name, auf der nächsten nicht mehr.«

»Vielleicht sind sie zusammen weggelaufen«, meinte Terri-Anne atemlos. »Vielleicht habe ich Verwandte, die ich noch nie gesehen habe. Ehrlich, Lauren, ich war noch nie so aufgeregt. Ich kann Ihnen gar nicht genug danken.«

»Wie war Ihre Großmutter?«, fragte ich. »Flora? In den Briefen nennt er sie Schwesterchen, und er hält sie für etwas ernst und moralisierend.«

»Sie war die reizendste, fröhlichste alte Dame, die man sich vorstellen kann«, antwortete Terri-Anne zärtlich. »Auch wenn sie sich weigerte, über Sam zu sprechen, und sehr bekümmert war, als ich ihr die medizinischen Unterlagen zeigte, die zwar bewiesen, dass ihr Vater an Lungenentzündung gestorben war, Sam jedoch mit keinem Wort erwähnten. Das war der erste Hinweis für mich, dass etwas nicht stimmte. Doch ich konnte erst nach Grandmas Tod weiterforschen, es hätte sie einfach zu sehr aufgeregt. Mein ganzes Erwachsenenleben beschäftige ich mich schon damit.«

Wir sprachen noch ein paar Minuten, und mir wurde klar, dass diese Menschen, über die ich seit Wochen nachdachte, real waren, keine Charaktere aus einem Buch. Ich mochte Terri-Anne auf Anhieb, sie trug das Herz auf der Zunge. Ich versprach ihr, die Briefe mit einem Kurier – auf ihre Kosten – zu verschicken, und sie erlaubte mir, Kopien für mich anzufertigen. Außerdem sollte ich weiter Nachforschungen für sie anstellen.

Nach dem Gespräch waren meine Gewissensbisse, beim Herumschnüffeln erwischt worden zu sein, nicht mehr ganz so groß, und ich holte das Korrespondenzbuch aus dem Jahr 1926 aus meiner Tasche.

Als ich es mir auf der Couch bequem machte, hörte ich den Regen gegen meine Fensterscheibe prasseln. Ich übersprang den Anfang. Die Affäre hatte im Winter begonnen, weshalb ich alle Briefe ab dem ersten Juni durchblätterte und einen Blick auf die Adressen warf. In weniger als einer Minute war ich im August angelangt und fand einen Brief an eine Mrs. Thelma Honeychurch-Black, Sams und Floras Mutter, wie ich aus meinen bisherigen Nachforschungen wusste.

Sehr verehrte Mrs. Honeychurch-Black,
haben Sie Dank für Ihr Schreiben; ich werde mich kurz fassen, um Ihre Ängste zu beschwichtigen. Ich kann Ihnen versichern, von mir haben Sie nichts zu befürchten. Meine Diskretion war immer mein ganzer Stolz, und das Wissen über die persönlichen Angelegenheiten meiner Gäste, der früheren und der zukünftigen, werde

ich mit ins Grab nehmen. Ich respektiere Ihre Wünsche und versichere Ihnen, dass alle Beteiligten ihre eigenen drängenden Gründe haben, niemals darüber zu sprechen. Die Ereignisse waren tragisch; ihre Auswirkungen müssen so überschaubar wie möglich gehalten werden, um diese Tragödie nicht noch größer erscheinen zu lassen. Wir sind hierin vollkommen einer Meinung.

Hochachtungsvoll,
Eugenia Zander

Immer wieder las ich den Brief, und jedes Mal bekam ich eine Gänsehaut. *Niemals darüber zu sprechen. Die Ereignisse waren tragisch.* Was hatte ich da aufgedeckt? Und was hatte es mit Sam und Violet zu tun?

Kapitel achtzehn

1926

Der Schnee kam wie vorhergesagt, jedoch nicht in dicken Wehen, die das Reisen unmöglich machten. Stattdessen schneite es zwei Nächte hintereinander sanft und leise, mit Flocken wie aus fein gesponnenem Kristall. Am Morgen war der Schnee immer schon geschmolzen. Violet war verzaubert von diesem Schauspiel: Sie hatte so etwas noch nie zuvor gesehen, und auch wenn der Aufenthalt im Freien kaum erträglich war, liebte sie es, dem Fallen des Schnees durch die Fenster zuzusehen, was Hansel gegen sie aufbrachte, wenn sie eigentlich Mahlzeiten zu servieren hatte. Er war jedoch nicht ganz so verärgert wie sonst. Die Stille schien alle zu beruhigen, fast schon zu entspannen. Der Winter war hier, und eine Handvoll Menschen teilte sich einen großen, leeren Ort. Die Stimmung war locker und kollegial. Selbst die Gäste, einschließlich der sonst so sarkastischen Cordelia Wright, waren freundlicher.

Seit Violet Cordelia Wrights Zimmer gesehen hatte, als sie dort die Möbel polierte und die Bettwäsche wechselte, fand sie, die Opernsängerin habe nicht den geringsten Grund zum Missmut. Wunderschöne Kleider und Pelze lagen auf dem Bett oder hingen im Schrank; im Schmuckkästchen schimmerten kostbare Juwelen. Natürlich hätte Violet nichts davon sehen dürfen, doch allein in den Zimmern, gab sie sich ihrer Neugier hin. Floras Zimmer war makellos aufgeräumt, auf ihrem Schreibtisch waren Federhalter, Tinte und Papier ordentlich nebeneinander aufgereiht. Lord und Lady Powells Bett sah immer aus, als ob sie die ganze Nacht darin Kämpfe aufführten (Violet konnte sich nicht zu der Vorstellung durchringen, dass sie sich stundenlang wild geliebt hatten). Miss Sydneys Kommode war mit mehr Kosmetikprodukten gefüllt, als Violet je gesehen hatte: Cremes, Tränke und Tabletten, sogar eine Seife namens *Doctor Potter's Slimming Soap*, deren Packungsaufschrift versprach, Fett und Alter gleichzeitig schmelzen zu lassen. Tonys und Sweeties Zimmer waren genauso unordentlich wie erwartet und rochen durchdringend muffig nach Mann. Nicht jedoch bei Sam, wo es nach süßem Ahorn, feuchter Erde und Pflanzen roch. Sie wusste, das war der Opiumrauch, doch es machte ihr nichts aus, denn es war der Geruch ihres gemeinsamen Glücks. Ihre erste Woche als Zimmermädchen war faszinierend, doch danach wurde die Arbeit immer langweiliger und war zudem ihrer Meinung nach unter ihrer Würde.

Die zusätzlichen Pflichten ermüdeten sie bis in die Knochen. In der dritten Woche schaffte sie es nur durch den Tag, wenn sie am Nachmittag eine halbe Stunde schlief. Während Sams nächtlicher Besuche die Augen offen zu halten wurde ebenfalls zu einem Problem, und mehr als einmal nickte sie ein, während er ihr irgendeine Geschichte über seinen Urgroßonkel erzählte, der in einem Krieg gegen Spanien gekämpft hatte, oder über seine verrückte Urgroßmutter, die in ihrem Haus hundert Katzen gehalten und alle mit Sahne gefüttert hatte. Mit seiner

Berührung schaffte er es immer noch, sie wieder zu beleben, doch das Bedürfnis nach Schlaf wog mit der Zeit immer schwerer.

»Du bist von mir gelangweilt, ich merke es genau«, sagte er eines Nachts, als sie nebeneinander in ihrem schmalen Bett im Dunkeln lagen.

»Nein, niemals«, antwortete sie.

»Manchmal habe ich das Gefühl, dass du mir nicht zuhörst.«

»Ich bin müde, Sam, das ist alles. Es ist bestimmt schon nach Mitternacht. Das restliche Hotel liegt bereits in tiefem Schlaf.«

»Das Hotel schläft und ist leer. Wir können tun, was wir wollen.«

Sie stützte sich auf den Ellbogen und sah ihn an. Viel war im Dunkeln nicht zu erkennen, seine glänzenden Augen das Einzige, an dem sie sich orientieren konnte. »Was meinst du damit?«

»Hast du schon einmal im Ballsaal getanzt?«

»Natürlich nicht. Ich trage die Platten mit Essen auf.«

Er schlug die Decke zurück. »Dann komm mit.«

»Das ist nicht dein Ernst.« Ein Gefühl der Erregung durchfuhr sie, wie damals ganz am Anfang, als in seiner Gegenwart noch alles neu und glänzend gewesen war.

»Und ob.«

»Ich ziehe mich rasch an.«

»Keiner wird uns sehen. Du hast es doch selbst gesagt: Es ist nach Mitternacht. Alle schlafen. Du kannst in deinem Nachthemd tanzen. Ich bestehe sogar darauf.«

Kichernd stand sie auf. »Wir müssen vorsichtig und ganz leise sein.«

»Ich habe nicht die Absicht, entdeckt zu werden«, sagte er und hob seinen Morgenmantel vom Boden auf. »Entdeckung würde uns ruinieren.« Er ging zur Tür, öffnete sie und horchte in den Flur. »Alles in Ordnung«, flüsterte er.

Violet zog ihr wollenes Nachthemd an und drängte sich von hinten an ihn, atmete seinen Geruch ein. »Bist du sicher, dass das eine gute Idee ist?«

»Es ist eine fantastische Idee«, versicherte er ihr und nahm ihre Hand. »Los.«

Leise huschten sie durch den Korridor und die Treppen hinauf, dann bis zum Ende des nächsten Flurs. Sam öffnete die Tür zum angrenzenden Flügel, und kurz darauf standen sie vor dem großen Speisesaal, der bei Feierlichkeiten als Ballsaal diente. Sam drückte die Klinke.

»Es ist abgesperrt«, flüsterte er.

Enttäuschung. Violet ließ sich einen Moment gegen ihn sinken, bis ihr etwas einfiel. »Hansel hat einen Schlüssel. Er ist in der Küche.«

»Zeig mir den Weg.«

Sie gingen zurück zur Küche, wo Violet eine Sturmlampe von der Anrichte nahm und sie anzündete. Sie öffnete die oberste Schublade und fand den Schlüssel zwischen Zutatenlisten und alten Rezepten, die auf Papierfetzen gekritzelt waren. Sam nahm die Lampe in die eine Hand, fasste Violets Hand mit der anderen, und sie rannten zurück zum Ballsaal.

Violet entriegelte mit wild klopfendem Herzen die Tür. Sie würde furchtbare Schwierigkeiten bekommen ... aber was spielte das jetzt noch für eine Rolle? Am Ende des Winters wäre sie entweder mit Sam verlobt oder auf dem Weg nach Hause, um eine neue Stelle zu finden. In diesem Moment fühlte sie sich vollkommen frei, als sie die Tür aufstieß.

Die Tische, nackt ohne Decken und Geschirr, standen stumm im Dunkeln. Sam ging in die Mitte der Tanzfläche und stellte dort die Sturmlampe ab, während Violet die Tür hinter ihnen schloss.

»Wir haben keine Musik«, sagte sie.

Er zog sie an sich und legte ihre Hand auf seine Brust. Sie lächelte, als sie seinen Herzschlag durch die weiche Seide des Morgenmantels spürte.

»Mein Blut ist unsere Musik«, sagte er. »Ich kann es hören. Du auch?«

Sie konnte gar nichts hören, aber sie nickte dennoch, weil der Moment so speziell und intensiv war, und sie wollte, dass alles perfekt war. Er begann zu tanzen, und sie fiel in seinen Schritt ein. Langsam zuerst, dann immer schneller wirbelte er sie auf der Tanzfläche herum, im flackernden Licht der Sturmlampe. Violet beobachtete ihre zuckenden Schatten, während sie wie in Trance tanzten, bis über die Müdigkeit hinaus. Schließlich bat sie Sam anzuhalten, und er blieb abrupt stehen und presste seinen Mund auf ihren, erhitzt und erregt, wie sie ihn seit ihrer ersten gemeinsamen Nacht nicht mehr erlebt hatte.

»Ich will dich«, sagte er atemlos in ihren Mund.

»Nicht hier.«

»Nein?«

»In meinem Bett.«

Sie brachten Sturmlampe und Schlüssel zurück in die Küche und eilten in Violets Zimmer, wo Sam sie leidenschaftlich liebte.

Danach lagen sie still nebeneinander, und kurz bevor er einschlief, sagte Violet: »Sam, du liebst mich, nicht wahr? Wahre Liebe, die ewig währt?«

»Wahre Liebe, die die Sterne verrücken kann«, sagte er.

»Wahre Liebe, die Krankheit und Alter übersteht?«

»Wahre Liebe, die heller scheint als die Sonne.«

»Wahre Liebe, die Hindernisse überwindet und einen

Weg findet?« Sie wollte, dass er vernünftig antwortete. Seine Leidenschaft war unwiderstehlich, doch Violet war sich sicher, dass er immer noch nicht mit seinem Vater über sie gesprochen hatte – und dass er das vielleicht auch nie tun würde.

»Lodernde Liebe«, sagte er stattdessen und bedeckte ihr Gesicht mit Küssen. »Strahlende Liebe. Wahnsinnige, wahnsinnige Liebe.«

Ja, das war es. War es immer gewesen.

Die Aufgabe, die Violet am meisten verabscheute, war das Auskochen der Bettwäsche, was sie einmal die Woche in der Wäscherei am Ende des Ostflügels zu erledigen hatte. Sie sammelte die Wäsche auf dem Gästestockwerk in einem Wagen, den sie dann einige Steinstufen nach draußen in die Kälte manövrieren musste, anschließend zurück in die Wäscherei, wo sie Wasser in dem großen Kupferkessel erhitzte. Schwitzend rührte sie die Laken mit einem langen Holzpaddel durch die Seifenflocken. Ihre Arme schmerzten, ihre Hände röteten sich. Danach musste sie alles in die Waschwanne schleppen, um die Seifenlauge auszuspülen, und es durch die Mangel drehen, um so viel Wasser wie möglich herauszupressen. Erst dann konnte sie die Laken aufhängen, was bedeutete, aus der heißen, feuchten Waschküche in die eiskalte Luft im Freien hinauszugehen. Ihr Atem bildete weiße Wolken, und von ihren Armen stieg Dampf auf, als sie die Bettwäsche ausschüttelte und mit Klammern an der Leine befestigte. Der kalte Wind brachte sie zum Flattern. Auf der offenen Fläche zwischen Wäscherei und Werkstatt gab es keine Wärme, selbst wenn die Sonne schien. Ihre Finger waren rauh und aufgerissen vom ständigen Wechsel zwischen Hitze und Kälte.

Als sie die zweite Ladung aufhängte, rief Clive von seiner Werkstatt aus nach ihr, und sie winkte ihm kurz zu, bevor sie sich wieder der Arbeit widmete, die sie so schnell wie möglich hinter sich bringen wollte. Zurück in der Waschküche, wurde ihr schwindelig von der dampfenden Hitze. Laken durch die Mangel. Sie wischte sich die Stirn mit dem Unterarm und hielt sich an der scharfen Kante des steinernen Waschbeckens fest. Im Freien schüttelte sie das Laken aus und wollte es gerade festklammern, als um sie herum plötzlich alles dunkel wurde und sie ein immer lauter werdendes pfeifendes Geräusch vernahm.

Als Nächstes stellte sie fest, dass sie im feuchten Morgengras lag und Clive sich über sie beugte, während er immer wieder ihren Namen sagte.

Sie versuchte zu sprechen, brachte jedoch nur ein Wimmern zustande.

»Warte hier und beweg dich nicht«, befahl er, und sie wollte ihm antworten, dass ihre Gliedmaßen mit Blei gefüllt schienen und ihr Kopf vor Schmerzen brüllte und sie sich sowieso nicht bewegen konnte. Clive rannte davon, während sie ein auf dem Boden liegendes Laken entdeckte und dachte: *Das muss ich noch einmal waschen.* Doch dann schloss sie die Augen und lauschte ihrem eigenen Atem, denn Denken war viel zu anstrengend.

Kaum zwei Minuten später war Clive zurück, zusammen mit Miss Zander. Besorgt kniete diese neben Violet nieder.

»Violet, können Sie mich hören?«

»Ja, es geht mir schon etwas besser. Es war nur die Hitze.«

»Bleiben Sie liegen, ich möchte nicht, dass Sie wieder ohnmächtig werden. Clive, können Sie sie tragen?«

»Ich denke schon.«

»Bringen Sie sie in ihr Zimmer. Ich werde Dr. Dalloway anrufen. Karl wird hier keine große Hilfe sein.«

»Violet«, sagte Clive sanft und mied ihren Blick. »Bitte leg deine Arme um meinen Nacken.«

»Ich kann laufen«, protestierte sie.

»Sie werden nicht selbst laufen«, befahl Miss Zander. »Machen Sie, was man Ihnen sagt.«

Violet legte ihre Arme um Clives Hals, und er hob sie mühelos in die Höhe. Sie spürte seinen Herzschlag, als er sie über das Gras zurück ins Hotel trug. Miss Zander eilte ihnen mit klappernden Absätzen voraus. Clive trug Violet am Ballsaal vorbei, wo Sam erst letzte Nacht mit ihr getanzt hatte, bis ihr schwindelig war, und dann den Korridor und die Treppen entlang bis zu den Quartieren der weiblichen Angestellten.

»Welches ist dein Zimmer?«, fragte Clive.

»Das vierte auf der linken Seite. Wirklich, ich kann laufen.«

Er überprüfte, dass Miss Zander außer Sicht war, dann setzte er Violet vorsichtig ab, hielt jedoch stützend ihren Ellbogen. »Gut, aber ich bleibe bei dir, bis Miss Zander kommt.«

»In Ordnung.«

Sie öffnete die Zimmertür und sank dankbar auf ihr Bett. Ihre Knie waren weich. Clive setzte sich ihr gegenüber auf die nackte Matratze von Myrtles ehemaligem Bett, die Hände zwischen den Knien gefaltet.

»Wie geht es dir?«, fragte er.

»Mein Kopf tut weh.«

»Du bist auf die Seite gefallen.«

Da bemerkte Violet das Pochen in ihrem rechten Arm. »Mein Ellbogen schmerzt auch. Ich bin so müde, Clive. Du nicht? Die zusätzlichen Schichten bringen mich um. Die Wäsche, das Bettenmachen, das Polieren. Ich weiß, dass Mahlzeiten schneller und leichter aufzutragen sind, aber ...« Sie unterbrach sich, bevor die Tränen sie zu überwältigen drohten. »Ich bin einfach so unendlich müde.«

»Isst du auch vernünftig? Bekommst du genug Schlaf?«

»Ich habe kaum Appetit und muss ständig etwas erledigen. Aber ja, ich schlafe genug.« Mit Sam neben ihr. Auch wenn seine nächtlichen Ankünfte und Abschiede sie aufweckten und er so viel Platz im Bett einnahm, dass sie nur leicht schlief.

»Der Arzt wird wissen, was dir fehlt.«

»Aber was, wenn er mir Bettruhe verordnet? Miss Zander wird es ohne mich nicht schaffen. Sie hat alle anderen nach Hause geschickt.«

»Es sind doch noch ein paar Männer im Ostflügel«, sagte Clive. »Mach dir nicht so viele Sorgen. Es ist immer jemand da, der deine Aufgaben übernehmen kann. Man sagt, Miss Zander verstehe sich auf jede Arbeit im Hotel.«

»Ich kann mir nicht vorstellen, wie sie bei Tisch bedient«, meinte Violet zweifelnd.

»Ich schon. Sie hat so etwas an sich.«

Violet lachte. »Hansel würde jedenfalls nicht wagen, sie anzubrüllen.«

Schweigend saßen sie einander gegenüber, bis Miss Zander in der Tür erschien. »Clive, Dr. Dalloway ist mit dem Wagen auf dem Weg hierher. Würden Sie bitte an der Eingangstür Ausschau nach ihm halten und ihm dann den Weg zeigen?«

Clive eilte davon, und Miss Zander scheuchte Violet ins Bett. »Na los, ziehen Sie Ihre Uniform aus, und ab unter die Decke. Nach einem Tag im Bett ist sicher alles wieder in Ordnung.«

Violet löste die Knöpfe. »Aber was ist mit ...«

»Violet, ich bin nicht dumm. Ich weiß, wie man ein Hotel zu besetzen hat. Wintererkältungen sind normal. Ich habe genug Leute, die Sie vertreten können. Wir haben schließlich nur noch acht Gäste. Die einzige Situation, auf die ich nicht vorbereitet bin, ist, dass ich krank werde, weshalb ich mich weigere, krank zu werden.« Sie lächelte. »Sie arbeiten hart, Liebes, und ich schätze das sehr. Ihre Belohnung wird kommen. Aber bringen Sie sich nicht um. Irgendjemand anders kann nächste Woche die Wäsche machen. Einer der Männer. Ich finde eine Lösung.«

Violet schlüpfte unter die Decke und ließ den Kopf auf das weiche Kissen sinken. Miss Zander setzte sich ans Fußende. »Ich warte mit Ihnen, bis der Arzt kommt«, sagte sie.

»Vielen Dank.«

»Sie haben wie ein Pferd geschuftet. Vielleicht erhöhe ich Ihren Lohn nach dem Winter.« Miss Zander lächelte breit und enthüllte dabei einige Goldfüllungen an den Backenzähnen.

Doch bei ihrem Angebot verkrampfte sich Violets Herz. Nach dem Winter. Es gab für sie kein »nach dem Winter«. Ihre Unsicherheit wegen Sam, die sie normalerweise verdrängte, war wie eine schwärende Wunde in ihr. Tränen traten ihr in die Augen.

»Ach, Liebes«, sagte Miss Zander, und Violet sah die Direktorin zum ersten Mal fassungslos. »Was ist denn los?«

»Ich weiß nicht, wie es mit mir weitergehen soll«, schluchzte Violet, und die Schleusen öffneten sich. »Meine Mutter hat schwere Arthritis. Sie kann nicht mehr arbeiten und sagt, ich soll nach dem Winter zu ihr zurückkehren und mich um sie kümmern.« Ihre Nase begann zu laufen, weshalb sie unter ihrem Kopfkissen nach einem Taschentuch suchte, mit dem sie sich dann energisch das Gesicht abrieb. »Aber ich möchte nicht zurück nach Sydney. Ich will hierbleiben.«

»Dann bleiben Sie hier«, erwiderte Miss Zander, als sei

es die offensichtlichste Sache der Welt. »Warum sollten Sie irgendwohin gehen, wo Sie nicht sein möchten? Ein Mädchen wie Sie hat sowieso nicht viele Möglichkeiten im Leben. Warum überlegen Sie dann überhaupt, einige dieser Möglichkeiten wegzuwerfen?«

Violet schniefte, verblüfft von dieser Logik. »Aber es ist meine Mutter. Sie hat sich um mich gekümmert, bis ich vierzehn war. Das muss ich ihr jetzt zurückgeben.«

Miss Zander zuckte mit den Schultern. »Nein, müssen Sie nicht. Nicht, wenn Sie nicht wollen. Hat sie Sie als Baby einen Vertrag unterschreiben lassen? Hat sie jedes Mal, wenn sie Ihnen einen Löffel Brei gefüttert hat, gesagt, *eines Tages wirst du dich dafür erkenntlich zeigen?* Nein, Eltern sollten keine Wiedergutmachung von ihren Kindern fordern. Wie ungerecht, einen Menschen ohne Einladung in die Welt zu setzen und dann zu versuchen, sein Leben zu beeinflussen.« Sie schnaubte. »Wenn sie will, dass Sie sich um sie kümmern, dann kann sie ja wohl einen Zug hierhernehmen und sich eine kleine Wohnung suchen. Sie werden gutes Geld verdienen, und in einem Jahr oder so eröffnen sich vielleicht noch andere Möglichkeiten, wenn Sie sich gut benehmen.«

»Mama wird Sydney niemals verlassen. Die Kälte verschlimmert ihre Arthritis.«

»Dann sagen Sie ihr, sie soll in Sydney bleiben und sich um sich selbst kümmern.« Miss Zander rümpfte die Nase. »Wirklich, es ist so ermüdend, wie leicht sich Frauen vom Willen anderer lenken lassen. Ich erwarte mehr von Ihnen, Violet.«

Violet fühlte Miss Zanders Missbilligung brennend in ihrem Inneren und füllte rasch das Schweigen. »Sie haben mir viel zum Nachdenken gegeben«, sagte sie.

»Gut. Sie haben auch wieder ein wenig Farbe bekommen

und sind nicht mehr so furchterregend blass. Ein oder zwei Tage im Bett, dann ist alles wieder in Ordnung. Was meinen Sie?«

Violet wollte gerade etwas antworten, um Miss Zander zu versichern, dass sie alles tun würde, damit sie gut von ihr dachte, doch dann erinnerte sie sich an die Warnung: Frauen lassen sich so leicht vom Willen anderer lenken. Sie musste also unabhängiger erscheinen. »Nach der Bettruhe wird es mir sicher bessergehen.«

»Gutes Mädchen.«

Die von Miss Zander in Aussicht gestellte Lohnerhöhung sowie ihre überaus vernünftigen Ansichten zu Violets Problem mit ihrer Mutter verstärkten Violets Schuldgefühle über die geheime Beziehung zu Sam noch zusätzlich. Als er einen weiteren nächtlichen Ausflug in den Ballsaal vorschlug, lehnte sie ab.

»Du wirst doch kein Angsthäschen werden, oder?«, neckte er sie und tippte ihr spielerisch auf die Nase, während sie Knie an Knie im Bett lagen.

»Nein, ich muss nur wirklich meine Stelle behalten.«

Er winkte ihre Bedenken ab. »Ich habe so viel Geld, dass du es niemals ausgeben kannst.«

»Wirst du mich heiraten?«, fragte sie kühn.

»Immer mit der Ruhe. Der Mann soll doch den Antrag machen, nicht die Frau.«

»Das war kein Antrag, sondern eine Frage«, sagte sie.

»Habe ich dir meine Liebe nicht ausreichend gezeigt? Hier, lass es mich noch einmal versuchen.« Er küsste sie, und wie immer verdrängte das Verlangen die Vernunft.

Danach döste er ein, sie eng im Arm haltend. Die umherwirbelnden Gedanken hielten Violet jedoch wach, auch wenn sie den Schlaf dringend benötigte.

»Sam?«, fragte sie in die Dunkelheit hinein.

»Hm?«

»Wo werden wir in einem Jahr sein?«

»Wir segeln nach Antigua. Schwimmen in der Seine. Alles, was du tun möchtest.«

Sie versuchte es erneut, diesmal mit einem engeren Zeitfenster. »Wo werden wir am Ende des Winters sein?«

»Hier«, sagte er.

»Und danach?«

»Dort.«

»Wo ist dort?«

»Ich werde dieser Fragen langsam überdrüssig. Schlaf jetzt. Alles wird gut. Wenn du mich weiterfragst, glaube ich noch, dass du mir nicht vertraust.«

Violet verstummte. Müde, so todmüde. Sie ermahnte sich, sich auf den Moment zu konzentrieren, seinen warmen Körper im Dunkeln, der herrliche Zauber ihrer verbotenen Liebe. Ihre Liebe, die so hell und glühend war. Sie ermahnte sich, nicht an Hochzeiten und Babys zu denken …

Babys.

Wann hatte sie das letzte Mal das monatliche Unwohlsein gehabt?

Voller Panik konnte sie einen Moment keinen klaren Gedanken fassen. Nein, sie überreagierte sicher nur. Bei ihrer Arbeitsbelastung waren Müdigkeit und Appetitlosigkeit kein Wunder. Und doch versuchte ihr Gehirn zurückzurechnen. Myrtle war noch hier gewesen. War es vor oder nach dem Weihnachtsfest? Davor. Weit davor. Heiße Angst durchfuhr sie. Das konnte nicht wahr sein. Sie hatte so beharrlich alle Gedanken daran verdrängt, das konnte ihr einfach nicht passieren. Abgesehen vom allerersten Mal hatte Sam sich nie in sie ergossen. Er sagte, es habe bisher immer funktioniert, und der Gedanke, dass er mit anderen

Frauen geschlafen hatte, hatte sie so verstört, dass sie ihm geglaubt und nie weiter nachgefragt hatte.

Wann, wann ... sechs Wochen. Sie hatte seit sechs Wochen nicht geblutet.

Sam schnarchte leise hinter ihr. Sie würde ihn nicht wecken. Was sollte das auch nutzen? Er würde entweder davonlaufen oder ihr irgendeinen Unsinn erzählen von goldenen, hermelingesäumten Wiegen und Engeln, die über dem Kopf des Babys sangen.

Ein anderer Gedanke schlich sich in ihr Gehirn. Jetzt würde er sie heiraten müssen.

Doch sie verdrängte ihn. Sam würde nichts tun, was er nicht wollte. Eine Familie wie die seine konnte tun und lassen, was sie wollte, und wenn sie seine Vaterschaft abstritten, dann könnte sie nichts dagegen tun.

Sie war also allein mit dem ganzen Schrecken und beobachtete, wie all ihre Möglichkeiten zu nichts zerfielen. Noch vor Minuten war ihr Leben beinahe sorgenfrei gewesen. Jetzt drohte die Realität sie unter sich zu zerquetschen. Zwanzig Jahre alt, schwanger von einem Mann, der sie niemals heiraten würde.

Violet lag sehr lange wach.

Nachdem Sam in den frühen Morgenstunden gegangen und Violet endlich in einen traumlosen Schlaf gesunken war, kam der Schnee. Weiße, weiche Flocken fielen und blieben diesmal liegen. Feine Lagen Pulverschnee überzogen die Brunnen und Gärten, den Rasen und die Tennisplätze. Bildeten weiche Hügel auf den Kiefernzweigen und ballten sich um Steine und Kiesel auf den Spazierwegen. Gäste und Angestellte erwachten in einer weißen Welt und unterhielten sich aufgeregt und fröhlich beim Frühstück darüber.

Bis auf Violet, deren Welt schwarz geblieben war.

Kapitel neunzehn

Der Teesalon und das Kaffeehaus waren über den Winter geschlossen, weshalb Lady Powell ein Teeservice erworben hatte und nun jeden Nachmittag um drei in ihrer Suite Tee servierte. Sie und Lord Powell teilten sich ein Apartment im obersten Stockwerk mit eigenem Wohn- und Badezimmer. Flora gesellte sich gelegentlich dazu, da es sonst unhöflich gewirkt hätte. Die Männer wollten mit so einer Versammlung natürlich nichts zu tun haben, die laut Sweetie lediglich eine Möglichkeit für die Frauen war, sich über Diäten und Gesichtscremes zu unterhalten. Flora fühlte sich angegriffen: Sie hatte noch nie mit irgendjemandem über diese Themen gesprochen. Doch als das Gespräch im Raum seinen vorhersehbaren Verlauf in Richtung Miss Sydneys Schönheitspflege nahm, stimmte Flora Sweetie im Stillen zu.

»Ihre Haut ist so weich«, sagte Cordelia zu Miss Sydney, die daraufhin kichernd begann, von Fruchtseifen zu schwärmen. Flora trank ihren Tee und musterte das Zimmer. Geflockte Tapeten. Teppich mit Orientmuster, vier bequeme Sessel. Vater hatte vorgeschlagen, dass sie und Sam sich eine der Suiten während ihres Aufenthalts teilen sollten, doch Sam hatte auf seinem eigenen Zimmer bestanden, weit weg von Flora. Wahrscheinlich, damit er unbehelligt Opium rauchen konnte.

Miss Sydney fand kein Ende, und die älteren Damen hingen ihr verzückt an den Lippen, als ob sie die Macht hätte, ihnen ihre Jugend zurückzugeben. Flora war überrascht, dass Lady Powell sich für so etwas Banales interessierte angesichts der furchtbar hochtrabenden Bücher, für die sie berühmt war. Doch es hieß, dass sie früher eine wahre Schönheit gewesen sei, und Frauen, deren Aussehen gepriesen wurde, versuchten so lange wie möglich daran festzuhalten. Ein Fluch, den Flora niemals würde ertragen müssen. Wahrscheinlich erschien sie anderen dadurch sehr langweilig, doch ihr war gutes Benehmen wichtiger, eine Tugend, die über die Jahre nicht dahinschwinden würde.

Plötzliches Schweigen machte sie darauf aufmerksam, dass alle sie erwartungsvoll ansahen. Man hatte sie etwas gefragt. Doch was nur?

»Es tut mir leid, ich habe gerade geträumt«, sagte sie und versuchte ihre Unaufmerksamkeit mit einem Lachen zu vertuschen. »Haben Sie mich etwas gefragt?«

»Tony«, erklärte Miss Sydney. »Er hat so wunderbare Hände, das ist uns allen aufgefallen. Saubere, gepflegte Fingernägel, weiche Haut. Wir haben uns gefragt, ob Sie sich darum kümmern.«

Flora unterdrückte angestrengt ein Lachen. Dieser Gedanke war das Absurdeste, was sie sich vorstellen konnte.

»Nein«, antwortete sie. »Ich habe seine Hände nie berührt.«

Cordelia lächelte anzüglich. »Aber haben seine Hände Sie berührt?«

Gelächter erhob sich im Raum. Flora versuchte nicht daran zu denken, woher Miss Sydney wusste, dass Tonys Hände weich waren. Sie hatte gesehen, wie sich Tony und

Sweetie seit der Abreise ihres Verlobten ein paarmal um sie geschart hatten. Sie war wunderhübsch, weshalb sie den beiden keinen direkten Vorwurf machen konnte, doch sie verabscheute die Art, wie Sweetie mit ihr sprach, seine Sätze voller Anspielungen und sein anzügliches Gelächter. Miss Sydney schien seine albernen Aufmerksamkeiten allerdings zu genießen. Vielleicht fand sie es nicht besonders schlimm, von ihrem Verlobten getrennt zu sein, der immerhin ihr Vater sein könnte.

Ja, die Stimmung hatte sich seit der Winterschließung geändert. In ihrer aller Verhalten lag etwas beinahe Zügelloses, als ob sie alle es genössen, die Grenzen der gesellschaftlichen Sittsamkeit auszuloten, die sie normalerweise in Schach hielten. Nun, Flora ganz sicher nicht. Nachdem das Gelächter verebbt war, stand sie auf. »Ich muss mich leider verabschieden«, sagte sie. »Ich habe meinem Bruder versprochen, ihm heute Nachmittag Gesellschaft zu leisten.« Das war eine Lüge, aber sie erfüllte ihren Zweck.

»Sie sind nicht böse mit uns, nicht wahr?«, sagte Miss Sydney und ließ ihre Wimpern flattern, wie sie es bei Sweetie tat. Bei Tony übrigens auch.

»Nein, nein, es war ein guter Scherz. Natürlich habe ich Tonys Hände schon angefasst und er meine. Ich habe nur gemeint, dass ich sie nie maniküt habe, und ich bin mir ziemlich sicher, dass er seinen Fingern wenig Aufmerksamkeit widmet, da es wirklich nichts Unwichtigeres auf der Welt gibt als das Aussehen von Männerhänden.«

»Da bin ich anderer Meinung«, sagte Cordelia Wright. »Einer meiner Ehemänner hatte winzige, blasse Hände. Lassen Sie es mich so sagen – kleine Hände bedeuten auch andere kleine Dinge.«

Mehr Gelächter. Flora ertrug es nicht länger. Sie nickte kurz und verließ ohne ein weiteres Wort den Raum. Es war ihr gleichgültig, ob man sie für unhöflich hielt. Ihrer Meinung nach waren die anderen Frauen unhöflich.

Sie floh die Treppen hinunter und beschloss, dass etwas frische Luft ihr guttun würde. Seit den frühen Morgenstunden hatte es ununterbrochen geschneit, und der Schnee lag mittlerweile mehrere Zentimeter hoch. Als sie gerade die Tür öffnen wollte, ertönte hinter ihr eine Stimme.
»Flora! Miss Honeychurch-Black!«

Sie drehte sich um und sah, wie Will Dalloway sich rasch näherte, die Ledertasche und den Hut in einer Hand, seinen Mantel über der anderen.

»Dr. Dalloway«, sagte sie und war sich bewusst, dass Miss Zander sie von der Rezeption aus beobachtete. »Ich freue mich, Sie zu sehen.«

»Wollen Sie tatsächlich hinaus in den Schnee? Sie werden erfrieren.«

»Nur für einen Moment, um frische Luft zu schnappen. Dann gehe ich sofort zurück ins Warme«, erklärte sie.

»Wie geht es unserer Violet heute?«, rief Miss Zander.

»Schon sehr viel besser«, antwortete Will. Er wandte sich an Flora und reichte ihr seinen Mantel. »Hier, nehmen Sie den für die benötigte Frischluft, während ich mit Miss Zander spreche.«

Sie lächelte und nahm den Mantel dankbar entgegen; nachdem sie ihn übergestreift hatte, ging sie nach draußen.

Violet war offensichtlich krank gewesen. Sie fragte sich, ob Sam davon wusste. Seit der Schließung des Hotels hatte er sich noch mehr zurückgezogen. An manchen Tagen sah sie ihn erst beim Abendessen, wo er sich durch das Menü und die Gespräche gähnte, als hätte er seit Jahren nicht geschlafen. Sie hatte keine Ahnung, wie viel er rauchte, und hoffte, dass es weiterhin nur wenig war.

Der Schnee fiel sanft und leise, jedoch beständig. Flora

stand unter dem Dachvorsprung und schaute den Flocken zu. Gegen das Weiß des Schnees zeichneten sich die anderen Farben viel lebhafter ab: grüne Kiefernnadeln, dunkelbraune Baumstämme, kalte graue Ziegel. Ihre Wangen brannten in der Kälte, und sie schmiegte sich in Wills Mantel, wobei ihr sein Geruch nur allzu bewusst wurde. Warm, männlich. Würzig, aber sauber. Sie neigte den Kopf zur Seite und atmete tief ein, die Augen geschlossen.

Dann gab sie sich einen Ruck. Sie verurteilte die albernen Damen oben in Lady Powells Salon oder Tonys Freunde mit ihren unzüchtigen Scherzen, und dabei war sie keinen Deut besser. Schnüffelte an Wills Mantel und dachte zärtlich an ihn. Viel zu zärtlich.

Die Tür öffnete sich in dem Moment, als sie aus dem Mantel schlüpfte, und Will trat nach draußen.

»Hier«, sagte sie knapp und reichte ihm das Kleidungsstück.

»Ist Ihnen denn nicht kalt?«

»Es macht mir nichts aus.«

Lächelnd nahm er den Mantel. »Wie geht es Ihrem Bruder?«

Natürlich hatte sie sein Interesse bestärkt, und das sogar recht unverblümt. Sie hatte in seiner Praxis gesessen und wegen ihres untreuen Verlobten geweint. Sie hatte ihn zu weit in ihr Leben gelassen, in ihr Herz. Wenn sie nicht in dieselbe Zügellosigkeit verfallen wollte wie alle anderen, dann musste sie ihn wieder hinausdrängen. »Alles ist in Ordnung in meinem Leben, danke, Dr. Dalloway. Ich werde Sie wissen lassen, wenn ich etwas von Ihnen benötige, Sie müssen also keine weiteren Fragen stellen.«

Seine Augen flackerten hinter der Brille, und sie schluckte angestrengt. Sie hatte ihn verletzt. Doch so war es das Beste.

»Dann wünsche ich Ihnen noch einen schönen Tag«, sagte er, setzte seinen Hut auf und eilte zu seinem Wagen. Zitternd stand sie im Schnee und wusste, dass sie das Richtige getan hatte. Warum fühlte sie sich nur dennoch beraubt?

Die Kälte sammelte sich in den Ecken und unter der hohen Decke des Ballsaals, auch wenn man ihn bereits geteilt hatte und ein Feuer im Kamin loderte. Kerzenlicht und Flammen tauchten den Raum in einen sich ständig verändernden bernsteinfarbenen Schimmer. Ein Grammophon hatte das Orchester ersetzt und verbreitete eine einsame Atmosphäre, als ob sie die letzten Menschen auf der Welt wären. Flora saß dicht neben Tony und hörte zu, wie er der Tischgesellschaft eine Geschichte über den Tag erzählte, an dem er den Premierminister getroffen hatte. Es schien niemandem etwas auszumachen, sie zum wiederholten Mal zu hören. Sie hatten alle bereits so viele Abendessen miteinander verbracht, dass die Anekdoten sich wiederholen durften.

Flora warf einen Blick auf Tonys Hände. Sie waren tatsächlich sehr gepflegt, was ihr bisher nie aufgefallen war. Sams dagegen waren blass, mit ungepflegten Nägeln und eingerissener Nagelhaut. Auch wenn er mit am Tisch saß, schien er in seiner eigenen Welt zu sein. Er wiegte sich leicht vor und zurück, den Daumennagel im Mund, mit abwesendem Blick und zerzaustem Haar. Sie beobachtete ihn einige Momente, dann sah sie, wie er die Schultern straffte und den Finger aus dem Mund nahm. Seine ganze Haltung wurde leicht und konzentriert. Sie musste seinem Blick nicht folgen, um zu wissen, dass Violet diese Wirkung auf ihn hatte.

Flora drehte sich um und sah, wie Violet den Raum

betrat. Sie war blass, wirkte aber nicht krank. Das Mädchen arbeitete hart, und dafür bewunderte Flora sie. Außerdem machte sie Sam offensichtlich glücklich, und so lange hatte noch keine seiner Affären überdauert. Zum ersten Mal fragte sich Flora, ob es denn tatsächlich so schlimm wäre, wenn Sam eine Frau wie sie heiratete. Wenn sie ihn glücklich machte – was sonst so schwer war –, wäre das doch sicher etwas Gutes.

Natürlich sähe ihr Vater das anders.

Violet servierte das Essen und vermied dabei sorgfältig jeglichen Blickkontakt mit den Gästen. Flora sah, wie Sweetie die junge Frau lüstern musterte. Was für ein Widerling er doch war. Sam dagegen beobachtete Violet mit leuchtenden Augen und sanfter Zuneigung, und Flora musste lächeln.

Nachdem Violet in die Küche zurückgekehrt war, lehnte sich Flora zu Sam. »Du bist sehr angetan von ihr, nicht wahr?«

»Das Leben ist ein kalter, weiter Ozean ohne sie.«

Flora war an Sams dramatische Ausdrucksweise gewöhnt; manchmal schienen normale Äußerungen menschlicher Gefühle unter seiner Würde zu sein. Ausnahmsweise erinnerte sie ihn nicht daran, dass ihr Vater es niemals erlauben würde. Ausnahmsweise ließ sie ihn einfach seine Freundin lieben.

Das Gespräch nahm wieder eine andere Wendung. Lady Powell, die schon ein wenig zu viel Champagner getrunken hatte, hielt einen Vortrag über die Dummheit von Buchrezensenten, während Cordelia Wright enthusiastisch Ähnliches von Opernkritikern behauptete. Sams Anspannung wurde immer stärker, so dass Flora wusste, dass er bald aufspringen und wortlos auf sein Zimmer gehen würde, zu seiner Opiumpfeife. Und tatsächlich, nachdem er seine Portion zur Hälfte gegessen hatte, tat er genau das. Die anderen sahen ihm nach. Miss Sydney hob missbilligend eine Augenbraue. Vielleicht konnte sie nicht verstehen, warum Sam ihr nicht wie alle anderen bewundernde Blicke zuwarf. Alle waren jedoch inzwischen so an sein plötzliches Verschwinden gewöhnt, dass keiner es mehr kommentierte.

Im Laufe des weiteren Abends wurde viel über das Wetter geredet. Violet räumte die Teller ab, und Flora bemerkte die Enttäuschung in ihrem Gesicht, als sie Sams leeren Platz sah.

»Miss«, sagte Lady Powell und zupfte an Violets Schürze, »was gibt es heute als Nachtisch?«

»Toffeepudding«, antwortete Violet.

»Oh, für mich nicht«, sagte Miss Sydney. »Ich nehme nur Tee.«

»Für mich den Pudding«, schnaufte Lady Powell. »Toffeepudding ist mein Lieblingsnachtisch.«

»Ich habe auch Lust auf etwas Süßes«, bemerkte Sweetie. »Stehst du auf der Speisekarte, Püppchen?«

Tony und Miss Sydney kicherten. Violet lächelte höflich und ignorierte seine Frage. »Nur Toffeepudding, Sir, aber ich kann Ihnen Tee oder Kaffee bringen, wenn Ihnen das lieber ist.«

Sweetie, der den Hinweis nicht verstand oder nicht verstehen wollte, wurde aggressiver. »Ich würde gern dich probieren.«

Flora sah, wie ein müder Ausdruck über Violets Gesicht huschte, und fragte sich, wie viele Männer wie Sweetie schon so etwas zu ihr gesagt hatten. Flora hatte noch nie eine derartige Behandlung ertragen müssen, doch für Violet stand das wahrscheinlich auf der Tagesordnung. Sie erinnerte sich, dass das Mädchen krank gewesen war –

329

krank genug für einen Besuch von Dr. Dalloway –, und sie mischte sich in den Wortwechsel ein.

»Wirklich, Sweetie, das reicht. Du machst dich lächerlich.«

Sweetie zeigte sich unbelehrbar. »Warum sollte ich mich lächerlich machen?«

»Das Mädchen hat ganz offensichtlich kein Interesse an dir. Du bist ein Tölpel.«

Düsteres Schweigen machte sich am Tisch breit. Violet hielt den Kopf gesenkt und eilte mit den leeren Tellern zurück in die Küche.

»Ganz ruhig, Flora«, sagte Tony leise. Drohend.

Das machte sie noch wütender. Flora war keine Frau, die leicht außer Fassung geriet, doch Woche für Woche mit diesen Menschen, vor allem dem abstoßenden Sweetie, hatten ihre Nerven auf eine harte Probe gestellt. »Ich werde nicht ganz ruhig sein. Die Welt gehört weder ihm noch dir, noch irgendeinem anderen von euch. Wir teilen sie uns. Wir teilen sie uns mit Menschen wie Violet, die das Recht hat, ihre Arbeit zu machen, ohne von Sweetie beleidigt zu werden.«

»Ganz genau!«, sagte Lady Powell und hob ihr Glas.

»Ich habe sie nicht *beleidigt*«, erwiderte Sweetie eisig. »Ich habe ihr ein Kompliment gemacht. Sie war begeistert.«

»Das war sie ganz und gar nicht. Sie war verlegen und wahrscheinlich auch eingeschüchtert. Sie hat nichts gesagt, weil sie Angst um ihre Stelle hat.«

»Wenn es ihr nicht gefallen hat, warum hat sie dann gelächelt?«

»Sie wird dafür bezahlt, dich anzulächeln. Wahrscheinlich hasst sie dich. Weiß Gott, das tue ich auch manchmal. Aber du bist wahrscheinlich daran gewöhnt, Frauen zu bezahlen, damit sie nett zu dir sind.«

Sweetie wandte sich an Tony und grollte: »Bring deine Frau unter Kontrolle.«

Tony legte seine Hand unter Floras Ellbogen. »Komm. Wir gehen, bevor du noch jemanden beleidigst.«

Flora gestattete ihm, sie aus ihrem Stuhl zu zerren, schüttelte ihn jedoch ab, als sie die Tanzfläche überquerten. Sie bemerkte, dass Violet beim gegenüberliegenden Angestelltenausgang stand und den ganzen Wortwechsel verfolgt hatte. Trotzig lächelte sie ihr breit zu, dann hielt sie den Kopf hoch erhoben, während Tony sie aus dem Speisesaal eskortierte.

Bis sie vor ihrem Zimmer ankamen, schwieg Tony, und Flora bereute mittlerweile, dass sie Sweetie vor seinen Freunden so scharf angegangen war.

»Wirklich, Flora«, mahnte Tony sanft. »Sweetie ist einer meiner ältesten Freunde.«

»Es tut mir leid, wenn ich dich in Verlegenheit gebracht habe«, sagte sie, »aber selbst du musst zugeben, dass er mit seiner rüpelhaften Art zu weit geht. Sie ist vollkommen unpassend für einen Tisch voller wohlerzogener Ladys und äußerst grausam gegenüber den niederen Leuten wie den Bedienungen, die es nicht wagen, sich zu wehren. Ich werde das nicht länger hinnehmen. Sprich mit ihm und sieh zu, dass er damit aufhört.« Ihr Herz hämmerte in ihrer Brust, doch sie war froh, ihren Standpunkt vertreten zu haben.

»Ich kann ihn von gar nichts abhalten«, erwiderte Tony.

»Doch, das kannst du. Er ist von dir abhängig. Wie alle. Er ist immer noch hier, um Himmels willen. Er hätte zurück nach Sydney fahren können, doch er verehrt den Boden, auf dem du gehst. Wenn du über sein Verhalten hinwegsiehst, dann tolerierst du es. Ich würde ungern einen Mann heiraten, der gegen solche Unhöflichkeiten nicht einschreitet.«

Tony verengte die Augen, und Flora war einen Moment beunruhigt. Doch dann schien sein Ärger zu verfliegen, in seinen Augenwinkeln bildeten sich kleine Fältchen, und seine Lippen zuckten, als müsste er ein Lächeln unterdrücken. Dann begann er laut zu lachen.

Sie war zu verblüfft, um darin einzustimmen.

»Oh, Florrie, du bist *wild*. Wie ich das liebe.« Er zog sie in seine Arme und küsste sie auf die Stirn, die Wangen und schließlich ihren Mund.

Sie atmete aus. »Nun, das habe ich nicht erwartet.«

»Sweeties Gesicht«, sagte er, »war unbezahlbar. Er hätte sicher nie gedacht, dass du so mit ihm sprechen könntest. Ja, er hat es verdient. Aber bitte, bitte mach das nicht wieder.«

»Du wirst mit ihm sprechen?«

»Das werde ich. Ich werde dafür sorgen, dass er sich in deiner Gesellschaft und der der anderen Ladys benimmt.«

»Danke, mein Lieber.« Sie küsste ihn auf die Wange und wollte ihre Tür aufsperren, doch er packte sanft ihr Handgelenk.

»Darf ich mit hineinkommen?«, fragte er bedeutungsvoll.

Flora dachte einen Moment über seine Bitte nach. Natürlich hatte er schon früher danach gefragt, und sie hatte immer abgelehnt. Doch in diesem Moment fühlte sie sich ihm sehr nahe, und das Blut strömte warm durch ihren Körper. »Du kannst *kurz* mit hineinkommen, ja«, antwortete sie ebenso bedeutsam. »Verstanden?«

Lächelnd nickte er. Sie öffnete die Tür, und sie gingen hinein.

Flora schaltete die Lampe neben ihrem Bett an und stand dann unsicher in der Mitte des Zimmers. Tony legte seine Hände an ihre Hüften und zog sie nah zu sich.

»Lass mich dich küssen. Richtig küssen«, sagte er.

Sie hob ihr Gesicht, und seine Lippen teilten sich hungrig, seine Zunge schob sich in ihren Mund. Flüssige Hitze breitete sich in ihrem Schoß aus. Sie versuchte sich zu entspannen, als seine Hände ihre Pobacken über dem Rock umfassten und sie an sich drückten. Das hatte er alles schon früher getan, wenn sie es ihm gestattet hatte.

»Können wir uns hinlegen?«, fragte er leise an ihrem Ohr.

Schweigend nickte sie, und er führte sie zum Bett. Er legte sie auf den Rücken und ließ sich neben ihr nieder, küsste sie stürmisch, strich ihr übers Haar und fuhr mit den Lippen über ihren Hals. Sie schloss die Augen und ergab sich den Gefühlen, die er in ihr hervorrief. Es war wundervoll, wenn ein Mann einem seine Zuneigung auf diese Weise zeigte; ein gutaussehender, mächtiger Mann wie Tony. Natürlich hatte er sich auch schon anderen Frauen gegenüber so verhalten, und der Gedanke machte sie traurig. Wäre es nicht schöner, die Erste und Einzige für einen Mann zu sein? Sie fragte sich, ob Will Dalloway sie genauso attraktiv finden würde wie Tony.

Erschrocken riss sie die Augen auf. Woher war dieser Gedanke plötzlich gekommen?

»Was ist los?«, fragte Tony und stützte sich auf den Ellbogen.

»Nichts. Warum?«

»Du hast dich versteift.«

»Oh. Nein, alles in Ordnung. Nur ... du weißt doch, dass ich mich schlecht entspannen kann, wenn wir ...«

»Aber es gefällt dir doch, oder?«

»O ja.«

Neckend legte er seine Hand auf ihre Taille und strich ihr über die Hüfte. »Gefällt dir das?«

Sie nickte lächelnd.

»Du hast eine wundervolle Figur, Florrie. Miss Sydney, unsere Schönheitskönigin, sieht dagegen aus wie ein Bleistift. Ich weiß, es ist Mode, dünn zu sein, aber Frauen sollten Hüften und Hintern haben. Und Brüste.« Seine Hand wanderte nach oben.

Sie schob sie weg. »Frech«, sagte sie lächelnd.

»Du wirst es mögen, das verspreche ich dir.«

Sie schloss die Augen. »Was ich nicht sehe, ist auch nicht passiert.« Ihre Haut prickelte vor Erwartung. Sie hatte ihm noch nie erlaubt, ihre Brüste zu liebkosen.

Seine warme Hand bewegte sich weich über ihre Rippen und schloss sich um ihre linke Brust. Ihr Herzschlag beschleunigte sich. Sie versuchte, den Moment zu genießen und nicht daran zu denken, bei wie vielen anderen Frauen Tony das auch schon getan hatte. Er liebt mich. Er liebt meine Figur. Wieder dachte sie an Will, ob *er* wohl Frauen mit Hüften und Hintern und Brüsten mochte.

Tonys Hand zupfte am Saum ihrer Bluse und zog sie über ihr Korsett. »Du hast viel zu viel an«, sagte er. »Ich möchte deine Haut berühren.«

Mutig setzte Flora sich auf, zog die Bluse über den Kopf und legte sich wieder zurück. Schloss die Augen. »Bis hierhin und nicht weiter«, sagte sie.

Er löste die obersten Haken ihres Mieders und schob seine Hand in den Spalt. Der Gedanke, von ihm dort berührt zu werden, war beinahe so erregend wie die Berührung selbst. Er nahm ihre Brustwarze zwischen Daumen und Zeigefinger, und sie schnappte unwillkürlich nach Luft.

»Ich habe dir doch gesagt, dass es dir gefallen wird«, murmelte er.

Sie setzte sich auf und schob seine Hand zur Seite. »Genug«, sagte sie.

Er lachte. »Zu viel?«

»Zu ...« Sie konnte es nicht benennen, wusste nur, dass sie ein starkes, kitzelndes Verlangen zwischen ihren Beinen gespürt hatte, das ihr vollkommen neu war. Noch einen Moment länger, und sie hätte wahrscheinlich zu allem ja gesagt.

»In ein paar Monaten sind wir sowieso verheiratet«, sagte er. »Es schneit draußen, und hier drinnen ist es so warm. Du und ich, aneinandergeschmiegt, verliebt. Warum kann ich nicht bleiben?«

»Weil ich so nicht erzogen wurde.«

Er zuckte mit den Schultern und küsste sie auf die Wange. »Du bist wunderschön, weißt du, auf deine eigene Art und Weise.«

»Und du bist gutaussehend, auf eine Art, die jeder sehen kann«, erwiderte sie. »Aber nicht deshalb liebe ich dich.«

Er stand auf, als sie ihre Bluse wieder anzog. »Irgendwann werde ich dich haben«, sagte er.

»Ja, das wirst du. Aber nicht jetzt.« Sie stellte sich bewusst Tony mit diesen anderen furchtbaren Frauen vor, um ihr heißes Verlangen abzukühlen.

Nachdem er gegangen war, beobachtete sie durch das Fenster die Schneeflocken. So viel Schnee. Stunde um Stunde. Über Nacht würde es sicher aufklaren. Das hier war schließlich Australien, nicht die Schweiz. Sie hätte gedacht, dass es selten schneite, doch sie wusste offensichtlich nicht genug über das Wetter in den Bergen. Die Lichter des Hotels beleuchteten das Schneegestöber. Dahinter lagen dunkle Straßen. Jetzt erlaubte sie sich, an Will zu denken. Sie fragte sich, ob er auch am Fenster seines Zimmers stand und dem Fallen des Schnees zusah. Bei dieser Vorstellung musste sie lächeln.

Dann jedoch rief sie sich zur Ordnung und machte sich bettfertig.

Violet wachte nachts vor Kälte auf, gegen die der kleine Heizkörper machtlos war. Das Fenster, klein und düster schon bei hellem Tageslicht, war vollständig von Schnee bedeckt. Sie rollte sich unter der Decke zusammen, klammerte sich an die letzten süßen Reste des Schlafs, wo sie nicht fror und ihre Zukunft sich sorgenfrei vor ihr entfaltete. Sie wollte nicht zur Frühstücksschicht aufstehen. Doch dann erinnerte sie sich, dass es in der Küche warm war und voller guter Gerüche, und sie warf die Decke zurück. Nach einem kurzen Besuch im Badezimmer, um sich zu waschen und anzuziehen, eilte sie nach oben.

Miss Zander war in der Küche, was ungewöhnlich war. Normalerweise ließ sie die Köche und Angestellten in Ruhe, doch heute war sie in eine aufgeregte Diskussion mit Hansel verwickelt.

»Was ist los?«, fragte Violet und schlängelte sich zum Koch durch.

»Der Fliegende Fuchs hängt unten im Tal fest. Sie glauben, dass der Schnee die Rollen blockiert.«

Miss Zander drehte sich um und lächelte bei Violets Anblick. »Ich frage mich, ob Ihr Freund Mr. Betts Lust auf Arbeit im Schnee hat«, sagte sie. »Wir müssen den Fuchs reparieren, sonst haben wir nichts zu essen!«

»Schneit es immer so viel?«, fragte Violet.

Miss Zander schüttelte den Kopf. »Nein, so viel schneit es *nie*. Zumindest hat es das in den letzten achtundvierzig Jahren nicht getan. Über Nacht hat es vierzig Zentimeter geschneit. Wenn es heute nicht aufhört, werden die Straßen unpassierbar sein. Wenn wir Südwind bekommen, wird es stürmen.«

»Woher wissen Sie das?«

»Weil ich schon in Evergreen Falls gelebt habe, als es das letzte Mal so geschneit hat. Ich war erst sechs, aber ich kann mich noch an den Sturm an diesem Nachmittag erinnern.« Miss Zanders Gesicht wirkte gequält. Zum ersten Mal sah Violet sie nicht vollkommen beherrscht und organisiert.

Sie schauderte und ging zu dem Küchentisch, den man nahe ans Feuer gezogen hatte. Der Koch stellte eine Platte mit Speck vor ihr ab. »Iss«, sagte er. »Der Heizkörper im Angestelltenspeiseraum ist kaputt. Wir müssen hier in der Küche essen, bis er repariert ist.«

Nach Essen war ihr überhaupt nicht zumute, doch sie würgte ein paar Bissen Speck hinunter. Ein Baby versuchte in ihrem Bauch zu wachsen, und sie war dafür verantwortlich.

Clive kam herein, herbeigerufen vom letzten verbleibenden Pagen, und diskutierte mit Miss Zander über die beste Möglichkeit, den Fliegenden Fuchs zu reparieren. Als die Direktorin eilig davonging, setzte sich Clive zu Violet.

»Guten Morgen«, sagte er und griff nach dem Speck.

»Ist das denn nicht gefährlich, den Fliegenden Fuchs bei diesem Wetter zu reparieren?«

»Aber nein. Nur ein wenig kalt.« Er lächelte gezwungen. »Machst du dir etwa Sorgen um mich, Violet?«

Sie sah auf ihren Teller. »Ich will nicht, dass dir etwas zustößt«, sagte sie. Sie fragte sich, was Clive wohl denken würde, wüsste er von ihren Schwierigkeiten.

»Das ist sehr nett von dir. Mir passiert schon nichts. Wenn ich das Kabel am Ende zum Laufen bringe, wird es den Schnee auf der gesamten Länge wegschieben. Ich glaube, nur die Flaschenzugräder sind eingefroren und brauchen etwas Öl.«

»Nun«, sagte sie und mied seinen Blick, »pass bitte trotzdem auf dich auf.«

Als der Tag richtig begann, wurde es lebhafter in der Küche, die gedämpfte Atmosphäre blieb jedoch bestehen. Zuerst bemerkte Violet es nicht, so versunken war sie in ihre eigenen Grübeleien. Doch nach dem Frühstück sah sie, dass die Angestellten ständig zum Fenster gingen und auf den schiefergrauen Himmel und den ununterbrochen fallenden Schnee starrten. Clive kam zurück, er hatte den Fliegenden Fuchs nur ein paar Meter bewegen können. Er schüttelte sich Schnee aus dem Haar und von den Handschuhen, seine Wangen waren gerötet, seine Augen wild. »Ich habe so etwas noch nie gefühlt«, sagte er.

Um drei Uhr nachmittags wurden die Straßen gesperrt. Miss Zander rief alle in der Küche zusammen und gab bekannt, dass jeder, der noch nach Sydney hinunterfahren wolle, sofort packen und den Zug um fünf Uhr nehmen solle.

»Fährst du?«, fragte Clive.

Sie schüttelte den Kopf. Wie konnte sie in diesem Zustand zurück zu ihrer Mutter? Außerdem, wie sollte sie die Trennung von Sam ertragen? Sie war zwar unausweichlich, doch nicht jetzt. Noch nicht.

Hektische Betriebsamkeit brach aus. Taschen wurden rasch gepackt und Zimmer unordentlich zurückgelassen. Am Abend befanden sich von der Belegschaft nur noch Miss Zander, der Koch, Clive und Violet im Hotel.

»Wie sollen wir das bloß schaffen?«, fragte Violet.

»Oh, das werden wir schon, meine Liebe«, antwortete Miss Zander. »Wir haben auch Miss Sydney und

Mrs. Wright verloren. Vier Bedienstete für sechs Gäste, das reicht. Auf jeden Fall ist es ja nur für kurze Zeit. Der Schnee wird schmelzen und die Straßen wieder geöffnet werden, und dann kommen alle zurück. Doch ich kann sie nicht hier oben in der Eiseskälte halten, wenn wir vielleicht von der Zivilisation abgeschnitten werden, vor allem wenn der Fliegende Fuchs nicht funktioniert.«

Violet ging zum Spülbecken und lehnte sich gegen das kalte Porzellan, während sie aus dem Fenster sah. Die Dunkelheit zog herauf, und es schneite immer weiter, weiß und sanft und erbarmungslos.

Kapitel zwanzig

Um Mitternacht herum änderte sich die Windrichtung, und wilde Böen heulten um das Hotel. Violet schlief unruhig. Immer wieder wachte sie auf, als Türen im Haus knallten und Fensterrahmen klapperten und die Kälte durch jede Ritze drang.

Sie wusste nicht, wie viel Zeit vergangen war – vielleicht drei oder vier Stunden –, als donnernder Lärm sie plötzlich aus dem Schlaf riss. Instinktiv rollte sie sich unter der Decke zusammen, als das Geräusch nicht abebbte. Der Wind schien inzwischen doppelt so stark zu wehen. Ihr Herz hämmerte, und sie hatte zu viel Angst, um wieder einzuschlafen. Wenn nur Sam heute Nacht gekommen wäre. An seinen Körper gedrückt, wäre alles nicht so schlimm.

Violet schlug die Decke zurück und zog ihren Morgenmantel an. Vielleicht hätte sie weniger Angst, wenn sie wie früher zu ihm nach oben schlich.

Auf dem oberen Treppenabsatz sah sie ein Licht, das sich durch das dunkle Foyer bewegte. Sie wartete, bis einen Moment später Miss Zanders Silhouette sichtbar wurde.

»Violet«, sagte diese gelassen. »Gut, dass Sie hier sind. Bitte wecken Sie die Gäste und bitten Sie sie, sofort in den Ballsaal zu kommen.«

»Was? Warum denn?«

Eine weitere gewaltige Bö wehte über sie hinweg, und Miss Zander packte beschützend Violets Arm. Danach stieß sie Violet sanft von sich. »Gehen Sie. Hier, nehmen Sie die Lampe. Das Dach des Ostflügels ist zum Teil eingestürzt. Der Strom ist ausgefallen, auch das Telefon funktioniert nicht mehr. Der Ballsaal hat ein Kuppeldach und ist damit der sicherste Ort für uns, bis der Sturm abgeklungen ist.«

Violet nickte und eilte mit der Sturmlampe die Treppen nach oben. Sie würde Sam nun also doch wecken, aber sie musste sich nicht verstecken. Es wäre aber auch keine Zeit für Umarmungen.

Zuerst kam das Frauenstockwerk, und Violet klopfte energisch an Floras Tür. »Bitte entschuldigen Sie, Ma'am, aber wachen Sie auf. Das ist ein Notfall!«

Eine Sekunde später öffnete sich die Tür. »Violet?«

»Es tut mir leid, Sie wecken zu müssen, Ma'am«, sagte Violet, der es peinlich war, vor Sams Schwester in ihrem champagnerfarbenen, seidenen Morgenmantel zu stehen.

»Als ob ich schlafen könnte. Was ist denn los?«

»Wir sollen uns im Ballsaal versammeln. Im anderen Flügel ist das Dach eingestürzt. Am sichersten ist es unter der Kuppel.«

»Natürlich, natürlich. Kann ich mich noch anziehen?«

Ein weiterer schrecklicher Windstoß. Flora schüttelte den Kopf. »Nein, ich gehe besser so. Holen Sie die Powells, und ich kümmere mich um Sam, Tony und Sweetie. Das spart uns etwas Zeit.«

»Danke, Miss Honeychurch-Black.«

»Flora«, sagte diese. »Bitte nennen Sie mich Flora. Unser Familienname ist doch recht kompliziert.«

Violet lächelte, und Flora erwiderte das Lächeln im flackernden Licht der Lampe. Dann eilte Violet nach oben, um Lord und Lady Powell zu wecken.

Als sie zurück in den Ballsaal kam, hatte Miss Zander den Raum bereits mit einem halben Dutzend Sturmlampen beleuchtet, und im Kamin brannte ein Feuer, vor dem Kissen und Decken lagen.

»Nur herein, nur herein«, sagte sie zu Violet, die ein paar Schritte hinter den Powells zögernd stehen blieb. »Heute Abend verzichten wir auf die Etikette. Personal und Gäste unter einem Dach. Die Sicherheit geht vor. Schauen Sie, unser Zimmermann und der Koch sind auch schon da.«

Violet sah sich nach Sam um, der auf einem Kissen am Feuer saß und sie anstarrte. Als ihre Blicke sich trafen, lächelte er schwach. Ihr Herz verkrampfte sich, und sie erkannte, dass Liebe einen Schmerz mit sich brachte, der unter der ersten Euphorie verborgen lag. Sie nickte ihm zu, dann setzte sie sich zu Miss Zander, die mit Papier und Stift an einem der Esstische saß und selbst in einem dicken wollenen Morgenmantel elegant aussah.

»Wir müssen umorganisieren, Violet«, sagte sie. »Die Männer aus dem Ostflügel müssen umziehen.«

Violet sah zu Clive und dem Koch, die sich eng aneinandergedrängt bei den Raumteilern unterhielten.

»Straßen- und Zugverkehr sind eingestellt, der Fliegende Fuchs so gut wie außer Betrieb, und ohne Telefon und Strom kann es lange dauern, bis sich jemand das Dach anschauen kann. So großartig Clive auch ist, glaube ich, dass er allein damit überfordert wäre. Deshalb werde ich die Männer in die Zimmer der weiblichen Angestellten umquartieren, und Sie ziehen nach oben auf das Frauenstockwerk. Ich habe bereits mit Miss Honeychurch-Black gesprochen, die im Moment als Einzige dort wohnt, und sie ist einverstanden. Sie benutzen das östliche Badezimmer und Miss Honeychurch-Black das westliche, weshalb ihr einander wahrscheinlich kaum begegnen werdet. Ich bringe meine Sachen ins Obergeschoss in das Zimmer neben den Powells.« Noch während sie sprach, legte sie diverse Listen an. »Die Gasversorgung scheint noch zu funktionieren, weshalb wir kochen und die Räume heizen können.« Miss Zander unterbrach sich, legte den Stift ab und nieste laut. »Oh, Himmel noch mal«, sagte sie. »Ich darf jetzt auf gar keinen Fall krank werden. Violet, fühlen Sie meine Stirn. Ist sie warm? Ich fühle mich schon den ganzen Tag wie in Watte gepackt.«

Violet legte ihre Handfläche auf Miss Zanders Stirn, die glühend heiß war. »Sie sind sehr heiß«, sagte sie. »Sie sollten sich hinlegen. Ich kann mich hier um alles kümmern.«

»Nein, ich ignoriere es am besten«, schnaufte die Direktorin.

Violet erwiderte drängend: »Sie werden nur noch kränker, wenn Sie sich nicht ausruhen.«

»Wie unpassend«, sagte Miss Zander seufzend. »Und Will Dalloway könnte genauso gut eine Million Meilen entfernt sein. Selbst wenn es morgen zu schneien aufhört, wird die Straße noch unpassierbar sein. Vielleicht kann Clive am Morgen, wenn der Sturm vorbei ist, hinüber in Karls Büro gehen und nach Medikamenten gegen Fieber schauen.« Sie nieste wieder. »Himmel, warum ausgerechnet jetzt.«

Violet lächelte. »Ich bereite Ihnen ein kleines Bett auf dem Boden.«

»Nein, und damit meine ich auch nein. Ich kann nicht vor allen krank im Bett liegen. Ich bin die Einzige hier, die sich nicht hinlegen wird. Wenn Eugenia Zander einknickt, dann bricht das ganze Hotel zusammen. Ich lege nur den Kopf ein wenig auf dem Tisch ab. Könnten Sie sich um die anderen kümmern? Wir sind hier sicher.« Dann ließ Miss

Zander den Kopf sanft auf die Tischplatte sinken und schloss die Augen.

Draußen heulte der Wind und brachte die Fenster zum Erzittern. Violet sprach mit einem Gast nach dem anderen – den widerwärtigen Kerl namens Sweetie mit eingeschlossen – und bot allen Kissen, Decken und Tee an. Sam ergriff die Gelegenheit, ihre Hand zu streicheln, als sie ihm ein Kissen reichte, doch abgesehen davon sprachen sie nicht miteinander und berührten sich auch nicht. Der Koch bereitete in der Küche getoastete Crumpets und Tee zu, und Clive hielt das Feuer am Leben. Er trug einen langen, kastanienbraunen wollenen Morgenmantel und Slipper, und Violet empfand leise Zärtlichkeit bei diesem kleinen Einblick in sein Privatleben.

Niemand schlief, und einige Stunden später zog die Morgendämmerung grau vor den Fenstern auf. Gleichzeitig ließ der Wind plötzlich nach, und als der Koch Teller mit Steak und Eiern zum Frühstück hereinbrachte, hatte es auch zu schneien aufgehört.

Violet sah, wie Clive auf den Ausgang zusteuerte, und folgte ihm. »Wo gehst du hin?«

»Kurz nach draußen, um die Lage zu überprüfen«, antwortete er.

»Ich komme mit.«

Lord und Lady Powell hatten ihr Gespräch gehört und schlossen sich ihnen an. Was für eine seltsame Gruppe: die adeligen Schriftsteller, die Bedienung und der Zimmermann, alle im Morgenmantel, wie sie vorsichtig die Eingangstür zum Hotel öffneten – und dabei eine Schneewehe ins Foyer rutschte – und in das Tageslicht spähten.

Der Himmel war blassblau und weitestgehend unbedeckt, die grauen Wolken verschwanden am Horizont. Die eiskalte Luft war windstill. Die Sonne schien matt auf den

Schnee. Der Ostflügel sah von außen unverändert aus, doch Clive erzählte Violet, dass ein mehrere Meter langer Dachabschnitt unter dem Gewicht des Schnees und des Sturms eingestürzt war. Die Landschaft um das Hotel herum war vollkommen verändert. Wo einst Wege und Straßen und Bahngleise gewesen waren, lagen jetzt sanft geschwungene Schneehügel. Es war so schön, dass es Violet beinahe nichts ausmachte, von der Außenwelt abgeschnitten zu sein.

»Wir hätten gestern zurück nach Sydney fahren sollen«, sagte Lord Powell.

»Der Umzug hätte mich zu sehr gestört«, erwiderte Lady Powell. »Mein Roman ist gerade an einem entscheidenden Punkt.«

Lord Powell schnaubte. »Heiraten Sie bloß keine Künstlerin«, sagte er zu Clive und eilte dann zurück ins Warme, gefolgt von seiner Frau.

Clive drehte sich zu Violet um. »Es tut mir leid, dass du das ertragen musst.«

Violet sah ihn verwundert an, dann verstand sie. »Es muss dir nicht leidtun. Ich habe mir meine Probleme selbst eingebrockt«, antwortete sie.

»Du bist nicht für den Schnee verantwortlich.«

»Ja, das stimmt allerdings.« Doch für alles andere gab sie nur sich selbst die Schuld.

Es war ein merkwürdiger Tag. Die Gäste zogen sich in ihre Zimmer zurück, die Angestellten bezogen wie vereinbart ihre neuen Unterkünfte. Miss Zander wurde von Minute zu Minute blasser, bis sie sich schließlich ebenfalls in ihr neues Zimmer im Obergeschoss zurückzog und dem Koch bis zum nächsten Morgen die Verantwortung übertrug.

Violet konnte keinen Moment lang ihre luxuriöse neue Unterkunft genießen. Nach ihrem Umzug machte sie Betten und servierte Mahlzeiten, abends organisierte sie Lampen für die Gästezimmer und bediente schließlich bei dem kleinen Abendessen im Speisesaal, an dem Sam nicht teilnahm. Sie brachte Miss Zander ihr Essen, um danach selbst in der Küche zusammen mit dem Koch und Clive etwas zu sich zu nehmen. Auch Clive wirkte ernsthaft krank.

»Nicht du auch noch?«, fragte sie.

»Es ist nicht schlimm. Sag es nur nicht Miss Zander.«

Ohne nachzudenken, legte Violet ihre Hand auf seine Stirn. Erst bei der Berührung erinnerte sie sich an ihre gemeinsame Vorgeschichte und wie vertraulich diese Geste wirken mochte. Rasch zog sie ihre Hand zurück. »Du glühst«, sagte sie.

»So sehr, dass ich dich verbrannt habe?«, fragte er lächelnd.

Aber Violet war nicht zu Scherzen aufgelegt. »Du solltest dich hinlegen. Wir schaffen das hier schon.«

Nachdem sie eine Stunde aufgeräumt hatte, ging Violet endlich die Treppe zum Frauenstockwerk hinauf. Erschöpft holte sie ihre Sachen aus dem Zimmer und trug sie zusammen mit einer Sturmlampe ins Bad. Es unterschied sich so sehr von ihrem eigenen düsteren, lichtlosen Waschraum im Untergeschoss, dass sie die Lampe auf den Boden stellte und sich in Ruhe umsah. Glänzende weiß-grüne Kacheln, hier und da mit einer stilisierten Kiefer verziert. Lange grüne Vorhänge an den Seiten eines großen Fensters zusammengerafft. Ein elegantes Waschbecken mit Messingarmaturen. Eine tiefe Badewanne mit glänzenden Klauenfüßen. Und erst der herrliche Teppich: Ihre Füße schienen zentimetertief darin zu versinken. Zwei große Heizkörper wärmten den Raum. Violet ließ Wasser in die

Wanne laufen und wartete, auf dem geschnitzten Holzdeckel der Toilette sitzend, während sie den Tag noch einmal Revue passieren ließ.

Dann zog sie sich aus und ließ sich in das heiße Wasser gleiten. Die Lampe verbreitete ein weiches, gelbliches Licht. Violet schloss die Augen und lehnte den Kopf zurück, damit ihr Haar im Wasser treiben konnte. Sie war daran gewöhnt, in einer engen Wanne aus rauhem Emaille zu baden, in einem Raum ohne Fenster und ohne Heizung. Das hier war das reine Glück.

Wenn nur ...

Alles würde sich ändern. Wann? Sie sah auf ihre Brüste herab. Sie waren bereits schwerer, die Brustwarzen dunkler. Würde Sam es bemerken? Würde sie bald nicht mehr in ihre Uniform passen? Ihr Bauch war immer noch flach, ihre Hüftknochen immer noch sichtbar. Konnte es wirklich sein, dass sie kugelrund werden, dass sie ein schreiendes Baby auf die Welt bringen würde? Und dann?

Doch sie wusste, was als Nächstes kam. Dasselbe, was ihrer Mutter passiert war: ohne Dank ein Kind zu ernähren und aufzuziehen, während Jugend und Schönheit verblassten. *Schau mich an*, pflegte ihre Mutter zu sagen. *Kein Wunder, dass ich einsam bin. Du hast mir meine Schönheit und meine Figur gestohlen, und kein anständiger Mann will etwas mit mir zu tun haben.*

Das wartete auf sie.

Violet gestattete sich zum ersten Mal seit langer Zeit zu weinen. Tiefe Schluchzer, die durch das Badezimmer hallten. Doch nach ein paar Minuten riss sie sich zusammen, spritzte sich Wasser ins Gesicht und stieg aus der Wanne. Im Licht der Lampe trocknete sie sich ab. Sie war sich nicht sicher, ob Sam sie heute Nacht besuchen käme oder ob sie zu ihm gehen sollte. Alles war auf den Kopf gestellt, während sie von der Außenwelt abgeschnitten waren, doch sie sehnte sich nach dem Trost seiner Umarmung.

Als sie im Morgenmantel aus dem Badezimmer trat, wäre sie beinahe mit Flora zusammengestoßen, die aus der anderen Richtung kam.

»Oh, bitte entschuldigen Sie«, sagte Violet und senkte den Kopf.

»Nein, mir tut es leid. Ich dachte, das hier wäre … Miss Zander sagte etwas vom östlichen Badezimmer?«

»Sie hat mir ebenfalls das östliche Bad zugewiesen.«

»Wahrscheinlich hatte sie viel um die Ohren. Ich gehe dann mal zum anderen Badezimmer. Nicht dass ich …« Flora unterbrach sich. »Sie dürfen nicht glauben, dass ich mit Ihnen kein Bad teilen würde, weil Sie …«

»O nein, das hätte ich nie geglaubt.«

Flora musterte sie aufmerksam. »Geht es Ihnen gut? Sie sehen aus, als hätten Sie geweint.«

Violet schüttelte den Kopf, sagte jedoch gleichzeitig: »Nein, es geht mir überhaupt nicht …« Die Tränen begannen erneut zu strömen. Was tat sie da nur? Sie konnte doch nicht Sams Schwester etwas von ihren Problemen vorjammern. Sam hatte immer gesagt, dass Flora ihr Glück zerstören würde, doch sie war so lieb gewesen, und sie hatte so ein warmes, freundliches Gesicht.

»Ach, Liebes, Liebes«, sagte Flora und legte Violet den Arm um die Schultern. »Kommen Sie mit, Sie sollten nicht allein sein. Kommen Sie.« Sie führte Violet in ihr tadellos aufgeräumtes Zimmer und setzte sie an den Tisch. Dann kauerte sie sich vor sie hin. »Möchten Sie einen Tee?«

»Ich …«

»Tee wäre jetzt gut. Ich hole Ihnen einen. Ist noch jemand unten in der Küche?«

»Der Koch sollte dort sein.«

»Ich werde ein paar Minuten unterwegs sein. Versprechen Sie mir, auf mich zu warten? Laufen Sie bitte nicht weg.«

Violet nickte. Wasser tropfte aus ihrem Haar und auf ihren Morgenmantel.

Flora tätschelte ihr die Schulter und eilte davon.

Violet versuchte, die Kontrolle über ihre Gefühle zurückzugewinnen. Sie war seit den frühen Morgenstunden auf den Beinen, und die extreme Erschöpfung ließ im Moment alles um sie herum geradezu alptraumartig erscheinen. Ihr Herz verkrampfte sich vor Verzweiflung und Hoffnungslosigkeit, und jetzt saß sie hier in Floras warmem Zimmer und wartete auf Tee. Wenn sie ihr nicht zu bleiben versprochen hätte, wäre sie davongelaufen.

Doch sie musste es einfach jemandem erzählen, und Flora würde es sowieso erfahren, sobald Sam es wusste. Sie konnte es ihm nicht mehr lange verheimlichen.

Flora war im Handumdrehen zurück. »Der Koch hatte gerade für sich selbst einen Tee aufgebrüht und ihn mir gegeben. Wie nett von ihm«, erklärte sie.

Violet sagte Flora nicht, dass es keine besondere Freundlichkeit, sondern Gehorsam gewesen war. Die Gäste kamen immer an erster Stelle. Miss Zander duldete nichts anderes. Sie beobachtete, wie Flora den Tee eingoss und dann einen Stuhl vor Violets zog. »Na los, trinken Sie«, sagte sie.

Violet nippte still ein paar Minuten an ihrem Tee, und es ging ihr schon ein wenig besser.

»Möchten Sie darüber reden?«, fragte Flora. »Ich will nicht neugierig sein ...«

»Ich werde es Ihnen sagen«, antwortete Violet und setzte die Teetasse ab. »Aber nur, weil es Sam betrifft.«

»Er hat Ihnen das Herz gebrochen, nicht wahr? Das hat

er schon mit anderen gemacht. Es tut mir so leid; wenn ich gekonnt hätte, hätte ich Sie gewarnt.«

Violet schüttelte den Kopf. »Ganz und gar nicht. Auch wenn ich denke, dass das vielleicht noch kommt.« Ihre Stimme brach, und sie unterdrückte ein Schluchzen. »Aber es scheint so, als bekäme ich sein Kind.«

Flora saß lange schweigend im Lampenlicht, die Lippen zu einem perfekten O der Überraschung geformt.

»Es tut mir leid«, sagte Violet.

»Nein, nein«, erwiderte Flora und erwachte wieder zum Leben. »Nein, *mir* tut es leid. Sam sollte es leidtun. Aber ... oh, mein liebes Mädchen. Das kann nicht gut ausgehen.«

»Was meinen Sie damit?«

»Mein Vater wird Sams Unterstützung streichen, wenn er es herausfindet.« Ihre Stimme verklang zu einem Flüstern. »Mir die meine auch, fürchte ich.«

»Das wird er tun?«

»Ohne Zweifel. Meine Mutter hat ein großes Herz, mein Vater jedoch leider einen kleinen Geist. Ich komme zurecht, ich werde einen reichen Mann heiraten. Aber Sam ... was für ein Vater wäre er? Oh, was für ein Schlamassel. Er kann einfach nicht mit dieser Pfeife aufhören. Wie kann er da ein Vater sein?«

»Er wird mich also nicht heiraten?«

»Er hätte Sie niemals heiraten können«, sagte Flora ehrlich, aber freundlich, wofür ihr Violet dankbar war. »Und wenn, dann hätte er mit nichts dagestanden.«

»Er hätte mich gehabt.«

»Ja, ja, das natürlich. Aber ... Violet, Sie kennen Sam. Ich mache mir keine Illusionen mehr, dass ihr zwei voneinander lassen könnt. Stellen Sie ihn sich ohne Geld vor. Er kann nicht arbeiten. An den meisten Tagen kann er kaum sein Zimmer verlassen. So einen Menschen würden Sie heiraten.«

Die Verzweiflung traf Violet mit voller Wucht. Die letzte Hoffnung, dass sie und Sam ihr Kind im Luxus erziehen würden, war zerstört. Sie legte den Kopf in die Hände und schluchzte.

Schließlich sagte Flora: »Ich habe eine Idee.«

Violet hob den Kopf und wischte sich die Nase mit dem Handrücken ab. »Und welche?«

»Wenn wir es geheim halten, kann ich Ihnen helfen. Ich kann nicht sagen, was Sam tun würde, aber Sie können mir vertrauen.«

»Ich weiß nicht, was Sie damit meinen.«

»Wenn wir das Baby vor meinem Vater geheim halten, werden Sam und ich genug Geld haben, um Ihnen zu helfen. Wir könnten Ihnen ein kleines Haus kaufen, Geld schicken. Aber Sie müssen versprechen, dass mein Vater es niemals erfahren darf ...« Flora biss sich auf die Unterlippe.

»Sie können mir vertrauen«, sagte Violet. »Ich verspreche es Ihnen. Ich werde nicht um viel bitten. Ich will nur weiterarbeiten können, ich will nur eine Zukunft.« Wieder weinte sie, und Flora strich ihr beruhigend über die Hand.

»Sie und Ihr Baby werden eine Zukunft haben, Violet«, sagte sie. »Dafür werde ich sorgen.«

Kapitel einundzwanzig

Violet wachte am nächsten Tag im Morgengrauen auf und fühlte sich leichter. Die Verzweiflung war verschwunden. Sie lag noch eine Weile unter den Decken, genoss die weiche Matratze und ging das Gespräch mit Flora noch einmal im Kopf durch. Eine kleine, warnende Stimme sagte ihr, sie solle Sams Schwester nicht einfach blind vertrauen: Jetzt hatte sie vielleicht Mitleid, doch im Laufe der Jahre würde sie womöglich immer weniger helfen wollen. Doch es spielte eigentlich keine so große Rolle, denn Flora hatte ihr geholfen zu erkennen, dass sie irgendwie zurechtkommen würde. Sie würde *nicht* wie ihre Mutter werden. Sie war immer noch jung, konnte immer noch ihr eigenes Geld verdienen und fürchtete sich nicht vor harter Arbeit. Mit einem dicken Bauch konnte sie sicher nicht mehr servieren, aber Miss Zander würde sie vielleicht nach der Geburt wieder einstellen. Sie würde nicht im Hotel wohnen müssen, sie fände sicher eine kleine Wohnung. Mama würde dann einfach zu ihr ziehen müssen, damit sie während Violets Schichten auf das Baby aufpassen konnte. Wenn Mama sich weigerte, auch gut: statt Kleider zu kaufen, könnte Violet ein Mädchen als Haushaltshilfe für ihre Mutter bezahlen. Und für das Baby würde sie schon eine Lösung finden. Und vielleicht würde sie auch gar nicht in einem Hotel arbeiten müssen? Vielleicht fand sie etwas in einem Laden, einem Geschäft, das teure, schöne Dinge wie Schals oder Schuhe oder Miss Sydneys alberne Schönheitsprodukte verkaufte. Wenn Flora Violet wirklich ein Haus kaufte oder nur die Miete für ein paar Jahre übernahm, umso besser. Violet hatte keine Bildung, aber sie war klug. Sie war von niederer Herkunft, aber sie hatte einen starken Geist. Mamas Problem war nicht, dass sie keine Wahl hatte, sondern dass sie sich geweigert hatte, sie zu erkennen.

Ein leises Klopfen an der Tür schreckte sie aus ihren Gedanken auf. Sie schlug die Decke zurück und horchte, fragte sich, ob sie sich das Geräusch vielleicht eingebildet hatte. Miss Zander, wenn sie denn auf war, würde einfach hereinkommen. War es Flora?

»Violet?«

Es war Sam. Sie stand auf, sammelte ihren Mut. Sie musste es ihm sagen. Wie auch immer er reagieren würde, sie konnte damit umgehen.

Sie öffnete die Tür, und er fiel ihr praktisch in die Arme. »Oh, Violet, Violet«, sagte er. Seine Haut war feucht, er zitterte. War er an derselben Grippe erkrankt wie Miss Zander und Clive? Wie lange würde sie noch gesund bleiben können mit so vielen Kranken um sich?

Violet schloss leise die Tür und führte ihn zum Bett. »Was ist los? Bist du krank?«

Er nickte. Er war blass und trug einen schweißfleckigen roten Morgenmantel. »Ich habe nichts mehr.«

»Was meinst du damit?«

»Opium. Malley sollte vorgestern mit Nachschub aus Sydney zurückkommen, mit dem letzten Zug. Das Wetter muss ihn daran gehindert haben. Jetzt fahren keine Züge mehr, und wir sitzen hier fest und ...«

»Schh, Schh, ganz langsam«, sagte sie und versuchte, ihr eigenes wild klopfendes Herz zu beruhigen. »Wie lange geht das schon so?«

»Ich habe vor vierundzwanzig Stunden meine letzte Pfeife geraucht.« Er warf sich wieder in ihre Arme, seine Wange an ihre Brust gepresst. »O Gott, Violet, o Gott. Ich fühle mich, als ob ich zerbreche.«

In ihrer überwältigenden Sorge um ihn erkannte sie, dass sie ihm jetzt nicht von dem Baby erzählen konnte. »Was willst du tun?«

»Ich kann nichts tun. Ich muss das irgendwie durchstehen. Vielleicht ist es das Beste. Vielleicht ist es tatsächlich das Beste. Diesmal könnte ich es wirklich schaffen, davon loszukommen. Was denkst du, Violet? Bin ich stärker als der Drache?«

Sie bemühte sich, ihrer Stimme Festigkeit zu verleihen: »Natürlich bist du das. Du bist der hellste Stern, den ich kenne.«

»O Gott, o Gott.« Er zitterte an ihrer Brust. »Elektrizität. Furchtbare kalte Elektrizität in meinem ganzen Körper. Unter meiner Haut. Ich werde nie wieder ruhig sein.«

»Doch, das wirst du. Das wirst du.« Sie strich ihm übers Haar und versuchte, ihn zu besänftigen.

Er sprang auf und eilte in einem fiebrigen Kreis durch den Raum. »Du weißt es nicht«, sagte er, »du weißt nichts. Ihr alle, die ihr es nie probiert habt, wisst gar nichts. Wie kann ich nach dem Opium überhaupt *sein*? Wie wird die Welt riechen und schmecken? Nichts wird mich danach noch interessieren. Ich kann nicht aufhören. Ich kann nicht.« Plötzlich blieb er stehen. »Du musst mir helfen.«

»Ich werde tun, was ich kann.«

»Hilf mir, stark zu bleiben. Es wird vorübergehen. Tage, vielleicht Wochen. Aber es wird vorübergehen.«

»Ich weiß, dass es dir wieder gutgehen wird.«
Er setzte sich mit gespreizten Beinen vor sie auf den Boden und begann zu weinen. »Es ist so furchtbar. Ich hasse es. Es ist schrecklich.«
Sie kauerte sich neben ihn und rieb seine Arme.
»Nicht«, sagte er und zuckte zurück. »Meine Haut ist von Ameisen überzogen.«
»Du kannst es schaffen«, machte sie ihm Mut.
»Die Straßen sind unpassierbar. Die Züge fahren nicht. Malley ist weg«, erwiderte er mit einem schrecklichen Seufzen, als ob alle, die er liebte, gestorben wären. »Ich habe keine andere Wahl.«

Flora ging mit Kopfschmerzen zum Frühstück. Sie hatte in der Nacht kaum geschlafen und die ganze Zeit darüber nachgedacht, dass Sam Vater werden würde. Eigentlich war sie überrascht, dass es nicht schon früher geschehen war; er hatte bereits zahlreiche Gelegenheiten gehabt, Mädchen in Schwierigkeiten zu bringen. Doch Violet war nicht wie die anderen jungen Frauen, das hatte Flora jetzt erkannt. Sie war beinahe selbst ein wenig in sie verliebt: Violets ruhiger Blick und die mädchenhafte Verletzlichkeit in Verbindung mit einem wachen Geist, der selbst ihren erschöpften Bewegungen noch eine energische Anmut verlieh. Sie bezweifelte nicht, dass Sam dieses Mal wirklich verliebt war. Ob es echte Liebe war, war leider unerheblich. Vater würde niemals eine Bedienung in die Familie Honeychurch-Black aufnehmen.
Violet schenkte in ihrer schwarz-weißen Uniform gerade Lady Powell Tee ein. Flora nickte allen zu und bemerkte, dass Violet ihr einen drängenden Blick zuwarf, doch dann kam Tony, und Flora hatte keine Gelegenheit mehr, allein mit ihr zu sprechen. Stattdessen musste sie Sweeties laut-

starke Beschwerden darüber ertragen, von der Außenwelt abgeschnitten zu sein. Sam war nicht erschienen, was Floras Befürchtungen bestärkte, dass Violet ihm von dem Kind erzählt hatte und er sich nun ins Vergessen rauchte.

Bevor sie die Teller abräumte, blieb Violet an ihrem Tisch stehen und verkündete mit fester Stimme: »Bitte entschuldigen Sie, Ladys und Gentlemen.«

Tony flüsterte Sweetie etwas zu, der laut auflachte. Flora stieß ihren Verlobten mit dem Ellbogen an und setzte sich aufrecht hin.

»Ich habe eine Nachricht von Miss Zander. Leider muss ich Ihnen mitteilen, dass von den vier anwesenden Angestellten zwei mit Grippe ans Bett gefesselt sind, darunter auch Miss Zander. Nur der Koch und ich sind gesund. Die Mahlzeiten werden wie gewohnt serviert werden, und ich werde mein Bestes tun, die Betten so bald wie möglich nach dem Frühstück zu machen. Aber wir sind immer noch ohne Strom und Telefon und wissen nicht, wann die Straßen freigegeben werden und der Zugverkehr wieder aufgenommen werden wird. Vielleicht heute oder morgen, und Miss Zander denkt, auf keinen Fall später als übermorgen. Wir bitten Sie daher um ein wenig Geduld bei der Erfüllung Ihrer Wünsche.«

Lord Powell schnaufte. »Keine Sorge, Mädchen. Wir werden uns schon nicht in unzivilisierte Wilde verwandeln.«

»Ich fühle mich auch nicht so gut«, sagte Lady Powell.

»Nun, das ist vollkommen inakzeptabel«, dröhnte Sweetie. »Wissen Sie überhaupt, wie viel wir hier für den Aufenthalt zahlen? Wahrscheinlich mehr als Ihren Jahreslohn.«

Flora verfolgte beeindruckt, wie Violet sich nicht einschüchtern ließ. »Ich verstehe Ihre Frustration, Sir, und ich bin mir sicher, dass Miss Zander Sie alle für die entstandenen Unannehmlichkeiten angemessen entschädigen wird. Wenn Sie einen von uns brauchen, wir sind normalerweise in der Küche zu finden.«

»Ganz ruhig, Sweetie«, sagte Tony gelassen. »Das junge Mädchen hier kann doch nichts für das Wetter. Danke, meine Liebe«, sagte er zu Violet. »Richten Sie Miss Zander bitte unsere besten Genesungswünsche aus. Sie ist eine gute Frau.«

Flora strahlte ihn mit frohem Herzen an.

Sie beendeten das Frühstück, und Flora entschuldigte sich, um den Flur entlang zur Küche zu gehen, wo Violet gerade Teller säuberte.

»Violet?«, fragte sie.

Die junge Frau drehte sich um und kam zur Türschwelle, während sie sich die Hände an ihrer Schürze abwischte. »Es geht um Sam«, antwortete sie.

»Was ist passiert? Haben Sie es ihm gesagt?«

Doch Violet schüttelte bereits den Kopf. »Ich hatte keine Gelegenheit. Er kam zu mir … es geht ihm sehr, sehr schlecht. Er sagt, er hat kein Opium mehr. Er sieht fürchterlich aus.«

Flora unterdrückte ein Stöhnen. Sie wusste, was als Nächstes kommen würde. Sie hatte es schon erlebt. »Dann schütze uns Gott«, sagte sie. »Es wird schrecklich werden.«

»Das ist es schon.«

Flora tätschelte ihren Arm. »Machen Sie sich keine Sorgen. Ich sehe nach ihm.«

Violet nickte, und Flora eilte zu Sams Zimmer.

Als sie ihn dort nicht vorfand, dachte sie zuerst an Will Dalloways Warnung vor einem Selbstmord. Doch während sie noch wie erstarrt im Flur stand, kam er blass und zitternd aus dem Bad.

»Sam«, rief sie, hastete an seine Seite und führte ihn zu seinem Zimmer.

»Meine Innereien haben sich in Lava verwandelt«, sagte er.

»Komm in dein Zimmer. Lass mich dir helfen.«

»Mir helfen?«, rief er, seine Stimme laut und harsch. »Du würdest mich in dich verwandeln, nicht wahr? Siehst du das denn nicht? Ich kann nicht sein wie du. Ich kann nicht einer aus der gewöhnlichen Masse sein, die nichts weiß.« Er spreizte seine zitternden Hände. »Ich habe ... das Paradies gesehen. Jetzt muss ich es aufgeben.«

»Du wirst froh sein, wenn es vorbei ist«, sagte sie, nahm seine Hände und zog ihn in sein Zimmer.

Er schüttelte sie grob ab und eilte zurück zum Bad. Sie blieb stehen und versuchte, die schrecklichen Geräusche zu überhören, wie er sich übergab, wie er vor Schmerz und Verzweiflung weinte. Nach einer Weile kam er zurück und ließ sich aufs Bett sinken.

Sie schloss die Tür hinter ihm und öffnete die Vorhänge.

»Nein«, sagte er. »Kein Tageslicht. Meine Augen brennen ganz furchtbar.« Er warf sich von einer Seite auf die andere und wieder zurück, dann stand er auf und ging unruhig im Zimmer auf und ab. »Alles tut weh, selbst diese erbärmlichen Decken. Schmerz, überall Schmerz.«

Sie wusste nicht, was sie ihm noch Tröstendes sagen sollte, deshalb sah sie ihm einfach nur zu und wartete ab. Sein Hemd war am Rücken schweißnass.

»Die Alpträume. O Gott, bewahre mich davor. Dieser Mann, der sich umgebracht hat, kommt ganz blau und kalt in mein Zimmer. Schlurft zu meinem Bett und streckt mit einem zischenden Geräusch die Hand nach mir aus. Ich wache jedes Mal auf, nur um kurz darauf in denselben

Horror zurückzufallen.« Er begann zu weinen. »Alles ist verloren, Schwesterchen. Alles ist verloren.«

»Aber nein, ganz bestimmt nicht, das versichere ich dir«, sagte sie. »Vertrau mir. Habe ich mich denn nicht immer um dich gekümmert?«

Er beugte sich zu ihr und küsste sie auf den Kopf. »Ja, das hast du. Meine liebe, liebe Schwester. Du wirst den Schmerz für mich aufhören lassen, nicht wahr? Malley ist nicht da, aber er hat vielleicht etwas im Haus zurückgelassen, etwas, das ...«

»Du schlägst doch nicht ernsthaft vor, dass ich bei einem knappen Meter Schnee nach draußen gehe, Sam?«

»Wenn du mich liebst, würdest du es tun.«

»Ich liebe dich, und deshalb werde ich es nicht tun. Dr. Dalloway hat mir gesagt, dass man an den Schmerzen des Entzugs nicht stirbt. Also, wenn es dich nicht tötet und wenn du am Ende von diesem verfluchten Zeug befreit sein wirst, dann werde ich dein Elend jetzt auf keinen Fall beenden.«

Er schlug ihr hart ins Gesicht. »Raus!«, schrie er.

Ihre Wange brannte, doch sie ermahnte sich, nicht wütend auf ihn zu sein. Das hier war nicht Sam, sondern das Opium, das seinen Körper verließ und dabei jede Faser durchdrang. Sie stand auf und sagte ruhig: »Du weißt, wo ich bin, wenn du mich brauchst. Ich kann dir Essen bringen oder was auch immer du willst. Aber bitte mich nicht um Opium.«

Natürlich war es hart, ihn so zurückzulassen, doch sie sagte sich immer wieder, dass es das Beste war. Wenn er das Opium aus eigenem Antrieb aufgeben sollte, dann wäre niemals der richtige Ort oder der richtige Zeitpunkt. Doch hier, abgeschnitten von der Welt durch verschneite Berge, mit den wenigen Menschen um sie herum ... war es beinahe perfekt.

Flora hörte im Weggehen seine Schluchzer durch die Tür.

Violet brachte das Teetablett nach unten zu den Angestelltenräumen, wo sie vor ein paar Tagen selbst noch gewohnt hatte. Sie wusste nicht genau, in welchem Zimmer Clive untergebracht war, weshalb sie leise an alle Türen klopfte, bis er schließlich rief: »Hier!«

Sie öffnete die Tür, das Tablett auf der Hüfte balancierend. Gerade hatte sie Miss Zander Tee gebracht, die mit so hohem Fieber im Bett lag, dass ihr Nachthemd schweißdurchtränkt war. Dennoch hatte sie es geschafft, Violet Anweisungen zu erteilen, während diese Zucker in den Tee rührte.

»Der Koch ist erfahren, aber er kann nicht gut mit Menschen umgehen. Seien Sie bei jeder Mahlzeit dabei, lächeln Sie jeden an. Beruhigen Sie die Leute. Erwähnen Sie oft meinen Namen. Morgen kann ich wieder aufstehen, ich bin mir fast sicher. Haben Sie schon irgendetwas gehört? Traktoren? Züge? Irgendjemand muss doch bald die Straßen freiräumen. Man hat uns ganz sicher nicht vergessen.«

Clive hatte sehr viel weniger Energie als seine Dienstherrin.

»Wie geht es dir?«, fragte sie, während sie das Tablett auf der Kommode neben seinem Bett abstellte.

»Elend«, antwortete er und hustete wie zur Bestätigung laut. Es war ein tiefer, rasselnder Husten, der Violet sicher beunruhigt hätte, wäre sie nicht gerade eine Stunde zuvor bei Sam gewesen und hätte gesehen, wie krank er war. All ihre Aufgaben erschienen ihr heute wie Zeitverschwendung; sie sollte lieber bei Sam sein, ihn halten, streicheln und ihn trösten.

Dennoch sagte sie: »Gütiger Himmel, das klingt ja fürchterlich.«

»Morgen oder übermorgen wird es mir schon bessergehen. Bist du noch gesund? Und der Koch? Die Gäste müssen sich nicht inzwischen allein versorgen, nicht wahr?«

»So weit kommt es sicher nicht«, sagte Violet lächelnd. »Kannst du dich aufsetzen? Ich schenke dir Tee ein.«

Clive kämpfte sich in eine sitzende Position. Er trug einen dunkelblauen Pyjama, an dem ein Knopf fehlte. Durch die Lücke konnte sie das spärliche Haar auf seiner Brust sehen. Vor Verlegenheit errötend, wandte sie sich zu dem Tablett, schenkte ihm eine Tasse ein und fügte einen Löffel Honig hinzu.

»Du erinnerst dich also, wie ich meinen Tee trinke?«, fragte er, als sie ihm die Tasse reichte. Sie bemerkte, dass er sein Pyjamaoberteil zurechtgerückt hatte.

Sie lächelte. »Natürlich. Schwarz mit Honig. Du hast es mir im Senator sicher hundertmal gesagt.«

»Nur, weil du mir immer Milch reingetan hast.«

»Wer trinkt schon Tee ohne Milch? Nur seltsame Vögel«, neckte sie ihn.

Er lächelte schwach und nippte an seinem Tee. »Das Senator wäre nie eingeschneit und von der Außenwelt abgeschnitten worden.«

»Vieles wäre im Senator nicht passiert«, sagte sie wehmütig und setzte sich auf das Bett gegenüber.

»Ist alles in Ordnung mit dir, Violet?«

Sie seufzte schwer. »Nein, aber danke, dass du fragst.«

»Du kannst mir alles sagen, weißt du. Ich werde zuhören.«

Sie sah ihn an und erinnerte sich an ihre erste Begegnung. Wie nett und fröhlich sie ihn fand und wie gern sie mit ihm ausgegangen war. Doch ihr Herz war immer unbeständig gewesen, bis sie Sam traf.

»Sind wir denn wieder Freunde?«, fragte sie leise.

Er nickte. »Es tut mir leid, dass ich verärgert war. Das war vor Sorge, nicht aus Eifersucht. Oder zumindest hoffe ich das. Ich halte mich eigentlich für einen anständigen Mann.«

»Du *bist* ein anständiger Mann«, sagte sie. Und bevor sie es sich anders überlegen konnte, fügte sie hinzu: »Clive, ich bin schwanger.«

Der gute Clive. Er versuchte angestrengt, nicht schockiert zu wirken. »Ah«, sagte er. »Das kommt eher ungelegen, vermute ich.«

Violet nickte unglücklich und unterdrückte die aufsteigenden Tränen.

»Wird er dich heiraten?«, fragte er.

»Ich weiß es nicht. Im Moment ist er krank, und ich habe es ihm noch nicht gesagt.« So krank. Kränker, als sie ihn je gesehen hatte. »Aber ich fürchte ...«

»Ich werde dich heiraten«, sagte Clive sofort.

Sein Angebot zerriss ihr das Herz. »Warum um Himmels willen sagst du so etwas?«

»Weil es stimmt. Weil dein Baby einen Vater braucht und weil ich dich schon immer geliebt habe ... komm schon, Violet, das wusstest du doch, nicht wahr?«

Violet ließ den Kopf hängen. Wie viel einfacher doch alles im Senator gewesen war, als sie und Clive ein Paar waren. Wenn sie bei ihm geblieben wäre, wäre ihr Leben so viel weniger kompliziert verlaufen. »Ich kann dich nicht heiraten, Clive, weil ich dich nicht liebe. Flora hat versprochen, mir mit dem Baby zu helfen.«

»Aber wird sie ihr Versprechen auch halten?«

»Ich weiß es nicht. Ich weiß gar nichts.« Sie wusste nicht

einmal, ob Sam überleben würde. »Es ist alles gerade etwas ... trostlos.«
Clive schwieg.
»Du bist ein guter Mann«, sagte Violet.
»Und du eine gute Frau«, entgegnete er. »Das Gute wird zu dir kommen.«
»Du wirst es doch nicht Miss Zander erzählen? Natürlich kann ich es nicht ewig verheimlichen, aber wirst du es so lange für dich behalten?«
»Natürlich werde ich das, Violet. Natürlich.«
Sie stand auf. »Ich hole später das Tablett. Jetzt habe ich noch tausend andere Dinge zu tun.«
»Pass auf dich auf.«
»Ich versuche es«, sagte sie und verließ den Raum. Auf dem Flur blieb sie kurz stehen, um tief durchzuatmen.

Trotz ihrer anderen Aufgaben musste sie noch einmal zurück zu Sam gehen. Sie blieb vor seiner Tür stehen und horchte auf die Stimmen dahinter. Nur eine Frauenstimme. Flora. Violet zögerte und klopfte dann leise.

Flora öffnete die Tür einen Spalt. »Ja?«
»Ich wollte sehen, wie es ihm geht.« Sie reckte den Kopf, um an der anderen Frau vorbeizuschauen. Sam lag ausgebreitet auf dem Bett.

Flora verdeckte ihr die Sicht und senkte die Stimme zu einem Flüstern. »Das soll jetzt nicht Ihre Sorge sein. Kommen Sie, wenn es ihm wieder gutgeht.«

Violet sträubte sich. Auch wenn Floras Tonfall freundlich war, war er auch eisern. Wie unfair von ihr, so mit ihr zu sprechen. Sie dachte, sie wären jetzt Freunde. »Ich will ihm helfen, wieder gesund zu werden«, sagte sie.

»Das wird er von ganz allein. Bitte, Sie müssen mir vertrauen.« Flora sprach entschieden, doch Violet hörte einen Hauch von Verzweiflung. »Er wird wieder gesund. Es ist besser, wenn Sie ihn nicht so sehen. Besser für euch beide.«

Violet war so unsicher. War das nur ein weiterer Versuch, sie voneinander fernzuhalten? War Floras Sorge vom gestrigen Abend nur ein Trick gewesen, um Violet Informationen über ihre Beziehung zu entlocken? Waren die Versprechen von Geld und Hilfe vielleicht doch unaufrichtig?

»Bitte gehen Sie«, sagte Flora mit hochgezogenen Augenbrauen. »Das ist eine Familienangelegenheit.«

»Und ich werde nie zur Familie gehören. Ich verstehe«, erwiderte Violet, drehte sich um und ging die Treppe nach unten. Halb hoffte sie, Flora würde sie zurückrufen, doch es blieb still.

In der Nacht waren sie immer noch von der Außenwelt abgeschnitten. Violet bildete sich immer wieder ein, sie könne das Pfeifen des in den Bahnhof einfahrenden Zuges hören oder das Rattern eines Traktors. Dann eilte sie zum Fenster, öffnete es und horchte in die stille, kalte Luft hinaus. Doch jedes Mal wurde sie enttäuscht. Es hatte erneut leicht zu schneien begonnen. Sie versuchte sich wiederholt mit dem Gedanken zu beruhigen, dass alles wieder normaler erscheinen würde, sobald es Miss Zander besserginge. Wieder mehr unter Kontrolle. Doch mit jeder Mahlzeit wurden die Gäste verärgerter. Vor allem dieser fürchterliche Sweetie.

»Kartoffeln? Schon wieder?«, sagte er, als sie seinen Teller vor ihm abstellte.

»Es tut mir leid, Sir, aber der Fliegende Fuchs funktioniert nicht, und so lange bekommen wir keine frischen Nahrungsmittel.«

»Das geht jetzt schon zwei Tage so«, brüllte er. »Warum

ist denn nicht einfach jemand ins Dorf gegangen, um Hilfe zu holen? Holen Sie Miss Zander. Ich werde ihr die Meinung sagen.«

Violet biss die Zähne zusammen. »Miss Zander ist krank, ebenso wie der Zimmermann. Der Koch und ich tun alles in unserer Macht Stehende. Außerdem liegt draußen fast ein Meter Schnee, und das Dorf ist einige Kilometer entfernt.«

»Ja, seien Sie vernünftig«, sagte Lady Powell zu Sweetie. »Draußen ist es sehr unwirtlich.« Dann wandte sie sich an Violet. »Ich habe ganz deutlich Milchpulver in meinem Nachmittagstee geschmeckt. Können Sie mir zusichern, dass es morgen frische Milch gibt?«

Violet war verblüfft, dass so eine kluge Frau wie Lady Powell nicht wusste, woher die frische Milch kam. Sie warf einen Blick zu Flora und fragte sich, ob diese ihr zu Hilfe kommen würde. Doch Flora hielt den Kopf gesenkt und schob abwesend das Essen auf ihrem Teller hin und her.

»Wie gesagt«, wiederholte Violet langsam, »der Fliegende Fuchs, der die frischen Nahrungsmittel aus dem Tal bringt, funktioniert momentan nicht.«

»Sie haben also keine frische Milch mehr?«

Violet schüttelte den Kopf. »Wir haben vieles nicht mehr. Ich muss Sie bitten, sich noch einen oder zwei Tage länger zu gedulden. Wir sind nicht so weit von der Zivilisation entfernt, weshalb unsere Isolation nicht für immer sein wird.«

Lord Powell erwachte zum Leben, seine ruppige Stimme dröhnte durch den leeren, lampenbeschienenen Raum. »Ein Hotel dieser Klasse sollte doch wohl besser auf einen solchen Notfall vorbereitet sein, würde ich meinen.«

Violet war der Erklärungen so unendlich müde, weshalb

sie einfach nur wiederholte, dass sie und der Koch alles in ihrer Macht Stehende tun würden, und sich dann in die Küche zurückzog.

»Sie beschweren sich schon wieder«, sagte sie zum Koch, der am Küchentisch saß, den Kopf in die Hände gestützt.

Bei ihren Worten blickte er auf. »Ich glaube, ich werde auch krank.«

Panik durchzuckte Violet. »Nein. Ich schaffe das nicht allein. Ich kann nicht kochen! Was soll ich nur tun?«

»Vielleicht bin ich einfach nur müde«, sagte er. »Eine Nacht mit ordentlich Schlaf wird sicher helfen.«

»Dann legen Sie sich hin. Ich räume hier auf.«

Violet fiel sehr spät und unendlich müde ins Bett. Sie ließ ihre Zimmertür unverschlossen, falls Sam in der Nacht zu ihr käme. Trotz ihrer Sorgen und Unsicherheit fiel sie sofort in einen tiefen, traumlosen Schlaf.

Das Klopfen weckte sie nicht, ebenso wenig die sich öffnende Tür. Sie wachte tatsächlich erst auf, als Sam auf ihrem Bett saß und sie an der Schulter rüttelte. »Violet, wach auf«, sagte er.

Sie kämpfte sich aus dem Schlaf und streckte die Hand nach ihm aus. »Was ist los?«, fragte sie. »Geht es dir besser?« Sie konnte im Dunkeln keine Einzelheiten erkennen, doch von Sam ging ein unangenehmer Geruch aus. Sauer, so völlig anders als sein üblicher süßer Duft, dass sie sich einen Moment fragte, ob wirklich Sam vor ihr saß.

»Nein, es wird mir nie mehr bessergehen.« Er begann zu schluchzen, und sie legte ihm eine Hand auf den kalten, schweißnassen Rücken.

»Ich mache mal Licht«, sagte sie und stieg aus dem Bett. Im Schein der Sturmlampe auf dem Tisch beim Fenster konnte sie sehen, wie krank er aussah. Seine Haut war bleich, unter seinen Augen lagen tiefe Schatten, sein ganzer Körper war schwach und zitterte. Er trug nur ein Unterhemd und lange Unterhosen.

Stöhnend legte er sich auf ihr Bett. »Kann ich heute Nacht hierbleiben?«

»Natürlich.«

»Er wollte mich holen. Er weiß, wo ich wohne. Ich kann nicht zurückgehen, nicht nachts.«

»Von wem sprichst du, Sam?«

»Von dem Geist. Er ist aus meinen Träumen getreten und jetzt in meinem Zimmer. Steht grinsend in einer Ecke. Blau angelaufen von der Kälte, aufgeschwemmt vom Wasser.«

Das Blut gefror Violet in den Adern. »Sam, sag mir, dass du weißt, dass das nicht stimmt.«

»Ich habe ihn mit eigenen Augen gesehen. Ich gehe nicht zurück.« Er schrie vor Schmerz auf, dann sprang er vom Bett und lief nervös in ihrem Zimmer auf und ab.

Violet ging zu ihm und versuchte ihn zu beruhigen, doch er schüttelte sie nur grob ab. »Nein, halt mich nicht fest. Meine Arme und Beine verkrampfen sich dauernd. Ich muss mich ständig bewegen. Der Schmerz ist ... o Gott. Ich kann das nicht aushalten. Du musst mir helfen. Du musst einfach.«

»Ich tue alles.«

Er legte sich wieder hin. Seine Arme zuckten und schlugen aus, als hätte er keine Kontrolle über sie. »Nur eine Stunde Schlaf, nur ein Moment der Erholung«, keuchte er.

»Wie kann ich dir helfen? Sag es mir. Ich tue alles.«

»Töte mich.«

Violet zuckte zurück. »Nein.«

»Ich flehe dich an. Bitte. Ich will nicht mehr leben, nicht ohne mein Opium. Ich sah ...« Er hob eine zitternde Hand. »Ich sah die andere Seite der Realität. Es war wunderschön, so wunderschön. Was ist mein Leben jetzt? Schmerz, unendlicher Schmerz. Mein Körper stirbt.« Wie aufs Stichwort begannen seine Beine unkontrolliert zu beben, so dass er wieder aufsprang und herumlief. »Nur das bleibt«, sagte er, »bis mich der Schmerz tötet. Du würdest mir eine Gnade erweisen, wenn du mir ein Kissen aufs Gesicht drückst und mich sterben lässt.«

»Ich werde dich nicht töten.«

»Ich werde sowieso sterben. Er ist hinter mir her. Deshalb ist er in meinem Zimmer. Er will mich mit sich nehmen. Ich will nicht sterben, während er mich angrinst. Ich will dabei in dein süßes Gesicht sehen.«

Violet schluckte angestrengt, heiße Furcht hinderte sie am Denken. Er sah aus wie ein Mann kurz vor dem Tod. Doch sie würde ihm unter keinen Umständen beim Sterben helfen. Nein. Sie würde ihm helfen zu leben.

Violet wusste genau, was sie zu tun hatte.

Kapitel zweiundzwanzig

Sam beim Entzug zuzusehen war ein Alptraum, doch Flora tröstete sich mit Will Dalloways Worten: Der Entzug würde ihn nicht töten. *Eine weitaus größere Gefahr besteht, wenn er es weiter nimmt.*

Als sie am nächsten Morgen erwachte, stand sie sofort auf und setzte sich vor seine Tür. Er wollte sie nicht mehr in seinem Zimmer haben, doch sie hörte ihn. Sie hörte sein Stöhnen und die donnernden Schritte, wenn er umherging und versuchte, die Krämpfe aus seinen Gliedmaßen zu schütteln. Sie hörte sein Stöhnen zu Schreien werden, zu flehenden Bitten an Gott um Gnade, Bitten an Flora um den Tod. Jedes einzelne Wort schnitt ihr ins Herz, doch sie saß den ganzen Morgen dort und ließ niemanden in seine Nähe. Kurz nach dem Frühstück stand Violet am Treppenabsatz und sah Flora mit bittenden und tränenfeuchten Augen an, aber sie scheuchte das Mädchen weg. So war es am besten.

Sie würde Violet später erklären, weshalb Sam in seinem Zimmer wie ein Verrückter jaulte und Flora mit dem Kopf gegen seine Tür gelehnt im düsteren Flur saß und ihren Herzschlag zu beruhigen versuchte, während draußen ein guter Meter Schnee lag und sie ohne Strom und frische Nahrungsmittel waren. Einen Tag noch, vielleicht zwei, und dann würde es ihm doch bestimmt – ganz sicher – bessergehen.

Tonys Zimmertür öffnete sich. Er hatte erklärt, die Geräusche aus Sams Zimmer nicht mehr ertragen zu können, und sich zurückgezogen, um zu lesen. Doch jetzt kam er lächelnd über den Korridor auf sie zu.

»Wie geht es dem Patienten?«, fragte er und setzte sich neben sie auf den Boden. Er rauchte eine Zigarette. Sweetie und er hatten in dem Moment wieder damit angefangen, als Miss Zander krank geworden war.

»Reißt sich in Stücke«, antwortete sie mit brechender Stimme.

»Aber es ist zu seinem Besten. Du hast gesagt, es ist das Beste.«

»Ja. Wenn er das Schlimmste überstanden hat, kann er sich erholen. Ich bin froh um den Schneesturm. So kann er nicht hinausgehen. Im Moment kann er sowieso kaum laufen, doch Schnee und Kälte würden ihn aufhalten, und das weiß er.«

»Dann bist du die Einzige, die sich über unsere Isolation freut. Sweetie verliert fast den Verstand.«

»Sweetie muss lernen, wann er sich mit den Umständen zu arrangieren hat«, sagte sie kühl. »Es ist ganz schlechter Stil, seinen Unmut über das Wetter an der Bedienung auszulassen.«

Tony verengte die Augen und blies den Rauch langsam aus. »Du verteidigst dieses Mädchen ganz schön oft. Wie heißt sie noch? Vera?«

»Violet.«

»Möchtest du sie jetzt doch als Schwägerin?«

Tony scherzte, um sie aufzuheitern, doch Flora war zu angespannt, um auf seinen Ton eingehen zu können. »In einer perfekten Welt, Tony, könnte Sam Violet heiraten, wenn er wollte. Aber wir alle wissen, dass das nicht geschehen wird.«

Sams Schreie hallten durch den stillen Flur. »Flora! Flora! Wo bist du? Mach, dass es aufhört! Mach, dass es aufhört!«

Floras Herz gefror. »Es ist so fürchterlich«, rief sie.

Tony legte ihr den Arm um die Schultern. »Komm her«, sagte er. »Ist schon gut. Es wird alles gut werden. Das hast du selbst oft genug gesagt.«

Sie schüttelte ihn ab – er stank nach Zigarettenrauch – und rief durch die Tür: »Ich bin direkt vor deinem Zimmer. Bald wird es dir bessergehen!«

Sam hämmerte von der anderen Seite gegen die Tür. »Lass mich raus. Er ist hier drin bei mir. Jetzt in diesem Moment. Lass mich raus!«

Flora rappelte sich auf. Tony sah verwirrt zu ihr auf.

»Er halluziniert«, erklärte sie, bevor sie die Tür einen Spalt öffnete und in Sams bleiches Gesicht und die gehetzten Augen blickte. »Es ist nicht abgeschlossen, Sam«, sagte sie. »Ich habe dich nicht eingesperrt. Das würde ich nie tun.« Tatsächlich hatte sie darüber nachgedacht, doch seine Tür konnte leicht von innen geöffnet werden.

»Er ist hier«, zischte er. »Hol Violet. Violet kann ihn vertreiben.«

»Violet ist beschäftigt. Soll ich hereinkommen?«

Er riss die Tür auf. Er trug nichts außer einem Unterhemd, von der Hüfte abwärts war er nackt und so schamlos wie ein Kind. »In der Ecke«, sagte er leise zu Flora. »Kannst du ihn sehen?«

»Ich kann niemanden sehen, Sam. Wahrscheinlich ist es nur ein Schatten. Soll ich eine Lampe holen und sie in die Ecke stellen?« Doch sofort fürchtete sie, er könnte die Lampe umwerfen und das Zimmer in Brand setzen.

»Eine Lampe wird nicht helfen.«

»Wo sind deine Kleider?«, fragte sie.

»Meine Kleider? Da ist ein Geist in meinem Zimmer, der mich mit in den Tod nehmen will, und du machst dir Sorgen um meine Kleider! Hier!« Er stapfte durch den Raum und warf einen Stoffhaufen in ihre Richtung. Die Kleidungsstücke waren schmutzig und stanken unerträglich. Er hatte anscheinend jedes Paar Hosen besudelt, das er besaß. »Viel Spaß damit!«, brüllte er, bevor er Flora aus dem Zimmer schob und die Tür wieder schloss.

Tony musterte sie und die verdreckte Wäsche. »Was wirst du damit machen?«

»Komm mit mir ins Badezimmer. Ich weiche sie ein.«

»Lass das doch einen von den Angestellten machen.«

»Das ist zu privat.« Sie ging den Flur hinunter Richtung Bad – das, in dem der Mann sich getötet hatte, der Sam jetzt verfolgte. Tony überprüfte für sie, ob sich jemand darin befand – schließlich war es ein Männerbadezimmer –, und füllte dann die Wanne mit heißem Wasser, in das sie die Kleidungsstücke legte. Dann wusch sie sich so gründlich wie möglich die Hände und lehnte sich gegen das Waschbecken. Tony stand im Türrahmen.

»Zumindest wird dein Vater so zufrieden sein«, sagte er. »Der Aufenthalt im Hotel wird Sam von seiner Sucht befreit haben.«

»Seinen ›gesundheitlichen Problemen‹«, verbesserte Flora. »Vater hat es nie Sucht genannt.«

»Aber er weiß es?«

»Schwer zu sagen. Aber ja, wenn all das hier vorbei ist und wir nach Hause zurückkehren, wird er zufrieden sein.«

»Zufrieden mit dir?«

Sie lachte bitter. »Wahrscheinlich wird er nicht allzu

offen unzufrieden mit mir sein. Er wird mich nicht aus seinem Testament streichen, wenn du das meinst.«
»Das meine ich nicht.«
Etwas an der furchtbaren Situation, der Abgeschlossenheit, die die üblichen Umgangsformen aufgehoben hatte, ließ sie sagen: »Hättest du mich immer noch geheiratet? Wenn er meine finanzielle Unterstützung gestrichen hätte?«
»Natürlich«, antwortete Tony, ohne zu zögern.
»Warum?«
»Willst du, dass ich sage, dass ich verrückt nach dir bin? Dass du unwiderstehlich bist und den Himmel zum Strahlen bringst?«
»Ich möchte, dass du mir die Wahrheit sagst.«
Er zuckte mit den Schultern. Lächelte. »Ein Mann braucht eine Frau. Er braucht eine Frau mit gutem Namen und gutem Herzen, jemand, der ihm zur Seite steht und zupacken kann. Du hast einen starken Sinn für Anstand und Moral, Florrie. Du weißt, was sich gehört. Du wirst eine gute Frau sein, und dafür liebe ich dich.«

Ein weiterer Schrei drang aus Sams Zimmer, und Flora drängte sich an Tony vorbei, um zurück zu ihrem Bruder zu eilen. Sweetie kam aus seinem Zimmer am anderen Ende des Korridors und rief mürrisch: »Kannst du ihn nicht irgendwie ruhigstellen?«

»Er ist sehr krank«, protestierte sie. »Hab doch wenigstens ein bisschen Mitleid.«

»Mitleid ist etwas für Frauen und Schwächlinge«, entgegnete er und knallte seine Tür zu.

Sie warf Tony einen vielsagenden Blick zu.

»Ich rede mit ihm«, sagte dieser. »Er ist nur frustriert. Das sind wir alle, so eingesperrt hier.«

»Habt nur ein wenig Mitleid, mehr verlange ich gar

373

nicht«, wiederholte sie leise und deutete auf Sams Zimmer, aus dem immer noch Stöhnen und Schreie drangen. »Er ist schließlich mein kleiner Bruder.«

Violet war schier verrückt vor Schlafmangel. Sie war die ganze Nacht mit Sam in ihrem Zimmer wach gewesen. Er war erst gegangen, als er Flora morgens im Badezimmer hörte. Violet hatte noch eine Stunde geschlafen, bevor sie vom Koch geweckt wurde, der ihr sagte, dass er nun doch krank war, was bedeutete, dass Violet allein das Frühstück zubereiten und servieren musste.

Clive war schwach, doch er stand auf, um ihr zu helfen, und ging danach sofort wieder ins Bett. Miss Zander war beunruhigend blass, aber entschlossen, am nächsten Tag wieder auf den Beinen zu sein. Auf ihre Bitte hin erklärte Violet den Gästen beim Frühstück, dass das Hotel offiziell nicht betriebsfähig war. Sie würde Cracker und Sandwiches vorbereiten und in die Küche stellen, doch für die nächsten vierundzwanzig Stunden würde sie nicht mehr leisten können.

Lord Powell und Sweetie machten ihr lautstarke Vorwürfe, doch sie erklärte ihnen nur, gemäß Miss Zanders Anweisung, dass sie für diese Woche nichts würden bezahlen müssen. »Darf ich Sie daran erinnern«, sagte sie und deutete auf den Schnee vor dem Fenster, »dass Sie jederzeit hinunter ins Dorf gehen können auf der Suche nach einer anderen Unterkunft.« Miss Zander hatte ihr das natürlich nicht aufgetragen zu sagen, doch sie genoss den Ausdruck auf den Gesichtern der Männer, als sie einsahen, dass ihr Gebrüll nichts an der Situation ändern würde.

Nach dem Frühstück wollte Violet nach Sam sehen, doch Flora saß wie ein besonders eifriger Wachhund vor seiner Tür. Violet versuchte, ihre Sorge zurückzudrängen, während sie in der Küche Cracker und Brote vorbereitete und der Holzofen die Kälte in Schach hielt. Doch ihre Gedanken kehrten immer wieder zu Sam zurück, zu dem grotesken Tanz, für den die Krämpfe verantwortlich waren, und zu ihrer eigenen Gewissheit, dass sie etwas finden würde, um ihm zu helfen.

Sie würde andere Kleidung brauchen. Ihre modischen Winterstiefel waren nicht warm und trocken genug. Ihr Ziel lag etwa drei Kilometer entfernt, und der Schnee würde ihr wahrscheinlich bis zum Oberschenkel gehen. Sie würde irgendeine Art Gehstock benötigen. Einen wasserdichten Mantel. Angestrengt überlegte sie, während sie Teig zusammenrührte und knetete und buk und das Essen für die Gäste in der Küche anrichtete.

Dann zog sie ihre wärmste Kleidung an, legte all ihre Schals um, streifte sich Handschuhe über, setzte ihren Hut auf und ging durch die Küchentür hinaus zu Clives Werkstatt.

Der Schnee war an einigen Stellen knöcheltief, ging ihr manchmal allerdings auch bis zum Oberschenkel. Für die kurze Strecke brauchte sie so lange, dass sie fürchtete, es gar nicht zu Malleys Haus zu schaffen. Was, wenn doch? Wahrscheinlich war er nicht dort, und selbst wenn, hatte er vielleicht kein Opium für Sam.

Sie überlegte umzukehren, doch dann erinnerte sie sich, wie Sam um den Tod flehte, überzeugt, an den Schmerzen zugrunde zu gehen. Sie glaubte ihm. Er roch bereits wie der Tod. Seine Augen waren erloschen. Sie würde nicht wie Flora einfach nichts tun und dabei zusehen, wie er langsam krepierte. Der Gedanke beflügelte sie, und sie kämpfte sich durch den Schnee bis zur Werkstatt.

Miss Zander hatte ihr alle Schlüssel gegeben, seit der Koch krank war. Sie öffnete die Tür und schob sie auf, wobei ein Haufen Schnee in die Werkstatt fiel. Sie musterte die Wände, irgendwo hatte sie es doch gesehen ... ah, da. Bei der Angelausrüstung. Ein wasserdichter Overall und abgewetzte Wellington-Gummistiefel. Sie schlüpfte aus ihrem Mantel und nahm den Overall von seinem Haken.

Auf dem Boden sitzend, schnürte Violet ihre Stiefel auf – die jetzt nass und kalt waren – und zog ihn an. Sie steckte ihren Rock in die Hosenbeine, dann schob sie ihre Arme in die viel zu langen Overallärmel. Darüber zog sie ihren Mantel und schnürte ihn so fest wie möglich. Sie schlüpfte in die Wellingtons, die ihr natürlich auch viel zu groß waren, weshalb sie sie mit zwei Paar Männersocken auspolsterte, die sie in der Waschküche gefunden hatte. Selbst jetzt rutschten ihre Füße noch in den Stiefeln, aber es würde schon irgendwie gehen. Sie zog die Overallbeine über die Stiefel und verschnürte sie fest um die Knöchel. Dann nahm sie einen Besen aus dem Ständer und schraubte seinen Kopf ab.

Mit diesem behelfsmäßigen Gehstock machte sie ihre ersten Schritte draußen im Schnee.

Weg von der Werkstatt, weg vom Hotel. Sie konnte die Straßen nicht erkennen, weshalb sie nach anderen markanten Stellen Ausschau hielt. Bäume, Straßenschilder, der Bahnhof. Ihre Schenkel schmerzten schon, während das Hotel hinter ihr noch in Sichtweite war. Die Kälte drang durch den wasserdichten Overall, ihre Füße wurden in den Stiefeln wund gerieben. Doch sie ging weiter, hob die Füße durch den schweren Schnee, während ihre Hüften protestierten und ihre Knie brannten. Sie hoffte, in die richtige Richtung zu gehen. Manchmal war der Schnee nur knietief, was das Vorankommen erleichterte. Dann jedoch ging er ihr wieder fast bis zur Taille, und sie musste sich schwer auf den Besenstiel stützen. Leichter Regen setzte ein und hörte nach wenigen Minuten wieder auf, doch sie bemerkte es kaum. Mit zusammengebissenen Zähnen schob sie sich voran auf das Einzige zu, was Sam helfen würde.

Niemand war am Bahnhof, kein Mensch wagte sich vor die Häuser entlang der Straße.

Als sie das letzte Mal mit Sam zu Malley gegangen war, hatten sie für den Weg nur wenig mehr als zehn Minuten gebraucht. Dieses Mal brauchte sie eineinhalb Stunden, bevor sein Haus in Sichtweite kam. Ihr Herz hämmerte, und ihre Lungen schienen zu explodieren. Doch sie erkannte das Haus sofort. Die lange Couch stand immer noch auf der Veranda, was hoffentlich bedeutete, dass Malley daheim war.

Dankbar schüttelte sie den Schnee ab, als sie auf die Veranda trat und wieder zu Atem kam. Dann klopfte sie hart an die Tür.

Sie wartete. Die kalte Stille dehnte sich aus.

Sie klopfte erneut. Nichts.

Ein lautes Miauen erschreckte sie. Sie sah sich um und erblickte eine rötliche Katze, die auf sie zukam. Violet kauerte sich hin. »Hallo, Miez. Du hast sicher Hunger.« Dann entdeckte sie einige Mäuseskelette unter der Veranda und entschied, dass sie sich wohl doch keine Sorgen um die Katze machen musste. Violet setzte sich verzweifelt auf die Couch. Sie war nicht den ganzen Weg hierhergekommen, um mit leeren Händen wieder zu gehen. Sie hob den Kopf. Nur Sam war wichtig. Sie wusste, was sie zu tun hatte.

Violet ging zur Ecke der Veranda, wo die Lampe mit dem schweren Messingfuß stand. Sie löste die Glaskugel und nahm den Fuß mit zur Tür. Mit aller Kraft hieb sie damit auf den Türgriff. Das laute Krachen schien von jeder Schneeflocke um sie herum widerzuhallen. Mit klopfendem Herzen wartete sie, dass jemand auf sie aufmerksam wurde. Nach draußen kam und nach ihr rief.

Nichts geschah.

Wieder hieb sie mit dem Lampenfuß auf den Türgriff. Dieses Mal konnte sie ihn losschlagen. Nach einem weiteren Hieb fiel er klirrend zu Boden und verfehlte nur knapp ihren Fuß.

Sie stieß die Tür sanft auf und trat in das Haus, das feucht und modrig roch, als sei es ein ganzes Jahr lang verschlossen gewesen. In der Luft lag ein leiser Gestank nach etwas Verfaultem. Bis auf das Ticken der Uhr auf dem Kaminsims herrschte Totenstille.

Als sie mit Sam hier gewesen war, war Malley in einen weiter hinten liegenden Raum gegangen, um das Opium zu holen, weshalb Violet einem dunklen Korridor mit einem abgewetzten Läufer folgte, der zu zwei kleinen Zimmern und einem Bad führte.

Sie hatte keine Ahnung, wo sie mit der Suche beginnen sollte. Das Schlafzimmer war schmutzig, überall lagen Kleider herum, und es roch intensiv nach Katzenurin. Die Vorhänge waren geschlossen und zu einem Beigegrau ausgeblichen. Als sie sie öffnete, wirbelte Staub im schwachen Tageslicht auf. Ein Schrank stand auf wackligen Beinen, die Tür hing schief in den Angeln. Violet sah hinein. Mehr Kleidung, die auf dem Boden aufgehäuft war. Leere Bügel. Sie durchwühlte die Kleider – sie sahen aus wie chinesische Pyjamas –, fand jedoch nichts.

Dann durchsuchte sie die verkratzte Kommode daneben, ebenfalls erfolglos..

Das Zimmer nebenan sah erfolgversprechender aus. In Schubladen und Schränken lagerten Gerätschaften, wie sie Sam zum Opiumrauchen verwendete. Tabletts und Lampen, Pfeifen, Pinzetten und Streichhölzer. Doch keine Gläser. Sie war sich bewusst, dass die Zeit verging und der beschwerliche Rückweg ins Hotel noch vor ihr lag. Miss Zander würde toben. Violet war die letzte einsatzfähige Angestellte, und sie war bereits beinahe zwei Stunden außer Haus. Ihre Hände suchten verzweifelt, zu schnell, durchwühlten die Schubladen und warfen frustriert Dinge zur Seite.

Nichts. Nichts. Nichts.

Was für ein Fehler es gewesen war hierherzukommen. Sie stolperte in ihren zu großen Wellingtons zurück in die Diele, den Tränen nahe, als sie an den Rückweg dachte, an die Möglichkeit, dass Sam sterben könnte, weil sie seine benötigten Drogen nicht fand. Ja, er musste eines Tages davon loskommen, doch langsam und sanft unter ärztlicher Aufsicht. Damit sein Körper nicht so unerträglich krampfte und zitterte und ihn ins viel zu frühe Grab brachte.

Das Badezimmer. Das hatte sie noch nicht durchsucht.

Es roch nach Schimmel. Im Waschbecken lagen Haare. Neben der Badewanne stand ein Schrank. Darin befanden sich Dutzende von Flaschen. Eine nach der anderen nahm sie in die Hand, alle waren leer. Dann erblickte sie ein bekanntes grünes Ledermäppchen. Bei ihrem letzten Besuch hier hatte Malley Sam etwas daraus verabreicht, und es war ihm danach sofort bessergegangen.

Sie holte das Mäppchen heraus, öffnete es. Darin befanden sich medizinische Instrumente. Eine kleine, halbgefüllte Flasche.

»Oh, dem Himmel sei Dank«, hauchte sie, während sie das Mäppchen zusammenklappte und in dem Overall verstaute. Ihr Körper protestierte bei der Vorstellung, zurück in die eisige Kälte zu müssen, doch jetzt hatte sie Sams Heilmittel und musste sich beeilen.

Flora bewachte immer noch seine Tür. Violet hätte vor Frustration laut schreien können. Ihr Blut war gefroren von dem langen Weg durch den Schnee, ihr Haar feucht vom Nieselregen, und ihr Herz schlug immer noch angestrengt. Flora sah auf, als Violet auf den Treppenabsatz zusteuerte. Violet zog sich sofort zurück, bevor sie entdeckt wurde, und ging wieder in die Küche, um dort zu warten. Sie schälte und wusch Gemüse und buk noch mehr Brot. Das Fleisch war verbraucht, und sie hatte das letzte Dutzend Eier hervorgeholt. Sie hatte keine Ahnung, was sie den Gästen zum Abendessen servieren sollte, weshalb sie Sandwiches mit Gurken und Kresse zubereitete, während sie darauf wartete, dass Flora schlafen gehen würde und sie sich endlich zu Sam schleichen konnte.

Sie musste nicht bis zum späten Abend warten. Um sechs Uhr kam Tony zur Küchentür und erkundigte sich nach dem Essen.

»Wir haben leider nur das hier«, sagte sie und deutete auf die Platte mit den Sandwiches.

»Wir sind zu fünft«, erwiderte er. »Das wird reichen. Machen Sie uns noch Tee.«

Alle waren beim Essen – was bedeutete, dass Sams Zimmertür unbewacht war. Violet kochte Wasser und servierte Tee und Sandwiches im Speisesaal, dann rannte sie nach oben.

Rasch klopfte sie an seine Tür.

»Geh weg«, hörte sie Sams schwache Stimme.

»Ich bin es, Violet«, rief sie.

Er öffnete die Tür. »Violet? Du bist hier! Warum bist du nicht schon früher gekommen?«

»Deine Schwester hat mich nicht zu dir gelassen.«

Er ließ sich wieder aufs Bett fallen. »Ich bin so schwach wie ein Baby. Ich habe so furchtbare Schmerzen.«

»Wir haben nicht viel Zeit«, sagte sie rasch. »Flora wird gleich nach dem Essen zurück sein. Aber, Sam, ich war bei Malley.«

Er setzte sich auf, sein Körper plötzlich angespannt. »War er daheim?«

»Nein, aber ich habe das hier gefunden. Erinnerst du dich?« Sie hielt die grüne Mappe hoch.

Er riss sie ihr aus der Hand. »Violet. Violet, Geliebte. Meine Retterin.« Er küsste sie, sein Mund schmeckte sauer. »Du bist deshalb nach draußen in den Schnee gegangen?«

Sie nickte stolz, dann hörte sie plötzlich Schritte auf der Treppe. »Ich muss gehen. Weißt du, was du tun musst?«

»Ich glaube, ich erinnere mich. Ah, ich fühle mich schon besser mit dem Wissen, dass die Qual ein Ende haben wird. Dem Himmel sei Dank. Es wird vorbei sein. Schnell. Geh. Ich komme heute Nacht in dein Zimmer.«

»Ich kann es nicht erwarten, dich wieder wohlauf zu sehen.« Dann würde sie ihm auch endlich von dem Baby erzählen können.

»Du hast mich gerettet«, sagte er.

»Ich liebe dich.«

»Und ich liebe dich. Für immer.«

Violet hastete aus seinem Zimmer zum Treppenhaus, damit Flora sie nicht in der Nähe von Sam fand. Doch es war Clive, den sie gehört hatte.

»Ah, da bist du«, sagte er.

»Du bist wieder auf.«

»Es geht mir sehr viel besser.«

»Du siehst aber immer noch nicht gesund aus. Vielleicht doch noch eine Nacht im Bett, hm? In der Küche sind Sandwiches. Ich bringe dir ein Tablett und Tee nach unten in dein Zimmer.« In ihrem Schritt lag ein gewisser Schwung, als sie zusammen nach unten gingen. Sam würde es bald bessergehen. Im Moment konnte sie nichts mehr belasten.

Floras Magen knurrte immer noch nach der leichten Mahlzeit. Sie hatte das Mittagessen ausfallen lassen und auf etwas Warmes und Sättigendes gehofft. Doch sie würde sich nicht beschweren, weder Tony gegenüber und ganz bestimmt nicht bei Sweetie, der mit ihr zurück auf das Männerstockwerk ging. Miss Zander hatte durch Violet Aufmunterungen übermitteln lassen, Beteuerungen, dass diese Notlage nicht mehr länger andauern werde. Außerdem hatte Sam seit Tagen nichts mehr gegessen und war in größerer Not als sie.

»Willst du etwa die ganze Nacht hier sitzen?«, fragte Tony.

Flora horchte an der Tür. Es war still. »Vielleicht muss ich das nicht. Es klingt, als schlafe er endlich.«

»Er wird schon bald wieder zu stöhnen anfangen«, sagte Sweetie. »Mit Sicherheit genau dann, wenn ich einschlafen möchte.« Aufgebracht ging er in sein Zimmer und schloss die Tür lautstark hinter sich.

Flora bat Tony, an Sams Tür zu horchen, während sie sich wusch und Nachthemd und Morgenmantel anzog. Zwanzig Minuten später kehrte sie zurück und fand Tony auf dem Boden sitzend vor, den Kopf an die Tür gelehnt, die Augen geschlossen.

»Hat er sich gerührt?«, fragte sie.

»Nein. Das ist ein gutes Zeichen, oder, dass er still ist?«

»Ich glaube schon. Vielleicht ist das Schlimmste vorbei. Es waren jetzt drei Tage. Bei seinen anderen Entzugsversuchen hat er nur einen oder zwei durchgehalten. Es ist schön, dass er schläft. Vielleicht bekomme ich dann auch etwas Schlaf. Was für fürchterliche Tage das waren.«

Tony berührte ihre Hand. »Ich bin auch froh, dass es vorbei ist. Glaubst du, er wird jetzt die Finger davon lassen?«

»Ich hoffe es. Er kann sehr dickköpfig sein, aber er will sich sicher nicht noch einmal diesen schrecklichen Entzugsschmerzen aussetzen.« Sie lächelte Tony zu. »Es macht dir doch nichts aus, oder? Dass dein zukünftiger Schwager ein Drogensüchtiger ist?«

Er zuckte mit den Schultern. »Jede Familie hat ein schwarzes Schaf.«

Sie gähnte. »Ich glaube, ich gehe ins Bett. Soll ich noch einmal nach ihm sehen?«

»Lass ihn vielleicht besser schlafen.«

»Ich bin ganz leise.«

Tony rappelte sich auf. »Dann geh hinein.«

So vorsichtig wie möglich öffnete sie die Tür. Das Zimmer lag im Dunkeln, und sie wartete einen Moment, bis sich ihre Augen umgewöhnt hatten. Sie konnte Sam auf dem Bett liegen sehen, sein dunkles Haar auf dem Kissen, die Gliedmaßen von sich gestreckt.

Aber irgendetwas stimmte nicht. Ihr Herz wusste es vor ihrem Kopf. Ihr Puls beschleunigte sich, doch sie hätte nicht erklären können, warum. Dann horchte sie aufmerksam.

Er war viel zu ruhig. Viel zu still.

»Sam«, sagte sie laut, dachte, ihre Stimme würde ihn wecken. Und es wäre ihr egal, denn es würde bedeuten, dass er noch atmete und sie es über ihr panisch klopfendes Herz hinweg nur nicht hören konnte. »Sam!«, brüllte sie, kniete neben dem Bett und schüttelte ihn. Tony kam mit der Sturmlampe ins Zimmer, und da sah sie, wie schlaff Sam auf dem Bett lag, endlich von den Qualen des Entzugs befreit.

Seine Haut war kalt wie Stein.

Kapitel dreiundzwanzig

2014

Ich kam gerade aus der Dusche und machte mich für die Frühschicht fertig, als das Telefon klingelte.

Ausnahmsweise dachte ich nicht, innerlich stöhnend, dass es meine Mutter war. Ausnahmsweise rannte ich, das Handtuch lose um meinen nackten Körper geschlungen, nasse Fußspuren hinterlassend. Denn heute kam Tomas zurück.

»Hallo?«, meldete ich mich atemlos, während Wasser meinen Nacken entlangrann.

»Ich bin gerade in Sydney gelandet«, sagte er.

»Wir sind im selben Land«, antwortete ich. »Ein schönes Gefühl. Ich arbeite bis um drei.«

»Dann komme ich um drei zum Café.« Nach kurzem Schweigen fuhr er fort: »Ich kann es nicht erwarten, dich zu sehen. Ich habe dich vermisst.«

»Ich dich auch«, erwiderte ich erleichtert. Angesichts der Tatsache, dass sich der Großteil unserer Beziehung in spätnächtlichen Überseetelefonaten und SMS abgespielt hatte, war ich nicht sicher, wie viel Anspruch ich auf ihn erheben konnte, ob es in Ordnung war, jemandem nach zwei Dates zu gestehen, dass man ihn vermisst hatte.

Der Tag kroch nur so dahin. Die Zeiger der Uhr schienen wie festgeklebt. Das Café war mit mürrischen Gästen belagert, und wegen einer verstopften Dampfdüse an der Kaffeemaschine stolperten wir den ganzen Tag über Handwerker und entschuldigten uns bei den Gästen, dass sie so lange auf ihren Kaffee warten mussten.

Doch dann klang der Mittagsandrang ab, und um Punkt drei Uhr öffnete sich die Eingangstür und brachte kühle Luft von draußen herein. Tomas.

Mein Herz machte einen Sprung. »Hallo«, sagte ich von der anderen Seite des Raumes aus.

Penny gab mir einen leichten Stoß in den Rücken. »Na los, geh schon.«

Ich band meine Schürze auf und verstaute sie in meiner Tasche, löste den Pferdeschwanz, den ich in der Arbeit trug, und ging zu ihm.

Wir standen verlegen voreinander, und er sagte: »Schön, dich zu sehen.«

»Ja«, erwiderte ich. Was sollte ich jetzt tun? Ich hatte nicht die geringste Ahnung.

Er nahm meine Hand und sagte: »Komm mit mir.«

Ich winkte Penny zu, die mir zwei hochgestreckte Daumen zeigte, und folgte Tomas nach draußen.

»Ich habe den Ausblick vermisst«, sagte er. »Können wir zur Aussichtsplattform gehen?«

»Natürlich.«

Wir überquerten die Straße, immer noch Hand in Hand, warfen lange Schatten in der Nachmittagssonne. Wir warteten, bis ein Touristenbus den Parkplatz verlassen hatte, dann traten wir auf die große hölzerne Aussichtsplattform, die an den Steilhang gebaut worden war und einen herrlichen Blick auf die Berge und Täler unter den wandernden Wolkenschatten bot.

»Ah, das ist so schön«, sagte er, als er endlich meine Hand losließ.

»Schöner als Kopenhagen?« Ich hoffte immer noch, dass er in Australien bleiben wollte.

»Es gibt noch schönere Orte in Dänemark«, meinte er zwinkernd, und dann nahm er mich in die Arme. Sein Geruch, seine Wärme und sein muskulöser Körper waren berauschend. Ich hielt mein Gesicht nach oben für einen Kuss, und er presste seine Lippen auf meine. Ein Windstoß wirbelte trockenes Laub über die Holzbretter, Gänsehaut breitete sich auf meinen Armen aus.

Tomas gab mich frei. »Setzen wir uns hin und reden. Es gibt viel zu besprechen.«

Ich kauerte mich neben ihn auf die Bank, die Knie unters Kinn gezogen. »Über unser Geheimnis? Der Brief von Eugenia Zander hat mich wirklich verwirrt. Wenn ich nur zurück ins Hotel gehen könnte ...«

Doch er schüttelte schon den Kopf. »Es tut mir leid. Ich war heute in der Arbeit, und mir wurde das Besuchsrecht für den Westflügel offiziell entzogen.«

»Oh. Das ist meine Schuld, nicht wahr?«

»Eigentlich ist es meine. Ich habe dir den Schlüssel gegeben und dir gesagt, dass du hineingehen kannst. Es tut mir leid, dass ich dich in Schwierigkeiten gebracht habe.«

»Es tut mir leid, dass ich *dich* in Schwierigkeiten gebracht habe.«

Er zuckte mit den Schultern. »Das macht mir nichts aus. Man zahlt mir viel Geld und wird das auch weiterhin tun. Der Bauunternehmer hat nur gesagt, es ist ein Sicherheitsrisiko. Bis ich mit den Entwürfen anfange, gehe ich nicht mehr hinein.« Er berührte sanft meine Wange. »Außerdem, was könnte ich noch finden, was uns helfen könnte?«

»Briefe, Unterlagen. Irgendetwas, das mir sagt, was mit

Violet Armstrong passiert ist. Ich muss wissen, ob sie und Sam schließlich miteinander glücklich geworden sind.«

»Wenn ja, bezweifle ich, dass das Hotel Aufzeichnungen darüber besitzt. Wie auch immer, darüber wollte ich nicht mit dir reden.«

Ich hörte den ernsten Ton in seiner Stimme und drehte mich zu ihm. »Sondern?«, fragte ich, und seine Augen verdüsterten sich. Jetzt würde er die Beziehung sicher beenden und mir sagen, dass alles zu kompliziert war und er zurück zu seiner Ex-Frau gehen würde. Ich befahl mir, ihm zuzuhören und ihn nicht zu unterbrechen und es vielleicht wie ein anthropologisches Experiment zu betrachten: *So fühlt es sich an, wenn man verlassen wird.* Es war ja schließlich neu für mich. Wie alles.

»Ich muss dir etwas über Sabrina und mich erklären. Wahrscheinlich erschien es dir etwas ungewöhnlich, dass ich … so viel für eine Frau auf mich genommen habe, von der ich schon seit fünf Jahren geschieden bin.«

Ich zuckte mit den Schultern. Ich wusste nicht, was ich sonst sagen oder tun sollte.

Er rieb sich mit der Handfläche das Kinn. »Ich hätte es dir auch so irgendwann gesagt. Wenn unsere Beziehung ein wenig fester geworden wäre. Wenn wir uns besser gekannt hätten. Aber, Lauren, ich mag dich wirklich. Ich kann mir eine Zukunft mit dir vorstellen, auch wenn das verrückt klingt nach einer Beziehung aus lauter SMS.«

Das hätte ich nicht erwartet. Meine Überraschung musste man mir angesehen haben, denn er sagte: »Es tut mir leid. Ich rede wirr und muss zum Punkt kommen. Es gibt etwas Wichtiges über mich, das du nicht weißt, und ich werde es dir jetzt erzählen.«

»Okay«, erwiderte ich und versuchte, ermutigend auszusehen. Der Wind brachte den Eukalyptus über uns zum

Erzittern. Bald wäre es zu kalt, um sich im Freien aufzuhalten. Ich wünschte, ich hätte heute Morgen eine Strickjacke eingepackt.

»Sabrina und ich haben mit zweiundzwanzig geheiratet. Weil wir ... mussten.«

Einen Moment lang wusste ich nicht, was er damit meinte, doch dann verstand ich plötzlich. »Oh. Sie war schwanger?«

»Ja. Wir haben das Baby bekommen, ein Mädchen.« Er verzog das Gesicht, und ich merkte, dass er den Tränen nahe war.

Mein Körper zitterte vor Hitze: Er hatte eine Tochter, aber als wir uns kennenlernten, hatte er doch gesagt, er habe keine Kinder. Was bedeutete, dass ... »O nein«, sagte ich. »Sie ist gestorben, nicht wahr?«

»Sie war noch so klein«, flüsterte er. »Eine Woche vor ihrem dritten Geburtstag. Sie hieß Emilia. Emmy haben wir sie genannt. Sie fiel in der Kindertagesstätte aus einem Fenster, das die Putzleute nicht ordentlich verschlossen hatten; dazu ein Moment der Unachtsamkeit seitens der Erzieher. Eine Verkettung unglücklicher Umstände. Keiner hatte Schuld. Wir haben niemandem einen Vorwurf gemacht.«

»Das tut mir so unglaublich leid«, sagte ich und fühlte mich, als wäre ich gerade in einen weiten, bodenlosen Ozean eingetaucht. Das war das Erwachsensein, ein Ort, an dem Menschen Schmerzen litten, Vorgeschichten hatten und Nachwirkungen. Ich nahm seine Hand und drückte sie fest.

»Nach dem Sturz«, erzählte er weiter, »hat Emmy noch geatmet, ihr kleines Herz hat noch geschlagen. Sabrina und ich haben sie im Krankenhaus gesehen.« Er winkte ab. »Ich muss dir nicht sagen, wie furchtbar es ist, einen geliebten

Menschen so zu sehen. Emmy hat Tag für Tag gekämpft, und Sabrina ist nicht von ihrer Seite gewichen. Sie hat gesagt, *ich will hier sein, bis sie aufwacht oder stirbt.* Und das hat sie getan. Ich war außer mir vor Trauer. Man konnte mich kaum dazu bringen, ins Krankenhaus zu gehen. Ich konnte Emmy nicht ansehen. Sie sah nicht wie mein kleines Mädchen aus. Ich blieb abends lange weg, ich ging zur Arbeit, als ob nichts geschehen wäre. Ich hatte wirklich den Verstand verloren. Sechs Tage lang. Nur sechs Tage. Dann ist Emmy gestorben.« Er schüttelte den Kopf und wischte sich Tränen aus den Augen. »Fünfzehn Jahre sind vergangen, und es ist immer noch so frisch und schrecklich.«

»Deshalb bist du zu Sabrina gefahren«, sagte ich.

»Ja. Jemand musste bei ihr sein, bis sie aufwachte oder starb. Wie sie es für unsere Tochter getan hatte, als ich es nicht konnte.«

»Ich kann mir nicht vorstellen, wie sich ein solcher Verlust anfühlt.«

»Ganz ähnlich deinem«, erwiderte er. »Nur mit einer Prise Hilflosigkeit und Selbstvorwürfen.« Er lächelte traurig.

»Danach hat eure Ehe nicht überlebt?«

»Sabrina und ich haben unterschiedlich getrauert. Ich habe geweint und getobt. Sie versuchte einen Sinn darin zu sehen, als ob sie es dann nicht fühlen müsste. Sie hat einen Weg eingeschlagen, auf dem ich ihr nicht folgen konnte. Spiritualismus und verrückte Religionen und Gurus, die ihr ihr Geld abgenommen und ihr falsche Hoffnungen gemacht haben, dass sie mit Emmy auf der anderen Seite Kontakt aufnehmen könnte. Wir waren immer noch sehr jung. Wir haben es nicht geschafft.« Er öffnete die Arme in einer hilflosen Geste. »Wir haben es einfach nicht geschafft.«

»Das tut mir leid.«

»So ist das Leben, Lauren. Vielleicht hast du das noch nicht erkannt, weil du so zurückgezogen bei deiner Familie gelebt hast, mit einem unausweichlichen Ende, auf das ihr euch alle konzentriert habt. Doch hier draußen herrscht ein einziges Chaos. Ein großes, unvorhersehbares Chaos, bei dem niemand sagen kann, was als Nächstes passiert.« Er schüttelte den Kopf. »Sabrina ist, ungefähr fünfzehn Minuten bevor ich sie für die Rückreise verlassen habe, aufgewacht. Sie konnte nicht sprechen, aber an ihren Augen habe ich gesehen, dass sie wusste, warum ich bei ihr war. Sie kommt wieder in Ordnung.«

»Das freut mich.«

Er lächelte. »Ein gutes Gefühl, diese Last losgeworden zu sein.«

»Tomas, du kannst mir alles sagen.«

Er drückte meine Hand und betrachtete wieder die Aussicht. Ich beobachtete ihn eine Weile. Nach dieser großen Enthüllung wusste ich nicht, was ich sagen oder tun sollte, doch ich erinnerte mich, dass ich nach Adams Tod nur wollte, dass die Leute stumm bei mir saßen, keine Fragen stellten und mich nicht zu trösten versuchten. Sitz einfach neben mir, ein schlagendes Herz in meiner Nähe. Und genau das tat ich.

Ich saß neben ihm und ließ mein Herz schlagen.

Gegen Ende des Nachmittags holte der Jetlag Tomas ein, und er musste nach Hause. Deshalb machte auch ich mich auf den Heimweg.. Es war sehr ruhig, und ich hatte viel Stoff zum Nachdenken. Tomas' Aussage über die Unvorhersehbarkeit der Welt stand derart im Gegensatz zu den lebenslangen Predigten meiner Mutter, dass es mir beinahe den Atem raubte. Ich hatte bisher nur mit einem Ziel existiert: Adam so lange wie möglich am Leben zu erhalten. Auch wenn ich verstand, warum Mum wollte, dass wir alle so dachten, hatte ich mich doch komplett untergeordnet und nicht mehr nach rechts und links gesehen. Ich hatte so viel verpasst. Und Adam noch mehr. Adam hatte etwas ganz Spezielles verpasst, etwas, das mit den Blue Mountains zusammenhing. Und Anton Fournier wusste, worum es sich dabei handelte. Da war ich mir sicher. Wenn ich ihn nur davon überzeugen könnte, es mir zu sagen.

Terri-Anne Dewhurst rief mich später am Abend an, um mir zu sagen, dass die Briefe angekommen waren. Sie bedankte sich noch einmal dafür.
»Sie hatten recht, sie sind wirklich ganz schön heiß«, sagte sie.
»Sie sind auf jeden Fall voller Leidenschaft. Nach unserem letzten Gespräch habe ich eine Kopie eines Briefes der Hoteldirektorin gefunden, den sie an Ihre Urgroßmutter geschrieben hat. Soll ich mal vorlesen?«
»Natürlich.«
Ich las den Brief vor und legte eine theatralische Pause an der Stelle ein, an der alle vereinbarten, nie wieder darüber zu sprechen. Doch Terri-Anne brauchte keine dramatischen Pausen.
»Etwas wurde vertuscht!«, rief sie. »Wie aufregend!«
»Irgendwelche Ideen, worum es sich gehandelt haben könnte?«, fragte ich, ließ mich auf die Couch fallen und blickte nach oben an die Decke. Das Gummiband meiner Pyjamahose war ausgeleiert, wodurch sie jetzt unförmig an mir herunterhing. Ich war froh, dass Tomas daheim seinen Jetlag ausschlief.
»Nein, aber ich wette, Grandma wusste es und hat nie ein Wort darüber verloren. So war sie.«

»Ich frage mich, ob es vielleicht so simpel war, dass Sam und Violet einfach zusammen durchgebrannt sind.«
»Aber das wäre nichts Tragisches«, sagte Terri-Anne. »Die Direktorin spricht von ›tragischen Ereignissen‹.«
»Wäre es für Ihre Familie damals nicht tragisch gewesen, wenn Sam mit einer Bedienung verschwunden wäre?«
Sie überlegte einen Moment, dann sagte sie zuversichtlich: »Nein. Tragödie hatte damals eine spezielle Bedeutung, nicht wie heute, wo Journalisten damit alles Mögliche bezeichnen. Es deutete auf etwas Schreckliches hin – Tod, Ruin. Ich glaube, jemand ist gestorben.«
»Violet?«
»Vielleicht.«
»Ich kann von meiner Seite aus nichts mehr tun«, erklärte ich. »Als ich in dem Hotel herumgeschlichen bin, hat man mich erwischt.«
»Überlassen Sie das mir. Ich habe viele Kontakte und Quellen. Ich werde sehen, ob ich etwas über Violet Armstrong herausfinden kann: Wo sie geboren ist, was aus ihr wurde. Wenn ich Violet finde, finde ich vielleicht auch Sam.«
»Geben Sie mir bitte sofort Bescheid, wenn Sie auf etwas Interessantes stoßen«, sagte ich. »Ich platze vor Neugier.«
»Das werde ich, versprochen«, antwortete sie.

Mrs. Taits Operation fand am nächsten Morgen statt, und nach dem Mittagsandrang im Café rief ich im Krankenhaus an, wo man mir sagte, sie sei wach und ruhe sich aus.

Nach der Arbeit ging ich zu dem Blumenstand vor dem Lebensmittelladen, um einen Strauß für Lizzie zu kaufen. Dabei sah ich zwei an einen gelben Fahrradständer angeleinte Whippets. Anton Fourniers Hunde.

Ich ging in die Knie, um sie zu streicheln. Sie wedelten

vor Freude mit dem Schwanz und leckten mir die Hand. Ganz offensichtlich waren sie verwöhnt und glücklich, was auf einen warmherzigen Besitzer hinwies. Wenn Anton so war, dann würde er sicher mit mir sprechen. Irgendwann.

Ich spähte durch die Ladentür, doch ich sah Anton nicht. Unentschlossen blieb ich stehen, bis ein Mann nach draußen kam und die Tiere losband – doch es war nicht Anton.

»Das sind wirklich reizende Hunde«, sagte ich und versuchte, meine Neugier zu verbergen, während ich ihn musterte. Lizzie hatte einen »jungen Mann« erwähnt, der das Haus für Anton hütete, und aus irgendeinem Grund hatte ich mir eher einen Teenager vorgestellt. Dieser Mann hier war etwa in meinem Alter, mit kurzem, ordentlich geschnittenem Haar und einem weichen Gesicht.

»Das sind sie«, erwiderte er lächelnd. »Sie mögen dich.«

»Ich habe sie schon einmal getroffen«, erklärte ich.

Er hob eine Augenbraue. »Oh, tatsächlich?«

Ich atmete tief durch und reichte ihm die Hand. »Ich heiße Lauren. Anton hat mich letzte Woche von seiner Veranda vertrieben.«

Der Mann lächelte, nahm meine Hand und schüttelte sie herzlich. »Ich heiße Peyton. Ich habe schon davon gehört.«

Bei seinem Lächeln entspannte ich mich genug, um zu fragen: »Weißt du, warum er mich so hasst?«

Er gab meine Hand frei und band weiter die Hunde los. »Ich weiß alles. Ich weiß alles über Adam, über die Vergangenheit. Die ganze Geschichte. Aber es steht mir nicht zu, es zu erzählen.«

»Aber Anton wird es nicht tun.«

»Doch, natürlich. Wenn es ihm richtig erscheint. So ist er.«

»Kann ich irgendetwas tun?«

Peyton wand sich um jedes Handgelenk eine Hundeleine. Romeo und Julia zerrten ungeduldig daran. »Dein Brief hatte eine starke Wirkung«, sagte er. »Er überlegt, mit dir zu sprechen.«

»Wirklich? Kannst du ihm sagen, dass wir uns getroffen haben? Dass ich dich angefleht habe? Denn ich schwöre, ich habe nicht die geringste Ahnung, was zwischen Adam und Anton und meiner Familie geschehen ist, aber ich möchte es wirklich, wirklich gern wissen. Hilft betteln?«

Wieder lächelte er. Er hatte ein wunderbares Lächeln, so warm und entspannt. »Ich werde ihm sagen, dass du gebettelt hast, aber ich weiß nicht, ob es ihm hilft, sich schneller zu entscheiden. Er mag es nicht, wenn man ihm sagt, was er tun soll. So, ich gehe dann mal besser, bevor mir die Hunde die Arme ausreißen.«

»Danke«, sagte ich.

»Auf Wiedersehen.« Er wandte sich ab und ging davon, blieb dann jedoch noch einmal stehen und sah zurück. »Er wird irgendwann mit dir reden, keine Sorge.«

»Woher weißt du das?«

»Weil du Adams Schwester bist. Das bedeutet ihm mehr, als du dir vorstellen kannst.«

Ich sah ihm nach. Andere Leute kamen aus dem Laden, warfen mir einen Blick zu und gingen ihrer Wege. Ich muss lange dort gestanden haben. Dann suchte ich einen Strauß für Lizzie aus und ging nach drinnen, um zu bezahlen.

Es wurde gerade Abend, als ich im Krankenhaus ankam. Lizzies Tochter Genevieve saß auf einem pinkfarbenen Stuhl am Bett ihrer Mutter und knabberte an ihrem Daumennagel. Lizzie lehnte in den Kissen und wirkte benommen.

»Hallo«, sagte ich.

Genevieve sah auf. »Schmerzmittel«, erklärte sie und deutete auf Lizzie. »Sie ist etwas schläfrig und nicht ganz hier.«

»Ah. Hallo, Lizzie«, sagte ich und küsste die pudrige Wange meiner Vermieterin. »Ich habe Ihnen Blumen mitgebracht.«

»Stellen Sie sie ins Wasser«, antwortete sie mit belegter Stimme. »Genevieve, die Krankenschwester soll sie ins Wasser stellen, sonst sterben sie. Ich will nicht, dass sie sterben. Lauren hat sie mir mitgebracht.«

»Keine Sorge, Mum«, sagte Genevieve, nahm die Blumen und legte sie auf den Nachttisch. »Ich bitte die nächste Schwester, die hereinkommt, darum.«

»Ist die Operation gut verlaufen?«, fragte ich Genevieve. Sie war eine dieser umwerfenden Frauen Ende vierzig, die gekonnt einen eleganten Seidenschal um ihren Hals drapiert hatte. Ich hatte noch nie einen tragen können, ohne dabei auszusehen, als wollte ich mich gerade aufknüpfen.

»Sie hat alles sehr gut überstanden. Für ihr Alter ist sie in einem ausgezeichneten körperlichen Zustand. Wir sind alle sehr zufrieden.«

»Sprecht ihr über mich?«, sagte Lizzie mit geschlossenen Augen.

Genevieve zuckte mit den Schultern. »Sie ist nicht ganz da.«

»Vielleicht sollte ich wieder gehen.«

»Könnten Sie bitte noch zehn Minuten bleiben? Ich brauche unbedingt einen Kaffee oder was die Cafeteria hier dafür ausgibt. Ich hole mir einen und komme gleich zurück.«

»Natürlich«, antwortete ich.

»Danke.« Genevieve eilte davon. Ich nahm ihren Platz auf dem pinkfarbenen Stuhl ein und berührte Lizzies Hand.

»Ich bin so froh, dass es Ihnen gutgeht, Lizzie«, sagte ich.

»Da ist noch Leben in dem alten Vogel. Nicht wie meine Mutter. Sie ist nicht wieder aufgestanden, als sie erst einmal im Bett lag«, erklärte sie verwaschen und verstummte. Ich saß bei ihr, horchte auf ihren Atem und nahm an, sie sei wieder eingeschlafen, bis sie plötzlich wieder zu sprechen begann. »Genevieve, ich muss dir etwas sagen.«

»Ich bin nicht Ihre Tochter, ich bin Lauren«, sagte ich.

Doch sie ignorierte mich. »Dein Großvater ... war nicht mein richtiger Vater. Es bringt mich um. Ich wünschte, sie hätte nie etwas gesagt.«

»Wer hat gesagt ...«, begann ich, bis ich erkannte, dass die Botschaft nicht für mich bestimmt war. »Lizzie, ich bin nicht Genevieve, sondern Lauren. Genevieve holt sich einen Kaffee, sie ist gleich wieder da, dann können Sie es ihr erzählen.«

Lizzie öffnete ein Auge und sah mich an. »Lauren. Sie sind ein gutes Mädchen.«

»Danke.«

»Stellen Sie die Blumen ins Wasser.«

»Das werde ich.«

Sie verstummte wieder, und dieses Mal verriet mir ein leises Schnarchen, dass sie wirklich eingeschlafen war. *Er war nicht mein richtiger Vater. Es bringt mich um.* Arme Lizzie. Sie hatte immer voller Zuneigung von ihrem Vater gesprochen. Ich versprach mir allerdings, dass ich mich dieses Mal nicht einmischen würde. Lizzie war alt und verdiente ihre Privatsphäre.

Kurz darauf kehrte Genevieve leicht nach Rauch riechend zurück. Offensichtlich hatte sie sich zum Kaffee auch eine Zigarette genehmigt.

»Weiß sie nicht, dass Sie rauchen?«, fragte ich.

Sie schüttelte den Kopf. »Sie wäre so enttäuscht.«

»Aber sie hat doch auch geraucht.«
»Hat sie das?«
Ich hob die Handflächen. »Ich habe zu viel gesagt. Es steht mir nicht zu, Familiengeheimnisse zu enthüllen. Während Sie unten waren, hat sie mich für Sie gehalten und versucht, mir etwas über Ihren Großvater zu erzählen.«
»O ja, das wissen wir bereits. Auf ihrem Sterbebett hat Grandma meiner Mutter gestanden, dass Granddad nicht ihr biologischer Vater war. Sie hat es leider sehr schlecht aufgenommen und ist nie wirklich darüber hinweggekommen. Sie hat Granddad verehrt. Sie hat es uns gesagt, als sei es ein großes Geheimnis, etwas, für das man sich schämen müsse. Keiner von uns weiß, wer ihr ›richtiger‹ Vater war. Es ist uns auch egal. Seltsam, dass sie es jetzt angesprochen hat.«
»Nun, wenn das eigentlich ein Geheimnis sein soll, dann kann ich so tun, als hätte ich nichts gehört.«
»Danke, das wäre wirklich sehr rücksichtsvoll.«
Ich verließ das Krankenhaus und ging hinaus in das kühle Leuchten des Spätnachmittags. Hoffentlich war Tomas heute Abend nicht zu müde für Gesellschaft.

Kapitel vierundzwanzig

Am nächsten Morgen war in der Arbeit die Hölle los. Ein Bus mit rumänischen Touristen tauchte unangekündigt um zehn Uhr morgens auf, und Penny und ich bereiteten ununterbrochen Kaffee zu und toasteten Bananenbrot. Inmitten des Chaos klingelte mein Telefon, und ich wusste, dass es meine Mutter war. Plötzlich war ich unglaublich wütend.

Immer. Ruft. Sie. Mich. An.

Ich ignorierte das Klingeln und schwor mir, ihr endlich zu sagen, dass sie aufhören musste, mich ständig anzurufen. Ich hatte mein eigenes Leben, und sie mischte sich pausenlos ein.

Als ich allerdings in einem ruhigen Moment auf mein Telefon schaute, sah ich eine unbekannte Nummer. Der Anrufer hatte eine Nachricht hinterlassen.

»Lauren«, sagte eine geschmeidige Stimme. »Hier spricht Anton Fournier. Ich reise übermorgen nach Hongkong, aber wenn du morgen um elf zu mir kommen könntest, werde ich mit dir reden. Dann hoffentlich bis morgen.«

Elf Uhr. Da war ich zur Arbeit eingeteilt. Ich wollte ihn nicht zurückrufen und versuchen, eine neue Zeit zu vereinbaren, falls er es sich dann anders überlegte. Stattdessen wandte ich mich an Penny.

»Bitte, bitte, bitte, kann ich morgen um halb elf kurz verschwinden? Ich bin um zwölf, spätestens halb eins wieder zurück.«

»Aber hier ist so viel los. Was, wenn noch mehr Touristen kommen?«

»Ich weiß nicht, was ich sagen soll. Ein Mann, der den Schlüssel zu einem Familiengeheimnis hat, will sich mit mir treffen, und ich denke nicht, dass ich darüber verhandeln kann.«

»Anton Fournier?«

Ich nickte.

»Mach es«, sagte sie. »Ich komme schon zurecht. Schlimmer als heute kann es ja eigentlich nicht werden.«

Eines musste ich noch tun, bevor ich mich mit Anton traf. Ich musste meiner Mutter eine letzte Chance geben, ihre Version der Ereignisse zu erzählen. In meiner Pause setzte ich mich im Freien auf eine Bank mit Blick auf das Hotel und rief sie an.

»Mum, ich bin's«, meldete ich mich.

»Ist alles …«

»Alles in Ordnung«, sagte ich rasch. »Aber du musst mir etwas sagen.«

»Ja?«, erwiderte sie langsam, misstrauisch.

»Ich treffe mich morgen mit Anton Fournier.«

»Der Mann, der dich belästigt hat? Bist du verrückt?«

»Er hat mich nicht belästigt. Wenn überhaupt, dann habe ich ihn belästigt. Er musste mich von seinem Grundstück vertreiben. Mum, letzte Chance: Sag mir, was damals geschehen ist.«

»Ich weiß nicht, wovon du sprichst.« Dann klagte sie plötzlich: »Wenn du mich liebst, gehst du nicht zu dem Treffen.«

Ich stieß hörbar die Luft aus und blickte zu den Zimmerfenstern des Hotels auf, dem alten Westflügel. Irgendetwas war darin vor vielen, vielen Jahren geschehen, worüber zu sprechen Flora Honeychurch-Black sich geweigert hatte. Ihre Enkelin Terri-Anne versuchte immer noch, Licht ins Dunkel zu bringen. Lizzies Mutter hatte auf ihrem Sterbebett ihr Geheimnis über den Vater ihrer Tochter enthüllt, und Lizzie litt immer noch unter der Scham und dem Schmerz. Familiengeheimnisse hatten eine solche Macht, und ich würde nicht zulassen, dass Mum unseres mit ins Grab nahm. Ein Vogelschwarm flog über mich hinweg, während ich wartete, ob sie schließlich doch einlenken würde.

»Ich habe immer nur getan, was für dich und Adam das Beste war«, sagte sie schließlich.

»Was *deiner* Meinung nach das Beste war.«

»Dir geht es doch gut, oder?« Sie klang abwehrend.

»Ich weiß es nicht. Vielleicht? Ich bin fast einunddreißig, hatte noch nie Sex und kann nicht Auto fahren. Geht es mir gut?«

Heißes Schweigen. Sie war wütend.

»Mum?«, sagte ich und versuchte, versöhnlich zu klingen.

»Dann triff dich mit ihm. Mir doch egal«, blaffte sie und legte auf.

Ich atmete tief die frische Bergluft ein und verstaute das Handy in meiner Tasche. Dieses Mal würden mich die Schuldgefühle nicht zurückhalten. Ich war entschlossen, die Wahrheit herauszufinden.

Tomas hatte sich von seinem Jetlag erholt und kam um sieben Uhr abends zu mir. Ich hatte die Wohnung geputzt, einen Pie gebacken (Steak und Pilze), eine Duftkerze angezündet, meine neue hübsche Baumwollbluse und meine beste Jeans angezogen und mir zwei- oder auch dreimal die Zähne geputzt (vor Nervosität hatte ich den Überblick verloren). Denn heute war der große Tag – unser drittes Date.

»Komm rein«, sagte ich und versuchte, weltgewandt und nicht vollkommen verängstigt zu klingen. Unsere Beziehung hatte so seltsam begonnen, und ich wollte unbedingt, dass von jetzt an alles gut lief.

Er küsste mich auf die Wange und überreichte mir eine Flasche Wein. »Aber nicht alles auf einmal trinken«, sagte er lächelnd.

»Sehr lustig«, antwortete ich, während ich mit ihm in die Küche ging und dort den Wein auf der Anrichte abstellte. »Du siehst erholt aus.« Tatsächlich sah er sehr gut aus in seinen dunkelgrauen Hosen und seinem Chambrayhemd.

»Es geht mir auch gut. Heute habe ich in der Arbeit normal funktioniert, was immer gut ist.«

»Irgendwelche Neuigkeiten über den Westflügel?«

Er schüttelte den Kopf. »Nicht vor nächstem Januar. In zwei Monaten bin ich mit dem Ostflügel fertig, dann schicken sie mich für den Rest des Jahres nach Hause.«

Meine gute Laune verpuffte. Er hatte mich davor gewarnt, doch ich hatte es verdrängt. Dennoch lächelte ich strahlend. »Ein Glas Wein?«

»Gute Idee.«

Wir griffen beide gleichzeitig nach der Flasche und stießen sie damit auf den Boden, wo sie zerschellte und den Rotwein im ganzen Raum verteilte.

»Es tut mir so leid!«, rief er und beugte sich zur Spüle nach einem Lappen.

Ich begann, die Glasscherben aufzusammeln. »Himmel, was für eine Sauerei«, sagte ich.

»Moment, ich helfe dir.«

Als er sich neben mich kauerte, berührten sich unsere Knie.

Etwas geschah. Ich kann es nicht erklären, doch dieser kurze Körperkontakt entzündete ein Feuer in mir. Leidenschaft und Verlangen waren mir so fremd, dass ich sie auch jetzt beinahe nicht erkannte. Zuerst war ich besorgt – meine übliche Reaktion auf alles. Doch er hatte es auch gespürt und sah mich eindringlich an. Er hielt den Lappen in der Hand, ich die zerbrochene Flasche.

In stillem Einverständnis ließen wir alles fallen und streckten die Hände nach einander aus. Seine Finger berührten meine Wange, zogen mich zu ihm, er küsste mich, während wir uns aufrichteten und über die Weinlache aus der Küche stolperten.

Wir fielen auf die Couch, küssten uns dabei ununterbrochen. Er lag auf mir, ich bekam kaum Luft, doch es war mir egal. Sein Mund, seine Zähne, seine Zunge – ich erforschte alles mit leidenschaftlicher Hingabe.

Meine Hände glitten zu seiner Brust und begannen, sein Hemd aufzuknöpfen, als er mich sanft unterbrach und mir tief in die Augen sah. »Bist du sicher?«, fragte er leise.

»Und wie ich das bin.«

»Ich weiß, dass es dein erstes Mal ist. Es macht mir nichts aus, wenn du noch länger warten willst.«

»Ich bin dreißig. Wie lange soll ich denn noch warten?« Ich lachte.

Er zog mich in seine warmen Arme. Der Steak-und-Pilze-Pie war schließlich verbrannt, aber das spielte keine Rolle.

Am nächsten Morgen wachte ich vor Tomas auf und stützte mich auf einen Ellbogen, um ihn im Schlaf zu betrachten. Ich war noch nie neben jemandem aufgewacht. Meine

Augen brannten, als ob ich gleich zu weinen beginnen würde. So eine einfache und zugleich wunderbare Sache hatte ich so lange verpasst.
Er bewegte sich, als ob er meinen Blick spürte. Seine Lider flatterten und öffneten sich schließlich, und er sah mir direkt in die Augen. Als die Erinnerung an die letzte Nacht zurückkehrte, wurde sein Gesicht zärtlich – und verletzlich, und ich hatte das Gefühl zu fallen. In etwas Warmes und Weiches hineinzusinken.
»Ich liebe dich«, sagte er heiser.
»Ich liebe dich auch«, antwortete ich.

Ich stand zehn Minuten zu früh vor Anton Fourniers Gartentor. Ich wollte noch nicht klopfen, falls er über meine verfrühte Ankunft verärgert war, weshalb ich auf dem Fußweg im Schatten einer Eiche herumlungerte. Ich maß meinen Puls. Hundert Schläge die Minute. Angst und Nervosität hatten mich fest im Griff.
Ich atmete ein paarmal tief durch und sah wieder auf die Uhr. Erst zwei Minuten waren vergangen.
»Kommst du jetzt endlich rein?«
Ich wirbelte herum. Anton stand am Tor, die Hunde an seiner Seite.
»Ich habe dich vom Haus aus gesehen«, sagte er und lächelte schwach.
»Ich wollte nicht vor der vereinbarten Zeit klopfen.«
»Komm rein«, sagte er. »Ich mache uns etwas zu trinken.«
Ich folgte ihm die lange Auffahrt entlang. Romeo und Julia schnüffelten an mir herum, liefen ein Stück voraus, kamen zurück und schnüffelten wieder. Wir gingen die Stufen hinauf und durch die offene Tür.
»Oh, wow«, entfuhr es mir, als ich das Haus von innen

sah. Die ganze hintere Wand bestand aus Glas, und man hatte einen überwältigenden Blick über das gesamte Tal.

»Ja, ich liebe es«, meinte er. Er trug ein weites Baumwoll-T-Shirt, Baumwollhosen mit aufgekrempeltem Saum und keine Schuhe. »Bei einem Sturm ist das hier der beste Platz auf der Welt. Schade, dass ich so viel reisen muss.«

»Jemand hat gesagt, du seist ein Plattenproduzent.«

»Nicht ganz so exotisch«, antwortete er und ging hinüber in die offene Küche. »Leiter Marketing Asien. Ich bin vollkommen unmusikalisch.« Er stellte den Wasserkessel auf den Herd. »Ich trinke leider nichts mit Koffein. Wie wäre es mit Früchtetee?«

»Ich probiere ihn gern mal.«

Er holte eine Büchse aus der Vorratskammer und stellte sie auf die Marmorarbeitsfläche zwischen uns. Das Geräusch hallte durch den Wohnraum bis hinauf zur hohen Decke. Während er sich um den Tee kümmerte, sah ich mich um. Kunst an den Wänden, hauptsächlich abstrakt. Stylishe, moderne Möbel. Bücherregale voller Taschenbuchthriller.

»Du siehst Adam überhaupt nicht ähnlich«, sagte er, während er meinen Blick mied.

»Nein, er kommt nach unserer Mum.«

Er presste die Lippen aufeinander, und ich wusste, dass meine Mutter ihn verletzt hatte. Aber das hatte ich mir schließlich schon gedacht.

»Ich meine, er sah Mum ähnlicher«, verbesserte ich mich. »Ich spreche immer noch von ihm, als wäre er hier.«

»Ich kann nicht glauben, dass er gestorben ist. Dein Brief war wunderschön.«

»Danke. Er kam von Herzen.«

Der Kessel begann zu pfeifen. »Bitte mach es dir bequem, setz dich. Der Tee muss ein paar Minuten ziehen.« Er füllte die Teekanne und stellte sie auf ein Tablett mit Tassen, einem Glas Honig und Karottenkuchenstücken. Ich entschied mich für einen Platz, an dem es nicht gleich auffallen würde, sollte ich etwas verschütten – also definitiv nicht die weiße Couch –, und lehnte mich zurück, um den großartigen Ausblick zu genießen. Einer der Hunde rollte sich zu meinen Füßen zusammen.

»Sie mag dich«, sagte er und stellte das Tablett auf den Wohnzimmertisch zwischen uns. »Das ist ein gutes Zeichen.«

»Ach ja?«

»Es ist immer gut, der Meinung eines Hundes über einen Menschen zu vertrauen«, sagte er. »Es tut mir leid, dass ich bei unserer ersten Begegnung so unfreundlich war. Ich wusste nicht, inwieweit du in die Ereignisse verwickelt warst.«

»Was ist denn nun genau passiert?«

Er saß mir gegenüber, furchtlos auf der weißen Couch. »Bist du sicher, dass du es von mir hören willst? Du könntest doch einfach deine Eltern fragen.«

»Das habe ich versucht. Mum macht dicht. Zuerst hat sie sogar behauptet, dich gar nicht zu kennen.«

Er verdrehte die Augen. »Natürlich weiß sie, wer ich bin«, sagte er.

»Dann erzähl es mir bitte. Alles.«

»Okay. Nun, wo soll ich anfangen ...« Er schenkte uns Tee ein und reichte mir eine Tasse. Er schmeckte großartig – wie heiße Erdbeeren mit einem Schuss Zitrone. »Wie gut kanntest du deinen Bruder?«, fragte Anton.

»Sehr gut.«

»Ich meine ... Wusstest du etwas über sein Liebesleben?«

Ich schüttelte den Kopf. »Nein. Nachdem er krank wurde,

405

hatte er keines mehr. Ich denke, er hätte gern eine Freundin gehabt ...«

»Nein«, unterbrach er mich. »Das hätte er nicht.«

Ich sah ihn verwirrt an. Anton stellte seine Tasse ab und erwiderte meinen Blick. »Lauren, Adam war schwul.«

»War er das?« Dann passte plötzlich alles zusammen. »Oh. Du und er wart ...«

»Verliebt, ja. Wahnsinnige Liebe. Teenagerliebe, schätze ich mal. Wir waren vollkommen voneinander absorbiert. Es war eine der schönsten Zeiten meines Lebens. Er war mein Seelenverwandter.« Er kämpfte mit den Tränen. »Er war ein ganz besonderer Junge. Großer Gott, ich vermisse ihn immer noch.«

Sprachlos saß ich da. Ich hatte keine Ahnung, nicht einmal den leisesten Verdacht gehabt, dass mein Bruder schwul war. Wie war das möglich? Ich hätte ihn doch nie dafür verurteilt; warum hatte er es mir nicht erzählt?

Doch natürlich wusste ich den Grund. Meine Mutter. Meine sich einmischende, überängstliche Mutter.

»Was hat sie dir angetan?«, fragte ich.

»Deine Mutter? Adam hat es ihr erzählt«, antwortete er. »Sie ist ausgeflippt. Sie hat Adam gesagt, das sei nur eine Phase. Sie dachte, ich hätte ihn irgendwie mit einem Fluch belegt oder so etwas. Sie sagte, er würde nie ein normales Leben haben, wenn er bei mir bliebe, und dass sie doch nur wollte, dass er keine Probleme bekäme. Sie hat alles in ihrer Macht Stehende getan, um Adam davon zu überzeugen, dass er in Wahrheit gar nicht schwul war.« Er zuckte mit den Schultern. »Als ob man die Flut davon überzeugen könnte, nicht einzulaufen. Deine Familie hat den Kontakt zu ihm abgebrochen, und Adam war am Boden zerstört. Ich habe ihm gesagt, er soll euch besuchen und alles persönlich besprechen. Das tat er auch. Danach habe ich ihn nie wiedergesehen.« Der Schmerz in seiner Stimme war unüberhörbar.

»Er wurde krank.«

»Ja, während er bei euch in Tasmanien war. Ich habe jeden Tag angerufen, doch deine Mutter ließ mich nicht mit ihm sprechen. Sie sagte, sie würde ihm nicht einmal erzählen, dass ich angerufen hatte, und ich solle ihn in Ruhe lassen. Ich habe Briefe geschrieben, aber ich weiß nicht, was mit ihnen geschehen ist.«

»Sie hat sie abgefangen«, sagte ich. »Damals war die Post furchtbar unzuverlässig. Wir haben alles zum Postamt im Dorf umgeleitet, und Mum hat dort jeden Tag alles abgeholt. Sie hat keinem von uns erlaubt, an ihrer Stelle zu gehen.«

»Nun, ein Rätsel wäre damit gelöst. Irgendwann bin ich nach Hobart geflogen, habe ein Auto gemietet und bin einfach bei euch vorbeigefahren.« Er unterbrach sich und trank von seinem Tee. Der andere Hund sprang neben ihn auf die Couch. Anton streichelte ihn und fasste sich wieder. »Dein Vater war an der Tür. Er wollte mich nicht reinlassen. Deine Mutter kam hinzu. Ich versuchte, nach Adam zu rufen, doch ich weiß nicht, ob er mich gehört hat. Sie haben mir gesagt, dass er sich auf seine Genesung konzentrieren müsse und dass ich ihn dabei behindere. Dass ich in eurer Familie nicht willkommen sei.«

Das zu hören war hart für mich. Ich war furchtbar enttäuscht von meinen Eltern, vor allem von meinem Vater.

»Also fuhr ich wieder nach Hause. Ich schickte mehr Briefe, rief seltener an. Nachdem ich ein ganzes Jahr lang nichts von ihm gehört hatte, fing ich langsam an zu glauben, dass sie vielleicht doch die Wahrheit gesagt hatten. Vielleicht wollte er mich wirklich nicht sehen. Vielleicht war ich ein verrückter Stalker. Weshalb ... ich ihn freigab.«

»Du hast ihn freigegeben?«

»Ja.« Er ließ den Kopf hängen.

Im Rückblick wurde mir vieles klar: Adams Traurigkeit während der ersten Jahre, seine Verlorenheit waren nicht nur auf die Krankheit zurückzuführen. Er litt an gebrochenem Herzen. »Das ist ... wirklich schrecklich«, sagte ich.

»Ja, das ist es. Aber bitte sieh mich nicht als tragische Figur. Ich habe nach vorn geblickt. Ich habe Peyton getroffen, wir haben zwei verwöhnte Hunde. Adam ist zu bedauern. Er hat wahrscheinlich gedacht, ich hätte ihn im Stich gelassen, als er krank wurde. Das hätte ich nie getan. Nie. Ich wollte bei ihm sein, wollte ihn pflegen. Ich wollte ihn halten, wenn er Angst hatte. Ich durfte nichts davon tun, durfte ihn nicht trösten.«

Die Worte verklangen in dem großen hallenden Raum. Eine Wolke schob sich kurz vor die Sonne und wanderte dann weiter. Ein Sonnenstrahl fiel auf den Rücken des Hundes zu meinen Füßen.

»Es tut mir so leid«, sagte ich. »Ich wusste nichts davon, und ich war wahrscheinlich auch zu jung, als dass ich etwas daran hätte ändern können. Aber es tut mir dennoch leid. Für dich. Für Adam.«

Er verzog die Lippen zu einem schiefen Lächeln. »Ob du es glaubst oder nicht, das bedeutet mir viel.«

»Wenn es dich irgendwie tröstet ... meine Mutter hätte sich wahrscheinlich genauso schlecht verhalten, wenn du ein Mädchen gewesen wärst.«

»Nein, das ist kein Trost. Und ich glaube, das hätte sie nicht.«

Ich dachte darüber nach. »Ja, wahrscheinlich hast du recht.« Auch wenn nicht ich zwischen Adam und Anton gestanden hatte, fühlte ich mich unglaublich schuldig. »Aber weißt du was? Ich bin so froh, dass Adam dich hatte, auch wenn es nur für kurze Zeit war. Ich bin froh, dass er eine verrückte Liebe erlebt hat. Ich bin froh, dass er dieses Leben kennenlernen durfte. Er hat nie aufgehört, an dich zu denken. An der Wand in seinem Zimmer hing ein riesiges Bild von den Wasserfällen. Nach dem Aufwachen fiel sein Blick als Erstes darauf und als Letztes vor dem Einschlafen.«

Ein aufrichtiges Lächeln überzog Antons Gesicht. Er sah so gut aus, genau das hinreißende Wesen, das mein Bruder verdient hatte. »Das ist wundervoll.«

»Du darfst nicht vergessen«, fuhr ich fort, »dass er zum Ende hin nie sicher sein konnte, ob er noch einmal aufwachte. Vielleicht hast du ihn also auf andere Art getröstet.«

»Das ist ein schöner Gedanke.«

»Hier«, sagte ich und holte das Foto von den beiden aus meiner Handtasche. »Das solltest du haben.«

Er nahm es und betrachtete es lange, während seine Augen feucht wurden. Dann sah er auf und sagte: »Wirst du mit deinen Eltern darüber sprechen?«

»Darauf gebe ich dir mein Wort, ja.«

Mum ging nicht ans Telefon, weshalb ich meine ganze Wut an meinem armen Vater ausließ.

»Du musst das verstehen«, wehrte er sich, als ich einen Moment Luft holen musste. »Deine Mutter dachte, es sei das Beste.«

»Und du? Ich hätte dich niemals für bigott gehalten.«

»Das bin ich auch nicht. Ich bin nur … deine Mutter ist sehr überzeugend. In gewisser Weise hatte sie auch recht. Es ist schwer, anders zu sein, und Adam hatte sich für eine der vielleicht schwierigsten Arten entschieden, anders zu sein.«

»Er hat sich nicht entschieden, Dad. So war er. Du und Mum, ihr habt zwei Herzen gebrochen. Ihr habt Menschen ihr Glück verwehrt.«

»Uns war wichtig, Adam am Leben zu erhalten.«

»Ein Leben ohne Liebe. Ihr hattet kein Recht, euch einzumischen. Wie habt ihr es überhaupt geschafft, dass Adam sich nicht bei Anton gemeldet hat?«

Kurzes Schweigen. Dad kämpfte wahrscheinlich mit seinem Gewissen, mit seiner Angst davor, was Mum sagen würde. Dann antwortete er: »Er hat uns jeden Tag gebeten, Anton anzurufen. Wir sagten, das hätten wir getan und dass Anton seine Krankheit zu viel wäre. Wir wussten, dass die Beziehung nur kurz gewesen war – weniger als ein Jahr. Wir dachten, so sei es für beide leichter. Du wirst uns doch vergeben, nicht wahr?«

Ich seufzte erschöpft. »Im Moment bin ich unglaublich wütend auf euch. Sag Mum, sie soll mich eine Weile nicht anrufen.«

»Jetzt sei nicht so grausam. Du weißt doch, dass sie sich Sorgen macht.«

»Sag ihr, ich habe meine Jungfräulichkeit beim dritten Date verloren. An einen geschiedenen Mann. Sag ihr, dass ich ihn liebe und sie nichts tun kann, um mich davon abzuhalten.« Dann legte ich mit wild klopfendem Herzen auf. Ich fühlte mich nicht so erleichtert wie erhofft, nachdem ich meiner Wut freien Lauf gelassen hatte. Nur traurig.

Tomas lenkte mich ab, ebenso wie die Arbeit. Anton und Peyton luden uns zum Abendessen ein, und Tomas entpuppte sich als großer Hundefan. Noch ein Grund mehr, ihn zu lieben. Ohne die Last der ständigen Anrufe meiner Mutter fühlte ich mich langsam anders. Mehr wie ich selbst. Ich empfand eine unglaubliche Freiheit, sah plötzlich ganz neue Möglichkeiten, die sich mir eröffneten. Tomas sprach davon, mit ihm nach Dänemark zu gehen, wenn er für sechs Monate zurückmusste, »einfach um mal zu sehen, wie es ist«. Es kam mir nicht länger wie eine absonderliche Vorstellung vor, etwas, was nur ein unverantwortlicher Mensch tun würde. Warum sollte ich nicht nach Dänemark gehen? Warum sollte ich nicht »einfach mal sehen«, ob Tomas und ich füreinander bestimmt waren?

Acht Tage nach der Operation wurde Lizzie Tait entlassen. Als ich sie das letzte Mal im Krankenhaus besucht hatte, hatte sie mit einer weiteren Woche gerechnet. Die Überraschung war groß, als sie an meine Tür klopfte.

»Lizzie!«, rief ich und umarmte sie. »Sie sind zurück. Wie geht es Ihnen? Kommen Sie rein. Kann ich Ihnen eine Tasse Tee machen?«

»Ich bin seit gestern Abend wieder zu Hause«, sagte sie. »Endlich haben sie mich gehen lassen, und meine Kinder sind wieder in alle Himmelsrichtungen abgereist. Nein, ich möchte keine Tasse Tee. Ich werde meine Einsamkeit genießen. Ich wollte mich nur bedanken, dass Sie mich besucht haben. Das hat mich sehr gefreut.«

»Es war mir ein Vergnügen.«

»Genevieve hat mir erzählt, dass ich einmal verwirrt war und mit Ihnen gesprochen habe, als wären Sie meine Tochter. Stimmt das?«

Ich wählte meine Worte sorgfältig. »Sie waren ein wenig weggetreten durch die Medikamente. Ich habe nicht genau zugehört, was Sie gesagt haben.«

»Nun, es tut mir leid, wenn ich Sie in Verlegenheit gebracht habe. Ich ...« Sie unterbrach sich, als sie etwas in meiner Küche erblickte. Ich drehte mich um und sah, dass sie auf das Bild von Violet Armstrong am Kühlschrank starrte.

411

»Woher haben Sie …« Sie verstummte und drängte sich an mir vorbei in die Küche. Vor der Zeichnung blieb sie wie angewurzelt stehen. Sie war blass, doch ich wusste nicht, ob durch den Krankenhausaufenthalt oder wegen des Bildes.

»Geht es Ihnen gut?«, fragte ich.

»Woher haben Sie das?«

»Das ist eine lange Geschichte. Ist alles in Ordnung? Sie wirken, als hätten Sie einen Geist gesehen.«

»Diese Frau«, sagte sie und deutete auf das Porträt. »Das ist meine Mutter.«

Mich traf beinahe der Schlag. »Ihre Mutter?« Dann dämmerte es mir. »O Gott, Lizzie. Ich weiß, wer Ihr Vater ist.«

Kapitel fünfundzwanzig

1926

»Flora?« Tony kam mit der Lampe näher.
Die Realität krümmte sich. Sie meinte in einem Raum voller Zerrspiegel zu stehen. »Er ist so kalt«, flüsterte sie.
»Oh, mein Gott!«, rief Tony und rannte zur Tür. »Sweetie! Sweetie! Komm her!«
»Wir müssen ihn ins Warme bringen«, sagte Flora.
»Nein. Flora, er ist ...«
»Die Küche. Der Herd brennt sicher noch. Wenn wir ihn nur ins Warme bringen.«
»Florrie. Florrie, er ist tot.«
»Nein, ihm ist nur kalt.« Sie legte ihr Ohr an seine Brust und lauschte auf einen Herzschlag, doch ihr eigener Puls übertönte alles.
Sweetie erschien in der Tür. »Was ist los?« Dann sah er Flora und Sam und sog scharf die Luft ein.
Flora drehte sich um. Warum taten sie nichts? Warum standen sie nur nach Atem ringend da? »Ich sagte, *bringt ihn in die Küche!*«, schrie sie.
»Es wird keinen ...«
»Bitte, Tony, bitte.«

Tony und Sweetie tauschten einen Blick, und plötzlich schienen sie ihrem Flehen nachkommen zu wollen, nur um sie zu beruhigen. Tony nahm Sams Oberkörper und Sweetie seine Beine.

»Seid vorsichtig«, sagte Flora bittend und folgte ihnen nach unten. »Er bekommt so leicht blaue Flecken.«

Keiner der Männer sprach ein Wort, während sie die Treppen hinunter- und durch den Flur in die leere Küche gingen.

»Legt ihn an den Ofen«, sagte Flora und nahm einen Armvoll Holzscheite vom Brennholzstapel. Sie öffnete die Ofentür und warf sie ins Feuer, sah, wie sich ihre Hände bewegten, als sei alles ganz normal, doch tief in ihrem Inneren wusste sie, dass nichts mehr normal war.

Sam lag auf dem Steinboden vor dem Ofen. Tony und Sweetie standen mit verschränkten Armen hinter ihm. Flora kniete sich neben ihren Bruder und nahm sein Gesicht in ihre Hände. »Sam«, sagte sie, »Sam, du musst jetzt aufwachen.«

Nichts. Doch er wurde etwas wärmer. Nicht wahr? Ihm war nur kalt, das war alles. Er war kalt und schlief.

»Sam?«, wiederholte sie, und die leichte Hysterie in ihrer Stimme machte ihr Angst. Dahinter lag ein wirbelnder Abgrund, in den zu fallen sie sich noch nicht erlauben konnte. Sie versetzte ihm einen sanften Klaps auf die Wange. »Bitte, Sam. Bitte.«

Tony kniete neben ihr, nahm ihre Hand und legte sie auf Sams Brustkorb. Sie versuchte, sie zurückzureißen, doch er hielt sie dort fest. Einige Momente verstrichen in entsetztem Schweigen.

Sams Brust bewegte sich nicht. Kein Atemzug hob oder senkte sie.

»Er atmet nicht«, sagte Flora schließlich.

»Er ist tot«, antwortete Tony.
»Nein, er ist nur nicht ...«
»Doch, Flora, doch. Er ist tot.«
Sie entzog Tony ihre Hand und ließ sich auf Sam fallen, während ein animalisches Heulen aus ihrer Kehle drang. Er wirkte so klein unter ihr, wie ein Kind. Hinter ihr zündeten sich Tony und Sweetie Zigaretten an und diskutierten, was sie als Nächstes tun sollten, so leidenschaftslos, als handelte es sich um einen Geschäftsabschluss. Ständig sagten sie »die Leiche«, und Flora hatte das Gefühl, gleich schreien zu müssen und nie wieder aufhören zu können. Sie sprachen flüsternd miteinander, jedoch immer noch laut genug, wie Männer das so tun, und immer wieder sagten sie es. »Wir können die *Leiche* doch nicht einfach hier im Zimmer liegen lassen.« – »Wenn wir *die Leiche* ins Schwimmbecken legen, könnte es wie Ertrinken aussehen.« »Aber bei der Untersuchung *der Leiche* wird man kein Wasser in den Lungen finden.« Und so weiter. Flora, eingesperrt im unerbittlichen Gefängnis ihres Geistes, war unfähig, etwas zu verstehen, seit sie die bemitleidenswerten, bleichen Überreste entdeckt hatte. Sie zitterte in dem eisigen Sturm, der durch die offene Tür hereinwehte und die hohen Eukalyptusbäume peitschte, die das dunkle Tal säumten.

»Wenn der Alte davon Wind bekommt«, sagte Tony und unterstrich seine Bemerkung mit einem tiefen Zug an seiner Zigarette, »wird er den Geldhahn zudrehen, und Flora wird mit nichts dastehen.«

Sie wollte sagen, dass ihr das Geld egal sei, dass der Tod nie so gewaltig und gegenwärtig und endgültig wäre wie in diesem Moment, in dem sie bei den Überresten eines Menschen stand, der gestern noch geatmet und geweint hatte. Ihre Lippen bewegten sich, doch kein Laut war zu hören.

»Was willst du tun, Florrie?«, fragte Sweetie sie.

»Es bringt nichts, mit ihr zu sprechen«, sagte Tony und schüttelte den Kopf im dämmrigen Licht der Sturmlampe. »Sie braucht einen ordentlichen Schluck Whiskey, um wieder zu sich zu kommen. Eines ist auf jeden Fall sicher: Niemand darf erfahren, was wirklich passiert ist. Es muss wie ein Unfall aussehen. Ein Sturz auf einem der Wanderwege.«

»Im Schnee? Wer wird das denn glauben?«

»Du weißt doch, was dieser Mensch für einen Ruf hatte«, sagte er und – o Gott – stieß dabei die Spitze seines Budapesters leicht gegen den toten Körper auf dem Boden, so dass dieser ein kleines Stück hochgeschoben wurde und dann wieder zurückrollte. »Nicht gerade ein ehrenwerter Bürger.« Tony wurde sich plötzlich Floras Gegenwart wieder bewusst und riss sich zusammen. »Tut mir leid, Florrie. Ich bin nur pragmatisch. Du musst uns vertrauen.«

Sie nickte unter Schock, konnte die Situation noch immer nicht begreifen.

»Wie weit sollen wir die Leiche wegbringen?«, fragte Sweetie.

»So nahe wie möglich zu den Wasserfällen.«

Sweetie nickte und packte die schlaffen Beine mit seinen fleischigen Händen. Flora wollte ihm helfen, doch Tony schob sie zur Seite. Sanft, aber bestimmt.

»Du wartest hier. In deinem Zustand bist du uns nicht von Nutzen, und es ist klirrend kalt draußen. Ich will mich nicht um zwei Leichen kümmern müssen.« Er schnippte seinen Zigarettenstummel in hohem Bogen aus der offenen Tür, wo er im Schnee verglühte.

Flora sah den Männern nach. Sie stapften in die Dunkelheit und die Kälte, bis sie nur noch kleine Gestalten am Ende des Gartens waren und schließlich die Steintreppen hinunter verschwanden, die ins Tal führten. Es hatte angefangen zu regnen, schwere Tropfen fielen aus dem aufgewühlten Nachthimmel leise in den Schnee. Flora stand an der Tür und wartete auf die Rückkehr der Männer. Ihre Finger wurden taub in der frostigen Luft.

Der Regen würde die tiefen Fußstapfen im Schnee verwischen, zusammen mit den möglichen Spuren von schlaffen, toten Armen, die über den Boden schleiften. Doch er würde auch den Körper abwaschen, ein feuchtes Leichentuch, ein nasses Begräbnis. Flora legte den Kopf in die Hände und weinte, vor Schock und Enttäuschung. Wegen ihres Verlusts und der Schrecken, die zweifellos noch folgen würden. *Arme Violet*, sagte sie immer wieder im Stillen. *Arme, arme Violet.*

Und armer Sam. Will hatte unrecht gehabt: Der Entzug hatte ihn schließlich doch getötet. Wenn sie gewusst hätte, dass das möglich war, hätte sie es nie so weit kommen lassen. Ihre Knie begannen zu zittern. Sie konnte nicht hier stehen und in der Kälte warten. Sie musste sich ausruhen. Flora schleppte sich nach oben in Sams Zimmer, schloss die Tür und legte sich auf sein Bett. Sie atmete den Geruch seines Haares und seiner Haut in seinem Kissen ein und schluchzte untröstlich.

Violet aß das letzte Sandwich auf dem Tablett und schenkte sich noch eine Tasse Tee ein. »Nicht gerade üppig, oder?«, sagte sie. »Sandwiches zum Abendessen.« Sie saß auf dem ungemachten Bett gegenüber Clives. Auf ihr Anraten hin hatte er sich wieder hingelegt, worüber sie froh war. Sein Husten hatte sich immer noch nicht gebessert.

»Morgen bringe ich den Fliegenden Fuchs wieder zum Laufen«, sagte er. »Der Regen wird den Schnee schmelzen, und bald wird alles wieder normal sein. Eier und frische Milch und Speck aus dem Tal.«

»Sosehr ich Speck liebe«, erwiderte Violet, »glaube ich doch nicht, dass es dir morgen schon gut genug geht, um draußen in der Kälte zu arbeiten. Außerdem, wer weiß, wie es den Farmen im Tal geht?«

»Vielleicht hast du recht.«

»Warte, bis Miss Zander wieder auf den Beinen ist. Sie wird die Ordnung wiederherstellen. Was für eine unzivilisierte Bande wir geworden sind, egal, was Lord Powell sagt. Schau uns an – wir essen in deinem Schlafzimmer.«

Er lachte, dann legte er den Kopf zur Seite und musterte sie. »Du wirkst so fröhlich heute, Violet.«

»Meine Stimmung ist auch besser«, antwortete sie.

»Es ist schön, dich lachen zu sehen. Gestern erschienst du mir so hoffnungslos.«

»Wo Leben ist, ist auch Hoffnung«, erwiderte sie leichthin. »Ruh dich aus. Ich bringe das Tablett nach oben.«

»Du solltest dich auch ausruhen.«

»Es geht mir gut. Beschäftigt zu sein ist gut. Keine Grübeleien.« Sie lächelte ihm knapp zu, nahm das Tablett und verließ das Zimmer.

Sie war schon fast in der Küche, als sie Zigarettenrauch roch. Dafür konnten nur Tony oder Sweetie verantwortlich sein, die in den letzten beiden Tagen wieder zu rauchen begonnen hatten. Sie zögerte im Flur. Warum waren sie in der Küche? Sie hörte leise Stimmen und schob sich mit der Schulter an der Wand näher heran.

»Wird Flora den Leuten die Wahrheit sagen?«, fragte Sweetie. Sie hatte seine geschmeidige Stimme noch von seinen kürzlichen Beleidigungen im Ohr.

»Florrie ist pragmatisch. Wenn Vater herausfindet, dass Sam am Opium gestorben ist, wird es kein Geld geben.«

Violet gefror das Blut in den Adern.

»Du willst ihr Geld?«

»Nein, darum ging es mir nie. Ich will ihren Namen. Ganz ehrlich, nur das interessiert mich an ihr. Es wäre mir lieber, wenn er nicht durch den dummen Tod eines dummen Jungen beschmutzt würde, der nicht wusste, wann er aufzuhören hatte.«

Violet versuchte zu begreifen, was sie gerade gehört hatte. Sie sprachen doch sicher hypothetisch. Sam war nicht tot. Es ging ihm besser. Sie hatte ihm geholfen. Sie lehnte sich an die Wand, unschlüssig, ob sie in die Küche marschieren und um Aufklärung bitten oder weiter zuhören und auf eine Erklärung warten sollte, die Sinn in diese furchteinflößende Unterhaltung brachte.

»Wenn man also seine Leiche findet ...«

»Wird man das? Sie ist irgendwo unten im Tal, weit unten. Hinter allen Wanderwegen. Niemand wird sie jemals finden.«

»O Gott«, hauchte sie. »O Gott, nein.« Sie hatte ihm nicht rechtzeitig die Medizin gebracht. Es war Floras Schuld! Sie hätte Violet zu ihm lassen sollen! Sie hätte ihm früher Hilfe holen sollen!

»Wir haben seine Leiche also entsorgt, und jetzt verschwindet er einfach?«

»So ist es besser ... einfacher. Wir sagen, dass er von einem Spaziergang nicht zurückgekehrt ist. Flora wird auf lange Sicht damit auch glücklicher sein, auch wenn sie sich dessen jetzt noch nicht bewusst ist. Sie hat den Jungen sehr geliebt. Ich habe sie noch nie so außer sich gesehen.«

Violet begann unkontrolliert zu zittern. Das Tablett rutschte ihr aus den Händen und fiel klappernd zu Boden. Das Geräusch schien ohrenbetäubend, eilige Schritte ertönten. Tony und Sweetie.

»Wie lange stehst du hier schon? Was hast du gehört?«, brüllte Tony.

»Ist Sam tot?«, fragte sie. »Bitte, sagen Sie, dass er nicht tot ist.« Panik drohte sie zu überwältigen, trübte ihren Blick und ihren Verstand.

»Wie viel hat sie gehört?«, knurrte Sweetie, packte sie an der Taille und hob sie halb, halb zog er sie in die Küche.

Angst umklammerte ihr Herz. »Ich habe gar nichts gehört«, wehrte sie sich. »Ich weiß nicht, wovon Sie reden.«

»Verdammt noch mal, Tony, sie weiß es jetzt.«

»Ich weiß gar nichts.«

Tony hielt sich den Kopf. »Was für eine *Unannehmlichkeit*.«

Sweetie legte sich Violet über die Schulter. Sie trommelte mit den Fäusten auf seinen Rücken, fürchtete, nach vorne auf den Kopf zu fallen, fürchtete sich aber noch mehr vor dem, was er ihr vielleicht antun könnte. »Ich kümmere mich darum«, sagte er. »Du bleibst bei Flora.«

»Tu nichts …«

»Geh einfach. Ich kümmere mich darum.«

Dann trug er Violet über der Schulter aus der Küche hinaus in die Kälte.

»Weißt du, wie man die Klappe hält?«, fragte er sie.

»Ich schwöre, ich werde nichts sagen.«

»Das bezweifle ich. Du hast ihn geliebt, nicht wahr?«

»Ist er wirklich tot?«

»Mausetot, Püppchen.« Mit großen Schritten ging er im Regen über den verschneiten Boden. Das Licht der Sturmlampe in der Küche wurde immer kleiner. Sie hörte das Schaben von Metall auf Metall und versuchte herauszufinden, wo sie sich befanden. Sie drehte den Kopf, da er sie nur mit einem fleischigen Arm in den Kniekehlen festhielt.

Der Fliegende Fuchs. Er hatte die Tür der Metallkabine geöffnet und wollte Violet in dem kleinen Hohlraum verstauen.

»Nein!«, schrie sie.
»Sei still«, brüllte er, verpasste ihr einen Faustschlag gegen das Kinn und packte sie fest. Dann schob er sie durch die Türöffnung, ihre Beine schrammten an den Metallkanten entlang. Sie wehrte sich verzweifelt, doch er war viel stärker als sie.
»Bitte!«, flehte sie. »Bitte tun Sie das nicht.«
»Du bleibst hier, bis wir uns entschieden haben, was wir mit dir machen werden.«
Er schlug die Tür zu und legte den rostigen Riegel vor. Verzweifelt hämmerte sie gegen das Metall und schrie, bis sie heiser war. Erst nach einigen Minuten merkte sie, dass er zurück in die Küche gegangen war – zum Flaschenzug.
Langsam und knarzend begann sich die Kiste auf den gefrorenen Seilen Richtung Tal zu bewegen.
»Nein!«, schrie sie. »Bitte nicht!«
Dann hielt die Kabine an und schwankte leicht in der kalten Nachtluft.

Als Flora die Tür zu Sams Zimmer einen Spalt öffnete, sah sie Tony davorstehen, das Gesicht düster im Licht der Lampe.
»Ich dachte mir schon, dass ich dich hier finde«, sagte er.
»Geh weg.«
»Florrie …«
»Ihr hättet ihn nicht nach draußen bringen dürfen.«
»Es war die beste Lösung. Bevor ihn jemand anders sieht.« Er ging zu ihr und streichelte ihr sanft den Rücken. »Komm, gehen wir in dein Zimmer. Hier drin ist es furchtbar.«
Sie setzte sich auf und sah sich um. Er hatte recht. Überall lagen Kleider verstreut, es roch sauer, ein Stuhl war umgefallen: Zeichen seiner letzten schrecklichen Tage.

Dann fiel ihr Blick auf ein grünes Mäppchen, das offen neben dem Bett lag. Flora beugte sich hinunter, um es genauer zu betrachten. Eine Medikamentenflasche. Eine Spritze. »Tony, er hat etwas genommen.«

»Hat er das?«

Sie hielt die Spritze ins Licht. »Es ist Blut daran. Er hat etwas genommen, und daran ist er gestorben.«

»Was war es? Und woher hat er es?«

»Ich weiß es nicht.« Hatte Sam sich umgebracht? Waren Schmerz und Qual zu viel für ihn gewesen?

Tony nahm ihr die Spritze ab und packte sie zusammen mit der Flasche und anderen Gerätschaften in die grüne Mappe. »Das hier müssen wir auch verschwinden lassen.«

Flora herrschte ihn an: »Hast du denn gar kein Mitgefühl? Denkst du nur ans Vertuschen?«

Sie sah, wie Tony seine erste Erwiderung heruntschluckte, die sehr wahrscheinlich ungeduldig ausgefallen wäre. Stattdessen zog er sie sanft auf die Füße und sagte: »Du musst jetzt gehen. Er ist tot, und es bringt ihn nicht zurück, wenn du hier in seinem schmutzigen Bett liegst.«

Flora ließ sich von ihm in den kalten Flur führen, dann hinauf ins Frauenstockwerk. Als sie an Violets Tür vorbeikamen, wollte Flora schon klopfen, dem Mädchen die schrecklichen Neuigkeiten mitteilen. Zumindest könnte Flora dann mit jemandem weinen, der Sam genauso geliebt hatte wie sie. Doch Tony schien ihr Zögern zu spüren und steuerte sie mit festem Griff an der Tür vorbei.

»In dein Zimmer, Florrie«, sagte er. »Du musst dich ausruhen. Du hast einen fürchterlichen Schock erlitten.«

Dann saß sie auf ihrem eigenen, weichen Bett, umgeben von ihren Sachen. Als sie diese das letzte Mal betrachtet hatte – ihre Mappe mit Briefpapier, ihr Tintenfass, ihre

Schuhe, ihren Regenschirm –, hatte Sam noch geatmet; ihr Leben war noch nicht auf den Kopf gestellt gewesen.

Tony suchte in seiner Tasche nach seinem Flachmann und reichte ihn ihr. »Hier. Trink ein paar Schlucke Whiskey.«

»Ich möchte nicht.«

»Mach, was man dir sagt«, herrschte er sie an. »Du bist in diesem Zustand niemandem eine Hilfe, Sam und seinem Vermächtnis eingeschlossen.«

»Was meinst du damit?«

»Trink jetzt.«

Sie hob die Flasche an die Lippen und ließ etwas von der brennenden Flüssigkeit in ihren Mund laufen. Schluckte. Trank noch einmal. Tony bedeutete ihr weiterzutrinken. Noch ein Schluck, ein weiterer. Dann brannte ihr Magen, und sie gab ihm die Flasche zurück.

Tony zog einen Stuhl neben ihr Bett und setzte sich mit gespreizten Knien darauf. Er nahm ihre Hand und drückte sie zu fest.

»Es tut mir leid, Florrie. Ich wünschte, ich könnte etwas tun, um dir zu helfen.«

»Da gibt es etwas. Wir müssen nach draußen, sobald wie möglich, und seine arme Leiche holen und ihn anständig beerdigen.«

Tony schüttelte schon den Kopf, bevor sie zu Ende gesprochen hatte. »Nein, das können wir nicht.«

»Er sollte nicht da draußen in der Kälte und im Regen liegen! Er sollte ordentlich beerdigt werden, man sollte seiner anständig gedenken. Er ist mein kleiner Bruder. Wir müssen seine Leiche holen und einen Arzt finden, der uns die Todesursache sagen kann und ...«

»Hör gut zu«, unterbrach Tony sie. »Wir dürfen niemals jemandem sagen, was mit Sam passiert ist.«

»Aber wir wissen doch gar nicht, was mit ihm passiert ist.«

»Entweder ist er durch illegale Drogen gestorben oder durch seine eigene Hand. Das ist passiert. Wenn dein Vater es herausfindet, wird alles nur noch schlimmer werden.«

»Das ist mir egal«, erwiderte sie. »Verstehst du denn nicht? Das ist alles unwichtig. Es ist mir gleichgültig, was Vater mir dann antut.«

»Das sollte es aber nicht sein.«

»Warum? Wir werden doch genügend Geld haben, nicht wahr? Bitte sag mir, dass es nicht ums Geld geht.«

Tony schüttelte den Kopf. »Nein.«

»Was ist es dann?«

Schweigend saß er im Lampenlicht und musterte sie lange. Der Regen wurde stärker. Schließlich sagte er: »Ich will nicht in einen Familienskandal hineinheiraten.«

»Wie bitte?« Vor Verwirrung erfasste sie nicht sofort den Sinn seiner Worte, doch sie befürchtete, dass er etwas Bedeutsames und Schreckliches gesagt hatte.

»Mein Vater wird genauso schockiert und wütend sein wie deiner.«

»Das ist alles so bedeutungslos, dass es geradezu lächerlich ist. *Mein Bruder ist tot.*«

»Ein Grund, warum diese Heirat für uns so vorteilhaft ist, ist der Name Honeychurch-Black. Mein Vater hat erst seit einer Generation die Arbeiterklasse hinter sich gelassen. Du hast keine Ahnung, wie viel es ihm bedeutet, diesen Namen in seiner Familie zu haben.«

Ein Stein legte sich auf ihre Brust. »Und du? Ist es dir auch so wichtig?«

Er zuckte mit den Schultern. »Es ist zumindest nicht unwichtig für mich. Nun schau nicht so schockiert, Florrie. Ich bin nur pragmatisch. Du und ich, wir sind doch beide pragmatisch, nicht wahr?«

»Ich kann nicht glauben, was ich höre.« Floras Kopf schien vom wilden Flügelschlag eines Vogelschwarms angefüllt.
»So ist es einfacher. Wir müssen niemandem etwas erklären. Keine kriminelle Handlung muss angezeigt werden, und Sam hinterlässt nur Erinnerungen an einen jungen, etwas weltfremden, aber vollkommen aufrechten Bürger. Dein Vater ist glücklich, mein Vater ist glücklich, das Leben geht weiter.« Er machte eine bedeutungsvolle Pause und sagte dann: »Sam hätte es so gewollt.«
Sie schnaubte verächtlich. »Sam wäre abgestoßen. Er hat einen derartigen Snobismus verabscheut.«
»Nein, hat er nicht. Er war genauso verdorben wie wir alle. Unhöflich zu den Angestellten, hat den Bedienungen hinterhergejagt. Himmel, er ist noch nicht einmal eine Stunde tot, und du sprichst ihn schon heilig.«
Die Auswirkungen von Trauer und Whiskey verwirrten sie. Hatte er vielleicht doch recht? Sie lebte in so einer exklusiven Welt aus Geld und Privilegien, auf Kosten von Individualität und persönlicher Freiheit. Zweifellos würde ein so schäbiger Tod wie Sams den Ruf ihrer Familie schädigen. Aber wie grausam von Tony, das jetzt anzusprechen, ihr zu sagen, welch große Rolle ihr Name bei seiner Entscheidung, sie zu heiraten, spielte.
»Was sagst du, Florrie?«
»Ich möchte nicht mehr darüber reden«, erwiderte sie. »Lass mich allein. Ich muss weinen und schlafen und ... über alles nachdenken. Ein Leben ohne Sam.« Sie schüttelte den Kopf. »Ich kann es mir nicht einmal vorstellen.«
»Stell es dir vernünftig vor«, sagte er. »Du bist eine vernünftige Frau.« Er küsste sie auf die Wange. »Du weißt, wo ich bin, wenn du mich brauchst.«

Die Tür schloss sich hinter ihm, und am liebsten hätte sie ihm hinterhergerufen, er brauche nie mehr zurückzukommen.

Es regnete in Strömen.
Violet saß unbequem zusammengekauert und zitterte am ganzen Leib. Das Zittern begann bei ihrer Haut, unter ihrer Uniform und ihren Strümpfen, ihrem Unterhemd und ihren langen Unterhosen und wanderte dann immer tiefer in ihren Körper hinein. Ihr Blut zitterte, ihre Muskeln, ihr Mark. Ihre Gedärme. Der Regen drang durch die obere Ecke der Kabine herein und tropfte durch eine Ecke im Boden, nachdem er ihr über den Rücken gelaufen war und einen nassen Fleck zurückgelassen hatte. Es roch nach Eisen und Schmutz und Blut – schließlich hatte man in der Kabine oft Schweineviertel und Kartoffelsäcke transportiert.

Eine Stunde hatte sie um Hilfe geschrien, doch ihre Stimme kam über dem Tal nicht gegen den Regen an. Der Regen brachte allerdings wärmere Luft. Gelegentlich heulte eine Windbö um ihr Metallgefängnis und wirbelte die schneekalte Luft auf. Sie kauerte sich noch enger zusammen und konnte so einen Teil der Kälte abhalten.

Nach einer Stunde hatte sie aufgehört zu schreien und stattdessen zu beten begonnen. Sie betete, dass Clive am Morgen aufwachen und dickköpfig den Fliegenden Fuchs zu reparieren versuchen würde. Dass er nicht ihren Ermahnungen gehorchte, im Bett zu bleiben. Dass sein Pflichtgefühl stärker sein und er sie finden und zur Polizei bringen würde. Dort würde sie aussagen, was mit Sam geschehen war und was Sweetie und Tony ihr angetan hatten. Sie musste an einen sicheren Ort, schließlich wuchs ein Kind in ihr heran. Sams Kind. Wenn sie das hier überlebte – und

sie war fest entschlossen dazu –, würde sie alles in ihrer Macht Stehende tun, um diesem Kind ein so sicheres und glückliches Leben wie nur irgend möglich zu schenken.
Darum kreisten ihre Gedanken die ganze Nacht. Manchmal döste sie ein wenig mit dem Kopf auf den Knien, dann wachte sie wieder auf und erinnerte sich, wo sie war, und begann erneut zu weinen. Das Zittern ließ nicht nach. Nicht wegen der Kälte oder der Angst, sondern aus Trauer. Das erbarmungslose Zittern eines Menschen, der unwiederbringlich das verloren hatte, was ihm auf der Welt am teuersten war.

Kapitel sechsundzwanzig

Als Flora aufwachte, schmerzte ihr ganzer Körper. Erschöpft blickte sie um sich. Im Morgenmantel lag sie auf ihrem Bett. Die Ereignisse der Nacht kehrten in ihr Bewusstsein zurück, und sie erkannte, woher der Schmerz rührte. Trauer. Ihr ganzer Körper trauerte.

Sie setzte sich auf und sah auf die Uhr neben dem Bett. Es war sechs Uhr morgens. Vor dem Fenster war es noch grau, und es regnete. Sie stand auf und sah nach draußen. Der Schnee schmolz zu einem schmutziggrauen Matsch. Heute würden sie, wenn sie das wollten, hinausgehen können. Ins Dorf. Vielleicht würden die Züge auch schon wieder fahren.

Doch worin lag der Sinn, überhaupt aufzustehen? Hinauszugehen? Nach Hause ohne Sam? Ihre Hochzeit ohne Sam? Der Rest ihres Lebens ohne Sam?

Mit schweren Schritten schleppte sie sich ins Badezimmer, schwere Gliedmaßen zogen an ihrer Kleidung, und schweren Herzens verließ sie schließlich ihr Zimmer, um zu tun, was getan werden musste.

Leise klopfte sie an Violets Tür und hoffte, dabei nicht von Tony entdeckt zu werden. Doch keine Reaktion. Sie klopfte erneut, diesmal ein wenig lauter, ein wenig kräftiger, und sagte: »Violet? Ich muss mit Ihnen reden.«

Doch Violet war wahrscheinlich bereits unten, um das Frühstück vorzubereiten. Das arme Mädchen hatte seit Beginn des Schneefalls kaum mehr eine freie Minute gehabt. Flora ging nach unten und blieb am Fuß der Treppe stehen, um zu lauschen. Alles war still, unheimlich still. Sie ging zur Küche. Leer. Der Herd war ausgekühlt.

Flora begann sich Sorgen zu machen. Wo war Violet? Sie nahm an, irgendwo in dem weitläufigen Gebäude. Doch sie würde irgendwann kommen und das Frühstück vorbereiten müssen. Flora setzte sich auf einen Stuhl, um in der kalten Küche zu warten. Ihr Magen knurrte. Wie sie sich nach den Tagen sehnte, in denen der Speisesaal voller Leben gewesen war, nach den Platten mit warmem Essen, den unerschöpflichen Kannen mit heißem Tee.

Sie sehnte sich nach den Problemen von früher, als Sam nur ein Mann war, der zu viel Opium rauchte, aber immer noch atmete und am Leben war.

Kraftlos ließ sie die Luft aus ihren Lungen entweichen und musste sich zwingen, sie erneut zu füllen. So konnte es nicht weitergehen. Sie konnte sich nicht länger in den Schock ergeben. Er war tot. Jetzt musste sie das Richtige tun, angefangen damit, der Mutter seines ungeborenen Kindes alles zu erzählen.

Schließlich hörte sie Schritte im Flur und stand auf, bereit, Violet entgegenzutreten. Sie sehnte sich geradezu danach, mit ihr gemeinsam zu weinen. Doch nicht Violet erschien in der Tür, sondern der Zimmermann, der so schön zeichnen konnte. Mr. Betts.

»Ma'am?«, fragte er, überrascht, sie hier zu sehen.

»Ich suche Violet.«

»Ich habe sie heute Morgen noch nicht gesehen. Wahrscheinlich ist sie noch in ihrem Zimmer.«

»Nein, da ist sie nicht.«

Er runzelte die Stirn. »Nicht?«

»Ist sie vielleicht bei Miss Zander?«

»Von ihr komme ich gerade. Sie ist immer noch zu krank, um aufzustehen. Violet war nicht dort.«

Flora legte die Hand über den Mund. Sam war tot, Violet verschwunden. Hatten sie einen törichten Liebespakt geschlossen?

»Was ist denn los, Ma'am?«

Sie machte einen Schritt auf ihn zu und senkte die Stimme. »Mr. Betts, was ich Ihnen jetzt sagen muss, wird Sie vielleicht beunruhigen.«

»Was ist es denn?«

»Letzte Nacht ist mein Bruder gestorben.«

Sein Gesicht verzog sich vor Mitgefühl. »Miss Honeychurch-Black, mein tiefstes Beileid zu Ihrem Verlust. Bitte setzen Sie sich. Kann ich Ihnen Tee bringen? Vielleicht ist der Schnee so weit geschmolzen, dass ich den Arzt aus dem Dorf holen kann ...«

»Hören Sie bitte zu. Ich mache mir Sorgen um Violet. Sie und mein Bruder waren ...«

»Ich weiß«, sagte er mit einem knappen Nicken.

»Sam stirbt, sie verschwindet. Ich mache mir Sorgen, dass sie vielleicht etwas ... Dummes getan hat.«

Sie spürte die Sorge in seinem langgliedrigen Körper. »Halten Sie das denn für möglich?«

»Sie waren jung und verliebt. Ich möchte nicht, dass sie auch stirbt, Mr. Betts. Sie hat etwas ...« Sie begann wieder zu weinen, fasste sich dann jedoch rasch. »Es tut mir leid. Ich bin im Moment nicht ich selbst.«

»Das war ein fürchterlicher Schock, Ma'am. Dass es ausgerechnet jetzt geschehen muss, wo wir keine Hilfe von außen holen können, ist ein großes Unglück. Machen Sie sich aber keine Sorgen um Violet. Ich bin mir sicher, dass sie hier irgendwo ist, und wenn ich sie finde, schicke ich sie wegen der ... Neuigkeiten zu Ihnen.«

»Würden Sie das tun?«

»Selbstverständlich. In der Zwischenzeit bringe ich Ihnen das Frühstück nach oben in Ihr Zimmer. Ich informiere Miss Zander über Ihren Bruder, und so bald wie möglich holen wir den Arzt. Kümmern Sie sich um Ihren Bruder. Tun Sie, was nötig ist, um ihn zurück zu Ihrer Familie zu bringen.«

Seine mitfühlenden Worte wärmten ihr geschundenes Herz. Dieser Mann, von so niederer Herkunft, wie sie von hoher war, wusste besser als ihr Verlobter, was das Richtige war. »Ich ... geben Sie mir etwas Zeit. Bitte sagen Sie Miss Zander noch nichts. Ich hätte es nicht einmal Ihnen erzählen dürfen. Könnten Sie es bitte vergessen?«

»Ma'am?«

Sie legte die Handflächen an die Schläfen und musste einen Schrei unterdrücken. »Mr. Betts ...«

»Clive«, sagte er. »Bitte nennen Sie mich Clive.«

»Clive, ich war noch nie so unglücklich und so unsicher im Leben. Könnten Sie mir meine Leute überlassen, und Sie sprechen mit Ihren? Ich kümmere mich um Sam, Sie finden Violet.«

»Natürlich, Ma'am.«

»Flora«, sagte sie. »Ich heiße Flora.«

Sie eilte durch den Korridor und die Treppen hinauf. Clive hatte recht. Sie musste mit Tony sprechen, ihn davon überzeugen, dass sie Sams Leiche holen mussten. Sie würde ihn nicht hier draußen wie ein wildes Tier zurücklassen. Sie wollte tun, was Clive vorgeschlagen hatte: Miss Zander informieren, den Arzt rufen – Will würde kommen. Will würde wissen, was zu tun war.

Am Kopf der Treppe blieb sie stehen. Sie hörte Stimmen

aus Sams Zimmer, dessen Tür offen stand. Ein eisiger Schauder überlief sie, als sie sich an Sams Halluzinationen von dem wiederauferstandenen toten Mann erinnerte.

Doch die Stimmen gehörten Tony und Sweetie. Offensichtlich beseitigten sie Beweise aus Sams Zimmer.

»Die ganzen Pfeifen«, sagte Tony. »Die Lampe auch. Alles.«

Nein, nicht Sams kostbare Sachen. Sie wappnete sich, den beiden Männern entgegenzutreten, doch dann hielt sie inne.

Tony und Sweetie würden sich nicht beirren lassen. Sie hegten keinerlei Mitgefühl für Sam. Sie waren es gewöhnt, ihren Willen durchzusetzen, und irgendwann hätten sie sie mit ihren Weigerungen und ihrer vereinten Willenskraft überstimmt. Tony wollte nur einen Skandal vermeiden, um nicht die Gunst ihres Vaters zu verlieren. Auf einmal schien er ein Fremder zu sein, ein gutaussehender Mann ohne Herz, der seine Gefühllosigkeit unter dem Deckmantel des Pragmatismus verbarg. Ihr Verlobter? Ein Feind würde sich so wie er verhalten, aber sicher kein Verbündeter. Die bittere Einsamkeit lastete schwer auf ihrem Herzen.

Nur ein Mensch würde ihr zuhören, würde ihr sagen, was das Richtige wäre.

Flora ging in ihr Zimmer, um sich so warm wie möglich für den Weg durch den Schnee zu Will Dalloways Haus anzuziehen.

Violet kämpfte darum, dass Geist und Körper nicht auseinanderdrifteten. Ihr Hintern war taub, ihr Rückgrat schmerzte, und ihre Gelenke brannten vom stundenlangen unbeweglichen Hocken in unbequemer Haltung. Die Feuchtigkeit am Boden der Kiste war eisig geworden. Ihre Fingerspitzen waren so kalt, dass sie immer wieder an ihnen saugen musste, damit sie nicht taub wurden. Selbst die kleinste Erleichterung war ihr nicht vergönnt. Die Nacht verging, der Regen prasselte herab, und sie blieb in ihrem elenden Gefängnis eingeschlossen, mit ihrer Angst, ihrer Trauer und ihrem Hunger. Sie fragte sich, ob jemals jemand nach ihr suchen würde.

In der Morgendämmerung fiel sie in einen Dämmerzustand, gepeinigt von seltsamen Träumen von Korridoren, in denen es spukte. Sie wusste nicht, wie lange dieser benebelte Zustand schon anhielt, doch beim ersten Tageslicht, das durch die Ritzen in die Kabine fiel, erwachte sie ruckartig. Ihr Geist war wieder zu logischem Denken fähig, und sie fragte sich, ob sie die Kabine mit roher Gewalt aufbrechen könnte. Die Tür wurde von einem Riegel an der Außenseite verschlossen; eine einfache Konstruktion, die verhindern sollte, dass sich die Tür während des Transports öffnete. Tote Schweine und Kartoffelsäcke wollten nicht ausbrechen, weshalb man keine besonderen Verschlüsse benötigte.

Violet rutschte nach hinten, mit dem Rücken gegen das kalte Metall. Jetzt saß sie genau in dem feuchten Fleck, und das eiskalte Wasser durchdrang ihre Kleidung sofort. Doch sie konnte so ihre Beine ein paar Zentimeter strecken und den Schmerz in ihren Knien lindern. Dann zog sie die Beine an und trat mit aller Kraft gegen die Tür.

Bumm!

Das Geräusch war ohrenbetäubend, und der Fliegende Fuchs schwankte wild hin und her. Violets Herz hämmerte, und sie saß bewegungslos da, bis sich die Kiste wieder beruhigt hatte. Dann entdeckte sie, dass sie den unteren Rand der Tür ein paar Zentimeter ausgebeult hatte. Sie konnte Tageslicht sehen und schmutzige Schneereste unter ihr. Weit unter ihr.

Noch einmal zog sie die Beine an und trat mit aller Kraft zu.

Die Kiste schwankte noch stärker, doch die Türkante war jetzt um beinahe neunzig Grad nach außen gebogen. Unter großer Anstrengung drehte und wand sie sich, blieb mit der Kleidung an den Metallwänden hängen, bis sie das Gesicht nahe an die so entstandene Öffnung legen konnte. Sie befand sich mindestens zehn Meter über dem Boden. Selbst wenn sie den Riegel aufbrechen konnte, würde sie nicht hinausspringen können. Sollte sie einfach warten? Irgendwann würde jemand kommen. Clive würde versuchen, den Fliegenden Fuchs zu reparieren.

Mit aller Kraft brüllte sie durch die Öffnung: »Hilfe! Helft mir!« Dieses Mal hallte ihre Stimme über das Tal. Irgendjemand musste sie doch hören.

Violet schrie, bis sie heiser war, dann lehnte sie den Kopf an die Tür und weinte verzweifelt.

Nach einer Ewigkeit – sie hatte inzwischen jegliches Zeitgefühl verloren – bewegte sich die Kiste ruckartig.

Violet zuckte zusammen. Sie hatte keinen Windstoß gespürt. Hatte jemand sie gehört? Clive?

Wieder ging ein Ruck durch die Kiste, dann begann der langsame, schleichende Aufstieg zurück zum Hotel. »Danke, lieber Gott, danke«, sagte sie. Sie sehnte sich nach Wärme, dem Holzofen, heißem Tee und etwas Vernünftigem zu essen.

Langsam ging es bergauf. Dann konnte sie den Boden unter sich sehen sowie ein Paar Männerschuhe. Das eindeutig nicht Clive gehörte. Clive hatte noch nie ein so teures Paar Schuhe besessen. Angst machte sich in Violet breit, und die Zeit schien still zu stehen, während der Mann an dem Riegel nestelte.

Danach geschah alles unglaublich schnell. Sweetie öffnete die Tür, Tonys brutaler Freund. Floras Verlobter war nicht zu sehen, und Violets Magen verkrampfte sich. Mit Tony konnte man wenigstens reden. Dieser Mann jedoch hatte deutlich gemacht, dass sie für ihn kaum ein menschliches Wesen war. Bevor sie schreien konnte, hatte er ihr schon eine fleischige Hand auf den Mund gepresst, dann zog er sie aus der Kiste und warf sie auf den Boden, während sie sich heftig wehrte. Die Welt sah anders aus als in der Nacht zuvor. Die weißen Schneehügel waren zu schmutzigem Matsch verkümmert. Sweetie stellte ihr einen Fuß auf den Rücken und hielt sie so auf dem Boden, den Mund in den Schnee gepresst, damit sie weder schreien noch atmen konnte, während er ihr die Hände auf dem Rücken fesselte. Dann riss er ihren Kopf an den Haaren hoch und knebelte sie mit einem Tuch – einer Krawatte? Einem Schal? Sie versuchte, um Hilfe zu rufen, doch sie konnte nur ein gurgelndes Keuchen von sich geben.

Grob hob er sie hoch, mit dem Gesicht nach unten. Sie trat so fest sie konnte, doch er ging immer weiter die Stufen hinunter zu den Wanderwegen. Violet versuchte, die Fesseln um ihre Handgelenke zu lösen, doch er schüttelte sie brutal und sagte: »Hör auf, wenn du weißt, was gut für dich ist.«

Sie gehorchte. Ihr Puls dröhnte in ihren Ohren, und sie wusste nicht, was er mit ihr vorhatte. Sie wollte ihn nicht noch wütender machen.

Am Fuß des Wegweisers lag der Schnee noch hoch. Überall sonst war er unregelmäßig geschmolzen. Violet beobachtete Sweeties Füße. Manchmal ging ihm der Schnee bis zu den Knöcheln, doch nie über die Knie. Seine Füße mussten vollkommen durchnässt und eiskalt sein. Gut. Sie hoffte, er litt jetzt schon wegen all dem, was er ihr antun wollte.

Immer weiter abwärts ging es den Weg entlang. Sie konnte die Wasserfälle hören und dachte an den Nachmittag, an dem sie Sam dort getroffen hatte, ihr Bad unter dem herabströmenden Wasser, fast nackt. Es schien erst schmerzhaft kurz und gleichzeitig schrecklich lang zurückzuliegen. Eine unschuldigere Zeit. Vor dem Tod und ... was sonst noch an diesem Morgen geschehen würde.

Hätte er sie nicht geknebelt, hätte sie wild auf ihn eingeredet. *Was werden Sie mit mir machen? Ich bin schwanger, Sie dürfen mir nichts tun. Ich habe Ihnen nichts getan, lassen Sie mich gehen.* Doch vor allem hätte sie geschrien. Nach Clive. Flora. Tony. Miss Zander. Denn sie hatte Angst vor dem, was er mit ihr anstellen würde. Sie wusste nicht, wie weit er gehen würde, um sie zu bestrafen, sie zum Schweigen zu bringen.

Doch sie hätte sich nie vorstellen können, dass er sie tatsächlich umbringen wollte.

Als sie sich dem Teich näherten, stieg Panik wie eine Flamme in ihr auf. *Nein, nein.*

»Ich habe dich hier mit ihm gesehen«, sagte Sweetie barsch. »Ihr dachtet, dass euch keiner sieht. Aber ich habe euch gesehen. Nackt. Dann hast du so getan, als seist du zu anständig, zu prüde für mich. Aber ich weiß, was du wirklich bist – eine Hure.«

Sie versuchte verzweifelt, sich aus seinen Armen zu winden, doch er hielt sie unerbittlich fest.

»Als Tony dann zu mir sagte, dass wir dafür sorgen müssen, dass du die Klappe hältst, wusste ich genau, was ich zu tun habe.« Er watete ins Wasser und warf sie in den tiefen Bereich des Beckens.

Rasch sank sie nach unten, trat panisch mit den Füßen. Sie kämpfte gegen die Fesseln um ihre Handgelenke, konnte sie nicht lösen. Ihr Herz klopfte wie verrückt, ihre

Lungen sehnten sich verzweifelt nach Luft. Sie kauerte sich zusammen, sank immer weiter, und versuchte, die Arme unter ihren Füßen hindurchzuzwingen und sie so vor ihren Körper zu holen. Erfolglos. Sie stieß sich vom Teichgrund ab, doch die Wasseroberfläche war zu weit entfernt, und ihr ging die Luft aus.

Mit aller Kraft zog sie die Hände auseinander, in der Hoffnung, die Knoten nicht einfach nur fester zusammenzuziehen. Und tatsächlich: Langsam lösten sich die Fesseln. Violet schoss nach oben und schwamm auf die Oberfläche zu. Sie konnte das rauschende Wasser über sich sehen und wusste, dass sie sich genau unter dem Wasserfall befand. Wenn sie sich dahinter versteckte, sah Sweetie sie vielleicht nicht.

Luft. Sie brauchte Luft. Doch sie musste vorsichtig sein.

Ihr Gesicht durchbrach die Wasseroberfläche, und sie entfernte den Knebel aus ihrem Mund, während sie keuchend nach Luft schnappte. Wasser strömte in ihren Mund, und sie tauchte erneut unter. Sie hatte ihn nicht gesehen. War er bereits gegangen? Wieder kam sie vorsichtig an die Oberfläche, hielt nur das Gesicht an die Luft. Sie atmete, sah sich um. Durch den Vorhang aus Wasser wirkte alles verzerrt. Sweetie war nirgends zu sehen.

Dennoch blieb sie, wo sie war. Die Seidenkrawatte, mit der er ihre Hände gefesselt hatte, hing schlaff an ihrem linken Handgelenk. Sie wartete vergeblich, bis sich ihr Herzschlag beruhigt hatte. Ihr war eiskalt, und sie war vollkommen durchnässt, doch sie konnte nicht zum Hotel zurückkehren – dort wäre Sweetie, und vielleicht machten Tony und Flora mit ihm gemeinsame Sache. Blieb sie jedoch hier, würde die Kälte sie sicher in kürzester Zeit umbringen. Die einzig begehbaren Wege führten zurück zum Hotel. Überall sonst lag noch Schnee.

Sie begann so stark zu zittern, dass sie fürchtete, hier und jetzt im Wasser zu sterben. Sie musste unbedingt hier weg. Am besten in die Höhle der Liebenden.

Violet schwamm zur flachen Seite des Beckens und stolperte hinaus. Ihr Körper schien gleich in tausend Stücke zu zerbrechen. Sie konnte kaum gehen, geschweige denn richtig atmen. Es regnete immer noch, als ob der Himmel den Anblick all der schrecklichen Dinge auf Erden nicht ertrug und sie fortwaschen wollte. Violet brauchte Schutz, und das sofort.

Sie begann den schwierigen und rutschigen Aufstieg durch den Schneematsch. Ihre Lungen brannten. Die großen Muskeln in ihren Schenkeln schienen zu Butter geworden zu sein. Ihre Haut war blau angelaufen.

Violet fürchtete, es nicht zu schaffen. Sie setzte sich auf einen Felsen.

»Sam, Sam«, sagte sie. »Was soll ich nur tun?«

Ihr schmerzendes Herz zog sie nach unten. Sie legte den Kopf auf die Knie und wartete auf den Tod. Doch dann riss sie sich zusammen: Nicht nur sie würde sterben, sondern auch Sams Kind mit ihr.

Sie zwang sich zu atmen, zwang ihr Herz, zu schlagen und das Blut in ihre Glieder zu pumpen. »Steh auf«, befahl sie sich. »Steh auf.«

Und das tat sie. Sie ging ein Stück weiter und noch ein Stück. Immer wieder blieb sie kurz stehen, um sich auszuruhen, und setzte ihren Weg dann fort.

Plötzlich hörte sie ein Geräusch, bei dem ihr warm wurde vor Erleichterung. Jemand rief nach ihr. Nicht Sweetie. Es war Clive. »Violet? Violet?«

»Hier!«, antwortete sie und erschrak vor ihrer schwachen Stimme.

Sie hörte seine schweren Schritte, als er so schnell wie

möglich durch den Schnee zu ihr eilte. Dann war er da und packte sie an den Schultern. »Du bist ja vollkommen durchnässt. Wir müssen sofort zurück ins Hotel.«

»Das geht nicht. Hast du Sweetie auf dem Weg hierher gesehen?«

»Nein, ich habe niemanden gesehen. Warum?«

»Er hat mich die ganze Nacht in den Fliegenden Fuchs eingesperrt und dann heute Morgen versucht, mich zu ertränken.«

»Was? Ich ... Violet, wir müssen dich unbedingt ins Warme bringen. Du bist schon ganz blau.«

»Ich kann nicht zurück ins Hotel. Ich weiß nicht, was da vor sich geht. Oh, Clive. Sam ist tot. Und Tony und Sweetie glauben, ich wüsste etwas darüber, und wollen alles tun, um es zu vertuschen.«

»Die Höhle«, sagte er.

»Ich war gerade auf dem Weg dorthin.«

Er legte den Arm um sie. »Dann komm. Raus aus dem Regen.«

Als sie nicht mit ihm Schritt halten konnte, hob er sie hoch, so dass ihre Füße über den Schnee schleiften, dann ließ er sie wieder einige Schritte selbst gehen. Hungrig klammerte sie sich an ihm fest, an seiner Körperwärme. Sie kletterten die letzten felsigen Stufen hinauf zur Höhle und waren endlich im Trockenen.

Clive schlüpfte bereits aus Mantel, Schal, Hut und Handschuhen. »Zieh die nassen Sachen aus«, sagte er.

»Ich kann mich kaum bewegen«, erwiderte sie, während ihre zitternden Finger vergeblich an den Knöpfen ihrer Uniform nestelten.

Er kam zu ihr. Sein Gesicht war traurig, und sie begann zu weinen.

»Er ist tot, Clive, er ist tot.«

»Ich weiß. Ich habe seine Schwester heute Morgen getroffen.« Sanft und geduldig wie bei einem Kind löste er die Knöpfe, schob ihr die Uniform von den Schultern und ließ sie zu Boden gleiten. Aus Gründen der Schicklichkeit hörte er bei Violets Unterwäsche auf. »Es tut mir leid, wenn es dir unangenehm ist«, sagte er und zog Hemd und Hose aus, so dass er nur noch seine langen Unterhosen trug, »aber du brauchst dringend trockene Kleidung.« Er reichte ihr die Sachen. »Zieh das an.«

Sie bedeutete ihm, sich umzudrehen, und kämpfte sich aus ihrer nassen Unterwäsche, aus Strümpfen und Schuhen. Dann wickelte sie sich in seine Kleider und schlang sich die nasse Krawatte von ihrem Handgelenk um die Taille, um damit die Hose zu halten. Danach zog sie sein Hemd an, den Schal, den Mantel. Sofort fühlte sie sich besser. Clive streifte seine Wellington-Stiefel ab, dieselben, die sie bei ihrem verzweifelten Besuch bei Malley getragen hatte, und seine Socken.

»Dir wird kalt werden. Wo du doch gerade so krank warst.«

»Ich bin nicht wie du bis auf die Haut durchnässt. Keine Sorge.«

Sie zog die Stiefel an, lehnte die Socken jedoch ab. Bei dieser Kälte konnte sie von ihm keine bloßen Füße verlangen. Dankbar nahm sie Hut und Handschuhe an und ließ sich dann erschöpft auf den Höhlenboden sinken. Er setzte sich eng neben sie, so dass sich ihre Schultern berührten.

»Es macht dir doch nichts«, sagte er, auf ihre Nähe bezogen. »Körperwärme.«

»Natürlich nicht.« Sie lehnte sich an ihn. Die Minuten vergingen. Der Regen prasselte herab, doch sie waren im Trockenen. Das Zittern ließ langsam nach. Ihr übermüdetes Gehirn beruhigte sich.

»Wir müssen nach unten ins Dorf«, sagte Clive, »wenn der Regen aufgehört hat.«
»Es scheint, als würde er nie aufhören.«
»Du siehst so müde aus«, meinte er.
»Ich habe nicht geschlafen. Mir tut alles weh, ich bin traurig und habe Angst.«
»Jetzt kannst du schlafen.« Er zog sie nach unten, schmiegte sich von hinten an sie und legte die Arme um sie. »Schlaf. Du bist im Warmen und in Sicherheit.«
Der Höhlenboden war kalt und hart unter ihr, doch die Erschöpfung in ihren Knochen reagierte auf seine Freundlichkeit, seine Wärme. »Ich mache nur ein wenig die Augen zu«, sagte sie.
»Wir können uns gegenseitig wärmen«, erwiderte er.
Mit offenen Augen lag sie da, Clives Arm über ihrer Hüfte. Sie beobachtete den unermüdlich fallenden Regen. Ihr Blick wanderte zu dem in Stein gemeißelten Herz mit Sams Initialen. Sam war tot, doch das Zeichen ihrer Liebe würde lange überdauern, bis weit nach der Geburt ihres Babys, weit nach ihrem Tod. Sie lächelte bei dieser Vorstellung, und der Nebel des Schlafs legte sich sanft über sie.

Kapitel siebenundzwanzig

Flora hatte sich so warm angezogen wie möglich und natürlich auch einen Schirm mitgenommen. Doch sie hatte nicht damit gerechnet, dass der Wind den Regen unter den Schirm peitschen oder dass der schmelzende Schnee in ihre Stiefel dringen würde.

Ihr Herz war dennoch froh, als sie Menschen auf ihrem Weg sah und ihr bewusst wurde, dass die Isolation beendet war. Ein Mann in mehreren Lagen warmer, wasserfester Kleidung kehrte den Schnee vom Bahnsteig, und ein Traktor räumte die Straßen auf der anderen Seite der Gleise frei. Die Gleise selbst waren so klar, dass die Züge zweifellos bald wieder fahren würden. Vielleicht schon heute. Das Leben hatte wieder begonnen.

Jedoch nicht für Sam.

Frierend und durchnässt stieg Flora die Treppen zu Wills Praxistür hinauf. Erst jetzt dachte sie daran, dass er vielleicht gar nicht daheim war, dass er klugerweise vor dem Schneesturm nach Sydney gefahren war. Der Gedanke trieb ihr die Luft aus den Lungen. Zögernd hob sie die Hand und betätigte den Türklopfer dreimal. Dann trat sie einen Schritt zurück und wartete.

Beinahe unmittelbar darauf hörte sie Schritte im Hausinneren. Die Tür wurde geöffnet, und Will stand vor ihr.

»Flora«, sagte er überrascht.
»Will, Sie müssen mir helfen.«
»Kommen Sie rein, im Wohnzimmer brennt ein schönes Kaminfeuer. Was ist passiert?«
Sie folgte ihm ins Haus und durch die Tür mit der Aufschrift »Privat«. Hier war es warm und gemütlich. Er zog den Ohrensessel nah ans Feuer und bot ihn ihr an.
»Setzen Sie sich«, sagte er.
»Darf ich die Schuhe ausziehen?«
»Natürlich. Ich kann nicht glauben, dass Sie bei diesem Wetter gekommen sind. Ich habe tagelang niemanden gesehen.«
Sie knöpfte ihre Stiefel auf und zog sie erleichtert aus. Ihre Strümpfe waren durchnässt, doch sie wollte sie vor Will nicht abstreifen, und er schien es nicht zu bemerken. Sie streckte die Füße dem wohltuenden Feuer entgegen.
Will zog eine Ottomane neben sie und setzte sich darauf.
»Was führt Sie hierher?«
Flora holte tief Luft und erzählte ihm alles. Sams Entzug, wie sie seine Leiche gefunden hatte, wie Tony und Sweetie diese in der Wildnis abgeladen hatten, Violets Verschwinden. Während sie berichtete, gab er keinen Laut von sich und berührte sie auch nicht. Er hörte zu, schockiert, aber ruhig, und ließ sie nicht aus den Augen. Schließlich verstummte sie in dem warmen, feuerbeschienen Raum.
»Oh, Flora«, sagte er. »Ich weiß gar nicht, wie ich mein Mitgefühl ausdrücken soll.«
»Werden Sie mir helfen?«
»Ich werde alles tun, was in meiner Macht steht. Wobei genau brauchen Sie meine Hilfe?«
»Wie ist er gestorben? Sie sagten, der Entzug würde ihn nicht töten.«
Will nickte traurig. »Die Mappe mit der Spritze, die Sie

gefunden haben«, sagte er. »Es klingt, als hätte ihm jemand eine zu injizierende Droge besorgt, um die Schmerzen zu lindern. Es gibt etwas, das sich Heroin nennt und sehr schnell wirkt. Leider ist es stärker als alles, was er bisher gewöhnt war. Zu viel und ...«

»Es hat ihn getötet?«

»Ja, zumindest ist das meine fachliche Meinung.«

»Aber wie hat er es bekommen? Er konnte das Hotel nicht verlassen. Er konnte kaum aus seinem Zimmer gehen ...«

Flora erstarrte, als ihr die Antwort einfiel. Violet. Violet hätte alles getan, um Sams Qualen zu erleichtern. Violet, die Flora an diesem Tag mit glühenden Wangen und feuchtem Haar gesehen hatte, als ob sie draußen herumgelaufen sei. Violet, die nicht wissen konnte, dass ihre Hilfe ihn umbringen würde. Ärger und Mitleid rangen in Floras Brust miteinander.

»Wie furchtbar«, flüsterte sie, den Blick ins Feuer gerichtet. »Was für ein Alptraum.« Sie sah zu Will. »Ich will seine Leiche finden, und ich will ihn mit nach Hause nehmen und anständig beerdigen. Es ist mir egal, was mein Vater davon hält.«

»Ich kann helfen. Wenn der Regen nachgelassen hat, wenn die Straße wieder befahrbar ist. Später am Tag, vielleicht morgen. Ich werde selbst nach ihm suchen.«

»Gut. Danke. Wenn Vater mir die Unterstützung streicht ... nun, ich werde schon überleben. Und wenn Tony mich nicht mehr heiraten möchte, weil mein Familienname beschmutzt ist, dann will ich ihn erst recht nicht länger heiraten.« Sie horchte ihren eigenen Worten nach. *Ich möchte Tony nicht länger heiraten.* Der Gedanke war überaus befreiend. »Ich möchte Tony nicht länger heiraten«, wiederholte sie mit mehr Nachdruck.

»Das sollten Sie auch nicht, wenn ihn nur interessiert ...«

»Nein, nein. Sie verstehen nicht. Ich meine, unter keinen Umständen. Ich will ihn nicht.«

Wills Augen wurden sanft. »Lieben Sie ihn denn nicht?«

»Ich weiß es nicht mehr. Er ist nicht der Mann, für den ich ihn gehalten habe. Sein Herz ist kalt. Seine Freunde sind schrecklich. Entweder Speichellecker oder Schläger. Oder beides.« Die Vorstellung eines Lebens, das sich nicht den Meinungen ihres Vaters oder Tonys unterordnen musste, war eine unvorstellbare Erleichterung. »Muss ich ihn denn heiraten?«

Will lächelte. »Das habe ich noch nie gedacht.«

Sie erwiderte das Lächeln, dann schalt sie sich, weil es ihr falsch erschien, am Tag nach Sams Tod zu lächeln. »Das Wichtigste zuerst. Wir müssen Sam finden.«

»Das Wichtigste zuerst. Ich mache Ihnen Tee und etwas zu essen, und wir warten, bis der Regen aufgehört hat. Vielleicht kann ich am Abend das Auto aus der Garage holen, und wir können uns von überall her Hilfe holen: Miss Zander, die Polizei, Ihre Familie; wer auch immer Ihrer Meinung nach von Hilfe sein könnte. Doch bis dahin bleiben Sie bei mir im Warmen und Sicheren und machen sich keine Sorgen. Sparen Sie Ihre Kraft für die Trauer.«

Impulsiv nahm sie seine Hand in ihre und strich mit dem Daumen über seine Fingerknöchel. Er blickte von ihrer Hand zu ihrem Gesicht, und sie sah die Zärtlichkeit in seinen Augen.

»Du bist ein wunderbarer Mann, Will Dalloway«, sagte sie.

Er unterdrückte ein Lächeln und entzog ihr sanft seine Hand. »Ich mache Tee.«

Flora lehnte sich zurück, atmete tief durch, sah ins Feuer und ließ den Tränen freien Lauf.

Violet wachte zu einem trocken klopfenden Geräusch auf. Orientierungslos blinzelte sie. Drehte sich. Spürte den harten Boden unter sich, und ihr fiel wieder ein, wo sie sich befand.

Was war das für ein Lärm? Wo war Clive? Sie setzte sich auf. Clive, nur mit seinen langen Unterhosen bekleidet, kauerte vor dem Stein, in den das Herz der Liebenden eingemeißelt war, und kratzte mit einem scharfkantigen Stein wild darüber. Doch das war nicht das Geräusch, das sie geweckt hatte.

Sondern sein trockener Husten.

»Was machst du?«, fragte sie erschöpft.

Schuldbewusst sah er sich um und ließ den Stein fallen.

»Warum tust du das?«, fragte sie.

»Weil er dir nur Kummer gebracht hat.«

»Ich habe ihn geliebt«, protestierte sie. »Er ist der Mann, den ich geliebt habe, und er ist gestorben, und du tust so etwas ... Kleinliches?«

Wieder hustete er, ein tiefes Bellen in seiner Brust, das sie beunruhigte.

»Wie lange habe ich geschlafen?«, fragte sie.

»Ein paar Stunden.«

Sie stand auf und zog seinen Mantel aus. »Wie lange hustest du schon so?«

»Erst eine oder zwei Stunden. Nein, behalt den Mantel.«

Als sie ihn berührte, war seine Haut heiß und feucht. »Du hast Fieber.«

Er zuckte mit den Schultern. »Das hatte ich schon heute Morgen, als ich aus dem Hotel gegangen bin. Es hat letzte Nacht angefangen.«

»Und trotzdem bist du in die Kälte und Nässe hinausgegangen und hast dich bis auf die Unterwäsche ausgezogen?«

»Was sollte ich denn tun, Violet? Flora hat befürchtet, du wärest in irgendwelchen Schwierigkeiten, und sie hatte recht. Deshalb habe ich nach dir gesucht.« Sie sah von ihm zu dem zerkratzten Herzen und wieder zurück.

Er sprach leise weiter. »Das ist wahre Liebe, Violet. Keine leeren Versprechungen und Felszeichnungen und unbeherrschbares Verlangen.« Er sah betont auf ihren Bauch. »Es ist Verzicht und Selbstlosigkeit. Sag mir, dass dieser Mann einmal selbstlos war, einmal für dich auf etwas verzichtet hat.«

Sie konnte ihm nicht antworten. Wollte es nicht. »Zieh deinen Mantel an. Ich bin trocken. Wir teilen uns die Kleider.«

Er gehorchte, während sie seinen Schal abnahm und ihm fest um den Hals schlang. Sie hörte das Pfeifen, als er ein- und wieder ausatmete und bemerkte den dünnen Schweißfilm über seiner Oberlippe.

»Es tut mir leid«, sagte er mit Blick auf das Herz. »Das war kindisch.«

Violet erinnerte sich, wie Sam Clives Signatur auf dem Porträt ausgestrichen hatte, und konnte ihm daher leicht vergeben. »Du bist sehr krank.«

»Mach dir um mich keine Sorgen.«

Sie berührte seine Stirn. Sie glühte.

»Wir können jetzt nichts tun«, sagte er. »Wir müssen abwarten, bis der stärkste Regen vorbei ist.«

Aber der Regen schien weiter an Kraft zuzunehmen, anstatt schwächer zu werden, während sie schweigend nebeneinandersaßen. Clives Husten wurde schlimmer. Eine

Stunde verging, zwei. Mit eigenen Augen konnte sie sehen, wie rasch sich sein Zustand verschlechterte.

Violet hielt es nicht länger aus. »Wir müssen Hilfe suchen.«

»Aber der Regen ...«

»Ich werde gehen.«

»Das ist Wahnsinn. Was, wenn Sweetie oder Tony sich auf den Wegen herumtreiben?«

»Ich werde eine andere Route nach oben finden. Auf dem Abhang wohnen Menschen, westlich vom Hotel. Jemand wird uns helfen.«

Clive hustete wieder, so lange, dass Violet schon fürchtete, er käme nie wieder zu Atem. Dann sagte er schließlich: »Wir gehen beide. Ich brauche Unterschlupf, ein Feuer. Hier draußen werde ich sterben.«

Sie begannen den Aufstieg auf der anderen Seite der Höhle, auf einen Felsvorsprung zu, der zu einem schmalen Pfad führte, der zwar steil, aber passierbar war. Clive ging voraus und half Violet dann über Baumwurzeln und Felsen nach oben. Nach wenigen Minuten hatte der Regen sie bis auf die Haut durchnässt. Als Violet sich zuerst durch die enge Spalte zwischen zwei hoch aufragenden Felsen zwängte, musste sie sich zur Seite drehen und die Luft anhalten. Clive dagegen blieb stecken und lehnte sich einen Moment gegen den Stein, als ihn ein erneuter Hustenanfall quälte.

»Geh zurück, wenn du nicht durchkommst.«

»Ich kann nicht zurückgehen. Wir müssen in diese Richtung weiter.« Unter großer Kraftanstrengung schob er sich durch den Spalt und schrie vor Schmerzen auf, als die scharfen Felskanten seine Kleidung durchdrangen und die Haut darunter aufritzten. Blut sickerte über seinen Nieren heraus.

»Du bist verletzt«, sagte sie.

»Nur ein Kratzer. Wir müssen weiter.«

Sie standen unter einem riesigen Überhang, unter dem sich kein Schnee angesammelt hatte, doch der Boden war grün und schleimig von Jahren ohne Sonne. Sie kämpften sich weiter, krochen auf allen vieren, als der Überhang plötzlich dramatisch absank, dann ging es auf der anderen Seite weiter über einen steilen, dicht bewachsenen Abhang. Sie stapften durch Regen und geschmolzenen Schnee, der ihre Schuhe durchweichte.

»Hier oben«, sagte Clive.

Violet schleppte sich weiter, klammerte sich an junge Bäume oder Felsen, manchmal auf Händen und Füßen. Immer weiter nach oben, hinter Clive her, der regelmäßig von Hustenkrämpfen geschüttelt wurde. Nur noch drei Meter. Über sich konnten sie den Rand des Steilhangs sehen. Doch diese letzten Meter bestanden aus nacktem Fels.

Clive ließ sich mit aschgrauer Haut auf den Boden sinken.

»Wie kommen wir da hinauf?«, fragte sie.

»Wir müssen klettern.«

Sie suchte den Hang mit den Augen nach Griffen ab: kleine Ausbisse, Nischen, stabile Pflanzenwurzeln. Ihr war kalt, und ihr ganzer Körper schmerzte vor Erschöpfung.

Da merkte sie, dass Clive verzweifelt schluchzte. Sein sinkender Mut ängstigte sie zu Tode.

»Clive, alles wird gut.«

»Geh du weiter. Ich kann keinen Schritt mehr machen.«

»Ich gehe nicht ohne dich.«

»Du wirst überleben, wenn du jetzt weitergehst.«

»Du musst mit mir kommen.«

»Siehst du es nicht? Ich kann nicht mehr. Ich bin am

449

Ende meiner Kräfte. Geh. Geh und lebe dein Leben und sei glücklich.«

Violet sah die steile Felswand hinauf und überlegte, welche Route sie nehmen könnten. Dann packte sie Clives Unterarm und zog ihn auf die Füße. »Hoch mit dir«, befahl sie. »Clive Betts, wenn du das tust, verspreche ich dir, dich zu heiraten.«

Schwach und unsicher stand er vor ihr. »Spiel nicht mit meinem Herzen, Violet. Nicht jetzt.«

»Ich meine es vollkommen ernst. Wenn du hier hochkletterst und wir zusammen oben ankommen, werde ich dich im Frühjahr heiraten.«

»Warum?«

»Weil du ein guter Mann mit einem guten Herzen bist und ich mit dir ein gutes Leben haben werde.«

Clive sah nach oben, ging einige Meter weiter, bis er auf einen Felsen steigen konnte. Dann begann er zu klettern. Violet war direkt hinter ihm, grub ihre Finger in Felsritzen und zog sich nach oben, stützte dabei die Füße auf unsicheren Zweigen ab. Schweigend suchten sie sich ihren Weg. Die drei Meter hätten genauso gut drei Kilometer sein können, während ihnen Regen und rutschige Felsen das Vorankommen fast unmöglich machten. Violets Herz schlug panisch, Adrenalin jagte durch ihre Adern. Sie holte sich blaue Flecken, überdehnte ihre Muskeln, doch sie würde sich erst morgen gestatten, den Schmerz zu spüren. Jetzt musste sie durchhalten, um ihr Überleben und das ihres besten Freundes zu gewährleisten. Durchhalten.

Schließlich hievten sie sich über den Rand des Steilhangs, dann einen kurzen Abhang hinauf und in einen Eukalyptuswald hinein.

Clive beugte sich vor und rang verzweifelt nach Atem. Violet hielt ihn fest und fürchtete, dass die Anstrengung endgültig zu viel für ihn gewesen war. Doch dann richtete er sich wieder auf und deutete auf ein Haus in der Ferne. »Da«, sagte er. »Rauch kommt aus dem Schornstein. Es ist jemand zu Hause.« Er stolperte vorwärts, blieb dann jedoch wieder stehen, die Hände auf die Knie gestützt.

»Lass mich dir helfen«, sagte sie und legte ihm einen Arm um die Taille. Er lehnte sich auf sie, und sie brach unter seinem Gewicht beinahe zusammen. Doch sie setzte starrsinnig einen Fuß vor den anderen, immer weiter durch den nassen Wald. Das Haus kam immer näher. Clive wurde von heftigem Husten geschüttelt, doch sie gingen weiter. Die Stufen hinauf zur Hintertür, gegen die sie laut hämmerten.

Eine ältere Frau mit schneeweißem Haar öffnete mit erschrockenem Gesichtsausdruck.

»Bitte«, sagte Violet, »bitte helfen Sie uns.«

Clive brach vor den Füßen der alten Frau kraftlos zusammen.

Flora blieb lange bewegungslos sitzen. Sie war sich bewusst, dass Will hin und her ging, in die Praxisräume, Bücher und Akten holte. Gelegentlich kam er zu ihr, brachte ihr Tee und gebutterten Toast oder berührte sie einfach nur an der Schulter. Sie befand sich in einer Art Starre nach den schrecklichen Ereignissen und angesichts einer unsicheren Zukunft. Sie saß einfach nur da, atmete und sah ins Feuer, während der Regen draußen herniederprasselte.

Das Klopfen an der Tür schreckte sie auf. Sie hörte Wills Schritte, dann seine Stimme: »Oh, mein Gott.«

Flora sprang auf und eilte zur Tür, wo sie beinahe mit Will zusammenstieß, der eine zitternde, durchnässte Violet im Arm hielt, die schlecht sitzende Männerkleidung trug. Ihre Lippen waren blau, sie atmete abgehackt.

»Violet!«, rief Flora. »Bring sie hier zum Feuer. Oh, gütiger Himmel, was ist geschehen?«

»Clive«, brachte das Mädchen mühsam heraus, »Clive ist … furchtbar krank. Ich bin gerannt … so schnell ich konnte.«

Flora sah zu Will. »Clive Betts arbeitet im Hotel.«

»Ist er verletzt?«, fragte Will.

»Er … hustet. Kann kaum atmen. Er war krank. Dachte, es sei nur eine Erkältung. Viel, viel schlimmer.«

Wills und Floras Blicke trafen sich. »Sie muss unbedingt trockene Kleider bekommen und aufgewärmt werden. Ich gehe zu Clive.«

»Nicht im Hotel«, sagte Violet schwach. »Das weiße Cottage westlich des Evergreen Spa. Mrs. Huntley wohnt dort.«

»Ich kenne es.«

»Sind die Straßen denn befahrbar?«, fragte Flora.

»Ich fahre so weit wie möglich, den Rest laufe ich«, erwiderte er. »Wärme sie. Sie hat einen Schock. Wahrscheinlich unterkühlt.« Dann eilte er davon.

»Violet, du musst diese Kleider ablegen«, sagte Flora. »Verstehst du mich?«

Violet nickte und begann sich auszuziehen. Ihre Haut war weiß und mit Gänsehaut überzogen. Flora ging über den Flur ins Wills Badezimmer – ordentlich, es roch nach Holz und Gewürzen – und holte ein Handtuch. Als sie zurück ins Wohnzimmer kam, stand Violet vollkommen nackt mit dem Rücken zu ihr. Sie war schlank, mit runden Hüften und einer sehr schmalen Taille. Flora legte ihr von hinten das Handtuch über die Schultern und drehte sie dann herum.

»Setz dich. Ich räume diese nassen Sachen weg und suche dir etwas Trockenes zum Anziehen. Bleib so lange nah am

Feuer und wärm dich auf.« Das Mädchen wirkte gequält und aufgewühlt. »Lauf nicht weg, ja? Wir müssen über vieles reden.«

»Keine Angst, ich bleibe hier.«

Flora fand Wills Schlafzimmer und brachte Violet seinen dicken Morgenmantel und ein Paar Wollsocken. Dann ging sie in die Küche, wo sie eine Kanne Tee kochte und etwas Brot toastete. Im Nebenzimmer vor dem Feuer saß der Mensch, der für Sams Tod verantwortlich war. Flora kämpfte mit ihren Gefühlen. Auf der einen Seite wollte sie Violet wütend anschreien. Auf der anderen Seite wusste sie, dass es ein tragischer Unfall gewesen war. Ein Unfall, der in so vieler Hinsicht unausweichlich gewesen war.

Mit einem Tablett voll Tee und Toast ging sie ins Wohnzimmer, wo sie es auf dem Boden abstellte und sich neben Violet setzte, die in dem Morgenmantel immer noch zitterte. Flora rief sich in Erinnerung, dass Violet schwanger war – mit Sams Kind. Sie wusste, dass dieses Mädchen nicht der Bösewicht war – sie war ein Opfer. Ein naives Ding, das sich in den falschen Mann verliebt hatte und jetzt den höchsten Preis dafür bezahlte: ihre Zukunft. Flora würde Violet keinen Vorwurf wegen Sams Tod machen – im Gegenteil, sie würde ihr nie sagen, dass sie dafür verantwortlich gewesen war.

Flora reichte ihr eine Tasse mit heißem Tee. Violet nahm einen Schluck davon und sagte: »Ich weiß, dass du mir nicht glauben wirst, aber Sweetie hat versucht, mich umzubringen.«

Da war es. Die unsichere Zukunft, die Flora befürchtet hatte. Der süße Moment der Erholung im Ohrensessel war verstrichen. Jetzt hörte sie Violets alptraumhaftem Bericht zu: wie sie das Gespräch über Sams Tod mit angehört hatte, wie erpicht Tony darauf gewesen war, Violet zum Stillschweigen zu bringen, und Sweetie die Aufgabe übernommen hatte, dieses Schweigen endgültig zu machen. Und so schockierend die Geschichte war, war Flora doch nicht so überrascht, wie sie es vermutlich hätte sein sollen. Sam hatte sie immer gewarnt, dass Tony brutal war.

Nachdem Violet zu Ende erzählt hatte, hielt Flora sie im Arm und ließ sie weinen.

Nach ein paar Minuten fragte sie: »Was ist deine liebste Erinnerung an Sam?«

Violet richtete sich verwirrt auf.

»Na los«, sagte Flora. »Du hast ihn ebenso sehr geliebt wie ich. Erzähl mir deine liebste Erinnerung. Egal, was es ist.«

»Er hat mich einmal spät in der Nacht in den leeren Ballsaal mitgenommen«, antwortete Violet. »Wir haben ohne Musik zum Laternenlicht getanzt. Es war ... magisch.« Sie schniefte. »Und deine?«

»Als er neun war, hat er mir ein kleines Buch gebastelt. Auf jede Doppelseite hat er eine getrocknete Blume geklebt und gegenüber eine Geschichte dazu geschrieben. Manche waren schrecklich: Das arme Gänseblümchen war unter den Hufen eines Arbeitspferdes zermalmt worden.« Sie lachte, und Violet stimmte in das Lachen ein. »Aber es war ein ganz spezielles Geschenk. Seine Liebe für mich war so ungekünstelt. Ich habe es noch irgendwo daheim.« Dann erinnerte sie sich an etwas und lächelte. »Er hat auch ein Veilchen eingeklebt.«

»Was ist damit geschehen?«

Flora konnte sich nicht erinnern, weshalb sie nur sagte: »Das Veilchen hat schlimme Zeiten durchgestanden, mit einem starken Geist und Freude im Herzen.«

Violet lächelte unter Tränen und legte die Hand auf den Bauch. Flora erkannte, dass, wenn sie Sam zurückholten,

Polizei und Ärzte Fragen zu seinem Tod stellen und schon bald die wahre Ursache herausfinden würden. Violet geriete unter Verdacht. Sie wusste, dass sie die Täuschung aufrechterhalten würde – nicht wegen Tony oder ihres Vaters, sondern wegen Sams Kind.

»Violet«, sagte sie, »sobald die Züge wieder fahren, musst du abreisen. Du musst von hier verschwinden. Ich weiß nicht, wozu Tony und Sweetie fähig sind, aber ich wäre beruhigter, wenn du und das Baby weit weg vom Evergreen Spa wärt.«

»Ich weiß. Aber ich muss auf Clive warten. Ich werde ihn heiraten.«

Floras Augenbrauen schossen in die Höhe. »Ach wirklich?«

»Es ist nur vernünftig.«

Flora nickte mitfühlend. »Nun, ich werde meine Verlobung mit Tony lösen.«

»Wirklich?«

»Ja«, antwortete sie. »Es ist nur vernünftig.«

Unruhig ging Violet auf und ab. Sie wollte nach draußen, zurück zu Mrs. Huntley und bei Clive sein, doch Flora weigerte sich, sie gehen zu lassen. Will Dalloway war schon seit Stunden fort.

»Er ist ein guter Arzt«, sagte Flora.

»Es spielt keine große Rolle, wie gut der Arzt ist, wenn der Patient im Sterben liegt«, erwiderte Violet aufgebrachter als gewollt. Nach Sams Tod könnte sie den Gedanken nicht ertragen, auch noch Clive zu verlieren.

Endlich hörten sie den Schlüssel. Violet eilte zur Tür, doch Will schob sie sanft zurück in den Flur. Er sprach erst, als alle im Wohnzimmer versammelt saßen. Er wirkte erschöpft, seine Kleider waren feucht.

»Violet, Clive wird wieder gesund. Er darf bei Mrs. Huntley bleiben, bis er verlegt werden kann. Die Infektion hat nicht die ganze Lunge befallen, und ich habe seinen gebrochenen Knöchel gerichtet.«

»Gebrochener Knöchel?«

»Hast du das nicht gemerkt? Er hatte große Schmerzen und hat das Gelenk beim Laufen und Klettern stark belastet. Wahrscheinlich wird es nie richtig verheilen, und er wird immer humpeln. Aber wie gesagt, er überlebt.«

Violet wischte sich die Tränen ab. »Er hat es mir nicht einmal gesagt.«

»Ihr habt beide viel durchgemacht. Er hat mir erzählt, was geschehen ist.« Er wandte sich an Flora. »Als ich bei Mrs. Huntley war, gab es einen Alarm. Tony DeLizio, dein Verlobter ...«

»Ex-Verlobter«, murmelte Flora.

»Er hat draußen auf dem Wanderweg eine Leiche gefunden.«

»Sams?«

Will schüttelte den Kopf. »Sweeties. Es scheint, dass er ausgerutscht und gestürzt ist, nachdem er ...« Er deutete mit einer kurzen Handbewegung auf Violet.

Flora senkte den Kopf und atmete tief aus. Violet versuchte, innerlich nicht zu sehr zu jubeln.

»Miss Zander wurde benachrichtigt, und sie kam nach nebenan zum Haus der Huntleys, um vielleicht dort telefonieren zu können. Aber natürlich haben sie kein Telefon. Wir haben die Behörden immer noch nicht informiert.«

»Zwei Todesfälle«, sagte Flora. »Zwei Todesfälle in zwei Tagen. Ich muss zurück ins Hotel und mit Miss Zander sprechen, bevor sie mit jemand anderem redet.« Flora stand auf. »Kümmerst du dich um Violet? Sie wird hierbleiben müssen, bis ein Zug nach Hause fährt.«

»Du kannst gern bleiben, Violet«, sagte der Arzt. »Ich habe ein Gästezimmer, und ich möchte dich sowieso im Auge behalten, bis du wieder ein wenig Farbe hast. Flora, die Straße ist bis zu den Gleisen frei. Soll ich dich zurückfahren?«

»Danke, das wäre sehr nett.« Flora wandte sich an Violet und umarmte sie kurz und ungelenk. »Wir sehen uns bald.«

Nachdem sie gefahren waren, lag Violet am Feuer und dachte nach. Clive hatte gesagt, er habe Sweetie auf dem Weg nicht gesehen. Weil Sweetie schon zu Tode gestürzt war, bevor Clive sie gesucht hatte? Oder gerade weil die beiden Männer aufeinandergetroffen waren? Sweetie war ein Schläger und ein Angeber. Hatte er Clive erzählt, dass er Violet losgeworden war, dass er ihm dasselbe antun wolle? Clive war kein breitschultriger, besonders kräftiger Mann, aber er war groß und schnell. Und klug.

Violet lächelte. Es spielte keine Rolle. Sie würde ihn nie danach fragen. Sie und Clive würden hier weggehen und ein neues Leben beginnen. Was davor passiert war, war nicht mehr wichtig.

Will setzte Flora beim Bahnhof ab und bot an, sie zum Hotel zu begleiten.

»Nein«, antwortete sie, »ich muss nachdenken. Kümmere dich um Violet. Sie ist mit Sams Kind schwanger. Im Moment ist sie der wichtigste Mensch auf der Welt für mich.«

Will lächelte. »Natürlich, Flora. Ich würde alles für dich tun.«

Doch beide wussten, dass jetzt nicht der richtige Zeitpunkt für die Erklärung von tieferen Gefühlen war. Flora musste Miss Zander instruieren, wie sie weiter vorgehen sollten.

Zwei Männer hatten ihr Leben bei Eiseskälte auf den Wegen verloren. Damit konnte Sams Tod perfekt erklärt werden: Die Geschichte schrieb sich selbst. Sweetie und Sam hatten einen Spaziergang unternommen; die Wetterbedingungen waren katastrophal, beide starben. Eine Leiche wurde gefunden, die andere nicht. Doch Flora ertrug den Gedanken nicht, dass irgendjemand glauben konnte, Sam hätte sich in Gesellschaft eines Mannes wie Sweetie befunden. Nein, sie plante, Sam mit nach Hause zu nehmen. Nicht seine Leiche – die war in der Wildnis verschollen –, aber sie würde ihn in ihrem Herzen mitnehmen und seinen Tod erst dann bekanntgeben und eine ordentliche Beerdigung ausrichten, wenn der richtige Zeitpunkt gekommen war. Das würde auch ihren Eltern gefallen, die sicher nicht wollten, dass ein Honeychurch-Black im Schneesturm einfach von einem Wanderweg verschwand. Die Zeitungen würden darüber berichten. Vor allem, wenn er sich in Gesellschaft eines Ganoven befunden hatte.

Und was Tony betraf – sie würde ihn dazu bringen, die Verlobung offiziell von sich aus zu lösen. Sollte er sich weigern, würde sie ihm androhen, seine Rolle in Violets Gefangenschaft und versuchter Ermordung zu enthüllen. Sie würde mit einem gebrochenen Herzen nach Hause zurückkehren, und niemand könnte etwas dagegen tun.

Ohne es zu wollen, hatte Sam sie befreit.

Kapitel achtundzwanzig

Sechs Monate später

»Das ist dein Zimmer«, sagte Violet und öffnete die Tür. »Und hier drüben wird das Kinderzimmer sein.«

Ihre Mutter sah mit einer Mischung aus Verwunderung und Misstrauen in den Raum. »Und wie kannst du dir das Haus leisten?«

»Darüber mach dir mal keine Sorgen.«

Mama senkte die Stimme. »Clive? Ist er insgeheim vermögend?«

Violet schüttelte traurig den Kopf. Der arme Clive, der kaum arbeiten konnte mit dem chronisch schmerzenden Bein. Dennoch hatte er langsam, aber beharrlich die Räume gestrichen und die Holzböden poliert. Es war ein kleines Haus, ein bescheidenes Geschenk, doch mehr als genug, um ihnen einen neuen Anfang zu ermöglichen. Ab jetzt kam es auf Violet an – und sie wollte hart arbeiten, während Mama und Clive auf das Baby aufpassten –, um auszubauen, was man ihnen gegeben hatte. »Mama, ich kann nur sagen, dass ich einen großzügigen Wohltäter habe, der anonym bleiben möchte.«

»Nun, du hast mehr Glück, als ich je hatte«, meinte ihre

Mutter mit Blick auf Violets geschwollenen Bauch. »Erst bringst du den Mann dazu, dich zu heiraten. Und dann das hier.«

Clive tauchte hinter ihnen auf. »Was denken Sie, Mrs. Armstrong? Werden Sie sich hier wohl fühlen?«

»Ich werde mich freuen, meine Tochter glücklich und mein Enkelkind fröhlich aufwachsen zu sehen«, antwortete Mama und stellte den Koffer in ihrem neuen Zimmer ab.

»Ich werde mein Bestes tun, um beide glücklich zu machen«, sagte Clive, legte den Arm um Violet und rieb sanft ihren Bauch.

Mama hob die Augenbrauen. »Zu meiner Zeit hätte sich niemand in anständiger Gesellschaft so verhalten.«

Violet lachte. »Ich lasse dich allein, damit du dich einrichten kannst.« Sie und Clive gingen den Flur entlang, als ihre Mutter sie zurückrief.

»Ich sterbe vor Neugier. Du kannst es mir sagen, und ich verspreche, es niemandem zu erzählen. Wer ist er? Der Wohltäter?«, fragte sie.

»Sie. Meine Wohltäterin ist eine Frau.«

Die Vorstellung von einer Frau mit Geld verschlug ihrer Mutter für einen Moment die Sprache.

»Ich kann dir nichts über sie verraten. Sie hat ihr eigenes Leben. Nächsten Monat heiratet sie, einen Arzt. Ich habe versprochen, ihren Namen niemals preiszugeben. Aber so viel kann ich dir sagen«, Violet lächelte, »sie ist die gütigste Frau, die ich je getroffen habe.«

Kapitel neunundzwanzig

2014

»Störe ich?«, fragte Tomas von der Tür aus. Lizzie und ich saßen auf der Couch inmitten leerer Teetassen und gebrauchter Taschentücher.

Lizzie kämpfte sich auf die Füße. »Ich sollte jetzt wirklich gehen. Ich habe Sie lange genug aufgehalten.«

»Das müssen Sie nicht«, sagte ich.

»Nein, das müssen Sie nicht«, stimmte Tomas ein. »Ist alles in Ordnung?«

Lizzie lächelte schwach. »Lauren soll Ihnen alles erzählen.«

Ich gab ihr die Zeichnung. »Hier, Sie sollten sie haben.«

»Nein, nein. Im Moment möchte ich sie nicht. Ich bin immer noch ... ich muss das erst mal alles verarbeiten.«

»Ich passe für Sie darauf auf.«

»Danke, Liebes.« Sie strich mir übers Haar und steckte mir eine Strähne hinters Ohr. »Sie sind ein gutes Mädchen.« Dann ging sie und schloss die Tür hinter sich.

»Was ist denn passiert?«, fragte Tomas.

Ich deutete auf das Porträt. »Violet. Lizzies Mutter.«

»Nein!«

Ich erzählte ihm die ganze Geschichte, auch wenn es

schwer war, Lizzies Reaktion in Worte zu fassen. Sie war zugleich schockiert und begeistert gewesen, traurig und erfreut. Ich wünschte, ich hätte meinen Mund noch ein wenig länger gehalten, bis sie sich vollkommen von ihrer Krankheit und der Operation erholt hatte. Doch sobald ich einmal angefangen hatte, konnte ich nicht mehr aufhören.

Gott helfe mir, ich hatte ihr sogar die Kopien der Briefe gezeigt. Nach zwei Zeilen hatte sie sie mir wieder zurückgegeben. »Das möchte ich nicht lesen«, sagte sie.

»Ihr Vater war ihr Ein und Alles«, erklärte ich Tomas. »Clive – der Mann, der ihr ein Vater war. Es war alles ein wenig viel für sie.«

»Das kann ich mir vorstellen.« Er nahm meine Hand und drückte sie. »Du hast dennoch das Richtige getan. Du hättest es nicht länger vor ihr verheimlichen können.«

»Ich hoffe, sie erholt sich wieder.«

»Sie ist hart im Nehmen.« Er zog mich in die Arme und küsste mich. »Ich habe Neuigkeiten.«

»Gute? Oder schlechte?« Tief drinnen dachte ich vielleicht, dass meine Beziehung zu Tomas viel zu gut war, um wahr zu sein, und erwartete eine Bestätigung für diese Befürchtung.

»Das kommt darauf an, wie du es betrachtest.«

Ich setzte mich auf die Couch und fragte mich, ob ich als Nächste die Taschentuchschachtel benötigen würde, die in der Nähe stand. »Dann solltest du es mir besser erzählen.«

Er setzte sich auf den Wohnzimmertisch, die Knie zu beiden Seiten meiner Beine, und beugte sich vor. »Es gab Planänderungen im Hotel.«

»Du meinst die Umbauten.«

»Ja. Man schickt mich früher zurück.«

Mein Herz stürzte immer tiefer, bis durch die Couch auf den Boden. »Oh. Wie viel früher?«

»Wann ich möchte. Bald wahrscheinlich. Ich muss daheim noch ein neues Projekt finden.«
»Und du wirst erst im Januar zurückkommen?«
»Februar, vielleicht auch erst im März. Aber ich komme definitiv zurück. Nach etwa neun Monaten.«
Neun Monate ohne Tomas.
»Ich muss dir etwas sagen«, fuhr er fort und straffte die Schultern.
»Sag es schnell«, meinte ich.
Er atmete tief durch. »Wir haben schon einmal darüber gesprochen, aber da war es noch nicht so konkret. Ich möchte, dass du mit mir kommst.«
Sprachlos starrte ich ihn einen Moment an, bevor ich seine Worte erfasste. »Ernsthaft? Nach Dänemark?«
»Ich weiß, dass das jetzt alles sehr schnell geht. Und ich bitte dich auch nicht, mich zu heiraten oder dich für ewig an mich zu binden. Wir müssen auch nicht zusammenwohnen. Meine Schwester hat ein Gästezimmer, das du gerne haben kannst. Ich bitte dich nur, ernsthaft darüber nachzudenken. Du machst großartigen Kaffee und würdest sicher einen Job finden und …«
»Aber ich spreche kein Wort Dänisch.«
»Das würdest du schnell lernen. Ich helfe dir gern dabei.«
Glaubte er, ich war verrückt? In ein fremdes Land mit einem Mann zu gehen, mit dem ich erst seit einigen Wochen zusammen war? Ohne Aussichten auf Arbeit, ohne Sprachkenntnisse, ohne Garantien auf Tomas oder … nun ja, alles?
Ich begann zu lachen.
»Was ist so lustig?«, fragte er, vorsichtig lächelnd.
»Weißt du was?«, sagte ich. »Ich werde wirklich ernsthaft darüber nachdenken.«

Ich war gerade im Waschraum des Cafés, wusch mir das Gesicht und bürstete mir die Haare, als Penny hereinkam.

»Deine Mutter und dein Vater sind da«, sagte sie.

Mein Herz machte einen Sprung. »Wie bitte? Hier?«

Sie nickte. »Du hast sie nicht erwartet?«

»Nein. Aber ich hätte es wohl sollen.« Mum hatte nicht angerufen, ich hatte mich nicht bei ihr gemeldet. Was ich für die gegenseitige Vereinbarung gehalten hatte, eine Weile nicht miteinander zu sprechen, war für sie die Gelegenheit, insgeheim einen Besuch zu planen und mich persönlich heimzusuchen. Ich lehnte mich mit dem Rücken an das Waschbecken. »Was soll ich tun?«

»Du musst rausgehen und mit ihnen reden. Sie sind schließlich den ganzen Weg aus Tasmanien gekommen.«

»Aber ich bin so wütend auf sie und ...« Ich sah auf die Uhr. »In zehn Minuten treffe ich mich mit jemandem.«

»Sie sind deine Familie«, sagte sie und boxte mir leicht in die Schulter. »Du musst ihnen vergeben.«

Ich knurrte nur und stieß die Tür auf. Ich konnte Mum und Dad sehen, wie sie draußen auf mich warteten und miteinander redeten.

Ihr Timing war katastrophal.

Ich nahm meine Tasche, rief Penny einen Abschiedsgruß zu und ging nach draußen.

»Lauren!«, rief Mum und umarmte mich zaghaft. »Du hast abgenommen. Isst du auch genug? Was hast du mit deinen Augenbrauen gemacht?«

Dad küsste mich auf die Wange und formte ein stummes »Tut mir leid« mit den Lippen.

»Ihr hättet wirklich erst anrufen sollen«, sagte ich.

»Oh, wir werden dir gar nicht zur Last fallen«, erwiderte Mum. »Wir wohnen ein oder zwei Nächte in einem Bed & Breakfast, bis wir alles geklärt haben. Können wir uns ir-

gendwo hinsetzen und reden? Vielleicht in deiner Wohnung?«
»Ich bin in zehn Minuten mit jemandem verabredet. Dort oben.« Ich deutete auf die Aussichtsplattform.
»Zehn Minuten reichen nicht. Triffst du diesen Freund? Kannst du ihn nicht anrufen und ihm sagen ...«
»Lauren hat Pläne«, unterbrach Dad sie wahrscheinlich zum ersten Mal in seinem Leben. »Wenn sie uns zehn Minuten einräumen kann, dann werden wir uns vorerst damit begnügen.«
»Kommt«, sagte ich und führte sie den Weg hinauf.
Mum und Dad setzten sich auf die lange Holzbank, ich stand mit dem Rücken am Geländer vor ihnen. Ich schaute auf die Uhr und fragte mich, ob das eine schrecklich schlechte Idee war, ob ich sie einfach in ihr B&B hätte zurückschicken und ihnen sagen sollen, dass wir uns morgen treffen könnten.
»Na los«, sagte Dad zu Mum.
»Nun«, meinte Mum. Die Nachmittagssonne beleuchtete die tiefen Falten um ihre Augen. Waren sie neu? »Nun«, wiederholte sie. »Lauren, ich verstehe, dass du wütend bist ...«
Ich wartete.
»Aber du sollst wissen, dass wir diese Entscheidung trafen ... nun, ich traf sie, und dein Vater hat zugestimmt ... weil wir dachten, dass Adam daheim bei uns die beste Pflege bekäme und ...«
»Er war verliebt, Mum.«
»Er war zu jung, um verliebt zu sein. Er hat nur experimentiert. Das dachten wir damals. Und es wäre dasselbe gewesen, wenn es sich um ein Mädchen gehandelt hätte.«
Ich wollte ihr so gerne glauben.

465

»Auf jeden Fall war es falsch, aber wir mussten uns um Wichtigeres kümmern. Unser Junge hatte eine tödliche Krankheit. Wir haben eine schlechte Entscheidung getroffen, und es tut uns leid. Zutiefst leid.«

»Ihr erzählt das dem falschen Menschen«, sagte ich. »Ihr solltet euch bei Anton entschuldigen.«

Dad schaltete sich ein. »Vielleicht kannst du ihm unsere Entschuldigung überbringen.«

»Vielleicht könnt ihr es ihm auch persönlich sagen«, erklärte ich und deutete nach unten Richtung Straßenende. »Denn mit ihm bin ich verabredet, und da kommt er auch schon.«

Anton sah uns zusammen und zögerte. Ich wusste, dass es hart für ihn werden würde. Es könnte sogar unsere noch so frische Freundschaft beschädigen. Doch das war nicht länger meine Angelegenheit.

Dad stand auf und straffte die Schultern. »Ich würde gern mit ihm sprechen«, sagte er leise. »Ich habe keine Angst zuzugeben, dass ich ihm fürchterliches Unrecht angetan habe.«

Mums Mundwinkel sanken nach unten, wie bei einem Kind, das ein Weinen zu unterdrücken versuchte. Ich empfand Mitleid mit ihr. Die Vergangenheit holte sie ein.

»Sprecht mit ihm«, sagte ich sanft. »Ich warte beim Café.«

Ich ging zurück Richtung Hotel. Als ich mich umdrehte, lehnten Mum, Dad und Anton nebeneinander am Geländer und sprachen miteinander, ihre Rücken von der untergehenden Sonne beschienen. Als ich Mum aus der Entfernung betrachtete, dachte ich daran, wie effektiv sie uns alle herumkommandiert hatte, und es erschien mir plötzlich geradezu lächerlich. Sie war kaum größer als einen Meter fünfzig, eine kleine Dame mit ausladendem Busen und schlecht gefärbten Haaren. Ich konnte nicht hören, was sie sprachen, doch Mum redete, und Anton hörte zu. Ich wusste nicht, wie es ausgehen würde, ob er ihre Entschuldigung annehmen würde, ob sie neu anfangen konnten.

Später kamen Mum und Dad zum Abendessen zu mir. Dad war voller Bewunderung für Anton und dessen stille Würde. Mum war zurückhaltender und wollte nicht darüber reden. Wir aßen Pizza und unterhielten uns oberflächlich, als Mum die Bombe platzen ließ.
»Es ist sehr klein hier«, sagte sie.
»Groß genug für mich.«
»Wir haben an deinem Zimmer nichts verändert.« Sie lächelte. »Jetzt wird es langsam Zeit, dass du nach Hause kommst, nicht wahr?«
»Nach Hause?« Ich blickte über ihren Kopf hinweg zu Dad, der mich eindringlich ansah.
»Du bist jetzt schon Monate weg«, sagte sie. »Ich könnte deine Gesellschaft brauchen. Ich vermisse dich sehr.«
Ich wischte mir die fettigen Pizzafinger an einer Serviette ab, dann nahm ich sanft ihre Hand. »Mum«, sagte ich, »ich komme nicht nach Hause.«
Sie verzog schmollend das Gesicht. »Warum nicht?«
»Weil ich nach Dänemark ziehen werde.«

»Geht es Ihnen wirklich gut?«
Lizzie nickte. Sie hatte nicht mehr als ein halbes Dutzend Worte gesprochen, seit Tomas uns am Morgen abgeholt und zum Bahnhof gebracht hatte. Jetzt ratterten wir durch die Vororte von Sydney, und Lizzie war leichenblass.
»Sie müssen das nicht tun«, sagte ich, obwohl ich es nicht so meinte, und das wusste sie wahrscheinlich. Ich

hatte Wochen gebraucht, um das Treffen zwischen ihr und Terri-Anne Dewhurst zu arrangieren. Terri-Anne allerdings war ganz wild darauf.

»Sie ist die Cousine meiner Mutter!«, hatte sie gerufen. »Sie ist eine Honeychurch-Black. Wir werden sie mit offenen Armen willkommen heißen. Ich fahre zu euch in die Berge, oder wenn es für sie nicht zu viel ist, treffen wir uns in Sydney.«

Doch Lizzie war voller Bedenken gewesen. »Er war nicht mein Vater. Clive Betts war mein Vater. Er hat mich aufgezogen. Das macht einen Vater aus.« Sams Briefe an Violet waren zu viel für sie. Sie zerstörten den Traum ihrer eigenen Vergangenheit, in dem ihre Mutter und ihr Vater einander in tiefer Liebe verbunden gewesen waren. Die große erste Liebe in jungen Jahren.

»Ich muss das tun«, sagte Lizzie, während der Zug weiterschaukelte. »Sie ist extra den ganzen Weg hergekommen.«

»Nur von Goulburn.«

»Trotzdem.« Dann sagte sie: »Sie will mich hoffentlich nicht zum Teil der Familie machen. Ich habe meine eigene Familie.«

»Sie will sich nur mit Ihnen treffen.« Ich holte Violets Porträt aus meiner Tasche und gab es ihr.

»Was?«, fragte sie

»Na los, rollen Sie es auf.«

Sie gehorchte und glättete das Papier auf ihrem Schoß.

»Ihr Vater. Clive. Er hat es gezeichnet.«

»Aber jemand anders hat das geschrieben«, antwortete sie und tippte missbilligend auf das »Meine Violet« am oberen Rand.

»Ja, aber Sam hat es nicht gezeichnet. Schauen Sie es sich an, ganz genau. Man kann seine Liebe in jedem Strich erkennen. Und in ihren Augen. Sie sind so verletzlich. Ich glaube, man sieht, dass sie ihn auch geliebt hat.«

»Aber sie hat nicht *Dads* Initialen in den Felsen geritzt.«

»Aber ich habe Ihnen doch gesagt, dass sie sie ausgekratzt hat. Vielleicht war sie in Sam verschossen, wie das bei jungen Mädchen nun mal passiert. Aber als sie in Schwierigkeiten war, hat sie sich an Ihren Vater gewandt. Den Mann, der Sie aufgezogen und wie sein eigenes Kind geliebt und behandelt hat.«

Lizzie musterte das Bild lange. Tränen traten ihr in die Augen. »Ich wünschte, ich wüsste, was passiert ist.«

»Wir wissen, was passiert ist. Wir wissen, dass Violet das Evergreen Spa verlassen hat, um ein erfülltes Leben zu leben. Um Sie auf die Welt zu bringen. Eine liebevolle Beziehung zu Ihrem Vater aufzubauen.« Ich hakte mich bei ihr ein. »Na los, Lizzie, lächeln Sie.«

»Ich bin zu alt für so was, Lauren. Geheime Vaterschaft und anzügliche alte Liebesbriefe. Ich möchte einfach wieder glauben können, dass meine Eltern aus Liebe zueinander geheiratet haben, dass ich geplant und gewollt war ...« Sie schüttelte den Kopf. »Eine normale Familie eben.«

»Ich glaube nicht, dass es so etwas gibt. Das wissen Sie.«

Der Zug fuhr in den Bahnhof ein.

»Bereit?«, fragte ich.

»So bereit wie nur möglich.«

Ich deutete aus dem Fenster. »Da ist Terri-Anne. Sie hat ein paar Leute mitgebracht.«

»Ich kann mir Namen so schlecht merken«, sagte Lizzie und klang auf einmal sehr alt.

»Ganz ruhig, lächeln Sie einfach. Ich bin ja hier.«

Wir stiegen zusammen aus dem Zug auf den Bahnsteig, wo Lizzies neue Familie nur darauf wartete, die Cousine willkommen zu heißen.

Epilog

1927

Violet öffnet die Augen. Der Schlaf zieht sich langsam zurück. Die Wunder der letzten Nacht fallen ihr wieder ein. Da ist sie: Winzig und rosa und eng in eine weiße Strickdecke gewickelt, schläft sie friedlich in einem Bettchen neben Violets Krankenhausbett. Violet streckt die Hand nach ihrer Tochter aus, die erst vor wenigen Stunden auf die Welt kam, und berührt ihr weiches, duftendes Haar.

Ein Schatten in der Tür. Sie blickt auf. Clive. Er sieht glücklich aus, aber auch unsicher und verletzlich.

»Ich habe dich doch nicht aufgeweckt, oder?«, fragt er.

»Nein. Ich bin viel zu aufgeregt, um lange zu schlafen.«

Er zieht einen Stuhl heran und nimmt ihre Hand. »Das war das Wunderbarste, was ich je gesehen habe«, sagt er.

»Warum bist du nicht gegangen, als man dich aufgefordert hat?«

»Weil ein Mann nicht jeden Tag sieht, wie sein Kind auf die Welt kommt.«

Sein Kind. Violets Augen werden feucht. »Es macht dir nichts aus? Dass es von Sam ist?«

Clive küsst sanft ihre Hand. »Das ist nicht Sams Kind«, sagt er langsam und bestimmt. »Das ist *unser* Kind. Ich will sie lieben und ehren und ihr alles geben, was ich kann: meine Zeit, mein Geld, meinen Körper, meine Seele. Wir sind eine Familie, Violet. Und ich liebe dich so sehr und mit aller Leidenschaft.«

Leidenschaft. Früher einmal hatte sie darunter etwas anderes verstanden. Etwas Schnelles und Heißes, wie ein Blitz. Jetzt weiß sie, dass Leidenschaft ein tiefer Brunnen ist, zeit- und bodenlos. Sie steigt langsam, wie die Flut, doch stark und unaufhaltsam, und sie setzt Dinge in Bewegung. Wahre Leidenschaft gibt sich nicht mit Träumen zufrieden. Sie ist beständig. Clive liebt sie leidenschaftlich: eine Leidenschaft, die von Tag zu Tag stärker und in jedem Wort, in jeder zärtlichen Geste deutlich wird.

Sie sieht in sein geliebtes Gesicht und lässt den Tränen freien Lauf. »Ich war so dumm«, sagt sie.

»Das sind wir alle gelegentlich. Es passiert dir vielleicht wieder, wer weiß. Ich bleibe dennoch bei dir.«

»Und ich bleibe bei dir«, schwört sie und legt dabei die Hand aufs Herz. »Du bist der Richtige.«

»Der Richtige?«

»Manchmal ist es am Anfang nicht so klar«, erwidert sie. Das kleine Mädchen wacht auf und stößt ein leises Jammern aus. Clive hebt sie hoch, und sie verstummt sofort. Er hält sie auf dem Arm und blickt sie bewundernd an. »Solange ich lebe, werde ich dich lieben, meine Kleine«, sagt er zu dem Baby, zu seiner Tochter. »Und wenn ich tot bin, werde ich ein Stern und liebe dich vom Himmel herab.«

Violet sieht ihm zu und weiß, sie ist angekommen.

Danksagung

Wie immer, wenn ich einen Roman schreibe, bin ich von dem guten Willen und der Unterstützung vieler anderer abhängig. Besonders bedanken möchte ich mich bei Selwa Anthony, Brian Dennis, Vanessa Radnidge, Heather Gammage, Paula Ellery und meinen Kollegen von der University of Queensland. Einen Großteil dieses Buches habe ich während meines Aufenthalts bei Bill und Maria im Whispering Pines Hotel geschrieben, in der Nähe der Wentworth Falls, und danke ihnen von Herzen. Eine spezielle Erwähnung soll meiner Familie zuteilwerden, die mittlerweile daran gewöhnt ist, dass ihre Bedürfnisse ignoriert werden, während ich schreibe. Luka, Astrid, Ollie, Mum und Ian: Ich liebe euch von ganzem Herzen.

Außerdem danke ich meiner Großmutter, Stella Vera Spencer, auch wenn sie nicht mehr unter uns weilt, für ihre lebendigen und detailreichen Erinnerungen, die so viele Aspekte dieses Buches inspiriert haben.

Jedes Geheimnis
braucht eine Liebe, die es trägt

Kimberley Wilkins

Das Haus am Leuchtturm

Roman

Australien 1901: Isabella Winterbourne überlebt als Einzige ein Schiffsunglück vor der Küste Australiens. Sie beginnt ein neues Leben unter falschem Namen. Nur der Leuchtturmwärter Matthew weiß davon und kennt das kostbare Schmuckstück, das sie bei sich trägt – doch er schweigt, aus Liebe.
London 2011: Nach dem Tod ihres langjährigen Geliebten Mark Winterbourne zieht sich Elizabeth voller Trauer in ein Cottage in ihrer Heimat Australien zurück. Dort stößt sie auf mysteriöse Hinweise über den Verbleib eines legendären Schmuckstücks, das angeblich beim Untergang eines Passagierschiffs verlorenging. Fasziniert entdeckt sie das Geheimnis der Familie Winterbourne.

Kimberley Wilkins

Der Wind der Erinnerung

Roman

Als Emma das Haus ihrer verstorbenen Großmutter Beattie erbt, hat sie wenig Lust, sich mit Kisten voller Erinnerungsstücke herumzuschlagen. Doch ein mysteriöses Foto lässt sie nicht mehr los. Es zeigt Beattie als junge Frau neben einem Mann, der besitzergreifend die Arme um sie legt. Zwischen den beiden: ein kleines rothaariges Mädchen. Der Mann ist nicht Emmas Großvater – und wer ist das Kind? Schon bald vermag sich Emma den Geheimnissen von Beatties Vergangenheit nicht mehr zu entziehen …

»Eine mitreißende Geschichte über Familie und ihre Geheimnisse und die erlösende Kraft der Liebe.«
Bestsellerautorin Kate Morton

Wie ein Licht auf dunklen Wellen

Kimberley Wilkins

Das Sternenhaus

Roman

1891: Die ungestüme Nell wächst auf der Gefängnisinsel Ember Island auf, wo ihr Vater die Strafanstalt leitet. Als ihre Mutter mit nur sechsunddreißig Jahren stirbt, engagiert er die Gouvernante Tilly. Die junge Frau, die selbst bereits schwere Schicksalsschläge erleiden musste, erobert das Herz des Mädchens im Sturm – und nicht nur seines. Doch sie verbirgt auch ein dunkles Geheimnis. Mehr als einhundert Jahre später reist die Bestsellerautorin Nina auf die abgelegene Insel vor der Küste Australiens. Hier, im Haus ihrer Urgroßmutter Nell, hofft sie, umgeben von beeindruckender Landschaft und bewegender Stille, ihre tiefe Schreibkrise überwinden zu können.